UNE PLACE VRAIMENT ROUGE

Edward Topol est né en 1938. Il a travaillé plus de vingt ans comme journaliste et scénariste en U.R.S.S. Il a immigré aux Etats-Unis en 1978. Il est l'auteur de sept films, de deux pièces de théâtre et de quatre romans : *La Substitution, Neige rouge* et, en collaboration avec Fridrich Neznansky, *Une disparition de haute importance* et *Une place vraiment rouge.*

Fridrich Neznansky est né en 1932. Juriste. Vingt-cinq ans de travail dans le milieu judiciaire soviétique, dont quinze en qualité de juge d'instruction. Emigre aux Etats-Unis en 1977.

W0204636

De Topol et Neznansky :

UNE DISPARITION DE HAUTE IMPORTANCE.

De Edward Topol :

LA SUBSTITUTION.

EDWARD TOPOL et FRIDRICH NEZNANSKY

Une place vraiment rouge

ROMAN

TRADUIT DU RUSSE PAR ALAIN PRÉCHAC
ET ANTOINETTE ROUBICHOU

LAFFONT

Tous les personnages de ce livre, y compris Léonide Brejnev, Mikhaïl Souslov, Youri Andropov, Sémion Tsvigoun et leurs femmes et enfants, ainsi que tous les événements qui y sont décrits sont le produit de l'imagination des auteurs. Toute ressemblance avec la réalité soviétique serait donc absolument fortuite et, dans ce cas, tant pis pour elle !

Titre original :

KRASNAÏA PLOSHTSHAD

© Possev-Verlag, 1983.
© Éditions Robert Laffont, S.A., Paris, 1983,
pour la traduction française.

« ... Dans certains cas de meurtre, il est extrêmement difficile de juger s'il s'agissait d'un meurtre pleinement justifié et même à la limite indispensable (un cas de légitime défense, par exemple), d'une négligence impardonnable ou même d'un plan subtil habilement exécuté. »

VLADIMIR I. LÉNINE,
Œuvres complètes, t. XXXXI, p. 52.

« I only say, suppose this supposition. »

LORD BYRON,
Don Juan, Cant. 1, st. LXXXV.

Liste des principaux personnages

1) *Membres du Parquet (Palais de Justice) de l'URSS ou de la ville de Moscou :*

Baklanov, Nikolaï Afanassiévitch (Kolia), 53 ans, juge d'instruction aux Affaires de Haute Importance du Parquet de l'URSS.
Chamraïev, Igor Iossifovitch (Iossitch), 47 ans, juge d'instruction aux Affaires de Haute Importance du Parquet de l'URSS.
Karakoz, Guerman Mikhaïlovitch, chef du département des instructions du Parquet de l'URSS.
Lounine (Sacha), chauffeur du Parquet de l'URSS.
Pchénitchny, Valentin (Valia), 35 ans, juge d'instruction du Parquet de la ville de Moscou.
Rékounkov, Alexandre Mikhaïlovitch, Procureur général du Parquet de l'URSS, membre du Comité central du PCUS.
Roudenko, Roman Andreïévitch, son prédécesseur à ce poste.
Vendélovski, Tarass Karpovitch, 72 ans, juge d'instruction en chef aux Affaires de Haute Importance du Parquet de l'URSS.

2) *Personnel de la Police judiciaire (PJ) d'Etat ou municipale :*

Aroutiounov, E., capitaine, adjoint de Svetlov au 3e bureau.
Glazounov, Vladimir, colonel, sous-chef de la Direction générale de la Milice de la région de Moscou.
Kolganov, V., capitaine, adjoint de Svetlov au 3e bureau.
Laskine, capitaine, adjoint de Svetlov au 3e bureau.
Ojéréliev, V., major, premier adjoint de Svetlov au 3e bureau.
Svetlov, Marat Alexeïévitch, colonel, chef du 3e bureau de la PJ de Moscou.
Volkov, Anatoli Ivanovitch, général-lieutenant, chef de la PJ de l'URSS.

3) *Membres de la famille Brejnev :*

Brejnev, Léonide Ilitch, membre du Politburo et Secrétaire général du Comité central du PCUS, président du praesidium du Soviet suprême de l'URSS, président du Conseil de défense de l'URSS, prix Lénine de littérature, maréchal de l'Union soviétique.
Brejnéva Victoria Petrovna (Vika), sa femme.
Brejnéva Galina Léonidovna (**Galia**), sa fille, épouse de Tchourbanov.
Brejnev Youri Léonidovitch (Youra), son fils, premier vice-ministre du Commerce extérieur, membre suppléant du Comité central du PCUS.
Brejnev Yakov Ilitch (Yacha), son frère.
Tchourbanov, Youri, son gendre, premier vice-

ministre de l'Intérieur, membre suppléant du Comité central du PCUS.

Tsvigoun, Sémion Kouzmitch (Sénia), général d'armée, premier vice-président du KGB, son beau-frère, mort à 64 ans le 19 janvier 1982.

Tsvigouna **Véra Petrovna,** épouse de ce dernier, sœur de Victoria Petrovna Brejnéva.

4) *Entourage de Brejnev au Kremlin :*

Bielkine Vadim, journaliste à la *Komsomolskaïa Pravda.*

Dorochine M. V., directeur du secrétariat personnel de Brejnev.

Jarov, Ivan Vassiliévitch, général-major, chef de la garde.

Ptchémian, Souren Alexeïévitch, conseiller personnel de Brejnev.

Sintsov, Pavel Romanovitch, conseiller personnel de Brejnev.

Tchazov, Evguéni Ivanovitch, médecin et conseiller personnel de Brejnev, membre suppléant du Comité central du PCUS.

Zolotov, Edouard Efimovitch, conseiller personnel de Brejnev.

5) *Ministère de la Défense :*

Assanov, général-colonel, commandant de la région militaire Nord-Caucase.

Avérianov, major, son aide de camp.

Makhov, B. B., général-lieutenant, commandant de la région militaire de Sverdlovsk.

Oustinov, Dmitri Fiodorovitch, maréchal, ministre

de la Défense et membre du Politburo du Comité central du PCUS.
Solomine V. O., général-lieutenant, chef de la Direction de la Milice ferroviaire.
Troutkov, Boris Ignatiévitch, colonel, chef de la première section spéciale de la direction des Renseignements de l'Etat-Major général du Groupe d'armées soviétique en RDA.
Yanchine G. S., général-major, commandant la division aérienne, n° 69 (Joukovski).

6) *Comité central du Parti communiste de l'Union soviétique :*

Aliyev Gueidar, premier secrétaire du PC de l'Azerbaïdjan, membre suppléant du Politburo.
Andropov, Youri Vladimirovitch (voir 7).
Brejnev, Léonide Ilitch (voir 3).
Brejnev, Youri Léonidovitch (voir 3).
Chévarnadzé E. A., premier secrétaire du PC de Géorgie, membre suppléant du Politburo.
Chtcholokov, Nikolaï Anissimovitch (voir 8).
Koulakov Fiodor Davidovitch, ex-membre du Politburo, mort à 61 ans le 17 juillet 1978.
Mjavanadzé, Vassili (Vassia), ex-premier secrétaire du PC de Géorgie.
Oustinov, Dmitri Fiodorovitch (voir 5).
Rékounkov, Alexandre Mikhaïlovitch (voir 1).
Savinkine, N. I., directeur du département des Affaires administratives du Comité central du PCUS.
Souslov, Mikhaïl Andreïévitch, membre du Politburo et secrétaire du Comité central du PCUS, responsable du Mouvement communiste international, mort à 79 ans le 25 janvier 1982.
Tchazov, Evguéni Ivanovitch (voir 4).
Tchernenko Constantin Oustinovitch, membre du

Politburo, secrétaire et directeur du département des Affaires générales du Comité central du PCUS.

Tchourbanov, Youri (voir 3).

Tsiniev, G. K., (voir 7).

7) *Comité de sûreté de l'Etat (KGB) et organismes voisins :*

Andropov, Youri Vladimirovitch, général d'armée, président du KGB et membre du Politburo du Comité central du PCUS.

Axentchouk Oksana (Xana), nouvelle directrice de la ensure postale et nièce de Pirojkov.

Borovski M. G., capitaine, ex-chauffeur de Tsvigoun.

Chakhovski, major, directeur du service des prostituées en devises à l'hôtel National.

Gavrilenko, A. P., major, ex-garde du corps de Tsvigoun.

Kourbanov, Boris Vassiliévitch, général-lieutenant, chef de la Direction principale des enquêtes du KGB.

Mariamov Boris, directeur de l'Union des cinéastes.

Matrossov, Y. A., commandant des forces frontalières du KGB, vice-président du KGB.

Nikittchenko O. S., général-major, responsable de service au KGB.

Pankratov L. I., vice-président du KGB.

Pirojkov, Vladimir Petrovitch, vice-président du KGB.

Sizov, Nikolaï Trofimovitch, directeur des studios Mosfilm.

Soukhoroukov, Roman Victorovitch, ex-directeur de la censure postale.

Tchébrikov Victor M., vice-président du KGB.
Tsiniev G. K., vide-président du KGB et membre du Comité central du PCUS.
Tsvigoun, Sémion Kouzmitch (voir 3).
Yarmache, Philippe Timofieïévitch, directeur du Comité pour les affaires de la cinématographie.

8) *Ministère de l'Intérieur (MVD) :*

Bogatyriov I. D., général-lieutenant, directeur du GUITU (administration des prisons et camps).
Chtcholokov, Nikolaï Anissimovitch, général d'armée, ministre de l'Intérieur et membre du Comité central du PCUS.
Khoutorskoï, Piotr Stépanovitch, capitaine, adjoint de Krasnov.
Kopylov, Andreï Pavlovitch, inspecteur de la milice.
Krasnov, Alexeï, général-major, directeur du département des Renseignements du ministère de l'Intérieur (RI), successeur à ce poste du général V. Papoutine.
Maliénina, Nadiejda Pavlovna (Nadia), colonel, vice-directrice du GOUBHSS (Direction pour la lutte contre les atteintes à la propriété socialiste).
Morozov, ex-major et chef de l'OBHSS de Sotchi (arrêté).
Olieïnik, G., colonel, vice-directeur des RI.
Tchourbanov, Youri (voir 3).
Zaporojko, I. M., capitaine, adjoint de Krasnov.
Zotov, K., général, ex-chef du bureau des visas (OVIR) du ministère de l'Intérieur (arrêté).

9) *Autres personnages réels ou fictifs :*

Agapova, Svetlana Nikolaïevna (Svièta), gynécologue rattachée à l'hôtel Ukraine.

Ania (voir Finstein Anna Arkadievna).

Azarine Vladimir (Volodia), dit « Dents de fer », ancien roi des cambrioleurs de Rostov sur le Don, agent de la PJ.

Bakchi, Tamara Victorovna, amie de Nina Makarytchéva, écuyère-acrobate et prostituée en devises.

Baratachvili Noukzar Goguiévitch, Géorgien, ex-spéculateur en viandes (arrêté).

Béliakov Mikhaïl, joyeux drille, agent de la PJ.

Bogoyavlenski San Sanytch, employé au maquillage de la morgue.

Bougrimova Irina (Irka), dresseuse de tigres.

Bouriatski Boris (Boria), dit « Le Tsigane », 35 ans, chanteur au Bolchoï, amant de Galina Brejnéva.

« Le Caïd », ancien truand devenu contremaître d'usine automobile, indicateur.

Chamraïev, Anton Igorievitch, 14 ans, fils de Chamraïev Igor (voir 1).

Chevtchenko Maroussia, voyante, guérisseuse et revendeuse d'objets volés.

« Dents de fer » (voir Azarine Vladimir).

Doplatov, Stépane Vitaliévitch, directeur du cimetière Vagankovski.

Finstein, Anna Arkadiévna, ex-monteuse aux studios Mosfilm.

Finstein Arkadi Boruchovitch, ex-opérateur du son à Mosfilm, son père.

Goldberg, Liev Aronovitch, médecin en chef du 7e dispensaire dermato-vénérologique de Moscou.

Gradous, Boris Lvovitch, expert anatomo-pathologiste au Premier Institut de médecine de Moscou.

Grouzilov, dit « Le Doyen », indicateur (prison de la Boutyrka).
Kataouri Sandro, peintre géorgien, ex-ami de Tsvigoun (arrêté).
Katia (voir Oujovitch Ekatérina).
Kolévatov, A., directeur des cirques de l'URSS (arrêté).
« Kostia le Trombone », complice de Makarov (Boris).
Makarov, Boris (Boria), chef de la bande de cambrioleurs ayant sévi, en particulier, au 16 bis de la rue Katchalov.
Makarytchéva Nina (Ninotchka), 18 ans, acrobate du cirque de Vologda et petite amie d'Igor Chamraïev.
Mechtchériakov, Victor Borissovitch, directeur de l'administration des postes de Moscou.
Medviedkine I. A., directeur du bureau des passeports de la ville de Moscou.
Mingadzé, Guivi Révazovitch, 37 ans, ex-ami de Tsvigoun, fiancé d'Anna Finstein (arrêté).
Niéznatchny, Frol Issayitch, directeur du restaurant « La flèche ».
Ninotchka, (voir Makarytchéva Nina).
Oujovitch Ekatérina (Katia), 9 ans, écolière.
Savitskaïa Léna-Eléonora, 22 ans, complice de Makarov (Boris).
Simonian Achot Guévorkovitch, ex-directeur du Comptoir du tourisme de Sotchi (arrêté).
Sorokine Alexandre (Sacha), expert de l'Institut d'expertises judiciaires (laboratoire de recherches criminologiques).
Sorokina Alla (Alka), sa femme et assistante.
Svièta (voir Agapova Svetlana).
Tamara (voir Bakchi Tamara).
Toumanov, Boris Stépanovitch, expert médico-légal en chef des forces frontalières du KGB.

Tsipourskaïa, Rosa Abramovna, locataire du 16 bis, rue Katchalov.

Vorotnikov, Alexeï Igoriévitch, dit « Kortchaguine », dangereux criminel évadé du camp de Potma.

I

Mort de Tsvigoun, beau-frère de Brejnev

Sotchi, le 22 janvier 1982, 6 heures 15 minutes

ULTRA-SECRET-URGENT
Par dépêche militaire spéciale

Télégramme adressé à Igor Iossifovitch Chamraïev, juge d'instruction pour les Affaires de Haute Importance, hôtel « La Perle du littoral », chambre 605, Sotchi, région de Krasnodar :

TU ES CHARGÉ PAR LE PROCUREUR GÉNÉRAL DE L'URSS D'ENQUÊTER SUR LES CAUSES DE LA MORT DU PREMIER VICE-PRÉSIDENT DU KGB LE GÉNÉRAL SÉMION TSVIGOUN STOP PARS IMMÉDIATEMENT STOP TU TE REMETTRAS PLUS TARD AUX PETITES FILLES STOP LE CHEF DU DÉPARTEMENT DES INSTRUCTIONS DU PARQUET DE L'URSS GUERMAN KARAKOZ

MOSCOU LE 22 JANVIER 1982

Encore à moitié endormi, je dois relire trois fois ce télégramme. Ce Karakoz est vraiment une ordure. Il n'y a qu'un salaud comme Guerman pour vous envoyer un télégramme par dépêche militaire spéciale et y parler de petites filles. En une demi-heure, ce télégramme est passé par l'Etat-Major général de l'armée soviétique, par le commandant de la région militaire Nord-Caucase, le général Assanov, et par son aide de camp, le major Avérianov, qui me l'a apporté au triple galop avec deux officiers qui, d'après leurs épaulettes, sont capitaines.

En dépit des cachets qui scellent le télégramme et de l'estampille « ultra-secret », toute cette clique en a évidemment appris le texte par cœur. C'est pourquoi maintenant ils ont plutôt envie de rigoler à la vue de Svetlov, en train de ronfler sur le divan, et de Ninotchka, la petite acrobate de cirque, pelotonnée en chien de fusil au creux de mon lit. Ils ont bonne mine, le juge d'instruction aux Affaires de Haute Importance du Parquet de l'URSS Igor Chamraïev et le chef du 3e bureau de la Police judiciaire Marat Svetlov! Malgré ses dix-huit ans, Nina, la petite acrobate (ma « *baby-woman* », comme l'a appelée hier Svetlov lorsqu'il a fait irruption dans ma chambre à l'aube), couchée comme ça en boule sur le lit a tout à fait l'air d'une gosse et il y a des bouteilles de cognac vides sur la table... Il faut que je fasse sortir cette équipe de la chambre au plus vite pour qu'ils arrêtent de se payer ma tête aussi ouvertement. Je toussote :

– Ecoutez, les gars. Allez donc vous asseoir dans le hall, je descends tout de suite.

– Camarade Chamraïev, me répond le major Avérianov, le général a ordonné de vous conduire immédiatement à Adler. Un avion vous y attend. Mais les routes sont dans un état épouvantable et on ne peut passer qu'en véhicule tous terrains. C'est pourquoi vous avez tout juste un quart d'heure pour vous préparer. Vous devez libérer la chambre et...

– Je sais très bien ce que j'ai à faire, que je rétorque à ce major.

Il ne manquerait plus que ça, qu'il m'apprenne à reconduire une mignonne!

Avant-hier, il y a eu de telles gelées et de telles

chutes de neige à Sotchi que la ville est paralysée : les transports en commun ne fonctionnent plus, les écoles sont fermées et les adolescents organisent de joyeuses batailles de boules de neige dans les rues désertes. Mais pour un véhicule à chenilles de l'armée, toute cette neige ne fait évidemment pas problème : nous avons une armée qui ne recule devant rien.

– Allez m'attendre en bas, dis-je en les raccompagnant hors de la chambre, sur quoi je passe dans la salle de bain. Je tiens toujours à la main ce maudit télégramme. Des morceaux de cire qui ont réussi, je ne sais trop comment, à se détacher du télégramme sont tombés dans ma chaussure et me font très mal au pied. Je jette la chaussure, reviens pieds nus dans la chambre, m'efforce de réveiller Svetlov qui ronfle toujours et lui fourre le télégramme dans la main : comme ça, il pourra le lire pendant que je me laverai. Mais Svetlov ne se réveille pas, il profère indistinctement quelques injures, se retourne de l'autre côté, le nez contre le mur, et continue à dormir. Evidemment! il s'est endormi il y a trois heures, et les vingt-quatre heures précédentes, il les a passées à arrêter les grands chefs de la mafia de trafiquants de Sotchi. C'est pour ça qu'il est arrivé la nuit derrière à Sotchi. Me voilà bien obligé d'ouvrir la fenêtre et les volets. Maintenant ils vont vite se réveiller, ma « *baby-woman* » et Svetlov. Dieu du ciel! Que c'est beau, ce que je vois par la fenêtre! Les palmiers dans la neige, la plage (la plage de l'hôtel est célèbre sur tout le littoral, avec son sable spécialement apporté d'Anapa) elle aussi sous une légère couche de neige et les vagues de la mer Noire qui roulent frileusement sur le rivage et écrêtent la neige amoncelée.

L'hôtel La Perle du littoral a été construit il y a sept ans exclusivement à l'intention des touristes étrangers et équipé à la dernière mode, mais la détente a pris depuis du plomb dans l'aile, les touristes étrangers se sont raréfiés et le confort importé est, grâce au Ciel, devenu accessible aux citoyens soviétiques. Pas à tous, évidemment. Pour réserver une chambre dans cet hôtel, l'été, il faut être soit un dirigeant haut placé dans le Parti, soit un gros trafiquant. N'appartenant ni au premier ni au deuxième groupe, je me suis contenté d'y réserver une chambre pendant l'hiver et, dès le 10 janvier, j'étais là à me chauffer au soleil pour oublier le froid moscovite. Le 13 janvier, le Nouvel An suivant l'ancien calendrier, il a fait si chaud que les lauriers-roses ont fleuri, tandis que dans les bosquets de buis les autorités de Krasnodar festoyaient généreusement leurs hôtes « de marque » (des trafiquants de Transcausasie) en leur offrant des brochettes d'agneau et des écrevisses d'exportation. Il s'agissait à coup sûr d'une transaction véreuse, mais, tout juge d'instruction du Parquet de l'URSS que je suis, qu'est-ce que cela peut bien me faire, du moment que je suis en congé? On ne peut pas tous les attraper : à la place de ceux qu'on traduit en justice, il en surgit immédiatement d'autres; qu'ils aillent tous se faire voir! Moi, j'ai une chambre à l'hôtel La Perle du littoral, un balcon avec vue sur la mer et, dans mon lit, la petite Ninotchka, une acrobate de dix-huit ans qui vient de la maison de repos du VTO[1] qui est juste à côté. Mais, tout de suite après le 13 janvier, tout a brutalement changé. D'abord, le bruit a couru qu'une certaine « opération Cascade » (c'est-à-dire l'arrestation massive des chefs de la mafia des trafiquants) se déroulait à Moscou, ce qui eut pour effet de vider les restaurants de Sotchi. Ensuite, toute la ville a été recouverte par une tempête de neige, ce qui

1. VTO : Organisation regroupant tous les membres des professions du spectacle en URSS (*N.d.T.)*

a eu pour effet de vider les plages. Et hier, à 4 heures du matin, Marat Svetlov a fait irruption dans ma chambre, bu un grand verre de cognac pour se remettre du voyage et annoncé qu'il était arrivé à Sotchi avec un groupe opérationnel de la Milice pour ramasser les gros bonnets de la mafia locale. Par la même occasion, et un peu comme un cheveu sur la soupe, il m'a rapporté les bruits confus qui courent dans la Milice sur le suicide du beau-frère de Brejnev et premier vice-président du KGB, le général Tsvigoun. On dit que le secrétaire du Comité central Mikhaïl Souslov aurait convaincu Tsvigoun de liens avec l'univers des trafiquants et que Tsvigoun se serait ensuite suicidé.

Mais je n'ai pas cru à ce racontar (quelqu'un se suicider dans notre gouvernement et, en plus, Tsvigoun, un des patrons du KGB!) et ce n'est que maintenant, devant ce télégramme barré de deux bandes rouges (marque des documents militaires ultra-secrets), que je me prends à réfléchir.

Pourquoi le Procureur général m'a-t-il collé cette affaire à moi, et non pas à d'autres juges d'instruction aux Affaires de Haute Importance qu'il a sous la main, comme Baklanov, Ryjov, Khmelnitski? Pourquoi le télégramme ne m'a-t-il pas été envoyé par la poste ni même transmis par le téléphone du Kremlin, mais remis par le service de transmissions de l'Armée? Pourquoi cette hâte, cette escorte militaire, ce véhicule à chenilles de l'armée et cet avion spécial à l'aéroport d'Adler, comme si j'étais quasi un membre du Politburo? Et pourquoi n'y a-t-il pas encore de notice nécrologique sur Tsvigoun dans les journaux? Zut alors, le commandant Avérianov avait le dernier numéro de la *Pravda* à la main et je l'ai fait sortir de ma chambre sans le lui demander... Mais le plus grave, c'est bien ça : mon Dieu, pourvu que le bruit rapporté par Svetlov ne soit pas la vérité! Il faudrait que moi, j'aille interroger Souslov? Que je l'accuse d'avoir poussé Tsvigoun au suicide? Mais non, s'il s'agissait vraiment d'un suicide, et en plus avec la participation d'un secrétaire du Comité central en personne, ils ne penseraient pas à initier un simple pion comme moi aux secrets de la Cour. Non, il s'agit de quelque chose d'autre qui, grâce au Ciel, n'a rien à voir avec Souslov. Mais de quoi au juste? Il est peut-être mort sur une gamine, ou sous elle?...

Ninotchka se retourne dans le lit, replie ses jambes pour les réchauffer et demande d'une voix plaintive :

– Igor, couvre-moi, j'ai froid.

Je maudis mon sort de fonctionnaire et cette ordure de Karakoz. Me forcer à lâcher une chambre et une fille pareilles à cause d'un Tsvigoun! Mais il n'y a pas à tortiller, il faut les réveiller!

Marat arrête de ronfler et lance à mon adresse :

– T'es cinglé, ou quoi? Ferme la fenêtre!

Il ouvre les yeux, voit dans sa main le télégramme barré de deux bandes rouges, le regarde d'un œil ensommeillé et s'assied d'un coup sur le divan en poussant un sifflement :

– Maintenant, je comprends!...

C'est ça que j'aime chez Svetlov, sa façon de tout piger très vite. Il m'a fallu environ huit minutes de temps et vingt litres d'air marin iodé pour comprendre dans quel pétrin j'étais tombé et lui, il a tout compris en une seconde. Et tout ça, après avoir passé la nuit, jusqu'à 3 heures du matin, à tirer du lit les directeurs du Comptoir du tourisme de Sotchi, les dirigeants de l'Union des consommateurs de la région et le chef de la section de Sotchi de l'OBHSS, la fameuse Direction de l'Intérieur pour la lutte contre « les atteintes à la propriété socialiste »[1] lui-même, le major de milice Morozov. A la suite de quoi, craignant les réactions de la mafia de Sotchi, il n'est pas allé à son hôtel où pouvaient l'attendre les parents des détenus, avec des couteaux ou des centaines de milliers de roubles pour l'acheter, mais s'est amené dans ma chambre et s'est effondré sur le divan. Et maintenant, après trois heures de sommeil, il ne lui a fallu qu'un instant pour tout comprendre et dire :

– Je l'avais bien dit : cela sent le brûlé sur la place Rouge !

A ce moment-là, on frappe avec insistance à la porte. Je l'entrouvre.

– Igor Iossifovitch, me dit le major Avérianov. L'avion, l'avion... Il attend déjà !

– Je sais bien, dis-je d'un ton cassant. Apportez-moi la *Pravda* d'aujourd'hui.

Il faut traiter les aides de camp comme des aides de camp. Une minute et demie plus tard, il frappe de nouveau à la porte et, cette fois sans regarder dans la chambre, tend la *Pravda* du jour à Svetlov qui lui a ouvert la porte. Je suis dans la salle de bain et ne me montre même pas : ils n'ont qu'à attendre. Je prends une douche froide et me rase soigneusement, pendant que Svetlov, debout à la porte de la salle de bain, me lit la notice nécrologique de Tsvigoun :

> « L'Etat soviétique a subi une lourde perte. Le 19 janvier 1982 est décédé à soixante-cinq ans, après une longue et grave maladie, l'homme d'Etat Sémion Kouzmitch Tsvigoun, membre du Comité central du Parti communiste de l'Union soviétique, député au Soviet Suprême de l'URSS,

1. Ou GOUBHSS, sigle employé dans la suite de l'ouvrage pour désigner l'organisme central. (*N.d.T.*)

Héros du travail socialiste, premier vice-président du KGB de l'URSS et général d'armée. Pendant plus de quarante ans, la vie et l'activité de S.K. Tsvigoun n'ont tendu qu'à assurer la sécurité de l'Etat dans notre Patrie. Il a commencé sa carrière en 1937 comme instituteur, puis comme directeur d'une école secondaire de la région d'Odessa. En 1939, le Parti lui a assigné des fonctions dans les organes de sécurité et, dès lors, toute la vie de Sémion Kouzmitch s'est confondue avec sa dure tâche de tchékiste. Pendant la Deuxième Guerre mondiale il a participé à des opérations stratégiques sur les fronts Sud-Ouest, Sud, Nord-Caucase et Ouest, et sur les fronts de Stalingrad et du Don. Il a pris une part active au mouvement de partisans. Après la guerre, il a occupé des postes de direction dans les organes de sécurité de la RSS de Moldavie, de la RSS du Tadjikistan et de la RSS d'Azerbaïdjan. En 1967, S.K. Tsvigoun est devenu vice-président du KGB de l'URSS et ensuite premier vice-président. Le noble souvenir de Sémion Kouzmitch Tsvigoun, loyal fils du Parti et homme d'Etat, brillera toujours dans les cœurs des tchékistes soviétiques et de tout le peuple soviétique. »

– Signé : Andropov, Gorbatchov, Oustinov, Tchernenko, Aliyev, Kounaïev, Chtcholokov, etc., puis tous les généraux et le KGB, par ordre d'importance..., conclut Svetlov.

Quelle chose étrange ! Ni Brejnev ni Souslov n'ont signé la notice nécrologique. Faut-il croire que le noble souvenir de Sémion Tsvigoun, loyal fils du Parti et homme d'Etat, ne brille pas particulièrement dans leur cœur ? Cela veut dire aussi qu'il n'y a pas eu de « longue et grave maladie » : on ne punit pas un homme à titre posthume parce qu'il a été malade.

Et d'ailleurs, pour autant que je me souvienne, Tsvigoun n'a jamais été malade ou absent du KGB : sur ce point la *Pravda* ment manifestement. Il s'agit, ou bien effectivement d'un suicide ou, plutôt, d'un infarctus pendant un moment d'excitation sexuelle aggravé par une forte dose d'alcool, comme cela s'est produit, par exemple, avec Pyriev, homme du même âge que Tsvigoun et important metteur en scène soviétique. Probablement une orgie dans un sauna, avec des petites filles. Et ça, on n'aime pas l'afficher chez nous, il ne faut pas dénigrer les membres du gouvernement aux yeux du peuple!

– Tu as compris? demande Svetlov. Le beau-frère n'a pas signé la notice nécrologique de son beau-frère! Tsvigoun a donc vraiment dû jouer un sale tour à Brejnev. Il n'y a qu'une seule chose que je ne comprends pas : pourquoi est-ce qu'ils t'envoient chercher en avion? Pourquoi cette hâte? Au reste, cet avion va m'être très utile. Tu vas m'emmener, moi et mes prévenus. Je vais téléphoner à mes têtes brûlées, pour qu'ils les fassent sortir de prison.

– Les garçons, qu'est-ce qui se passe?

Tout ensommeillée et recroquevillée de froid, Ninotchka se tient à la porte de la salle de bain, vêtue de ma chemise de pyjama et les pieds nus dans ses pantoufles. La chemise lui arrive aux genoux et peut très bien lui servir de robe de chambre. Quant aux manches, évidemment, elles sont trop longues et pendent dans le vide : elle a bien plus l'air d'une gosse que d'une maîtresse.

– Je suis gelée, ajoute-t-elle, et j'ai très envie de faire pipi...

– Écoute, bébé, lui dit d'un ton décidé Svetlov. Tu vois ce télégramme? La Patrie appelle Igor. Dans dix minutes, nous nous envolerons pour Moscou. Donne-lui un baiser d'adieu, fais vite pipi et habille-toi. Nous te déposerons en passant à ta maison de repos, puis nous irons servir le Parti et la mère Patrie. Tout est clair?

– Pourquoi?

Les petits yeux bleus de Ninotchka s'arrondissent et elle prend un air offensé.

– Parce que « cela » se termine en « a », lui répond Svetlov.

– Moi aussi, je veux aller à Moscou! déclare Ninotchka.

Svetlov me regarde pour voir comment je vais me tirer de cette situation. A vrai dire, je n'en sais trop rien moi-même. La petite personne aux yeux bleus et aux dix-huit printemps répondant au nom de Nina Makarytchéva était en congé dans la maison de repos voisine « L'Acteur » et n'est entrée dans ma vie qu'il y a en tout et pour tout une semaine, sur la plage de Sotchi. Le lendemain même, elle est venue en toute confiance dans ma chambre et elle n'est plus repartie. Mais vivre un petit roman de vacances avec cette adorable femme-enfant, cette « *baby-woman* », ce « bébé », comme l'a baptisée Svetlov, et emmener à Moscou l'oiseau en question cela fait deux. J'ai beau être célibataire, le samedi et le dimanche j'héberge mon fils Anton qui a quatorze ans, et qu'est-ce que je ferai de Ninotchka? Ils ont presque le même âge, il est même déjà plus grand qu'elle...

– Nina, lui dis-je le plus gentiment possible, ton congé ne fait que commencer. Et dans deux ou trois jours il fera beau de nouveau, tu pourras te bronzer, te baigner. A Moscou il gèle et il neige, tu le sais bien. et moi, je vais être occupé du matin au soir.

– Et vous n'avez pas honte? fait-elle subitement en parlant tout à fait comme une adulte. Marat a arrêté toute une bande de truands et se cache dans notre chambre pour échapper à leurs amis. Il est colonel dans la Milice, mais cela ne l'empêche pas d'avoir peur! Et vous voudriez me laisser toute seule ici? Vous allez partir, et moi je resterai?

Marat et moi échangeons un coup d'œil.

– Hum! dit-il. Il faut écouter ce qui sort de la bouche des enfants...

Ses petits yeux en vrille passent de moi à Ninotchka et de Ninotchka à moi et il prend d'un coup les dispositions qui s'imposent, comme s'il était dans son service à Moscou :

– D'accord, « bébé ». Tu as raison. Tu viens avec nous!

Et il se retourne vers moi :

– Mon vieux, il n'y a rien à faire, le plaisir, ça se paie toujours!

Voilà encore une autre qualité remarquable de Svetlov : il ne s'entête jamais quand il voit qu'il a tort. Nous avons suivi pas mal d'affaires ensemble, surtout lorsque nous étions plus jeunes et que Svetlov était inspecteur de milice dans le quartier de la Presnia rouge à Moscou, où j'étais moi-même simple juge d'instruction d'arrondissement. De temps à autre Svetlov échafaudait de brillantes hypothèses qui permettraient de démasquer les coupables ou proposait un plan, à son avis, à toute épreuve pour leur capture, mais il suffisait que quelqu'un y découvrît une faille pour que Svetlov renonçât immédiatement et sans se vexer à son idée et en proposât une autre. J'ai depuis longtemps remarqué que cette réaction ne caractérise que les gens très doués et très imaginatifs, et Svetlov était bien de cette race-là. Même les fonctions de chef du 3e bureau, à la Police judiciaire, et les épaulettes de colonel qu'il a obtenues, il y a deux ans et demi, après notre dernière opération commune, ne l'ont pas pourri ni transformé en bureaucrate plein de morgue...

Cinq minutes plus tard, installés dans le VTT de l'armée et laissant la marque des chenilles dans cette neige plutôt insolite pour la région, nous nous dirigions d'abord vers la prison de Sotchi pour y prendre les « têtes brûlées » de Svetlov et les prévenus, puis vers la maison de repos « L'Acteur » pour ramasser les affaires de Ninotchka.

Le même jour, entre 6 heures 35 minutes et 9 heures 5 minutes

Je ne raconterai pas notre voyage de Sotchi à Adler. Dans le rapport officiel que Marat Svetlov a transmis à son supérieur à la PJ, il est décrit avec précision et sans détails inutiles :

« ... Le 22 janvier au matin, avec le concours du commandement de la région militaire Nord-Caucase, les prévenus ont été conduits par voiture blindée de Sotchi à Adler. Pendant le parcours, la route de la montagne étant complètement recouverte de givre, surtout entre Matsesta, Khosta et Koudesta, les prévenus et les membres de mon unité ont avec dévouement, et même au prix de gros risques, entrepris de déblayer la neige amoncelée devant nous. Cela nous a permis de transférer dans les meilleurs délais les prévenus de la zone de Sotchi, où leur internement présentait des dangers, à Adler où ils ont été embarqués sur un avion de transport, lui aussi mis à notre disposition par le commandant en chef de la région militaire Nord-Caucase, le général-colonel Assanov. Je souhaiterais qu'une lettre de remerciements soit adressée au général Assanov au nom du ministère de l'Intérieur, et que lors de la détention préventive des inculpés on tienne compte de leur coopération avec mon unité opérationnelle... »

9 heures 5 minutes, Adler

L'aéroport d'Adler était bondé : depuis trois jours, aucun avion ne partait du littoral de la mer Noire, à cause des chutes de neige et du mauvais temps, et les gens dormaient par terre et sur les appuis des fenêtres. Les enfants hurlaient et le personnel de l'aéroport devenait fou à cause des réclamations sans fin des passagers rendus furibonds par les retards. A la consigne pourrissaient des caisses entières de mandarines et de fleurs méridionales, caisses que les spéculateurs locaux se hâtaient d'expédier vers le Nord, vers Moscou, Léningrad ou Mourmansk, pour dépouiller les clients de trois roubles par mandarine ou par œillet. C'étaient donc pratiquement des milliers de roubles qui pourrissaient dans ces caisses, mais le mauvais temps était tel qu'il n'était plus question d'aucun pot-de-vin pour réussir à acheminer la marchandise. Et les trafiquants au désespoir buvaient du cognac d'un air sombre au restaurant de l'aéroport, car c'était bien le seul endroit de l'aéroport où, pour une bouteille de cognac, on pouvait au moins rester assis pendant quelques heures...

Quant à nous – l'unité de Svetlov, les prévenus, Ninotchka et moi et une escorte militaire – nous allâmes tranquillement nous installer dans la salle du premier étage de l'aéroport réservée aux députés du Soviet suprême qui était vide et où il y avait de confortables fauteuils en cuir, des tapis, des fleurs et un frigidaire contenant de l'eau minérale.

A travers les baies vitrées on voyait les pistes couvertes de neige et, sur la seule à avoir été déblayée par les bulldozers de l'armée, un Yak-40 qui faisait chauffer son moteur. Les prévenus comprirent tout de suite que leurs relations locales ne pouvaient plus les tirer d'affaire, qu'on allait les embarquer dans cet avion spécial et les emmener à Moscou. Et si, sur la route de montagne, ils avaient déjà mis la main à la pâte, pas du tout certes pour le plaisir de collaborer avec la police mais tout simplement pour leur propre sécurité, vu qu'à n'importe quel tournant de cette route de corniche nous aurions très bien pu nous écraser sur les blocs de glace d'une mer Noire subitement transformée en banquise, c'est à l'aéroport que ces douze paladins de la magouille se montrèrent vraiment de la dernière prévenance obséquieuse. Le premier à s'approcher de Svetlov fut le directeur du Comptoir du tourisme de Sotchi, Achot Simonian (lors de son arrestation, Svetlov avait eu besoin d'une balance : ses acolytes n'avaient pas trouvé moins de trente-six kilogrammes d'or en barres en fouillant les diverses cachettes de la villa de Simonian).

– Camarade colonel, cher camarade! Permettez-moi de commander à manger pour la route. Parole d'honneur, je meurs de faim.

Svetlov lui donna sa permission. Simonian s'empressa de décrocher un des téléphones intérieurs de l'aéroport et de crier à la standardiste :

– Le directeur du restaurant, tout de suite!... Rafik, c'est toi? C'est Simonian. Tu vois un Yak-40 par la fenêtre? C'est pour m'emmener, je m'envole pour Moscou dans quelques minutes... Oui... Je ne suis pas seul, je suis avec des gens très importants! *très* importants, tu comprends? Douze personnes et une jeune fille. Une jeune fille très importante! Il faut que tout soit de première classe, tu m'as bien compris?

Les autres prévenus se précipitèrent eux aussi sur le téléphone; ils étaient jaloux du culot bien arménien de Simonian et ils voulaient tous lui arracher le téléphone des mains. Le second à réussir à téléphoner fut le chef de l'OBHSS locale, le major de milice Morozov. Ce gros bedon de Morozov, tout enflé sûrement à cause des milliers de roubles de pots-de-vin qui lui parvenaient tous les jours des divers coins de la bien belle région du Kouban, se mit lui aussi à donner ses instructions :

– Rafik, c'est le major Morozov. Téléphone au sovkhoze d'agrumes, dis-leur d'apporter immédiatement cinq caisses de mandarines...

J'écoutais ces types sans comprendre ce qui les poussait le plus à agir comme ça : le désir de nous graisser la patte, à moi et à Svetlov, ou celui de profiter de cette dernière possibilité de montrer leur pouvoir. Hier encore, ils étaient les rois de la région et du pays, ils gagnaient des sommes énormes grâce à des opérations louches, ils avaient des voitures, des villas, des yachts et des filles, et, en plus, aux réunions du Parti ils lisaient des discours rédigés par leurs assistants dans lesquels ils invitaient les travailleurs à « ne pas gaspiller les ressources de l'Etat », à « économiser l'argent de la nation », etc. Et maintenant ils étaient devenus en une seule nuit des prévenus, inculpés de corruption et de détournements importants des biens de l'Etat, mais c'est à croire que l'habitude du pouvoir était rudement forte chez eux puisque, même en état d'arrestation, ils avaient failli se battre à cause de ce téléphone pour avoir le plaisir une dernière fois de dire d'un ton royal à l'appareil : « Allô, ici Morozov! »...

Le directeur de l'aéroport arriva à ce moment-là en compagnie du major Avérianov.

– La météo est très mauvaise, sur tout votre itinéraire, il y a partout des tempêtes de neige, mais je vous ai fait réserver le meilleur équipage, dit-il. Souhaitez-vous partir, ou attendre que la voie soit dégagée?

Je réfléchissais : le journal ne parlait pas de la

formation d'une commission gouvernementale chargée de l'inhumation, ce qui voulait probablement dire que Tsvigoun allait être enterré sans fanfares et rapidement, peut-être même aujourd'hui! Enfer et putréfaction, au lieu d'observer le comportement des détenus et de philosopher, j'aurais dû depuis longtemps téléphoner à Moscou et demander pour quand étaient les funérailles. Il fallait que je puisse examiner le corps. Tu parles d'une tête!

– Où est-ce que je peux téléphoner à Moscou? – demandai-je au directeur de l'aéroport.

– Mais ici! (Il arracha le téléphone au groupe des prévenus, appuya plusieurs fois sur le commutateur et ordonna à la standardiste :) Valia, passe-nous Moscou. Quel numéro désirez-vous, camarade Chamraïev?

Je lui donnai le numéro du bureau de Karakoz au Palais, puis je pris l'appareil et fis sèchement :

– Allô, Guerman? Ici Chamraïev. Merci pour ton amusant télégramme. Je téléphone d'Adler. Quand auront lieu les funérailles?

– Aujourd'hui, mon vieux. La levée du corps aura lieu à 13 h 30 au club Dzerjinski. Quel temps fait-il à Adler?

« Espèce d'ordure! », faillis-je lui crier, mais je me retins et lui dis froidement :

– Dis-moi, il n'y avait personne d'autre que moi à qui refiler cette affaire?

– Mon vieux, ce n'est pas nous qui avons décidé, je te le jure, dit Karakoz d'un ton assez sincère. Tu as été désigné.

– Par qui?

– Je ne peux pas te le dire au téléphone. Mais... tu te rappelles l'affaire du journaliste? Tu t'es couvert de gloire à ce moment-là...

Voulait-il dire Brejnev lui-même? Brejnev m'aurait-il lui-même désigné pour m'occuper de cette affaire? Il ne s'agissait donc pas d'un suicide et encore moins de Souslov – personne n'aurait jamais laissé le juge d'instruction Chamraïev fourrer son nez dans les affaires d'un potentat et haut dignitaire du Parti comme Souslov, Brejnev tout le premier. Non, les choses étaient plus simples, il s'agissait tout bonnement d'une affaire de mœurs, voilà tout. Karakoz m'avait évidemment fait marcher avec son « Tu t'es couvert de gloire », mais j'avais quand même tout compris. Il y avait deux ans et demi, dix jours avant l'entrevue à Vienne de Brejnev et de Carter, un des membres de l'équipe de presse de Brejnev, le jeune et talentueux journaliste Vadim Bielkine avait été victime d'un enlèvement à Moscou, en plein jour. Le Procureur général m'avait alors chargé de retrouver ce journaliste et (avec l'aide de Svetlov et d'autres collaborateurs) j'avais découvert que ce Bielkine avait été enlevé par une mafia de trafiquants de drogue sur lesquels il s'apprêtait à écrire un article dans son journal. Nous lui avions littéralement sauvé la peau car ces bandits lui injectaient des doses massives d'aminasine[1]. C'était une affaire qui avait fait du bruit. Brejnev avait dû se souvenir de mon nom, et c'est pourquoi il « m'avait personnellement chargé » de découvrir les causes de la mort de son beau-frère. Vous allez devenir conseiller juridique auprès de Sa Majesté, camarade Chamraïev, me suis-je dit à moi-même, vous voilà parti pour une « grosse » carrière, malgré vos origines à moitié juives!...

– Nous partons immédiatement! ordonnai-je au directeur de l'aéroport.

Il était exactement 9 h 37 : il me restait largement le temps d'examiner le corps du camarade Tsvigoun.

1. Drogue violente aux effets très néfastes pour l'organisme. *(N.d.T.)*

11 heures 45 minutes

Le chargement apporté par le directeur du restaurant de l'aéroport d'Adler aurait largement suffi pour ravitailler un Tupolev-144 tout entier. Pour notre petit groupe, c'était royal. Il y avait deux caisses de cognac, une caisse de champagne rosé, une caisse du meilleur vin blanc, une montagne de poulets *tabaka,* des plats de hors-d'œuvre caucasiens variés, des cœurs et des rognons de poulets frits, de la verdure, du raisin et, tout spécialement à l'intention de Ninotchka (la « jeune fille très importante »), cinq boîtes de chocolats et de rakhat-loukoum.

Le déjeuner fut excellent. Ninotchka était toute barbouillée de chocolat, les têtes brûlées de Svetlov racontaient des anecdotes et faisaient des mots croisés et quant aux prévenus, qui comprenaient bien que c'était leur dernière ribote, ils faisaient un sort au vin et au cognac. Svetlov leur avait permis de boire et de manger et une demi-heure plus tard, un verre de champagne à la main, il leur fit même un petit discours :

– Messieurs les prévenus ! Bien que Moscovite, j'ai envie de porter un toast de style caucasien. Je suis fier d'avoir eu l'honneur d'arrêter des gens aussi talentueux que vous. Non, vraiment. Par exemple, prenez le citoyen Achot Guévorkovitch Simonian. En même temps que le président du comité exécutif de la mairie de Sotchi et d'autres « hommes d'affaires » qui ont déjà été arrêtés ou qui vont l'être, il a ouvert à la Banque d'Etat un compte très spécial qu'ils créditaient des revenus de toutes leurs usines et fabriques clandestines et dont ils se servaient comme s'il était le leur en propre. A votre santé, Achot Guévorkovitch ! Vous avez amassé trente-six kilos d'or : que voilà un beau cadeau pour la Patrie !

Prenons aussi le citoyen Noukzar Goguiévitch Baratachvili. Cela fait six ans qu'il ravitaille tous les restaurants orientaux de Moscou en agneaux de Géorgie et d'Azerbaïdjan. Il n'est pas tout seul, bien sûr, il a une petite mafia avec lui. Ils se font des millions de roubles, ils gagnent plus que tout le trust des cafés et restaurants moscovites! A votre santé, Noukzar Goguiévitch! Avec les six millions de roubles, le million et demi de dollars et le kilo ou presque de diamants qu'on a trouvés chez vous, on pourra construire toute une usine. Gamardjoba[1], cher ami!

Il enveloppa d'un regard les détenus.

– Mes amis! poursuivit-il. Comme vous le savez, l'« opération Cascade » se déroule dans le pays et je veux vous dire en toute amitié qu'il n'y a qu'une seule chose à faire pour améliorer votre sort : avouer sincèrement tous vos crimes et reconnaître que l'argent et les objets de valeur que vous avez amassés seront d'un grand secours à la Patrie!...

– Mais il n'y a pas que ça! dit Baratachvili. Sans mes moutons, il n'y aurait pas du tout eu de viande dans les restaurants de Moscou...

Je riais intérieurement de la ruse de Svetlov. Il allait maintenant commencer à les entortiller avec ses « aveux sincères ». Bien que ces dépositions, faites en plus dans les vapeurs du cognac, ne pussent pas être considérées comme des documents officiels pour l'instruction, il n'en reste pas moins que, lors des interrogatoires, lorsque l'inculpé commence à nier sa déposition, à se tortiller, à essayer d'esquiver les questions, à éviter de répondre ou tout simplement à mentir, il est facile de lui fourrer sous le nez les aveux qu'il a faits sans réfléchir. Trop tard alors, il est coincé...

1. « A votre santé », en géorgien. *(N. d. T.)*

Le commandant sortit à ce moment-là de la cabine de pilotage pour nous annoncer :

– Les aéroports de Moscou sont fermés, il neige. Il y a une éclaircie au-dessus de Joukovski. On atterrit à Joukovski, ou on vole au-dessus de Moscou en prenant le risque d'attendre qu'ils ouvrent les aéroports.

Je regardai ma montre. Il était 11 h 45. Il restait un peu plus d'une heure et demie avant la levée du corps de Tsvigoun au club Dzerjinski du Comité de Sûreté de l'Etat. Avec une voiture de la Milice, on pouvait aller de Joukovski à Moscou en quarante minutes environ.

– On atterrit à Joukovski, annonçai-je au pilote.

Et à Svetlov :

– Marat, établis le contact par radio avec la PJ de Joukovski et demande-leur d'amener une voiture en bas de l'échelle.

Moscou, le même jour, 13 heures 15 minutes

Le club Dzerjinski, qui appartient au KGB, était entouré d'un cordon de troupes. Le lendemain, un communiqué de l'agence Tass annoncerait : « Le 22 janvier, les travailleurs de la capitale, les fonctionnaires des organes de la Sûreté de l'Etat et les troupes de la garnison de Moscou ont accompagné à sa dernière demeure le général d'armée Sémion Kouzmitch Tsvigoun, homme d'Etat, membre du Comité central du Parti communiste de l'URSS, député au Soviet suprême. Héros du travail socialiste et premier vice-président du KGB ». Mais il n'y avait pas le moindre travailleur aux funérailles. Quand, après avoir arrêté la circulation à tous les carrefours grâce à notre sirène et filé tout droit à travers le centre de Moscou, nous nous dirigeâmes vers la

Loubianka par le pont des Maréchaux, nous fûmes obligés de nous arrêter malgré notre voiture de la Milice : les soldats de la garnison de Moscou nous barraient le passage.

– Votre laissez-passer!

Evidemment, ma carte de juge d'instruction aux Affaires de Haute Importance, dont la couverture en cuir rouge porte en lettres d'or la mention « Parquet de l'URSS » m'ouvrit la voie, mais j'eus beau faire mon possible pour persuader l'officier de garde de laisser passer Ninotchka (« C'est ma nièce, je réponds d'elle »), l'officier en question se montra inflexible. Il me fallut donner les clefs de mon appartement à Ninotchka et demander au chauffeur de la conduire chez moi. Je descendis de la voiture et partis à pied au club, sans rencontrer personne. Il gelait un peu, il devait faire moins sept et la neige tombait mollement mais sans répit, aurait-on dit. Devant le club Dzerjinski, endroit où ont en général lieu les rassemblements et les réunions solennelles de l'élite des services de Sûreté, étaient arrêtées une dizaine de Tchaïka et de Zil officielles noires, ainsi qu'une dizaine de Volga du KGB hérissées d'antennes radio. Encore un cordon à franchir, celui du KGB cette fois-ci!

– Votre laissez-passer...

Si avec les militaires les choses avaient été simples (je n'avais eu qu'à montrer ma carte de juge d'instruction), elles allaient être plus compliquées avec le KGB. Le Parquet et le KGB ont depuis longtemps des relations complexes. Théoriquement, nous avons le droit de nous mêler de toutes leurs affaires, mais dans la pratique, ce n'est pas si simple! Le colonel du KGB me déclara avec hauteur qu'il ne pouvait pas me laisser passer sans autorisation spéciale. J'insistai. Mais le temps passait : il ne restait plus que six ou sept minutes avant la levée du corps. Juste à ce moment-là, les énormes portes vitrées du club s'ouvrirent pour livrer passage à l'un des adjoints d'Andropov. Vladimir Pirojkov était en grand uniforme de général, la mine renfrognée.

– Que se passe-t-il? demanda-t-il au commandant de la garde.

Je me présentai et montrai mes papiers :

– J'ai été chargé d'enquêter sur les circonstances de la mort du général Tsvigoun. Je dois examiner le corps.

– Quoi-oi?

Le visage de Pirojkov se contracta en une grimace de mécontentement et d'incrédulité, comme si on les dérangeait dans une importante affaire d'Etat par inadvertance ou tout simplement par bêtise.

Je répétai ce que je venais de dire en m'efforçant de garder mon calme.

– Quelle enquête? dit-il en secouant les flocons de neige tombés sur son uniforme de général flambant neuf. – Nous avons déjà fait une enquête nous-mêmes. C'est à croire que vous ne lisez pas les journaux, au Parquet! Il y a eu un communiqué officiel aujourd'hui même. Sémion Kouzmitch est mort à la suite d'une longue maladie...

Et il fit mine de partir, mais je le retins par la manche :

– Une seconde...

– Bas les mains!

Le commandant de la garde venait d'écarter brutalement ma main de la manche du général : vigilance oblige!

Je ricanai et regardai Pirojkov droit dans les yeux

– Vladimir Petrovitch! Je sais de quoi est mort Tsvigoun.

Je proférai ce mensonge lentement en détachant

chaque mot, pour qu'il comprenne que j'en savais plus que le communiqué officiel.

– J'ai été chargé, ajoutai-je, de m'occuper de cette affaire. D'après le code de procédure, je suis tenu d'examiner le corps avant l'inhumation. Si vous ne me donnez pas l'autorisation, je ferai retarder les funérailles.

Il me regarda avec curiosité. Une lueur d'intelligence venait enfin d'apparaître dans ses yeux gris.

– J'aimerais bien voir comment vous allez vous y prendre.

– Vous voulez que je vous montre?

Maintenant nous nous affrontions tous les deux du regard. Quant au commandant de la garde, il fixait tantôt Pirojkov, tantôt ma personne d'un air stupide, prêt au moindre geste de Pirojkov à m'assommer d'un coup de poing bien appliqué. Du coin de l'œil je voyais sa silhouette tendue et penchée vers moi ainsi que trois autres tchékistes qui se tenaient près de lui et avaient tourné la tête de notre côté.

Evidemment que j'avais bluffé : comment aurais-je pu arrêter les funérailles puisque je n'avais même pas sur moi le mandat officiel du Parquet pour instruire l'affaire? Mais le général, de son côté, ne savait pas que je venais d'arriver de Sotchi...

– Ecoutez, dit-il, vous allez venir avec moi.

D'un coup d'œil il fit comprendre au commandant de la garde que tout allait bien et nous franchîmes les énormes portes vitrées du club. Le vestibule était vide, à l'exception d'une quinzaine d'agents opérationnels du KGB, en faction debout contre les murs et devant le portemanteau abondamment garni de capotes de général.

– Qui vous a chargé de cette affaire? me demanda Pirojkov, chemin faisant.

– Le Procureur général, répondis-je en faisant

l'imbécile. Je comprenais très bien que sa question portait sur tout à fait autre chose.

– Je comprends, me dit-il en faisant la grimace. Qui a chargé le Parquet de cette affaire?

Evidemment, il avait envie de se renseigner pour avoir une idée du pouvoir qui osait ainsi porter atteinte aux prérogatives du KGB. Un juge d'instruction du Parquet ne va pas s'engager comme cela ouvertement, et même proférer des menaces, s'il n'a pas derrière lui un pouvoir très important pour l'épauler. Quel était ce pouvoir, fallait-il en tenir compte et, si oui, dans quelle mesure? Telles étaient les questions qui tourmentaient Pirojkov.

Le plus facile aurait été de lui dire que l'affaire m'avait été personnellement confiée par le camarade Brejnev. Cette révélation aurait eu plus d'effet que n'importe quel mandat, mais... je n'avais pas encore été au Parquet, je n'avais pas parlé au Procureur général et je ne savais donc pas encore si je pouvais me couvrir officiellement de ce nom. En outre, je n'avais pas tellement envie de faciliter la tâche de ce Pirojkov. Il n'avait qu'à se donner un peu de mal! Je répondis :

– Comme vous le devinez, camarade général, pour l'instruction d'une affaire de ce genre ce n'est pas le Parquet qui décide. L'initiative vient du Comité central.

Je pris sur la gauche pour aller vers la salle de concert, où était exposé le cercueil, et je dois dire qu'à présent ce n'était plus moi qui suivait Pirojkov, mais lui qui me suivait.

– Attendez, fit-il et il me retint par la manche à son tour, d'où l'effet comique que l'on peut imaginer. – Vous avez vraiment l'intention d'examiner le corps? Sur-le-champ?

– Evidemment.

Les portes de la salle étaient gardées par des

soldats qui portaient des brassards de crêpe noir. Je passai devant eux sans sourciller. Le cercueil reposait, près de la scène de l'immense salle, sur une table recouverte d'un drap rouge et il était entouré d'une garde d'honneur du KGB formée par Andropov lui-même, ses adjoints Tsiniev et Tchébrikov, le commandant des forces frontalières du KGB. Matrossov, ainsi que le vice-président du praesidium du Soviet suprême de l'URSS. Khalilov. Ensuite venaient le directeur d'un des départements du Comité central du PCUS, Savinkine, et encore une douzaine de figures tout aussi importantes du Kremlin. Voilà ce qui expliquait le renforcement de la garde à l'extérieur. Mais Brejnev n'était pas là. Il n'y avait même pas sa femme Victoria Petrovna, la propre sœur de la femme de Tsvigoun. A leur place, aux côtés de la veuve, une femme âgée habillée en noir, et des enfants adultes de Tsvigoun (un fils et une fille), il y avait Constantin Oustinovitch Tchernenko, l'ami intime et le nouvel appui de Léonide Brejnev au Kremlin. Au cours de ces dernières années, dans les couloirs du Parquet, nous avions souvent parlé de l'irrésistible ascension de cet activiste provincial de sixième ordre vers les sommets les plus élevés du Kremlin...

– Une seconde, me dit Pirojkov. Attendez-moi là.

Et il traversa toute la salle pour aller droit à Andropov, dont la grosse face restait impassible, et lui murmura quelque chose à l'oreille. Andropov fit non de la tête. Je compris qu'on allait me refuser d'examiner le cadavre. Ensuite, Pirojkov fit une autre manœuvre : il ne revint pas vers moi pour m'annoncer le refus, mais se dirigea vers Savinkine, le directeur du département des affaires administratives du Comité central. Il n'y a pas bien longtemps, trois ou quatre ans peut-être, le KGB, le ministère de l'Intérieur (MVD) et les autres organes de répression relevaient du président du Conseil des ministres de l'URSS, et le Parquet uniquement et directement du Politburo, c'est-à-dire de Brejnev lui-même. Mais pendant l'époque des frictions entre Brejnev et Kossyguine, Brejnev avait fait passer le KGB sous son contrôle et ensuite, le 5 juillet 1978, transformé son nom de « KGB du Conseil des ministres de l'URSS » en « KGB de l'URSS », et je compris donc la manœuvre de Pirojkov : ce n'étaient ni Pirojkov ni Andropov qui allaient me refuser l'autorisation d'examiner le corps (ils n'en avaient pas officiellement le droit) mais l'assistant de Brejnev, Savinkine.

Faisant fi de l'ordre déguisé en prière de Pirojkov (je me fichais bien de son « Attendez-moi là »), je traversai toute la salle pour m'approcher du cercueil. Si Tsvigoun s'était vraiment tiré une balle, où se l'était-il tirée? dans le cœur, dans la tête? En tout cas, de loin, on ne voyait aucun signe extérieur de blessure. Il était de profil par rapport à la salle et toute la partie gauche de son visage était découverte. Un visage bien plein et net, avec un double menton et un front très dégagé. Il était vêtu d'une chemise kaki et d'un uniforme de général. Son corps lourd et corpulent semblait prendre toute la place dans le cercueil peut-être un peu étroit...

Du coin de l'œil, Pirojkov me vit approcher du cercueil. Le mécontentement se fit jour sur son visage et il se hâta de dire ce qu'il avait à dire à Savinkine. Celui-ci se dirigea vers moi, sans l'écouter jusqu'au bout. Mais pendant qu'il s'approchait en remuant péniblement ses cent kilos, j'eus le temps de me coller tout contre le cercueil, comme pour un dernier adieu. Je pris un air affligé, comme il est de mise dans des circonstances de ce genre, et je m'inclinai même un peu vers le défunt. Et maintenant que j'étais tout près, je pus constater que sa tête reposait sur un coussin spécial qui recouvrait sa tempe droite, celle qui n'était pas visible de la salle. Cette tempe était enfouie dans le coussin, et même collée à lui! Et je compris qu'il y avait bien une blessure. Des anatomo-pathologistes qualifiés avaient maquillé avec habileté les brûlures de la peau de la tempe et même à tout hasard collé le coussin à la tempe, pour que l'endroit touché par la balle n'apparût pas, même si au moment des funérailles le cadavre venait à bouger dans son cercueil. Mais il y avait bien une blessure. Et donc il y avait bien eu suicide! Un suicide dans le gouvernement soviétique, dans la propre famille de Brejnev! « Tu es un idiot, Chamraïev, pensai-je, tu as voulu te duper toi-même, t'imaginer que tu allais avoir une petite affaire facile! » Je crois que ce n'est qu'à ce moment-là que je compris vraiment, en une seconde, dans quelle histoire on m'avait fourré. Ce qui, le matin encore, n'était qu'une supposition fondée uniquement sur des rumeurs et sur les bavardages de Svetlov et qui de loin, de Sotchi ou d'Adler, semblait n'être qu'un événement curieux et divertissant, et même (à quoi bon le cacher) plutôt flatteur pour mon amour-propre. (Quoi! Brejnev lui-même connaissait mon nom et m'avait chargé de cette affaire!), m'apparaissait maintenant dans toute sa simplicité et toute son horreur. Il ne pouvait pas m'arriver pire! Brejnev voulait que je découvre qui avait poussé son beau-frère au suicide. Et le découvrir ne suffirait évidemment pas. Si Brejnev avait ordonné cette enquête, cela signifiait qu'il voulait que moi, Chamraïev, je lui apporte des preuves écrites pour que le Parti réduise en poussière le ou les gredins en question. Mais si Tsvigoun s'était tiré une balle dans la tête après son entretien avec Souslov, la première, ou l'une des premières personnes que je devais interroger c'était bien Souslov, membre du Politburo et secrétaire du Comité central du Parti communiste de l'Union soviétique! Et qui Tsvigoun avait-il vu avant Souslov? Andropov? Tsiniev? Et qui avait donné à Souslov les documents qui lui avaient permis de convaincre Tsvigoun de corruption? Et, d'une façon générale, à qui ce suicide profitait-il? Qui Tsvigoun gênait-il? Andropov? Tsiniev? Ou les autres adjoints d'Andropov : Pirojkov, Tchébrikov, Matrossov? Et c'était moi qui devais tous les interroger?... Ils étaient tous debout côte à côte, avec leurs uniformes de généraux, leurs visages d'hommes bien nourris et leurs regards froids de grands seigneurs; seul, Andropov portait des lunettes d'intellectuels à monture d'écaille. Et chacun d'entre eux était protégé par des dizaines d'agents, secrets ou non, qui leur étaient personnellement soumis. Ils allaient me réduire en bouillie dès qu'ils sauraient que je me mêlais de leurs affaires. Ils me feraient avoir un accident de voiture ou une crise cardiaque, ou bien je serais victime d'une attaque « imprévue » d'une bande de voyous : ils étaient passés maîtres dans ce genre de chose. Et le Secrétaire général ne me serait d'aucun secours parce qu'il serait déjà trop tard...

J'étais en nage. Pour la première fois de ma carrière de juge d'instruction, j'avais vraiment la frousse, même la paume de mes mains en était devenue moite.

Entre-temps Savinkine était arrivé jusqu'à moi et me disait :

– Camarade Chamraïev, je sais bien que vous devez accomplir votre devoir, mais en ce moment c'est déplacé. Emporter quelque part le cercueil, en présence d'une telle foule, ce serait donner matière à des rumeurs scandaleuses...

– D'autant plus que nous avons déjà un certificat d'examen médical, les conclusions des médecins et une décision du Politburo à ce sujet, ajouta nerveusement Pirojkov qui venait d'approcher. Je ne comprends pas pourquoi on a ordonné une nouvelle enquête. Je ne pense pas que les criminalistes du Parquet soient meilleurs que les nôtres.

– Quel genre de certificat avez-vous pour l'examen médical? demandai-je. Un certificat authentique, ou fabriqué?

Il rougit de colère. Le Procureur général lui-même ne se serait normalement pas permis une telle insolence, que l'on pouvait encore moins attendre de menu fretin comme moi. Mais je l'avais fait, je m'étais payé le luxe de river son clou au vice-président du KGB lui-même, Savinkine en était témoin. J'avais trop envie de lui rendre la pareille, maintenant que l'examen du corps était tombé à l'eau.

– Qu'est-ce que vous voulez dire? me demanda-t-il.

Je pris l'air innocent et j'expliquai :

– Je veux dire ceci : vous avez un acte d'examen médical qui a été établi en vue du communiqué officiel publié dans la presse. S'il existe un autre acte certifiant que...

– Nous n'avons pas de documents fabriqués! hurla-t-il en m'interrompant. Le communiqué relatif à la maladie de Sémion Kouzmitch qui avait été transmis à la presse a été établi sur décision du Politburo. En ce qui concerne le certificat d'examen du cadavre par les médecins légistes, vous pouvez venir dans nos bureaux à n'importe quel moment pour le consulter.

Ah! ah! Le voilà déjà qui avouait que le communiqué annonçant la mort de Tsvigoun à la suite d'une grave maladie, qui avait paru dans les journaux, était du bluff.

– Il n'y a aucune raison pour que je vienne vous

voir, dis-je. Envoyez tous les documents au Parquet. Et aujourd'hui même, s'il vous plaît. Je serai là-bas à les attendre.

– Camarades, la réunion de deuil est terminée, annonça la voix de l'ordonnateur des pompes funèbres. Je prie tous ceux qui vont au cimetière de monter en voiture. La levée du corps aura lieu dans une minute...

La veuve, une petite vieille au visage rond et au corps desséché, se mit à sangloter et pressa sa paume contre sa bouche. Son fils, sa fille et Tchernenko tapotèrent ses épaules courbées. Je vis Andropov se rapprocher d'elle, sans doute pour lui dire quelques paroles de condoléances officielles, mais brusquement elle fixa sur lui un regard si plein de terreur et de haine qu'il s'arrêta dans son mouvement, visiblement embarrassé. Ce regard ne dura qu'un instant, mais pendant cet instant justement le sanglot qu'elle avait au bord des lèvres s'étouffa. J'eus l'impression que, si Andropov avait fait deux pas de plus vers elle, elle lui aurait peut-être craché au visage. Or Andropov et moi ne fûmes pas les seuls à en être témoin : un silence brûlant et tendu avait envahi toute la salle, comme cela arrive pendant les représentations théâtrales, au moment le plus palpitant.

Andropov se détourna et sortit et une espèce de soulagement se mit immédiatement à régner dans la salle. Le spectacle en était arrivé à son dénouement officiel : après le départ d'Andropov, ce fut le tour des maréchaux, des généraux et des autres dignitaires de l'Etat. Quatre robustes soldats soulevèrent le cercueil sur leurs épaules, tandis que les membres de la garde d'honneur (Pavlov, Savinkine, Dymchits et Khalilov) marchaient à côté du cercueil, la main posée sous le fond de celui-ci, comme si c'étaient eux qui conduisaient le général Tsvigoun à sa dernière demeure... Derrière, les enfants du défunt soutenaient la veuve abattue et sanglotante; quant à Tchernenko, il avait disparu par une issue latérale de la scène avec deux gardes du corps. Je compris que ni lui ni Andropov n'iraient au cimetière.

A proprement parler, je n'avais moi non plus aucune raison d'aller au cimetière. Ils allaient finir leur spectacle sans moi. Le cercueil serait transporté en voiture fermée et sous escorte militaire jusqu'au cimetière qui était déjà sans aucun doute entouré d'un cordon de troupes et d'agents du KGB. Quelqu'un prononcerait au-dessus de la tombe le discours habituel en pareil cas, en énumérant les services rendus à la Patrie par le défunt et en rappelant qu'il avait été bon mari, bon père et un communiste modèle. Ensuite la veuve sangloterait, on recouvrirait le cercueil de terre et de neige...

Dans le vestibule, je me dirigeai vers une cabine téléphonique, mis mes deux kopecks dans la fente et fis mon propre numéro de téléphone. Ninotchka décrocha tout de suite :

– Allô! fit sa voix dans l'appareil.

– C'est moi. Comment ça va?

– Tu appelles d'où? Je m'ennuie.

– J'en ai encore pour un moment. Je n'arriverai que dans deux heures environ, pas avant...

– Oh!... dit-elle d'une voix désolée.

– Sois sage, regarde la télévision.

Elle raccrocha pour toute réponse.

Je raccrochai moi aussi et, sans le vouloir, prêtai l'oreille à la conversation qui avait lieu dans la cabine d'à côté. Un homme d'une cinquantaine d'années, aux petits yeux vifs typiquement juifs et portant un manteau en mouton retourné, une toque en fourrure de renne et des jeans, disait dans l'appareil :

– Mon vieux, tu n'as pas d'autre scénario?... Non, le studio te paiera ton adaptation. Ce n'est pas ta faute si l'auteur est mort. Mais on ne me laissera plus commencer les prises de vues. Tout le monde se fiche pas mal de Tsvigoun maintenant !

Je me souvins que, quelques années auparavant, on avait projeté dans le pays deux films réalisés d'après des livres de Tsvigoun : « Un front sans limites » et « La guerre derrière les lignes ». Un troisième film devait probablement avoir été prévu, mais effectivement qui pouvait bien se soucier maintenant de faire encore des films d'après les livres sans intérêt de l'ancien commandant des détachements du SMERCH[1] sur les fronts du Sud-Ouest, du Sud, du Nord-Caucase et encore d'autres fronts ?

Je me dirigeai sans rien dire vers la sortie. Dehors, je surpris le regard de Pirojkov, qui était fixé sur moi. Il montait dans sa voiture, une grosse Tchaïka noire, sans doute pour aller au cimetière. C'était son devoir, après tout. Je me demandai s'il avait déjà donné des instructions pour que les documents concernant la mort de Tsvigoun me fussent transmis au Parquet. Je me détournai et partis à pied par le pont des Maréchaux. Le cortège funéraire se mit en marche derrière moi. La neige continuait à tomber, mollement et sans répit. J'avais très envie de m'enivrer et il me vint à l'esprit que je n'avais rien mangé depuis le matin, c'est-à-dire depuis notre départ d'Adler. Mais pourquoi donc la femme de Tsvigoun avait-elle jeté un tel regard à Andropov ?

Le même jour, un peu après 14 heures

A la cantine du Palais de justice il régnait, comme chaque vendredi, une forte animation. Le vendredi

1. SMERCH : Il s'agit de détachements spéciaux du KGB qui étaient chargés pendant la guerre de faire la chasse aux déserteurs de l'armée soviétique dans la zone du front. *(N. d. A.)*

(veille de deux jours de congé), on livre à notre cantine des produits alimentaires provenant du centre de ravitaillement spécial n° 3 du Conseil des ministres de l'URSS : des poulets ou de la viande congelés de Hollande, du saucisson, du fromage, du gruau de sarrasin, des conserves de poisson et du pâté de foie d'oie. Depuis que les denrées alimentaires ont commencé à disparaître des magasins moscovites, la plupart des établissements publics assurent à leurs employés un approvisionnement complémentaires spécial et exclusif par l'intermédiaire de leurs cantines et restaurants. A l'heure actuelle, le Commissariat au Plan, les ministères, les comités, les rédactions des journaux et d'autres bureaux rivalisent à qui mieux mieux pour obtenir le droit d'être rattachés aux centres de ravitaillement les plus haut placés, comme le centre de ravitaillement spécial n° 1 qui approvisionne le Kremlin, le Soviet suprême et le Conseil des ministres. Du temps de l'ancien Procureur général Roman Andreïévitch Roudenko (que le procès de Nuremberg a rendu célèbre), le Parquet se traînait littéralement au dernier rang dans cette compétition. Le maréchal Roudenko était directement ravitaillé à domicile par le distributeur spécial et exclusif du Kremlin, et toutes les autres marchandises, des vêtements au papier hygiénique, lui étaient fournies par la « centième section », gouvernementale, du GOUM[1]. C'est pourquoi il ne partageait guère les soucis terre à terre de ses collaborateurs et estimait que les magistrats et employés du Parquet devaient avoir un ordinaire frugal et ne pas se permettre des extras tels que du poulet ou de la viande de bœuf fraîche. Que leurs femmes (s'ils sont

1. GOUM : Principal « grand magasin » moscovite, situé sur la place Rouge. *(N. d. T.)*

mariés) aillent donc faire la queue comme tout le monde...

Mais Roudenko était mort il y avait un an. Le nouveau Procureur général était Alexandre Mikhaïlovitch Rébounkov, un homme qui avait jusqu'alors toujours joué les seconds rôles : il avait d'abord été deuxième secrétaire du comité régional du Parti à Voronej et ensuite vice-procureur de la RSFSR. Depuis qu'il était devenu Procureur général de l'URSS, Rébounkov s'était épanoui. Si l'autorité dont jouissait Roudenko au Parquet lui était naturellement venue de ses rapports avec Souslov, Brejnev, Kossyguine, Gromyko et autres doyens du Kremlin, Rébounkov, de son côté, avait su s'allier ses subordonnés en employant un autre moyen : il avait obtenu que notre cantine fût rattachée au centre de ravitaillement spécial nº 3, ce n'est pas tout à fait le centre nº 1. On ne nous livre pas de « Pepsi-Cola » de Krasnodar, ni de cigarettes d'importation, de caviar, de jambon finlandais ou de saucissons autrichiens. Mais du seul fait qu'il était désormais possible d'acheter tous les vendredis à la cantine de la viande, du poulet, des légumes et des fruits sans faire des heures de queue, tout le personnel du Parquet était prêt comme un seul homme à faire même des heures supplémentaires pour le nouveau Procureur général.

Mais ce jour-là, c'était vraiment un jour spécial : on vendait du poisson frais à la cantine, du brochet, du sandre et de l'aiglefin. C'est pourquoi l'atmosphère était proprement festive. Contrairement au programme de vente par directions et services, la cantine était envahie par toutes les femmes du bâtiment : procureurs, juges d'instruction et même substituts du Procureur général. La vendeuse, la mère Léna, avait un grand problème : dans quoi envelopper le poisson? Elle n'avait pas de papier d'emballage (c'est un article depuis longtemps déficitaire dans tout le pays) et elle rabrouait joyeusement tout le monde, y compris les procureurs et les juges d'instruction pour les Affaires de Haute Importance.

– Ne m'apportez pas de documents! Je refuse d'envelopper le poisson dans des documents! Le Procureur général m'a défendu d'envelopper les aliments dans vos documents!

– Mais ça sort des archives, ce sont de vieux papiers! essayait-on de la convaincre.

– Je n'en sais rien, si ça sort des archives ou pas! J'ai pas le temps de les lire! La dernière fois, Koulébiakine a enveloppé du saucisson dans des documents secrets et c'est moi qui ai eu un blâme! Que ceux qui n'ont pas de papier ne fassent pas la queue, je ne leur donnerai rien! Vous avez même la flemme de sortir acheter le journal! Pétia, pourquoi est-ce que tu me fourres ta serviette sous le nez? Elle va puer le poisson, et après tous tes papiers pueront aussi le poisson...

– Je la laverai, Eléna Ignatiévna. Je voudrais trois sandres et un aiglefin, la suppliait un des doyens du Parquet, le juge d'instruction en chef aux Affaires de Haute Importance, Tarass Karpovitch Vendélovski, un homme de soixante-douze ans.

– Le sandre, je n'en donne que deux par personne. Prends du brochet...

Je mangeais une omelette au saucisson dans un coin en attendant que ce soit mon tour, et je réfléchissais à ce que je devais prendre : seulement du sandre pour le dîner du même jour avec Ninotchka, ou bien l'assortiment complet, c'est-à-dire aussi du brochet et de l'aiglefin? Avec le brochet, on fait de la très bonne soupe de poisson. Seulement, voilà : je ne savais pas faire la soupe de poisson, et Ninotchka, est-ce qu'elle savait?

A vrai dire, j'aurais déjà depuis longtemps dû aller dans le bureau de Karakoz et du Procureur général leur annoncer mon arrivée et attaquer officiellement l'affaire concernant la mort de Tsvigoun. Mais cela signifiait aller interroger Souslov, Andropov, Tsiniev : j'en avais la chair de poule rien que d'y penser. C'est pourquoi je remettais ça, je traînais le plus que je pouvais en mâchonnant mon omelette et en évoquant le souvenir de Roudenko et d'autres idioties pour passer le temps. Je n'avais pas la moindre envie d'acheter du poisson et toute mon histoire avec Ninotchka, c'était déjà comme du passé pour moi. Ce qui me tentait le plus, c'était d'aller me soûler à mort et faire du tapage dans un restaurant afin qu'on me renvoie définitivement du Parquet pour immoralité...

Mais à ce moment précis Guerman Karakoz fit irruption dans la cantine. Apparemment, quelqu'un avait déjà eu le temps de lui annoncer que j'étais là.

– Non, mais des fois! s'exclama-t-il avec indignation. Cela fait déjà une heure que je t'attends avec le Procureur général et toi, tu es là en train de bouffer des œufs! Allez, on y va!

– C'est bientôt mon tour pour le poisson, Guerman.

– Tu n'en mourras pas, allez, viens!

– Je n'irai nulle part! rouspétai-je. Mon frigidaire est vide, je viens d'arriver.

C'était vrai, au fait. Ils n'avaient qu'à tous aller se faire voir, avec leur éternel désir de s'aplatir devant les chefs!

Karakoz comprit que je ne quitterais pas la cantine sans mon poisson. Il se tourna vers la serveuse et lui cria :

– Léna, mets de côté du poisson pour Chamraïev, un de chaque, et moi, tu me gardes deux sandres.

– D'accord, Guerman Mikhaïlovitch...

La serveuse était toujours aux petits soins pour Guerman, le chef du département des instructions du Parquet, plus même que pour le Procureur général, dans la mesure où c'était Karakov qui supervisait le GOUBHSS, c'est-à-dire l'organisation la plus redoutable pour les restaurants, cantines et réfectoires.

Nous prîmes l'ascenseur pour aller au deuxième étage voir le Procureur général dans son cabinet. En chemin, je racontai brièvement à Karakoz l'incident du club Dzerjinski, en lui expliquant que Pirojkov, Andropov et Savinkine ne m'avaient pas permis d'examiner le corps de Tsvigoun.

– Bah! Tu ordonneras une exhumation, et voilà tout! répondit Karakoz, tout excité. Pendant que tu mangeais ton omelette, le KGB nous a envoyé tous les documents et j'ai déjà rédigé un arrêt d'ouverture d'instruction criminelle. Dès que le Procureur général l'aura signé, tu auras tous les pouvoirs.

Pour Karakoz, en règle générale, rien ne faisait jamais problème. De taille moyenne et un peu corpulent, de tempérament cynique, animé et gai comme en témoignaient ses yeux pétillants d'Arménien, Karakoz qui était âgé de quarante-cinq ans arborait toujours un uniforme de général flambant neuf, coupé dans un fin drap de laine anglais acheté au magasin en devises « Bériozka », des chemises à la mode impeccables et des cravates françaises de grand couturier. Il était très amateur de jolies femmes et de banquets entre hommes dans les restaurants de campagne, ceux qu'on appelle maintenant des « interludes[1] ». Il y avait huit ans, il avait épousé la nièce d'Oustinov, le ministre de la Défense de l'URSS, et avait rapidement fait une fulgurante carrière en devenant, de juge d'instruction d'un parquet local,

1. En russe, *polyana* : clairière. *(N. d. T.)*

chef des services instructeurs du Parquet de l'URSS, et en battant à plate couture ses anciens camarades d'université, y compris moi avec mes origines à moitié juives qui n'arrangeaient rien...

Après avoir traversé l'antichambre lambrissée de bouleau de Carélie où deux nouveaux substituts du Procureur général étaient de service, nous entrâmes dans le cabinet de Rékounkov. Le Procureur général était assis à son bureau qui était grand et bien rangé. A sa gauche, sur une petite table, il y avait trois téléphones : deux téléphones rouges (des *vertouchkas*), pour les communications téléphoniques entre services gouvernementaux dans tous les pays et une *kremliovka* pour les communications directes avec le Politburo. Derrière les grandes fenêtres aux carreaux bien lavés qui donnaient sur la place des Soviets et le monument à Youri Dolgorouki, fondateur de Moscou, la neige continuait à tomber avec la même persistance monotone, si bien qu'à 3 heures de l'après-midi il faisait déjà presque nuit et que le Procureur général avait dû allumer la lumière. A cinquante-huit ans, Alexandre Rékounkov, qui avait déjà les cheveux blancs, était grand mais voûté à cause de la longue habitude qu'il avait eu de plier l'échine devant ses supérieurs hiérarchiques. Il examinait les documents que renfermait un épais dossier à l'estampille « KGB de l'URSS », posé sur la table devant lui.

Je le saluai. Il se souleva dans son fauteuil et me tendit par-dessus la table une main sèche et dure, en nous disant d'un ton morne :

– Bonjour, asseyez-vous.

Mais Herman sut bien vite dégeler cette atmosphère officielle et ampoulée.

– Qu'est-ce que vous en dites, Alexandre Mikhaïlovitch? s'exclama-t-il. Léonide Ilitch l'a chargé de cette affaire et lui, il fait la queue à la cantine pour acheter du poisson! Il y a vraiment de quoi rigoler!

– Oui, dit le Procureur général d'un ton morne et il enleva ses lunettes. Dites-moi, Igor Iossifovitch, vous connaissez personnellement le camarade Brejnev?

– Non, Alexandre Mikhaïlovitch, je n'ai pas l'honneur.

– Mais, apparemment, vous vous êtes déjà occupé d'une affaire sur ses instructions?

– Oui. En 1979. C'était une affaire ordinaire, de la routine.

– Il fait le modeste! se récria Karakoz. « De la routine! » Ils ont mis sens dessus dessous tout Moscou, la Transcaucasie et l'Asie centrale. Ils ont démasqué une très grosse bande de trafiquants de drogue. Même « La Voix de l'Amérique » a parlé d'eux!

Rékounkov se renfrogna. A cette époque-là il travaillait au Parquet de la RSFSR et, s'il ne connaissait pas les détails de l'affaire, le bruit en était parvenu jusqu'à lui. Il me dit :

– J'en ai entendu parler. En tout cas, c'est bien à votre réputation que nous devons l'honneur de nous voir à nouveau confier par Léonide Ilitch une affaire de la plus haute importance...

Il avait vraiment bien présenté ça, il n'y avait pas à dire! D'un côté, ce « nous devons l'honneur » et, de l'autre, « sans ce parvenu de Chamraïev, le Parquet ne serait pas dans l'obligation de mener cette enquête », et par conséquent de s'ingérer dans les affaires du KGB, voire du Kremlin. Il était clair que, pour le Procureur général, cette affaire était aussi redoutable qu'un serpent à sonnette, ce qui expliquait pourquoi il compulsait si attentivement ce dossier...

– Hum, ce n'est évidemment pas aussi simple que

ça, dit Karakoz en changeant de ton, sur quoi il tapota de ses doigts la surface polie du bureau et se renversa sur le dossier de son fauteuil, comme s'il se désistait de toute participation à cette affaire.

L'un des téléphones rouges sonna. Le Procureur général décrocha le combiné.

– Allô, j'écoute... Oui, nous les avons reçus... Je ne sais pas, camarade Tsiniev, je ne sais pas encore... Comme il est tout à fait normal, c'est un juge d'instruction aux Affaires de Haute Importance, le camarade Chamraïev, qui s'occupe de l'affaire... Bien entendu, cela doit rester absolument secret, nous le comprenons. Très bien, je vous tiendrai au courant...

Comme ça, Tsiniev (le bras droit d'Andropov) était déjà branché là-dessus. Sûr que, dans quelques minutes, c'était Souslov lui-même qui allait téléphoner!

Entre-temps, le Procureur général avait raccroché avec précaution et soupirait :

– Bref, engagez l'affaire, il n'y a rien d'autre à dire.

Et il poussa le dossier vers moi. Il me sembla qu'il le faisait avec un certain soulagement, comme s'il se désistait lui aussi.

– Mais, auparavant, ajouta-t-il, lisez ceci.

Rékounkov ouvrit le tiroir de son bureau et me tendit une feuille de papier épais de couleur crème à l'en-tête rouge du Kremlin : « Léonide Ilitch Brejnev, Secrétaire général du Comité central du Parti communiste de l'URSS, président du praesidium du Soviet suprême de l'URSS et président du Conseil de la Défense de l'URSS. »

La feuille ne portait que quelques lignes rédigées d'une écriture inégale et hachée :

« Rékounkov,

Charge le camarade Chamraïev, juge d'instruction

chez toi, de découvrir les causes de la mort de Tsvigoun. Il a les pleins pouvoirs. Qu'il aille jusqu'au fond de l'affaire. Dernier délai : le 3 février. L. Brejnev. »

Et voilà qui était clair et net et allait droit au but avec la franchise et le discernement caractéristiques du Parti : on donnait les pleins pouvoirs au camarade Chamraïev et son supérieur hiérarchique, le Procureur général de l'URSS, avait droit seulement à « Rékounkov » sans prénom et patronyme, sans même le titre de « camarade », comme s'il était un vulgaire larbin. Je n'avais vraiment pas à attendre d'aide ou de protection du Procureur général.

Je pris le dossier en soupirant. Après une petite lettre comme ça, impossible de se défiler et de se faire porter pâle. Même mourant, on me tirerait du lit. Impossible aussi de démissionner : ils me mettraient une telle appréciation dans mon livret de travail qu'après je pourrais même pas faire portier. Je me souvins des vers de Griboïédov : « Dieu nous garde, plus que de tous les chagrins, et du courroux des maîtres, et de leur amour. » Je n'avais pas échappé à l'amour, qu'en serait-il du courroux?

Le dossier qui portait sur sa couverture grise entoilée l'étiquette « KGB de l'URSS document ultra-secret, affaire n° 16/1065 » n'était pas comme d'habitude fermé par des petits rubans mais garni d'une fermeture métallique. Evidemment un article d'importation, on n'en fabrique pas des comme ça chez nous. La section administrativo-économique du KGB se débrouillait bien, ce n'était pas comme chez nous, au Parquet! J'ouvris le dossier. Au-dessus de tous les autres papiers, il y avait un projet d'arrêté d'ouverture d'instruction criminelle établi en mon nom par l'obligeant Karakoz :

DOCUMENT ULTRA-SECRET

« Approuvé »
Le Procureur général de l'URSS
Premier conseiller d'Etat à la Justice
A Rékounkov

ARRÊTÉ D'OUVERTURE D'UNE PROCÉDURE
D'INSTRUCTION CRIMINELLE

Moscou, le 22 janvier 1982

Le conseiller supérieur de justice I. Chamraïev, juge d'instruction aux Affaires de Haute Importance auprès du Procureur général d'URSS, après avoir examiné les éléments et faits relatifs à la mort du citoyen S. K. Tsvigoun.

A établi ce qui suit :

Le 19 janvier 1982, à 14 h 37, dans l'un des appartements clandestins appartenant aux services enquêteurs de l'appareil central du Comité de Sûreté de l'Etat de l'URSS, sis à l'adresse suivante : appartement n° 9, 16 bis rue Katchalov, Moscou, le major du KGB. A. P. Gavrilenko, garde du corps personnel du camarade Tsvigoun, a découvert le corps du citoyen TSVIGOUN Sémion Kouzmitch, membre du Comité central du Parti communiste de l'URSS, député au Soviet suprême de l'URSS, général d'armée et premier vice-président du KGB de l'URSS, et a constaté qu'il présentait des signes de mort violente.

Etant donné que le camarade S. K. Tsvigoun occupait une position particulièrement importante dans le Parti et l'appareil d'Etat, le Politburo du Comité central du Parti communiste de l'URSS a décidé de ne pas divulguer les circonstances réelles du décès du camarade Tsvigoun et de communiquer à la presse que la mort du général Tsvigoun était intervenue à la suite d'une longue maladie, en fonction de quoi les organes du KGB ont fait établir par la commission médicale un acte allant dans ce sens, lequel fait partie des pièces du dossier de l'affaire.

D'après ce document transmis par le KGB de l'URSS, une commission spéciale dirigée par le chef de la Direction principale des enquêtes du KGB de l'URSS, B. V. Kourbanov, s'est rendue le 19 janvier dernier sur les lieux du décès du général Tsvigoun. Des documents ci-joints, il ressort qu'après examen des lieux la commission a constaté que la mort du général Tsvigoun avait été causée par une blessure par balle dans la région de la tempe droite. Le coup avait été tiré de l'arme personnelle du général Tsvigoun – un pistolet PM, de 9 mm de calibre, et la douille a été retrouvée et emportée lors de l'examen.

Vu que la commission spéciale d'enquête du KGB de l'URSS a conclu que le citoyen Tsvigoun n'avait pas été tué par la main d'une autre personne, mais qu'il s'agissait d'un suicide, elle a rendu un arrêté de non-ouverture d'une procédure d'instruction criminelle, lequel figure dans le dossier de l'affaire.

Mais aujourd'hui, 22 janvier 1982, à 5 h 40, le Parquet de l'URSS a reçu des instructions écrites personnelles du camarade Léonide Ilitch Brejnev, Secrétaire général du Comité central du PCUS et président du praesidium du Soviet suprême de l'URSS, lui ordonnant de procéder immédiatement à une enquête plus approfondie sur les causes du décès du camarade S. K. Tsvigoun, membre du Comité central du Parti communiste de l'URSS.

A la suite de cela, le Procureur général de l'URSS a ordonné l'ouverture d'une instruction criminelle sur les motifs susceptibles d'avoir poussé le camarade S. K. Tsvigoun au suicide.

C'est pourquoi, prenant en considération ce qui précède et se conformant aux articles 108 et 112 du Code de procédure criminelle de la RSFSR.

Il a décidé :

1. D'annuler l'arrêté de non-ouverture d'une instruction criminelle établi par la Direction principale des enquêtes du KGB de l'URSS et confirmé par le président du KGB, le camarade Y. V. Andropov, comme insuffisamment fondé.

2. D'engager une procédure d'instruction criminelle sur l'affaire de la mort du citoyen Sémion Kouzmitch Tsvigoun.

3. De se charger de l'instruction de cette affaire.

Le juge d'instruction aux Affaires
de Haute Importance du Parquet de l'URSS,
Igor Chamraïev, conseiller supérieur de justice.

– Alors? J'ai bien travaillé? me demanda Karakoz après que j'eus fini d'examiner cet arrêté. Tu as des observations?

– Oui, lui dis-je. Après ma signature, tu as oublié d'apposer la formule « Approuvé » avec ta signature de chef du département des instructions de la Direction générale des enquêtes du Parquet de l'URSS : le conseiller d'Etat à la justice de 3e classe Guerman Karakoz.

Je le regardai droit dans les yeux et il comprit mon regard. Evidemment qu'il n'avait pas oublié, mais qu'il avait fait exprès de ne pas apposer sa signature : tout, plutôt que de mettre son nom dans une affaire aussi dangereuse et liée au KGB et à Souslov! Moi, je ne pouvais plus m'en tirer, c'était clair, ce qui ne m'empêchait pas d'avoir envie de me servir de ce papier pour envelopper le poisson que j'allais acheter à la cantine. Mais puisqu'il n'avait pas hésité à parler de petites filles dans un télégramme envoyé en pleine nuit par le service des transmissions de l'armée, qu'il signe cet arrêté, comme cela on serait quittes!

– A propos, lui fis-je, pourquoi m'as-tu envoyé le télégramme par dépêche militaire?

Karakoz jeta un coup d'œil inquiet à Rékounkov, puis aux appareils de téléphone à côté de lui et répondit, en se levant précipitamment :

– Parce que, sans ça, tu aurais attendu une semaine avant de décoller de Sotchi. Et qui pouvait mener cette enquête sinon toi, moi peut-être? Allons-y. Tu vas remanier mon arrêté, ou le laisser comme ça?

– Je veux d'abord examiner tous les documents, lui rétorquai-je. Je déciderai après.

Zut alors, même dans le bureau du Procureur général de l'URSS il faut tenir sa langue, parce que même là il peut y avoir des micros du service des écoutes du KGB! Essayez un peu de travailler dans ces conditions!

– Allons-y, allons-y vite, me dit très haut Karakoz pour me faire presser. Sinon il n'y aura plus de poisson à la cantine!

II

La deuxième version

Moscou, le 22 janvier, 15 heures

– Tu es idiot, ou tu fais semblant? me demanda Karakoz dès que nous fûmes sortis de l'antichambre du Procureur général et arrivés dans le couloir. Qu'est-ce qu'il t'arrive? Tu ne sais pas que nous sommes peut-être sur écoutes?

Je faisais effectivement l'imbécile. Bien sûr que je savais que le service des écoutes du KGB peut écouter les conversations qui ont lieu dans le cabinet du Procureur général. Bien que nous, au Parquet, ne relevions que du chef de l'État et ayons le droit de contrôler l'activité du KGB, du ministère de l'Intérieur et d'autres ministères, y compris le ministère de la Défense, ce n'est un secret pour personne qu'une fois par an, pendant une semaine ou deux, le KGB met sur tables d'écoute tous les téléphones officiels et privés des magistrats et employés du Parquet et recueille des informations sur chacun d'entre nous. Et ce jour-là, vu que Brejnev m'avait confié une affaire pareille, ils s'étaient sûrement déjà branchés. Le cabinet du Procureur général, le bureau de Karakoz, mon téléphone au bureau et mon téléphone à la maison étaient déjà « passés sur bouton ». Ce n'était pas par hasard que Tsiniev avait justement appelé quand j'étais dans le cabinet du Procureur général. Des fois qu'il aurait oublié! Comment pouvais-je enquêter sur l'affaire dans des conditions pareilles? Je m'arrêtai au milieu du couloir et demandai haineusement à Karakoz :

– Dis-moi, qu'est-ce qui se passe à Moscou? Ne dissimule pas!

– En voilà un drôle de type! Je n'en avais pas l'intention...

Karakoz me prit par l'épaule et me conduisit le long du couloir jusqu'à l'ascenseur en se retournant parfois pour voir si quelqu'un ne nous écoutait pas.

– Mais c'est pas la peine de déblatérer là où on ne peut nous entendre! Maintenant je peux tout te raconter. Il y a quinze jours qu'a commencé à Moscou l'« opération Cascade », ça tu le sais. Apparemment, rien que de normal : il s'agissait de lutter contre la corruption et l'« économie parallèle », qui sapent les bases du socialisme. A un détail près. Ni Tsvigoun ni Brejnev n'étaient au courant de la préparation de cette opération. Tu te rends compte! L'opération est réalisée par la Direction générale pour la lutte contre les atteintes à la propriété socialiste et par le département des Renseignements du ministère de l'Intérieur. Depuis quand ces services agissent-ils à l'insu du Politburo et de Tsvigoun? Cela ne s'est jamais vu! Deuxièmement : dès les premiers jours de l'opération, ils arrêtent précisément ceux qui, comme on l'a appris, versaient depuis des années des pots-de-vin à Tsvigoun, et ils transmettent tous ces éléments non pas à Brejnev, mais à Souslov! Ce n'est donc pas de lutte contre la corruption en général qu'il s'agit, mais d'un tir bien dirigé et bien préparé. Et contre qui? C'est que Tsvigoun, ce n'est pas simplement Tsvigoun, mais aussi un proche parent de Léonide Ilitch. T'as pigé? Brejnev lui aussi! Et voilà. Le reste, tu le verras dans le dossier...

– Attends un peu, comment est-ce que je peux aller interroger Souslov?

– Tu n'auras pas à l'interroger, il a eu une crise cardiaque et il est à l'hôpital. Il y est depuis le 19 et on ne sait pas quand il refera surface...

– Comment! Lui aussi, ça lui est arrivé le 19?

– Qu'est-ce que tu crois? Tsvigoun s'est tiré une balle dans la tête après avoir eu un entretien avec Souslov. Ce n'est pas rien! Brejnev a immédiatement hurlé après Souslov et maintenant ils sont tous les deux au lit, l'un à l'hôpital, l'autre à la campagne. Mais la réunion du Politburo sur les résultats de l'« opération Cascade » doit avoir lieu le 4 février. C'est pourquoi ton rapport sur l'affaire doit être sur la table du Secrétaire général au moins un jour avant la réunion. Salut!

Et Karakoz sortit en même temps que moi de l'ascenseur, au quatrième étage, et alluma une cigarette.

Je compris que je ne tirerais plus rien de Karakoz. C'est au quatrième étage que se trouvent les services instructeurs du Parquet : les cabinets des procureurs, des juges d'instruction aux Affaires de Haute Importance, des criminalistes et le cabinet de Karakoz lui-même. Cela voulait dire beaucoup trop d'oreilles et de regards indiscrets. C'est pourquoi Karakoz était pressé de me quitter. Mais je le retins :

– Une dernière question. Comment as-tu appris l'existence de mon flirt de Sotchi?

Le visage de Guerman s'anima et ses petits yeux marron se mirent à pétiller :

– Ha! ha! cela te turlupine? Renseignements confidentiels, mon petit vieux!

– Ça va, ne me casse pas les pieds. Comment l'as-tu su?

– Dix-huit ans, acrobate au cirque de Vologda, 1,53 mètre, yeux bleus, cheveux blonds..., énumérait malicieusement Karakoz. Vous êtes allés ensemble dans les restaurants Elbrouz, Riviera, Cosmos et Le Village caucasien. Je continue?

– Ça suffit. Qui a mouchardé?

– Ton ami, Kolia Baklanov. Mais il n'a pas mouchardé, il a simplement bavardé par jalousie.

Karakoz indiqua de la tête le bureau de mon ami et collègue, Nikolaï Baklanov, juge aux Affaires de Haute Importance.

– Il travaille en ce moment avec le GOUBHSS. A peine l'affaire du caviar terminée, il s'est branché sur l'« opération Cascade ».

– Eh bien? Qu'est-ce que j'ai à voir là-dedans?

– C'est qu'ils ont toute une équipe qui travaille à Sotchi. Ils repèrent les gens qui ont beaucoup d'argent, ils les observent et ils les entortillent... Si tu veux savoir combien tu as dépensé en restaurants pour ton acrobate, va voir Baklanov, il te le dira. Entre nous, mon vieux, elle est bien cette fille? Elle a des amies?

– T'as pas assez des tiennes?

– Je n'en ai jamais assez, tu le sais, fit-il non sans fierté.

– Ça va, tu t'en passeras. Salut!

Je lui tournai le dos et partis vers mon bureau, au bout du couloir.

Je voulais aller voir Baklanov en passant et l'engueuler pour ses commérages, mais la porte de son bureau était fermée. Il était peut-être à la cantine en train de faire la queue pour le poisson, ou bien il se baladait quelque part pour son travail. Les autres cabinets étaient aussi fermés. Derrière les portes de ces cabinets, dans le secret et le silence des coffres des juges d'instruction aux Affaires de Haute Importance reposent des documents concernant des dizaines de cas très importants de prévarication, dont le moindre ferait sensation en Occident. J'arrivai finalement dans mon cabinet, tout en essayant de penser à autre chose qu'à ce dossier du KGB, l'affaire Tsvigoun que j'avais entre les mains. Kolia Baklanov participait donc à l'« opération Cascade ». Evidemment, c'était logique pusqu'il avait réussi à lui seul à démonter les rouages de la combine imaginée pour le caviar noir par le ministre de la Pêche et à faire passer en jugement deux cents personnes représentant tous les postes de commande du ministère, dont le ministre lui-même. Pendant huit ans, ils n'avaient pas cessé d'expédier discrètement à l'étranger du caviar noir dans des boîtes de conserves étiquetées « Sprats » et d'empocher les gains. Mais évidemment la plus grosse partie des recettes en devises allait à leurs partenaires occidentaux, fait qui constituait une atteinte aux fondements économiques du socialisme et un crime contre l'Etat lequel était passible de la peine de mort. Quant à Baklanov, qui avait su démasquer cette mafia et probablement récupérer au profit du gouvernement des tonnes de caviar noir d'une valeur de plusieurs centaines de millions de roubles-or, il était peut-être en ce moment en bas à la cantine, en train de faire la queue comme tout le monde, pour avoir du poisson.

Cette pensée me fit sourire et j'entrai dans mon bureau. « Il n'y a pas à tortiller, camarade Chamraïev, il faut ouvrir ce dossier et bien regarder de quoi il retourne. C'est pour cela qu'on te paie et que tu as même quelquefois droit à du poisson grâce au service spécial de ravitaillement du gouvernement... »

Sur la page de titre, il y avait l'emblème rouge du KGB : les armes de l'Union soviétique avec, en dessous, un bouclier et un glaive. En dessous encore :

ULTRA-SECRET

AFFAIRE CONCERNANT

LA MORT DE SÉMION KOUZMITCH TSVIGOUN

Affaire commencée : le 19 janvier 1982

Nombre de pièces : 9

Affaire terminée : le 21 janvier 1982

Nombre de pages : 16

Premier document

ULTRA-SECRET

Destinataire : Le responsable de service au Comité de Sûreté de l'Etat de l'URSS. Dépêche téléphonée (rapport exceptionnel).

Le 19 janvier 1982, à 14 h 37, moi, A. P. Gavrilenko, major du KGB et garde du corps personnel du général S. K. Tsvigoun, j'ai découvert dans un local spécial du KGB sis à l'adresse suivante : appartement n° 9, 16 bis rue Katchalov, Moscou, le corps du premier vice-président du KGB de l'URSS, le général d'armée Sémion Kouzmitch Tsvigoun, lequel présentait des signes de mort violente, à savoir une blessure par balle dans la région de la tempe droite.

En attendant vos instructions, je fais garder l'endroit où a été découvert le corps du camarade Tsvigoun.

Communication reçue le 19-1-1982 à 14 h 37 transmise au cam. Y. V. Andropov en personne, le 19-1-1982 à 14 h 37.

Le responsable de service au Comité de Sûreté de l'Etat de l'URSS, le général-major du KGB,

Nikittchenko O. S.

Moscou, le 19 janvier 1982

Document nº 2

PROCÈS-VERBAL

(Examen des lieux de l'accident
et examen extérieur du cadavre)

Moscou, le 19 janvier 1982

Conformément aux instructions du président du KGB de l'URSS, le général d'armée Y. V. Andropov, et aux dispositions de l'article 178 du Code de procédure pénale de la RSFSR, le chef de la Direction principale des enquêtes du KGB, le général-lieutenant du KGB B. V. Kourbanov, s'est rendu sur les lieux où avait été découvert le corps du général d'armée S. K. Tsvigoun et a procédé à un examen des lieux de l'accident.

L'examen a eu lieu en présence des témoins Sémion Ivanovitch Kouravliov et Victor Vassiliévitch Lémine, avec la participation d'un médecin légiste du Bureau d'expertises médico-légales de la section de la Santé publique de la ville de Moscou, le licencié en sciences médicales A. P. Jivodouïev, et d'un expert en criminologie du laboratoire central de criminologie du KGB de l'URSS, le licencié en droit P. I. Sémionovski.

L'examen a commencé à 15 h 50 et s'est terminé à 18 h 03; il a eu lieu à la lumière électrique et à une température de 22° C.

Lors de l'examen ont été établis les faits suivants :

L'appartement nº 9 du 16 bis rue Katchalov était un appartement clandestin occupé en permanence par le général S. K. Tsvigoun pour les rencontres qu'il avait avec ses sources de renseignements, c'est-à-dire les agents du KGB. Cet appartement, qui comprend trois pièces, est situé au 2ᵉ étage d'un immeuble de 11 étages et se compose d'une grande entrée de 18 m^2, d'un couloir, d'un salon de 12 × 8 m à gauche de l'entrée et, à droite de celle-ci, d'une cuisine de 15 m^2; au fond du couloir il y a une chambre à coucher et un bureau. Dans le salon on remarque un piano, un électrophone stéréophonique, un téléviseur et une grande table qui se trouve au milieu de la pièce.

A droite et à gauche de la table, il y a deux divans de cuir rouge, une petite table d'acajou et un bar en acajou. Les deux fenêtres du salon donnent sur la cour; elles ont des stores de couleur bleue et le sol est recouvert d'un tapis persan fait à la main. Le long du mur de gauche courent des rayonnages où figurent des livres russes et étrangers d'auteurs populaires, comme Pouchkine, Tolstoï, Dickens, Dreiser, ainsi que des ouvrages occidentaux récents comme *Le KGB, La Grande terreur, Le Parc Gorky* et des revues comme *Life* et *Time*...

Les meubles de la chambre à coucher, du bureau et de la cuisine sont importés de Tchécoslovaquie et les planchers sont recouverts de tapis persans faits à la main. Dans le bureau il y a une table de travail, un divan, un coffre-fort, un fauteuil et trois chaises. Dans le coffre-fort nous avons trouvé deux paquets de coupures, l'un d'une valeur de 115 840 roubles et l'autre de 91 000 dollars des Etats-Unis (en coupures de 100 dollars).

Le cadavre de Sémion Kouzmitch Tsvigoun se trouvait dans le salon; il était assis à la grande table dans un fauteuil, le côté droit de la tête incliné vers la table, et tenait dans sa main droite un pistolet PM; les yeux étaient entrouverts et le visage couvert de sang. Le cadavre était encore tiède au toucher. A l'endroit de la tempe droite, on remarquait une blessure de forme circulaire causée par l'entrée d'une balle. Autour de cette ouverture, il y avait une petite bande de 1 à 4 mm de large de couleur marron foncé, où les couches superficielles de la peau avaient été arrachées et l'épiderme un peu brûlé. A 1 cm de la tempe gauche il y avait le trou de sortie de la balle, les bords en étaient retournés, irréguliers et inégaux : la blessure était de 2 × 2,5 cm.

Conformément aux conclusions du médecin légiste, le coup a dû être tiré à 4 ou 5 cm de distance de la surface de la peau. Ce fait est démontré par le fait que la peau n'a pas été fendue par des gaz et par des grains de plomb qui n'auraient pas brûlé. Le canon du pistolet a certainement dû être placé à angle droit par rapport à la surface de la peau, vu que la blessure d'entrée a une forme tout à fait circulaire.

Le pistolet PM qui a été trouvé dans la main droite de S. K. Tsvigoun, qui a un calibre de 9 mm et porte le numéro 2445-C dans le registre des armes personnelles des généraux et officiers de haut rang du KGB est l'arme personnelle du général S. K. Tsvigoun.

Par terre, à côté du cadavre, nous avons découvert une douille vide correspondant à ce pistolet.

Au centre de la table, devant le corps de S. K. Tsvigoun, se trouvait une lettre d'adieu écrite sur une feuille du papier à en-tête du général Tsvigoun lui-même, et dont le texte était le suivant :

« ADIEU ! QU'ON N'ACCUSE PERSONNE DE MA MORT, JE SUIS LE SEUL COUPABLE. TSVIGOUN. »

Sur la table, également, a été découvert le stylo à bille en or Parker de Tsvigoun, qui avait servi à écrire la lettre d'adieu.

D'après les données de l'examen médical du

corps, la mort de S. K. Tsvigoun a dû se produire environ 1 heure et demie avant cet examen.

Pendant l'examen des lieux, toutes les empreintes ont été relevées et d'autres mesures de criminologie ont été prises.

Les objets suivants ont été saisis sur le lieu de l'accident et joints au procès-verbal d'examen des lieux.

– Un pistolet PM contenant 8 cartouches, une douille vide de 9 mm de calibre, une lettre d'adieu et un stylo à bille Parker.

Un plan schématique des lieux a été établi et joint au procès-verbal de l'examen.

Le cadavre et ses vêtements ont été envoyés à la morgue du Premier Institut médical, sis rue Bolchaïa Pirogovskaïa, en attendant les instructions des dirigeants du KGB de l'URSS.

Le Chef de la Direction principale
des enquêtes du KGB de l'URSS,
le général-lieutenant du KGB B. Kourbanov.
Les experts : Jivodouïev A. P., Sémionovski P. I.
Les témoins : Kouravliov S. I., Lémine V. V.

Document n° 3

EXTRAIT DU CERTIFICAT D'EXAMEN
MÉDICO-LÉGAL
DU CORPS DU GÉNÉRAL D'ARMÉE
S. K. TSVIGOUN

Le 21 janvier 1982, à Moscou, à la morgue du Premier Institut médical de Moscou décoré de l'ordre de Lénine, à la lumière électrique de lampes d'une grande intensité, moi, Boris Stépanovitch Toumanov, médecin légiste principal des forces frontalières du KGB de l'URSS, membre correspondant de l'Académie des sciences médicales de l'URSS, professeur, docteur en médecine et général-major du service de santé, ai procédé, avec l'aide d'un expert en criminologie médicale, le licencié en médecine A. P. Jivodouïev, et en présence du chef de la Direction principale des enquêtes du KGB de l'URSS, le général lieutenant du KGB B. V. Kourbanov, à l'autopsie et à l'examen médico-légal du corps du premier vice-président du KGB de l'URSS, le général d'armée S. K. Tsvigoun.

A la suite de l'autopsie et de l'examen médico-légal du corps, j'en suis arrivé aux conclusions suivantes :

La mort de Sémion Kouzmitch Tsvigoun, sujet âgé de 64 ans, est survenue le 19 janvier 1982, entre 14 heures et 15 heures, par suite d'une blessure par balle causée dans la région de la tempe droite par une balle tirée d'un pistolet de type PM et de 9 mm de calibre, et a été provoquée par la destruction du cerveau, des centres vitaux et de certaines parties de l'encéphale.

La mort a été instantanée.

Les résultats de l'examen microscopique et spectroscopique des orifices d'entrée et de sortie de la balle, la forme des lésions de la peau, et surtout les *lambeaux de peau noircis et abîmés par la fumée* entourant le trou d'entrée de la balle sont la preuve que le coup a été tiré presque à bout portant, à une distance de 4 à 5 cm.

L'orientation du coup de feu, l'absence sur le corps d'autres lésions que la blessure par balle, l'absence de signes quelconques de lutte, l'état même des lieux tel qu'il est décrit dans le procès-verbal d'examen y relatif et les examens médico-criminologiques permettent de supposer que la lésion à la tête sus-mentionnée a été causée par la propre main de la victime, c'est-à-dire que *la mort du citoyen S. K. Tsvigoun est le résultat d'un suicide.*

Signé : B. Toumanov, A. Jivodouïev,
B. Kourbanov.
Un sceau rond.

Document nº 4

Rapport adressé au responsable de service du KGB de l'URSS,
le général-major du KGB Nikittchenko O. S.
par le major du KGB Gavrilenko A. P.,
garde du corps personnel du général d'armée
S. K. Tsvigoun

RAPPORT

J'ai l'honneur de rapporter ce qui suit :

Le 19 janvier 1982, le capitaine du KGB Borovski M. G., chauffeur particulier du général S. K. Tsvigoun et moi-même avons accompagné le général dans ses déplacements pour affaires, à bord de la voiture Tchaïka, immatriculée MOS 03-04, qui lui était affectée.

A 11 h 53, sur l'ordre du général Tsvigoun, nous nous sommes rendus au Comité central du Parti communiste de l'URSS où j'ai accompagné le camarade Tsvigoun jusqu'au cabinet du camarade M. A. Souslov, secrétaire du Comité central, où je l'ai ensuite attendu dans l'antichambre.

? A 15 h 47, le camarade Tsvigoun est ressorti du cabinet du camarade Souslov et a ordonné au chauffeur, le capitaine Borovski, d'aller rue Katchalov.

Arrivé au numéro 16 bis de la rue Katchalov, le camarade Tsvigoun est entré en ma compagnie dans l'immeuble.

Le camarade Tsvigoun m'a alors ordonné de l'attendre dans le hall du rez-de-chaussée. Vu que l'instruction gouvernementale nº 427 du

16 mai 1969 prévoit des situations dans lesquelles la présence de gardes du corps est indésirable, notamment lorsque les personnes ainsi gardées ont des contacts personnels avec des gens qui leur sont utiles, et compte tenu du fait que l'appartement n° 9 du 16 bis de la rue Katchalov est un appartement clandestin affecté aux entretiens du général Tsvigoun et de ses agents et informateurs, j'ai respecté l'ordre du général Tsvigoun, comme cela m'était déjà arrivé, et je suis resté au bas, dans le hall de l'immeuble n° 16 bis.

Pendant tout le temps que j'y suis resté, je n'ai vu entrer ni sortir personne.

Vingt minutes plus tard environ le chauffeur, le capitaine M. G. Borovski, est entré et m'a demandé si je savais combien de temps encore allait durer la visite du général Tsvigoun et où il irait après. « S'il me le permettait, m'a dit le capitaine Borovski, j'irais bien faire le plein à la station service du marché Tichinski, c'est à deux pas d'ici! » Soucieux de ne pas déranger le camarade Tsvigoun, nous avons encore attendu une dizaine de minutes, après quoi le capitaine Borovski a appelé de la voiture la standardiste du service spécial du KGB et lui a demandé de nous mettre en communication avec l'appartement où se trouvait le camarade Tsvigoun. La standardiste a fait savoir que le téléphone de l'appartement ne répondait pas. Préoccupé par ce fait, mais supposant que le camarade Tsvigoun faisait un petit somme, j'ai pris l'ascenseur jusqu'à l'appartement n° 9 et ai frappé avec précaution à la porte de la manière convenue. Sans attendre de réponse, j'ai appuyé sur la sonnerie de la porte d'entrée, mais sans résultat. Me conformant au paragraphe 11 de l'instruction n° 427 qui concerne « les situations d'urgence » j'ai enfoncé la porte de tout le poids de mon corps et découvert le général Tsvigoun mort dans le salon, où il était assis à table, un pistolet dans la main droite et une blessure par balle dans la région de la tempe droite, ce dont je vous ai immédiatement informé par téléphone, vous le responsable de service au KGB de l'URSS.

Je n'ai pas découvert d'étrangers dans l'appartement, la porte d'entrée était fermée à clef et je n'ai aucune raison de soupçonner qui que ce soit du meurtre du camarade Tsvigoun. Pour ma part, je n'ai commis aucune infraction ou délit, mais me suis en tous points conformé à l'instruction n° 427 et aux ordres du camarade Tsvigoun.

Exécutant les instructions que vous m'aviez données par téléphone, j'ai immédiatement quitté l'appartement, sans toucher au corps du camarade Tsvigoun ni à aucun objet, et j'ai monté la garde devant l'appartement jusqu'à l'arrivée de la brigade opérationnelle du KGB dirigée par le camarade B. V. Kourbanov, général du KGB sur quoi se termine mon rapport.

Le major du KGB, A. P. Gavrilenko.

Ces explications ont été recueillies par le général-major du KGB, O. S. Nikittchenko.

Le 19 janvier 1982, à 16 h 45.

Document n° 5

Rapport adressé au responsable de service au KGB
de l'URSS
le général-major du KGB O. S. Nikittchenko
par le capitaine du KGB M. G. Borovski,
chauffeur personnel du général S. K. Tsvigoun

RAPPORT

J'ai l'honneur de rapporter ce qui suit :

Le 19 janvier 1982, le major du KGB A. P. Gavrilenko, garde du corps personnel du camarade Tsvigoun et moi-même avons accompagné le camarade Tsvigoun dans ses déplacements pour affaires.

Vers 13 h 55 environ, sur l'ordre du camarade Tsvigoun, je l'ai conduit dans la Tchaïka immatriculée MOS 03-04, qui est réservée à son service, au 16 bis rue Katchalov, sur quoi le camarade Tsvigoun est entré dans l'immeuble en compagnie de son garde du corps, le major Gavrilenko.

Au bout de vingt minutes d'attente, j'en ai déduit que le camarade Tsvigoun était retenu et que je pourrais, avec son autorisation, me rendre au poste d'essence tout proche du marché Tichinski pour remplir le réservoir.

J'en ai parlé au major Gavrilenko qui, comme cela était déjà arrivé souvent, montait la garde dans le hall de l'immeuble n° 16 bis. Le major Gavrilenko m'a conseillé d'attendre encore un peu et, si le camarade Tsvigoun ne réapparaissait pas, d'entrer en liaison avec lui par radiotéléphone, ce que j'ai fait vers 14 h 25. Mais le téléphone de l'appartement clandestin du camarade Tsvigoun n'a pas répondu, ce dont j'ai immédiatement informé le major Gavrilenko. Il s'est aussitôt rendu dans l'appartement n° 9 et y a découvert le corps du camarade Tsvigoun, ce que j'ai appris plus tard, vu que je ne suis pas moi-même monté dans l'appartement mais que, conformément aux instructions du major Gavrilenko, je suis resté de service à l'entrée pour y refouler les personnes étrangères à l'immeuble jusqu'à l'arrivée de la brigade opérationnelle du KGB dirigée par le général du KGB, B. V. Kourbanov.

Pendant tout le temps que j'ai ainsi passé devant l'immeuble n° 16 bis de la rue Katchalov je n'ai rien remarqué de suspect et me suis strictement conformé aux instructions du général Tsvigoun, ce dont je rends compte.

Le capitaine du KGB, Borovski M. G.

Ces explications ont été recueillies par le général-major du KGB O. S. Nikittchenko.

Le 19 janvier 1982, à 16 h 55.

Document n° 6

Feuille détachée du bloc-notes personnel de Tsvigoun
et portant son en-tête
Le général d'armée S. K. Tsvigoun,
premier vice-président
du Comité de sûreté de l'Etat de l'URSS,
député du Soviet suprême de l'URSS

Texte écrit à la main d'une écriture lisible et appuyée :

« ADIEU !
QU'ON N'ACCUSE PERSONNE DE MA MORT,
JE SUIS LE SEUL COUPABLE.
TSVIGOUN. »

Je méditai longuement sur ce document. Cela sentait l'homme de caractère : c'était court, précis et clair comme dans l'armée. La signature était large et nette, l'écriture ronde et régulière : après tout il avait été instituteur dans sa jeunesse, et l'écriture ne change pas avec le temps. J'écrivis dans mon propre bloc-notes : « Pourquoi le garde du corps ne l'a-t-il pas accompagné jusqu'au deuxième étage? » et je poursuivis ma lecture...

Document n° 7

EXTRAIT DU PROCÈS-VERBAL DE LA RÉUNION
DU COLLÈGE DU COMITÉ DE SÛRETÉ DE L'ÉTAT

Le 20 janvier 1982 à 14 heures a eu lieu à Moscou, (2, place Dzerjinski) une réunion extraordinaire du collège du KGB de l'URSS.

Compte tenu de l'urgence de la réunion, les membres du collège, présidents du KGB des diverses républiques, n'ont pas été convoqués à Moscou.

Présents : Le président du Comité : le camarade Y V. Andropov. Les vice-présidents du Comité : les camarades G. K. Tsiniev et V. P. Pirojkov, V. M. Tchébrikov, L. I. Pankratov et Y. A. Matrossov, ainsi que d'autres responsables du KGB.

Membre du Comité central du Parti communiste de l'URSS présent : Le directeur du département des affaires administratives, le camarade N. I. Savinkine. Les présents étaient au nombre de 14.

La réunion du collège était présidée par le camarade Y. V. Andropov. Le procès-verbal a été rédigé par le chef de la Chancellerie, le camarade Y. N. Baranov.

Rapport : Le camarade Y. V. Andropov a fait un rapport sur la situation extraordinaire causée par la mort du camarade S. K. Tsvigoun. Youri Vladimirovitch Andropov a annoncé à la réunion que, le 19 janvier 1982, le camarade S. K. Tsvigoun s'était suicidé d'une balle dans la tempe dans l'un des appartements clandestins du Comité. Le motif du suicide du général Tsvigoun était le dévoilement au grand jour de ses rapports, vieux de plusieurs années, avec les activités illégales de gros trafiquants des biens de l'Etat et de sa participation à d'autres crimes économiques, sur lesquels des données avaient été recueillies au cours de l'opération ayant pour nom de code « Cascade » qui avait été organisée par le GOUBHSS du ministère de l'Intérieur. Se sentant menacé d'exclusion et de condamnation par le Parti et par la Justice, le camarade Tsvigoun s'était donné la mort.

Le camarade Y. V. Andropov a ensuite proposé une série de mesures visant à préserver l'ordre dans l'appareil central et les appareils régionaux du KGB à révéler les infractions aux procédures administratives commises par le camarade Tsvigoun ainsi qu'à intensifier l'activité de l'appareil du KGB en vue d'éviter à l'avenir que cette activité ne soit entachée par les erreurs et fautes commises du temps de S. K. Tsvigoun, premier vice-président du KGB de l'URSS.

Déclarations : Les camarades Savinkine, Tsiniev, Tchébrikov, Pirojkov, Matrossov et Tcherkassov ont fait des déclarations.

Résolutions : Il a été décidé :

1. De ne pas porter les déclarations au procès-verbal.

2. De prendre acte du rapport du camarade Y. V. Andropov imputant le suicide du camarade S. K. Tsvigoun à la lâcheté.

3. De mettre à exécution les instructions du Gouvernement transmises par le camarade N. I. Savinkine et concernant la nécessité d'éviter de compromettre les organes gouvernementaux et la direction du KGB tant dans le pays qu'à l'étranger par l'annonce du suicide du camarade S. K. Tsvigoun, membre du Comité central du Parti communiste de l'URSS et premier vice-président du KGB.

A cette fin il a été décidé :

a) De garder absolument secret le suicide du camarade Tsvigoun.

b) De faire établir un acte médical certifiant que la mort du camarade Tsvigoun était survenue à la suite d'une grave maladie.

c) Sur la base de ce certificat médical, de charger l'agence Tass de publier une notice nécrologique sur le camarade S. K. Tsvigoun, premier vice-président du KGB de l'URSS.

d) De faire maquiller le visage du camarade

S. K. Tsvigoun pour dissimuler les traces de la blessure.

e) D'exposer le corps de S. K. Tsvigoun pendant deux heures le 22 janvier 1982 au club Dzerjinski à l'intention des proches parents et collègues du défunt uniquement, et de n'admettre dans la salle ni curieux ni correspondants étrangers.

f) D'enterrer le camarade S. K. Tsvigoun au cimetière Vagankovski en prévoyant des funérailles de deuxième classe avec honneurs militaires.

4. De répartir provisoirement les fonctions de premier vice-président du KGB de l'URSS entre les camarades Tsiniev, Tchébrikov et Pirojkov.

5. De rendre un arrêté de non-ouverture d'une procédure d'instruction criminelle portant sur le décès du camarade S. K. Tsvigoun, compte tenu de l'évidence des faits.

Signatures : Le président du collège du Comité de Sûreté de l'Etat de l'URSS, le général d'armée Y. Andropov. Le secrétaire du collège, le général-major Y. Baranov.

Le reste du dossier : le faux certificat de maladie (crise d'hypertension, insuffisance cardiaque, etc.) et l'arrêté officiel « de non-ouverture d'une procédure d'instruction criminelle en raison de l'évidence des faits », ne valait pas la peine d'être lu. Bon, il fallait faire le point. Comme disait ma grand-mère juive : « Combien qu'elle vaut, l'oie que j'ai là? » *Primo :* Tsvigoun s'était suicidé après son entretien avec Souslov, mais était-ce uniquement à cause de cet entretien? *Secundo :* Où étaient les documents qui avaient permis à Souslov d'accuser Tsvigoun? *Tertio :* Pourquoi le garde du corps de Tsvigoun ne l'avait-il pas accompagné jusqu'au deuxième étage? *Quarto :* Où étaient le pistolet et le stylo de Tsvigoun, ainsi que la douille vide et les clefs de l'appartement? D'ailleurs, le fait que le KGB ne m'ait pas envoyé les pièces à conviction en même temps que le dossier n'avait rien à voir avec Tsvigoun. C'était une petite vengeance de Pirojkov ou du directeur des services d'enquête, Kourbanov : ils voulaient me faire aller quand même jusque chez eux, au KGB. Donc, il fallait laisser tomber ce point. Il restait trois questions et, à vrai dire, c'était déjà plus que suffisant!

Je remis en ordre le dossier de Tsvigoun. L'arrêté d'ouverture d'une procédure d'instruction criminelle sur la mort de Tsvigoun par le juge d'instruction Chamraïev était là sous mes yeux, tel qu'il avait été rédigé par Karakoz et vierge de toute signature, la mienne comme celle du Procureur général. Alors, camarade Chamraïev, me dis-je, on y va, on signe? On s'embarque dans cette affaire?

Je pris une cigarette, l'allumai, et ce geste me fit tout de suite réfléchir. Voilà qui était intéressant! Avant d'apposer ma signature sur ce document qui pouvait très bien être mortel pour moi, j'avais allumé une cigarette. Et Tsvigoun, est-ce qu'il avait fait pareil avant son suicide? Je savais qu'il fumait et qu'il buvait, je l'avais vu moi-même plus d'une fois. La dernière fois que je l'avais vu, il y avait trois mois environ, c'était à une réunion de militants du Parti, dans la salle à colonnes de la Maison des Congrès, ou plutôt au buffet : il était attablé avec Youri Brejnev, le fils de Léonide, et quelqu'un d'autre devant une bouteille de cognac et il fumait, je m'en souvenais très bien. Il aurait été bien étonnant qu'il n'ait pas fumé une cigarette et avalé au moins un petit verre de cognac avant de se tirer une balle dans la tête! Mais le procès-verbal d'examen des lieux de l'accident ne faisait état ni de mégots ni de bouteille de cognac.

Je regardai ma montre. Il était près de 5 heures. Dans quelques minutes, Kourbanov et tous les employés des services enquêteurs du KGB allaient rentrer chez eux : chez eux, c'est comme à l'armée. Quand ce n'est plus l'heure, ce n'est plus l'heure. Dans l'annuaire, marqué « Secret, réservé au service », des administrations publiques je trouvai la ligne directe de la direction générale des services enquêteurs du KGB de l'URSS et fis le numéro.

– Lydia Pavlovna, bonsoir. Ici Chamraïev, du Parquet. Je peux parler à Boris Vassiliévitch?

– Une seconde, répondit la secrétaire de Kourbanov et, un instant après, j'entendis la voix de son chef.

– Kourbanov à l'appareil.

– Bonsoir, ici Chamraïev. Est-ce que vous ne pourriez pas me faire envoyer aujourd'hui les pièces à conviction de l'affaire du général Tsvigoun? Son pistolet, la douille vide et les clefs de l'appartement de la rue Katchalov?

– C'est si urgent? ricana-t-il.

Je m'abstins de répondre. Urgent ou pas urgent, c'était mon affaire et pas la sienne.

– D'accord, puisque vous en avez besoin, venez chercher le tout; on laissera un paquet pour vous en bas, chez le garde. Mais vous devez comprendre que le pistolet a déjà été nettoyé et qu'il ne porte plus de traces de poudre. On ne pouvait pas deviner qu'il y aurait une deuxième enquête!

– Et les carnets de Tsvigoun? J'aurais aussi souhaité interroger ses collaborateurs, et notamment son garde du corps et son chauffeur.

– Leurs dépositions sont dans le dossier. Nous estimons que cela devrait vous suffire. Comprenez bien que l'activité du général Tsvigoun et de son entourage ne concernait pas uniquement les affaires intérieures du pays. Le caractère particulier de leur travail...

– Mes questions n'aborderont pas du tout ce sujet.

– Je ne peux rien vous dire... Il n'y a que Youri Vladimirovitch Andropov qui puisse vous autoriser à interroger des collaborateurs du Comité, me dit-il d'un ton montrant que l'entretien était terminé.

– Excusez-moi, Boris Vassiliévitch, mais le Parquer de l'URSS n'a pas, comme vous le savez, d'autorisation à demander à qui que ce soit, fis-je en m'échauffant. Tout ce que je veux, ce sont leurs adresses. Et les adresses des témoins qui ont assisté à l'examen des lieux de l'accident.

– Je ne pense pas qu'ils répondront à vos questions sans une autorisation de Youri Vladimirovitch, ricana-t-il de nouveau. Les témoins sont aussi des gens à nous. Comme vous le comprenez vous-même, dans une affaire pareille personne ne pouvait être là par hasard.

Pendant toute la durée de cet entretien, je pouvais, tout en ne le voyant pas, sentir dans son ton toute la morgue d'un général du KGB s'adressant à une sorte de vermisseau importun – un juge d'instruction d'un quelconque Parquet. Pirojkov avait eu exactement le même ton trois heures plus tôt. Je demandai encore :

– Dites-moi, et vous, vous pouvez répondre à mes questions sans l'autorisation d'Andropov?

– A quelles questions?

– Est-ce que Sémion Kouzmitch fumait?

– Quoi? quoi? demanda-t-il avec étonnement.

– Ma question est : le général Tsvigoun était-il un fumeur?

– Oui. Et Alors?

– Merci. Vous pouvez me donner l'adresse de sa veuve?

– C'est à quel sujet? fit-il d'une voix méfiante.
– Boris Vassiliévitch, dis-je d'un ton conciliant. Vous comprenez bien que je ne peux pas mener cette enquête sans même voir la veuve. Ou bien dois-je aussi demander l'autorisation d'Andropov pour avoir une entrevue avec elle?
– D'accord, marmonna-t-il. Son adresse sera dans le paquet, avec les pièces à conviction, chez le garde...

Le même jour, 17 heures 40 minutes

L'appartement clandestin de Tsvigoun, rue Katchalov, correspondait en tous points à la description figurant dans le « Procès-verbal d'examen des lieux et d'examen extérieur du cadavre. » Il y avait des tapis persans, des meubles d'importation et de confortables divans en cuir. La porte, dont la serrure de sûreté avait été arrachée par le garde du corps de Tsvigoun, avait été réparée et mise sous scellés, mais les traces d'une réparation récente étaient évidentes. Dans le salon et les autres pièces, il y avait des papiers peints finlandais lavables décorés d'agréables dessins en relief – le rêve de toutes les ménagères moscovites. Aux fenêtres des stores bleus, au plafond un lustre du modèle Cascade avec un commutateur à triple régime, dernière nouveauté de l'électrotechnique nationale.

Mais le lustre de modèle Cascade m'intéressait peu. La première chose qui frappait les yeux dans l'appartement, c'était sa propreté impeccable. Ces lieux où un suicide avait eu lieu, où avaient fureté des enquêteurs, des témoins, des experts médicaux, étaient absolument propres et nets. Kourbanov avait dû être à ce point persuadé qu'il n'y aurait pas d'enquête complémentaire après la leur qu'il avait autorisé le nettoyage des lieux. Il me faudrait interroger la femme de ménage, bien que la femme de ménage de Tsvigoun, pensai-je, fît elle aussi partie du KGB. Evidemment.

Je cherchai des yeux les cendriers. Ils étaient vides, bien sûr, mais il y en avait effectivement. Il y avait des cendriers (de cristal, de porcelaine et de fonte) dans toutes les pièces et il y en avait un, en particulier, dans le salon, sur la table en bois verni d'où on avait effacé les taches de sang. Donc Tsvigoun fumait encore le jour de sa mort. En effet, s'il avait cessé de fumer ne fût-ce qu'un jour avant, il n'y aurait pas eu un seul cendrier dans l'appartement. On sait que les gens qui s'arrêtent de fumer retirent de la circulation tous les cendriers et empêchent leurs invités de fumer. J'en ai fait moi-même l'expérience. Donc Tsvigoun fumait, mais avant de se suicider il faut croire qu'il n'avait même pas tiré une bouffée, sinon il y aurait aussi eu un mégot dans le paquet contenant les pièces à conviction qu'on m'avait donné au KGB et où j'avais bien trouvé les clefs de l'appartement et de la porte cochère de l'immeuble nº 16 bis, le pistolet incrusté et marqué au nom de Tsvigoun, la douille vide et la balle à peine aplatie qui avait traversé la boîte crânienne du défunt.

La question des cendriers réglée, je m'occupai du bar.

Le bar était de fabrication tchèque, en bois sombre, avec une lumière à l'intérieur. En l'allumant, je découvris toute une batterie de bouteilles : du cognac français et arménien, de la vodka soviétique et importée, du « baume de Riga » dans une bouteille en céramique, du whisky écossais, du vin géorgien et du champagne. Bref, il y en avait pour tous les goûts. Certaines bouteilles de cognac et de vodka étaient entamées. Evidemment, tout cela ne voulait pas dire que le maître de maison se réservait toute cette batterie pour son usage personnel, mais cela laissait penser qu'il aimait et pouvait boire. Mais il n'avait pas bu avant de mourir. Sinon, il aurait été indiqué dans l'acte d'expertise médico-légale qu'on avait trouvé des traces d'alcool dans l'organisme de Tsvigoun. Donc, il n'avait ni bu ni même fumé avant de se suicider. Il était venu ici tout droit de chez Souslov (pourquoi ici et pas chez lui ou dans son bureau?), s'était assis, avait ouvert son bloc-notes, écrit la lettre d'adieu, posé son stylo à côté de la lettre, tiré son pistolet de sa poche, porté le pistolet à sa tempe et pressé la gâchette. Un homme d'action, il n'y avait pas à dire!

Je m'assis à la table, dans le fauteuil où Tsvigoun avait passé ses derniers moments. Je posai devant moi sa lettre d'adieu et son stylo et je fis semblant de chercher un pistolet dans la poche de ma veste. Stop! Et qu'était devenu son manteau, ou sa capote? Après tout, nous étions au mois de janvier. Ou bien il n'avait pas enlevé sa capote en arrivant, s'était assis en capote à la table du salon et s'était tiré une balle dans la tête, toujours sans l'enlever? Ni dans les dépositions du garde du corps et du chauffeur ni dans le procès-verbal d'examen des lieux de l'accident il n'était question de la manière dont la victime était habillée : en capote, en uniforme de gala, en civil?

Je tirai de la poche de mon veston un paquet de BT bulgares, craquai une allumette et allai fumer près du vasistas, qui était ouvert. Je pensai en même temps que Tsvigoun lui aussi était peut-être allé fumer à la fenêtre avant de mourir. C'était peut-être en regardant cette neige qui n'en finissait pas de tomber et le mur de brique du garage dans la cour qu'il avait mentalement fait ses adieux à notre monde coupable et merveilleux où, à dire vrai, il ne s'était pas mal débrouillé du tout pendant soixante-quatre ans. Puis il avait fumé sa dernière cigarette et... A sa place j'aurais tout simplement jeté le mégot par la fenêtre. Et ensuite? Serais-je retourné m'asseoir? Je me serais rassis dans le fauteuil, j'aurais relu ma lettre, puis j'aurais sorti mon pistolet? Ou bien je me serais tiré une balle dans la tête là où j'étais, à la fenêtre?

Je m'accroupis dans l'espoir de trouver des cendres sur le tapis, près de la fenêtre. Mais il n'y en avait pas. Aurait-il pu secouer ses cendres par la fenêtre? La fenêtre avait un double vitrage et le vasistas aussi était double : une vitre était ouverte vers l'extérieur et l'autre vers l'intérieur, vers le salon. Mais, au moment où debout sur la pointe des pieds je tendais la main vers le vasistas pour jeter mes cendres dehors, je vis subitement quelque chose qui me fit oublier toutes ces histoires de cigarettes et de cognac et autres subtilités de la méthode inductivo-déductive.

Le rebord supérieur du cadre en bois du vasistas extérieur était entaillé en deux endroits et il en dépassait deux petits éclats de bois qui saillaient un peu. En haut ils étaient recouverts de neige, mais leur partie inférieure était toute fraîche, comme si le châssis avait été enlevé à cet endroit tout récemment encore, quelques jours auparavant, disons.

J'approchai une chaise de la fenêtre et pris une lampe de bureau dans la pièce d'à côté pour bien éclairer cet endroit curieux. Je n'avais pas ma trousse d'enquêteur avec ma loupe et mes autres instruments. Et dire que j'étais parti pour procéder à un examen des lieux de l'accident, triple bûche! Mais qui aurait pu y penser? Tout ce que je cherchais, c'étaient des cendriers et des bouteilles... D'ailleurs, même sans loupe on voyait très bien, à l'endroit où le bois avait été entaillé, une petite dépression semi-circulaire d'une profondeur de trois millimètres environ. Je tirai de son paquet de cellophane scellé la balle d'acier jaunâtre qui, trois jours plus tôt, avait terminé les jours du premier vice-président du KGB de l'URSS. La pointe de la balle était un peu écrasée, comme on pouvait s'y attendre après son heurt avec la boîte crânienne, mais son corps froid et rond de 9 mm de calibre n'avait pas été abîmé et, en la tenant par le bout du culot, je la posai sur la minuscule rainure que j'avais découverte. La balle s'y encastra en inscrivant très exactement son corps dans cette petite déclivité. Bien sûr, il faudrait faire un examen balistique, mais il était déjà évident que la balle avait été propulsée de la pièce vers l'extérieur, et qu'elle avait frôlé le vasistas et entaillé le bord du cadre.

Etant ainsi passée par la fenêtre, elle devait avoir atteint le mur de l'immeuble d'en face à la hauteur du premier ou du deuxième étage et être tombée quelque part dans la cour, en s'enfonçant rapidement dans la neige qui devait bien avoir un mètre d'épaisseur. Sa persistance avait même contraint le concierge de l'endroit à baisser les bras devant les forces de la nature et à attendre avec résignation qu'elle veuille bien s'arrêter de tomber.

Je sautai à bas de la chaise et sortis de l'appartement. Arrivé dans le couloir, je sonnai à tout hasard à la porte de l'appartement voisin, mais personne ne répondit. Des flots de musique arrivaient de l'appartement suivant et, sur mon coup de sonnette, une grosse fille en voile de mariée apparut à la porte.

– Excusez-moi, lui dis-je. Vous n'auriez pas des jumelles?

– Vous dites? répondit la mariée abasourdie.

Mais dans le quatrième appartement où je sonnai, j'eus la chance de recevoir des propres mains du petit-fils de Bakaïev, l'ancien ministre de la Marine, une paire de jumelles Zeiss et même une longue-vue d'enfant. Sur quoi je sortis dans la rue.

A côté de la porte cochère était garée la Volga de service qui m'avait été prêtée pour la soirée par le substitut du jour du Procureur général. Le chauffeur, Sacha Lounine, un jeune gars aux yeux bleus, était assis dans la voiture et écoutait Radio-Maïak. Je lui demandai d'entrer en voiture dans la cour de la maison et d'éclairer avec ses phares un pan de mur de la maison d'en face, entre les premier et second étages.

Ce n'était pas une tâche simple. Sacha se gratta la tête, mais il finit par réussir : une fois entré dans la cour, il coinça les roues arrière de la Volga avec des pierres et souleva l'avant de la voiture avec le cric. Les puissants phares de la Volga illuminèrent le mur juste en face des fenêtres de l'appartement de Tsvigoun. Je me collai tout contre le mur, commençai à l'examiner attentivement à la jumelle et, tout à coup, je découvris ce que je cherchais : une petite dépression se détachant en noir sur le mur blanc de la maison.

Sous ce petit creux, je délimitai mentalement un quadrilatère dans la neige et demandai à Sacha de laisser retomber l'avant de la voiture et d'éclairer l'endroit que je lui montrais. Ensuite, à son grand étonnement, je me mis à farfouiller dans la neige avec mes mains nues.

J'eus très vite les mains gelées et je commençai à m'en vouloir à moi-même de ma précipitation. Evidemment, tout cela aurait pu être fait le lendemain et de manière beaucoup plus professionnelle : j'aurais pu convoquer un régiment entier et leur faire tamiser toute la neige. Mais dans chaque affaire il entre de la passion et il vient un moment où reculer semble une lâcheté. Sacha me regardait faire d'un air ironique. Les yeux jaunes des fenêtres des maisons voisines, d'où me parvenaient des éclats de rire familial, le scintillement des écrans de télévision et de la musique bruyante semblaient me narguer. Là-bas, dans la confortable chaleur des appartements luxueusement aménagés de ces nouveaux grands immeubles de la tranquille rue Katchalov spécialement construits pour l'élite gouvernementale et scientifique, les gens buvaient du thé et du vin, écoutaient de la musique, célébraient des mariages ou regardaient à la télévision un épisode de la série d'espionnage de guerre. *Dix-sept moments du printemps*[1] avec Tikhonov dans le rôle principal. Et moi, j'étais en train de farfouiller dans la neige sous leurs fenêtres, comme un malheureux concierge. Mais plus mon irritation croissait (contre qui? contre moi-même?), plus j'enfonçais avec obstination dans la neige mes mains déjà rouges et transies et plus je creusais, comme si j'en faisais une épreuve d'endurance. Ce n'est que lorsque j'avais le cœur saisi de froid que je retirais mes mains et que je soufflais dessus pour les réchauffer, pour les replonger ensuite dans la neige. A la surface elle était molle et poudreuse, mais plus bas, sous la couche du jour même, la couche de la veille était presque complètement durcie, et je devais creuser encore plus loin. Et je savais déjà que je faisais une idiotie, que tôt ou tard je tomberais sur une souche, un objet en fer ou une bouteille cassée, que je me couperais la main et que ce serait la fin de l'histoire pour ce jour-là. Mes pieds étaient depuis longtemps trempés à cause de la neige qui était entrée dans mes chaussures, mon pantalon aussi était trempé dans le bas, de même que les manches de mon manteau, celles de mon veston et celles de ma chemise. J'avais poussé la bêtise jusqu'à ne pas les retrousser, évidemment, mais au moment même où je m'apprêtais à déclarer

1. Série télévisée très populaire dans laquelle le héros nommé Stirlitz, un agent du contre-espionnage soviétique, parvient à s'introduire dans le quartier général des Nazis. *(N.d.T.)*

forfait et à tout laisser tomber, sans vraiment y croire, je sentis entre l'index et l'annulaire de ma main gauche quelque chose de métallique, de glissant et de froid. La balle! Je la retirai telle quelle de la neige, en resserrant mes doigts écartés et gourds. Je la retirai de la neige et faillis la reperdre presque aussitôt, parce que les doigts de ma main droite avec lesquels j'avais voulu attraper la balle par son bout aplati ne m'obéissaient plus et refusaient de se plier. Je fourrai donc la balle, sans même la regarder, dans ma poche en même temps que ma main gauche et vite, très vite cette fois-ci, presque en courant, je rentrai dans l'immeuble, non pas tant parce que j'avais hâte d'examiner la balle que parce que j'étais à moitié mort de froid.

– Ça suffit! dis-je en passant au chauffeur. Eteins tout!

Sur le perron, sous une belle marquise de béton, se tenait un jeune couple en pelisses d'importation et en toques en fourrure de renne. Ils me regardèrent avec étonnement, comme si j'étais un vagabond ou un voyou qui venait de surgir de l'obscurité, mais j'avais bien trop à faire pour m'occuper d'eux. Après avoir réussi, non sans difficulté, à introduire la clef dans la serrure de la porte cochère, je n'attendis même pas l'ascenseur et me précipitai en courant par l'escalier jusqu'au second étage, dans l'appartement n° 9. Laissant la trace de mes pieds mouillés sur les tapis, j'allai tout droit au bar. J'en sortis la première bouteille venue, une bouteille de vodka finlandaise, dévissai le bouchon métallique avec mes dents – mes doigts toujours engourdis me refusant tout service – et comme ça, au goulot, j'avalai une bonne gorgée. Une gorgée, une seconde, une troisième. Et je repris mon souffle, la bouche ouverte, en sentant l'étau se desserrer peu à peu et mon être engourdi reprendre vie.

Une fois réchauffé, je décrochai le téléphone et fis le numéro de Svetlov. Au bout de trois longs coups, j'entendis la voix d'Olga, la femme de Marat :

– Allô!...

– Salut, dis-je. Ici Igor, comment ça va?

– Salut, répondit-elle d'un ton un peu pincé et méfiant.

– Et où est ton très cher? On peut lui parler?

– Hum! dit-elle d'un ton sarcastique. Cela fait déjà une heure qu'il est chez toi, qu'il m'a dit. Vous auriez pu au moins vous mettre d'accord!

Et j'entendis un petit déclic. Elle avait raccroché.

Zut! J'avais joué un mauvais tour à Svetlov. Et ce n'était pas la première fois. Je fis le numéro de mon domicile, en m'attendant franchement à ce que personne ne réponde et qu'il n'y ait plus trace de Ninotchka dans mon appartement de pauvre célibataire, et à sa place un petit billet du type : « Va donc te faire voir!... » Après tout, je l'avais envoyée chez moi après les funérailles de Tsvigoun et, depuis, j'avais disparu.

Mais quelqu'un décrocha tout de suite et j'entendis la petite voix très gaie de Ninotchka, sur un fond de musique de jazz très bruyante qu'elle s'efforçait visiblement de couvrir :

– Allô! (Et évidemment à la personne à côté d'elle :) Tamara, baisse un peu! (Et de nouveau à mon adresse :) J'écoute.

– Qui c'est, cette Tamara?, demandai-je.

– C'est toi, Igor?

La musique à l'autre bout du fil, c'est-à-dire dans mon appartement, diminua.

– Où que tu es? Nous avons des invités!

– Quels invités?

– Mais comment « lesquels »? Marat Svetlov.

– Et Tamara?

– Tamara, c'est ma copine de l'école du cirque.

Marat m'a demandé de l'inviter pour lui. Allez, viens vite! Sinon, il ne restera plus rien à manger...

– Passe-moi Marat.

Une petite pause musicale, puis la voix de Svetlov :

– Salut, mon vieux! Tu es où?

– Je suis sur les lieux de l'accident, rue Katchalov. Ecoute-moi bien : prend les filles sous le bras et amène-toi ici, et vite!

– Pourquoi? fit-il d'un ton étonné.

Je ne pouvais pas lui expliquer au téléphone : le téléphone de l'appartement de Tsvigoun et le mien aussi, sans doute, étaient déjà sur tables d'écoute au KGB. C'est pourquoi je ne pouvais rien raconter à Svetlov, et je me mis à jouer la comédie :

– Ecoute, puisque je te le dis! Ici, il y a du whisky et du brandy, juste ce qu'il faut pour accompagner ce que vous apporterez à manger. Et, pour couper court à ses objections, j'ajoutai : *On ne discute pas!*

Avec cette ancienne réplique qui remontait à l'époque de notre collaboration dans le quartier de la Presnia rouge, il devait comprendre qu'il ne s'agissait pas simplement de prolonger la soirée. Je continuai d'un ton dégagé :

– Donc, c'est d'accord : tu prends toute la boustifaille et tu la mets dans ma valise qui est près de la fenêtre, derrière le bureau, et puis vous vous amenez ici, tu m'as entendu?

Près de la fenêtre, derrière mon bureau, il y avait ma grande trousse d'enquêteur.

– D'accord. J'emmène aussi les filles? demanda-t-il d'un ton incrédule.

– Ben, t'es drôle, toi! Qu'est-ce qu'on fera sans filles? Evidemment que tu les amènes! Rue Katchalov, n° 16 bis, appuyez sur le bouton à l'entrée, n° 9. A tout à l'heure, et n'oublie pas la bouffe!...

Je me fichais pas mal que ceux qui nous écoutaient

et nous enregistraient à ce moment-là pensent que le juge d'instruction aux Affaires de Haute Importance Chamraïev avait décidé, en abusant de ses fonctions, de régaler ses amis aux frais de l'Etat en leur offrant du cognac français et d'autres boissons trouvées dans le bar du défunt Tsvigoun. Tout serait consigné dès le lendemain dans mon dossier personnel qui se trouve au fichier central du KGB, bien rangé à côté des dossiers de tous les autres membres du personnel du Palais de justice, du Procureur général à la mère Léna. Je m'en fichais, parce que j'avais absolument besoin de deux témoins et de Svetlov avec son flair de fin limier. Parce que nous avions vraiment affaire à un drôle de suicide : voilà un homme qui n'avait même pas fumé une cigarette avant de mourir, mais qui avait éprouvé le besoin de tirer un coup de feu par la fenêtre!

Le même soir, 21 heures passées

De toutes les branches de l'activité juridique, la plus intéressante, à mon avis, c'est l'instruction préalable. L'avocat, le juge ou le procureur sont pressés par les clients, par leurs supérieurs ou par le gouvernement. Ils talonnent l'homme de loi, comme ils le feraient d'un cocher, ils lui dictent son itinéraire et la destination finale, ce qui fait que très souvent, sous la pression de ces forces, notre jurisprudence soviétique se transforme tout simplement en une sorte d'arbitraire légal.

Mais, lit-on dans les textes, « lors de l'instruction préalable, *toutes* les décisions concernant la conduite de l'instruction et l'exécution des opérations y relatives sont prises *de façon indépendante* par le juge d'instruction lui-même, à l'exception des cas dans lesquels la loi prévoit l'obtention de l'aval du procureur » : tel est le contenu de l'article 127 du Code de procédure pénale de la RSFSR. Ainsi, tout juge d'instruction est son propre maître. Il a à traiter de faits concrets et de comportements concrets. Il est face à face avec la réalité de la vie, sa chair et son sang, sa pauvreté et son opulence, ses passions et ses hasards. Aucun roman ne contient autant de passions humaines que le crime le plus simple et même le plus courant. On y trouve la jalousie, l'amour du lucre, la soif du pouvoir et Dieu sait quoi encore! Bien souvent, en partant d'un seul fait, le juge d'instruction doit donner une unité à toutes sortes de détails et d'éléments sur la vie et le caractère de tous les personnages de ce crime et reconstituer leurs actions. Je dis bien de tous les personnages, même les parties intéressées ou non intéressées qui sont munies d'alibis. C'est bien du travail de romancier, à la seule différence que le juge d'instruction n'a pas le droit d'inventer quoi que ce soit ni de truquer les faits, comme le font ces messieurs les écrivains, mais qu'il est obligé de ne chercher que la vérité, parce que c'est de lui que dépend le sort non pas d'un quelconque Othello ou Raskolnikov de pure fantaisie, mais de toute une série d'êtres de chair et de sang qui peuvent s'appeler Ivanov comme Brejnev, et j'en passe, et son propre sort aussi, ce qui est quand même assez important...

La balle de 9 mm de calibre que j'avais trouvé dans la cour ne représentait en elle-même pas grand-chose – un morceau de fer, voilà tout. Le fait qu'elle avait atterri dans la cour en passant par le vasistas ne signifiait pas grand-chose non plus pour l'instant, mais le fait que je l'avais trouvée dans la cour, non pas en présence de deux témoins, mais en présence seulement du chauffeur, constituait de ma part une dérogation au règlement et n'importe quel tribunal pouvait rejeter cette preuve. Evidemment, vu l'arbitraire juridique qui règne un peu partout, j'aurais pu négliger les formalités et établir plus tard le procès-verbal de découverte de la balle, mais je ne sache pas que des professionnels, comme le camarade Shakespeare ou le camarade Dostoïevski, aient fait fi dans leurs œuvres des points-virgules ou des apostrophes, ainsi que des autres lois (dans l'ensemble purement formelles) de la grammaire. Le respect des formes au cours de l'enquête est un indice du professionnalisme de l'enquêteur.

C'est pourquoi, assis dans la cuisine de l'appartement de service du défunt camarade S. K. Tsvigoun, je buvais du thé (après avoir préalablement vérifié l'état du verre à la lumière pour voir s'il ne portait pas d'empreintes) et attendais l'arrivée des témoins, c'est-à-dire de Ninotchka et d'une certaine Tamara, ainsi que de Svetlov avec ma trousse de juge d'instruction. A mon avis, il s'était passé quelque chose, en plus du suicide, dans cet appartement, et je ne partirais pas tant que je n'aurais pas examiné avec Svetlov chaque millimètre de l'endroit, chaque poil de ces magnifiques tapis persans et chaque table, si petite fût-elle, de ce mobilier d'importation. Mais cela serait fait conformément à toutes les règles, en présence de témoins et à l'aide d'instruments qui, bien que simples, n'en seraient pas moins suffisants pour la première étape de l'enquête. Dans ce domaine, Svetlov était encore plus calé que moi : à la PJ, en effet, il était presque chaque jour amené à procéder à des examens des lieux des crimes, aussi avait-il l'œil et le flair exercés. Tu parles! Il y a chaque jour à Moscou trois ou quatre meurtres prémédités, des dizaines et des centaines de vols et de cambriolages et (d'après les statistiques) quatre mille cas de délinquance plus ou moins graves. C'est pourquoi le service opérationnel d'enquête de la PJ ne comprend que des professionnels expérimentés et tenaces, surtout lorsqu'il s'agit d'enquêtes sur des crimes contre les personnes. Nous, les juges d'instruction du Parquet, nous nous occupons avant tout des crimes contre l'Etat et les examens des lieux des crimes (surtout avec effusion de sang) ne sont pas très fréquents dans notre pratique.

Quant aux services enquêteurs du KGB de l'URSS, ce sont les plus faibles de tous! Tout d'abord, l'irresponsabilité devant la loi dont ils jouissent enlève aux enquêteurs du KGB toute envie de travailler en respectant les formes et les habitue à négliger les détails. Ensuite, les cadres du KGB ne sont pas recrutés en fonction de leurs compétences, de leur vocation ou de leur talent, mais surtout d'après les données de leur fiche biographique : statut dans le parti, ascendance, origine sociale. Or, il est difficile de trouver un juriste dont l'arbre généalogique soit absolument vierge de tout défaut au regard du Parti, qui n'ait pas de parents à l'étranger, pas de sang juif[1], pas d'ancêtres ayant encouru une sanction à tort ou à raison[2], sans signes d'« instabilité morale » etc.

Mais même si on arrivait à découvrir cet oiseau rare, reste encore à savoir s'il accepterait de travailler au KGB... C'est ce qui explique que leurs agents n'aient pas remarqué l'entaille dans le vasistas, qu'ils

1. Les professions d'homme de loi et de médecin font traditionnellement partie des professions dites « juives » dans le monde entier, et notamment en URSS. D'après les statistiques, 18 % de tous les hommes de loi en URSS sont d'origine juive, mais ils ne sont autorisés qu'à occuper des postes peu importants de conseillers juridiques dans de petites entreprises, dans des bureaux de consultations juridiques et des administrations de province. Il n'y a pour ainsi dire pas de juristes juifs qui occupent des postes de juges, au Parquet ou à la Milice, et pas un seul Juif dans tous le système du KGB *(N.d.T.)*

2. D'après les statistiques, chaque famille en URSS compte des personnes qui sont passées en jugement, c'est-à-dire qu'il n'y a pratiquement aucune famille dans le pays dont un membre au moins ne soit passé en jugement. (*N.d.A.*)

n'aient pas indiqué comment Tsvigoun était habillé au moment de son suicide et qu'ils n'aient pas soumis sa lettre d'adieu à un examen graphologique...

Un coup de sonnette interrompit mes réflexions devant mon verre de thé. Svetlov, Ninotchka et sa copine Tamara firent une apparition bruyante avec ma trousse d'enquêteur, un magnétophone, des paquets de nourriture et même une bouteille de champagne. A peine entrée et ayant aperçu le hall d'entrée décoré de bois de cerf et de toute une galerie de masques africains aux couleurs vives, Ninotchka s'exclama :

– Mazette! C'est chouette, ici! Où est-ce qu'on s'essuie les pieds?

Les pointes de ses bottes noires à hauts talons étaient couvertes de petits flocons de neige à moitié fondus.

– Tant pis, entrez comme ça, dis-je avec magnanimité, tandis que Ninotchka, en bonne provinciale, continuait à chercher des yeux un paillasson ou même un balai. Finalement, elle s'assit résolument et commença à enlever ses bottes.

– Et puis quoi encore! dit-elle. Moi, en tout cas, je ne veux pas faire de marques sur un parquet pareil! Je te présente mon amie Tamara, qui est écuyère :

Elle tendit l'oreille :

– Où sont les propriétaires? Qui est-ce qui habite ici?

Svetlov et moi, nous nous regardâmes. Apparemment, il ne les avait pas mises au courant et s'était borné à leur dire : « On va quelque part, vous verrez sur place » et il avait eu raison, mais à présent il fallait soit trouver un bobard plausible, soit leur dire toute la vérité vraie. Je choisis la deuxième solution et je leur dis :

– Voilà les filles : un crime a été commis tout

récemment ici même. Alors vous allez bien gentiment vous installer à la cuisine, vous ne touchez à rien, pas même à la vaisselle, et Marat et moi, nous allons faire notre travail.

Tamara, une grande fille aux yeux noirs, à la taille frêle et mince, mais aux jambes solides et aux épaules droites et larges, ne disait rien et étudiait la situation. Après s'être fait enlever son manteau par Svetlov, elle lui tendit sa jambe droite pour qu'il lui retire sa botte. Apparemment, elle avait déjà acquis un certain ascendant sur le chef du 3e bureau de la Police judiciaire de Moscou, et ce n'était pas étonnant : elle avait levé la jambe si haut et si droit qu'on jouissait d'un aperçu très révélateur sur sa personne.

Entre-temps Ninotchka m'interrogeait avidement de ses petits yeux bleus :

– Un crime! s'exclama-t-elle. C'est celui dont Marat te parlait à Sotchi?

Et moi qui croyais que c'était une petite sotte!

– Ça suffit, dis-je d'un ton ronchonneur. Pas de questions. A la cuisine! Et donnez-moi quelque chose à manger, il faut que je bouffe, je n'en peux plus...

Quelques minutes plus tard, Marat et moi commencions à examiner l'appartement. Je le mis au courant, lui montrai l'endroit où le cadre du vasistas avait été entaillé par la balle et ensuite la balle elle-même (celle que j'avais trouvée dans la cour) et je n'eus pas besoin d'ajouter quoi que ce soit : il avait tout compris. Ses petits yeux marron brillaient d'un éclat passionné, sa bedaine qui se dessinait déjà assez franchement s'était effacée comme par miracle et ses mouvements étaient d'une exactitude calculée.

– Bien, dit-il en enfilant les gants de caoutchouc qu'il avait apportés avec ma trousse d'enquêteur. Les filles, installez-vous dans l'entrée! Vous avez le droit de respirer, mais défense de bouger et, surtout, de toucher à quoi que ce soit! Quand nous aurons inspecté la cuisine, vous pourrez y aller.

– On peut mettre de la musique? demanda timidement Ninotchka.

– Bon, va pour la musique, répondit-il.

– Et on peut vous regarder travailler? demanda Tamara.

Il ne pouvait pas le lui refuser, mais il dit d'un ton sévère :

– Regardez, mais de loin, et surtout pas de questions!

Après quoi, il oublia en quelque sorte son existence. C'est-à-dire que peut-être, au fond de lui-même, il s'en souvenait et qu'il en rajoutait un peu pour nos spectatrices, mais vraiment un tout petit peu seulement. Sinon, il était totalement concentré et sérieux, attentif au moindre petit détail et taciturne. Nous devions sans doute ressembler à deux chirurgiens qui, après avoir enfilé leurs gants de caoutchouc, procèdent à une opération compliquée. Svetlov jouait le rôle de chirurgien principal et j'avais accepté de bonne grâce celui d'assistant.

– La pince!... La loupe!... Eclaire-moi sur le côté... La poudre... L'oxyde de magnésium...

Svetlov prenait chaque verre, chaque coupe, chaque flûte par le fond et l'examinait en l'éclairant obliquement avec la lampe électrique; il saupoudrait chaque tache suspecte sur les meubles avec une poudre spécialement conçue pour faire apparaître les empreintes digitales et il faisait tout cela vite et avec une dextérité témoignant d'une longue habitude, presque automatique.

– Rien... Rien... Rien...

L'examen de la cuisine fut assez rapide, une quinzaine de minutes, pas plus. Il n'y avait d'empreintes ni sur la vaisselle ni sur les meubles. Pas la moindre. Ni sur les verres, ni sur les tasses, ni sur la poignée du frigidaire, ni sur les dossiers des chaises – nulle part. Svetlov me regarda d'un air entendu et nous n'abordâmes même pas le sujet : il était évident que ce n'était pas une simple femme de ménage qui avait nettoyé la cuisine.

Nous déménageâmes les filles à la cuisine et leur donnâmes la permission non seulement d'écouter le magnétophone, mais aussi de préparer le dîner. De notre côté, nous passâmes à l'examen de l'appartement. Et c'est là, entre le salon et l'entrée, que Marat fit une première découverte, dont Ninotchka devait ensuite longtemps revendiquer l'honneur. Il dit :

– Mon vieux, regarde par ici, par terre.

Je regardai, mais ne vis rien. Le parquet bien ciré portait par endroits la trace humide de nos pas.

– Pierrot! s'exclama-t-il d'un ton narquois, tout à fait comme lorsque nous étions quatre étudiants occupant la chambre n° 401, au troisième étage du dortoir de la faculté de droit de l'université de Moscou, rue Lossinoostrovskaïa, et que nous ne nous appelions pas par nos noms, mais tout simplement « Pierrot ». Ta petite amie a un œil d'inspecteur, je vais la prendre à la PJ et lui donnerai le grade de lieutenant. Regarde : dans tout l'appartement il y a des tapis, et il n'y a même pas un paillasson dans l'entrée!

Effectivement, il y avait des tapis dans le salon, dans la chambre à coucher et dans le bureau, il y avait même un tapis tout le long du couloir, mais il n'y en avait pas dans l'entrée. C'était assez saugrenu. Svetlov se mit à quatre pattes et, armé de la loupe, commença à examiner de près les plinthes des murs et des portes. Au bout d'une minute, il se releva et me montra triomphalement un fil de laine verte de tapis qu'il venait de trouver dans une fente de la plinthe.

– Evidemment, qu'il y avait un tapis, dit-il. Il faut bien s'essuyer les pieds! Marie-toi avec Ninotchka, ce sera une bonne maîtresse de maison...

Nous ne trouvâmes rien dans le salon ni la chambre à coucher, excepté les taches de sang sur la table et sous la table qui étaient signalées dans le procès-verbal du KGB et qui avaient déjà presque complètement disparu.

A tout hasard, nous fîmes des prélèvements pour ces taches aussi, mais plutôt à titre de simple formalité.

La deuxième découverte, nous devions la faire une heure plus tard, alors que les filles n'en pouvaient plus de nous attendre pour dîner et avaient commencé à s'ennuyer. Dans le bureau de Tsvigoun, derrière le radiateur qui était caché par la table, nous trouvâmes une pile de feuilles jaunies qui y étaient tombées et qui étaient couvertes de colonnes de chiffres et d'autres inscriptions au crayon, du genre de celles que font les joueurs de « préférence ». Je ne comprends rien à ce jeu, mais Svetlov qui avait plus d'une fois cueilli des criminels dans des tripots dit tout de suite :

– Ils jouaient gros jeu. Et ces initiales te seront sûrement utiles.

L'élément le plus intéressant de ces feuilles, ce n'était pas le montant des mises, des gains et des pertes, mais les initiales des joueurs. Je devais par la suite me casser la tête dessus.

Ayant terminé l'examen de l'appartement, nous prîmes une dernière mesure, consistant à photographier et scier le morceau de cadre du vasistas qui avait été abîmé par la balle. Et ce n'est qu'à ce moment-là que nous allâmes boire le thé et le champagne avec les filles. Il était près de minuit, leurs yeux se fermaient déjà de fatigue et d'ennui. Tamara voulait filer chez elle, mais Svetlov régla le problème très simplement. Il lui mit sous le nez sa carte de commissaire dont la couverture rouge portait en lettres d'or « Police judiciaire de Moscou, ministère de l'Intérieur, URSS », et l'intérieur disait : « Colonel de la Milice, Svetlov Marat Alekseïévitch, chef du 3e bureau » et lui annonça :

– Témoin Tamara! Nous vous retenons ici non pas par admiration pour vos jolies petites guiboles, mais en raison d'une affaire d'Etat de la plus haute importance. Tiens-toi tranquille et ne râle pas sans arrêt. Dans une demi-heure tu signeras le procès-verbal d'examen de l'appartement et nous te reconduirons chez toi. Compris?

A mon avis, cette tirade produisit davantage d'effet sur elle que n'importe quelles attentions galantes. Elle demanda :

– Et vous irez où, après?

– Après, répondis-je, nous déposerons ces documents à l'Institut d'expertises judiciaires et Marat viendra chez moi. Nous avons encore besoin de discuter.

Marat me regarda d'un air étonné : il pensait rentrer chez lui, mais j'ajoutai :

– Je me charge de ta femme. Il faut vraiment que je te parle.

– Peut-être que je pourrais venir chez vous, moi aussi? demanda Tamara, et je compris que Svetlov ne me lâcherait pas d'une semelle, en tout cas pas cette nuit-là.

La même nuit

– Le type qui a effacé les empreintes et emporté le tapis de l'entrée, c'est lui qui a tué Tsvigoun, me dit Svetlov.

– C'est aussi lui qui a tiré par la fenêtre?, demandai-je d'un ton narquois.

– Je n'en sais rien. Si ce n'est pas un suicide, c'est un meurtre : il n'y a pas de troisième possibilité...

– Que voilà une pensée profonde!

– Attends. Faisons une hypothèse. *a* : l'entretien de Tsvigoun avec Souslov et la découverte de ses liens avec les trafiquants constituent une excellente couverture pour justifier et mettre en scène son suicide. D'accord? *b* : Tsvigoun arrivait de chez Souslov. On lui a fait son affaire, après quoi on a maquillé ça en suicide. Et *c* : Souslov est entré à l'hôpital pour bien faire croire qu'il n'avait rien à voir dans toute cette histoire.

– Mais pourquoi a-t-on tiré dans le vasistas? répétai-je avec entêtement. Et comment pouvaient-ils savoir qu'il ne rentrerait pas chez lui voir sa femme, ou qu'il n'irait pas à son bureau, mais justement là-bas où ils lui tendaient ce piège?

– Je ne sais pas... Mais si c'est un suicide, répliqua Svetlov en utilisant mon propre argument, comment expliquer la deuxième balle?

Cette conversation avait lieu dans mon studio, près de la station de métro Aéoroport, vers les 2 h 30 du matin. Marat et moi, si le lecteur veut bien me pardonner ce détail trivial, étions assis tous les deux dans les cabinets. Les filles dormaient, complètement épuisées : Ninotchka à la cuisine, sur un matelas posé à terre et Tamara dans la chambre, dans mon lit, que Ninotchka et moi avions cédé à nos invités. La femme de Svetlov, bien sûr, n'avait pas cru un mot de tout ce que je lui avais expliqué au téléphone sur l'urgence et l'importance de nos affaires et avait tout simplement débranché son appareil après mon troisième coup de téléphone, mais Svetlov m'avait dit de ne pas m'en faire : « Un péché de plus ou de moins...! » Vers 2 heures du matin, les filles s'étaient endormies et nous nous étions tranquillement enfermés dans les cabinets, qui faisaient aussi salle de bain, enfumant sans pitié l'atmosphère et évaluant à loisir les diverses versions de la mort de Tsvigoun.

– Et si c'était tout simplement un cambrioleur qui s'était introduit dans son appartement? Ou un service d'espionnage occidental?

– Ouais? persifla Svetlov. Et ils auraient justement choisi le jour où Tsvigoun s'était disputé avec Souslov?

– Tant pis, soupirai-je, il faudra vérifier toutes les versions. Dommage que l'Institut d'expertises judiciaires soit fermé demain. Nous devons attendre jusqu'à lundi pour savoir si c'est Tsvigoun ou non qui a tiré dans la fenêtre...

Je tirai de ma poche un petit paquet de formulaires imprimés que j'avais remplis tout seul une heure auparavant (également dans les toilettes), pendant que Svetlov agitait des questions beaucoup moins prosaïques avec sa Tamara. Ces formulaires constituaient un projet de « Plan d'enquête sur l'affaire de la mort de S. K. Tsvigoun ». Tout y était, de l'exhumation du corps et de l'examen graphologique du texte de la lettre d'adieu de Tsvigoun aux expertises balistiques et à l'examen des substances organiques sur les deux balles, à l'interrogatoire de tous les parents, proches et collaborateurs de Tsvigoun, et finalement à l'interrogagoire de Souslov, d'Andropov et de Kourbanov. Il y avait aussi des subdivisions : « Motifs ayant pu entraîner le meurtre », « Liste des personnes ayant un intérêt potentiel à la mort de Tsvigoun », « Moyens de pénétrer dans l'appartement », « Armes du crime », « Examen des vêtements du défunt », etc.

– Mince! fit Svetlov avec un sifflement d'admiration. Tu as déjà fait le plan? Quand est-ce que tu as eu le temps? On peut voir?

Il examina mon plan, en ponctuant sa lecture de « D'accord... d'accord... ça, c'est en trop... ça oui... ça va ». Je riais sous cape en l'observant. Il ne savait pas encore pourquoi je m'étais tellement dépêché de rédiger ce plan. En examinant mes notes, il se conduisait comme un professeur qui corrige le travail de contrôle d'un étudiant de première année. En dépit du fait que nous avions enquêté ensemble sur pas mal d'affaires et que nous nous connaissions depuis plus de vingt ans, chacun de nous avait le sentiment, profondément enfoui, de sa supériorité professionnelle par rapport à l'autre. J'estime que les enquêteurs de la PJ n'ont pas l'ampleur de vues nécessaire pour saisir un événement dans toutes ses relations avec les problèmes sociaux, en d'autres termes, qu'ils manquent de sensibilité en matière de criminologie et lui, il est persuadé que nous, « les pontes du Parquet », nous ne savons pas tirer de la masse des faits concrets le fil qui nous conduira tout droit au criminel, soit, en d'autres termes, que nous n'avons pas de flair en matière de criminalistique. A présent, c'était un peu comme si je passais un examen d'aptitude professionnelle et, à en juger par ses appréciations du genre de « Ça, c'est inutile, », « Ça, c'est de la connerie », « Ça, on peut s'en passer », je ne pouvais guère espérer avoir beaucoup plus que la moyenne.

– Eh bien! C'est pas mal, mon vieux, dit-il d'un ton protecteur. Ton plan est assez valable. Mais tu t'es fixé de ces délais! Excuse-moi, mais tu n'arriveras jamais à les tenir!

– Tout seul, évidemment, je n'y arriverai jamais, dis-je. Mais avec toi, cela se pourrait.

– Avec moi? s'étonna-t-il.

– Lundi je demanderai à tes supérieurs qu'on te transfère dans mon équipe, et avec toute ta division.

– Non, ça c'est trop fort! dit Svetlov en se levant d'un air très décidé. *Primo*, on ne me transférera pas. Je suis affecté au GOUBHSS, et aux ordres de Maliénina. Et, *deuxio*, j'ai pas du tout envie de me fourrer dans cette affaire. Je peux te donner un coup de main à l'occasion, surtout maintenant que je connais les amies de Ninotchka. Mais quant à m'engager officiellement dans cette affaire, ça non, excuse-moi! J'ai des enfants. Je veux vivre! Il y a Andropov dans cette affaire, et Souslov! Qu'est-ce que tu crois? Qu'ils aillent se faire voir, moi, ça ne me regarde pas!

Un bruit à la porte nous fit nous interrompre. Svetlov ouvrit la porte.

– Seigneur, qu'est-ce qui se passe?

A la porte des toilettes, il y avait Tamara à moitié nue sous ma robe de chambre et serrant les genoux d'une façon qu'on ne pouvait interpréter que dans un seul sens. Elle eut cette réplique :

– Et moi qui pensais que c'était occupé, et eux en plus qui fument!

III

Samedi, jour de « congé »

Samedi 23 janvier, 10 heures du matin

Il neigeait toujours. Un rideau d'épais flocons blancs dissimulait les contours des maisons et des arbres. Les rues étaient vides; seuls quelques groupes d'alcooliques faisaient le pied de grue à la porte des magasins de spiritueux en attendant l'ouverture. Mais dans le métro l'atmosphère était plus animée. Des bandes de jeunes gens très gais et très bruyants vêtus de costumes de ski en lainage se rendaient dans les gares de Biélorussie et de Savielova pour filer à la campagne, dans les bois enneigés des environs de Moscou. Ils se fichaient pas mal de Tsvigoun, de Souslov et de Brejnev. Ils vivaient leur vie, faisaient du ski, rigolaient, se roulaient dans les tas de neige, s'embrassaient avec leurs lèvres gercées par le vent et ne savaient pas que les jours suivants, c'était peut-être le sort de leur gouvernement qui allait se jouer, et le leur aussi, par conséquent.

Je ne le savais pas non plus ce samedi matin-là. J'avais simplement quitté sans bruit mon appartement où dormaient encore Ninotchka, Svetlov et Tamara, et j'étais allé au Palais pour méditer à nouveau mon plan à tête reposée et dans le silence de mon bureau.

Le silence du samedi régnait aussi au Palais. Les portes des bureaux étaient fermées et les couloirs, avec leurs tapis de velours, vides et bien nettoyés. Au quatrième étage seulement, dans le bureau de Baklanov, on entendait crépiter une machine à écrire. J'ouvris la porte sans frapper, comme on fait entre amis. Et j'eus l'impression que Kolia Baklanov, mon collègue et ami, sursautait légèrement devant cette visite inattendue. Mais il se reprit tout de suite et me dit :

– Ah! c'est toi? Salut. On t'a donné une nouvelle affaire. J'en ai entendu parler, ça oui! Et comment ça se passe?

Sur quoi il posa comme sans le faire exprès un dossier sur des feuilles tapées à la machine qui se trouvaient devant lui.

– J'y vais mollo, dis-je. Et toi, qu'est-ce que tu fais?

Il y avait huit ans, quand j'étais entré au Parquet, Baklanov, un grand type maigre qui avait la quarantaine bien sonnée, y était déjà un personnage important et un magistrat instructeur pour les Affaires de Haute Importance expérimenté. Il m'avait de bonne grâce mis au courant de tout, surtout devant une chope de bière dans le café d'à côté, rue Stoliechnikov. Mais depuis deux ans environ, nous étions à peu près à égalité, à la fois pour l'expérience et pour l'importance des affaires que nous traitions, et bien que je continuasse à considérer Baklanov comme beaucoup plus qualifié et plus ancien que moi, nous allions de moins en moins souvent au café et nous nous confions encore moins souvent des détails sur nos affaires respectives. C'est sans doute pour cela qu'il me dit :

– Moi? Bah! De la routine...

Et il mit une cigarette dans son immuable porte-cigarettes d'ambre jaune.

– Pour de la routine, elle est plutôt intéressante! m'esclaffai-je. Karakoz m'a dit que c'était toi qui avais semé la panique avec cette « opération Cascade »...

En parlant de « semer la panique », j'avais exagéré. C'était une petite pique tout ce qu'il y avait de plus ordinaire, mais Baklanov se renversa dans son fauteuil et me dit sèchement :

– Moi? Je ne sais pas de quoi tu parles. On m'a affecté au GOUBHSS, un point c'est tout. C'est encore des commérages de Karakoz, il me le paiera...

Le téléphone l'interrompit et il décrocha.

– Allô, j'écoute. Ici Baklanov... Bonjour, Nadiejda Pavlovna... Hum! (Il loucha dans ma direction.) Je pourrais vous rappeler dans cinq minutes? Vous êtes chez vous ou... Non, de mon côté, tout est prêt, mais... Oui, vous avez terminé. Je vous appelle dans cinq minutes.

Il reposa le récepteur et me fixa en silence, en me montrant ouvertement qu'il attendait que je vide les lieux.

– C'était Nadiejda Maliénina? demandai-je.

– Oui, rèpondit-il de mauvaise grâce. Et alors?

– Il faut que je lui parle. Elle est chez elle ou au GOUBHSS?

– Elle est au bureau. Mais pourquoi veux-tu lui parler?

– Oh! rien, un détail..., dis-je en souriant de nouveau. De la routine...

J'étais pour m'en aller et j'avais déjà la main sur la poignée de la porte.

Mais Baklanov se leva subitement.

– Igor, je veux te dire quelque chose. Evidemment, ce serait mieux au café, mais je n'ai pas le temps. Ecoute. L'affaire qu'on t'a refilée n'est pas pour toi. Attends, ne te vexe pas. Tu vas t'éreinter pour rien et il vaudrait vraiment mieux que tu laisses tomber, crois-moi.

– Pourquoi?

– Mon vieux, je ne peux pas tout te dire, répondit-il. Mais je t'aime bien, cela tu le sais. Et je te le demande en ami : fais-toi porter malade et laisse tomber cette affaire. Ne serait-ce qu'une semaine. Va dans une maison de repos, je te ferai inscrire dans celle que tu voudras, emmène ta nana avec toi, emmène-en trois, si tu veux! Et dans dix jours tout aura changé, crois-moi...

– Qu'est-ce qui aura changé?

– Mon vieux, ne me cuisine pas. Crois-moi seulement : tu ne dois pas te lancer dans cette affaire.

– Kolia, on est du même bord, dis-je d'un ton très calme. Dans dix jours aura lieu une réunion ordinaire du Politburo. Quand tu dis que quelque chose va changer, c'est à cela que tu penses?

– Toi alors, avec tes idées! dit-il en grognant et en hochant la tête. Oh! cette éternelle méfiance! Assieds-toi et parlons. Je n'ai pas le temps, c'est vrai, mais...

Je ne lui obéis pas et restai debout à la porte. Baklanov contourna la table et alla fermer la porte derrière moi.

– Igor, dit-il, d'une voix douce. Je t'aime bien, je t'ai aidé pendant toutes ces années. Ce n'est pas vrai?

– C'est vrai, fis-je, parce que c'était la vérité.

– Maintenant, écoute-moi bien. Je ne te dirai pas *où, quand* et *comment* cela va changer, dit-il en appuyant sur ces mots. Mais rappelle-toi : si tu ne t'accroches pas à cette affaire – car personne ne te force à t'engager à fond – mais si tu la traites... tu sais bien comment... ce n'est pas à moi de te le montrer... Tu comprends?

Je gardai le silence. Sans attendre ma réponse, il continua :

– Bref. Regarde vers l'avenir. Tout peut changer, et des gens comme toi, nous en avons besoin.

– Kolia, tu vises un portefeuille?

– Crétin! dit-il d'un ton chagrin. Moi, je te parle en ami et...

– En ami, vraiment? Tu me pousses à étouffer... un meurtre?

Il me regarda droit dans les yeux. Presque une minute entière. Et le silence était tel qu'on aurait dit que nous étions tous les deux seuls dans la ville enneigée. Ensuite il se détourna, fit le tour de sa table, s'assit dans son fauteuil et dit d'un ton las et presque indifférent :

– Excuse-moi, mon vieux. Fais comme si cette conversation n'avait jamais eu lieu.

Je haussai les épaules et commençai à tourner la poignée de la porte.

– Mais rappelle-toi, entendis-je derrière mon dos. Si nos chemins se croisent...

– Et alors, qu'est-ce qui se passera? dis-je en me retournant alors que j'avais déjà ouvert la porte.

Il me regarda dans les yeux et me sourit en découvrant ses dents jaunies par le tabac :

– Alors on verra... Excuse-moi, j'ai à faire.

Je refermai soigneusement la porte de son bureau. Kolia Baklanov m'avait pratiquement laissé entendre que Tsvigoun avait été assassiné et m'avait en même temps lancé un défi professionnel. En ce cas, je ne pouvais vraiment pas me passer de Svetlov. Je descendis au deuxième étage, dans le bureau de l'agent de garde.

– Il me faut une voiture. Pour toute la journée.

Et pendant qu'il téléphonait au garage et demandait une voiture, je m'assis devant une machine à écrire et tapai rapidement deux courtes notes de service sur des formulaires du Palais : une demande de renseignements adressée à la PJ concernant tous les crimes commis le 19 janvier dans la zone du grand Moscou et une instruction au directeur de l'administration des postes de Moscou, Mechtchériakov, concernant la saisie et l'envoi au juge d'instruction Chamraïev, au Parquet de l'URSS, de toute la correspondance et de tous les télégrammes adressés à S. K. Tsvigoun, à son domicile privé et à son lieu de travail. C'étaient les premières étapes, purement formelles, de l'enquête et j'avais justement un peu de temps libre pendant que l'agent de garde me commandait une voiture. Après avoir signé ces lettres, je les déposai sur la table devant ce dernier et je lui dis :

– Faites-les partir aujourd'hui, s'il vous plaît.

– La voiture est en bas, annonça-t-il. Son numéro est : MOS-16-54, et le chauffeur c'est Sacha Lounine, vous le connaissez.

10 heures 35 minutes

J'avais rarement vu un pareil branle-bas que celui qui régnait ce samedi-là à la Direction générale des services de lutte contre les atteintes à la propriété socialiste. Les quatre étages du GOUBHSS, qui occupait un vieil hôtel particulier peint en vert situé rue Sadovaïa-Soukharievskaïa – dont les salles de bal et les salons avaient depuis longtemps été divisés et transformés en bureaux –, débordaient d'une activité bruyante et fébrile : les inspecteurs, inspecteurs principaux et inspecteurs pour les Affaires de Haute Importance du GOUBHSS du ministère de l'Intérieur, en collaboration avec des inspecteurs de la Milice, procédaient aux interrogatoires des trafiquants arrêtés dans le cadre de l'« opération Cascade » : des magouilleurs qui avaient sévi à Moscou, dans le Caucase et en Asie centrale et les directeurs à présent destitués de gros commerces, d'usines de production de vin, de coopératives de produits laitiers ou de boucheries et de magasins. Dans les couloirs, c'était la cohue. Debout ou assis, de gros Géorgiens au teint bronzé, des Baltes au teint pâle et au visage couvert de taches de rousseur, des Moscovites en manteaux de daim, tous rois du business louche, se morfondaient en attendant leur tour pour l'interrogatoire. Les agents de police appartenant à une unité spéciale qui étaient chargés de leur surveillance fumaient et bavardaient près des fenêtres ouvertes et dans l'escalier.

Je montai au deuxième étage pour aller voir le vice-directeur des services, le colonel Maliénina, mais l'inspecteur Sacha Sytchov, un jeune homme habillé à la dernière mode et mon ancien élève (il avait fait son stage pratique d'enquêteur avec moi cinq ans auparavant) sortit brusquement du bureau de la colonnelle et me dit :

– Oh! b'jour! Vous cherchez Nadiejda Pavlovna?

– Oui.

– Elle n'est pas dans son bureau.

J'indiquai de la tête la porte entrouverte du bureau :

– Et qui est là, alors?

– J'interroge un de nos millionnaires à la manque, le directeur du Comptoir du tourisme de Sotchi. A propos, il nous a expliqué que c'était vous qui l'aviez ramené d'Adler. Merci, il nous sera très utile.

– Mais qu'est-ce qui se passe ici? Qu'est-ce que c'est que ce branle-bas?

– C'est affreux! Ne m'en parlez pas! dit Sacha avec un sourire. Vous avez entendu parler de l'« opération Cascade »?

– Un petit peu..., fis-je en souriant à mon tour.

– Et est-ce que vous savez d'où vient ce nom? Il y avait une usine de luminaires des environs de Moscou qui produisait des lustres modernes, à trois niveaux d'intensité lumineuse : ceux qu'on appelle des lustres « Cascade », le rêve de toutes les ménagères. Ma femme m'en rebattait sans cesse les oreilles : débrouille-toi pour en trouver un! Mais comment faire? Toute la production de l'usine était vendue au marché noir, à cent pour cent! Quant à faire une inspection, il ne fallait pas même y songer, on ne pouvait pas approcher de cette usine, parce que le directeur en était... le propre neveu de Tsvigoun. Mais, il y a une dizaine de jours, Maliénina a donné le feu vert et tout s'est mis en branle! On a arrêté le neveu, et des centaines d'autres. Nous démasquons la corruption et la spéculation, comme vous me l'avez appris!...

J'eus un nouveau sourire. La voilà bien, pensai-je, l'ironie du destin! La vie du général Tsvigoun s'est brisée sous l'un de ces lustres « Cascade » que son propre neveu fabriquait avec la bénédiction du général. Insondables sont les desseins du Seigneur, à ce qu'il paraît.

– Mais pourquoi ce branle-bas? Pourquoi les interrogatoires ont-ils lieu un samedi? Cela ne se fait pas en général? demandai-je à mon loquace interlocuteur.

– Oh! Mais c'est que nous ne pouvons pas nous soucier du protocole! Nous faisons un tel nettoyage... Jusqu'à cent arrestations par jour! C'est le branle-bas général dans tout le ministère!

– Et à l'Institut d'expertises judiciaires aussi?

– Et comment! Ils sont même complètement dépassés par les événements : ils ont une équipe de jour et une équipe de nuit et ils ne prennent plus de jours de congé.

– Et où est Maliénina?

– Elle est dans le nouveau bâtiment, rue Ogariov, à côté du Télégraphe central. Voulez-vous que je vous mette en communication avec elle? Nous sommes en liaison directe.

– Non, merci, je préfère aller la voir.

– Comme il vous plaira, au revoir!

Et Sacha Sytchov entra en courant dans un autre bureau. J'entendis de loin sa voix jeune et impatiente :

– Tania, cela fait déjà une heure que tu m'as promis de me rendre le magnétophone! On ne peut pas travailler dans des conditions pareilles : un magnétophone pour trois enquêteurs! Et ça, au siècle de l'électronique!...

Je descendis pour retourner à ma voiture. Devant l'entrée du GOUBHSS stationnait un panier à salade et des agents de la Milice en faisaient descendre un nouveau groupe de détenus qui allaient être interrogés à leur tour. Parmi eux aussi je reconnus certaines de mes anciennes connaissances de Sotchi : le « Roi de la viande », Noukzar Baratachvili, et le chef de l'OBHSS de Sotchi, le commandant Morozov. En sortant du camion, ils aspiraient à pleins poumons l'air frais et glacé et regardaient la rue. De l'autre côté du Sadovoïé koltso[1] les gens faisaient la queue devant le cinéma Forum où passait alors un mélodrame très populaire, *Moscou ne croit pas aux larmes*.

– Plus vite! Et sans regarder! cria le garde aux détenus et, l'oreille basse, le commandant Morozov se traîna docilement jusqu'au GOUBHSS.

Quant à moi, je montai dans ma Volga en disant au chauffeur :

– Rue Ogariov.

Ensuite, je décrochai le radio-téléphone et donnai

1. Boulevard circulaire qui entoure le centre de la ville. *(N. d. T.)*

le numéro de mon appartement à la standardiste. Mais personne ne répondit : ils dormaient encore, ou ils étaient partis se promener. Je regrettais de ne pas leur avoir téléphoné plus tôt; il me fallait en effet avertir Svetlov que, sans attendre lundi, j'allais déjà trouver Maliénina pour lui demander de m'affecter son auguste personne. Le branle-bas au GOUBHSS et à l'Institut d'expertises judiciaires n'avait fait que renforcer ma décision.

La voiture filait sur le Sadovoïé koltso. Nous tournâmes à gauche, dans la rue Petrovka. Une minute plus tard, nous passions devant le n° 38 de cette rue, c'est-à-dire la célèbre Direction générale des affaires intérieures de Moscou, qui abrite la légendaire Police judiciaire de Moscou. Là aussi, à côté des portes du service de garde de la P.J., on remarquait une animation inhabituelle pour un samedi : huit à neuf Mercedes toutes neuves mais repeintes pour servir de voitures de milice, des Volgas à moteur dopé, des inspecteurs de milice avec des chiens et des agents en civil.

– Est-ce qu'il se serait passé quelque chose à Moscou? me demanda le chauffeur.

Je haussai les épaules. A première vue, Moscou était toujours pareille et la neige tombait toujours tranquillement et doucement.

11 heures 10 minutes

Tout le monde connaît le Télégraphe central de Moscou, rue Gorki. Juste derrière le central télégraphique, dans une petite rue tranquille, la rue Ogariov, s'élève un long bâtiment de six étages de couleur ocre qui est lui aussi connu de tous : le ministère de l'Intérieur de l'URSS. L'accès de la rue est interdit aux camions et chaque voiture qui passe est étroitement surveillée par les agents de milice en faction devant la porte et aussi par cinq ou six agents en civil, qui font les cent pas des deux côtés de la rue en essayant de prendre un air détaché. Aucune voiture privée n'a le droit de s'arrêter dans cette rue et, si on le fait quand même, on voit aussitôt accourir un des agents armés en faction à la porte qui vous dit brusquement et catégoriquement : « Qu'est-ce qui se passe? Circulez! Et vite! » Quelle en est la raison? Pourquoi ces mesures sévères? Même l'immeuble du KGB, rue Loubianka, n'est pas autant et aussi ouvertement gardé.

A vrai dire, je n'y avais pas attaché beaucoup d'importance jusqu'alors. Je pensais simplement que cela faisait plaisir au ministre de l'Intérieur, Chtcholokov, de montrer sa puissance, et voilà tout. Le ministère avait aussi occupé un terrain resté vide entre le Télégraphe central et son propre bâtiment et y avait fait construire, en collaboration avec le ministère de la Communication, un autre bâtiment, moderne, étroit et haut de huit étages, qu'on appelle le « Nouveau Bâtiment », que presque personne ne remarque (il n'a même pas de plaque, d'ailleurs), et qui est en général considéré comme une nouvelle aile du Télégraphe central. Et pourquoi pas, s'il vous plaît? Est-ce que nous n'avons pas beaucoup d'autres ministères qui s'agrandissent? Chaque fonctionnaire veut avoir son bureau individuel et le nombre des fonctionnaires ne fait que croître, surtout au ministère de l'Intérieur. Mais, ce matin-là je compris que ce n'était pas du tout des ambitions de Chtcholokov qu'il s'agissait. Notre Volga noire à la plaque d'immatriculation bien reconnaissable[1] freina devant l'agent de milice en faction sur le trottoir. Je lui

1. Les lettres MOS sur les plaques d'immatriculation distinguent les voitures officielles du garage *Mossoviet* de toutes les autres *(N.d.A.)*

tendis ma carte de magistrat instructeur du Parquet de l'URSS, il compara la photographie collée sur la carte et ma bobine, puis me fit un geste de la main : « Passez. » Devant l'entrée du « Nouveau Bâtiment », la neige avait été sillonnée par les roues des voitures. Une autre Volga officielle s'arrêta derrière nous. Devant le perron stationnaient déjà une Mercedes et une Jigouli de la Milice, une camionnette marquée « Dépannage » et un camion laitier. Dans chaque voiture, il y avait un chauffeur en civil et des agents de la Milice habillés en civil, tout à fait comme pour une opération très délicate. « C'est à cause de " Cascade ", pensai-je. Ils sont vraiment en plein boum. »

Je passai à côté de ces voitures, fis un signe de tête à un agent opérationnel que je connaissais et montrai de nouveau ma carte au capitaine de la Milice qui se tenait à la porte.

– Qui allez-vous voir? demanda-t-il.

– Le colonel Maliénina, répondis-je.

– Vous avez demandé un laissez-passer?

– Moi? fis-je avec étonnement. Je suis magistrat instructeur du Parquet pour les Affaires de Haute Importance!...

– Une seconde, dit-il en décrochant le récepteur du téléphone intérieur et en annonçant à quelqu'un : Il y a ici un membre du Parquet qui veut voir le colonel Maliénina...

Puis il écouta la réponse et me demanda :

– Vous venez de la part du camarade Baklanov?

– Oui, répondis-je sans broncher, uniquement pour ne pas perdre mon temps à discuter avec ce capitaine. S'il voulait que je vienne de la part de Baklanov, eh bien! va pour Baklanov! Moi, cela m'était égal.

– Premier étage, je vous prie, dit-il en me rendant

ma carte. Vous pouvez laisser votre manteau au vestiaire.

J'allai au vestiaire et y laissai ma capote d'uniforme, qui n'était plus de la première jeunesse. A présent, avec mon uniforme de conseiller supérieur de justice, je ne me distinguais guère de tous les gradés militaires qui allaient et venaient dans le hall. Ils sont vraiment bien installés, dans le Nouveau bâtiment, pensai-je en admirant les fenêtres voûtées hautes de deux étages, les murs revêtus de marbre, les tapis moelleux dans les couloirs et l'ascenseur silencieux où l'on pouvait lire sur une plaque d'acier « Made in Germany ». Rien à voir avec le bâtiment minable du Parquet. Mais une minute plus tard, j'avais bien autre chose à faire qu'à m'abandonner à cette curiosité motivée par l'envie la plus basse.

Dans le couloir vide et bien éclairé du premier étage, j'entendis distinctement la voix de poitrine impérieuse et pourtant féminine de Nadiejda Pavlovna Maliénina :

– ... Merde alors, pourquoi est-ce que le son a disparu? Gouriévitch, je vais t'arracher les couilles! Rends-moi le son immédiatement!

Voilà donc, pensai-je en riant sous cape, Maliénina dans l'exercice de ses fonctions. Les grossièretés ne vont certes pas à toutes les femmes, et d'ailleurs, à mon avis, elles ne vont à personne, mais cette blonde de trente-huit ans au corps parfait (elle avait été championne de gymnastique artistique), le colonel de milice Maliénina, femme d'un professeur de l'Académie militaire de l'Etat-Major général, m'avait dit plus d'une fois que la politesse, elle se la mettait quelque part. Elle prenait plaisir à dire des grossièretés et à parader dans sa tunique bleue de colonel (et effectivement elle lui allait bien, avec ses yeux bleus, sa peau blanche et ses cheveux d'un blond foncé un peu roux), mais ce qu'elle préférait c'était critiquer bien fort et ouvertement tout notre système, la corruption dans les ministères comme l'organisation des kolkhozes, bref, tout ce que nous chuchotions seulement chez nous, avec des amis très intimes, et encore après trois bouteilles de vodka. Femme d'un important général d'armée et vice-directrice du GOUBHSS, elle pouvait se le permettre...

– Tu entends, Gouriévitch? Va te faire foutre!

Sa voix impérieuse retentissait dans tout le couloir.

– Nadiejda Pavlovna, je... Camarade colonel, je pensais..., fit entendre la voix visiblement confuse et légèrement déformée par le passage sur les ondes dudit Gouriévitch. C'est que... c'est quand même la fille de Léonide Ilitch...

Oh! oh! la fille de Brejnev? Cela commençait à devenir intéressant. Je m'approchai de la porte qui était entrouverte et je vis qu'elle n'ouvrait pas sur un bureau, mais sur une salle, une salle exactement semblable à celle de la section de garde de la PJ de Moscou, mais avec des appareils beaucoup plus modernes : des écrans vidéo, des appareils enregistreurs, des magnétoscopes, des tableaux de surveillance à distance... Maliénina me tournait le dos, tout son corps tendu et incliné vers le pupitre central. A côté d'elle se tenaient trois généraux et deux colonels. Derrière le tableau était assis dans un fauteuil tournant un capitaine des services techniques et à ses côtés, près d'écrans plus petits, il y avait d'autres techniciens de grades divers.

– C'est pas tes oignons, Gouriévitch, qui c'est, son père! hurla Maliénina, exaspérée, dans le micro. Le son!

– A vos ordres, camarade colonel, répondit la voix du pauvre Gouriévitch et, au même moment, sans aucun préambule, retentit une respiration bruyante entrecoupée de gémissements féminins :

« Encore!... Encore!

– Et pourquoi est-ce que tu ne peux pas aider Guivi? demanda une voix de baryton douce et bien propre.

– Arrête! Je t'ai déjà dit pourquoi! Ne pense pas à autre chose! Encore!... »

– Quand a-t-elle dit ça? s'exclama dans la salle Maliénina. Eh! bien, Gouriévitch! Tu as laissé passer un moment pareil! Je ne te le pardonnerai pas!... Nous allons chasser tous les youpins des organes[1], camarade ministre, tous jusqu'au dernier.

Les généraux se tournèrent légèrement de profil vers Maliénina, et je reconnus dans l'un d'entre eux le ministre de l'Intérieur, le général d'armée Nikolaï Chtcholokov, et dans un autre le général-major Alexeï Krasnov qui, depuis la mort de Papoutine en Afghanistan, était le chef du département des Renseignements du ministère de l'Intérieur.

« Non! déclara subitement la voix de femme avant de se transformer en pleurs : Je n'y arrive pas!... Je n'y arrive pas!... Je suis trop vieille! Je suis trop vieille! Mon Dieu, pourquoi est-ce que je n'y arrive pas?...

– Ne crie pas! répondit la voix de baryton. C'est inconvenant, j'ai des invités là-bas...

– Mais je m'en fous, de tes invités! Ils peuvent tous crever! se mit à crier la voix de femme. Ma vie est finie, finie! Je suis déjà une grand-mère! Une vieille!...

– Arrête, arrête donc..., demanda la voix d'homme. Aujourd'hui tu n'es pas en forme, tout simplement. Tu reviendras demain et, par la même occasion, tu apporteras les diamants de Guivi, puisque tu ne peux rien faire pour lui...

1. « Organes » : euphémisme pour « organes répressifs » (KGB, Intérieur, GOUBHSS, etc.). *(N. d. T.)*

– Tout ce qui t'intéresse, ce sont les diamants! explosa la femme. Tiens, tiens, prends tous ces machins! »

Et on entendit sur les ondes le bruit d'objets jetés par terre.

– La pute! commenta Maliénina. Elle jette les diamants par les fenêtres!

« Attends! Attends! fit de nouveau avec douceur la voix de baryton. Qu'est-ce que ça vient faire là, ces boucles d'oreille et ces bracelets? Viens, je vais te laver. Voilà. Petite sotte, ce n'est pas pour moi que je te les redemande, les diamants. Je comprends bien que, tant qu'il y avait Tsvigoun, on ne pouvait rien faire pour aider Guivi et que les diamants ne servaient à rien, mais maintenant...

– Elle ne veut pas me les rendre! dit en pleurant la voix de femme.

– Qui?

– Irka Bougrimova! fit la femme en pleurnichant. Elle m'avait promis de faire libérer votre Guivi par l'intermédiaire de son petit ami, mais il a refusé parce qu'il avait peur de Tsvigoun!

– Mais Tsvigoun est mort maintenant...

– Je ne sais vraiment pas quoi faire... Qu'il attende un peu!

– Cela fait déjà trois ans qu'il attend... Bon, je sais ce qu'il faut faire, dit d'un ton décidé la voix d'homme. J'irai moi-même lui reprendre les diamants et je les donnerai à Tchourbanov, et l'affaire sera réglée...

– Youri ne les prendra pas, dit la voix de femme. En ce moment, il fait le petit saint.

– C'est à voir. Personne n'a encore refusé des diamants pareils. Bon, allons-y, nos invités doivent déjà l'avoir mauvaise. Viens, je te chanterai ta chanson préférée. “ Je rentrais chez moi..., entonna le baryton. Je pensais à vous! Mon cœur angoissé me tourmentait sans répit ”... »

La voix de baryton disparut des ondes mais seulement pendant un instant et reparut, évidemment dans une autre pièce maintenant, sur un fond sonore général de voix d'hommes et de femmes :

« Eh bien! pourquoi restez-vous assis comme cela sans boire? Où est ma guitare? Buvons un petit coup, allons-y! Oui! On ne vit qu'une fois! “ Les pommiers et les poiriers sont en fleurs, des brouillards flottent sur la rivière! Katioucha est allé sur la rive! ”... » entonna le baryton sur un rythme dansant et alerte.

– Qu'il aille se faire voir! s'exclama avec colère Maliénina. J'ai déjà six cassettes de ses chansons! Il est temps de retirer ce chanteur de la circulation. Si on l'arrête, elle s'effondrera sur place, elle sera prête à vendre même son papa...

A tout hasard, je m'éloignai de la porte d'une vingtaine de pas et j'allai vers la fenêtre. J'aurais mieux fait de ne jamais venir, pensai-je. J'aurais mieux fait de rester à la maison avec Ninotchka, j'aurais mieux fait de ne jamais quitter Sotchi, mais d'y rester comme concierge, ou comme maître-nageur sur une plage pour enfants! Karakoz avait raison : voilà le véritable sens de l'« opération Cascade »! Ce n'étaient pas les filous qu'ils arrêtaient par paquets, ni la lutte contre la corruption pour purifier l'économie soviétique et tout le système qui les intéressait : tout ça, ils s'en fichaient complètement! « Cascade », c'était Tsvigoun, et Galia Brejnev et... J'aurais bien aimé savoir qui allait suivre! Quant aux voleurs et à tous ces trafiquants, il les arrêtaient pour avoir des éléments compromettants pour la famille Brejnev. « Nous allons chasser tous les youpins des organes! » avait dit Maliénina, et je pensai : « En voilà une pute! N'est-ce pas toi qui l'été dernier, m'as invité à partir avec toi en mission à Alma-Ata, en me faisant miroiter un voyage de rêve à deux dans un compartiment à deux places du Moscou-Pékin? Et n'est-ce pas toi qui, intéressée par la différence entre les Juifs circoncis et les chrétiens non circoncis, as couché avec la moitié de la ville universitaire de Novossibirsk pendant une inspection portant sur les sommes extravagantes qui avaient été dépensées pour je ne sais trop quelles recherches dans le domaine de la physique nucléaire?... »

La voix surexcitée de Maliénina interrompit le fil de mes souvenirs.

– Il est impossible qu'elle ne soit pas au courant de l'existence de ces bandes magnétiques! Je ne vais plus quitter cette vieille taupe des yeux!...

A ce moment-là, sa voix s'arrêta court à deux pas de moi. Je me retournai et vis son visage décomposé et blanc comme un linge :

– Igor?

Elle était toujours entourée du ministre de l'Intérieur, Nikolaï Chtcholokov et du chef du département des Renseignements, Alexeï Krasnov. Aucun des trois ne me dit bonjour. Maliénina jeta immédiatement un coup d'œil sur la porte de la salle en évaluant mentalement la distance qu'il y avait entre cette porte et moi et les chances qu'il y avait que j'eusse entendu quelque chose. Quant à Krasnov, un petit bonhomme avec une canne, invalide à cinquante ans, il me dit d'un air sombre :

– Comment êtes-vous entré ici?

Je haussai les épaules :

– Je viens voir Nadiejda Pavlovna.

– Et vous êtes ici depuis longtemps?

– A peu près une demi-minute...

J'avais dû dire ça d'un ton assez naturel, car leurs visages perdirent leur air méfiant. Chtcholokov et

Krasnov continuèrent à suivre le couloir, mais Maliénina me prit par le bras avec une extraordinaire cordialité :

– Igor, mon chou, allons dans mon bureau. Cela fait cent ans que je ne t'ai pas vu! Comment va ton fils? Comment vont les affaires?

– Tu as un bureau ici aussi?

– Evidemment! Montons! Il serait temps de mettre de l'ordre dans cette pétaudière. J'ai entendu dire que tu étais parti en vacances quelque part dans le midi. Il y a des gens qui ont de la chance!...

Elle me débitait sûrement tout ce baratin pour que je ne puisse plus entendre un seul mot de ce qui était diffusé dans la salle d'écoutes. Me tenant donc ainsi par le bras et effleurant comme par mégarde mon épaule de la ferme rondeur de sa poitrine, elle m'emmena au bout du couloir et ouvrit avec sa clef la porte d'un bureau où il n'y avait pas de plaque. Pas mal, le bureau! Presque un bureau de ministre! Il y avait une antichambre lambrissée en bouleau de Carélie, avec des meubles confortables et un bureau pour la secrétaire, puis venait le cabinet proprement dit, dont les énormes fenêtres donnaient sur la tranquille rue Ogariov, avec un lustre de type Cascade au-dessus du bureau, deux divans en cuir, un bar dans un coin et un tapis persan par terre. Maliénina me fit asseoir sur le divan à côté du bar et remplit deux verres de cristal de cognac Napoléon.

– A notre rencontre, mon petit vieux! Tu es le seul mec avec lequel je n'ai pas baisé, et pourtant j'en ai eu rudement envie à un certain moment! J'ai vieilli, hein? A ta santé!

Elle vida d'un trait son verre plein et me regarda tremper les lèvres dans le mien en en savourant le contenu.

– Il n'est pas des nôtres! observa-t-elle avec un sourire, sur quoi elle se resservit, dégrafa sa tunique et vint s'asseoir plus près de moi, tout près. Qu'est-ce qui te prend? Tu n'es pas un mec? Tu ne sais pas boire? Avec une nana comme moi à côté de toi!

La nana en question était effectivement bien balancée : la gorge sans une seule ride et, sous la tunique, la chemise d'uniforme et la cravate, une poitrine bien pleine et sans soutien-gorge. Elle saisit la direction de mon regard et eut un petit rire satisfait :

– Et les jambes? Regarde un peu!

Et tout à fait sans cérémonie, elle releva sa jupe grise d'officier, qui était déjà certainement plus courte que ne le prévoyait le règlement et tendit une jambe chaussée d'une petite botte en cuir.

– Hein? Ça peut aller? Buvons encore un coup! Mais bois tout, cul sec, cette fois-ci! Il faut que je te dise franchement : je ne me sens plus. Nous venons de nous occuper d'une pute, nous étions à l'écoute. Tu sais bien, il y a des appareils américains avec lesquels on peut entendre un gars et une fille baiser dans une salle de bain à un kilomètre de distance. On entend tout! Et tu te rends compte, cette vieille peau, au bout de quarante minutes, elle n'avait toujours pas réussi à jouir! C'est la ménopause. Et le pire, c'est que le type, il était bien et il se donnait à fond! J'en peux plus! Je suis prête à exploser! Profites-en donc, mon vieux!

Elle prit carrément ma main et la posa sur sa poitrine, tout en me regardant d'un air provocant et polisson.

– Ecoute, dis-je. Je venais te voir pour une affaire sérieuse...

– Va te faire foutre! s'écria-t-elle avec une indignation réelle. Et une femme, pour toi, c'est pas une affaire sérieuse? Allez! Je peux quand même pas me faire sauter par Krasnov!

D'un seul mouvement, elle enleva sa cravate et

déboutonna le col de sa chemise d'uniforme. Une poitrine splendide aux pointes roses et durcies par l'excitation vint, comme on dit, s'offrir à mon regard.

– Hein? dit-elle avec fierté. Ça peut encore aller? Et ma taille, tu l'as vue? Regarde un peu... Buvons encore un coup.

– Ecoute, quelqu'un pourrait entrer...

– C'est moi qui vais leur rentrer dedans! Je vais leur arracher les couilles... Mais, à vrai dire, ils sont tous impuissants ici, il n'y a rien à arracher. Et toi, fais voir...

Et l'air polisson, comme une gamine, elle déboutonna ma braguette...

... Une trentaine de minutes plus tard, à bout de forces, Maliénina était étendue les yeux fermés sur le divan et tenait d'une main molle une Malborough qu'elle portait lentement à ses lèvres et dont elle aspirait la fumée profondément et longuement, sans ouvrir les yeux. Par terre, sur le tapis, traînaient son uniforme de colonel – la tunique, la cravate, la chemise, la jupe, les bottes – et aussi ses sous-vêtements.

Je me rhabillai, finis mon cognac et fumai moi aussi une cigarette. Je ne regrettais pas ce qui s'était passé. J'avais même pris un plaisir vengeur à écraser, ployer et briser le corps de cette antisémite. D'ailleurs, ce sentiment de vengeance avait dû me donner un supplément d'énergie qui avait prolongé son plaisir à elle.

– T'es pas tendre..., dit-elle sans ouvrir les yeux. Mais tu baises bien... Et elle soupira : Qu'est-ce qu'il faut faire de vous?

– « De vous »? De qui?

– Allons, cela ne te concerne pas. Tu es des nôtres. Tu n'es même pas circoncis. Donne-moi un verre. Alors, qu'est-ce que tu avais à me dire?

Elle se leva. Je pensais qu'elle allait s'habiller, mais elle n'en avait pas la moindre intention. Après avoir enjambé son uniforme de colonel d'un pas robuste, elle alla toujours complètement nue jusqu'à la grande fenêtre et y resta debout sous le portrait de Dzerjinski, avec à l'arrière-plan la neige qui continuait à tomber. Mon Dieu, qu'elle était belle! Si j'étais peintre, voilà le tableau que je peindrais : son corps admirable complètement nu, ses longs cheveux blond roux défaits dans son dos, Maliénina est debout dans le cadre métallique et froid de la fenêtre, sous le portrait de Dzerjinski et par terre, sur le tapis persan, on voit son uniforme de colonel de la Milice. A côté, le bord de la table avec un commutateur et un téléphone rouge officiel et, par la fenêtre, Moscou enneigée. Je lui aurais choisi un titre court et simple : « Le département des Renseignements de l'Intérieur »...

Mais je n'étais pas peintre, je n'étais qu'un simple juge d'instruction qui, en plus, venait de pécher. Je m'approchai d'elle et je lui dis :

– Nadia, prête-moi Svetlov.

Elle fit non de la tête.

– Je sais que c'est pour ça que tu es venu. Ecoute, Baklanov te l'a bien dit : laisse tomber cette affaire! Et maintenant je te le demande en amie : prends ton acrobate et disparais avec elle pendant une dizaine de jours. Hein?

Elle me regarda dans les yeux d'un air presque suppliant et, je vous le jure, je faillis céder au charme de ces yeux bleus. Et elle continuait :

– A quoi ça te sert d'essayer de déterrer pourquoi Tsvigoun s'est suicidé? Il s'est suicidé, et qu'il aille se faire voir! C'était un tel salaud! Il a reçu des millions en pots-de-vin, tu peux me croire, je le sais en tant que chef du GOUBHSS.

– Tu es donc déjà chef?

– Bah! je le serai, dit-elle d'une voix paresseuse. Et peut-être que je monterai même plus haut. Ce n'est pas de ça qu'il s'agit. Non, c'est toute cette tribu! On ne sait pas ce qu'ils veulent. Ils ont foutu la merde en Afghanistan et ils ont failli perdre la Pologne. Heureusement qu'ils ont eu Jaruzelski sous la main! C'est un produit à nous, il a été l'élève de mon mari. Sinon... Ce qu'il nous faut, c'est un pouvoir fort, de la poigne!

Et elle serra effectivement le poing, et c'était le poing solide d'une ancienne championne de gymnastique!

En regardant ce poing, je compris que je n'abandonnerais pas l'affaire Tsvigoun et que je n'irais nulle part avec ma Ninotchka. Pour moi, il était déjà clair que le véritable but de l'« opération Cascade », c'était de compromettre et de renverser la famille de Brejnev. Mais, de penser qu'en plus de toutes les joies dont on nous gratifie déjà aujourd'hui dans notre pays, il pourrait y avoir de nouveau ce poing levé au-dessus de nos têtes... Il ne manquait plus que ça! De deux maux il faut choisir le moindre et mon choix était fait. Je lui dis :

– Tu ne veux donc pas me donner Svetlov?

– Ecoute, dit-elle. Je comprends que tu ne peux pas te débarrasser tout simplement de cette affaire. Tu as peur. Faisons comme ça : nous allons mettre à ta disposition non pas le 3e bureau de la PJ et Svetlov, mais le 5e bureau, c'est-à-dire Ropeïko. Ils sont plus nombreux chez lui. Et si tu veux, je te donnerai aussi une vingtaine d'hommes de mes troupes. Tu déploieras une activité frénétique, mais comme ça, pour la frime. Hein? Et après? Après, tout ce que Baklanov t'a promis se réalisera. Je te le promets aussi. Alors? demanda-t-elle en se serrant de tout son corps contre moi et en enlaçant mes épaules de ses bras nus. Et maintenant recommençons, mon vieux. Tu es en état?

Mais sous la peau de velours de ses bras nus, ses muscles de fer étaient restés tendus.

Je souris et retirai ses bras de mes épaules.

– Excuse-moi, ma vieille, lui répondis-je sur le même ton. Mais il risque de ne plus rien me rester pour cette nuit, pour ma petite acrobate.

Midi

Quand je ressortis du bâtiment, certaines voitures, dont la camionnette marquée « Dépannage », n'y étaient plus, mais à l'avant de ma Volga je vis le chauffeur à l'air déluré de la voiture d'à côté (une prétendue ambulance) qui était tranquillement assis et blaguait avec le mien. Quand il me vit, il sortit de la voiture et me céda la place. Sacha, le jeune chauffeur de ma Volga, mit le moteur en marche :

– Où allons-nous?

– Démarre en attendant...

Et là, presque à la hauteur du Télégraphe central, la camionnette de dépannage commença à nous suivre. Je compris que le chauffeur déluré de l'« ambulance » avait fourré un micro quelque part sous le siège et que maintenant dans la salle d'écoutes, au premier étage du département des Renseignements du ministère de l'Intérieur, Nadiejda Maliénina et le général Krasnov étaient en train d'écouter chacune de mes paroles.

Je décrochai le radiotéléphone et donnai à la standardiste le numéro de mon domicile. La voix de Ninotchka répondit presque immédiatement :

– Allô! C'est toi? Arrive, la soupe de poisson est presque prête! Et nous avons de nouveau des invités – ton fils. Allez, arrive, dépêche-toi!

– Je ne sais pas encore...

– *On ne discute pas!* Nous t'attendons et nous ne nous mettrons pas à table sans toi! Tu as compris?

Il y avait quelque chose de nouveau dans sa voix, quelque chose d'un peu étrange, et en plus cette expression qui était notre mot de passe à Svetlov et à moi, « On ne discute pas! »...

– Et où étais-tu il y a une heure? Je t'ai appelée...

– J'étais allée acheter de l'oignon pour la soupe. Allez, viens!

– D'accord, j'arrive tout de suite..., répondis-je et je dis au chauffeur « On va chez moi », puis, pour le détourner d'une conversation qui aurait pu être déplacée, vu la présence du micro, je fis un geste vers le paquet de quotidiens du jour qui étaient posés sur le siège à côté de lui en demandant :

– Et alors, qu'est-ce qu'il y a aujourd'hui dans les journaux?

– Toujours la même chose, me répondit en souriant Sacha, plutôt loquace et amateur de politique internationale et de football. Le chômage augmente en Allemagne de l'Ouest; en Angleterre il commence à y avoir du racisme et, aux Nations unies, on a voulu condamner Israël parce qu'il avait piqué les hauteurs du Golan, mais les Américains ont bloqué la résolution. A Washington, Reagan prépare un show télévisé sur la Pologne, mais en Pologne même tout est maintenant bien tranquille...

Une dizaine de minutes plus tard, nous arrivions devant mon immeuble et je pris l'ascenseur jusqu'au dixième étage. Une musique de jazz assourdissante provenait de mon appartement : on l'entendait même de l'ascenseur.

– Moins fort! rouspétai-je en entrant.

Et j'examinai avec étonnement ma tanière : mon appartement était impeccable, le plancher avait été lavé et il n'y avait pas un grain de poussière sur la table. Et mon fils Anton, ce gamin de quatorze ans, était en train de récurer la salle de bain avec une espèce de poudre! Et de la cuisine provenait une odeur inhabituelle : l'odeur de la vraie soupe de poisson!

– Fantastique, criai-je en essayant de couvrir les accents déchaînés de la musique qui était à démolir les murs. Mais mettez la musique moins fort, bon sang! Nina!

Ninotchka surgit brusquement de la cuisine en tablier à fleurs, porta un doigt à ses lèvres et m'emmena jusqu'à la table sur laquelle était posée une feuille de papier blanc qui portait quelques lignes écrites de l'écriture régulière et presque encore enfantine de mon fils :

« Papa, l'employé du gaz vient de sortir d'ici. Il a vérifié la cuisinière et il a changé les plombs du compteur électrique dans l'entrée. Mais, à mon avis, ce n'était pas du tout un employé du gaz et ces plombs ce sont en fait des micros. Qu'est-ce que tu en penses? Anton et Nina. »

J'eus un sourire. Même les enfants maintenant participaient à mon travail. Anton sortit de la salle de bain, un chiffon à la main, et me regarda dans les yeux d'un air angoissé. Je sortis mon stylo et écrivis sur la même feuille de papier :

« Et pourquoi pensez-vous ça? »

Ninotchka s'empara du stylo et écrivit à son tour :

« Parce que les employés du gaz ne travaillent pas le samedi. »

« C'est un premier point, compléta Anton. *Mais aussi pourquoi un employé du gaz s'occuperait-il d'un compteur électrique? Hein? »*

Ainsi donc mon fils s'était-il mis à assimiler la méthode de l'enquête par déduction. Je n'aurais voulu pour rien au monde qu'il devienne juge d'instruction. Médecin, ingénieur, musicien, ou même footballeur, n'importe quoi pourvu que cela n'ait rien à voir avec la politique.

Je lui pris le stylo des mains et j'écrivis :

« Admettons. Mais pourquoi avez-vous mis la musique si fort? »

« Pour que leurs oreilles éclatent en nous écoutant! » écrivit Ninotchka.

Je m'approchai du magnétophone et mis cette musique infernale en sourdine. Ensuite, j'ouvris la porte du balcon et je regardai en bas. La camionnette marquée « Dépannage » était là, de l'autre côté de la rue. Sont-ils idiots au point que même des enfants arrivent à voir dans leur jeu? Ou bien... ou bien cherchent-ils ouvertement à me faire peur?

– Voilà, les gars!, dis-je à mon fils et à Ninotchka d'un ton rassurant et je brûlai la feuille de papier en la tenant d'une main. Le temps est magnifique. Allons faire du ski. On mange et on se prépare vite!

Mon plan était prêt, restait seulement à le mettre à exécution : il s'agissait de les semer pendant la promenade à skis et d'entrer en contact avec le journaliste favori de Brejnev, Vadim Bielkine. A la fin de l'année dernière, je l'avais rencontré dans le bar de la Maison des journalistes. « Il me semble que cela fait longtemps que j'ai rien lu de toi dans les journaux! » lui avais-je dit devant une chope de bière et des écrevisses. « J'écris des livres! » avait-il répondu en faisant entendre un rire sans aucun enthousiasme et même plutôt sarcastique. « Oh! Bravo! Quand est-ce que ça va sortir! – Il y en a un qui est déjà sorti, m'avait-il répondu d'un air sombre. Il a même reçu le prix Lénine. – Bon, ça va, arrête de déblatérer! – Je ne déblatère pas. Je désespère! » avait-il plaisanté et il m'avait regardé d'un air amer. « Qu'est-ce que c'est comme livre? Pourquoi n'en ai-je pas entendu parler? », avais-je demandé en essayant de me rappeler qui avait eu le prix Lénine de littérature cette année-là. Et je m'étais rappelé : « Attends. Mais c'est Brejnev qui a eu le prix Lénine pour *Renaissance!* – Exactement, avait répondit Bielkine. C'est notre pseudonyme collectif! Nous sommes huit écrivains, installés dans une datcha du gouvernement dans le village de Pravda et nous écrivons... Et notre pseudonyme vient nous voir une fois par semaine, pour nous lire... »

Maintenant il me fallait retrouver ce Bielkine, mais auparavant je devais passer à l'Institut d'expertises judiciaires pour savoir qui avait tiré la balle qui était passée par la fenêtre.

14 heures 20 minutes

Nous arrivâmes à la station de ski du Bois d'Argent par l'avenue de Khorochévo, toujours accompagnés de la même camionnette de dépannage. La station de ski était bondée de jeunes. Comme d'habitude, il y avait une queue immense pour louer des skis : les gens attendaient que quelqu'un revienne et rende ses skis. C'était précisément sur cela que j'avais compté quand j'avais prévu cette promenade. Je renvoyai le chauffeur et me frayai un chemin jusqu'au début de la queue. La mégère qui louait les skis m'accueillit par ces mots : « Eh bien! Où que tu cours! Il n'y a pas de skis! Y en a pas! », mais je lui fourrai sous le nez ma carte rouge de magistrat du Parquet et elle changea tout de suite de ton :

– Je vous le jure, il n'y a pas de skis, camarade procureur, ma parole! Mais on dirait qu'il y a des gens qui reviennent...

Un groupe de skieurs et de skieuses sortait effectivement du bois.

– Et la queue alors? Nous, nous faisons la queue! gronda la foule près du guichet.

– C'est pas fini? rugit-elle à leur adresse. Le camarade procureur a téléphoné ce matin de bonne heure pour réserver des skis! En voilà un chahut! Un peu de silence! Les prochains seront pour vous...

La réservation par téléphone était un mensonge évident, vu qu'il n'y avait pas de téléphone dans sa cabine, mais la foule s'inclina comme d'habitude devant la puissance de l'administration. Je savais que les passagers de la camionnette de dépannage se précipiteraient pour avoir les skis suivants : ils n'avaient certainement pas pu se munir de skis à l'avance, mais il s'écoulerait peut-être un certain temps avant qu'un nouveau groupe de skieurs ne reviennent! Evidemment, se faire donner ces skis sous les regards sombres de la foule n'avait rien d'agréable et mon fils me regardait d'un air de reproche... Mais, dix minutes plus tard, dans le bois, il avait déjà oublié ce petit incident. Autour de nous le paysage était d'une beauté féerique, typiquement russe. Le bois de pins et de sapins touffus avait vraiment l'air argenté sous cette neige qui n'en finissait jamais de tomber. Sur le réseau des pistes qui avaient été tracées, on voyait se croiser les silhouettes énergiques de jeunes skieurs et skieuses.

J'entraînai Ninotchka et Anton assez loin dans le bois en changeant plusieurs fois de direction et en passant brusquement d'une piste à l'autre jusqu'au moment où je fus convaincu que personne ne nous filait. Ensuite Anton, qui se vantait devant Ninotchka de sa rapidité en descente, partit en avant et je skiai à côté d'elle. Elle était rudement mignonne avec son bonnet de ski en laine bleue, sa silhouette harmonieuse et ses petits yeux bleus. S'il n'y avait pas eu Anton que je voyais devant nous, je l'aurais bien prise sans hésiter dans mes bras, je l'aurais renversée dans la neige et je les aurais tous envoyés au diable, autant qu'ils étaient : Tsvigoun, Souslov, Brejnev et compagnie! J'en arrivais même, dans ce bois, à oublier leur existence.

– Qu'est-ce que tu as raconté sur nous à Anton? lui demandai-je chemin faisant.

– Je lui ai raconté que j'étais la fille d'un de tes amis de Vologda, et maintenant il me fait la cour... répondit-elle en souriant. Je ne pouvais pas quand même lui dire que j'étais ta maîtresse!

Et voilà! Comme si je n'avais pas déjà assez d'ennuis! Il ne me manquait plus que d'avoir mon fils comme rival!

– Allez, viens un peu ici! fis-je sévèrement.

Elle s'approcha et je la pris dans mes bras, mais au même moment le vrombissement de plusieurs moteurs emplit le bois. Nous nous regardâmes. Une colonne de tanks en formation de marche roulait à travers le bois en direction de Moscou. Leurs chenilles foulaient la neige poudreuse et argentée et il y avait quelque chose de sinistre dans ce flot vrombissant de monstres de métal aux canons tournés vers la capitale.

Les groupes de skieurs s'arrêtèrent, perplexes.

Anton revint vers nous et me regarda d'un air interrogateur et angoissé. Mais que pouvais-je lui dire? Il pouvait aussi bien s'agir des tanks de la division Dzerjinski, du KGB, que des unités régulières du maréchal Oustinov. Sans doute des mouvements de troupes sans aucune importance. Il est vrai, je me rappelle, qu'il y avait justement eu des « mouvements de troupes » du même genre le jour de la mort de Staline et au moment du complot contre Khrouchtchov...

Les tanks passèrent en nous enveloppant du vrombissement de leurs moteurs et d'un poudroiement de neige.

– Ecoutez, les gars, dis-je à mon fils et à Nina. Maintenant, on va faire un petit cross jusqu'à la station de taxis la plus proche. Après, on retourne vite en ville et vous allez au cinéma, ou bien là où vous avez envie, mais surtout pas à la maison, et moi je m'en vais de mon côté m'occuper de mes affaires. On se retrouve vers 6 heures, disons, sur la place Rouge près du Mausolée. Ça va?

– Et les skis? demanda Anton. Il faut les rendre...

– Les skis, vous n'aurez qu'à les laisser au Palais, au garde. Allez, en avant!

15 heures 35 minutes

Après le branle-bas dont j'avais été témoin au GOUBHSS, au ministère de l'Intérieur, et après le passage de cette colonne de tanks, je ne fus pas du tout surpris du branle-bas que je trouvai à l'Institut d'expertises judiciaires, place de l'Année 1905. Les quatre étages de ce vieil hôtel particulier repeint dans des tons gris évoquant la caserne ou l'orphelinat, bouillonnaient d'activité, surtout le laboratoire de recherches criminologiques du professeur Alexandre Sorokine. Ce laboratoire très important s'occupe d'expertises balistiques, biologiques et graphologiques et il emploie plus de trente spécialistes, dont la femme de Sorokine, mon ancienne camarade de cours à l'institut, Allotchka Sorokina. C'est précisément par son entremise que je m'apprêtais à faire pression sur son mari pour obtenir plus rapidement les résultats des expertises des matériels que j'avais apportés à l'Institut la nuit précédente.

Mais je n'eus pas besoin de faire pression.

Allotchka, une brune aux yeux verts d'une quarantaine d'années qui avait été à mon époque la reine de la faculté de droit et que Sacha Sorokine (de dix ans plus âgé qu'elle) avait alors arrachée d'un seul coup à sept adorateurs, m'accueillit par ces mots :

– Ah, te voilà! Viens par ici...

Elle m'emmena au fond du laboratoire, dans le bureau vide de son mari dont elle ferma la porte et se retourna vers moi :

– Raconte!

– Qu'est-ce qu'il y a à raconter? dis-je d'un air étonné.

– Ne fais pas l'imbécile, je t'en prie! répondit-elle d'un ton sévère. Tu n'auras pas les résultats de tes expertises avant de t'être mis à table. Raconte quand Brejnev va être renversé, et ce qui se passe à Moscou en général.

– Vous avez déjà fait les deux expertises?

– Et comment donc! On n'allait pas attendre pour expertiser des éléments pareils! Des éléments concernant la mort de Tsvigoun! Nous avons dès le matin remis tout le reste à plus tard, même l'urgence que Baklanov nous avait apportée...

– Qu'est-ce qu'il vous a donné à expertiser?

– Arrête de faire le Juif et de répondre aux questions par des questions! C'est moi qui interroge, pas toi. C'est vrai que Brejnev est fichu?

– Alla, je suis revenu hier seulement de Sotchi, où j'étais en congé, et je suis tombé dans cette affaire comme un chien dans un jeu de quilles, Je te jure que je ne sais rien. Vous en savez plus que moi ici, je te l'assure! Pourquoi est-ce que tu penses que Brejnev est fichu?

– Toi alors, tu m'embêtes à la fin! fit-elle d'un ton déçu. Pourquoi je pense ça? Parce que notre institut est inondé de demandes d'expertises provenant des endroits les plus divers : du GOUBHSS, de la PJ, du ministère de l'Intérieur, du Parquet et même du KGB. Chaque affaire ne représente qu'un fragment, mais nous, qui les avons toutes sous les yeux, nous commençons à y voir clair. Qu'est-ce que cela veut dire, à ton avis, le fait que Baklanov et Maliénina nous apportent à expertiser des montagnes d'agendas appartenant à toutes sortes de trafiquants et que, dans chacun de ces agendas, il y ait le téléphone privé de Tsvigoun et ceux de Galia, de Youri et de Yakov Brejnev? Et que, dans l'agenda de Tsvigoun, il y ait les numéros de téléphone de ces trafiquants, hein? Ils ont traqué et cerné Brejnev, comme à la chasse!

– Vous avez l'agenda de Tsvigoun?

– Evidemment!

– Il faut que je le voie.

– Qu'est-ce qu'il te prend? Baklanov l'a déjà repris. Il n'est pas sorti du laboratoire pendant tout le temps que nous y avons travaillé. Il fallait rétablir une dizaine d'endroits barrés ou effacés. Baklanov a même emporté tous les doubles. Mais j'ai aussi quelque chose d'intéressant pour toi. Tiens, lis.

Et elle sortit d'un tiroir du bureau de son mari le brouillon tapé à la machine, mais non encore signé par Sorokine, d'un « certificat d'expertise médico-criminologique et biologique complexe » et me laissa seul.

Je pris la feuille et, passant sur le préambule en tous points standard, je lus ce qui suit :

> ... En dépit du fait que l'intérieur du canon du pistolet du général Tsvigoun qui a été présenté pour expertise avait été nettoyé après son utilisation, les quelques traces subsistant dans les rayures du canon et sur la pointe du percuteur et d'autres données indirectes nous ont permis d'établir que les deux balles transmises pour expertise

étaient passées par le canon dudit pistolet et avaient été tirées par cette arme le 20 janvier au plus tard et le 18 janvier au plus tôt.

L'examen microscopique de la balle nº 1 a montré que la balle en question n'était pas entrée en contact avec un corps humain et portait les traces d'un passage à travers un obstacle en bois assez mince, du genre du morceau de vasistas en bois qui a été soumis pour expertise.

L'examen microscopique de la balle nº 2 a révélé que la balle en question comportait des fragments microscopiques de peau, d'os et de sang humain. On peut conclure du genre de déformation subie par la balle qu'elle a traversé un os du corps humain. *Attendu que ladite balle a été soumise pour expertise à la suite d'une blessure à la tête par arme à feu ayant occasionné la mort,* les experts signalent qu'ils n'ont découvert aucune trace de substance cérébrale sur cette balle.

Moscou, le 23 janvier 1982.
Signatures des experts :
A. Sorokine, B. Golovliova.

Je relus encore une fois la dernière ligne de cette conclusion et allai voir Sorokine dans son laboratoire, la feuille à la main. De haute taille, des cheveux roux ébouriffés encadrant son visage rond et criblé de taches de rousseur, Sorokine était penché sur un texte dont il faisait l'examen graphologique avec sa femme et trois laborantines. J'allai tout droit à lui :

– Ecoute un peu, qu'est-ce que c'est que ça?

– Où? Quoi? dit-il d'un air innocent.

Je lui montrai le papier où figuraient ses conclusions et il haussa les épaules.

– C'est un certificat d'expertise, voilà tout.

Dans ses yeux scintillaient des étincelles moqueuses. Je compris qu'il avait très envie de me faire sortir de mes gonds et de se payer ma tête. Il avait d'ailleurs l'habitude idiote de se moquer des juges d'instruction et de nous lancer à tous de petites ou de grosses pointes dans des documents à caractère tout à fait officiel.

– Je vois bien que c'est un certificat, je ne suis pas aveugle, dis-je en me contenant. Que veut dire : « Ils n'ont découvert aucune trace de substance cérébrale »? Cette balle a traversé la tête de Tsvigoun!

Il se tut. Ce n'étaient plus seulement les laborantines qui travaillaient avec lui, mais toutes les autres qui s'étaient arrêtées et qui nous regardaient avec curiosité.

– Eh bien! dis-je en insistant. Pourquoi ne réponds-tu pas?

– Tu comprends... (Il faisait durer le plaisir, comme un artiste en scène.) Il n'y a aucune trace de substance cérébrale sur cette balle. Si tu maintiens qu'elle a traversé la tête de Tsvigoun, cela veut dire que le premier vice-président du KGB, membre du Comité central et député au Soviet suprême n'avait pas de cerveau. Mais ne t'étonne pas, mon vieux, ce n'est pas un cas unique. Je connais des enquêteurs qui n'en ont pas lourd dans la tête non plus...

Ça y était, il avait réussi : tout le laboratoire riait aux éclats. Et il continua :

– Mais moi, à ta place, j'arrêterais de calomnier les membres de notre gouvernement et je chercherais s'il n'y avait pas d'autres blessures sur le corps de Tsvigoun.

– Tu veux dire qu'il n'a pas été tué par cette balle?

– Je ne veux rien dire du tout. Nous ne tirons pas de conclusions et ne bâtissons pas d'hypothèses. Nous nous bornons à constater ce que nous voyons. La balle ne porte aucune trace de substance cérébrale et, quant à la lettre d'adieu de Tsvigoun, elle ne présente pas les sécrétions sébacées dont le camarade Tsvigoun était coutumier, sans compter que six lettres sont douteuses...

– Ce serait un faux?

– Je répète : nous ne tirons pas de conclusions. Mais j'ai récemment eu entre les mains l'agenda de Tsvigoun et j'ai constaté que le camarade Tsvigoun transpirait des mains quand il écrivait, et ces sécrétions se sont conservées même sur les feuilles de papier qu'il utilisait pour jouer à la *préférence*. Et c'est tout à fait normal. Les gens corpulents comme Tsvigoun transpirent à la moindre occasion, et d'autant plus en situation de stress. Or, sa lettre d'adieu ne porte pas de marques du tout, ni empreintes digitales, ni dessins épidermiques, ni sécrétions sébacées, et six lettres sont presque de son écriture, mais... pas tout à fait. Tu as encore des questions?

Je retournai sans rien dire dans son bureau. Sur sa table il y avait, comme sur la mienne, un annuaire téléphonique marqué « Secret, réservé au service ». J'y trouvai le numéro du domicile du principal expert médico-légal des forces frontalières de l'URSS, B. S. Toumanov, qui avait fait l'autopsie de Tsvigoun, et je lui téléphonai. Notre entretien fut bref :

– Boris Stépanovitch? Bonjour! Ici Chamraïev, du Parquet. Je m'excuse de vous déranger un samedi; je mène l'enquête sur la mort de Tsvigoun et je n'ai qu'une question à vous poser. Je vous la pose parce que c'est vous qui avez fait l'autopsie... A part la blessure à la tête, le corps de Tsvigoun ne portait pas d'autres blessures?

– Cher ami, vous me faites de la peine, me répondit une voix de baryton pleine de dignité princière. Tout ce que j'ai constaté sur le corps est consigné dans mon certificat. Vous pouvez me faire confiance.

– Est-ce que vous avez ouvert la boîte crânienne?

– Et comment donc! Nous avons étudié la trajectoire de la balle dans le cerveau. Tout a été fait dans les règles, cher ami...

– C'est que voyez-vous, l'expertise n'a découvert aucune trace de substance cérébrale sur la balle qui a traversé la tête de la victime...

Pour toute réponse, j'entendis des éclats de rire prolongés. Puis, après avoir ri tout son soûl, il me dit :

– Vous m'avez fait mourir de rire! Je n'en peux plus, cher ami! Je le raconterai aux étudiants de l'Académie. Qu'est-ce que vous avez dit exactement? « L'expertise n'a découvert aucune trace de substance cérébrale sur la balle qui a traversé la tête de la victime! » En voilà de fameux experts! Je vais l'inclure dans mon manuel. Merci, vous avez rendu service à un vieillard. Dites-moi un peu, c'est qui ces experts?

– Boris Stépanovitch, où avez-vous procédé à l'autopsie?

– Dans l'amphithéâtre d'anatomie du Premier Institut médical. Pourquoi?

– Merci, Boris Stépanovitch, et excusez-moi de vous avoir dérangé!

En fait, j'aurais très bien pu ne pas poser la dernière question : les autopsies des personnalités gouvernementales ont toujours lieu au Premier Institut médical.

Ensuite j'appelai le village de Pravda. La standardiste du central de ce village « gouvernemental » répondit immédiatement.

– Ici le village Pravda; allô, j'écoute...

J'expliquai que j'étais du Parquet et je lui demandai de me trouver le journaliste Bielkine qui travaillait dans l'équipe littéraire de Brejnev et, quelques secondes plus tard, j'entendis la voix de Vadim :

– Igor Iossifovitch, en quoi puis-je vous être utile?

– Il faut que je rencontre ton « pseudonyme ».

– Qui? Qui? répondit-il avec étonnement.

– Il y a trois mois, à la Maison des journalistes, tu m'as raconté en prenant une bière avec moi que tu écrivais maintenant sous un pseudonyme...

– J'ai compris! Hum... Je ne peux rien promettre, mais dites-moi d'où vous téléphonez et je vous rappellerai.

Je lui donnai le numéro de téléphone du bureau de Sorokine, et demeurai seul au calme à étudier la situation. Par la fenêtre, dans l'obscurité qui déjà s'épaississait, je voyais tomber la neige. Ainsi, Svetlov avait raison. Ce n'était pas un suicide, mais bien plutôt une mise en scène. Et en plus, une mise en scène double : d'abord, pour nous faire croire que c'était un suicide et ensuite, au deuxième niveau, pour faire croire à la population que Tsvigoun était mort de mort naturelle. Or, même les étudiants de la fac de droit savent que ce sont le plus souvent des gens proches de la victime qui ont recours à une mise en scène de suicide. En ce cas, dans cette affaire, nous avions plusieurs groupes de suspects. Tout d'abord, Andropov et ses suppléants, pour lesquels Tsvigoun était un fardeau évident, une sorte de surveillant du KGB pour le compte personnel de Brejnev. Mais soupçonner Andropov d'avoir fait faire un travail aussi grossier était idiot : dans cette affaire, telle qu'elle se présentait, étaient impliqués Souslov, Kourbanov et je ne sais combien d'experts, d'enquêteurs et de gardes du corps. Si Andropov avait voulu se débarrasser de Tsvigoun, il aurait pu le faire disparaître sans bruit – c'est une spécialité du

KGB – en employant un poison qui ne laisse pas de traces ou un gaz paralysant, à la suite de quoi les médecins constatent sans hésiter un décès dû à une crise d'hypertension ou à une congestion cérébrale. Le deuxième groupe de suspects, c'étaient tous les trafiquants dont Tsvigoun recevait des pots-de-vin. C'étaient des gens peu recommandables et certainement capables de tout. Mais pourquoi auraient-ils tué Tsvigoun, si celui-ci était d'accord avec eux? Et comment auraient-ils pu savoir que Tsvigoun irait dans cet appartement à 2 heures de l'après-midi? Le troisième groupe, c'était la famille : la femme, les enfants, les maîtresses s'il en avait. Mais alors, pourquoi le KGB avait-il commis tant d'erreurs grossières? Ils n'avaient pas vu le vasistas, avaient immédiatement nettoyé le pistolet et n'avaient pas fait d'examen détaillé de la balle ni d'examen graphologique de la lettre d'adieu. S'il y avait effectivement une conspiration contre la famille de Brejnev, un scandale noircissant celle-ci aurait justement dû venir à point nommé pour eux. Oui, tout était incompréhensible, hypothétique, sauf un seul fait : tout seul, je ne viendrais pas à bout de cette affaire, à plus forte raison en étant espionné et sans possibilité d'interroger les témoins.

La sonnerie du téléphone m'arracha à mes réflexions. Je décrochai et j'entendis :

– Igor Iossifovitch? Bonjour. C'est le Comité central du PCUS qui vous appelle. Dans quelques minutes, une voiture viendra vous chercher.

16 heures 17 minutes

C'était une Tchaïka officielle, une longue limousine blindée noire. Sur la banquette avant, à côté du chauffeur, était assis un homme d'une trentaine d'années qui ne prononça que quelques mots pendant tout le trajet, et encore seulement lorsque la voiture s'arrêta devant l'Institut d'expertises judiciaires.

– Bonjour, me dit-il. Vous êtes Chamraïev? Je peux voir vos papiers?

Je lui montrai ma carte, il s'assura que j'étais bien Chamraïev et me dit :

– Montez, je vous prie. Léonide Ilitch est malade, mais son médecin personnel, Evguéni Ivanovitch Tchazov veut vous voir.

Et nous filâmes dans le noir à travers Moscou, en suivant d'abord la bande centrale du Sadovoïé Koltso, puis celle de l'avenue Koutouzov. Nous faisions du cent à l'heure, tous les postes de contrôle routier nous donnaient le feu vert et les agents de la circulation, aux carrefours, se mettaient au garde-à-vous et portaient la main à la visière. C'était vraiment la première fois que je montais dans une limousine officielle de ce genre. D'abord, on pouvait complètement étendre les jambes, ensuite, il y avait un bar dans lequel les verres tintaient mélodieusement et aussi une télévision et, enfin, il y avait mon accompagnateur qui, assis à l'avant, à côté du chauffeur, commandait par radio aux postes de contrôle routier suivants de nous donner le feu vert. J'essayai de deviner où nous allions : dans la maison de Brejnev de l'avenue Koutouzov, ou dans sa datcha de la route de Roubliovo? Mais la voiture dépassa la maison de l'avenue Koutouzov, que tout le monde connaît à Moscou et où se trouvent les appartements en duplex de Brejnev, Andropov, Kirilenko et Chtcholokov. Avant d'arriver au tournant de la route de Roubliovo, nous tournâmes tout à coup à gauche et je compris enfin où nous allions : à l'hôpital du Kremlin, dans l'ancienne datcha de Staline, à Kountsévo. Et effectivement, après avoir traversé un pont pittoresquement enneigé sur la petite rivière champêtre de la Sétoune, qui était complètement gelée, la voiture ralentit et s'engagea sur une route de forêt tortueuse mais bien aplanie par les chasse-neige. A notre gauche, un petit bois de bouleaux. A notre droite, des sapins hauts et touffus dont les lourdes branches étaient couvertes de neige, une vraie forêt. Une forêt aussi profonde pourrait donner l'envie de commettre un crime même à l'homme le plus honnête, pensai-je. C'est à croire que c'est pour cela que Staline avait choisi cet endroit. La route vira sur la droite et se termina devant un mur de clôture haut de trois mètres avec des portes métalliques. C'était l'hôpital cardiologique de la quatrième direction médicale (celle du Kremlin) du ministère de la Santé de l'URSS.

Après un bref entretien par radio entre mon accompagnateur et un responsable de l'endroit, les portes s'ouvrirent et nous nous retrouvâmes sur le territoire de l'hôpital, sur une route asphaltée bien nettoyée et saupoudrée de sable gelé. A notre droite, au fond, on apercevait l'ancienne datcha de Staline, un pavillon de chasse trapu, à un seul étage. Il y avait eu un temps où Staline festoyait chaque nuit dans ce pavillon avec ses « compagnons d'armes » : Vorochilov, Kaganovitch, Mikoyan, Béria, Khrouchtchev et Souslov lui-même. Mais, à présent, le petit pavillon avait l'air abandonné et inhabité, tandis qu'au fond de la cour brillait de tous ses feux le grand bâtiment neuf, haut de onze étages, de l'hôpital du Kremlin. Des dirigeants du Kremlin et quelques hauts dignitaires des grandes administrations publiques atteints des infirmités du vieil âge se promenaient dans les allées enneigées qui entouraient le bâtiment en compagnie d'infirmières privées.

La voiture s'arrêta juste devant le hall d'entrée et, toujours accompagné du même gardien taciturne, je pris l'ascenseur jusqu'au premier pour me rendre dans le cabinet du médecin en chef de l'hôpital, Evguéni Ivanovitch Tchazov, membre de l'Académie de médecine, membre suppléant du Comité central du PCUS. Quoi qu'on dise de Brejnev, il y a une chose qu'on ne peut pas lui enlever : il n'hésite pas à promouvoir ses hommes à des postes élevés. Il a nommé son fils Youri premier vice-ministre du Commerce extérieur : son gendre Youri Tchourbanov (mari de sa fille Galina) premier vice-ministre de l'Intérieur; son beau-frère Sémion Tsvigoun premier vice-président du KGB; son pilote personnel, Bougaïev, ministre de l'Aviation civile et son médecin personnel, Evguéni Tchazov, médecin en chef de l'hôpital du Kremlin et membre suppléant du Comité central du P.C., bien que le ministre de la Santé lui-même ne fasse pas partie du Comité central.

Le bureau de Tchazov était en rapport avec ses fonctions : très vaste et doté d'un confortable mobilier importé. Quand j'entrai, Tchazov lui-même, un homme de cinquante-trois ans, plutôt efflanqué et de taille moyenne, aux yeux bruns, au visage intelligent et à la calvitie précoce, vint au-devant de moi, me serra la main et commença immédiatement à me tutoyer.

– Assieds-toi. Par où commence-t-on? Peut-être par un verre de cognac français? Je te le recommande en tant que médecin.

Il me versa un verre et s'en versa un; nous étions à présent tous les deux seuls et il continua :

– Eh bien! voilà. La situation est simple. Léonide Ilitch est à sa datcha. Il est malade, mais sa maladie n'a rien de mortel. L'histoire de Tsvigoun l'a bouleversé, mais dans deux ou trois jours il sera rétabli. Quant à Souslov, il est dans un état critique; il est ici, dans le pavillon de Staline. Il est soigné par son médecin personnel, mon homonyme, Evguéni Ivanovitch Schmidt, le meilleur neurologue du pays. C'est moi qui ai insisté pour qu'on te fasse revenir de Sotchi, dès que j'ai eu le dossier de la maladie de Souslov. C'est un cas très intéressant, surtout pour un juge d'instruction. Mais d'abord, raconte-moi ce que tu as trouvé en ce qui concerne Tsvigoun. N'aie pas peur, raconte-moi toute la vérité, dans deux heures je vais chez Léonide Ilitch pour ma visite du soir.

– Je n'ai rien à cacher, dis-je et je lui racontai brièvement ma découverte de la deuxième balle et les résultats de l'expertise.

– C'est bien ce que je pensais! dit Tchazov. Avant-hier soir, dès que Léonide Ilitch est un peu revenu à lui, je lui ai dit le premier que je ne croyais pas au suicide de Tsvigoun. Tsvigoun était un costaud et, à soixante-cinq ans, il se tapait encore une bouteille de cognac. Un type comme ça, se tirer une balle dans la tête! Non, je n'y crois pas. Evidemment, je ne peux pas prouver que c'est Souslov, Andropov ou Chtcholokov qui l'a tué, et c'est justement pour que tu nous aides à y voir clair que nous t'avons fait venir. Mais que Tsvigoun ait tué Souslov, ça c'est sûr à cent pour cent, je l'affirme en tant que docteur!

Je regardai Tchazov d'un air stupéfait et il se mit à rire :

– Ah! Tu ne comprends pas? Mais je vais te montrer que les médecins sont aussi des juges d'instruction. Tiens, regarde...

Il alla à son bureau et sortit d'un tiroir un dossier volumineux d'où dépassaient de nombreux signets.

– Voilà l'historique de la maladie du camarade Mikhaïl Andreïévitch Souslov. Ouvrons-le. Laissons tomber les maladies infantiles, la rougeole et les oreillons. Prenons-le à partir de quarante ans, au moment où il est hospitalisé pour la première fois à la clinique du Kremlin. Donc, en 1937, Mikhaïl Souslov, inspecteur principal de la Commission centrale du contrôle du PC bolchevique, c'est-à-dire l'un des plus proches collaborateurs de Yéjov, est hospitalisé avec comme diagnostic « diabète sucré, troubles précoces du système vasculaire et congestion cérébrale ». Rappelle-toi ce que faisait la Commission centrale de contrôle et ce qui s'est passé en 1937 et la cause de cette maladie t'apparaîtra avec évidence. Sur l'ordre de Staline, les membres de cette Commission liquidaient par milliers les bolcheviques les plus doués et fusillaient toute la vieille garde de Lénine. Or c'est en 1937 que Staline fit fusiller Yéjov et la moitié de l'effectif de la Commission centrale de contrôle. C'est ce qui explique comment le camarade Souslov a eu sa première crise de diabète, qui s'est traduite par une brusque élévation du taux de sucre dans le sang et par une congestion cérébrale. Mais cela lui a sauvé la vie : Staline ne l'a pas fusillé et ne l'a pas envoyé en Sibérie. Nous ne connaissons pas les détails et nous n'essaierons pas de les deviner, ajouta Tchazov en ouvrant le dossier à l'endroit suivant marqué d'un signet. Quand Souslov a-t-il été hospitalisé pour la seconde fois, à ton avis? Eh bien! c'est en mars 1953. Compagnon d'armes de Staline et membre du praesidium du Comité central du Parti communiste de l'Union soviétique, Souslov souffre de nouveau d'une brusque élévation du taux de glucose dans le sang, de troubles du système vasculaire et de congestion cébérale. Pourquoi? Parce que, comme tu t'en souviens, Staline est mort en mars, et ensuite ses compagnons d'armes ont proprement démoli Béria. Et Souslov a une crise de diabète, causée tout simplement par la peur. Mais des accidents de ce genre laissent toujours des traces : l'élévation du taux de glucose dans le sang et une congestion cérébrale transforment la mentalité d'un homme. Un diabétique ne peut pas manger ou boire ce qu'il veut et ses satisfactions sexuelles sont extrêmement limitées. Son psychisme est atteint; il devient une sorte d'invalide. Dans le monde entier, on évite de nommer des gens comme cela à des postes de responsabilité. Le fait était bien connu et vérifié même avant Freud : le diabétique devient agressif et cherche à se venger de son infirmité sur son entourage. Souslov a survécu à Staline, s'est maintenu au gouvernement et, réussissant à cacher sa maladie et son impuissance, s'est forgé toute une légende en se faisant passer pour l'ascète du Parti, un petit saint Marxiste. mais la maladie réclamait des compensations. C'est pourquoi, chez lui, il bat sa femme et son fils et en fait des alcooliques. Au travail, il harasse ses subordonnés avec son marxisme et trahit ses propres collaborateurs. Regarde : juin 1957. Même diagnostic : crise de diabète, élévation du taux de glucose dans le sang et congestion cérébrale. Regarde les journaux de l'époque et tu comprendras : lors du plénum de juin du Comité central du Parti communiste, Souslov présente un rapport capital contre ses compagnons d'armes Malenkov et Molotov, et aide Khrouchtchev à s'emparer du pouvoir. Le complot est couronné de succès et Khrouchtchev a le pouvoir, mais deux jours plus tard, Souslov est hospitalisé; en effet, l'élévation du taux du glucose dans le sang peut être provoquée par toutes les émotions violentes, qu'elles soient agréables ou désagréables. Et maintenant je prononce mon diagnostic en tant que médecin : Souslov n'est pas responsable de sa nature de conspirateur. C'est une affection liée à sa condition de diabétique, c'est une compensation inconsciente des frustrations dont il souffre. En principe, il faudrait sinon l'interner dans un hôpital psychiatrique, du moins l'isoler. Mais il est au Comité central et il s'occupe de rien moins que du mouvement communiste international. Un poste pareil offre un vaste champ d'action à sa manie agressive : il y a les terroristes cubains, les terroristes palestiniens, les Brigades rouges italiennes, les Black panthers américains. Il hait le monde entier uniquement parce qu'il ne peut même pas manger un petit morceau de viande grillée! Qu'est-ce que tu en penses? C'est intéressant, hein? Mais ce n'est pas tout. Regardons plus loin. Octobre 1964 : crise de diabète et convulsions immédiatement après le renversement de Khrouchtchev. Et qui a été le premier à s'élever contre un Khrouchtchev, grisé par son propre pouvoir et se conduisant en nouveau tsar? Évidemment, le saint marxiste, le léniniste intransigeant Mikhaïl Souslov. C'est lui qui prend la parole au plénum pour y lire son rapport « Les vingt-quatre erreurs de Khrouchtchev ». Et immédiatement après le plénum, il est hospitalisé et, malgré l'insuline, il est de nouveau victime d'une brusque élévation du taux de glucose dans le sang. Eh bien? Tu comprends maintenant où je veux en venir?

– Je devine...

– Parfait. En tant que médecin, j'affirme qu'il ne pouvait même pas supporter ses amis intimes. Sa monomanie consistait à aider un tel ou un tel à s'élever et à s'emparer du pouvoir, pour ensuite le laisser tomber. Mais sans le KGB comme tu le sais, on ne peut rien faire chez nous. Or, au KGB Tsvigoun le gênait. D'où l'« opération Cascade » qu'il a montée à l'insu de Brejnev, avec l'aide du ministère de l'Intérieur, et d'où aussi, la mort de Tsvigoun. C'est ce qui me semble, ne serait-ce que parce que chaque crise de diabète de Souslov est liée à un complot au Kremlin. Et en plus nous avons tous ces indices : le 19 janvier, mort de Tsvigoun. Un bien étrange suicide, en vérité! Le soir même, Souslov se sent mal, le traitement ne marche pas. Le 21, violents troubles de la circulation cérébrale, perte de connaissance, interruption du fonctionnement des reins et du foie...

Et, laissant de côté deux autres endroits marqués eux aussi d'un repère, Tchazov referma le dossier.

– Ainsi, conclut-il, je suppose que le vieux avait organisé un nouveau complot antigouvernemental, mais il a trop présumé de ses forces cette fois-ci. La mort de Tsvigoun a provoqué chez lui une nouvelle congestion à laquelle il ne survivra pas. Mais ce n'est pas ce qui nous intéresse à présent. (Tchazov s'assit près de moi, à côté de la petite table basse.) Il mourra dans une heure ou dans une semaine et ce sera terminé, personne ne le regrettera...

– Sauf moi, dis-je.

– Pourquoi? s'étonna Tchazov.

– Parce qu'il faudrait que je l'interroge, pour savoir comment il a réuni les éléments de ce dossier contre Tsvigoun, où se trouve ce dossier actuellement et de quoi il a parlé avec Tsvigoun. Je ne peux arriver à rien sans cela...

– Mais tu vois, de toute façon, il ne t'aurait rien dit. Le 19, il a promis par téléphone à Léonide Ilitch qu'il lui enverrait tous les documents concernant les relations de Tsvigoun avec les trafiquants, mais il a été hospitalisé et il n'a rien envoyé... Mais il ne s'agit plus de Tsvigoun ni de Souslov. Ce qu'il faut arriver à savoir, c'est qui était dans le complot. Et, plus important encore, il nous faut des preuves de ce complot. En apparence, tout a l'air absolument parfait et conforme à la ligne du Parti : la police arrête des tas d'escrocs; les escrocs avouent avoir donné des pots-de-vin à Tsvigoun et Tsvigoun se suicide. Rien à redire à un scénario pareil, à condition de ne pas savoir que Souslov ne pouvait pas vivre sans machiner des complots et que Tsvigoun était précisément l'homme qui le gênait.

– Mais Tchourbanov, le gendre de Brejnev, est un des chefs de la police. L'« opération Cascade » n'aurait pas pu commencer sans lui...

– Je pense que Tchourbanov en a tout simplement assez des putasseries de Galia. Mais il ne peut pas se débarrasser d'elle tant que papa est au pouvoir. Et c'est pour cela qu'il est en congé depuis un mois, dans la forêt de Biéloviècje[1]. Tu comprends, l'enjeu est gros. En apparence, nous n'avons affaire qu'à un concours de circonstances, mais en réalité...

La sonnerie assez douce mais insistante du téléphone intérieur l'interrompit... Il pressa brusquement le bouton du commutateur :

– Ici Tchazov. J'écoute.

Une voix d'homme se fit entendre :

– Evguéni Ivanovitch, l'état du malade empire, la respiration est devenue intermittente!

– J'y vais! dit Tchazov qui me fit signe de l'accompagner.

Après avoir ramassé sur la table le dossier de Souslov, Tchazov sortit en toute hâte de son cabinet et je le suivis. Sans même enfiler son manteau, en blouse de docteur comme il était, Tchazov descendit l'escalier en courant et, empruntant un petit chemin soigneusement déblayé, se dirigea d'un pas rapide vers le pavillon situé au fond du parc, c'est-à-dire l'ancienne datcha de Staline. A la porte du pavillon, deux silhouettes d'hommes surgirent de l'obscurité et nous barrèrent le chemin, mais Tchazov leur dit, en me désignant d'un geste :

– Il est avec moi.

Et nous entrâmes dans le pavillon. Je ne sais pas

1. La forêt de Biélovièje est un « parc national » de Biélorussie, à la frontière polonaise. (*N.d.T.*)

quel aspect il avait à l'époque de Staline, mais maintenant le manque de confort faisait penser à une caserne et cela sentait l'hôpital. Et le fait qu'à l'entrée, dans la première salle, il y avait un groupe de gardes donnait l'impression que c'était un hôpital de prison. Nous traversâmes ensuite un hall vide au plafond bas, dont le sol portait encore les marques d'une table de billard, puis la salle des soins médicaux, où s'entassaient de nombreux appareils de provenance manifestement étrangère et, enfin, dans la pièce suivante, nous aperçûmes sur un lit d'hôpital très élevé le corps maigre et long de Mikhaïl Andreïévitch Souslov, secrétaire du Comité central du Parti communiste de l'URSS. Le patient était recouvert d'un drap et avait un masque à oxygène sur le visage. Au chevet du lit, une infirmière surveillait le niveau de l'oxygène et le fonctionnement d'autres appareils. A gauche du lit, deux hommes étaient penchés sur le malade. Le premier, un homme de soixante-dix ans, de haute taille, aux cheveux gris, aux yeux bleus d'aryen mais au nez fortement busqué, était le médecin personnel de Souslov, Evguéni Ivanovitch Schmidt, de l'Académie de médecine, et le deuxième, le médecin traitant de service de la clinique du Kremlin, un homme de quarante ans, Léonide Viktorovitch Koumatchiov.

Tchazov posa sur une table le dossier médical de Souslov et s'entretint avec les médecins d'une voix rapide et saccadée dans un jargon professionnel dont mon oreille ne saisissait que des fragments isolés, du genre « Les fonctions sont interrompues... ne répond plus... arythmie... stimulateur cardiaque... thrombose du cerveau... » Sans essayer de saisir toute la teneur de leur entretien, je regardais le corps recouvert d'un drap qui était étendu sur ce lit d'hôpital. Sans être médecin, j'avais eu l'occasion au cours de vingt ans de carrière d'aller des centaines de fois à la morgue et d'examiner des centaines de cadavres et je n'avais pas besoin d'un diagnostic médical pour affirmer que Souslov était près de sauter le pas. Sa peau était celle d'un cadavre et il sentait la mort. Aucune puissance au monde, même celle régissant toutes les forces du mouvement communiste international et le terrorisme palestinien, aucun complot, aucune citation de Marx ne pouvaient plus être du moindre secours à ce vieillard décharné et pratiquement inanimé, au nez pointu et au visage recouvert d'une peau jaunâtre. Je pris le dossier médical de Souslov et j'allai vers la fenêtre. Les deux endroits marqués d'un signet que Tchazov n'avait pas mentionnés dans sa conversation avec moi suscitaient ma curiosité. J'ouvris le dossier au premier des deux. Je n'eus même pas à lire attentivement le jargon médical, parce que la première page portait, écrit en gras au crayon rouge : « 27 mai 1976, *nécrose,* brusque élévation du taux de glucose dans le sang, thrombose coronaire, insuffisance cardiaque, infarctus. » C'est étrange, pensai-je, il n'y a pas eu de coups d'Etat en 1976, que je sache. Je feuilletai le dossier pour arriver au deuxième endroit marqué d'un repère. La même notation au crayon rouge gras : « 17 juin 1978, élévation brutale du taux de sucre dans le sang, congestion cérébrale, troubles du fonctionnement des organes digestifs. » Je refermai le dossier et le remis en place. Pourquoi Tchazov ne m'avait-il pas parlé de ces deux dates? Serait-ce parce qu'elles ne concordaient pas avec son hypothèse? Mais le fait qu'il ait placé ces repères indiquait qu'il avait montré ce dossier médical à quelqu'un d'autre, peut-être à Brejnev lui-même. Maintenant, Tchazov, Schmidt et Koumatchiov étaient tous les trois derrière moi, penchés au-dessus de Souslov qui semblait pratiquement inanimé. Ils lui faisaient la respiration artificielle et le corps du vieillard était agité par des râles violents. Je restais à la fenêtre en contemplant le parc tranquille de la datcha de Staline et la neige qui tournoyait autour des lampadaires et en me répétant mentalement ces deux dates : « Le 27 mai 1976 et le 17 juillet 1978. » Il s'était sûrement passé quelque chose à ces moments-là. Tchazov ne donne pas l'impression d'un aventurier prêt à dénaturer les faits; ils veulent plutôt me cacher quelque chose. Que s'est-il passé le 17 juillet?

Après avoir jeté un dernier coup d'œil sur les trois médecins toujours au travail, je passai de la chambre dans la salle de soins où un jeune médecin à la barbe rousse montait la garde à côté de tous les appareils médicaux d'importation. A sa gauche, il y avait une table avec l'édition du jour de *Moscou-soir* et un téléphone. Je décrochai le combiné :

– Si vous voulez appeler Moscou, il faut faire le 9, me dit le médecin tout en suivant de l'œil des appareils enregistreurs et un oscillographe qui inscrivaient sur une longue feuille de papier la courbe représentant la vie du camarade Souslov.

Je fis le 9, puis le 02, le central de la Milice de Moscou.

– Ici la Milice..., répondit une voix de femme.

– Donnez-moi le 3ᵉ bureau de la PJ, demandai-je.

– Je vous passe la ligne, répondit-elle et une voix de basse retentit immédiatement dans l'écouteur : « Allô, ici l'officier de garde pour le 3ᵉ bureau, le lieutenant Kravtsov, je vous écoute. »

– Ici Chamraïev, du Parquet. Svetlov est là?

– Non, camarade Chamraïev. Il est chez lui.

– Et qui est là, parmi les officiers supérieurs?

– Le capitaine Aroutiounov...

Je connaissais mal le nouveau chef de l'une des sections du 3ᵉ bureau, mais je répondis :

– Très bien, qu'il vienne à l'appareil... Camarade

Aroutiounov, ici Chamraïev, je suis un ami de Svetlov.

– Je sais qui vous êtes, camarade Chamraïev..., répondit une voix d'homme avec un agréable accent méridional.

– Tant mieux. En ce cas, faites-moi le plaisir de demander aux archives la liste des événements qui se sont produits à Moscou entre le 25 et le 27 mai 1976 et entre le 15 et le 17 juillet 1978. Je vous rappellerai dans une dizaine de minutes.

– Mais, Igor Iossifovitch, il y a sûrement une centaine d'événements par jour dans ces listes! Et je n'ai pas le droit de les lire tous comme ça au téléphone.

– Mais je n'ai pas besoin de toute la liste. Vous la parcourrez des yeux, dans chaque cas, et vous me direz ce qu'il y a eu d'inhabituel et de frappant. Quant au reste, nous nous en occuperons plus tard.

Je raccrochai et fis immédiatement un autre numéro : celui de la rubrique des faits divers du journal *Moscou-soir*. Les journalistes de cette rédaction harassent sans cesse le Parquet pour obtenir de nous des éléments pour leurs éditoriaux; pourquoi ne ferais-je pas appel à eux, à mon tour? Une voix jeune et gaie se fit tout de suite entendre :

– Ici *Le Soir*, Drannikov à l'appareil!

Je me présentai et j'entendis la réponse suivante :

– Mais, bien sûr, pour le Parquet, nous ferons tout ce qui est dans la mesure de nos forces! Je vais tout de suite aller chercher la série de mai 1976 et celle de juillet 1978 et je vous lirai les têtes de colonnes! Vous m'écoutez? Le 25 mai, ouverture de la saison d'été des pionniers. Cela ne vous intéresse pas? D'accord. Le 26 : l'ourse du zoo a eu des jumeaux. Cela ne vous intéresse pas? On a inauguré une nouvelle ligne de tramway. Cela non plus ne vous intéresse pas? C'est drôle quand même, vous êtes les premiers au Parquet à ne pas nous donner des éléments particulièrement excitants, et maintenant voilà que vous demandez ce qui s'est passé d'intéressant! Bon, je vais vous parler de ce qu'on nous a interdit de publier à l'époque. Par exemple, à la place de mon reportage sur l'incendie du 26 mai à l'hôtel Rossiya, je vois un reportage photographique « Les oiseaux des bois des environs de Moscou ». Cela vous intéresse?

– Déjà un peu plus, fis-je en riant.

– Parfait, alors continuons! 15 juillet 1978. Expédition de notre journal : des trafiquants de lilas sont arrêtés à la gare de Yaroslav. Cela vous intéresse? Le 16 juillet : ouverture à Moscou de la décennie de la littérature et de l'art turkmènes. Le 17 : décès subit, à soixante et un ans, de Fiodor Koulakov, membre du Politburo...

– Parfait! m'exclamai-je, sans pouvoir me retenir.

– Qu'est-ce qui est parfait? me demanda Drannikov d'une voix méfiante. La mort de Koulakov?

– Non, évidemment. Mais lisez-moi tout le communiqué. Est-il question du rapport médical?

– Très bien. « Le 17 juillet 1978 est subitement décédé à soixante et un ans Fiodor Davidovitch Koulakov, membre du Politburo, membre du Comité central du Parti communiste, député au Soviet suprême et Héros du travail socialiste. Cette mort nous prive d'un important militant du Parti communiste de notre pays... »

– Passons, demandai-je. Et le rapport médical?

– A votre service. « Pendant la nuit du 16 au 17 juillet, il y a eu développement d'une forte insuffisance cardiaque et vasculaire qui a entraîné un arrêt du cœur. »

– Quels médecins ont signé?

– Il n'y a pas de noms, mais seulement la mention : « Commission médicale du ministère de la Santé de l'URSS. »

– Merci.

Peu après, Aroutiounov m'ayant rappelé, je savais déjà que :

– pendant la période comprise entre le 25 et le 27 mai 1976 il y avait eu à Moscou deux meurtres par jalousie, un incendie à l'hôtel Rossiya, une parfumerie dévalisée, trois viols et 214 cas de délinquance;

– et que, pendant la période comprise entre le 15 et le 17 juillet 1978, il y avait eu 317 cas de délinquance, cinq viols et pas un seul meurtre par jalousie, mais que par contre quatre pêcheurs en état d'ivresse s'étaient noyés dans la Moskova et que Fiodor Davidovitch Koulakov, membre du Politburo, député au Soviet suprême de l'URSS et Héros du travail socialiste, était subitement décédé à soixante et un ans...

Pendant que je finissais d'écrire cette liste dans mon carnet, Tchazov sortit de la chambre de Souslov. Nous retournâmes dans le parc de l'ancienne datcha de Staline, qu'éclairaient des réverbères. Tchazov me dit :

– Il va encore traîner deux ou trois jours, évidemment. Ces vieux sont incroyablement résistants. J'avais un étudiant, un type très doué qui est mort subitement d'un cancer à vingt-huit ans. Et cette ordure-là vit toujours... Et le pire, c'est qu'il n'intéresse vraiment plus personne. Même son fils n'est pas venu le voir : il est sûrement quelque part à s'enivrer...

Il alluma une cigarette et ajouta après une courte pause :

– Oui... La vie, c'est un drôle de truc! Surtout

quand vous en êtes à vos derniers jours et qu'il ne reste qu'une seule personne pour s'intéresser à vous, et qu'en plus il se trouve que c'est un juge d'instruction !

– Et quelles étaient les relations de Souslov avec Koulakov? demandai-je.

Tchazov me regarda avec intérêt :

– Avec Fiodor Koulakov? Qu'est-ce qui t'a fait penser à lui? Il est mort il y a trois ans.

– La nuit du 17 juillet, dis-je. Et ce jour-là, Souslov a eu une crise de diabète.

– Ah, ah! fit Tchazov. Brejnev n'a peut-être pas eu tort de se souvenir de toi à un moment difficile. Il a du flair pour repérer les gens astucieux. Allons chez moi! Nous avons encore besoin de boire un coup...

Nous revînmes dans son bureau, où il remplit à nouveau deux verres de cognac.

– Mon vieux, ne va pas fourrer ton nez dans l'histoire du Kremlin. Tout ce qu'on te demande, c'est de découvrir s'il y a eu suicide ou meurtre et, s'il s'agit d'un meurtre, qui a tué. C'est tout! Et sans t'occuper du passé. Ces événements n'ont rien à voir avec ce qui se passe aujourd'hui. Quand on appelle un chirurgien pour une opération urgente, il ne demande pas comment étaient les selles du patient trois ans avant. Il coupe ce qu'il voit. Moi, comme tu viens de le voir, je retiens Souslov au bord de la fosse, tout en pensant que c'est vraiment sa place, mais il y a le devoir professionnel et, pour moi, c'est de soigner. Pour toi c'est de découvrir les crimes. C'est pour cela que nous t'avons appelé. Nous ne faisons confiance pour cette affaire ni au KGB ni à la Milice et toi, tu es presque neutre. Et rappelle-toi : si tu fais ce dont on t'a chargé, on ne t'oubliera pas. Léonide Ilitch sait aider les gens utiles...

– Evguéni Ivanovitch, fis-je en riant, ce matin, on a déjà essayé de m'acheter et de me faire peur. Je ne peux pas travailler dans des conditions pareilles. On me suit, on écoute mes conversations téléphoniques. Si une enquête officielle sur l'affaire Tsvigoun a été décidée, je dois avoir une certaine liberté d'action. C'est précisément ce que je voulais dire à Léonide Ilitch.

Tchazov se leva et alla à la fenêtre. Par la fenêtre, on voyait le bois et, derrière le bois, il y avait Moscou. Il dit :

– Moi aussi, j'aurais aimé faire uniquement de la recherche. Dans des conditions absolument stériles. A moins que tu ne croies que c'était vraiment mon rêve d'être le garde-malade de Brejnev et d'analyser le moindre de ses éternuements? Mais l'un ne peut aller sans l'autre. Et tu veux que je te dise : nous avons autant besoin d'eux qu'eux de nous. Il y a aujourd'hui, à chaque bout de Moscou, deux vieillards alités. Le premier est déjà tout près de la fin. L'autre remue à peine la mâchoire. Et derrière eux, il y a deux groupes de gens comme toi et moi. Je ne suis pas habilité à te parler au nom de tout notre groupe, mais je veux au moins te dire que, pour d'autres, c'est peut-être différent, mais que toi, tu n'as rien à faire dans l'autre camp. En effet, dès que Brejnev quittera son poste, le Politburo deviendra à cent pour cent antisémite. Je te le dis en tant que médecin-chef de la clinique du Kremlin, vu que j'ai ausculté chaque membre du Politburo de la tête aux pieds... (Il regarda sa montre.) Bon, il faut que j'aille voir Brejnev. Qu'est-ce que je dois lui dire de ta part?

J'ouvris mon carnet et j'écrivis sur une feuille blanche :

« Honoré Léonide Ilitch! Je vous remercie de la confiance que vous m'avez témoignée. Malheureusement, il est impossible à une personne seule d'enquêter sur cette affaire dans un laps de temps aussi court. Il me faut, au minimum, les collaborateurs avec lesquels j'ai autrefois mené l'affaire du journaliste Bielkine : Svetlov, chef du 3e bureau de la PJ, et Valentin Pchénitchny, juge d'instruction du Parquet de la ville de Moscou. Sans leur aide, je ne peux pas vous assurer que je réussirai à m'acquitter de la mission que vous m'avez confiée. Avec mes respects, I. Chamraïev. »

Tchazov prit ce message; je me levai pour partir et lui dis encore en montrant du doigt le dossier médical de Souslov qui était de nouveau sur le bureau du docteur :

– Tsvigoun a vu ce dossier?

– Non, dit Tchazov. Je ne l'ai moi-même eu entre les mains qu'avant-hier. Jusque-là Souslov ne laissait personne l'approcher, sauf son médecin personnel Schmidt.

18 heures

L'entrée de la place Rouge est interdite à tous les véhicules, excepté les véhicules officiels. Ses pneus crissant doucement sur la neige fraîche, notre Tchaïka passa devant le poste de contrôle de la circulation et s'engagea sur le pavé de la place Rouge. Et de loin déjà tandis que nous roulions vers le Mausolée de Lénine sur la place à moitié vide où n'apparaissaient que de rares groupes de touristes étrangers, j'aperçus Anton et Ninotchka. Leurs vestes de sport contrastaient nettement avec les élégants manteaux de fourrure et pelisses des touristes étrangers qui, comme eux, observaient la relève de la garde devant le Mausolée : au son de la grande horloge du Kremlin, des soldats de la garnison sortirent par la porte du Sauveur et défilèrent jusqu'au Mausolée avec une précision mécanique, tandis que ceux qui avaient fini leur tour de garde leur cédaient la place. Les appareils photographiques des touristes étrangers crépitèrent. Dans le calme du soir, les soldats du quart précédent quittèrent leur poste en marchant au pas cadencé et les nouveaux se figèrent à leur place devant les portes du Mausolée. Rares, parmi les badauds et les touristes qui flânent constamment sur la place Rouge, sont ceux qui savent que c'est précisément là le service de la garnison du Kremlin que les soldats considèrent comme le plus odieux, en dépit d'un ordinaire très amélioré et du prétendu honneur qui leur est accordé de veiller sur la dépouille du grand chef. Parce que faire partie de la garnison du Kremlin, cela représente déjà un dressage particulier – trois heures d'exercice chaque jour et quatre heures de formation politique – et il y a en plus cette torture qui consiste à rester comme cela sans remuer ni pied ni patte sous l'œil des badauds et le crépitement des appareils photo du monde entier. Mais le cérémonial est rigoureusement respecté heure après heure, année après année, décennie après décennie, en temps de paix comme en temps de guerre. Il s'est perpétué sous le gouvernement de Staline, de Khrouchtchev et de Brejnev et aux époques d'accalmie du Kremlin comme à celles des coups d'Etat secrets. La façade du Kremlin doit être impeccable, les étoiles rouges doivent briller sans faiblir et les gardes du Mausolée de Lénine être éternellement présents à leur poste, comme le vivant symbole de la fidélité du pays et du gouvernement aux préceptes du grand Ilitch. Le monde doit constater de ses propres yeux qu'ailleurs tout peut trembler, mais que dans notre pays au moins règnent l'ordre et le calme les plus parfaits. Et c'est pourquoi, *devant* les murs du Kremlin, tout se déroulait ce jour-là d'une manière aussi solennelle et majestueuse que pendant une grande fête. Une neige paisible, presque une neige de Noël, tourbillonnait légèrement dans le faisceau des projecteurs qui éclairaient le Mausolée... Mais une fois terminé le spectacle de la relève de la garde, l'attention des touristes et des badauds se reporta sur notre Tchaïka officielle qui approchait du Mausolée. Je compris que ce n'était pas très discret de venir chercher Ninotchka et Anton à un endroit pareil dans une limousine du Kremlin mais, bon sang, on ne vit qu'une fois! Que ces gosses voient un peu que, moi aussi, je ne suis pas n'importe qui! Je baissai la fenêtre de la voiture et je les appelai :

– Nina! Anton!

Ils jetèrent un coup d'œil étonné et méfiant dans la direction de la Tchaïka. Je criai de nouveau :

– Anton!

Ils se précipitèrent tous les deux vers moi.

– C'est toi? demanda Ninotchka stupéfaite.

– Qu'est-ce que tu fais ici? ajouta Anton. On t'a arrêté?

– Montez! leur ordonnai-je.

– Mazette! fit Anton avec un sifflement d'admiration en tapant dans le dos de Nina.

Ils montèrent rapidement tous les deux et la limousine démarra avec aisance sous les yeux des touristes étrangers.

Mon accompagnateur se retourna vers moi :

– On pourrait peut-être faire faire une petite promenade dans Moscou à vos gosses?

– Et dans le Kremlin, c'est interdit? lui demanda Anton.

L'autre hésita, puis répondit :

– Non. Il est trop tard maintenant. Une autre fois... Mais on peut faire un petit tour d'une demiheure dans Moscou.

– Merci, lui dis-je. Je pense qu'ils sont fatigués. Nous allons raccompagner Anton chez lui, à la Presnia, et après vous m'emmènerez au Premier Institut médical. Il faut que je passe au service des autopsies.

– Et moi? Je ne vais pas coucher chez toi ce soir? me demanda Anton.

J'attendais cette question depuis longtemps. Le samedi, d'habitude, Anton couchait chez moi mais, ce jour-là, avec Ninotchka installée dans la place, c'était impossible.

– Je viens de dire que j'ai encore à faire. Aujourd'hui, tu coucheras chez ta mère.

Anton se tourna vers la fenêtre et ne prononça plus un seul mot de tout le trajet. Quand nous nous arrêtâmes devant son immeuble, il sortit de voiture sans dire un mot et se dirigea sans se retourner, raide et sec, vers son entrée. Et je remarquai pour la première fois que sa veste n'était plus de première jeunesse et que son bonnet en fourrure de lapin était bien râpé. Pour un fils de magistrat instructeur aux Affaires de Haute Importance, il est bien loqueteux, pensai-je. Mais son père n'est pas encore assez riche pour lui acheter un manteau neuf et une toque en fourrure de renne, ou plutôt la vérité c'est qu'il a tout dépensé à Sotchi, à faire la fête. Eh bien! il ne me reste plus qu'à refaire mes finances au plus vite. Si j'instruis bien cette affaire, on m'augmentera peut-être et j'arriverai à me faire quatre cents roubles par mois, de quoi acheter un manteau à Anton et me payer des Ninotchkas...

– Rue Pirogov, dis-je. Au Premier Institut de médecine.

Ninotchka, les yeux brillants, se serra contre moi sur le siège arrière.

– Mais comprends bien, lui dis-je quand nous eûmes renvoyé la voiture à l'entrée du service des autopsies du Premier Institut de médecine, un service d'autopsie, ce n'est pas un cirque. C'est, à proprement parler, une morgue. Et les cadavres puent; tu n'es pas habituée, cela pourrait te faire vomir.

– Je veux aller partout avec toi! Je n'aurai pas mal au cœur! dit-elle d'un air têtu, en descendant avec moi l'escalier qui menait à l'amphithéâtre d'anatomie, après avoir longé le « frigo », c'est-à-dire la salle où l'on conservait les cadavres.

Il y avait dans l'amphithéâtre des gens qui travaillaient un peu partout devant des tables de dissection.

Boris Gradous est l'un de nos meilleurs anatomopathologistes, sinon le meilleur. C'est un homme fort et large d'épaules, avec une grosse tête chauve comme une boule de billard et une magnifique barbe en éventail d'un noir bleuâtre – le vrai boucher juif, avec son tablier ensanglanté et son scalpel dans la main gauche. Debout devant une table de dissection où reposait un corps à moitié recouvert d'un drap, il se retourna vers nous en nous entendant.

– Mais qui vois-je là?, dit-il. Salut! Tu fais visiter?

– Presque..., répondis-je.

– Et moi qui pensais que c'était la victime d'un nouvel accident de voiture qu'on nous amenait! Dès qu'il neige ou qu'il y a du verglas à Moscou, nous avons du travail par-dessus la tête : les gens ne savent pas conduire et il y a des accidents toutes les dix minutes.

– Je te présente, dis-je. Nina, ma nièce.

– Je vois, dit Gradous d'un air entendu. Excusez-moi, mademoiselle, je ne peux pas vous serrer la main, j'ai des gants.

Et, après avoir examiné Ninotchka d'un œil de connaisseur, il me dit d'un ton de reproche :

– Et tu ne pouvais pas sortir avec cette demoiselle ailleurs? Au restaurant ou au théâtre? La morgue, c'est tout ce que tu as trouvé comme distraction!

– Je suis venu pour affaire, lui répondis-je.

– Evidemment! On ne va pas venir à la morgue si on n'a rien à y faire! Les macchabées, c'est différent, et encore ils ne s'amènent pas d'eux-mêmes!

Ninotchka, qui avait légèrement pâli, détourna les yeux du grand trou dans le drap qui recouvrait le cadavre étendu sur la table de dissection. Moi aussi j'essayais de ne pas regarder, parce que ce qu'on voyait dépasser du drap c'étaient les entrailles de la victime d'un accident de voiture qui avait été éventrée et pas encore recousue. Les poumons étaient tout noirs et gonflés d'une sérosité due à la nicotine : le défunt était sûrement un fumeur invétéré. Mais il n'y avait rien d'autre à regarder dans cette salle : au fond, il y avait deux infirmiers qui découpaient des cadavres et aussi une jeune assistante que je ne connaissais pas, probablement une étudiante de l'Institut médical qui était le béguin du moment de Boris Gradous. Avec l'aide d'un infirmier qui m'était aussi pratiquement inconnu, elle recousait le dessus du crâne d'une femme dont les cheveux avaient déjà été lavés de leur sang.

– Encore un accident?, demandai-je à Gradous en lui montrant du doigt le cadavre.

– Non, un coup de hache, dit-il. Une petite querelle familiale après un quart de litre de vodka. Eh bien! Ninotchka, cela vous plaît ici?

– C'est intéressant..., répondit bravement Nina.

– Oh, oh! Bravo! Tu ne veux pas entrer à l'Institut? Je peux te pistonner.

– Bon, ça suffit, dis-je. Ecoute. J'instruis l'affaire de la mort de Tsvigoun. Qui l'a maquillé avant les funérailles? C'est toi?

– Non, on ne me laisse pas recoudre des gens aussi haut placés : je ne suis membre d'aucun parti, et donc pas du leur. Tant mieux, d'ailleurs, j'ai déjà assez de cadavres sur les bras. Et toi, qu'est-ce que tu veux?

– Parler avec celui qui l'a maquillé.

– L'autopsie, me dit-il, a été pratiquée par notre équipe de choc : Toumanov, Jivodouïev et Simonov.

– C'est ça! Tu comprends bien que ce n'est pas la peine d'aller leur parler.

Il hocha la tête. Les experts qui avaient fait l'autopsie de Tsvigoun : le directeur de la morgue Jivodouïev et son adjoint Simonov, qui étaient toujours chargés de l'autopsie des membres du gouvernement décédés, étaient des gens tout dévoués au KGB et ne diraient jamais rien d'autre que ce qu'ils avaient consigné avec Toumanov dans le certificat d'examen médico-légal.

– Et tu dois parler avec eux pour la forme ou..., me demanda quand même Gradous.

– C'est ta deuxième hypothèse qui est la bonne, dis-je en le regardant dans les yeux.

– Alors écoute, fit-il en baissant la voix. Tu vois, là-bas, c'est San Sanytch. C'est lui qui a maquillé ton Tsvigoun. Mais je ne te conseille pas d'essayer de lui parler sans une bouteille de cognac arménien. Cours en chercher, mais du bon, tu m'entends, et moi, pendant ce temps-là, je vais faire visiter les services à ta nièce. Ninotchka, l'alcool pur ne vous dégoûte pas? De l'alcool à 90°?

Et il sortit d'une petite armoire vitrée contenant des instruments et des appareils chirurgicaux, un madras ventru rempli d'alcool à 90°.

– N'ayez pas peur, dit-il, cela vous donnera du courage.

– Ne soûle pas mon enfant, lui dis-je avant de partir.

Je revins un quart d'heure plus tard avec une bouteille de cognac arménien et trouvai Gradous et Ninotchka avec de petites cornues à la main en guise de verres.

– Tu es déjà revenu? demanda Gradous. Tu as fait vite! Tu as peur pour ta nièce? Il vous aime, Ninotchka, voilà ce que cela veut dire. Il veut vous protéger. Tiens, mon vieux, je te verse à boire à toi aussi. Et prends des olives.

Je jetai un coup d'œil soupçonneux aux quelques olives noires posées sur une assiette métallique blanche. On peut s'attendre à tout avec Gradous. Je lui montrai le ventre ouvert du cadavre à côté de lui :

– Boria, dis-moi la vérité : les olives ne viennent pas de là?

Boris prit un air offensé :

– Tu n'as pas honte? C'est un reste de la commande du Nouvel An, d'excellentes olives algériennes! Qu'est-ce que tu racontes?

– Montre-moi le bocal.

– J'ai jeté le bocal avant-hier! Prends-en, n'aie pas peur. Allons-y! (Il leva sa fiole :) Buvons à nos jolies « nièces » aux lèvres vermeilles et humides! déclara-t-il et, relevant sa barbe, il avala d'un seul coup le contenu de la cornue pleine d'alcool pharmaceutique et, ensuite, expédia lestement dans son gosier une olive noire aux reflets mats. A ce moment-là, San Sanytch et son assistante passèrent à côté de nous en poussant un petit chariot sur lequel gisait la victime de la « petite querelle familiale », désormais « prête » et recouverte d'un drap. Elle resterait maintenant au « frigo » jusqu'aux funérailles.

– Nina, expire d'abord, expire à fond, dis-je à

Ninotchka pour qu'elle ne s'étouffe pas avec l'alcool à 90°.

– Je sais, Boris Lvovitch m'a déjà montré, dit Nina en expirant bruyamment, après quoi elle avala rapidement son « verre », puis porta tout aussi rapidement sa main à sa bouche.

– Prenez vite une olive! fit Gradous en s'empressant de lui en tendre une.

Moi aussi je bus et avalai une olive, tout en sachant que rien ne me garantissait que Gradous ne venait pas de retirer lesdites olives de l'estomac d'un défunt. On ne pouvait qu'espérer qu'il les ait au moins rincées dans une solution alcoolisée.

Sur ce, Gradous arrêta au passage San Sanytch qui revenait du « frigo ».

– Sanytch, dit-il. Je sais que tu n'as que mépris pour notre alcool à 90°, mais il se trouve qu'on a justement du cognac. Qu'est-ce que tu en dis?

– Un peu de cognac, ce n'est pas de refus, répondit d'un ton approbateur San Sanytch, un homme de soixante ans au visage dur comme du bois. Le défunt docteur Miasnikov m'avait bien recommandé dès avant la guerre de ne boire que du cognac, et je n'y ai jamais manqué.

– Alors faites connaissance, dit Gradous et il nous présenta : Mon vieil ami, le magistrat instructeur Chamraïev et sa nièce Ninotchka!

– Bogoyavlenski, se présenta rapidement San Sanytch qui louchait avec convoitise sur le cognac qui coulait déjà dans les fioles. Quel temps fait-il dehors? Il neige?

– Il neige, dis-je en trinquant avec lui. A votre santé. Vous avez beaucoup de travail en ce moment?

– Beaucoup. Il y a les accidents de voiture, les beuveries et ceux qui claquent tout simplement comme ça. Ma norme, c'est dix macchabées par jour.

Je fais leur toilette et je les maquille pour qu'ils n'aient pas honte de se montrer devant Dieu. C'est vrai, à quoi ça ressemble de se retrouver dans l'autre monde avec la cervelle à l'air? C'est pas convenable et c'est pas beau. – Il but et tendit sa fiole à Gradous, pour qu'il la lui remplisse de nouveau.

– Cela vous intéresse vraiment de découper dix cadavres par jour? lui demanda Nina.

San Sanytch la regarda attentivement, de haut en bas, et répondit très sérieusement :

– C'est un travail avantageux, mon petit. Nous découpons neuf cadavres et nous les mettons au frigo. Le dixième nous le gardons pour nous.

– Pourquoi? demanda Nina stupéfaite.

– Mais, en ce moment on a du mal à se procurer de la viande et les os aussi sont durs à trouver. Les magasins sont vides et l'approvisionnement est irrégulier. Comme ça, nous on a la solution. Les os, c'est pour le fromage de tête, et la viande...

Gradous éclata de rire et je ne pus réprimer un sourire; seul San Sanytch resta impassible.

– Mais arrêtez donc de vous moquer de moi! dit Ninotchka sans beaucoup d'assurance.

Evidemment que San Sanytch la faisait marcher avec son histoire de viande et d'os mais, en ce qui concernait la rentabilité de son travail, il ne disait que la stricte vérité. La « toilette », ou plus exactement le maquillage des défunts est une occupation très profitable. Les parents du mort ne regardent pas à la dépense lorsqu'il s'agit de bien arranger ses traits pour qu'il soit beau dans son cercueil et qu'il ait, comme on dit, « l'air d'un vivant ». C'est justement pour que les morts aient l'air vivant que les parents affligés distribuent généreusement des bakchichs aux employés des morgues comme San Sanytch...

– Et c'est aussi vous qui avez fait la toilette de Tsvigoun? lui demandai-je.

Bogoyavlenski tira de sa poche un paquet de Biélomor, en alluma une en silence, tira une bouffée, me regarda un peu de côté et se tourna vers Gradous :

– Le cognac, c'est toute la bouteille pour moi, ou je n'ai droit qu'à des petits verres?

– Toute la bouteille est pour toi, s'empressa de dire Gradous en lui tendant la bouteille. Il l'a spécialement apportée pour toi.

– Hum, fit San Sanytch qui attrapa la bouteille sans dire un mot, la fourra dans la poche de sa blouse et, toujours sans mot dire, se dirigea vers le fond du laboratoire.

Gradous me fit des yeux signe de le suivre. Je rattrapai Bogoyavlenski, qui me dit d'un ton maussade :

– Tu as beau être magistrat instructeur et patati et patata, ce n'est pas bien ce que tu as fait, pas bien du tout.

– Pourquoi dites-vous cela, San Sanytch?

– Pourquoi as-tu parlé de Tsvigoun devant la fille? L'affaire Tsvigoun, c'est une affaire d'Etat, qui doit rester secrète. Qu'est-ce que tu veux savoir?

– En dehors de la blessure par balle à la tête, est-ce que Tsvigoun avait d'autres blessures sur le corps? Des écorchures? Des contusions? Des coupures?

– Je ne l'ai pas examiné. Je l'ai maquillé et j'ai changé ses vêtements parce que son veston était plein de sang et déchiré dans le dos...

– Son veston était déchiré dans le dos? Vous vous rappelez bien? Et où est ce veston?

– C'est sa veuve qui l'a emporté. Elle a apporté une tunique de général et je lui ai donné le veston. Seulement, mets-toi bien dans la tête que je ne t'ai rien dit.

San Sanytch alla vers une table de dissection,

souleva le drap qui recouvrait le cadavre qui s'y trouvait et se remit au travail.

Je retournai voir Gradous qui faisait la cour à ma Ninotchka déjà bien pompette.

– Ça suffit pour aujourd'hui! dis-je. Maintenant, on rentre à la maison!

Et je regardai ma montre. Il n'était que 19 h 27, mais ce samedi avait été si fatigant que j'avais l'impression de ne pas avoir dormi depuis trois jours. Mais quand, après avoir pris un taxi avec mon dernier billet de cinq roubles, nous nous arrêtâmes devant mon immeuble, je regrettai d'avoir renvoyé une heure plus tôt la Tchaïka officielle : en face de l'entrée stationnait la camionnette de dépannage de la matinée. Et moi qui croyais vraiment qu'ils avaient eu peur et que j'en étais débarrassé! Mais je n'avais plus la force de m'indigner, ni même d'engueuler ces idiots. Ninotchka, elle, réagit autrement. Elle libéra son bras que je tenais, traversa la rue en courant, s'approcha de la cabine de la camionnette où étaient installés deux agents secrets du ministère de l'Intérieur et... leur tira la langue et leur fit un pied-de-nez. Puis elle revint vers moi en riant aux éclats.

Peu avant minuit

Une longue et impitoyable sonnerie à la porte d'entrée nous réveilla au milieu de la nuit. Je jetai machinalement un coup d'œil sur le cadran lumineux de ma montre. Il était 23 h 48. La sonnerie continuait à s'acharner. J'essayai vainement dans le noir de repérer mes pantoufles avec mes pieds. Ninotchka les avait mises la dernière pour aller dans la salle de bain et Dieu sait où elle les avait laissées! En somme, pas moyen de s'ennuyer avec cette poupée. D'abord, elle était allée narguer les agents du ministère de l'Intérieur et ensuite, quand arrivé dans mon appartement, j'avais aussitôt plongé dans la baignoire, avec l'impression d'être à moitié mort, elle avait elle aussi sauté cinq minutes plus tard dans la baignoire, toute nue avec moi, et m'avait rapidement ranimé en me faisant un massage. Avec ses petits poings solides d'acrobate, elle m'avait pétri le dos, les épaules et la colonne vertébrale pendant que je me contentais de gémir doucement de plaisir. Ensuite Ninotchka s'était couchée tout contre moi, en s'enfouissant sous deux couvertures pour échapper aux micros, et m'avait chuchoté à l'oreille :

– Tu es encore vivant?

– Dors, vaurienne! lui avais-je dit. D'ailleurs, demain je te renvoie chez toi.

– Pourquoi?

– Parce que, sans permis de séjour, on n'a pas le droit de rester plus de trois jours à Moscou. Il faut aller se faire enregistrer à la Milice. Et à quel titre pourrais-je te déclarer? En te faisant passer pour ma nièce? Ils peuvent à n'importe quel moment faire irruption ici et m'accuser d'attentat à la pudeur. Et toi, tu seras renvoyée du Komsomol.

– Je me fiche du Komsomol! m'avait-elle dit en riant. Je ne te quitterai pas!

– Comment, jamais?

– Non. Je veux toujours être ta maîtresse. Tu n'es pas bien, avec moi?

Je m'étais rappelé comment, quelques jours auparavant seulement à Sotchi, je me réveillais la nuit dans ma chambre d'hôtel et j'écoutais avec étonnement sa respiration régulière et presque enfantine à côté de moi. Je me levais, écartais les stores et le clair de lune illuminait son petit corps sur les draps blancs; je m'asseyais sur le bord du lit et m'émerveillais du cadeau inattendu que m'avait fait le destin sur ce bord de mer : cette petite poupée aux yeux bleus et au caractère gai, confiant et ingénu, à moi un célibataire de quarante-sept ans, qui n'étais ni un jouisseur, ni un coureur de femmes, ni un grand expert dans les jeux amoureux. Evidemment que j'étais bien avec ma Ninotchka, à Sotchi comme à Moscou...

– Mais c'est toi qui dois t'ennuyer avec moi, lui avais-je dit. J'ai presque trente ans de plus que toi.

– Idiot! m'avait-elle chuchoté à l'oreille. Avec toi justement je ne m'ennuie pas!

Je l'avais serrée dans mes bras très fort. Un beau jour, ma femme m'avait quitté après avoir décidé que je n'arriverais jamais à rien dans la vie et qu'elle perdait son temps avec moi. Elle disait que j'avais des yeux tristes de raté, et juif en plus, et que je n'irais jamais plus loin que juge d'instruction d'arrondissement. Mais dernièrement j'avais commencé à remarquer que mes yeux tristes de quadragénaire produisaient une impression tout à fait différente sur les femmes. J'avais serré Ninotchka encore un peu plus fort dans mes bras... Une demi-heure plus tard, nous nous étions quand même endormis, et c'est ce coup de sonnette assourdissant qui nous avait réveillés. Il ne faisait pour moi aucun doute que c'étaient les envoyés de Krasnov, Maliénina et Baklanov qui venaient finalement me chercher. Ils avaient dû longuement réfléchir ensemble au meilleur moment de me faire peur pour de vrai, aujourd'hui ou demain, et avaient fini par décider qu'il fallait venir la nuit tant que la fille était encore là. Après m'être dépêché de jeter une couverture et un oreiller sur le divan, pour donner au moins l'apparence que Ninotchka et moi couchions séparément, j'allai enfin ouvrir la porte dont la sonnette carillonnait avec une insistance bien militaire.

– Qui est là?

– La Gestapo, foutre alors! explosa la voix de Svetlov. Toi, quand tu dors! Ouvre!

J'ouvris la porte. Sur le palier, il y avait Marat Svetlov, l'air sombre, Valentin Pchénitchny et un général de brigade d'un certain âge, trapu et aux épaules très larges, dont le visage m'était étrangement familier.

Ninotchka se faufila derrière mon dos dans la salle de bain avec ses vêtements. Le général de brigade se tourna vers moi :

– Excusez-nous de vous avoir réveillé, Igor Iossifovtch. Léonide Ilitch a ordonné de mettre ces camarades à votre entière disposition. Le chef de la PJ de l'URSS et le procureur de Moscou sont au courant du fait qu'ils vont travailler avec vous. Pouvons-nous entrer?

– Mais oui, je vous en prie... dis-je un peu désemparé.

Ils entrèrent. Svetlov regarda la couverture jetée sur le divan avec un ricanement sournois. Valia Pchénitchny, un grand blond maigre de trente-cinq ans aux yeux bleus et au visage allongé, un peu comme celui du poète Blok (il donnait l'impression de n'avoir pas changé du tout depuis deux ans et demi que je ne l'avais pas vu, si ce n'était qu'il se tenait plus voûté comme un vieux cheval fatigué), resta par discrétion dans l'entrée et le général me demanda :

– Quels autres problèmes avez-vous dans votre enquête, Igor Iossifovtch? Parlez franchement.

– Des problèmes? Oui, j'en ai. Pouvez-vous venir avec moi une seconde?

Je jetai ma pelisse sur mon pyjama, trouvai finalement mes pantoufles dans un coin, ouvris la porte du balcon et invitai d'un geste le général à me suivre. Mes petites pantoufles s'enfoncèrent aussitôt dans la neige qui brûlait les pieds, mais je serrai les dents.

Sous mon balcon, à l'entrée de mon immeuble, stationnaient deux Volgas noires. En face, de l'autre côté de la rue, il y avait la camionnette de dépannage.

Le général sortit avec moi sur le balcon. Je fermai la porte derrière nous et je lui demandai :

– Pourrais-je savoir qui vous êtes?

– Bien sûr. Excusez-moi de ne pas m'être présenté. Je suis le général de brigade Ivan Vassiliévitch Jarov, le chef de la garde personnelle du camarade Brejnev.

C'est alors seulement que je me rappelai où je l'avais vu. A la télévision, bien sûr, des centaines de fois, au moment des nouvelles officielles, dans la rubrique consacrée au gouvernement. Il était toujours juste derrière Brejnev. C'était lui qui se tenait le plus près du chef, qui s'approchait de lui le premier : le reste du Politburo passait après lui. C'était lui qui aidait Brejnev à descendre d'avion, qui le tenait par le bras...

– Ivan Vassiliévitch, est-ce que vous voyez cette camionnette de dépannage? C'est une voiture d'écoutes du département des renseignements du ministère de l'Intérieur. Mon appartement est plein de micros. Ils essaient de me faire peur pour que j'abandonne cette affaire.

– C'est clair, dit-il. Rentrons, vous allez prendre froid.

Ninotchka avait déjà fait connaissance avec Valia Pchénitchny et adroitement refermé le lit. Le général sortit de l'appartement sans rien dire et, une minute plus tard, nous l'observâmes avec curiosité sortir de l'immeuble et s'approcher des deux Volga noires. Il en descendit immédiatement cinq robustes malabars qui se dirigèrent vers la camionnette de dépannage. Celle-ci démarra peureusement mais elle était bloquée par une congère. Le général sortit sans se presser son revolver de sa poche et un coup de feu silencieux creva une des roues arrière de la voiture. Les cinq malabars s'en approchèrent, le général ouvrit brusquement la porte et les trois mouchards sortirent de voiture, l'air effrayé, sous la menace du revolver du général. Une minute plus tard, ces trois individus étaient dans mon appartement. Les yeux baissés, ils changèrent en hâte les plombs du compteur, dans l'entrée, et retirèrent deux micros de la cuisinière. Il y en avait aussi un sous la table de nuit, sur une ventouse de caoutchouc, et encore un dans le récepteur du téléphone.

– C'est tout? demanda Jarov.

– C'est vraiment tout, camarade général.

– Raguimov, ordonna le général à l'un de ses subordonnés. Descends avec eux et prends-leur toutes leurs bandes. Et qu'ils décampent tout de suite, s'ils tiennent à la vie. Cela ne se reproduira plus, Igor Iossifovitch. Vous pouvez faire votre travail en paix. En quoi puis-je encore vous aider?

– Est-ce que vous auriez l'adresse du garde du corps de Tsvigoun?

– Je me ferais un plaisir de vous la donner, mais je ne l'ai pas. Tsvigoun avait sa garde personnelle, des gens du KGB.

Ninotchka revint de la cuisine vêtue d'un tablier bien propret et le service à thé sur un plateau. Elle demanda :

– Voulez-vous du thé, camarade général?

– Merci, dit le général. Je ne veux pas vous déranger. Il nous regarda tous les trois, Svetlov, Pchénitchny et moi :

– Vous allez avoir pas mal de travail aujourd'hui, à mon avis. Igor Iossifovtch, je voudrais vous dire un mot en privé.

Il enveloppa l'appartement d'un coup d'œil, en se

demandant où il pourrait s'isoler avec moi, et il alla à la cuisine.

– Oui, effectivement, votre appartement n'est pas sensationnel, me dit-il à la cuisine. Bien. Terminez cette affaire et on vous en donnera un autre un peu mieux. Mais ce n'est pas de cela que je voulais vous parler. Léonide Ilitch m'a demandé de vous dire ceci : vous devez faire l'impossible dans cette enquête, sans lésiner sur les moyens et sans vous imposer la moindre limite dans vos actions. Prenez ceci, dit-il en sortant de la poche intérieure de sa tunique un petit paquet cacheté à la cire et en le posant sur la table de la cuisine, et écrivez mon numéro de téléphone : 253.17.17. Vous pouvez m'appeler jour et nuit, on me trouvera. Je veux que vous compreniez bien ceci : le sort du camarade Brejnev est entre vos mains, et... le vôtre aussi.

– Ivan Vassiliévitch, est-ce que je pourrais avoir quelques détails? Ce que vous savez, par exemple?

– Quels détails aurais-je? En ce moment personne ne sait rien de sûr. A quoi pensait Souslov quand il a lancé l'« opération Cascade »? Qui était sous ses ordres et que s'apprêtent-ils à faire maintenant? A tout hasard, nous avons fait venir à Moscou la division Kantémir. Cela, je le sais. Mais la guerre n'aura pas lieu dans la rue; elle aura peut-être lieu à la réunion du Politburo. Seulement, nous ne savons pas qui va la déclarer à la place de Souslov ni quels atouts ils ont en main. Avant, tout reposait sur Tsvigoun. Il soupçonnait Souslov de préparer un coup d'Etat. Et c'est pourquoi Léonide Ilitch lui avait permis de mettre Souslov sous surveillance. C'était il y a environ un mois. A la fin de ce mois, Souslov a invité Tsvigoun à avoir un entretien avec lui et Tsvigoun s'est suicidé. C'est tout ce que nous savons.

– Dites-moi, où se trouve en ce moment Youri, le fils de Léonide Ilitch?

– Il vient de revenir du Luxembourg. Il y était allé à la tête d'une délégation commerciale. Pourquoi me le demandez-vous?

– Il ferait mieux maintenant de rester à la maison, au côté de son père. En tout cas, il faudrait qu'il aille dans un endroit où on ne puisse pas écouter ses conversations téléphoniques ni contrôler ses contacts personnels. Et la même chose en ce qui concerne Galina Léonidovna.

– Aïe! aïe! aïe! soupira Jarov, tout à fait comme un petit vieux. Celle-là, il n'y a pas moyen de la tenir! Bien, nous aviserons. Je vous souhaite bonne chance. (Il me tendit la main.) Et téléphonez-moi à n'importe quel moment, ajouta-t-il sur le pas de la porte.

Je lui serrai la main, mais il me demanda subitement :

– Vous n'auriez pas du cognac?

– Si...

– Donnez-m'en un verre. J'ai un point au cœur.

– Vous voulez que j'appelle une ambulance?

– Non, non! (Il eut un petit rire.) Pour les médecins, je suis en parfaite santé. Cela va s'en aller tout de suite.

Je lui donnai un verre de cognac. Il le but d'un trait et attendit quelques secondes.

– Voilà, c'est fini, dit-il le visage terreux, de l'air de quelqu'un qui surmonte une douleur intérieure. Bonne chance!

Et il sortit, le dos courbé.

Je le regardai sortir. Même la garde de notre gouvernement est vieille et souffre du cœur! Je décachetai le petit paquet. Il y avait dedans une liasse de coupures toutes neuves de cent roubles, entourée d'une bande de papier portant la mention :

Dix mille roubles, et aussi un papier à en-tête et emblème rouges plié en deux, où figurait le texte suivant :

LÉONIDE ILITCH BREJNEV
PRÉSIDENT DU PRAESIDIUM
DU SOVIET SUPRÊME DE L'URSS
SECRÉTAIRE GÉNÉRAL DU COMITÉ CENTRAL
DU PARTI COMMUNISTE DE L'URSS

Le juge d'instruction aux Affaires de Haute Importance du Parquet de l'URSS et conseiller supérieur de justice Chamraïev Igor Iossifovitch s'acquitte d'une mission dont il a été chargé par le gouvernement. Tous les organismes étatiques, militaires, administratifs et soviétiques sont tenus de l'aider dans sa tâche et de déférer à toutes ses demandes.

Léonide Brejnev.

Moscou, le Kremlin, le 23 janvier 1982.

Je mis ce document et l'argent dans la poche de mon veston et retournai dans la chambre tenir un conseil de guerre avec Svetlov et Pchénitchny.

IV

Un meurtrier potentiel

Dimanche 24 janvier, 6 heures 17 minutes

Moscou dormait encore quand Valentin Pchénitchny, juge d'instruction en chef du Parquet de la ville de Moscou, arriva par le premier métro à la station Arbat. Après avoir pris l'escalier mécanique absolument vide, il se retrouva dans le quartier de l'Arbat encore sombre et toujours sous la neige. De l'Arbat jusqu'à la rue Katchalov, où se trouvait l'appartement clandestin de l'ancien premier vice-président du KGB, il y avait dix minutes à pied et, après avoir bien enfoncé son bonnet de fourrure sur sa tête et relevé le col de son manteau de ratine roux, Pchénitchny partit dans cette direction. La plus grande qualité du juge d'instruction Pchénitchny, celle précisément pour laquelle j'avais demandé qu'il fît partie de mon équipe, c'est son souci de faire les choses à fond. A l'époque où je recherchais le journaliste Bielkine, après son enlèvement à la gare de Koursk, je l'avais chargé de me trouver dans cette gare ne fût-ce qu'un seul témoin de l'enlèvement. Et en vingt-quatre heures, sans prendre une minute de repos et encore moins s'arrêter pour dormir ou manger, comme un vrai bulldozer, Pchénitchny avait interrogé non seulement tous les employés de la gare, mais encore plusieurs centaines de chauffeurs de taxi, porteurs, petits trafiquants, voleurs, poivrots, diseuses de bonne aventure et joueurs de loto dans les parages de la gare et avait fini par me trouver un témoin ! Je pense que s'il n'avait pas été juge d'instruction mais, disons, prospecteur de gisements de pétrole, il se serait débrouillé pour trouver du pétrole dans n'importe quel coin du monde. Il aurait simplement creusé, creusé jusqu'à ce qu'il se soit retrouvé en Arabie Saoudite, et même le magma ne l'aurait pas arrêté...

C'est pourquoi au cours de l'élaboration du plan d'enquête, cette nuit-là, quand nous étions tous les trois, je l'avais chargé d'aller interroger les locataires du 16 bis, rue Katchalov, dans l'espoir que l'un d'entre eux aurait peut-être vu ou entendu quelque chose de suspect le jour du « suicide » de Tsvigoun. Pour moi, il ne faisait aucun doute que Valia Pchénitchny interrogerait non seulement tous les locataires du 16 bis, mais aussi ceux d'au moins une quinzaine d'autres immeubles. Mais je ne pensais pas qu'il se glisserait hors de chez moi à six heures du matin pour se mettre immédiatement au travail et, en plus, un dimanche ! Par la suite, Pchénitchny devait consigner ce fait dans son rapport de cette manière brève et modeste : « Désirant me familiariser avec les lieux du crime, je suis arrivé rue Katchalov à 6 h 17. »

La rue qui porte le nom du grand acteur russe, rue qui est calme même en plein midi les jours de semaine, était à une heure aussi matinale vide, sombre et enneigée. Les façades des grands immeubles tout neufs, hauts de onze étages, qui avaient été construits sur projet spécial à l'intention des hauts dignitaires du Conseil des ministres et où des appartements en duplex avaient été réservés à la fille de Kossyguine, à des savants atomiques chargés de travaux ultrasecrets et à d'autres membres de l'élite artistique et scientifique du Parti, étaient striées de blanc par la tempête de neige. Devant la boulangerie du nº 14 stationnait un camion de pain dont on déchargeait des paniers de pain frais et de brioches. Tout Moscou sait qu'on ne peut acheter ce genre de pain frais de pure farine de froment que dans quatre endroits : avenue Koutouzov, près de la maison de Brejnev; dans le magasin Elisseïev[1], rue Gorki, dans le Nouvel Arbat, près du cinéma « L'Art » et ici, dans ce coin d'immeubles « gouvernementaux ». L'odeur du pain frais parvint de loin aux narines de Valentin et il entra dans la boulangerie. Il montra sa carte de juge d'instruction à la vendeuse, ce qui lui donna la possibilité non seulement de bavarder sur divers sujets abstraits, mais aussi de manger une bonne brioche et de boire une tasse de café. La vendeuse se révéla être une fille délurée et d'humeur joyeuse qui connaissait les noms de presque tous les habitués du voisinage, et bientôt Pchénitchny inscrivait dans son carnet les noms des gens qui achetaient d'habitude du pain dans cette boulangerie l'après-midi : « Xénia, la femme de ménage de la fille de Kossyguine; Macha, la femme de ménage de l'artiste Papanov; Ivan Polikarpovitch du Conseil des ministres qui achète lui-même son pain chaque jour après le travail – que du pain de seigle; Rosa Abramovna, un professeur qui habite au 16 bis; Katia, une petite fille de neuf ans, qui aime bien les gâteaux et suit des cours à l'école de musique pour enfants qui est juste à côté, rue Merzliakov, vient manger un millefeuille tout frais chaque jour après l'école; et ainsi de suite, au total soixante personnes, dont vingt-sept femmes

1. Magasin Elisseïev : du nom de son ancien propriétaire, avant la révolution. Officiellement appelé « magasin d'alimentation nº 1 ». *(N.d.T.)*

de ménage, six membres de différentes académies, huit diplomates et trois acteurs. Pchénitchny se proposait de les interroger tous, dans la mesure où chacun d'entre eux avait pu passer devant le 16 bis l'après-midi du 19 et voir quelque chose d'intéressant. L'inspecteur de milice du quartier, le capitaine Andreï Pavlovitch Kopylov, un homme corpulent dont la capote et les bottes de feutre étaient recouvertes de neige, entra alors dans la boulangerie. Il tâta le pain en habitué, se choisit le plus croustillant, prit aussi quelques brioches françaises (son tribut quotidien) et s'apprêtait à sortir lorsque Pchénitchny se mit à l'interroger lui aussi. D'après l'inspecteur de milice, l'immeuble sis au n° 16 bis était un immeuble calme et tranquille, sans beuveries bruyantes ni activité délictuelle, ce qui était normal puisqu'il était habité par des gens respectables faisant partie du gouvernement. Il est vrai qu'ils se couchaient tard et qu'il y avait de la lumière aux fenêtres bien après minuit, et que la nuit il arrivait souvent des Volga, des Zil et des Tchaïka noires et que, de temps en temps, les invités étaient un peu gais et éméchés, mais c'était, comme on dit, tout à fait banal, ce sont des gens qui ont de l'argent, ils peuvent aller au restaurant, ou bien organiser une noce du genre de celle de l'appartement n° 11, au 2e étage – cela fait déjà dix jours qu'ils font la fête et qu'il y a de la musique du matin au soir. Mais, en dépit de tout cela, depuis six ans que Kopylov travaillait là, il ne s'était produit en tout qu'un seul accident, et encore c'était un accident d'automobile. Il y avait de ça trois ou quatre ans, juste devant cet immeuble, l'invité d'un des locataires, un Géorgien de Tbilissi, qui était ivre, avait enfoncé la portière de la Jigouli toute neuve de la femme du professeur Tsipourski avec le pare-chocs de sa Volga. Mais il n'y avait pas eu de grabuge : le Géorgien avait immédiatement versé à la femme du professeur le montant de la réparation de sa voiture et, avec la Direction du trafic qui voulait lui retirer son permis pour conduite en état d'ivresse, il s'en était tiré avec une amende de cent roubles. En employé zélé, Kopylov n'en avait pas moins consigné cet incident dans le « Registre des faits divers » du quartier, qui se trouvait au poste de milice n° 45 du quartier de la Presnia rouge. Après cet incident, le Géorgien en question avait disparu et le capitaine Kopylov ne l'avait plus jamais revu. Il voyait de temps en temps d'autres Géorgiens dans les parages, mais pas celui-là.

Et bien que ce fait vieux de trois ans n'ait présenté en soi aucun rapport avec l'affaire, Pchénitchny n'avait pas hésité à se rendre avec Kopylov au poste de milice n° 45 et à s'y faire donner le registre des faits divers pour l'année 1978, où il avait lu et recopié ce qui suit dans son carnet : « 12 juillet 1978. Le service a été calme. A 21 h 20 une Volga bleu foncé, immatriculée GRU-56-12[1], a enfoncé la portière d'une Jigouli immatriculée MKE-87-21. Les agents du contrôle de la circulation routière ont imposé une amende au conducteur pour conduite en état d'ivresse, mais ne lui ont pas retiré son permis. Il n'y a pas d'autres faits à signaler. L'inspecteur du quartier – le capitaine de milice Kopylov. »

Ensuite, le capitaine Kopylov donna à Pchénitchny le registre de l'immeuble n° 16 bis, c'est-à-dire la liste complète des locataires.

En examinant cette liste, Pchénitchny découvrit qu'à la rubrique « Appartement n° 9 » ne figurait aucun nom, mais uniquement la mention « Appartement spécial ».

Maintenant armé de la liste des locataires de l'immeuble n° 16 bis, soit quarante-huit personnes,

1. GRU : Géorgie (en russe *Grouziya*). (*N.d.T.*)

auxquelles il fallait ajouter les soixante clients de l'après-midi de la boulangerie voisine qui pouvaient être passés devant l'immeuble n° 16 bis le 19 janvier, et fort de l'appui du capitaine Kopylov, Pchénitchny se sentait en mesure de s'attaquer à l'essentiel, c'est-à-dire de passer à l'interrogatoire de toutes ces personnes pour reconstituer minute par minute l'emploi du temps qui avait été celui des nombreux occupants de l'immeuble gouvernemental n° 16 bis le mardi 19 janvier.

Le même jour, 8 heures 55 minutes

La Volga de service que j'avais demandée au Palais de justice stationnait devant mon immeuble, le chauffeur étant toujours le même Sacha Lounine.

– Nous arrivons! lui cria du balcon Ninotchka. Je pris la précaution avant de prendre l'ascenseur, d'apposer des scellés sur la porte de mon propre appartement à l'aide de mon sceau : ils n'avaient qu'à essayer maintenant de me coller des micros pour m'empoisonner!

Mais Svetlov eut un rire sarcastique :

– Si Krasnov le veut, ils enlèveront tes scellés et les remettront en place sans que tu t'en aperçoives.

– Et comme ça? demanda Ninotchka, qui arracha un de ses longs cheveux de lin et entortilla prestement un des deux bouts sur une aspérité du bas de la porte, puis l'autre autour d'une écharde du seuil d'entrée.

Svetlov eut un sifflement d'admiration et dit à Ninotchka :

– Je ne savais pas que nous avions parmi nous un nouveau Richard Sorge!

– Je l'ai vu faire au cinéma, répondit-elle.

Ensuite nous arrivâmes sans incident au 38, rue

Petrovka, Svetlov emmena Ninotchka à la PJ de Moscou et moi, je continuai mon chemin : je partis quai des Chaudronniers, chez la veuve de Tsvigoun.

Le même jour, 9 heures 20 minutes

Véra Petrovna Tsvigoun habitait un appartement de taille assez modeste pour un membre du gouvernement, dans le gratte-ciel du quai des Chaudronniers. Au reste, compte tenu du fait que leur fils et leur fille déjà adultes n'habitaient plus avec eux, on pouvait considérer qu'un appartement de quatre pièces avec une très grande cuisine, c'était bien suffisant pour un couple de personnes âgées. C'est ce que Véra Tsvigoun me dit en m'accueillant, mais elle se reprit tout de suite : « C'ÉTAIT bien suffisant, mais maintenant que je suis seule, je n'ai vraiment plus besoin de rien. » Elle m'accueillit d'une manière plutôt sèche et réservée, mais me fit quand même faire le tour de l'appartement. Le mobilier était vétuste et devait remonter aux années 40, les tapis et les fauteuils avaient l'air râpé et, en guise de tableaux, les murs du salon étaient ornés des affiches des films *Un front sans limites* et *La Guerre derrière les lignes,* tirés des livres du défunt Tsvigoun. Dans le bureau, une machine à écrire Underwood, mais dans l'ensemble, partout, des signes d'ascétisme et de pauvreté. On ne pouvait pas imaginer d'opposition plus complète avec l'« appartement spécial » de la rue Katchalov. Un peu plus tard, Véra Tsvigoun me montra ses albums de famille : son père à Tchernigov et là, c'était elle avec sa sœur Vika à douze ans. Et ça, c'était le mariage de Vika à Dniépropetrovsk avec un jeune membre du Parti reconnaissable à ses noirs sourcils, Léonide Brejnev. Et voici Sémion et

Véra Tsvigoun en 1939 : d'instituteurs de village, ils sont tous les deux devenus tchékistes et se sont fait photographier en vacances en Crimée, la famille Tsvigoun et la famille Brejnev ensemble. Oui, leur amitié ne s'est jamais démentie pendant toutes ces années, et dire que Brejnev et Vika ne sont même pas venus aux funérailles de Sémion!

Suivant les habitudes moscovites, cette conversation ne se déroulait pas au salon, mais à la cuisine et, en dépit de l'agréable chaleur qui régnait dans l'appartement, Véra Tsvigoun s'enveloppait frileusement dans son châle, me régalait chichement de thé et de craquelins et, soit par colère contre sa sœur et son beau-frère, soit par isolement, éprouvait le besoin de me raconter tous les outrages qu'elle avait subis. Le principal outrage, c'était que Brejnev n'avait pas signé l'article nécrologique, qu'il n'avait pas permis d'enterrer Tsvigoun, sinon dans le mur du Kremlin sur la plage Rouge, du moins au cimetière officiel de Novodiévitchi, et enfin et surtout qu'il n'était pas lui-même venu aux funérailles et qu'en plus il n'avait pas laissé sa femme y aller. Et le deuxième outrage, c'était celui qui lui était infligé par les amis. Avant, ils lui faisaient tous de grandes démonstrations et maintenant, même ses propres enfants se bornaient à lui téléphoner une fois par jour comme par obligation, ils lui demandaient comment elle allait et raccrochaient immédiatement. Le seul ami qui se conduisait comme il faut c'était Gueidar Aliyev de Bakou, le premier secrétaire du Comité central du Parti communiste azerbaïdjanais. Il y avait vingt ans, quand Tsvigoun dirigeait le KGB de l'Azerbaïdjan, Gueidar Aliyev avait été son élève, son collaborateur et son ami intime. Depuis, il avait fait carrière et était devenu (non sans l'aide et la protection de Tsvigoun) maître de toute la République et même membre suppléant du Politburo du

Comité central de l'Union, et avait donc dépassé son professeur. Mais il n'avait pas oublié leur ancienne amitié, il ne s'était pas mis à faire l'important et le 19 au soir, le jour de la mort de Sémion, il téléphonait déjà de Bakou pour dire qu'il prenait immédiatement l'avion pour Moscou pour être à ses côtés jusqu'aux obsèques. Mais, apparemment, quelqu'un avait dû surprendre cette conversation car, une heure plus tard, Gueidar l'avait rappelée pour lui dire que le Politburo ne l'autorisait pas à quitter l'Azerbaïdjan en raison de l'arrivée à Bakou d'une délégation du gouvernement angolais, prévue pour le 21.

– Vous comprenez bien vous-même qui a pu écouter notre conversation, me dit avec un mauvais sourire Véra Tsvigoun. Qui donc chez nous décide dans quel endroit on va envoyer tous ces nègres, tous ces communistes? Souslov et Andropov, bien sûr. Ils sont les seuls à avoir tant de pouvoir! Les misérables, oh! les misérables! fit Véra Tsvigoun en se balançant sur sa chaise. Ils ont raconté à Brejnev tellement d'horreurs sur le compte de Sémion Kouzmitch que même Vika n'est pas venue aux funérailles. Et dire qu'ils ont interdit à Gueidar d'y aller! Les ordures! Souslov a eu au moins la décence de ne pas venir aux funérailles et de faire semblant d'être malade mais Andropov, lui, y est allé...

– Véra Petrovna, vous n'avez pas peur que quelqu'un soit en train de vous écouter maintenant aussi? demandai-je, un peu choqué par des insultes aussi franches à l'adresse d'Andropov et de Souslov.

– Oh! comme je le voudrais! Comme je voudrais qu'ils m'entendent! Qu'est-ce qu'ils peuvent me faire? Me mettre en prison? Moi, la belle-sœur de Brejnev? Ils ne le peuvent pas! Qu'ils entendent un peu dire qu'ils sont tous des misérables! Sémion les empêchait de renverser Brejnev, parce qu'il dominait tout le KGB. C'est pour cela qu'ils l'ont calomnié, et Brejnev les a crus, l'imbécile! C'est toujours comme ça! Sémion l'a servi trente ans, comme un chien fidèle, et lui, il n'est même pas venu sur sa tombe. Et le cimetière où on a décidé de l'enterrer! On n'a même pas voulu qu'il soit enterré à Novodiévitchi, on l'a collé à Vagankovski! Mais cela ne fait rien, maintenant ils vont bientôt renverser Brejnev, c'est tout ce qu'il mérite, cet idiot. Ils en font déjà ce qu'ils veulent, puisqu'ils ont réussi à interdire à Aliyev de venir. Evidemment! Aliyev aurait vite compris qui a causé la mort de Sémion...

Il y avait dans ces lamentations, mises à part leur violence et leur cruauté un peu inattendues chez une vieille femme, quelques détails importants pour moi. Tout d'abord, la vieille avait confirmé le fait que son mari était le fidèle défenseur de Brejnev au KGB et gênait donc de ce fait Andropov. Deuxièmement, il était à peu près sûr que Gueidar Aliyev était effectivement très proche de Tsvigoun et voulait arriver à Moscou le 19, auquel cas il se serait effectivement précipité tout de suite dans l'appartement clandestin de Tsvigoun où avait eu lieu le suicide. Mais qui cela gênait-il, et qui donc avait empêché Aliyev de venir? Qui? La vieille pensait que c'étaient Andropov et Souslov...

– Véra Petrovna, votre mari avait-il des preuves concrètes du complot contre Brejnev?

Elle ricana.

– Et voilà! C'est bien pour ça que Brejnev vous a envoyé chez moi! Mais des clous! Je ne sais rien. J'ai perdu mon mari à cause de lui et, je peux même le dire, plus d'une fois. Oui! Vous vous rappelez les habitudes de Brejnev ces dernières années? Khrouchtchov emmenait sa femme avec lui dans le monde entier : en Amérique, en Europe. Brejnev, lui, ne laisse pas sortir Vika de sa datcha. Il va même seul aux réceptions. Sémion lui aussi a cessé d'avoir des invités à la maison. Cela fait dix ans que je ne suis même pas allée au théâtre avec lui...

Il fallait vraiment une patience de juge d'instruction pour pêcher ce qui pouvait être utile à l'enquête dans ce chapelet de récriminations.

– Est-ce que vous avez encore certains papiers de Sémion Kouzmitch? Ses agendas ou, je ne sais pas moi, des notes?

Elle hocha négativement la tête :

– Non. Ils ont tout emporté ce jour-là. Ils sont arrivés à six le 19 au soir, ils ont mis tout l'appartement sens dessus dessous, ils ont secoué tous les livres de la bibliothèque un à un et ils ont emporté tous les papiers et même les cassettes de magnétophone. Je leur ai dit : « Pourquoi est-ce que vous prenez les cassettes, c'est seulement des chansons de Vyssotski et d'Okoudjava, mes chansons préférées, il n'y a rien là-dedans qui concerne les secrets du KGB. » Et eux, ils m'ont répondu : « Nous devons tout écouter, on ne sait jamais. » Les idiots! Si Tsvigoun avait eu quelque chose à cacher, ce n'est sûrement pas à la maison qu'il l'aurait mis!

– Et où l'aurait-il mis?

– Je ne sais pas..., répondit-elle. Mais ils ont aussi fouillé la datcha de fond en comble.

– Et qui a fait la perquisition? Vous leur avez demandé leurs papiers?

– Mais non, pourquoi? Je les connais. Il y avait Kourbanov, du KGB, et le général Krasnov, de la Milice. C'étaient eux qui commandaient. Et il y avait aussi avec eux un grand type d'un certain âge, aux dents jaunies par le tabac. Il était en civil mais il avait l'air de commander aussi et c'est lui qui s'est tout de suite jeté sur les bandes magnétiques...

« Serait-ce Baklanov? » pensai-je l'espace d'un éclair, et je lui demandai :

– Et vous ne vous souvenez pas de son nom?

– Il ne m'a pas dit son nom de famille mais eux, ils l'appelaient « Nikolaï Afanassiévitch ». Et moi alors de lui dire : « Nikolaï Afanassiévitch, laissez-moi au moins une cassette, ma préférée, c'est la chanson d'Okoudjava sur le dernier trolleybus. » Le salaud, il ne me l'a pas laissée.

Ah! ah!, pensai-je. Nos chemins se sont donc croisés. Il n'y avait pas vingt-quatre heures que Baklanov m'avait mis en garde et voilà que, le 19 janvier déjà, quelques heures après le pseudo-suicide du premier vice-président du KGB, Baklanov participait à la perquisition de l'appartement des Tsvigoun! Et Kourbanov avait donc dû se précipiter ici, immédiatement après l'inspection de l'appartement de la rue Katchalov, et en plus en compagnie de Krasnov.

Maliénina elle aussi avait fait allusion à des bandes magnétiques quand elle était sortie de la salle d'écoutes clandestines, hier matin. Je me rappelai les termes qu'elle avait employés : « Il est impossible qu'elle ne soit pas au courant de l'existence de ces bandes! Je ne vais plus quitter cette vieille taupe des yeux! » A ce qu'il semblait donc, ils cherchaient tous certaines bandes : Maliénina, Baklanov, Krasnov, et même Kourbanov, tout ça, c'était la même fine équipe. Peut-être que Tsvigoun n'avait pas voulu coucher par écrit certaines informations qu'il possédait sur le complot de Souslov contre Brejnev et qu'il les avait enregistrées au magnétophone? Ou bien il avait entre les mains des enregistrements de conversations entre Souslov et Andropov et d'autres conspirateurs? C'est vrai que Brejnev avait autorisé Tsvigoun à faire filer Souslov... Ah! si on pouvait interroger les agents de Tsvigoun! Seulement voilà, qui me donnera leurs noms? Sûrement pas Andropov, en tout cas!...

– Véra Petrovna, racontez-moi, s'il vous plaît, la journée du 18 janvier. Ou bien même si vous pouviez remonter un peu plus loin dans le temps, avant... Est-ce que Sémion Kouzmitch était déprimé? Irritable?

– Mon cher, si vous saviez comme je le voyais peu ces derniers temps! Il ne revenait pas coucher ici plusieurs jours de suite, tant il avait de travail. Ou plutôt, pourquoi vous cacherais-je la vérité? Il habitait dans deux appartements à la fois, celui-ci et celui de la rue Katchalov. Là-bas il jouait aux cartes et il faisait même venir des femmes, parce qu'au fond il n'était pas encore très vieux, il n'avait que soixante-quatre ans. C'est moi qui suis vieille à soixante-deux ans mais lui, à soixante-quatre ans, il n'était pas vieux. Mais pour moi il était au bureau, du moment qu'il n'était pas à la maison. D'autant plus qu'il se passe tant de choses chaque jour, tantôt c'est l'Afghanistan, tantôt c'est la Pologne, tantôt les dissidents, tantôt Sakharov, ils n'ont jamais la paix. Cela le rendait nerveux. Heureusement qu'il était gros. Il ne voulait pas maigrir. Combien de fois m'a-t-il dit : quelqu'un de maigre claquerait avec un métier pareil. Dzerjinski[1], par exemple, était maigre et il n'a tenu que quelques années, alors que Sémion a passé presque toute sa vie au KGB; il y était depuis 1939...

– Donc, vous n'avez vu Sémion Kouzmitch ni le 18 ni le 19? Quand l'avez-vous revu pour la dernière fois?

– Justement, je l'ai vu le 18 et le 19. Je ne l'avais pas vu avant pendant trois ou quatre jours, mais le 18 il a couché à la maison. Il était de mauvaise humeur et fatigué mais, dans l'ensemble, comme à

1. Félix Dzerjinski (1877-1927), d'origine polonaise, premier patron de la Tchéka (1917), devenue en 1922 Guépéou. (*N.d.T.*)

son habitude. Le 19 au matin, je lui ai préparé son petit déjeuner. Il a tout mangé, avec appétit même, et il est parti travailler.

– Et il ne vous a rien dit avant de partir? Je veux dire : rien de particulier, d'inhabituel?

– Non. Rien.

– Et qu'est-ce que vous avez fait après le départ de Sémion Kouzmitch, ce jour-là?

– Je suis allée au cinéma, me répondit-elle.

Je la regardai avec beaucoup d'étonnement et elle m'expliqua tristement et tranquillement :

– Je vous ai dit que, ces dernières années, je suis toute seule : les enfants n'habitent plus avec nous et Sémion Kouzmitch travaille vingt-quatre heures sur vingt-quatre et, quand il revient à la maison, ce n'est que tard le soir. Qu'est-ce que je peux faire, à mon âge? Eh bien! j'ai pris l'habitude d'aller au cinéma, aux séances du matin. Je lui fais son petit déjeuner : le déjeuner, de toute façon, il le prend au KGB, les dirigeants y ont leur propre cuisinier. Donc moi je ne déjeune pas du tout et je vais au cinéma, à la séance de 10 heures. Je vais soit ici, au cinéma tout près de chez nous, soit dans le centre, au Rossiya. Et quand on passe quelque part un des films de Sémion, j'y vais.

– Quels films?

– Vous ne les avez pas vus? Il y en a deux : *Un front sans limites* et *La guerre derrière les lignes*. C'est Sémion Kouzmitch qui a écrit ces livres, mais sous le pseudonyme de Sémion Dnieprov. C'est Tikhonov qui joue son rôle et le mien, c'est Natalia Soukhovieï.

– Et quel film avez-vous vu le 19?

– *La Petite Amie du mécanicien Gavrilov,* une comédie... Si j'avais su que, juste à ce moment-là...

– Donc, d'après vous, Sémion Kouzmitch est sorti de chez lui tout à fait tranquille, comme d'habitude.

Et quelques heures plus tard, il s'est suicidé. Est-ce que cela ne vous paraît pas étrange? C'est que c'est vraiment une décision terrible à prendre. Surtout à son âge...

Elle ricana :

– Cher ami! Il se passe des choses terribles tous les jours, chez eux. Vitia Papoutine, par exemple, voilà quelqu'un qui était un homme tranquille et il s'est bien tiré une balle dans la tête, parce qu'il n'avait pas réussi à prendre Khafizoulla Amine vivant, en Afghanistan. C'était la première fois qu'on voyait ça, que ce ne soit pas le KGB, mais le ministère de l'Intérieur qu'on charge d'une intervention à l'étranger. Sémion avait d'ailleurs prévenu Brejnev qu'ils allaient échouer et ils ont échoué.

Je la regardai sans comprendre : quel Amine? Et qu'est-ce que cela voulait dire, « prendre vivant »?

Véra Petrovna ricana à nouveau :

– Je vois que vous n'êtes au courant de rien, mais dans leur travail il leur arrive des histoires comme ça presque chaque jour. Quand les manifestations anti-soviétiques ont commencé en Afghanistan, Sémion Kouzmitch a immédiatement proposé d'amener Amine à Moscou, pour que celui-ci signe une lettre demandant l'intervention de nos troupes en Afghanistan à titre d'aide amicale et d'appui à son gouvernement. En ce cas, tout aurait été en règle, quasi conforme à la Charte de l'Organisation des Nations unies. Mais Souslov a dit qu'il viendrait à bout de ces musulmans fanatiques par l'intermédiaire du Parti communiste afghan. Mais cela n'a pas marché. Les fanatiques en question ont attaqué notre ambassade, tué trente-six conseillers, planté leurs têtes au bout de piques et organisé une procession aux flambeaux dans la ville pour les montrer. Evidemment, il y a eu une réunion d'urgence au Comité central et les militaires ont crié qu'il fallait immédiatement occuper cet Afghanistan de malheur. Mais Sémion était contre. Il leur a dit que c'était trop tard, qu'il aurait fallu le faire avant et que maintenant, dans ces conditions, ce serait un deuxième Viêt-nam. Alors Souslov a commencé à ricaner en disant que, si le KGB n'était pas sûr de ses forces, ils confieraient cette tâche au ministère de l'Intérieur, qui montrerait ce qu'il savait faire. Le ministère aussi a un département des Renseignements, maintenant. Et Papoutine ne demandait pas mieux. Il s'est jeté en plein dans la bagarre, sans prendre de précautions : leur plan était d'organiser une descente à Kaboul, d'attaquer le palais présidentiel, de capturer vivant Amine et de l'obliger là-bas à signer une demande d'intervention des troupes soviétiques. Nous avons alors proposé de faire la même chose, mais en douceur et ils ont refusé, et la situation s'est bloquée. C'est Papoutine lui-même qui devait commander la descente sur Kaboul. Ils ont donc attaqué le palais présidentiel de nuit et massacré la garde, mais ils n'avaient pas pensé qu'Amine lui aussi pouvait résister et refuser de se rendre. Un des attaquants a riposté et l'a tué d'une rafale de mitraillette et toute l'opération est tombée à l'eau. En plus, vous imaginez le joli scandale : des troupes qui envahissent un pays étranger et assassinent le chef de l'Etat! Evidemment, Souslov ne l'aurait pas pardonné à Papoutine, il l'aurait traîné dans la boue et l'aurait envoyé travailler dans les mines d'uranium jusqu'à la fin de ses jours. C'est un vrai fasciste ce Souslov, un despote, un disciple de Yéjov. Vous savez combien de communistes ils ont fait assassiner, tous les deux? Et à votre avis, qui a inventé le terrorisme international? Les Arabes? Ils n'y seraient jamais arrivés tout seuls! C'est Souslov! Il leur a construit plusieurs camps d'entraînement, près de Simféropol... Vitia Papoutine savait donc très bien ce qui l'attendait à son retour et il s'est tiré une balle dans la tête alors qu'il était encore dans l'avion. Vous dites que c'est effrayant? Mais des choses effrayantes, il peut s'en passer tous les jours, dans leur milieu : tantôt c'est Chevtchenko qui fait défection en Amérique et qui donne tous ses agents. Et qui est le coupable? Tsvigoun! Tantôt c'est Israël qui bat les Arabes et le coupable, c'est encore Tsvigoun : il n'a pas passé suffisamment de renseignements aux Arabes...

Je crois que, si je ne l'avais pas interrompue, Véra Petrovna m'aurait encore raconté une bonne douzaine d'histoires, mais je ne pouvais pas passer ma journée à prendre le thé avec cette vieille et je finis par l'arrêter :

– Donc, vous pensez que Sémion Kouzmitch avait des raisons de se suicider?

Elle s'arrêta court, me regarda fixement et son expression se transforma. Au lieu d'une vieille femme blessée et bavarde, j'avais subitement devant moi une créature méchante et même hostile :

– Ecoutez, jeune homme! Vous êtes juge d'instruction au Parquet, alors vous aussi, vous devriez avoir des raisons de vous suicider. Compris? fit-elle en serrant les lèvres.

– Oui, c'est un point de vue philosophique comme un autre..., dis-je en m'efforçant d'adoucir la tournure inattendue que prenait l'interrogatoire. Cette vieille n'était pas aussi simple qu'elle m'était apparue au premier abord, ou comme elle avait elle-même voulu que je le croie. En dépit de toutes ces doléances à propos de la vie en général, de sa solitude et de sa touchante assiduité dans les cinémas présentant des films de son mari, il y avait en elle quelque chose de dur, qui rappelait la tchékiste. Et une idée me vint subitement en tête :

– Véra Petrovna, lui demandai-je. Quel grade aviez-vous quand vous avez quitté le service?

Elle me regarda dans les yeux, puis elle éclata de rire :

– Mon salaud! Tiens, tu me plais! Ah! Si Sémion était encore en vie, je lui aurais demandé de te prendre à la place de Kourbanov, et même à un poste plus important. Tu veux de la vodka?

– Véra Petrovna, si vous arrêtiez de jouer les vieilles gâteuses? Hein? Qu'est-ce qu'ils cherchaient comme bandes chez vous? Vous le savez sûrement!

– Non, je ne le sais pas, répondit-elle sèchement.

– Dites plutôt que vous ne voulez pas me le dire.

Elle haussa les épaules et me rit à la figure :

– Ecoutez, jeune homme. Je ne bougerai pas le petit doigt pour vous aider dans votre enquête. Et pas parce que Sémion Kouzmitch est mort pour moi depuis très longtemps, en tant que mari, à partir du moment où j'ai appris qu'il me trompait. De toute façon, nous étions restés bons amis. Mais parce que votre enquête ne peut en rien lui servir, à lui ou à moi, et qu'elle ne peut servir qu'à Brejnev. Léonide Ilitch ne croit pas que Sémion se soit suicidé et veut que vous prouviez que c'est Souslov et toute son équipe : Andropov, Gorbatchov, Kirilenko, Grichine, qui ont tué Tsvigoun. C'est pas vrai? Comme ça, il pourrait tous les chasser d'un seul coup du Politburo et rester tout seul. Et c'est justement ce que je ne veux pas. Je ne veux pas que cette ordure se maintienne au pouvoir grâce à la mort d'un homme aux funérailles duquel il n'a même pas assisté. Vous me comprenez? C'est tout, vous pouvez partir et lui transmettre ce message tel quel.

– Très bien, et je me levai en soupirant. J'ai encore une chose à vous demander. Je voudrais que vous me donniez le veston de votre mari, celui qu'on vous a remis à la morgue du Premier Institut médical.

– Je l'ai brûlé, répondit-elle sans bouger.

– Je ne vous crois pas. Vous ne pouviez pas savoir que je viendrais le chercher.

– Je l'ai quand même brûlé. Si vous ne me croyez pas, vous pouvez fouiller l'appartement.

– Dites-moi : quand on vous a remis ce veston, à quel endroit était-il déchiré?

– Il était absolument intact.

– Ce n'est pas vrai. Il était soit déchiré, soit décousu dans le dos.

– C'est donc que je ne l'ai pas remarqué.

– Vous l'avez remarqué. Une vieille tchékiste comme vous ne pouvait pas ne pas le remarquer et comprendre que cette déchirure était le résultat d'une lutte. C'est pourquoi vous avez brûlé le veston. Votre mari s'est battu avec quelqu'un avant de mourir. Il a peut-être même tiré sur quelqu'un. C'est étrange, n'est-ce pas? Drôle d'idée de se battre avec quelqu'un et de se tirer une balle dans la tête après, hein? (Elle ne répondit pas et je jouai ma dernière carte :) Et si l'on découvre qu'il a été tué, en ce cas aussi, vous refuserez de collaborer à l'enquête?

Elle ne dit rien, mais serra encore plus fort ses lèvres sèches de vieille femme.

– Eh bien!, soupirai-je après un silence. En ce cas, je m'en vais. Je voudrais simplement vous dire que, vous aussi, vous réglez vos comptes avec les vivants aux dépens d'un mort. Au revoir.

10 heures 12 minutes

Véra Tsvigoun s'imaginait à tort n'être d'aucune aide pour l'enquête. Evidemment, je sortis de chez elle fou furieux : il y avait de quoi! Voir la veuve de la victime détruire les preuves et refuser de témoigner! Mais elle m'avait quand même été utile et je m'étais une fois de plus convaincu que la version du suicide était fabriquée. En dépit de tout ce qu'elle m'avait raconté sur Papoutine, elle ne croyait pas elle-même au suicide de son mari. L'hypothèse la plus vraisemblable était que Souslov avait appris que Tsvigoun le soupçonnait de machiner un complot contre Brejnev. L'idée lui était alors venue de neutraliser Tsvigoun, en le faisant chanter grâce aux preuves réunies contre lui par l'« opération Cascade ». Souslov avait donc invité Tsvigoun à venir le voir. Je ne savais pas comment s'était terminé l'entretien, mais je savais que, de chez Souslov, Tsvigoun était allé tout droit rue Katchalov et que, là, dans l'appartement n° 9, il avait été victime d'une agression. En outre, Tsvigoun s'était défendu (son veston avait même craqué au cours de la lutte) et il avait tiré deux coups de feu avec son revolver. Mais ce n'était qu'une hypothèse. Qui avait attaqué Tsvigoun? Pourquoi? Sur qui avait-il tiré? Et où étaient les bandes que cherchaient Krasnov, Maliénina et Baklanov?...

Sacha Lounine, le chauffeur de la Volga de service, toussota en signe d'impatience et je m'arrachai à mes réflexions. Apparemment, j'étais sorti de chez la veuve de Tsvigoun, j'étais monté dans la voiture et depuis je n'avais pas dit un mot.

– Où allons-nous, Igor Iossifovtch? demanda Sacha.

– Au cimetière, dis-je d'un air sombre.

Il crut que je plaisantais et dit :

– C'est un peu tôt, non?

Je regardai ma montre. Il était 10 h 12.

– Non. C'est l'heure. Gradous m'attend à 10 h 30.

– Ah, vous parlez sérieusement! A quel cimetière allons-nous?

– Au cimetière Vagankovski, pour l'exhumation.

« Si ce n'est pas un suicide, pensai-je, comment se fait-il qu'une balle sortie du revolver de Tsvigoun lui ait traversé la tête? Quelqu'un a dû lui prendre son revolver et s'en servir. Mais alors, pourquoi n'y a-t-il pas de traces de substance cérébrale sur la balle? Là, j'avoue que je m'y perds. »

Un cortège funéraire plutôt modeste : un corbillard et un groupe de gens âgés et pauvrement habillés, approchait du cimetière Vagankovski en même temps que nous et je retins Sacha pour qu'il ne les dépasse pas. Je ne peux pas supporter de passer à côté d'un cortège funéraire, cela porte malheur. Sacha suivit donc patiemment la procession en patinant un peu dans la neige et entra derrière elle dans le cimetière, puis nous prîmes une allée latérale et nous nous arrêtâmes devant la petite maison basse qui abrite la direction du cimetière.

Boris Gradous, que j'avais tiré du lit à 9 heures du matin en lui téléphonant, m'attendait très mécontent dans la salle d'attente surchauffée du directeur. Il avait de quoi être mécontent! La veille encore, il me demandait de ne pas le mêler à cette affaire et voilà que je lui téléphone. Et je ne lui demande pas, j'exige, j'ordonne que ce soit lui l'expert chargé de l'exhumation de Tsvigoun!

A part lui, il y avait dans la salle d'attente une dizaine de personnes assises sur des chaises bancales qui faisaient la queue pour voir le directeur du cimetière. Chez nous, on fait même la queue pour avoir une tombe, punaise! Dans un pays qui s'étend sur deux continents, de la Baltique à l'océan Pacifique, on en est arrivé à ce que même l'espace des cimetières soit une denrée déficitaire : allez donc essayer d'avoir de la place dans un cimetière potable sans bakchich, ou sans ordre du gouvernement!

Je traversai la salle d'attente, j'allai jusqu'à la porte du bureau du directeur, dont la plaque portait le nom de Doplatov, écartai la secrétaire qui se précipitait au-devant de moi en me criant : « Camarade, où allez-vous? », et ouvris la porte du bureau.

Dans le bureau se déroulait une scène de chantage flagrant : le directeur du cimetière, un jeune homme aux joues vermeilles qui avait tout l'air d'un ancien moniteur d'éducation physique du Komsomol, disait, renversé dans son fauteuil, à une vieille proprette, en manteau de petit-gris tout usé, qui se tenait debout devant lui :

– Si vous êtes de Léningrad, allez donc enterrer votre sœur à Léningrad...

– Mais son mari est enterré ici, ils ont vécu cinquante ans ensemble..., répondait la vieille.

Le directeur se tourna vers moi d'un air mécontent :

– Allez dans la salle d'attente. Je suis occupé.

Mais je m'approchai sans mot dire de son bureau et posai devant lui ma carte de juge d'instruction ainsi que la lettre de Brejnev. En voyant le papier à en-tête personnel du Secrétaire général du Comité central, le moniteur d'éducation physique aux joues rouges reconverti dans la gestion des cimetières fit mieux que se lever, il bondit et m'approcha obligeamment une chaise en me disant : « Asseyez-vous, je vous en prie! » Et aussitôt il appuya sur le bouton pour appeler sa secrétaire, quoique cette dernière, révoltée par ma muflerie, se tînt bien évidemment derrière son dos. « Du thé, et du bon! », lui ordonna-t-il, après quoi, remarquant que la vieille Pétersbourgeoise était toujours assise dans son bureau, il se tourna vers elle : « Excusez-moi, mémé, lui dit-il. Je vais être très occupé, revenez demain, dès l'ouverture. – Comment cela, demain? fit la vieille, désemparée. C'est demain qu'a lieu l'inhumation... – Vous voyez bien que je suis occupé! »

répondit-il avec humeur. Mais je retins la vieille, qui allait sortir :

– Attendez un instant, lui dis-je. (Et, m'adressant au directeur du cimetière :) Comment vous appelez-vous?

– Doplatov, Stépane Vitaliévitch, répondit-il aussitôt, et j'admirai une fois de plus la facilité avec laquelle de grandes brutes sportives comme lui pouvaient par servilité se réduire en un clin d'œil à des proportions infiniment plus modestes.

– Camarade Doplatov, dis-je, je vous donne deux minutes pour recevoir tous les gens qui attendent et pour satisfaire leurs demandes, dans un sens que j'espère positif. Chère madame, dis-je en me tournant vers la vieille, votre sœur sera enterrée à côté de son mari. Je vous demanderai seulement de rester ici une petite demi-heure, car il me faut des témoins. Quel est votre nom?

Il est certain que j'avais légèrement abusé de mes pleins pouvoirs, bien que ce méfait eût plutôt tout l'air d'un bienfait. D'ailleurs, j'avais vraiment besoin de témoins.

– Kiprienskaïa, Olga Pavlovna, fit-elle.

– Très bien. Camarade Doplatov, envoyez quatre ouvriers à la tombe de Tsvigoun, nous allons procéder à l'exhumation. L'expert est déjà là, il attend dans l'entrée.

– Euh... je... c'est que...

Et, ayant jeté un coup d'œil à ma carte du Parquet :

– Igor Iossifovitch, dit-il, allons-nous procéder à l'exhumation sans une autorisation du Mossoviet?

– Oui, sans elle! dis-je fermement. Le Mossoviet ne travaille pas aujourd'hui et je n'ai pas le temps d'attendre jusqu'à demain.

– Bien sûr, je comprends. C'est que... Vous ne

pourriez pas me donner des ordres écrits? Juste quelques mots de votre main, pour la forme...

A le voir ainsi s'aplatir, je le pris presque en pitié :

– D'accord, lui dis-je. Donne du papier. Pendant que j'écris, envoie les ouvriers creuser la tombe.

– Oui, oui, bien sûr! Tout de suite!

Et il bondit hors du bureau. Une seconde plus tard, je le vis par la fenêtre qui courait sportivement le long de l'allée, sans avoir même passé de manteau sur son costume, en direction de deux fossoyeurs qui creusaient paresseusement une autre tombe dans le sol gelé du cimetière, et qui leur expliquait quelque chose en faisant de grands gestes, mais sans les faire bouger de place.

Cela m'amusa bien. Je n'en étais pas à ma première exhumation et je connaissais les mœurs des fossoyeurs. Ces hommes du peuple se fichent bien de tous les pouvoirs dont on peut être munis, comme des ordres du directeur : ils ne lèveront pas le petit doigt sans être régalés de vodka : un billet de dix roubles, voire de vingt-cinq, sert ici de sésame. J'écartai le verre de thé brûlant apporté par la secrétaire, maintenant hyper-aimable, et sortis à mon tour dans la cour du cimetière. Le billet vert de vingt-cinq roubles fit son effet magique habituel : les fossoyeurs allaient en quinze ou vingt minutes faire se lever un mort!

Tsvigoun était resté dans la terre gelée un peu moins de quarante-huit heures et il était aussi bien conservé que s'il sortait du frigo. Son visage bouffi avait même conservé son expression d'arrogance. Boris Gradous arracha le morceau de taie d'oreiller qui était collé à sa tempe et découvrit le trou rond fait par la balle de revolver. Ensuite, il souleva la tête de Tsvigoun et d'un seul coup de scalpel coupa les trois points de suture par lesquels la peau du crâne du défunt était fixée à son cou. Puis il souleva la peau du crâne de ses mains robustes et la rabattit sur le visage de Tsvigoun. Le crâne, scié pour les besoins de l'autopsie et fracturé par le coup de revolver, apparut... Les vieilles que j'avais retenues comme témoins poussèrent des cris d'horreur et sortirent à toute vitesse de la chapelle où nous avions transporté le cercueil de Tsvigoun et je dis à Gradous, en lui montrant le crâne :

– Ouvre-le!

Les lectrices aux nerfs fragiles peuvent passer cette scène; j'avais, d'ailleurs, permis aux témoins de sortir de la chapelle mais, Gradous et moi, nous y assistâmes. Gradous sortit de la poche intérieure de son manteau son inséparable, c'est-à-dire sa gourde plate en aluminium de l'armée, pleine d'alcool à 90°, en but une gorgée et me la passa ensuite. Puis il posa sous la tête du macchabée un récipient chirurgical à fond plat et retira soigneusement de la tête de Tsvigoun son crâne déjà découpé à la scie par Toumanov, comme il aurait retiré le couvercle d'une casserole. Le cerveau d'un gris marbré et veiné de rouge par les vaisseaux sanguins, où l'on voyait le trou fait par la balle tomba dans le récipient.

– Comme tu peux le voir, son cerveau est en place, dit Gradous en pratiquant de profondes entailles dans les deux hémisphères. Et un cerveau superbe, en plus : pas de maladies, pas une seule congestion cérébrale. Bon. Maintenant, on va voir si la balle colle.

Je lui donnai la balle; il la posa sur le trou fait par la balle dans l'os de la tempe, sans l'y insérer, en se bornant à l'appliquer sur l'endroit, en la tenant soigneusement par le culot; mais on voyait déjà que la balle et le trou étaient faits l'un pour l'autre.

– Eh bien! dit Gradous. Tout ce que je peux affirmer, c'est que c'est le même calibre. Ce qui veut dire que, soit Sorokine, ton génie, ment en disant qu'il n'y a pas de trace de substance cérébrale sur cette balle, soit que ce n'est pas la même balle. Le calibre est le même, mais ce n'est pas la même balle. Ils ont comparé les groupes sanguins?

– Je ne sais pas..., dis-je avec hésitation. Je pense que non.

– Les crétins! dit tranquillement Gradous. On continue l'examen?

Je remis la balle dans son enveloppe en plastique, en nous traitant, Sorokine et moi-même, de tous les noms pour n'avoir pas pensé à comparer les traces de sang sur cette balle avec le groupe sanguin de Tsvigoun. Gradous, de son côté, déshabillait déjà le cadavre et le corps dénudé faisait voir, sous la tunique de général, une longue incision, du menton à l'aine, qui avait été recousue en trois endroits seulement, à très grandes aiguillées par conséquent.

– Qu'est-ce qui t'intéresse encore? demanda Gradous, en coupant le fil avec son scalpel. Ses entrailles, ses maladies?

– Non. Deux choses m'intéressent. Est-ce qu'il y a d'autres blessures sur le corps et pourquoi son veston a-t-il craqué au moment du suicide?

– Commençons donc par un examen externe. (Gradous enveloppa le corps d'un regard aussi expert que celui d'un tailleur.) Il n'y a pas d'autres blessures et son veston a craqué pour une raison bien simple. Regarde. (Il souleva une des mains lourdes et inertes du cadavre et me montra des taches bleu foncé sur le poignet. Il y avait des taches exactement semblables sur l'autre main.) Tu as compris? On l'a tenu par les mains et, comme tu vois, on le tenait fort, pendant qu'il essayait de s'échapper. C'est comme cela que son veston a craqué.

– Et pourquoi Toumanov n'a-t-il pas vu ces taches?

– Ben, d'abord, il est idiot, répondit Gradous en éludant la question. Et, deuxièmement, il y a cinq jours ces hématomes n'étaient pas aussi visibles. Ou bien c'est tout simplement que Toumanov n'a pas voulu les remarquer... Il n'y a rien d'autre à signaler sur le corps.

11 heures 45 minutes

J'étais de nouveau à l'Institut d'expertises judiciaires et de nouveau en présence de Sorokine, qui n'était pas content et même furieux de ne pas avoir assez dormi et de devoir travailler aussi le dimanche.

– Je n'ai jamais fait de ma vie de contre-expertise et je n'ai pas l'intention d'en faire.

– Mais vous n'avez pas comparé le groupe du sang sur la balle et le groupe sanguin de la victime!

– Parce que je pense que c'est inutile de les comparer! Il n'y a en tout et pour tout que quatre groupes sanguins, dont un est extrêmement rare. Donc, même si cette balle ne sort pas de la tête de Tsvigoun, mais de ton derrière, il y a trente pour cent de chances pour que les groupes sanguins soient quand même identiques. Alors quel est l'intérêt de cette nouvelle expertise? Il est déjà évident que Tsvigoun n'a pas été tué par cette balle, puisque je n'ai pas trouvé sur elle de traces de substance cérébrale...

– Tu n'en as pas trouvé, mais cela ne suffit pas! Ce n'est pas une preuve! Toumanov, par exemple, ça le fait rigoler. Et d'ailleurs, si les groupes sanguins sont différents, alors il sera absolument évident qu'il n'a pas été tué par cette balle. En plus, je connaîtrai le groupe sanguin de celui qui a tiré sur Tsvigoun.

Parce que la balle provient bien du revolver de Tsvigoun. Bref, il me faut immédiatement une analyse du groupe sanguin du spécimen.

Sorokine fouilla sans mot dire dans ses papiers. Je regardai sa femme d'un air interrogateur. Elle baissa les paupières d'une manière visant à me rassurer et à me faire comprendre que Sorokine obéirait et m'indiqua le couloir d'un signe de tête.

– Mon vieux, dis-je à Sorokine, je t'en prie : fais-le d'ici demain.

– Mais je suis débordé! Je suis débordé! explosa-t-il subitement. Tu ne te rends pas compte? Cela fait deux semaines que nous ne sortons pas du laboratoire! Il ne m'est pas tombé une telle quantité de merde sur la tête pendant toute ma vie! Regarde! (Il commença à jeter en l'air des papiers et des dossiers qui se trouvaient sur les tables.) Tout ça, c'est du vol, des machinations, des fabrications, des crimes! Et où est-ce que ça se passe? Partout, même au Comité central! Ce n'est pas un pays, c'est un sac à merde! Et toi, tu es là à m'embêter avec ton Tsvigoun! Mais je m'en fiche de Tsvigoun! Lui aussi, c'était un fameux salaud! Avec tous les gens qu'il a expédiés *ad patres!*

Je sortis dans le couloir. Alla Sorokina m'y attendait en larmes.

– Qu'est-ce qui lui arrive? lui demandai-je.

– Nous sommes fatigués, répondit-elle. Et ce n'est pas tant le travail que les nerfs. Nous comprenons bien ce que nous faisons et pourquoi, seulement nous ne savons pas s'il en sortira quelque chose de bon. Le pays est enfoncé dans la corruption jusqu'au cou mais, d'autre part, si des gens comme Baklanov et Maliénina prennent demain le pouvoir, cela sera sûrement pire. Aujourd'hui ils ont déjà posté des flics avec des chiens dans les rues.

– Qu'est-ce que tu racontes? fis-je stupéfait.

– Tu ne les a pas vus? Bien sûr, tu te déplaces en voiture. Mais si tu regardes d'un peu plus près, tu verras que dans la rue et dans le métro il y a plein de flics et de gens avec des chiens policiers, des flics et des guébistes en civil.

Je me rappelai que, la nuit précédente, le général Jarov m'avait dit que la division Kantémir était entrée dans Moscou, sur l'ordre de Brejnev. Chtcholokov avait donc, de son côté, dû mettre la Milice en état d'alerte et Andropov la division Dzerjinski du KGB. Par contre sur la place Rouge, devant le mausolée, tout était calme, paisible et solennel.

– Il me faut les résultats de l'analyse de sang, Alla, lui dis-je.

– Ce sera fait. Je le dirai aux biologistes. Tu auras les résultats demain. Prends ça aussi...

Et elle sortit un papier qui était caché sur elle.

– Qu'est-ce que c'est?

– J'ai écrit ce que j'ai retenu de mémoire des conclusions des expertises concernant l'affaire Tsvigoun. Cela te sera peut-être utile. Au revoir!

Elle retourna dans le laboratoire et je dépliai le papier qu'elle m'avait donné et qui ne comportait que quelques lignes :

« Igor! Premier point : à en juger par l'agenda de Tsvigoun et les feuilles utilisées pour ses parties de *préférence* que ton ami Baklanov nous a fait expertiser, Tsvigoun jouait ces mois derniers aux cartes avec Alexeï Chibaïev, le président du Conseil central des syndicats de l'URSS, Boris Ichkov, ministre des Pêcheries, et un certain Kolévatov, de la direction du Cirque de l'URSS. En plus de ces gens-là, on fait mention sur les feuilles de trois prénoms : Boris, Sandro et Sviéta, que je n'ai pas identifiés. Deuxième point : en déchiffrant les endroits effacés dans l'agenda de Tsvigoun, j'ai repéré les notations suivantes : “ M. M. Souslov est ivre ” (il s'agit sans doute du fils de Souslov, Micha), ensuite le nom " Koulakov ", avec son numéro de téléphone personnel barré d'un gros trait, et enfin toute une série de points d'interrogation à côté du nom " Guivi Mingadzé ". Je ne sais pas si cela peut te servir. Alla. »

12 heures 10 minutes

En passant à côté du métro Presnia rouge, je me souvins de ce qu'avait dit Alla Sorokina : elle avait raison, près du métro il y avait un double cordon de miliciens avec des chiens. Par la suite, je devais également voir ces doubles cordons près des stations de métro Arbat et place Pouchkine, ainsi qu'aux carrefours des grandes rues. Les gens faisaient un détour pour éviter les chiens...

Mais au Palais de justice régnait toujours le calme dominical. Même Baklanov n'était pas dans son bureau. Je montai au deuxième étage, dans l'antichambre du Procureur général, demander les clefs des archives du Palais au substitut de service (c'était Zalenski) et je téléphonai à Marat, à la PJ. Mais Marat n'y était pas et le préposé me dit :

– Ils sont tous rue Ogariov, camarade Chamraïev, au Fichier central du ministère de l'Intérieur. Ils essaient d'établir un profil. Je vous mets en communication avec eux?

– Oui, s'ils vous plaît.

Je l'entendis appuyer d'abord sur le commutateur, puis donner à la standardiste le numéro de poste du fichier central du 1er bureau spécial du ministère de l'Intérieur. Et j'entendis alors la voix de Ninotchka :

– Allô!

Je ris sous cape :

– Je voudrais parler à l'inspecteur adjoint aux relations publiques, Nina Makarytchéva, s'il vous plaît.

– C'est toi, Igor? Si tu savais ce que c'est intéressant, ce que nous faisons! Nous comparons l'affaire Tsvigoun avec d'autres crimes! Si tu es libre, viens tout de suite.

– Est-ce que je pourrais parler à ton adjoint, le colonel Svetlov?

– Tu peux. Marat! l'entendis-je crier au bout du fil. La voix de Marat ne se fit pas attendre :

– Salut! Je voulais justement te chercher...

Il avait un ton affairé et préoccupé.

– Tu as dégoté quelque chose? lui demandai-je.

– Non, pas encore... Où es-tu?

– Au Palais de Justice. Ecoute, il faut trouver qui sont Kolévatov, Aminachvili et Guivi Mingadzé.

– En ce qui concerne les deux premiers, répondit Svetlov, je peux déjà te dire que Kolévatov est le directeur des cirques de l'Etat soviétique et qu'Aminachvili est le ministre des Finances de Géorgie. Ils ont déjà tous les deux été arrêtés dans le cadre de l'« opération Cascade ». Quant à Guivi Mingadzé, je ne sais pas qui c'est, mais je peux regarder tout de suite au fichier. Je me souviens que, sur les feuilles des parties de *préférence* que nous avous trouvées derrière le radiateur dans l'appartement spécial de Tsvigoun, il y avait aussi ce prénom « Guivi » par-ci par-là. Je vais aller interroger l'ordinateur. Qui d'autre t'intéresse encore?

– Merci, personne d'autre pour l'instant, dis-je.

Il est vrai que je m'intéressais aussi à Chibaïev et aux trois prénoms non identifiés par Alla Sorokina : Svièta, Boris et Sandro, mais il semblait, en toute logique, évident que, si Baklanov avait arrêté le ministre des Pêcheries Ichkov pour trafic de caviar et ensuite d'autres personnes dont les noms figuraient dans l'agenda de Tsvigoun, à savoir Kolévatov et Aminachvili, cela ne servirait à rien de demander des renseignements sur les autres, vu que, soit ils avaient été déjà arrêtés, soit ils allaient bientôt l'être. En tout cas, si Baklanov et Krasnov avaient de l'avance sur moi dans ce secteur du front, je ferais mieux de m'abstenir de donner des noms au téléphone. Et furieux déjà contre moi-même d'avoir eu la bêtise de donner ces trois noms au téléphone, je cherchai dans nos archives les registres des affaires instruites par le Parquet de l'URSS en 1976 et 1978.

Après avoir examiné tous les registres et dossiers des affaires où figurait le ministère public, je découvris que le Parquet ne s'était pas occupé de la mort de Koulakov et que, dans l'ensemble, en juillet 1978, le Parquet n'avait traité d'aucune affaire ultra-secrète mettant en cause des membres importants du Parti et concernant tant soit peu Souslov, Koulakov ou Tsvigoun. Par contre, en mai 1976, notre juge d'instruction aux Affaires de Haute importance Tarass Vendélovski avait été chargé d'enquêter sur les causes de l'incendie de l'hôtel Rossiya (affaire n° SL-45-76). Et, savourant déjà à l'avance la description de l'incendie de l'hôtel Rossiya, qui ne pouvait être qu'intéressante vu le style de Vendélovski, j'allai vers les rayonnages, près de la fenêtre, et je commençai à chercher le paquet de dossiers marqué SL-45 sur le rayon contenant les affaires de l'année 1976. Mais justement il n'y était pas : après le carton marqué SL-44 – une affaire à épisodes puisqu'elle contenait cent vingt dossiers – il y avait un dossier plutôt maigrichon, celui de l'affaire n° 46. « Baklanov serait-il encore passé avant moi? pensai-je. En voilà un salaud! Mais c'est idiot, je peux aller trouver Vendélovski et lui demander de tout me raconter... »

Mais pendant que j'hésitais entre deux possibilités : soit aller chez Vendélovski (il habite au diable, quelque part du côté de Tioply Stan), soit passer rue Katchalov voir ce que faisait Pchénitchny, la situation sur le front tenu par Svetlov évoluait de façon beaucoup plus dramatique et combative.

SECRET

Au chef de la brigade d'enquête,
le camarade I. I. Chamraïev,
de la part du chef du 3e bureau de la PJ de Moscou,
le colonel M. A. Svetlov

RAPPORT

(...) Avec l'aide d'un ordinateur, le centre de calcul du ministère de l'Intérieur de l'URSS a sélectionné dans la liste de tous les criminels enregistrés sur le territoire de l'URSS les personnes qui auraient pu se trouver le 19 janvier à Moscou et ces renseignements ont été mis à 10 h 15 à la disposition du groupe que je commande.

A 11 h 20, nous avions établi une liste provisoire des criminels (46 noms), qui pourraient avoir eu un rapport quelconque avec le meurtre de Tsvigoun. Ensuite, pour diverses raisons (soit parce qu'ils étaient sous la surveillance constante de la police, soit parce qu'ils étaient au poste de dessoûlage ou dans un hôpital pour maladies vénériennes, soit parce qu'ils avaient un alibi quelconque pour le 19 janvier) nous avons éliminé quarante personnes de cette liste. Les six suspects restants qui auraient pu se trouver à Moscou, au 16 bis, rue Katchalov, le 19 janvier, sont les suivants :

1. Le cambrioleur récidiviste Kostioutchenko,

Ignati Stépanovitch, né en 1942, quatre condamnations, libéré le 12 janvier après avoir purgé toute sa peine. N'a pas encore réapparu à son domicile, 18, rue Tchapaïev à Poltava. Signe particulier : est capable de forcer les serrures sans laisser de traces et n'hésite pas à se servir de son arme.

2. Le tricheur professionnel Bach, Arkadi Israïliévitch, né en 1921. Surnoms : « Le Danseur », « Le Noir » et « Trois de pique ». Sans résidence permanente, lieu de résidence actuel inconnu.

Joue à la *préférence*, impitoyable pour ceux qui ne paient pas leurs dettes de jeu. En 1942-44, a servi sur le front Sud-Ouest comme interprète d'allemand dans le détachement du SMERCH que commandait le capitaine du KGB S. K. Tsvigoun.

3. La prostituée récidiviste Goptar Margarita Alexandrovna, née en 1948, deux condamnations. Surnoms : « Rita », « La Chienne » et « La Cinglée ». Sortie le 3 janvier de l'hôpital psychiatrique n° 6 de la ville de Saratov; lieu de résidence actuel inconnu.

En 1963, au moment où le général S. K. Tsvigoun était président du KGB de l'Azerbaïdjan, la suspecte était serveuse au restaurant de la gare maritime de Bakou et informatrice du KGB. On peut également soupçonner l'existence de liens personnels plus étroits avec le disparu, dans la mesure où le fils illégitime de ladite suspecte, né en 1964, porte le prénom de Sémion et que le nom de famille du père ne figure pas dans l'acte de naissance.

4. L'assassin récidiviste Vorotnikov Alexeï Igoriévich, connu sous le pseudonyme de « Kortcha-

guine[1] ». Né en 1933, trois condamnations, dont la dernière en 1979 pour meurtre avec préméditation à des fins crapuleuses. Condamné à la peine de mort, a vu sa peine commuée en quinze ans de camp de régime sévère. Au cours de la nuit du 1er janvier dernier, s'est évadé de l'hôpital de la colonie pénitentiaire à régime sévère nº 2629-SR de Potma en République autonome de Mordovie. La nuit du 8 janvier, à la gare de Kostino, dans les environs de Moscou, a sauvagement assassiné le milicien de service, le lieutenant A. M. Ignatiev et, en utilisant l'uniforme et l'arme du lieutenant (un revolver de type PM), a le 12 janvier cambriolé la bijouterie « L'agate », dans le Nouvel Arbat. Le premier bureau de la PJ a été chargé de retrouver Vorotnikov. L'affaire est sous le contrôle du chef de la direction générale de la PJ du ministère de l'Intérieur, le général-lieutenant A. Volkov.

5. Faïbissovitch Héraklès Issakovitch, né en 1907, père de Faïbissovitch Mikhaïl Héraklovitch, condamné pour propagande sioniste et décédé en camp le 7 janvier. Pas de condamnations. Retraité bénéficiant d'une pension spéciale, ancien colonel de l'armée soviétique. Depuis le 14 janvier, date de réception de l'annonce du décès de son fils, n'a plus réapparu à son domicile à Odessa. D'après les renseignements fournis par les voisins et le témoignage de sa femme, Faïbissovitch, armé d'un revolver allemand de modèle Walter pris à l'ennemi, est parti pour Moscou se venger sur le KGB de la mort de son fils.

6. Un cambrioleur (ou groupe de cambrioleurs)

1. Pavka Kortchaguine est un héros charismatique très célèbre de la littérature soviétique : il symbolise le dévouement absolu à la cause du Parti communiste. (*N.d.A.*) C'est le nom du héros de *Et l'acier fut trempé*, célèbre roman de Nikolaï Ostrovski, écrit en 1932-1934. (*N.d.T.*)

inconnu, responsable pendant les deux dernières années de plus de cent vingt cambriolages à Moscou, commis surtout dans les demeures et appartements de hauts fonctionnaires, de savants et d'artistes de premier plan et de dirigeants d'entreprises économiques et commerciales.

Donc, la version selon laquelle Tsvigoun aurait été assassiné par des individus ayant un passé criminel (ou pour des motifs personnels) repose sur des bases réelles, surtout si l'on tient compte du fait que les forces ayant eu intérêt à la mort de Tsvigoun ont très bien pu utiliser précisément des individus de ce genre pour exécuter leurs plans. C'est pourquoi j'ai envoyé, à titre de mesure opérationnelle, des demandes de renseignements sur les six suspects afin de recevoir un complément d'information par l'entremise de leur lieu de résidence, de détention ou d'internement psychiatrique... »

Un coup de téléphone interrompit Svetlov au milieu de son long rapport. Il regarda machinalement sa montre. Il était 12 h 17. Le major Ojéréliev décrocha l'appareil et commença à transcrire rapidement le message en disant par-dessus son épaule à Svetlov :

– C'est un message téléphoné de Poltava concernant le premier suspect, Kostioutchenko... Il a un alibi irréfutable : depuis le 14 janvier il est couché ivre mort chez son frère, parce que sa femme ne l'a même pas laissé rentrer chez lui : elle s'est remariée pendant qu'il était en prison...

Le deuxième téléphone aussi sonna à ce moment-là. La standardiste annonça :

– Le directeur de la colonie pénitentiaire à régime sévère de la ville de Potma demande à parler au colonel Svetlov!...

Puis le capitaine Laskine arriva du centre informatique du ministère de l'Intérieur en annonçant :

– Nous n'avons obtenu aucun renseignement sur Guivi Mingadzé. L'ordinateur est détraqué. Les techniciens disent qu'il sera réparé d'ici une heure ou deux...

12 heures 17 minutes

Le téléphone sonna au Palais de justice. L'employé de service décrocha, entendit une voix de femme angoissée, lui dit « Une seconde » et me passa l'appareil :

– Allô, ici le professeur Ossipova de l'université de Moscou. Votre enquêteur nous a tous enfermés dans l'immeuble et ne nous laisse plus sortir.

– Quel enquêteur? Et quel immeuble?

– Le juge d'instruction Pchénitchny, dans l'immeuble nº 16 bis, rue Katchalov. Il interroge tout le monde, comme si nous étions des criminels! On ne peut quand même pas attendre trois heures son tour d'être interrogé!

– Très bien, j'arrive tout de suite me rendre compte.

Dix minutes plus tard, j'arrivais au nº 16 bis de la rue Katchalov et je compris tout de suite que Valia Pchénitchny ne perdait pas son temps. Il avait transformé le hall d'entrée de la maison en une sorte de poste de contrôle. L'inspecteur de milice Kopylov y était installé et, usant de son pouvoir officiel, arrêtait tous ceux qui entraient dans l'immeuble ou en sortaient :

– Une petite seconde! disait-il en regardant une grande feuille de papier à dessin qui était placée devant lui et où les numéros des différents appartements formaient un quadrillage : vous venez de quel appartement? Du 32? Vous avez déjà vu le juge d'instruction? Non? Alors, je vous prie de rester. Le juge d'instruction a des questions à vous poser.

De cette manière, aucun locataire de l'immeuble ne pouvait manquer d'avoir un entretien avec Pchénitchny ce jour-là, mais, à cause de son souci de tout faire à fond, Pchénitchny consacrait au moins une demi-heure à chaque personne, ce qui fait que les autres refusaient, et à juste titre, d'attendre des heures jusqu'à ce que ce fût leur tour. Il y avait déjà dans le hall toute une file de mécontents : des membres de différentes académies, des artistes, des cadres dirigeants et leurs femmes et enfants qui étaient encore plus impatients qu'eux. Quelqu'un avait déjà téléphoné au comité municipal du Parti pour porter plainte et, apparemment, j'étais arrivé juste à temps pour apaiser la colère qui grondait.

– Camarade, excusez-moi, vous allez dans quel appartement? me demanda en m'arrêtant le capitaine Kopylov, et il promena son crayon sur son bordereau. Mais je répondis en criant assez fort pour qu'on m'entendît dans tout le hall :

– Camarades! Je vous demande instamment de faire preuve de discipline et d'esprit de parti! Nous avons été chargés d'une mission spéciale par le gouvernement. Nous soupçonnons que votre immeuble a été le théâtre d'un crime lié aux machinations de services d'espionnage étrangers : C'est pourquoi il est très important pour nous d'interroger chaque locataire, de découvrir quelles personnes étrangères à l'immeuble le fréquentent, ou bien qui aurait pu s'introduire ici le 19 janvier...

L'histoire des machinations des services d'espionnage étrangers, je l'avais inventée en route, en tablant sur la psychologie de la population de notre pays. L'expression « machinations de services d'espionnage étrangers » a un effet magique sur notre public et les locataires de l'immeuble n° 16 bis se calmèrent instantanément. Quelqu'un apporta même une chaise de son appartement dans le hall pour ne pas attendre debout et l'homme âgé et respectable qui venait de téléphoner au comité municipal du Parti fit tout de suite preuve de civisme militant : il s'approcha tout près de moi et me murmura à l'oreille :

– Si la vie de notre immeuble vous intéresse, je vous conseille d'interroger la vieille du septième étage de la maison d'en face; c'est la troisième fenêtre à gauche à partir du coin. Elle reste assise toute la journée à sa fenêtre, les yeux braqués sur notre immeuble. J'ai moi-même été obligé de mettre des rideaux aux fenêtres : les siennes sont juste en face des miennes...

Je lui signifiai mon approbation, notai cela dans mon carnet et demandai au capitaine Kopylov :

– Et où est le camarade Pchénitchny?

– Au quatrième étage, dans l'appartement n° 24. Il y est depuis longtemps, quarante minutes déjà...

Je pris l'ascenseur jusqu'au quatrième étage et sonnai à la porte de l'appartement n° 24. Valia Pchénitchny vint m'ouvrir, ses yeux bleus tout brillants de joie.

– Igor Iossifovitch! Venez écouter ce que raconte la locataire de cet appartement! Il a été cambriolé le 18, en plein jour. Les voleurs ont emporté trois manteaux de fourrure : un renard et deux visons, plusieurs bagues en or et un collier de diamants... Et le cambriolage n'est pas enregistré au commissariat d'arrondissement de la Milice, je viens juste de leur téléphoner.

– Et vous avez déclaré le vol à la Milice? demandai-je à la maîtresse des lieux, Rosa Abramovna, femme du professeur Tsipourski.

– Evidemment! répondit pour elle Pchénitchny.

C'est là qu'est la beauté de la chose! Pendant les deux derniers mois, il y a eu au minimum huit cambriolages dans ces immeubles et pas un seul n'a été enregistré au commissariat! Les agents du commissariat ne consignent pas les déclarations des victimes pour ne pas avoir de « cas en suspens »! Qu'est-ce que tu en dis?

– Valia, dans l'immeuble d'en face, au septième étage, il y a une vieille qui passe son temps à la fenêtre. Elle a peut-être vu quelque chose d'intéressant...

– Si seulement elle pouvait voir! fit en souriant Valia. Igor Iossifovitch, je connais mon B.A.-BA! A l'heure actuelle, à Moscou, des tas d'huiles se sont fait donner des appartements somptueux et y ont fait venir leurs grands-pères et leurs grands-mères de la campagne. Et comme, dans les villes, il n'y a pas de bancs devant les immeubles, ils restent assis des journées entières à la fenêtre, comme à la campagne. J'ai toujours recours à leur sens de l'observation et c'est pour cela que j'ai déjà fait le tour de toutes les vieilles du coin. Mais celle dont vous parlez est aveugle. Tout ce qu'elle fait, c'est se chauffer au soleil, elle ne peut pas nous dire grand-chose! Quant aux voleurs qui visitent ces immeubles, ça, j'aimerais bien dire deux mots à leur indicateur! Parce qu'à mon avis, aucun voleur n'aurait l'idée de s'introduire dans un immeuble de ce genre sans indic et l'indic, lui, il doit bien avoir observé quelque chose. Je dois d'ailleurs te dire que c'est la première fois que je travaille dans une maison comme celle-là. Les habitants s'ignorent mutuellement, ils ne frappent même pas chez le voisin pour lui demander du sel! Fantastique! Alors, plus on devient riche, moins on se fréquente? Dans un immeuble où habitent des ouvriers, il y a chaque soir quelqu'un qui frappe chez un autre pour lui emprunter de quoi s'acheter une bouteille de vodka. Ici, cela n'arrive même pas...

Un coup frappé à la porte interrompit Pchénitchny. Rosa Abramovna alla ouvrir; mon chauffeur Sacha apparut à la porte.

– Igor Iossifovitch, me dit-il. Le colonel Svetlov vient de téléphoner; il demande que vous le rappeliez immédiatement.

Je passai dans le salon, qui était plein de porcelaines de Saxe et de vases de cristal où j'avais repéré un téléphone ancien plutôt bizarre sur une petite table sculptée du XVIIIe siècle, et je téléphonai au fichier central du bureau spécial du ministère de l'Intérieur, 6 rue Ogariov.

RAPPORT DU COLONEL SVETLOV (*suite*)

« ... A 12 h 17, j'ai reçu du directeur de la colonie pénitentiaire à régime sévère n° 26/29-SR (Potma, République autonome de Mordovie), le commandant Sélivanov G. B., le message téléphoné ci-après :

Destinataire : *Le colonel Svetlov, chef du 3e bureau de la PJ de Moscou. Urgent. Secret. En réponse votre demande concernant détenu Vorotnikov Alexeï Igoriévitch surnommé Kortchaguine évadé 1er janvier, communique :*

Aujourd'hui 24 janvier à 9 h 30 l'informateur du camp Kachtchenko a rapporté que son voisin de baraquement, le récidiviste Mousrépov surnommé « Le Chauve », a déclaré en lisant le numéro de la Pravda du 22 janvier qui venait d'arriver et où figure une notice nécrologique consacrée au général Tsvigoun : « Bravo, Kortchaguine, mon vieux, tu l'as quand même eu, ce salaud! » Convoqué pour interrogatoire, le détenu Mousrépov a déclaré que le détenu évadé A. I. Vorotnikov avait plus d'une fois dit que le général Tsvigoun était à l'origine de sa carrière de voleur. Tsvigoun aurait de sa propre main fusillé en 1943 son père, le lieutenant de l'armée soviétique Igor Vorotnikov qui avait réussi à s'échapper après avoir été encerclé par l'ennemi, en l'accusant d'avoir déserté. D'après Vorotnikov-Kortchaguine, l'orphelinat et l'absence de famille l'auraient poussé sur la voie du crime, « la boucle devait être bouclée » et il rendrait « balle pour balle ».

Je considère cette communication comme extrêmement importante et c'est pourquoi je vous la transmets immédiatement. Le directeur de la colonie n° 26/29-SR, le commandant G. Sélivanov. Le 24 janvier 1982, 12 h 17.

Compte tenu du caractère extraordinaire de cette communication, j'ai immédiatement demandé au chef de la PJ de l'URSS, le général-lieutenant A. Volkov, de me communiquer l'état des recherches concernant A. Vorotnikov-Kortchaguine et j'ai reçu les informations suivantes :

Vu le caractère sanglant des crimes de Vorotnikov, la PJ de l'URSS a diffusé par télex des photos d'A. Vorotnikov-Kortchaguine à tous les commissariats de milice, postes supplémentaires de protection de l'ordre public, gares de chemin de fer, banques et autres établissements publics. En outre, tous les inspecteurs des commissariats, divisions et directions de la Milice ont reçu pour instructions de communiquer immédiatement la photographie d'A. Vorotnikov-Kortchaguine à tous les employés des commerces situés dans leurs secteurs.

Hier 23 janvier, à la gare de Vostriakovo, dans la région de Moscou, la vendeuse d'un magasin d'alimentation a reconnu sur les photos qui lui étaient présentées un homme qui, pendant la période du 6 au 22 janvier, était venu trois fois au magasin acheter du cognac géorgien, du pain et de la crème de gruyère en se plaignant qu'il n'y eût rien d'autre à acheter. D'après la vendeuse, ce client n'est pas un habitant de l'endroit, bien qu'il soit toujours venu au magasin dans la Volga blanche d'une guérisseuse et voyante bien connue du voisinage, la Tsigane Maroussia Chevtchenko.

Une unité du premier bureau de la PJ de Moscou commandée par le chef du bureau, le colonel Voznéssienski, s'est immédiatement rendue à Vostriakovo et, après avoir observé de l'extérieur la résidence de M. Chevtchenko, a établi que la Volga blanche immatriculée MKI-52-12 lui appartenant ne se trouvait pas sur le terrain attenant à la maison, que la guérisseuse M. Chevtchenko et son mari ne bougeaient pas de chez eux et n'avaient pas déclaré la vente de leur voiture. Grâce à un interrogatoire de la population locale, il a été établi que cette Volga blanche stationnait périodiquement devant la maison de la voyante et que le chauffeur ressemblait, d'après certains indices, à A. Vorotnikov.

Tous les postes de la milice routière ont immédiatement reçu l'ordre de repérer la Volga blanche n° MKI-52-12. En même temps, la maison de M. Chevtchenko a été encerclée et les agents du 1er bureau de la PJ de Moscou ont réuni des informations complémentaires sur l'activité et le mode de vie des citoyens Victor et Maroussia Chevtchenko. D'après ces renseignements, M. Chevtchenko jouit d'une grande popularité dans certains milieux de la population moscovite en raison de la vogue récente des soins et traitements dispensés par des parapsychologues et des voyantes. Parmi sa clientèle on trouve, entre autres, des femmes de savants, écrivains et architectes célèbres, et de hauts fonctionnaires de nombreux ministères et services, notamment du ministère des Affaires étrangères, du KGB et du ministère de l'Intérieur. Hier, dans le seul après-midi, elle a reçu dix-sept personnes. Interrogés après leur visite, les patients de M. Chevtchenko ont déclaré qu'en dehors du traitement et des prédictions dont elle les faisait bénéficier, M. Chevtchenko leur proposait souvent de lui acheter des diamants et d'autres joyaux se trouvant par hasard en sa possession, ainsi que des manteaux de fourrure de prix et des récepteurs de radio d'importation. Il est donc probable que M. Chevtchenko s'occupe de recel et de revente d'objets volés.

En raison des soupçons concernant les rapports de la voyante M. Chevtchenko avec le milieu criminel et, en particulier, avec le très dangereux criminel A. Vorotnikov, son téléphone a été placé sur table d'écoutes. A 11 h 30, un coup de téléphone a été intercepté. Un certain Alexaï a demandé à M. Chevtchenko si tout était prêt et lui a fait savoir qu'il passerait la voir environ deux heures plus tard. Le coup de téléphone provenait d'une cabine téléphonique située près de la station de métro Sokol.

Depuis, un certain nombre de groupes opérationnels de la PJ de Moscou surveillent la route de Kiev, dans le secteur de Vostriakovo, où ils ont monté une embuscade.

Sont à la tête des opérations : pour le groupe opérationnel de Vostriakovo, le vice-directeur du département des Renseignements du ministère de l'Intérieur, le colonel G. Olieïnik; le chef de la PJ régionale, le colonel V. Yakimian; le chef du 1er bureau de la PJ de Moscou, le colonel R. Voznéssienski et, pour la Section de garde de la

Direction de la Milice de la région de Moscou, le chef de la PJ de l'Union soviétique, le général de division A. Volkov et l'officier de jour de la Milice de la région de Moscou, le colonel B. Glazounov.

Après avoir évalué l'état des opérations à 13 heures, j'ai pris la décision de participer avec mon unité à la capture du criminel.

13 heures 17 minutes

Pourquoi avais-je permis à Svetlov de participer à la capture de ce Vorotnikov? Et pourquoi avais-je abandonné Pchénitchny pour me précipiter à la section de garde de la Direction de la Milice de la région de Moscou?

Parce qu'à 13 h 5 j'avais eu avec Svetlov une conversation beaucoup plus courte et plus claire pour nous deux que ce long rapport qui ne me parvint que bien plus tard. Svetlov m'avait dit :

– Igor, je t'appelle de ma voiture. *On ne discute pas*, prends un stylo et écris. A 11 h 30 Vorotnikov, dit Kortchaguine, a été repéré à Moscou. A 11 h 45 le colonel Olieïnik, du département des Renseignements, est venu se joindre à l'équipe chargée de la capture de Kortchaguine. A 12 h 17 j'ai reçu un message téléphoné du directeur du camp dont Kortchaguine s'est évadé. Le message dit en substance qu'en 1943 Tsvigoun a fusillé le père de Kortchaguine comme déserteur et que ce dernier s'est évadé pour se venger. Tu as tout compris?

– Je crois que oui. Et où se trouve en ce moment le colonel Olieïnik?

– A Vostriakovo : il dirige l'embuscade. J'y vais tout de suite avec mon groupe. Toi, va tout de suite rue Biélinski, à la section de garde de la Milice régionale, tu y trouveras Volkov et Glazounov. C'est tout. Je te rappellerai...

– Et où est Ninotchka? eus-je le temps de crier dans l'appareil.

– Je l'ai envoyée à Pchénitchny. Salut!

Je regardai ma montre. Il était 13 h 5. Le colonel Olieïnik pouvait capturer Kortchaguine d'une minute à l'autre et le Kortchaguine en question avouerait immédiatement aux types des RI que c'était bien lui qui avait tué Tsvigoun. Ils n'auraient même pas à le torturer; ils n'auraient qu'à lui promettre (à lui qui était déjà accusé d'autres crimes) la vie de château au camp, une libération anticipée et un permis de séjour à Moscou. Moi, il me faudrait au moins quinze jours pour démontrer qu'il avait menti et je ne savais même pas si j'y arriverais

A la section de garde de la direction régionale de la Milice, dans une salle pleine de tableaux de commande qui ressemblait plus à un studio de télévision qu'à autre chose, le pupitre central était actionné par le sous-chef de la direction, un vieil as de la Milice, le colonel Vladimir Glazounov. A côté de lui, assis dans un fauteuil, il y avait le chef de la PJ de l'URSS, un type encore jeune et énergique, le général-lieutenant Anatoli Ivanovitch Volkov, qui avait été l'un des spécialistes les plus qualifiés de la PJ. A leur droite et à leur gauche, les assistants du sous-chef de service et aussi quelques techniciens qui s'affairaient autour des tableaux de commande, magnétophones, écrans vidéos et autres appareils. Aux murs de la salle, il y avait des cartes en relief de la région de Moscou, où scintillaient des clignotants de couleurs variées et où figuraient les noms des divers districts : Mytichtchi, Pouchkino, Odintsovo... Mais en dépit de tous ces appareils sérieux, l'atmosphère de la section n'était pas sérieuse du tout. Une voix joyeuse débitait d'un ton blagueur dans le haut-parleur :

– Je crois que, moi aussi, je vais me faire voyante! C'est pas une bonne idée? Elle a un monde fou et elle prend au moins cinquante roubles par client : ça lui fait autant par jour que moi par mois!

C'était la voix virile et teintée d'accent caucasien du chef de la PJ régionale, le colonel Yakimian.

– Elle soigne aussi les lumbagos? demanda au micro le général Volkov.

– Et qui a mal au dos? Vous, camarade général? demanda Yakimian.

– Eh bien... répondit Volkov.

– Le meilleur moyen, cher ami, c'est de prendre du sel ou du sable brûlant! On chauffe le sel dans une poêle, après on le met dans un petit sac...

– Allô, les interrompit une voix d'homme, claire et sonore. Ici le poste de contrôle du kilomètre 18 de la route de Kiev. Une Volga blanche n° 52-12 avec deux passagers à bord vient de passer. Elle roulait dans la direction de Vostriakovo...

– Compris, répondit en se penchant vers le tableau de commande le colonel Glazounov. Il appuya légèrement sur un bouton du tableau de commande et, à la seconde même, une carte détaillée portant la cote « kilomètre 18, route de Kiev » apparut sur un grand écran fixé au mur. Je calculai mentalement la distance indiquée par la carte : du kilomètre 18 de la route de Kiev jusqu'à Vostriakovo, il y a douze à quinze minutes de voiture, ce qui voulait dire que le fugitif devait d'une minutre à l'autre tomber dans le piège. Et pourtant ici, à la section de garde, on ne sentait aucune tension. C'était même le contraire. Volkov s'approcha de nouveau du micro et parla à Yakimian qui se trouvait quelque part à Vostriakovo, dans l'état-major du groupe responsable de l'embuscade :

– Et qu'est-ce qu'il faut faire? avec ce sel? On le chauffe dans une poêle et après?

– Après, répondit Yakimian, on le met dans un petit sac, on enveloppe le sac dans une serviette et on se le met sur les reins. Mais il ne faut pas que ça chauffe, il faut que ça brûle!

Je regardai Volkov d'un air éberlué : un tel je-m'en-foutisme chez lui, c'était bizarre, car c'était vraiment l'un des officiers de police judiciaire les plus doués du pays. Au même moment retentit sur les ondes une voix autoritaire qui m'était inconnue :

– Plus de conversations étrangères au service, s'il vous plaît! Colonel Glazounov, l'hélicoptère de la Direction du trafic routier est prêt?

– Il est prêt, camarade Olieïnik, répondit Glazounov qui échangea un coup d'œil avec Volkov et ajouta au micro : mais nous pensons qu'il vaut mieux ne pas l'utiliser : il neige et il y a une forte nébulosité : dans des conditions atmosphériques pareilles on ne peut rien voir d'un hélicoptère. Le bruit pourrait aussi faire peur au criminel...

– Je déciderai en fonction de la situation opérationnelle. Dites au pilote et au groupe de tireurs d'élite de se tenir en état d'alerte!

Glazounov et Volkov échangèrent à nouveau des regards entendus et Volkov haussa les épaules en signe d'impuissance. Je compris enfin ce qui se passait : Olieïnik avait assumé l'entière direction des opérations, réduisant Volkov, Glazounov et Yakimian au rôle de simples témoins. Oui, c'était bien le genre des RI : ils avaient dû déclarer que Vorotnikov n'était pas coupable d'un crime de droit commun mais d'un crime d'Etat et avaient grâce à cela pratiquement éliminé de l'opération même le chef de la PJ nationale.

– Ici le groupe de surveillance! retentit à nouveau une voix sur les ondes. La voiture vient de dépasser le kilomètre 23 et se rapproche du tournant de Vostriakovo !

Je regardai une fois de plus ma montre : d'après mes calculs, Svetlov devait être à Vostriakovo depuis déjà dix minutes, ce qui voulait dire que c'était maintenant à moi aussi de jouer. Si ces messieurs des Renseignements voulaient me refiler Vorotnikov en le faisant passer pour le meurtrier de Tsvigoun, au moins que ce ne soit pas eux qui le prennent, mais nous ! Evidemment, dans ce cas, il aurait du mal à savoir que c'était lui qui était censé avoir tué Tsvigoun.

J'allai d'un pas décidé de la porte au pupitre central, saluai rapidement Glazounov et Volkov et me penchait vers le micro :

– Camarade Olieïnik ! Ici le juge d'instruction Chamraïev, du Parquet de l'URSS.

– J'écoute..., fit Olieïnik, d'un ton prudent.

– Donnez le contact radio au colonel Svetlov, s'il vous plaît et transmettez-lui en même temps la direction de cette opération.

Volkov et Glazounov me regardèrent d'un air ébahi et Olieïnik émit d'un ton révolté :

– Quoi-oi ! De quel droit ?

– Pas de marchandage, colonel, on n'a pas le temps. A quel titre menez-vous cette opération ?

– Nous avons des indices laissant entendre que le criminel a été mêlé à la mort du général Tsvigoun...

– Justement ! Il se trouve que c'est moi qui instruis l'affaire de la mort du général sur instructions expresses du camarade Brejnev et qu'il m'a donné les pleins pouvoirs dans cette affaire. Donc, ce criminel me revient. A moins évidemment que le message téléphoné de Potma n'ait été spécialement fabriqué pour coller le meurtre de Tsvigoun à ce Kortchaguine, ajoutai-je sur un ton moqueur. Je vous demande donc de donner la direction de cette opération à Svetlov.

– Vous prenez sur vous la responsabilité de la capture du criminel? dit-il en essayant de me faire peur. Il peut y avoir des surprises. Il est armé...

– J'en prends la responsabilité en présence du général Volkov et du colonel Glazounov, dis-je tranquillement. Par ailleurs, notre entretien a été enregistré, comme vous pouvez le comprendre.

– J'ai compris, répondit Olieïnik. Eh bien! Je vous donne la responsabilité de l'opération à vous, et le micro à Svetlov...

Sa voix était encore pleine de dérision, mais je ne réagis pas du tout. Volkov et Glazounov me serrèrent silencieusement la main, en quelque sorte en signe de solidarité contre Olieïnik et je criai au micro :

– Marat, tu as tout entendu?

– Oui, répondit Svetlov.

On entendit de nouveau la voix du groupe de surveillance :

– Attention! La voiture quitte la route de Kiev et prend la route de Vostriakovo! Je répète...

– J'ai entendu, j'ai entendu..., interrompit Svetlov.

Je regardai Volkov et Glazounov et je leur dis, en leur montrant le micro :

– Je vous en prie, donnez les ordres pour la parade.

Ce n'était pas de la flatterie ou de la flagornerie de ma part mais, premièrement, la consience du fait que, sur le plan opérationnel, je suis un profane par rapport à eux et, deuxièmement, de la pure reconnaissance : si Volkov avait transmis les données concernant Vorotnikov à Svetlov même une demi-heure plus tard, si Svetlov ni moi n'aurions eu le temps d'intervenir dans cette opération et Vorotnikov serait devenu l'assassin officiel de Tsvigoun. Dans toute cette partie où il avait extrêmement bien joué, le département des Renseignements n'avait méconnu qu'un seul facteur : la susceptibilité froissée de gens auxquels on retire sans cérémonie le fruit de leur travail. Volkov se pencha au-dessus du micro et demanda :

– Marat, fais-nous un exposé de la situation.

– Les membres du groupe ne sont pas disposés comme il faut, camarade général.

– Dispose-les à ta façon.

– Il est trop tard. Je vois déjà la Volga et, en plus, il y a un taxi qui arrive par ici, chez la voyante...

RAPPORT DU COLONEL SVETLOV (*suite*)

« ... Il a malheureusement été impossible de modifier la disposition des membres du groupe chargé de la capture. A 14 h 1 deux voitures, la Volga n° MKI-52-12 et un taxi n° MTU-73-79 transportant des clients de la voyante, ont pénétré ensemble dans la cour de la datcha de la voyante M. Chevtchenko. La présence de passagers dans le taxi a exclu la possibilité de capturer à ce moment-là le criminel dont nous savions qu'il était armé. Pour ne pas mettre en danger la vie des passagers, j'ai décidé d'attendre un moment plus propice, en pensant que Vorotnikov entrerait dans la maison où de faux patients lui avaient dressé un second piège. Mais la conduite de Kortchaguine à réduit ce projet à néant. Il est resté dans la voiture et l'homme d'un certain âge qui l'accompagnait est entré chez la voyante, d'où il est immédiatement ressorti avec un gros sac. Comprenant qu'il ne fallait plus attendre, j'ai donné l'ordre de capturer le criminel. Les membres du groupe opérationnel, qui n'étaient pas postés assez près de la maison de la voyante, se sont précipités sur la voiture du criminel, mais il a eu le temps d'attraper le sac des mains de son complice par la fenêtre ouverte de la voiture; sur quoi il l'a brutalement fait tomber dans la neige et, comprenant qu'en raison de la présence des passagers du taxi, nous ne pouvions ouvrir le feu, il est sorti de la cour à tombeau ouvert. Profitant de la confusion du groupe opérationnel, de la neige et du crépuscule qui tombait rapidement, le criminel a pu brusquement échapper à la poursuite que j'avais organisée. Il a filé à toute vitesse sur la route d'Otchakovo en direction de l'aéroport de Vnoukovo... »

L'atmosphère de la section de garde de la Milice s'était durcie et tendue. Volkov, Glazounov et moi comprenions fort bien de quelles cartes disposeraient Olieïnik et Krasnov si le criminel arrivait à s'échapper définitivement ou s'il y avait des victimes. Svetlov aussi le comprenait. Les dents serrées et répondant à peine à nos questions posées par radio, il poursuivait la Volga blanche du criminel dans sa Volga de la Milice. Deux autres voitures également lancées à la poursuite du criminel s'étaient laissé distancer sur la route d'Otchakovo qui était étroite, enneignée et peu propice aux grandes vitesses. Mais Svetlov, avec la ténacité d'un bon limier, serrait de près la voiture du fugitif tandis que Glazounov, Volkov et moi faisions tout notre possible pour arrêter le flot des voitures sur la route d'Otchakovo et coincer Kortchaguine. Mais, comme par un fait exprès, en cette fin d'après-midi de dimanche, la route d'Otchakavo était bondée de voitures allant en sens inverse. Les Moscovites rentraient de leurs maisons de campagne des environs et aucun d'entre eux ne savait que, dans cette Volga blanche qu'ils venaient de croiser, il y avait un dangereux criminel armé d'un excellent pistolet soviétique de type Makarov et coupable déjà de plusieurs meurtres.

– Allô, tous les postes de contrôle du trafic routier de la route d'Otchakovo et des routes adjacentes! répétait chaque minute à la radio le colonel Glazounov. Ordre d'interrompre immédiatement la circulation! Ordre d'arrêter toutes les voitures et de libérer la route entre le kilomètre 16 et Vnoukovo! Nous poursuivons un dangereux criminel armé sur cette route! Je répète...

Pendant ce temps, les conducteurs de voitures particulières maudissaient vainement les inspecteurs du trafic routier qui les arrêtaient et maudissaient encore plus à part eux le gouvernement, puisque c'est le plus souvent à cause de lui qu'on fait évacuer les routes de cette manière ultra-rapide.

Mais le fait de libérer la route avait évidemment mis le criminel en garde. Il avait compris que, quelque part sur cette route, un piège l'attendait et, grâce à un flair presque canin, avait réussi à deviner l'endroit exact. Par deux fois, arrivé littéralement à cent mètres des agents de la milice locale qui l'attendaient en embuscade, il avait brutalement quitté la route et l'avait contournée en roulant sans pitié pour sa voiture à travers les champs enneigés du sovkhoze « Le Communard ». La voiture de Svetlov avait à chaque fois imité sa manœuvre. Le moteur dopé de la Volga de la Milice chauffait et, à l'intérieur, le capitaine Kolganov, un solide gaillard, le capitaine Laskine et le capitaine Aroutiounov se cognaient sans arrête la tête au toit de la voiture. Il commençait à faire noir. Il ne restait plus que huit, puis sept, puis six kilomètres jusqu'au tournant menant vers l'aéroport de Vnoukovo... Le général Volkov se renfrogna et se pencha vers le micro :

– Marat, tu m'entends?

– Je t'entends..., fit entre ses dents Marat.

– Il approche de l'aéorport de Vnoukovo. Cela ne va pas du tout, il y a du monde là-bas...

– Je sais. Installez deux barrages : l'un à l'entrée de l'aéroport, avec des camions, et l'autre sur la route.

– Fais attention, il peut quitter la route et filer tout droit sur l'aéroport.

– Qu'est-ce que je peux faire? Lui aussi, il a un moteur dopé. Demain, je te jure que j'arracherai les couilles aux mécaniciens qui lui ont changé son moteur. Où en êtes-vous, des barrages?

– Dans six kilomètres tu verras, l'inspecteur Stiépachkine a barré la route avec deux camions-bennes. Prépare-toi!

– Quel genre de camions-bennes? demanda soudain Svetlov. Des camions-tracteurs?

– Qu'est-ce que cela peut te faire? s'étonna le général Volkov.

– Je te demande : des camions-tracteurs ou non? répéta Svetlov en hurlant après son supérieur.

Evidemment, seules une collaboration d'une vingtaine d'années et la tension de la situation donnaient à Svetlov le droit de parler sur ce ton. Glazounov demandait déjà par radio à l'inspecteur du contrôle routier Stiépachkine :

– Lieutenant Stiépachkine, comment sont-ils, vos camions? Ce sont des camions-tracteurs?

– Des camions-tracteurs à remorque, des Maz, répondit Stiépachkine.

– Mettez-moi en liaison directe avec lui! exigea Svetlov.

– Tu l'es déjà, t'énerve pas! dit Volkov au micro.

– Stiépachkine, mon gars! cria Svetlov. Détache les remorques et flanque-les avec les bennes en travers de la route. Les tracteurs, mets-les sur les bords de la route, sur les bas-côtés. Et à mon signal, tu mets pleins phares, tu as compris? Tu y arriveras?

– J'ai compris, je vais essayer..., répondit la voix jeune et très émue du lieutenant Stiépachkine, de la Direction du trafic routier.

Nous aussi, rue Bielinski, nous avions compris l'idée de Svetlov. Quand le criminel serait à proximité du barrage, la lumière des puissants phares des camions Maz qui s'allumeraient dans l'obscurité des deux côtés de la route le frapperait en plein visage, le milieu de la route serait sombre et aurait l'air vide et, aveuglé par les phares, il se précipiterait en avant, sur les remorques qui lui barreraient la route...

– Igor, me dit à la radio Svetlov. Excuse-moi, mais je crois bien qu'on n'arrivera pas à le prendre vivant...

Il ne restait plus que quelques secondes. Stiépachkine aurait-il ou non le temps d'exécuter les ordres de Svetlov? Nous gardions un silence tendu. Les écrans d'observation vidéo, sur lesquels apparaissaient les portions de route voisines des postes de contrôle routier, étaient maintenant rayés par une neige qui tombait dru et, de ce fait, inutilisables. Seul le ronflement du moteur de la voiture de Svetlov indiquait que la poursuite continuait. J'avais déjà mentalement fait mon deuil du meurtrier présumé de Tsvigoun. Ni Olieïnik ni moi ne l'aurions...

– Ça y est! retentit sur les ondes la voix de Stiépachkine. Tout est prêt! Je l'entends! Il se rapproche! J'allume?

– Vas-y..., lança Svetlov après avoir encore attendu quelques secondes et nous l'entendîmes dire à ses passagers : Ouvrez les portières, préparez-vous!

Là-bas, à l'endroit du barrage, au dernier tournant de la route d'Otchakovo précédant l'aéroport de Vnoukovo, le lieutenant Stiépachkine se précipita en criant « Pleins phares! » aux chauffeurs des camions réquisitionnés qui, voyant déjà eux-mêmes ou plutôt devinant à travers les flocons de neige la Volga qui fonçait dans le noir, allumèrent leurs phares et sautèrent immédiatement de leur cabine pour se mettre à couvert dans les fossés des bas-côtés.

Je ne sais par quel miracle Kortchaguine réussit, au dernier moment, à apercevoir l'obstacle et à écraser la pédale de frein. Sa Volga blanche dérapa sur la route enneigée et prise dans ce piège comme dans un étau, heurta de côté l'une des remorques, Kortchaguine sortit indemne de la voiture et s'élança en courant vers le bois le plus proche.

RAPPORT DU COLONEL SVETLOV (*suite et fin*)

« ... Etant donné que j'avais de nouveau la possibilité de prendre le criminel vivant, mais qu'en même temps le risque n'était pas exclu qu'il essaie d'arriver jusqu'à l'aéroport de Vnoukovo, où une fusillade pouvait faire des victimes, j'ai été contraint d'agir conformément aux données du moment. Formant la chaîne, les capitaines Kolganov, Laskine et Aroutiounov, le lieutenant Stiépachkine, de la Direction du trafic routier et moi-même avons commencé à poursuivre le criminel à travers bois.

Le criminel, qui faisait feu du côté où il entendait nos pas, a traversé le bois dans la direction de l'aéroport de Vnoukovo. Pour préserver l'ultime possibilité de le prendre vivant, je n'ai pas donné l'ordre d'ouvrir le feu pratiquement jusqu'à l'orée du bois et n'ai eu recours à mon arme que lorsque j'ai vu que Kortchaguine avait réellement la possibilité de courir du bois jusqu'au parking de l'aéroport. Après avoir tiré un coup de semonce en l'air et crié : « Jette ton arme! Rends-toi, tu es cerné! », nous nous sommes précipités de divers côtés vers le criminel. En réponse, nous avons entendu une flopée d'injures et j'ai subitement aperçu dans l'obscurité la silhouette de Kortchaguine qui, surgissant de derrière un arbre, marchait vers moi en me tenant en joue avec son revolver. Un coup de feu a retenti et j'ai senti que j'étais blessé au bras droit. Saisissant mon revolver de la main gauche, j'ai tiré sur le malfaiteur. Laskine et Kolganov qui accouraient sur ma droite et sur ma gauche ont également tiré sur lui au même moment.

Lors de l'examen du corps d'A. Vorotnikov – « Kortchaguine », on a retrouvé sur lui les objets suivants : un pistolet de type Makarov (P.M. nº 6912-A), trois chargeurs de cartouches de calibre 9, 240 000 roubles, 16 articles de bijouterie d'une valeur globale de 824 000 roubles et un passeport au nom de Boris Egorovitch Makarov, avec l'adresse suivante : 17, rue Liesnaïa, app. 9, Moscou. L'année de naissance a été effacée et remplacée par « 1941 » et la photographie remplacée par celle d'A. Vorotnikov.

Je prends sur moi l'entière responsabilité du décès d'un criminel présentant autant d'importance pour l'enquête et vous prie d'examiner si j'ai abusé de mon droit de légitime défense.

Le chef du 3e bureau de la PJ de Moscou
le colonel Svetlov M. A.

Voilà le rapport que Marat me communiqua par la suite. Mais au moment même de la fusillade, de la blessure de Svetlov et de la mort d'A. Vorotnikov-« Kortchaguine », j'avais évidemment autre chose à faire qu'à m'occuper de savoir si Svetlov avait « abusé de son droit de légitime défense ». Il avait beau crâner, raconter à la radio que la balle lui avait traversé le bras de part en part, qu'il « se cicatriserait avant ses noces d'or », « qu'il en avait vu d'autres », etc., j'ordonnai de le conduire au service médical de Vnoukovo, prévu pour le personnel navigant, et j'établis le contact avec Valentin Pchénitchny. Vingt minutes plus tôt, le groupe opérationnel dirigé par le major Ojéréliev avait fait irruption dans la maison de la voyante M. Chevtchenko et, parallèlement à la poursuite de « Kortchaguine », la situation y avait évolué d'une manière peut-être moins impressionnante, mais sans doute beaucoup plus importante pour l'enquête.

Le major Ojéréliev avait fait savoir que ses hommes et lui avaient effectivement découvert un dépôt d'objets volés dans la maison de la voyante. Le grenier et la cave regorgeaient littéralement d'articles en cristal, de fourrures, de pelisses et de manteaux de daim fourrés et de postes de radio d'importation. Je téléphonai immédiatement à Pchénitchny et le priai de demander à la femme du professeur Tsipourski la description des pelisses et des articles de bijouterie qui lui avaient été volés et, en même temps, de lui demander si elle ne s'était pas fait soigner par la guérisseuse de Vostriakovo. Une réponse affirmative sur ce point et la description des objets volés me furent aussitôt communiquées. Je reçus ensuite de Vostriakovo la communication suivante : une pelisse de renard sortie en 1979 de l'atelier de fourrure de Kountsévo et appartenant à Rosa Abramovna avait été découverte. J'ordonnai aussitôt à Ojéréliev de se faire expliquer par la voyante de quelle manière cette pelisse était tombée entre ses mains.

Mais la voyante, une bonne femme qui n'était pas née de la dernière pluie et qui comptait sans doute sur la protection de ses malades haut placés, ne se mit pas à table tout de suite. D'après elle, c'étaient ses très nombreux amis tsiganes qui lui apportaient en dépôt les choses dont sa maison était bourrée.

« Vous savez bien, chef, disait-elle à Ojéréliev, que les tsiganes n'ont pas de permis de séjour à Moscou. Ils se morfondent, les pauvres, sans logement. Mais les objets précieux, il faut bien qu'ils les mettent quelque part? Alors, ils me les apportent. Moi, est-ce que cela me gêne? S'ils veulent les laisser ici... Mais où ils les prennent, ça, je n'en ai pas la moindre idée... – Une grande voyante comme toi aurait pu deviner que ces objets sont volés, lui dit en ricanant Ojéréliev. Bon, ça va, arrête de nous faire marcher, je vais convoquer ici tous tes malades dont les appartements ont été cambriolés et dont les affaires sont dans ta cave. Par exemple, tu veux que je fasse venir Rosa Abramovna Tsipourskaïa?... » C'est ainsi qu'il avait réussi à savoir que la voyante avait à son service une bande de jeunes auxquels elle communiquait les adresses de ses malades riches et que le reste, c'étaient eux qui s'en chargeaient. La voyante avait également donné le nom du chef de cette bande : c'était justement ce Boris Makarov dont le passeport avait été retrouvé dans la poche d'A. Vorotnikov-« Kortchaguine » après sa mort. Quant aux membres de cette bande, c'étaient une certaine « Léna-Eléonora » et un certain « Kostia le Trombone » : la voyante ne savait pas si ce dernier était vraiment un musicien ou s'il s'agissait simplement d'un surnom. D'après sa déposition, ils étaient venus tous les trois chez elle à Vostriakovo, l'avant-veille. Ils avaient fait la connaissance de « Kortchaguine » et celui-ci avait « loué » le passeport de Makarov pour quelques jours, afin de prendre l'avion pour Yalta avec ce passeport. En ce qui concernait l'assassinat du général Tsvigoun par « Kortchaguine », la voyante avait catégoriquement déclaré qu'elle n'était absolument pas au courant. L'homme qui était venu chez elle dans la Volga blanche avec A. Vorotnikov-Kortchaguine n'était qu'un ivrogne rencontré par hasard et recruté deux jours auparavant par Kortchaguine pour jouer les chauffeurs.

Mais pendant que les agents de la PJ établissaient la liste des objets volés découverts chez la voyante, que les médecins du poste de secours de Vnoukovo faisaient une piqûre antitétanique à Svetlov et bandaient sa blessure et que les inspecteurs de la Direction du trafic routier rétablissaient le trafic sur la route d'Otchakovo, Ninotchka, Pchénitchny et moi étions déjà loin de tout cela : nous cherchions la bande de cambrioleurs qui avait cambriolé l'appartement du professeur Tsipourski, au 16 bis rue Katchalov. Parce que, tout comme Pchénitchny, j'avais très envie de bavarder avec leur indicateur...

18 heures 30 minutes

C'était, au reste, un dimanche soir de janvier tout à fait ordinaire. Moscou avait beau être enfouie dans la neige parce que les chasse-neige n'arrivaient pas à débarrasser les trottoirs et les chaussées de tout ce qui tombait sans arrêt du ciel, les Moscovites étaient tous dehors. Il y avait la queue devant les cinémas où l'on donnait une nouvelle comédie de Piotr Todorovski, *La Petite Amie du mécanicien Gavrilov,* les théâtres étaient bondés, rue Gorki c'était un véritable défilé de jolies filles en pelisses d'importation et bottes à hauts talons et, dans le Nouvel Arbat, une foule de garçons et de filles tout juste majeurs se pressait à l'entrée du café-glacier Métélitsa. Les accents d'un orchestre jouant au premier étage du café parvenaient jusque dans la rue, excitant encore davantage la foule des garçons et des filles qui déferlaient en vagues successives contre les portes fermées du café où pendait le traditionnel écriteau *Complet*.

Pchénitchny et moi, nous nous regardâmes. A première vue, il paraissait impossible de se frayer un chemin jusqu'à l'entrée du café à travers cette foule dense et absolument compacte. Evidemment, nous aurions pu appeler le milicien du coin qui nous aurait ouvert la voie à coups de sifflet, mais c'était justement le genre de publicité que nous voulions éviter. La troïka, dont la voyante de Vostriakovo nous avait donné les noms, était réunie au complet dans le café : Boris Makarov, Kostia le Trombone et Léna-Eléonora. Nous aussi nous étions trois et nous devions les cueillir sans poursuite, coups de feu ou autres fariboles. Mais pour réussir, il nous fallait nous introduire dans le café sans attirer l'attention ou, tout au moins, arriver jusqu'à la porte pour montrer nos cartes au portier.

Ce fut Ninotchka qui vint à notre rescousse. L'expression « venir à la rescousse » est d'ailleurs tout à fait impropre, car on peut dire, sans beaucoup exagérer, que ce fut pratiquement Ninotchka qui mena toute l'opération jusqu'à l'arrestation de la bande de cambrioleurs et que Pchénitchny et moi nous contentâmes d'être ses assistants. J'étais encore rue Biélinski lorsque Svetlov avait annoncé par radio qu'ils avaient trouvé le passeport d'un certain Boris Makarov dans la poche de Vorotnikov. J'avais alors téléphoné au Bureau central des adresses et appris que l'individu en question habitait avec sa mère, Agniessa Sergueïevna, et demandé à Ninotchka de téléphoner chez eux. Il fallait se débrouiller pour savoir si Makarov était chez lui et, dans la négative, où il était parti. Avec son accent de Vologda, Ninotchka était vraiment tout indiquée pour l'affaire, et je dois dire qu'elle s'en était tirée de façon éblouissante. Elle avait téléphoné à Agniessa Sergueïevna de chez le professeur Tsipourski, tandis que nous suivions sans problème toute la conversation depuis la section de garde de la Milice : chez nous, les techniques d'écoute des conversations téléphoniques sont vraiment bien au point!

– Allô! Agniessa Sergueïevna? fit Nina au téléphone, d'un ton si dégagé qu'on aurait pu croire qu'elle connaissait cette Agniessa Sergueïevna depuis toujours. Bonsoir, c'est Ninotchka. Boria est à la maison?

Evidemment, des Ninotchkas, Boria, à son âge, en connaissait plus d'une, mais Agniessa Sergueïevna ne vendit pas la mèche. Flattée sans doute par le fait que cette Ninotchka-là au moins connaissait son nom et son patronyme, elle répondit :

– Il a filé il y a longtemps!

– Avec Kostia, peut-être? demanda Ninotchka. Ou avec Léna-Eléonora?

– Ils sont tous les trois au café Métélitsa. Kostia travaille aujourd'hui, dit Agniessa Sergueïevna.

– Mais oui, c'est vrai! s'exclama Ninotchka. Et moi qui avais oublié! Quelle idiote! Je les attendais au café La Lyre! *Ciao,* Agniessa Sergueïevna, à la prochaine!

Et elle avait raccroché.

– Bien joué! avait fait d'un ton admiratif le général Volkov, en me demandant : Ecoute, ce serait une excellente collaboratrice. Tu ne veux pas qu'elle entre à l'école de la Milice? Dès qu'elle aura terminé, je la prendrai à la PJ, je te le promets.

Et maintenant, devant l'entrée du café Métélitsa, sans doute inspirée par les éloges du général, Nina alla jusqu'à prendre elle-même l'initiative.

– Suivez-moi! nous ordonna-t-elle et elle s'enfonça comme une vrille dans la foule de ses camarades d'âge qui attaquaient les portes du café. Et, travaillant des coudes et des épaules, elle commença à nous frayer un chemin, en criant dans la direction de l'entrée : « Génia, je suis ici! Je suis ici, je viens! Mais laissez-moi passer, les filles! »

– Où est-ce que tu cours, c'est fermé! fit quelqu'un en essayant de l'arrêter.

– Charrie pas, j'ai un pote qui m'attend là-bas! lui répondit Ninotchka qui recommença à crier à son copain fictif : Génia!...

Nous arrivâmes ainsi jusqu'à l'entrée du café. Je montrai ma carte au portier qui, de mufle et de videur, se transforma immédiatement en larbin empressé et je lui demandai :

– Kostia travaille aujourd'hui?

– Mais oui, il joue du trombone.

– Et Makarov, tu le connais?

– Boria qu'il s'appelle? Il est là, camarade procureur...

– Léna aussi est avec eux? demanda Ninotchka.

– Ouais.

– Allons-y, vous nous les montrerez..., ordonna Nina.

Même l'escalier en bois qui menait au premier étage était bondé de jeunes chevelus et boutonneux, la cigarette au bec. Une musique assourdissante couvrait le son de leurs voix. Repoussant au passage les adolescents, le portier nous fraya un chemin jusqu'à la salle. Le spectacle était absolument indescriptible. Dans l'épaisse fumée de cigarettes qui flottait au-dessus de la salle à demi obscure, des garçons et des filles de seize à dix-huit ans étaient assis en rangs serrés à de petites tables extrêmement rapprochées. Ils buvaient de la « Jigouliovskoïé[1] », mangeaient des glaces ou, dans le meilleur des cas, dégustaient un vin aigre et pas cher, de l'« Aligoté ». Tous fumaient et bavardaient sans relâche tandis que, sur la scène, l'orchestre de jazz sévissait : cinq

1. Marque de bière très ordinaire. *(N. d. T.)*

musiciens étrangement habillés (à mi-chemin entre le paysan russe et le cow-boy américain) tiraient de leurs instruments les sons, pratiquement méconnaissables dans leur interprétation, de la chanson patriotique « Grenade, Grenade, ô ma Grenade », chère au cœur des bons petits komsomols. Ainsi, les intérêts de toutes les parties en présence étaient-ils préservés : dans le rapport quotidien fait à la Direction municipale de la culture, le répertoire de l'orchestre avait l'air tout à fait satisfaisant du point de vue idéologique et, pour les auditeurs, les paroles de la chanson n'avaient aucune importance vu que, dans l'arrangement de ces jazzmen à la page, même une rengaine comme *Grenade* rendait un son tout à fait occidental. Et la salle n'avait pas besoin d'autre chose.

Le portier nous montra nos voleurs de loin : là-bas, à droite, celui qui jouait du trombone, c'était Kostia. Et devant lui, juste à côté de la scène, la fille au chemisier vert en train de danser, c'était Eléonora. Et à la petite table tout près, celui qui buvait du vin, c'était Boris Makarov...

Je m'aperçus que ma Ninotchka elle aussi ondulait involontairement des hanches en suivant le rythme de la musique : elle était dans son élément.

– Il va falloir attendre qu'ils aient fini de jouer, fis-je remarquer à Pchénitchny. Il était impensable d'arrêter un musicien sous les yeux de ses spectateurs.

– Pourquoi? demanda Nina. Allez en bas et je vous les amènerai un par un.

– Comment? dis-je d'un ton étonné.

Le public était cette couche de jeunes ouvriers et ouvrières moscovites des cours techniques et autres écoles de cuisine qui mettent leur point d'honneur, le samedi soir venu, à s'habiller à la mode de ce qu'ils s'imaginent être la « jeunesse dorée » et considèrent de leur devoir de s'extasier devant le moindre vagissement, peu musical, des instruments de « jazz » que nous avions devant nous. Il était impensable d'arrêter leurs idoles sous leurs yeux.

– Ça c'est mon affaire!

Elle traversa la salle tout droit jusqu'à la table de Makarov et, une minute plus tard, elle dansait avec lui sur la petite piste à côté de la scène.

Oui, ma petite provinciale de Ninotchka se révéla effectivement être une collaboratrice parfaite : après avoir dansé quelques minutes avec Makarov, elle l'attira sans peine en bas, au rez-de-chaussée, comme pour aller au bar qui était encore plus obscur que la salle et, au passage, elle nous le remit comme un colis à domicile. Puis elle repartit en haut chercher Léna-Eléonora et c'est ainsi qu'au bout d'une demi-heure environ, sans le moindre coup de feu ni la moindre poursuite, toute la troïka se retrouva au 3e bureau de la PJ de Moscou.

EXTRAIT DU PROCÈS-VERBAL
DE L'INTERROGATOIRE D'ÉLÉONORA SAVITSKAÏA

Savitskaïa : J'ai commencé à surveiller l'immeuble nº 16 bis bien avant le Nouvel An. C'est Maroussia Chevtchenko, la voyante de Vostriakovo, qui nous a appris que les locataires étaient tous des richards. Elle nous a filé un tuyau : elle nous a dit qu'il y avait dans l'immeuble un couple de Juifs très riches, un professeur et sa femme. Avant, c'est-à-dire il y a un an, nous trouvions nous-mêmes les adresses des richards. C'était quand Boria Makarov travaillait au service des commandes spéciales du magasin d'alimentation de la place de Smolensk. Ce service ravitaille toutes sortes d'huiles, des artistes, des metteurs en scène et d'autres célébrités. Par exemple, Maya Plissietskaïa, Arkadi Raïkine, Mouslim Magomaïev[1] et des tas d'autres grosses légumes. Ils ont des autorisations spéciales et, comme ça, ils peuvent commander directement par téléphone des caisses entières de bouffe comme, par exemple, de vraies côtelettes, du caviar, du cognac ou du saucisson. Tout ça, quand les gens ordinaires ne peuvent acheter de la viande qu'avec des tickets, et encore seulement de la viande surgelée et en faisant la queue trois heures...

Pchénitchny : S'il vous plaît, ne vous écartez pas du sujet. Revenons à l'immeuble n° 16 bis.

Savitskaïa : Mais je ne m'écarte pas du sujet. Je dis seulement qu'avant, Boria Makarov travaillait dans le service des commandes spéciales de ce magasin et qu'il avait les adresses de tous ces richards. Quand il devait les livrer, ils lui disaient eux-mêmes quand ils étaient à la maison et quand ils n'y étaient pas. Et c'était du chouette boulot, parce que je savais à peu près à quel moment les gens étaient chez eux. Il ne me restait plus qu'à le vérifier pendant un ou deux jours, pour que nous n'ayons pas de mauvaises surprises, comme ça nous est arrivé une fois quand on était en train de faire un appartement et qu'on est tombé sur une grand-mère qui est sortie tout à coup des gogues...

Pchénitchny : Rapprochons-nous de l'immeuble du 16 bis rue Katchalov, s'il vous plaît. Et rappelez-vous qu'une déposition complète et sincère améliorera votre cas au procès.

Savitskaïa : Mais je suis sincère. Je vous explique que, quand Makarov a cessé de travailler dans ce magasin, c'est devenu vraiment facile pour lui, avec cette voyante qui lui donnait des adresses pour les cambriolages. Mais moi, mon

1. Ballerine, chansonnier et chanteur de variétés très célèbres. *(N. d. T.)*

travail est devenu dix fois plus difficile, parce que la voyante nous donnait des adresses et rien d'autre et que c'était à moi de repérer quand les gens n'étaient pas chez eux...

Pchénitchny : On va peut-être finir par arriver au nº 16 bis?

Savitskaïa : Mais nous y sommes déjà. Voilà comment les choses se sont passées. Nous avons eu l'adresse de ce professeur juif il y a exactement un mois, juste avant le Nouvel An. Boria m'a demandé de surveiller l'immeuble et d'établir un emploi du temps précis des allées et venues de ce professeur et de sa femme. Or, quand j'y suis allée pour la première fois pour me faire une idée, j'ai vu arriver une Tchaïka qui s'est arrêtée devant l'immeuble et il en est sorti un général du KGB et deux colonels ou majors, je ne sais pas. Et une demi-heure plus tard il est arrivé encore une Tchaïka. Bref, que je dis à Boria, il vaut mieux ne pas fourrer notre nez dans cette maison, il y a de trop grosses huiles et elles sont sûrement gardées. Mais il me dit que non. Il y a bien de grosses huiles dans l'immeuble, mais elles ne sont pas gardées. C'est la voyante qui le lui a dit. Elle a appris de la femme du professeur Tsipourski qu'il n'y a même pas de liftier dans l'immeuble et que, pour ouvrir la porte d'entrée, il faut soit une clef, soit savoir le numéro de téléphone des gens chez qui on va et faire les quatre derniers chiffres de ce numéro sur un cadran qui est à l'entrée. Et alors, s'il y a quelqu'un à la maison, il appuie là-haut sur un bouton et la porte s'ouvre. Bref, c'est comme dans les films étrangers. Et, qu'il me dit, on va absolument se faire cette piaule, et on en fera d'autres aussi, parce que l'immeuble en question, c'est du super. Bon, cela m'a suffi, pour moi les ordres de Boria, c'est sacré : il y a deux ans, il a sauvé la vie à mon frère. J'ai un frère cadet, il a dix-sept ans. Il y a deux ans, il a eu un accident de moto et il a eu un œil à moitié crevé. C'était horrible! Mais Makarov l'a tout de suite mis dans un avion pour Odessa et l'a conduit à la clinique Filatov[1]. En arrivant, il a donné à quelqu'un un bakchich de cinq mille roubles et on a immédiatement opéré mon frère. Et pourtant, dans cet hôpital, il faut attendre d'habitude trois ans pour se faire opérer! Voilà. Bref, je me suis demandé comment j'allais m'y prendre avec le 16 bis. C'est l'hiver, le mois de décembre, pas moyen de rester longtemps dans la rue à observer. Bon, qu'est-ce que je fais? Je regarde l'immeuble d'en face et je vois qu'il n'est pas du même acabit : il n'y a pas tout le temps des Tchaïkas et des Volgas noires qui s'y arrêtent. Alors, je vais dans cet immeuble avec un cahier, je fais tous les appartements, comme si j'étais du service social de l'arrondissement, je recense tous les enfants d'âge préscolaire et je trouve ce qu'il me faut : au quatrième étage, dans l'appartement juste en face de l'entrée de l'immeuble 16 bis, il y a un célibataire qui vit tout seul. Et il n'est pas très vieux, il doit avoir à peine plus de quarante ans. Un ouvrier qualifié, un ajusteur. Ben, ensuite tout est allé comme sur des roulettes : le lendemain, je l'ai rencontré comme par hasard près du métro, je l'ai laissé me draguer et, le soir même, je couchais chez lui. Evidemment, je me suis arrangée pour qu'il perde complètement la boule : au lit, je lui ai montré des trucs dont il n'avait pas idée! Vous savez, quand une nana se donne du mal, elle peut vraiment faire qu'aucun type n'ait plus jamais envie de la lâcher. Bref, j'ai fait celle qui n'en avait pas très

1. M. Filatov : célèbre ophtalmologue soviétique. *(N. d. T.)*

envie, puis j'ai fini par accepter. Et depuis ce jour-là, j'ai passé des journées entières à observer l'immeuble 16 bis de son appartement, je me suis même acheté des jumelles. Et j'en ai vu des choses intéressantes, vous pouvez pas vous imaginer! Quand on regarde comme ça du dehors, on a l'impression que c'est un immeuble tranquille et sérieux, habité par des gens sérieux, des huiles, des savants, des généraux. Mais quand on observe de près ce qui se passe, comme je le faisais du matin jusqu'au soir! Mon ajusteur travaillait tard le soir, il ajustait un laminoir quelconque, et moi je restais des heures à la fenêtre à observer l'immeuble d'en face avec mes jumelles. C'est surtout le soir et la nuit que c'était intéressant. Bref, qu'est-ce que j'ai découvert? Eh bien! que la femme du professeur Tsipourski ne travaille pas et que son amant vient la voir deux fois par semaine, le matin : le mercredi et le vendredi. Les autres jours, elle fait les magasins et, une fois par semaine, le jeudi, elle va au salon de coiffure « L'Enchanteresse », où elle se fait faire sa mise en plis et aussi les ongles et les pieds. Je l'ai suivie deux fois jusqu'à ce salon. Et Boria, il a des filles qu'il connaît qui travaillent là-bas, même qu'il leur apportait toute l'année quelque chose du magasin d'alimentation de la place de Smolensk. Elles lui ont garanti que la Tsipourskaïa venait bien chaque jeudi de 10 heures à midi sans mollir. Bref, j'ai vite fait le point pour cet appartement, en deux semaines. Mais pendant que je l'observais, j'ai vu plein d'autres choses. Par exemple, si ça vous intéresse, la fille de Podgorny a un appartement en duplex! Et la fille de Kossyguine aussi. J'avais jamais vu ça avant, sauf au cinéma : un appartement où il y a un escalier en colimaçon qui vous amène directement à un autre étage, et elle a pas seulement des tas de chambres à coucher, mais aussi un bassin pour les poissons. Je vous jure! Ma parole! Elle a une salle de bain grande comme votre bureau, mais plus belle, bien sûr. Et son bassin, il est exactement comme celui du restaurant Aragvi, ou du restaurant Berlin. Et c'est dans ce bassin, je veux dire dans la pièce où il y a ce bassin, dans une petite coiffeuse blanche avec un miroir, que la fille de Kossyguine met ses diamants et toutes sortes de bijoux avec des pierres précieuses! Vous ne pouvez pas vous imaginer! J'en ai jamais vu de pareils nulle part, je vous jure. Et pourtant, pour ce qui est des pierres, nous sommes vraiment des experts : en deux ans, rien que dans Moscou, nous nous sommes fait 317 appartements.

Question du juge d'instruction Chamraïev : Combien? Combien?

Savitskaïa : 317. J'ai fait le compte. On peut vérifier d'après mes carnets.

Pchénitchny : Comment expliquez-vous que le nombre des cambriolages déclarés à la Milice soit bien inférieur?

Savitskaïa : Mais c'est très simple! D'abord, les gens ne déclarent pas tous que des objets précieux ont disparu de chez eux. Par exemple, si nous visitons l'appartement du directeur d'une fabrique de meubles ou du secrétaire d'un comité régional du Parti, vous pensez bien qu'ils ne vont pas déclarer qu'on leur a volé des diamants, de l'or, des perles ou de l'argent, par exemple 200 000 roubles. On leur demanderait d'où leur vient tout cet argent, alors que leur salaire ne dépasse pas 200 ou 300 roubles par mois! Et comme personne n'a envie de s'accuser soi-même de vol et de détournement de fonds, ils ne disent rien et ne vont pas à la Milice. Par exemple, une fois, nous avons cambriolé l'appartement du commissaire de la Milice du quartier Timiriazev et nous avons trouvé chez lui plein de choses en or et plein d'objets précieux. Est-ce que vous vous imaginez qu'il est allé déclarer que lui, un simple commissaire de la Milice, il avait des objets précieux comme ça en pagaille? Non, il a sûrement préféré recommencer à amasser un petit million en fauchant à droite et à gauche et en se faisant payer des tas de pots-de-vin, plutôt que d'aller s'accuser lui-même. Ceux qui déclarent que nous les avons cambriolés, ce sont seulement ceux qui gagnent normalement beaucoup d'argent : les savants, les professeurs des grands instituts, les généraux et les artistes. Mais la Milice n'accepte pas toujours leurs déclarations, parce que personne ne sait exactement quand le vol a été commis. C'est vrai, les gens ne vérifient pas tous les jours le contenu des cachettes où ils gardent leur or... »

Pchénitchny : Je vois. Que pouvez-vous nous dire d'autre sur les occupants de l'immeuble 16 bis? Mais soyez précise, s'il vous plaît.

Savitskaïa : Comme vous voudrez. Eh bien! d'abord, je peux vous parler de ce général du KGB, si ça vous intéresse. Il s'appelait Tsvigoun : il est mort il n'y a pas longtemps, j'ai vu sa photographie dans le journal. Je vous raconte ce que je sais, ou je laisse tomber?

Pchénitchny : Cela nous intéresse. Racontez.

Savitskaïa : Eh bien! d'abord, le fait qu'il soit mort, ça n'a rien d'étonnant. La vie qu'il menait, il y avait de quoi faire crever un type jeune, alors un vieux comme lui, il pouvait pas résister. J'ai lu dans le journal qu'il avait presque soixante-cinq ans et, presque tous les soirs il jouait aux cartes jusqu'à 3 heures du matin en se sifflant des litres de cognac, ou bien il faisait le rigolo avec des nanas. Au début, je me demandais où étaient sa femme et ses enfants. Après, j'ai compris : l'appartement en question, il n'y habitait pas, c'était seulement pour jouer aux cartes et à autre chose avec des filles. Il y passait rarement la nuit et, quand ça lui arrivait, il laissait toujours la lumière allumée. Oui, il n'éteignait jamais la lumière et il se couchait en la laissant. Je pense qu'au fond il avait peur de l'obscurité parce que, dès qu'il entrait dans l'appartement, il allumait la lumière dans toutes les pièces. Et moi, avec mes jumelles, je voyais tout sauf, bien sûr, s'il tirait les rideaux. Mais, dans l'ensemble, il passait rarement la nuit dans cette maison et, à 3 ou 4 heures du matin, il s'en allait, sans doute chez lui, à mon avis. Et le matin, à 7 h 30, la femme de ménage arrivait dans l'appartement, elle rangeait tout, elle remplissait le frigo et elle s'en allait, et pendant toute la journée il n'y avait plus personne. Ç'aurait donc été facile de le cambrioler. Mais nous avons décidé de ne pas nous attaquer à cet appartement, ni à ceux des filles de Kossyguine et de Podgorny, parce que cela aurait fait tellement de bruit qu'on aurait eu toute la Milice à nos trousses, ou même le KGB. Et on n'avait pas besoin de ça!

Pchénitchny : Est-ce que vous pouvez décrire les gens que vous avez vus dans l'appartement du général Tsvigoun?

Savitskaïa : Je peux en décrire certains, mais pas tous. Je peux décrire ceux qui jouaient aux cartes avec lui, et aussi la femme qui venait le voir. Mais les petites putes et les petites garces qu'elle lui amenait, ça je ne peux pas, parce qu'elles sont toutes pareilles, et vous pouvez les voir presque chaque soir au National et au Métropole.

Pchénitchny : S'il vous plaît, décrivez-nous les

gens que vous avez vus dans l'appartement de Tsvigoun...

Savitskaïa : Mais je ne fais que ça! Il y avait un Géorgien, un gros moustachu chauve. La cinquantaine, ou peut-être davantage. Il ne buvait que du vin. Je l'ai remarqué plusieurs fois : pendant qu'ils jouaient aux cartes, ils se tapaient tous du cognac ou du whisky mais lui, il ne buvait que du vin. Et il fumait le cigare. Ensuite, il y avait un grand brun, très beau, qui ressemblait beaucoup à un Tsigane. Il venait toujours dans sa Volga, en manteau de fourrure, et il avait une croix en diamants sur la poitrine. Je le jure. Il avait des bagues à chaque doigt, avec de vraies pierres précieuses, et aussi cette croix en diamants sur la poitrine. Parole de komsomol! Je me suis même étonnée qu'il ose aller chez un général aussi important avec une croix sur la poitrine. J'ai pensé que c'était peut-être une espèce de prêtre. Mais je ne l'ai pas pensé longtemps. Les prêtres ne se baladent pas en veste de velours et en jeans! Et celui-là, il était habillé comme un vrai artiste de cinéma américain, avec un manteau de fourrure d'importation. La dernière fois que je l'ai vu, ce n'est plus une Volga qu'il avait : il s'est amené dans une Mercedes couleur d'or...

Pchénitchny : Quand était-ce?

Savitskaïa : Voyons : nous avons fait des appartements dans cet immeuble le 14 janvier, un jeudi. Donc, la dernière fois que j'ai vu cet artiste, c'était le mercredi, le 13 janvier au soir. Oui, c'est bien ça. C'est bien la veille du Nouvel An ancien style qu'il est venu voir le général dans une Mercedes toute neuve. J'en ai même été un peu retournée – une Mercedes couleur d'or et un type aussi chouette. Si on n'avait pas décidé de faire les appartements le lendemain, je serais bien allée me faire draguer moi-même, bon sang! Ça fait longtemps que je rêve de me balader en Mercedes! Mais, évidemment, ce type-là, il a des nanas à plus savoir qu'en faire et il attend pas après moi. Et, en plus des putes à devises qu'il sautait chez le général, comme si ça ne suffisait pas, il était aussi très bien avec une actrice qui habite dans cet immeuble, Isolda Sniejko, je l'ai vue il n'y a pas longtemps au cinéma, c'est une vieille, elle est plus âgée que lui. Elle habite toute seule avec un chien, un dogue. L'artiste, il devait sûrement avoir la flemme de rentrer chez lui à 3 heures du matin, alors, comme ça, il allait tout droit au onzième, chez cette actrice. Et il dormait chez elle des fois jusqu'à 1 heure de l'après-midi. Sa femme est allée deux fois le chercher dans l'immeuble. C'est-à-dire je ne sais pas, ce n'est peut-être pas sa femme : elle aussi, elle a dix ans de plus que lui, si c'est pas davantage. Mais elle lui faisait de ces scènes! Je l'ai vue faire par la fenêtre. Le général a essayé de la calmer et elle, elle a voulu lui lancer une bouteille à la tête, mais elle l'a raté. J'en étais vraiment sidérée : en voilà une femme jalouse, elle n'a même pas peur d'un général du KGB! Et la deuxième fois qu'elle est venue et qu'elle n'a pas trouvé son type (il était justement au onzième étage), voilà pas qu'elle se met à beugler! Une vieille nana comme ça qui beugle à cause d'un mec, et Tsvigoun qui la console, oui, qui lui caresse les cheveux comme si c'était sa propre fille. Alors j'ai bien regardé avec mes jumelles, et vous savez à qui elle ressemblait? A Brejnev, je vous le jure! Peut-être bien que c'est sa fille, hein?

Question du juge d'instruction Chamraïev : Dites-moi, Eléonora, est-ce que vous avez vu cet « artiste », comme vous l'appelez, chanter ou jouer de la guitare?

Savitskaïa : Mais bien sûr! Il a toujours une guitare dans sa voiture! En fait, il n'allait jamais là-bas sans sa guitare. Donc vous le connaissez? C'est vraiment un artiste? Comment s'appelle-t-il?

Question du juge d'instruction Chamraïev : Vous avez parlé d'une femme qui, d'après vos propres termes, amenait des jeunes filles dans l'appartement. Vous pouvez faire son portrait?

Savitskaïa : Elle a entre trente-cinq et quarante ans. Elle est rousse, ou teinte en rousse, je ne sais pas. Maigre et très grande. Elle venait dans sa propre voiture, une Lada bleue, quelquefois avec une serviette, comme si elle sortait du travail, et quelquefois sans serviette. Elle faisait du thé ou du café à la cuisine et elle attendait que tout le monde arrive. Oui, j'ai oublié de dire que, des fois, cette femme et l'artiste arrivaient même avant le général : ils avaient tous les deux la clef de l'entrée de l'immeuble et celle de l'appartement. Ensuite, ils se mettaient tous à jouer aux cartes, ou bien la rousse partait dans sa voiture et revenait une demi-heure plus tard avec une pleine fournée de putes à devises. Dans ce cas-là, la plupart du temps, ils tiraient tous les rideaux mais des fois, à travers les fentes des rideaux, je voyais les filles se balader complètement à poil dans l'appartement, ce qui est bien normal puisqu'elles allaient là-bas pour ça. Ils ne les invitaient pas pour jouer aux échecs!

Pchénitchny : Vous avez témoigné que votre bande avait cambriolé l'appartement du professeur Tsipourski le jeudi 14 janvier. Mais la victime, la citoyenne Tsipourskaïa, a déclaré à la police que le cambriolage avait eu lieu le 18...

Savitskaïa : Ben, elle s'en est aperçue très tôt! Les autres n'ont sûrement encore rien pigé! Elle a probablement voulu mettre son manteau de fourrure. Je l'avais bien dit, à Makarov, qu'il fallait pas piquer les manteaux de fourrure, mais seulement les bijoux et les objets précieux qui étaient cachés dans le buffet. Mais il n'a pas voulu m'écouter et on s'est fait pincer! C'est bien à cause de ça, hein?

Pchénitchny : Vous venez de dire que votre bande avait aussi cambriolé d'autres appartements dans l'immeuble. Lesquels?

Savitskaïa : Nous avons visité quatre appartements en tout, pas plus, je le jure. J'avais très envie d'aller dans l'appartement du général et dans celui de la fille de Kossyguine, comme ça, pour voir. Nous n'avons rien piqué ni dans l'un ni dans l'autre, parole de komsomol! D'abord, comme je vous l'ai dit, on avait décidé de pas s'attaquer au général, ni à la fille de Kossyguine, qu'ils aillent se faire voir! Mais on avait très envie d'aller zyeuter un peu.

Pchénitchny : Donc, vous n'avez fait qu'entrer dans ces appartements sans rien prendre?

Savitskaïa : Je le jure sur la tête de mon frère! Rien! On n'a même pas pris les coupons en devises sur la table, et pourtant ils étaient là bien en vue, il y en avait tout un paquet. Tsvigoun les avait laissés là pour sa rousse, pour qu'elle s'achète un manteau de fourrure...

Chamraïev : Comment savez-vous que c'était pour acheter un manteau de fourrure?

Savitskaïa : Il y avait un petit mot à côté : « Svièta, je t'ai choisi un manteau de renard au Bériozka et je l'ai fait mettre de côté. S'il est de ton goût, achète-le, voilà l'argent. Sémion. » Mais cet argent, c'est-à-dire ces coupons en devises, nous, on les a pas pris, vous pouvez demander à la Svièta en question. On s'est seulement assis dans les fauteuils et on a fumé, et encore on a mis les cendres dans une boîte d'allumettes et on s'est pas servi à boire.

Chamraïev : Et vous avez vu le tapis, dans l'entrée de cet appartement?

Savitskaïa : Evidemment, tout l'appartement est recouvert de tapis : on voit le plancher nulle part!

Pchénitchny : Vous êtes sûre qu'il y avait un tapis dans l'entrée? Vous pouvez le décrire?

Savitskaïa : Si ça vous chante! C'était un tapis, quoi! Un tapis persan, jaune avec des franges vertes. Est-ce qu'il a disparu? C'est pas nous qui l'avons pris, parole! On pique jamais les tapis, d'ailleurs, c'est pas notre genre!

Pchénitchny : Et quels autres appartements avez-vous visités ce jour-là?

Savitskaïa : Nous sommes aussi allés dans l'appartement de l'actrice du onzième étage, Isolda Sniejko. Parce que, le 7, je l'avais vue sortir avec son dogue et deux valises et partir dans une voiture des studios de cinéma et qu'elle n'était pas revenue de toute la semaine. Alors, nous avons pensé qu'elle était partie tourner un film, nous sommes tranquillement entrés chez elle et nous lui avons piqué une bague d'homme en or blanc avec une agate noire que nous avons trouvée dans la salle de bain.

Pchénitchny : C'est tout?

Savitskaïa : Il y avait rien d'autre à piquer. Cette actrice, ou bien elle a rien du tout, ou bien elle avait tout emporté avec elle. Je veux parler des bijoux, bien sûr.

Pchénitchny : Elle avait tout emporté, mais elle avait oublié la bague?

Savitskaïa : Parce qu'elle n'était pas à elle. C'était la bague de l'artiste qui fréquentait le général. J'avais très souvent vu cette bague à son doigt, avec mes jumelles. Il a passé plusieurs fois la nuit dans l'appartement de l'actrice, quand elle était partie. Et c'est comme ça qu'il a dû oublier sa bague. Je l'ai cachée chez moi. C'est la première fois que je garde quelque chose pour moi après un vol; Makarov nous le défendait absolument...

Question de l'assistant aux relations publiques Makarytchéva : Dis donc, tu en pincerais pas pour l'artiste, toi?

Savitskaïa : Ben oui! Tu verrais le mec! Il vous la coupe!

Question du juge d'instruction Chamraïev : Quel autre appartement avez-vous fait ce jour-là?

Savitskaïa : Nous sommes aussi allés dans l'appartement 40, au neuvième étage. Le type qui y habite, c'est peut-être un diplomate, ou peut-être une huile du ministère du Commerce extérieur. Bref, tout son appartement est plein de masques africains et d'objets importés. Même le dallage de sa salle de bain est importé et la cuvette des cabinets est rose et il y a écrit dessus « Fabriqué en Suède ». Nous avons piqué des dollars américains et canadiens, 30 000 à peu près ou même plus; et puis des tas de trucs en or et des bijoux, comme d'habitude... Et c'est tout. On n'a pas fait d'autres appartements, je le jure. Et, d'ailleurs, je peux vous dire qu'on a jamais piqué un kopeck à l'Etat ou aux gens ordinaires, et même tous ces gangsters de gens haut placés, on leur piquait pas tout, on leur laissait de quoi vivre, que je vous dis! Et même bien plus qu'ils n'auraient eu s'ils s'étaient contentés de gagner honnêtement leur salaire!...

Question du juge d'instruction Chamraïev :

Vous voulez dire que ce que vous faisiez, au fond, c'était exproprier les expropriateurs?

Savitskaïa : C'est ça! Exactement! Boria Makarov, il raconte comme ça que Lénine, il a dit qu'il fallait prendre aux voleurs tout ce qu'ils avaient volé au peuple. C'est pour ça que je vous raconte tout ça bien tranquillement. Nous n'avons pas peur du tribunal. Au tribunal, vous verrez tout ce qu'on va déballer sur les grands chefs : les trucs qu'ils cachent dans leurs appartements, et comment ils vivent, alors que dans les magasins non seulement il y a pas de viande, mais faut même faire la queue pour avoir des vitamines dans les pharmacies...

La porte du cabinet s'ouvrit en grand et l'interrogatoire de la nouvelle adepte des théories de Lénine se vit interrompu par l'entrée de Marat Svetlov. Pâle, le bras droit bandé, il s'approcha de son bureau, derrière lequel nous menions l'interrogatoire de Savitskaïa, jeta un regard assassin à la jeune « expropriatrice » et à sa plantureuse poitrine et posa devant moi le rapport dactylographié concernant la chasse à Vorotnikov, *alias* Kortchaguine, et la nécessité de mener une enquête de service sur « la légitimité de l'emploi par le colonel Svetlov d'une arme à feu ayant entraîné la mort du criminel ».

Je lus ce rapport sans me dépêcher, tandis que Svetlov arpentait nerveusement la pièce, l'air sombre : il avait visiblement envie de me parler, mais la présence de Savitskaïa l'en empêchait. Je me tournai vers Pchénitchny :

– Cela suffira pour aujourd'hui, Valentin. Envoyez les détenus à la Boutyrka.

Pchénitchny mena Savitskaïa à l'officier de service au 3e bureau pour accomplir les formalités relatives à son envoi, avec tous ses petits amis, à la prison de la

Boutyrka. Svetlov demanda à Ninotchka de faire un saut au buffet du rez-de-chaussée pour lui rapporter un verre de thé bien fort. Lorsque nous nous retrouvâmes seul à seul, il approcha sa chaise de la table d'un geste brusque et se tourna vers moi :

– Mon vieux, me dit-il, on nous a possédés comme des enfants! Pendant que nous poursuivions Vorotnikov et ces cambrioleurs à la manque, tu sais qui Krasnov et Baklanov ont arrêté? Je te donne ma tête à couper que tu ne le devineras pas!

– L'amant de Galia Brejnéva, répondis-je.

Il en fit un bond en arrière.

– Comment le sais-tu?

– Cela ne fait malheureusement que cinq minutes que je l'ai déduit de la déposition de Savitskaïa, lorsqu'elle a dit qu'il jouait presque tous les jours aux cartes avec Tsvigoun. Et toi, comment sais-tu qu'on l'a cueilli?

– Je l'ai appris chez les dactylos. J'étais chez elles à faire taper mon rapport quand j'ai entendu des filles, à côté de moi, qui bavardaient : elles disaient qu'un certain Bouriatski, chanteur au Bolchoï et amant de Brejnéva, avait essayé aujourd'hui de voler des brillants dans l'appartement d'Irina Bougrimova, l'artiste du cirque, et que Krasnov l'avait pris en flagrant délit.

– Je pense que c'est maintenant à lui qu'ils vont faire porter le chapeau du meurtre de Tsvigoun, dis-je.

– Il pense! s'exclama Svetlov outré en bondissant de sa chaise et en faisant de grands pas dans la pièce. D'où sors-tu donc? Philosophe! Monsieur pense! Bien sûr qu'ils vont le coincer. Ils vont faire d'une pierre deux coups : ils feront oublier le meurtre et compromettront Brejnev jusqu'au cou : tu te rends compte quel bruit cela fera, si l'amant de sa fille a tué son beau-frère? Ecoute, peut-être que tu pourrais faire un tour à la Boutyrka et parler à ce Bouriatski?

– Je ne pense pas que Baklanov me le laisse voir, répondis-je en décrochant le téléphone et en faisant le numéro du poste de garde de la Boutyrka. Allô! C'est Chamraïev, du Parquet de l'URSS. Qui est à l'appareil? Le capitaine Zochtchenko? Comment allez-vous, Timofieï Karpovitch? J'ai appris que l'on vous avait envoyé aujourd'hui un certain Boris Bouriatski. C'est bien exact? Cet homme est impliqué dans une affaire dont je m'occupe. Notez de me le faire envoyer demain matin pour un interrogatoire. Comment? Je vois... Merci, c'est bien ce que je pensais. Non, je comprends que vous n'y êtes pour rien... Au revoir, Timofieï Karpovitch.

Je raccrochai l'écouteur et dis à Svetlov :

– Bouriatski a 38 de fièvre, en sorte que tous les interrogatoires sont interdits.

– Quels menteurs! fit Svetlov. Ah, les crapules!

Je souris :

– Bien sûr qu'ils mentent, mais tant qu'ils n'auront pas tiré de lui ce qu'ils veulent en tirer, ils ne nous laisseront pas approcher de lui. Assieds-toi et arrête de t'agiter. Je voudrais te dire autre chose.

Pchénitchny venait de nous rejoindre et je m'adressai à tous les deux :

– Demain, Baklanov et Krasnov peuvent encore arrêter une centaine de personnes parmi celles qui donnaient des bakchichs à Tsvigoun, jouaient aux cartes et buvaient du cognac avec lui ou avaient été au front en même temps que lui. Ils vont inculper chacun d'entre eux du meurtre de Tsvigoun et nous, qu'est-ce que nous allons faire? Courir sur les traces de tous ces gens-là et établir successivement qu'Untel ou Untel n'ont pas pu le tuer? Mais c'est tout ce que désire Krasnov, nous attirer dans ce merdier, et nous ôter encore sept jours. Il y a en a déjà eu trois de perdus!

– Et qu'est-ce que tu proposes? demanda Svetlov, le visage fermé.

– Je propose que nous allions maintenant au restaurant nous soûler la gueule pour fêter le miracle qui t'a conservé parmi nous. Aujourd'hui, pour moi, c'est ça l'essentiel. Si « Kortchaguine » avait tiré quelques centimètres de plus à gauche, je me considérerais comme ton assassin.

– Arrête de dire des bêtises, fit Svetlov avec un geste de dépit. Bien sûr que ça ne serait pas mal, d'aller nous soûler la gueule, mais où prendrons-nous l'argent?

Je tirai silencieusement de ma poche la liasse brejnévienne, dix mille roubles à peine entamés. Svetlov, Pchénitchny et Ninotchka, arrivée avec le thé, firent des yeux ronds.

– D'où vient tout cet argent? demanda Svetlov.

– Un client m'a donné hier un bakchich, répondis-je. Qu'est-ce que vous en pensez, on en aura assez pour le restaurant?

– A propos, fit soudain Pchénitchny. Ils ne peuvent accuser le premier venu du meurtre de Tsvigoun que s'ils savent qu'on a trouvé sur la balle qui a tué Tsvigoun des traces du même groupe sanguin que le sien.

Svetlov et moi regardâmes Pchénitchny avec étonnement. Celui-ci développa sa pensée sans se presser :

– Pendant que vous faisiez la chasse à « Kortchaguine », j'ai convoqué dans l'appartement de Tsvigoun un de mes amis, expert en balistique. Il affirme que la première balle de Tsvigoun a atteint le vasistas, en traversant toute la pièce depuis l'entrée. Ces conclusions nous permettent d'imaginer la situation suivante. Tsvigoun est entré dans son appartement et y a trouvé un étranger isolé, ou un groupe de plusieurs hommes, qui lui sont tombés dessus. De l'entrée où il se tenait, il a eu le temps de tirer deux coups de feu dans leur direction. La première balle s'est plantée dans le vasistas, la deuxième a atteint un des agresseurs. Cet homme est blessé ou tué, je ne sais pas exactement, mais je sais que la balle de Tsvigoun a traversé son corps de part en part car on n'y a trouvé aucune particule de matière cérébrale, alors qu'il y avait des traces de peau et d'os. Après que Tsvigoun a tiré ses deux coups de feu, on lui a saisi le bras, et on l'a solidement maintenu. D'où les hématomes sur les bras et la veste qui a craqué dans le dos. Tsvigoun a essayé de se dégager. C'est alors qu'on l'a abattu à l'endroit même, dans l'entrée, d'une balle dans la tempe. On l'a enveloppé dans le tapis et transporté de l'entrée dans le salon, puis on l'a installé à son bureau en mettant en scène un suicide. La balle, elle, a été changée. Au lieu de celle avec laquelle ils ont tué Tsvigoun, ils ont laissé sur le lieu du crime la balle sortie du revolver de Tsvigoun, qui a blessé ou tué un des agresseurs. Afin de faire croire que Tsvigoun était mort d'une balle sortie de son propre revolver. Le tapis tout taché de sang qu'ils avaient pris dans l'entrée, ils l'ont roulé et emporté. Il n'est pas exclu qu'ils aient fait sortir de la maison, dans ce même tapis, l'homme que Tsvigoun avait tué ou blessé. Il faut donc que nous cherchions dans les hôpitaux et les morgues un homme avec une blessure par balle et le même groupe sanguin que celui que les experts trouveront sur la balle...

– Et le garde du corps de Tsvigoun? demanda Svetlov d'un ton narquois. Et le chauffeur? Et les voisins? On les a peut-être hypnotisés, pour qu'ils n'entendent pas les coups de feu et ne voient pas sortir le tapis avec le cadavre?

– Je n'échafaude pas d'hypothèses, lui répondit

calmement Pchénitchny, tant que je ne dispose pas de faits concrets. C'est pourquoi je ne puis encore me prononcer en ce qui concerne le garde du corps et le chauffeur. Tout ce que je peux dire, c'est que, ce jour-là, on célébrait une noce dans la maison, que la musique faisait un raffut du diable et que les voisins avaient pris l'habitude des bouchons de champagne qui sautaient. Mais là n'est pas l'essentiel...

– Tu veux que je bâtisse une autre version, hein? demanda Svetlov. Tsvigoun est entré dans l'appartement et y a trouvé un homme, un seul. Cet homme a agressé Tsvigoun, a réussi au cours de la bagarre à lui arracher son revolver et a tiré deux coups : le premier a atteint la fenêtre, à la hauteur du vasistas, et le second Tsvigoun, à la tête. Ensuite on l'a traîné sur le tapis jusqu'au salon, on a mis en scène le suicide, et ainsi de suite. Avec tous les détails du dossier; veste déchirée, bleus aux poignets. Tu veux une troisième version? Tsvigoun est entré dans l'appartement et a *lui-même* tiré sur quelqu'un qui s'y trouvait, mais il l'a manqué et n'a atteint que la fenêtre. L'autre s'est jeté sur Tsvigoun, lui a tordu les poignets et, au moment où la main de Tsvigoun était près de sa tête, avec le revolver, l'a forcé à appuyer sur la détente. Ensuite, il l'a traîné sur le tapis, etc. Dans ce cas, il n'y a même plus meurtre avec préméditation, mais simplement légitime défense et on peut en accuser n'importe qui : moi, toi, Ninotchka! Et à plus forte raison un « Kortchaguine » ou un Bouriatski...

– D'accord, mais à la condition expresse que les groupes sanguins de la balle et de Tsvigoun coïncident. On pourra alors négliger l'expertise de Sorokine au sujet de l'absence de matière cérébrale, comme l'a fait Toumanov, et affirmer que la balle a quand même traversé la tête de Tsvigoun. C'est seulement à cette condition, conclut Pchénitchny, que l'on pourra nous accuser du meurtre, vous, moi ou Ninotchka...

Svetlov se tourna dans ma direction :

– Quand l'expertise des groupes sanguins sera-t-elle prête?

– Demain, dis-je. Demain matin.

– Ecoutez, dit Ninotchka. Qu'est-ce que vous avez à vous chercher des poux? Vous tournez autour du pot, vous avez peur d'appeler les choses par leur nom... Je vais vous dire, moi, ce qui s'est passé. Tsvigoun est rentré chez lui et a trouvé une embuscade du KGB. Ils l'ont tué, après quoi ils ont fait semblant qu'il s'était suicidé et ont ordonné au gorille et au chauffeur d'écrire qu'ils n'avaient rien vu, rien entendu! C'est tout! Vous avez compris?

Svetlov se mit à rire et lui caressa la tête :

– Bébé, tu es un petit génie! Comment as-tu fait pour le deviner? Bien sûr, que ça s'est passé comme ça, mais il nous faut encore le prouver! Et surtout comprendre pourquoi ils ont fait un travail aussi grossier. Le KGB peut s'il le veut se débarrasser en douceur de n'importe qui, même d'Andropov, et s'il décide de fabriquer un suicide, vous pouvez être sûrs que pas un détail ne sera négligé, alors qu'ici, ça n'est ni chair ni poisson. Impossible d'y rien comprendre sans vodka. Tu as raison, allons au troquet!

Après minuit

Il était minuit passé lorsque Ninotchka et moi revînmes à la maison, après avoir dîné au Bazar slave. Les plombs et le cachet que j'avais apposés à ma porte ornaient toujours cette dernière, mais le cheveu de lin de Ninotchka, avec lequel elle avait ce matin-là relié le bord inférieur de la porte au seuil, avait été cassé. Nous nous regardâmes : notre appartement était à nouveau farci de micros cachés. La garde personnelle de Brejnev, avec son chef, le général Jarov, ils s'en fichaient bien! Mais nous n'avions plus la force de protester ni de nous plaindre. Nous nous effondrâmes sur le lit et nous endormîmes d'un sommeil sans rêves. Les acousticiens de service, quelque part aux environs de notre maison, n'eurent rien d'autre à enregistrer, cette nuit-là, que nos ronflements.

V

Le gouvernement du « Nouveau Cours »

25 janvier, lundi, 7 heures 45 minutes du matin

Les médecins affirment qu'un de nos hémisphères cérébraux est toujours en sommeil, ou, pour dire les choses simplement, débranché. Je crains bien que ce matin-là mes deux hémisphères n'aient été débranchés. Et pas seulement les miens : ceux de Ninotchka aussi.

Nous nous étions éreintés pendant ces trois jours de chasse ininterrompue à l'ombre de l'assassin de Tsvigoun; la beuverie de la veille, au « Bazar slave », nous avait retiré ce qu'il nous restait de forces, en sorte que nous n'entendîmes pas le réveil qui carillonna à 7 heures et demie, avant de s'enrouer et de se taire. A 8 heures moins le quart, le téléphone s'en mêla. A la cinquième ou à la sixième sonnerie, j'émergeai péniblement des brumes du sommeil, tendis la main jusqu'à l'appareil et décrochai :

– Allô...

– Bonjour, fit une voix féminine inconnue de moi. Excusez-moi de vous avoir réveillé. Pourrais-je parler à Nina?

– Elle dort. Qui est à l'appareil?

– Une amie à elle.

– Tamara, je suppose? Rappelle dans une demi-heure...

– Je ne sais pas si je pourrai. Je cours au travail. Dites-lui que je l'ai inscrite à 6 heures chez ma coiffeuse, comme elle me l'avait demandé. Nous pouvons nous rencontrer à 5 heures et demie à la station de métro Maïakovski, quai de droite, dernier wagon. Dites-lui de ne pas être en retard, surtout!

Et j'entendis le déclic du téléphone qu'on raccroche.

Je ravalai un juron, me forçai à me lever et me dirigeai vers la salle de bain, en tâchant de me rappeler ce qui avait été prévu pour ce jour-là. Mais aucun de mes deux hémisphères n'acceptait de fonctionner, j'avais mal au crâne et je compris qu'il n'y avait qu'un moyen de me remettre dans les conditions de travail normales. Je pris dans le frigo une bouteille de vodka entamée, me versai le tiers d'un verre à vin et l'avalai avec dégoût. Et ils disent que je suis juif! A-t-on jamais vu un Juif boire de la vodka au réveil? Je me sentis cependant un peu mieux. Mais ce n'était que la moitié du traitement. Je jetai un coup d'œil par la fenêtre. Dehors, dans la pénombre du petit matin, la neige continuait à tomber à gros flocons. Je me fis couler une douche chaude pour me réchauffer les membres inférieurs et tel que j'étais, avec juste un caleçon autour de la taille, je courus sur le balcon plein de neige. Je me mis à me frotter le corps avec cette neige : d'abord la poitrine, puis les épaules, le cou, le ventre, les bras. Et, du balcon, nouveau bond sous la douche brûlante...

Ouais... C'est le début de la semaine de travail, pratiquement le premier jour officiel de l'enquête sur la mort de Tsvigoun, et je commence tout cela avec la gueule de bois. Pas exclu que Krasnov et Baklanov, aujourd'hui ou demain, me refilent un nouveau cadeau : Boris Bouriatski, l'amant de Galia Brejnéva, qui « avouera » avoir tué Tsvigoun. C'est ce que je ferais à leur place et tout s'enchaînerait merveilleusement. Bouriatski avait les clefs de l'appartement de Tsvigoun et Savitskaïa a témoigné qu'il y arrivait souvent avant lui. Cela aurait été dans l'ordre des choses. Ainsi, comme dirait Pchénitchny, représentons-nous la situation : Bouriatski est arrivé chez Tsvigoun, disons, à midi. A 14 heures, Tsvigoun est arrivé de chez Souslov. Tsvigoun était de mauvaise humeur, énervé par leur conversation et a fait passer sa colère sur Bouriatski. Ils se sont disputés, pour une raison ou pour une autre. Supposons que Bouriatski ait trompé Galia Brejnéva, la nièce préférée de Tsvigoun. Ensuite, Bouriatski témoigne que Tsvigoun s'est emparé de son revolver et lui a tiré dessus, mais l'a manqué et a atteint le vasistas. Il a alors essayé d'immobiliser Tsvigoun et ils se sont battus (la veste de Tsvigoun a craqué dans le dos). Au cours de la lutte, Bouriatski a réussi à attraper le bras qui tenait le revolver, mais au moment où il le lui tordait (hématomes aux poignets), l'arme qui se trouvait près de la tête de Tsvigoun est partie toute seule. Dans ces conditions, il ne s'agit pas d'un meurtre avec préméditation, ni même d'un meurtre tout court, mais simplement d'un incident au cours d'une action de légitime défense, article 13 du Code pénal, aucune sanction. N'importe quel homme acceptera de se charger d'un tel « crime » si on lui promet, en échange d'un délit réel par lui commis, par exemple une tentative de vol de brillants chez Irina Bougrimova, de lui alléger sa peine ou même de passer l'éponge. Oui, on peut vraiment s'attendre à ce que les RI fabriquent la version suivante : Tsvigoun est mort accidentellement d'un coup de feu tiré pendant qu'il se battait avec Bouriatski (ou n'importe quel autre, imaginé par eux). Il a pris peur, pensé qu'on ne le croirait pas et qu'on l'accuserait de meurtre et c'est pourquoi il a mis en scène ce suicide, avec la lettre d'adieu posthume, puis il a roulé le tapis, est monté avec jusqu'au onzième, chez son amie l'artiste Sniejko, où il est resté caché jusqu'au soir, après quoi, lorsqu'il a fait nuit, il l'a bien sûr jeté dans la Moskova et le tour était joué. Aussi, magistrat Chamraïev, veuillez avoir l'amabilité de vous charger du meurtrier. Nous l'avons arrêté pour un cambriolage chez l'artiste Bougrimova et il nous a avoué avoir tué Tsvigoun au cours d'une action de légitime défense. La balle est sortie du revolver de Tsvigoun et est passée à travers le crâne de Tsvigoun. Que vous faut-il de plus, camarade Chamraïev?

Et soudain une idée toute simple me vint à l'esprit. Simple comme deux et deux font quatre. *Si ce sont des gens du KGB ou de l'Intérieur qui ont tué Tsvigoun, ils savent quel est le groupe sanguin de l'homme atteint par la balle de Tsvigoun. Et s'ils mettent le meurtre sur le compte de Bouriatski avant même de connaître les résultats de l'expertise de Sorokine, c'est qu'ils savent que ces groupes concordent.* Mais alors, mais alors (j'avais le sang qui me battait aux tempes)... Il faut absolument utiliser cela! Il y a deux solutions. La première consiste à réussir à voir Bouriatski et à apprendre de lui si on essaie de le faire avouer. Quant à la seconde, mon Dieu, elle est encore plus simple!

Frappé par ma découverte, je restai longtemps immobile sous la douche qui continuait à couler et c'est alors seulement que j'entendis que Ninotchka frappait, donnait des coups de poing dans la porte de la salle de bain. J'ouvris la porte, effrayé :

– Que se passe-t-il?

– C'est à toi qu'il faut demander ce qu'il se passe! répondit-elle en me fondant dessus. Cela fait un quart d'heure que tu ne réponds pas! Et moi qui frappe, qui crie, je voulais appeler une ambulance!

– Excuse-moi, j'étais en train de réfléchir...

Et je sortis de la salle de bain.

– En train de réfléchir! Espèce de philosophe!

Et elle claqua la porte, vexée.

– Tamara t'a téléphoné, lui criai-je à travers la porte. Vous allez ce soir chez sa coiffeuse!

– Et pour quoi faire? fit-elle de dessous la douche.

– Qu'est-ce que j'en sais? C'est toi qui lui as demandé! répondis-je en feuilletant l'annuaire du téléphone.

Ninotchka passa sa tête hors de la porte :

– Qu'est-ce que je lui ai demandé?

– De t'inscrire à son salon de coiffure. Vous avez rendez-vous à 5 heures et demie au métro Maïakovski, quai de droite, dernier wagon..., dis-je en inscrivant sur un bout de papier l'adresse prise dans l'annuaire : « Sorokine, 5e rue des Sablons, 162, appartement 14. »

Ninotchka haussa les épaules et rentra dans la salle de bain. Je m'habillai en hâte et griffonnai à son intention :

« Suis sorti faire des courses. Je reviens dans un quart d'heure. Igor. »

Un filet à la main, je fonçai vers la sortie et l'épicerie toute proche, à deux pâtés de maisons de chez nous. Je me retournai une fois et vérifiai que personne ne me suivait. Visiblement, on avait mis un micro dans mon appareil téléphonique et on s'en était tenu là. De toute façon, j'étais absent de chez moi pendant des journées entières et il n'y avait rien à écouter. Néanmoins, une fois entré à l'épicerie, je ressortis et revérifiai que je n'avais pas de suiveur à mes trousses. J'avais imaginé un coup trop astucieux pour le louper par manque de prudence. Mais personne ne me filait. La rue enneigée et sombre était presque vide. Notre quartier est, dans l'ensemble, affecté à l'« intelligentsia créatrice » et ces gens-là se lèvent tard. Mais il n'est pas facile, pour cette raison, de trouver ici un taxi tôt le matin : les chauffeurs savent qu'ils n'ont rien à faire dans notre quartier avant 9 ou 10 heures. J'avais du mal à rester calme. Il me fallait une voiture et le plus vite possible : les Sorokine pouvaient partir au travail dans dix ou quinze minutes et il n'y avait pas la moindre voiture dans la rue, à l'exception d'un énorme et lourd chasse-neige qui faisait son travail en ahanant dans la rue et d'une camionnette de lait, d'où les livreurs déchargèrent quelques caisses de yaourts à la porte de l'épicerie, au lieu du lait manquant, avant de repartir à toute vitesse.

– Prenez du yaourt, il n'y aura pas de lait aujourd'hui! me dit une des vendeuses, qui me connaissait. Je payai rapidement à la caisse la valeur de deux bouteilles d'un demi-litre, avec une conserve de poisson, du fromage blanc aromatisé et un morceau de roquefort. Il n'y avait d'ailleurs rien d'autre pour le petit déjeuner : les vitrines, comme d'habitude, étaient vides. Je rangeai mes achats dans le filet, ressortis en hâte et compris que je n'avais pas le choix. Je venais d'ailleurs de perdre presque une minute et demie avec ce yaourt dans l'épicerie pourtant vide. Je traversai la rue en courant, sautai sur le marchepied de la cabine du chasse-neige. Le chauffeur aboya :

– Ça va pas, non?

Je savais comment amadouer ce genre de public et lui montrai un billet vert de vingt-cinq roubles, préparé dès l'épicerie :

– Tu peux me déposer à la 5ᵉ rue des Sablons? Seulement, il faut faire vite : aller-retour quinze minutes. C'est possible?

– Assieds-toi!

Le chauffeur fit vrombir le moteur, replia la benne sur la caisse et démarra sur les chapeaux de roues. Moins de huit minutes plus tard, je montais en courant au deuxième étage du 162, 5e rue des Sablons, où habitaient les Sorokine. Juste à temps : Alla partait au travail et était en train de refermer à clef la porte de l'appartement.

– Salut! me dit-elle d'un ton étonné. Il est arrivé quelque chose?

– Où est Sorokine?

– Derrière la maison, dans la neige, avec la Moskvitch. Mais qu'est-ce qu'il s'est passé?

– Rien, il faut que je lui parle...

Et je dévalai l'escalier.

Dans la cour, quatre voitures particulières étaient entièrement recouvertes par la neige : deux petites Zoporojet, la Moskvitch de Sorokine et une Jigouli. Leurs propriétaires, Sorokine compris, étaient fort occupés à les déblayer tout en jurant comme des charretiers, mais on voyait tout de suite qu'avec toute la neige qui était tombée pendant la nuit, ils n'étaient pas sortis de l'auberge.

Après avoir plusieurs fois manqué disparaître dans les congères, j'arrivai cependant jusqu'à Sorokine et l'appelai :

– Salut! Je suis venu avec un tout-terrain. Je peux te dégager en un instant, mais à une condition.

– Je la connais, ta condition, me répondit-il d'une voix résignée. Tu as besoin d'une analyse de sang comparative. Tire-moi de là, tu l'auras.

– Non, ma condition est différente. Quel que soit le résultat de l'analyse, téléphone-moi dans une heure au Palais de justice et dis-moi que le groupe sanguin de Tsvigoun et celui relevé sur la balle *ne* concordent *pas*.

Il secoua la tête négativement :

– Je ne peux pas donner de fausses conclusions. Je suis assermenté.

– Tu n'as pas à donner de fausses conclusions! Une conversation téléphonique n'a pas valeur de preuve. N'importe qui peut téléphoner et dire n'importe quoi! Les vraies conditions de l'expertise, tu me les donneras après...

– Tu veux vérifier si l'on écoute ton téléphone?

– Oui, c'est ça, mentis-je.

– Et si quelqu'un écoute?

– Dans ce cas, exactement une demi-heure après ton coup de fil, tu verras débarquer chez toi Baklanov, Krasnov ou Olieïnik. Parce que cela va complètement bouleverser leur jeu. Ou bien je suis un crétin intégral.

– Eh bien, l'un n'exclut pas l'autre, à ce que je vois... Mon vieux, je ne peux pas faire ce que tu me demandes.

Je le regardai dans les yeux.

– Excuse-moi, ajouta-t-il. Je ne joue pas avec le feu quand c'est aussi dangereux. Et je te conseille de faire comme moi.

– Mais tu comprends, lui criai-je en plein visage, que je peux les coincer rien qu'avec ça! Je saurai s'ils m'ont refilé un meurtrier bidon ou non. Toi, cela ne te coûte rien, juste un coup de fil à me donner. S'ils accourent chez toi, cela voudra dire qu'ils savent depuis longtemps que Tsvigoun et celui sur qui il a tiré ont le même groupe sanguin. Et c'est sur cela que je les coincerai! Je t'en prie, Sacha!

– Igor, je t'ai déjà répondu, dit-il sèchement, en retirant ma main du col de son blouson et en se remettant à travailler de la pelle et à déblayer la Moskvitch.

– Qu'est-ce qu'il vous arrive, les enfants? nous cria de loin Alla Sorokina.

– Couillon, va! dis-je à Sorokine. Je fis demi-tour

et, tout en essayant de retrouver mes traces mais en m'enfonçant à nouveau dans la neige jusqu'à la taille, m'éloignai pas très fier de moi. A cause de ce lâche, une idée remarquable venait d'échouer.

– Igor! s'écria Alla lorsque je passai auprès d'elle. Mais je fis comme si elle n'avait pas été là.

Dans la rue, je remontai dans la cabine du chasse-neige, débouchai une bouteille de yaourt pour me calmer les nerfs et dis au chauffeur de me ramener au métro Aéroport. Mais nous n'avions pas fait cinquante mètres que je lui donnai l'ordre de revenir dans la cour des Sorokine. En moins d'une minute, nous dégageâmes sa Moskvitch de sa prison de neige. Puis, sans avoir dit un seul mot à Alla ni à Sacha, je filai vers la maison.

9 heures et quart

Au 3e bureau de la PJ, il n'y avait presque personne. Une partie des inspecteurs avait filé rue Katchalov aider Pchénitchny à interroger la population, une partie écumait hôpitaux et morgues dans l'espoir de retrouver un homme au corps transpercé par une balle. Mais le capitaine Laskine, officier de jour, nous dit, à Ninotchka et à moi, que Svetlov était là, à la « section des putes ». Officiellement, cette section s'appelle « 2e bureau pour la découverte des crimes sexuels », mais personne ne lui donne un nom aussi long. On dit simplement : « section des putes » et cela signifie que le 2e bureau s'occupe de la recherche des viols, des détournements de mineurs, et de la lutte contre la prostitution, l'homosexualité masculine et féminine et autres perversions sexuelles sur le territoire de la ville de Moscou. Cependant, sa compétence s'étend au-delà de la lutte contre ces vestiges du capitalisme. Sur les quarante mille prostituées, tailleuses de pipes, pédés et lesbiennes enregistrés à Moscou, deux ou trois mille travaillent activement pour la PJ, dont ils sont les agents dans les milieux sociaux les plus divers de la capitale. Mais à la veille des Jeux olympiques, le personnel le plus qualifié a été pris à la PJ par le KGB. Il fallait assurer le service de milliers d'étrangers : pouvait-on continuer à se fier à l'improvisation, laisser des grues non contrôlées par le Guébé entrer d'elles-mêmes en contact avec ce flot humain? Aussi Svetlov, en fouillant de son bras gauche valide dans les tiroirs, trouvait-il fréquemment des fiches avec l'annotation « Mise à la disposition du KGB ». Il les retirait une à une, examinait les photos, consultait la biographie, la date de naissance des intéressées. Comme Eléonore Savitskaïa l'avait déclaré la veille, la rousse Svièta, âgée d'une quarantaine d'années, amenait chez Tsvigoun de jeunes putes à devises et Svetlov mettait maintenant de côté les fiches de filles âgées au maximum de vingt et un ou vingt-deux ans.

Mon arrivée interrompit cette passionnante occupation.

– D'abord, me dit Svetlov, cette Svièta ne travaille pas au KGB. Sinon, nos gars de la section des putes la connaîtraient. Ils sont en contact étroit avec le Guébé. Ce sont le colonel Litviakov et le commandant Chakhovski qui s'occupent chez eux des putes à devises.

– Attends un peu, l'interrompis-je. Laissons de côté ces demoiselles : Ojéréliev ou Laskine peuvent s'occuper d'elles. J'ai besoin que tu ailles à la Boutyrka.

– Pour quoi faire?

Je lui exposai brièvement mon échec avec Sorokine et l'idée que j'avais eue au sujet de Bouriatski :

– Il faut que nous sachions s'ils ont déjà commencé à le travailler pour qu'il se charge du meurtre de Tsvigoun...

– Mais, me dit-il, si on ne te laisse pas le voir, moi à plus forte raison!

– Marat, lui répliquai-je, pour savoir ce qu'un homme détenu à la Boutyrka a dans la tête, il n'est nullement besoin de lui parler personnellement, ni à l'inspecteur qui s'occupe de lui.

Il me regarda en face avec un grand sourire :

– Et tu en as souvent, des idées intéressantes comme celle-là, lorsque tu relèves d'une cuite?

Nous montâmes avec lui au second, où se trouvait le 3e bureau. J'y confiai Ninotchka aux bons soins du capitaine Laskine, priai celui-ci de lui donner du travail, lui rappelai ce que je lui avais demandé au sujet de Guivi Mingadzé et filai enfin à mon travail, au Palais.

10 heures moins le quart

En sortant de l'ascenseur, au quatrième étage du département des Instructions du Parquet de l'URSS, j'entendis une femme qui faisait un esclandre. Elle avait une voix de basse, était bien habillée et possédait d'étonnants sourcils noirs.

– Est-ce que vous savez au moins qui vous avez arrêté? criait-elle à l'adresse de Guerman Karakoz. Je vous ferai tous mettre en prison! Il n'a volé personne, il était seulement venu chez elle récupérer ses brillants!...

Je compris qui était cette femme. Karakoz confirma aussitôt mon hypothèse :

– De quoi parlez-vous donc, Galina Léonidovna? Nous n'avons arrêté personne!

De sa voix de velours, Karakoz s'efforçait de calmer cette femme en dansant presque autour d'elle et en exprimant de toutes les fibres de son corps onctueux combien il était innocent et n'avait rien à voir avec toute cette affaire.

– Comment cela, personne? J'en suis sûre! J'ai téléphoné à l'officier de garde, à l'Intérieur! le coupa aussitôt Galina Léonidovna, dont les sourcils rappelaient tant ceux de son père. On a arrêté hier un ami de notre famille, le chanteur Boris Bouriatski, du Bolchoï! Et c'est un magistrat instructeur de chez vous, Polkanov, qui mène l'enquête.

– Baklanov? demanda Karakoz.

– Oui, oui, c'est ça. Je me suis dépêchée de venir chez vous dès neuf heures du matin et qu'est-ce que je trouve? Le bordel! Personne : ni le Procureur général, ni même ce Balkanov!

– Baklanov, précisa Karakoz.

– Ne m'emmerde pas, lui lança brusquement au visage Galina Léonidovna. Qu'est-ce que tu as, à me faire la leçon? Baklanov ou Polkanov, qu'est-ce que cela peut foutre? Ce qui compte, c'est qu'il est déjà 10 heures et qu'il n'est pas encore arrivé au travail! On les engraisse à ne rien faire! J'en parlerai à mon père aujourd'hui même!

Au même instant, Kolia Baklanov sortit de l'ascenseur. Ses épaules voûtées, ses paupières rougies, les cernes sous ses yeux disaient assez qu'il avait passé au moins quarante-huit heures dans des interrogatoires. Il avait à la main un lourd porte-documents, plein de dossiers, et à la bouche un mégot à demi consumé. La mine réjouie, Karakoz avança vers lui :

– Kolia! Nous avons ici...

Mais Baklanov, sans même saluer Karakoz, se dirigea vers la porte de son cabinet. Il l'ouvrit et jeta sèchement à Galia Brejnéva :

– Veuillez me suivre, Galina Léonidovna.

– Quoi? fit cette dernière, ahurie par un tel ton.

Il lui montra la porte ouverte de son cabinet et répéta :

– Je vous demande de me suivre.

– Et qui êtes-vous donc? fit-elle abasourdie.

– Je suis le juge d'instruction en chef pour les Affaires de Haute Importance Nikolaï Afanassiévitch Baklanov.

– Ah, alors c'est toi, Polkanov! explosa Galia. Les poings aux hanches, la quinquagénaire ressemblait à une cuisinière, dans une cantine de province. C'est à 10 heures que tu viens travailler? Regarde-toi un peu! Tu as vu ton allure? Ça s'appelle un juge d'instruction soviétique! A peine dessoûlé! Souffle donc un coup, que je voie!

On doit rendre justice à Kolia Baklanov, qui supporta avec flegme les dithyrambes de Galia, aux yeux de tout le département des Instructions avidement planté sur le pas des différentes portes. Quand elle eut fini, il dit seulement, sans forcer le ton :

– Je ne pense pas, Galina Léonidovna, qu'il soit dans votre intérêt de produire ici un tel spectacle. Je désire vous montrer un certain nombre de documents concernant votre ami Bouriatski. Ils vous concernent aussi. Si vous voulez bien...

Et sans attendre Galia, il entra dans son cabinet. La fille de Brejnev n'avait plus qu'à le suivre docilement. Elle trouva néanmoins le moyen, aux yeux du public, de garder la face.

– Le goujat! s'exclama-t-elle pour les autres, en montrant du bras Baklanov et son cabinet. Il ne laisse pas les femmes passer d'abord!

Riant intérieurement, je me dirigeai vers le cabinet de Tarass Vendélovski, avec qui je voulais parler du « Rossiya ».

Au même moment

La voiture de Svetlov freina à l'angle des rues Liesnaïa et Novoslobodskaïa, au niveau d'un magasin d'articles de ménage. Au volant était assis un adjudant d'un groupe opérationnel, car le bras droit de Svetlov était encore en écharpe. Ne pouvant conduire, il rongeait péniblement son frein. Après avoir attendu que des piétons eussent fini de passer sur le trottoir, le chauffeur entra lentement sous le porche d'un grand immeuble d'habitation et se retrouva dans une cour, devant une vieille et haute clôture en brique qui ressemblait aux murs du Kremlin, avec les mêmes tourelles, les mêmes créneaux, la même brique autrefois rouge, aujourd'hui d'un brun tirant sur le gris. Mais ce n'étaient naturellement pas les murs du Kremlin, c'étaient les murs de la Boutyrka, la plus grande et la plus célèbre des prisons de Moscou, dont la construction remonte à Pierre le Grand. Au début des années soixante, le grand amateur de sensations et de déclarations fracassantes qu'était Nikita Khrouchtchov faillit la flanquer en l'air. Il déclara à cette occasion que l'on en avait terminé en URSS avec la criminalité, que dans vingt ans nous aurions réalisé le communisme intégral et n'aurions plus besoin de prisons. On abattit pour cette raison la centrale de la place Taganka; celle de Matrosskaya Tichina allait suivre le même sort lorsque Khrouchtchov fut lui-même flanqué par terre. On peut donc considérer que Brejnev, Souslov, Kossyguine, Mikoyan et les autres conjurés qui renversèrent alors Khrouchtchov[1] sauvèrent les prisons rus-

1. Le 15 octobre 1964. Sur cet événement, et le rôle de Brejnev et de Souslov (personnages centraux du présent roman), il est recommandé de lire *La Méthode Brejnev*, d'Avtorkhanov (Ed. Fayard, 1981).

ses et qu'ils n'eurent pas totalement tort puisque, comme la suite le montra, la criminalité, loin de diminuer, augmenta encore. Du coup, la Boutyrka se mit à travailler pour deux : pour elle et pour Taganski Tsentral. Mais si, pour attirer les touristes étrangers, on dégage ces temps derniers les autres édifices architecturaux anciens de la gangue de constructions modernes qui est venue les étouffer, la Boutyrka, cette prison-forteresse abritant dix mille détenus, a par contre soigneusement été dissimulée aux yeux importuns par toute une ceinture d'immeubles d'habitation construits à cet effet. Les nouveaux locataires ne sont pas du genre causant : ce sont des gens du KGB ou de l'Intérieur. Et aujourd'hui, autour de la Boutyrka, la paix règne : il y a le tramway qui passe le long de la Liesnaïa, les vitrines alléchantes des galeries Molodoste sur la Novoslobodskaïa, les *boubliks*[1] craquants et chauds dans la boulangerie de la Minaïevskaïa, juste à l'endroit où Dostoïevski jeune homme allait voir rassembler les prisonniers que l'on expédiait en Sibérie...

Svetlov fit arrêter la voiture devant la muraille et, par des marches de pierre, monta jusqu'à la cour intérieure de la forteresse. Les jours ordinaires, pendant la « semaine de travail » de la prison, si l'on peut dire, cette courette intérieure demeure vide. Seuls, quelques visiteurs se pressent aux portes de la salle de réception des colis, tandis que des inspecteurs se rendent en hâte aux interrogatoires des détenus. Mais, ces jours-ci, c'était le branle-bas de combat. La courette et l'antichambre de la salle des colis étaient remplies d'une foule nombreuse et bourgeoisement vêtue. Les manteaux de fourrure alternaient avec les vestes en cuir, les toques en fourrure de bébé renne. Ce n'étaient qu'astrakan, vison,

1. Les *boubliks* sont des sortes de bretzels. (*N.d.T.*)

ragondin... Les femmes, les enfants et les amis du millier et demi d'affairistes arrêtés dans le cadre de l'« opération Cascade » avaient afflué de tous les coins d'Union soviétique. Les bras chargés de colis, ils tâchaient d'obtenir des autorisations de visite. Soit qu'ils eussent décidé de se montrer réciproquement leurs toilettes soit qu'ils n'aient réellement rien trouvé de moins voyant à se mettre dans leurs placards, toujours est-il que Svetlov ne savait où donner du regard au milieu des fourrures de prix ni du nez dans le nuage qui l'entourait, fait de produits de beauté français, de poulets rôtis, de jambonneaux finlandais, de fromages de Hollande, de fruits d'Arabie, de gâteaux aux amandes et autres finesses gastronomiques dont la Boutyrka n'avait probablement jamais connu l'odeur...

Après avoir traversé la salle où les parents des détenus s'inclinaient humblement devant les guichets et priaient les gardiennes de service, sévères dans leurs uniformes verts, de bien vouloir transmettre à ces derniers les abondantes victuailles par eux apportées, Svetlov se trouva à nouveau devant un escalier menant à une porte de fabrication moderne, en verre renforcé. On trouvait derrière cette porte une salle hémisphérique à l'ameublement étonnamment moderne pour cette antique prison : moquette, fauteuils design, lampes fluorescentes. Dans les fauteuils, sur les canapés, trônait la fleur du barreau moscovite : le célèbre « quintette d'or » formé d'Apraxine, Skliarski, Kozine, Chveïski et Boris Radziyevski, dont le fils a encore dépassé la gloire comme animateur de télévision. Ils mâchaient des sandwiches et flirtaient avec les jeunes avocates stagiaires en attendant de recevoir leurs clients. Une grosse gardienne venait périodiquement les appeler : « Qui est venu pour Noukzar Baratachvili? Pour Kantorovitch? Pour Ouziakov? »

Tous les avocats connaissaient naturellement Svetlov, qui les salua en traversant la salle et en se dirigeant vers les portes en acier, au fonctionnement silencieux réglé par une gardienne. Celles-ci donnaient sur un long couloir de service à hauts plafonds voûtés, comme à Smolny, ampoules grillagées, murs gris et portes à plaques métalliques : « Groupe opérationnel », « Expertise médico-légale », « Chef de l'isolateur d'instruction », « Box nº 1 », « Box nº 2 », etc. Faisant résonner ses clefs de loin, afin de prévenir une rencontre avec d'autres détenus, une fille corpulente en uniforme d'adjudant du ministère de l'Intérieur conduisait à un interrogatoire le commandant Morozov, ex-chef de l'OBHSS de Sotchi, le visage flasque et couvert de barbe. Sans reconnaître Svetlov, ou plus exactement en fixant le sol de ses yeux éteints, Morozov croisa le colonel comme s'il n'était pas là. Par contre la fille fusilla Svetlov d'un long regard impudent et provocateur. Marat, il faut bien dire, est un personnage de légende tant dans le monde des droit commun que dans celui des miliciens et la célébrité, comme on sait, agit de manière irrésistible sur les femmes, même gardiennes de prison.

Dans l'antichambre du *tonton*, vice-directeur de la prison chargé des questions de discipline interne, Svetlov bavarda familièrement avec quatre civiles employées au secrétariat et au fichier, flirta successivement avec chacune d'entre elles et obtint au bout de quelques minutes les dossiers des compagnons de cellule de Bouriatski. La chemise où on les avait rangés comprenait les noms de Choubankov, Troubny, Grouzilov, Tchernykh, Peïsatchenko et encore sept autres. Svetlov eut un sourire : les noms des meilleures *poules couveuses* de la Boutyrka lui étaient familiers. Comme un détail sans importance, il demanda à l'une des secrétaires :

– Le responsable, qui est-ce?

– Grouzilov, répondit la secrétaire qui donna même son surnom : « Le Doyen ».

Mais Svetlov connaissait bien Grouzilov. Trois évasions de camp et de prison, y compris cette même Boutyrka, sept condamnations atteignant un total cumulé de soixante-douze ans. Mais le talent qu'il avait déployé dans sa collaboration avec la Milice avait valu à Vitali Grouzilov de se retrouver en liberté, pour la septième année consécutive. Il était enregistré à Moscou et avait obtenu un appartement où il vivait maintenant avec sa famille, tandis qu'il ne venait partager les cellules des détenus de la Boutyrka que comme on se rend à son travail. Il aimait, lorsqu'il rencontrait Svetlov, évoquer le bon vieux temps, l'époque où il avait échappé à Svetlov lancé à ses trousses à la faveur de régates sur la Moskova...

– Où est-il maintenant? demanda Svetlov. Cela fait un bout de temps que je ne l'ai pas vu.

– Il déjeune. Bâtiment des enquêtes, cabinet n° 6.

– Et Tonton? Sniéguiriov?

– En train de briefer les gardiens, pour qu'ils n'acceptent pas de bakchichs. On nous a ramené des détenus, cette fois-ci, ils offrent cent roubles pour un paquet de cigarettes! Vous vous rappelez Safonov, le gardien? Il s'est fait pincer à transmettre des messages à l'extérieur. Il paraît qu'il prenait cinq mille roubles par message!

– Ouais... On ne s'ennuie pas, chez vous! D'accord, je vais aller faire un tour chez le Doyen, on évoquera le passé. Quand Sniéguiriov sera libre, soyez gentille, faites-moi appeler...

Le Doyen était installé à déjeuner dans une sorte de cabinet particulier : le « cabinet d'instruction n° 6 ». Conduit là sous prétexte d'interrogatoire, il s'était librement installé à la table réservée aux inspecteurs et absorbait sans se hâter des nourritures appétissantes, sans guère de rapport avec l'ordinaire de la prison. Le petit déjeuner du prisonnier Grouzilov se composait de beignets aux choux et au caviar de saumon, de croquettes de poulet et d'épaisses crêpes à la crème fraîche. Et c'était avec plus d'appétit encore qu'il jetait des coups d'œil à la puissante poitrine cosaque de la belle fille, dans le genre de l'Aksinia de Cholokhov, qui lui avait apporté cette collation du mess des officiers.

– Ah, colonel! Bienvenu, très cher! s'exclama-t-il à la vue de Svetlov. Encore des truands qui t'ont tiré une balle dans le bras? Tu y laisseras un jour la peau! Assieds-toi, déjeune avec l'indic, pendant qu'il est encore en vie! Ne sois pas dégoûté, c'est bon! Liousska, file à la cuisine et rapporte-nous tout ce que tu peux y trouver! Et n'oublie pas le narzan! Je ne supporte pas l'essentouki, il me donne des aigreurs d'estomac. Combien de fois faut-il te le dire, foutue garce!

Liousska jeta au colonel le regard de lynx de ses yeux verts et, après avoir insolemment oscillé de la croupe, quitta la pièce.

– Détenue ou civile? demanda Svetlov en l'accompagnant du regard.

– Détenue. Hein qu'elle est pas sale, la chienne? Sniéguiriov l'a mise à la chimie[1]. Pour la récompenser de ses « résultats exceptionnels au travail ». Faut dire qu'elle remplit de telles normes, surtout avec son cul, que dans un mois elle rentrera chez elle par anticipation, sans plus rien devoir, Seulement, maintenant, plus question pour elle de se faire sauter comme tout le monde! Parle à ton copain Sniéguiriov, il te la fera avoir, c'est pas un radin.

1. Travaux d'intérieur, réputés plus faciles. (*N.d.T.*)

– D'accord. Je suis venu pour te parler affaires, dit Svetlov, qui demanda à brûle-pourpoint : Bouriatski s'est déjà mis à table?

Le Doyen reposa sa fourchette, regarda attentivement Svetlov et, soudain prudent, fit observer :

– C'est pas tout à fait dans les règles, ça, citoyen chef[1].

– Bien sûr, que ce n'est pas dans les règles, répondit tranquillement Svetlov. Et violer et tuer un enfant de six ans, c'est peut-être dans les règles?

Le Doyen serra le poing, flanqua un coup sur la table et se mit à crier d'une voix de putois :

– Ça suffit! Vous n'avez pas le droit de me coller des accusations pourries! Pendant sept ans, qu'ils ont essayé de me mettre ça sur le paletot! Et sans y arriver! Et ils avaient un autre calibre que toi! Je vais écrire au ministre, à Nikolaï Anissimovitch[2].

Pendant qu'il criait ainsi, des taches blanches étaient apparues sur ses joues rouges, un indice sûr qu'il avait pris peur. Il y avait de quoi. Huit ans plus tôt, les habitants de l'avenue du Komsomol avaient été frappés d'horreur en apprenant qu'on avait trouvé le corps d'un garçon de six ans, Kostia Zouïev, dans un bac à ordures, derrière une poissonnerie. L'enfant était entièrement dévêtu. Il avait été sodomisé à mort par un inconnu.

– Doucement, fit Svetlov. Qu'est-ce que c'est que ce cirque? Je ne te colle encore rien. Simplement, ce n'est pas moi qui me suis occupé de cette affaire, à l'époque. Mais si tu continues à gueuler, je m'en occuperai. Il n'y a pas encore prescription...

– Je ne crains rien, répondit le Doyen, soudain plus calme. Et sans transition, il ajouta avec un geste

1. C'est ainsi que les détenus doivent officiellement s'adresser aux représentants de l'ordre. *(N.d.T.)*.

2. Chtcholokov. Remplacé par Fédortchouk, ancien adjoint d'Andropov au KGB, à la mort de Brejnev. *(N.d.T.)*.

furieux pour attraper une mouche qui volait au-dessus de son assiette : Les salauds! Ils élèvent maintenant des mouches, dans les prisons? Une mouche, en janvier! Qu'est-ce que vous avez besoin de savoir?

– Je préfère ça, dit Svetlov. J'ai besoin de connaître toutes les directives que t'ont données Krasnov ou Baklanov au sujet de ce Bouriatski.

– Bouriatski! fit avec mépris le Doyen. C'est à cause de cette merde que tu m'as menacé comme t'as fait, Marat Alexeïévitch?

– C'est toi qui l'as cherché. Je viens te poser une simple question, d'homme à homme, et voilà que tu me lances le règlement à la figure...

– Pas faux non plus, admit le Doyen, devenu raisonnable. Donc, la première directive a été de casser un peu le moral à cet artisse, histoire de le faire chier dans ses bottes de terreur. Tu te doutes que c'est pas un bien gros boulot, pour nous. On lui a fait un de ces cirques hier, quand il est arrivé! On lui a fait croire qu'on était tous des pédés et des assassins. Le soir, il chialait chez l'inspecteur; il était d'accord pour n'importe quoi, pourvu qu'on le change de cellule. Pas étonnant : un artisse, ça a les nerfs fragiles! Lui, il était déjà à plat. C'est alors que Tchernykh s'est mis à le traire. Lui, il avait reçu une autre directive : il fallait qu'il prenne cet artiste sous sa protection, pour qu'on lui fasse pas de mal, et qu'il lui fasse tout raconter, dans les moindres détails. Surtout ce qui avait rapport à son amitié avec Tsvigoun. Et aux cachettes où Tsvigoun pouvait avoir planqué des bandes magnétiques. Le faire parler, à l'heure qu'il est, c'est un jeu d'enfant. Ça fait vingt-quatre heures qu'il roupille plus, il a trop peur qu'on se farcisse ses miches pendant qu'il dormira! Seulement, il ne sait rien au sujet des bandes, ça, j'en suis sûr.

– Et c'est tout?

– En ce qui nous concerne, oui.

– Qu'est-ce que cela veut dire, « en ce qui nous concerne »?

– Ça veut dire qu'on a rempli notre mission, qu'il n'a plus figure humaine. On lui a raconté une telle déconnance, sur les camps et les tortures, qu'il n'est pas seulement prêt à se laisser coller une accusation de meurtre : il enverrait père et mère au poteau tellement qu'il a la trouille!

– Et on lui colle un meurtre sur le dos?

– Et pas qu'un peu! Colonel! ajouta le Doyen sur un ton de reproche. Ne me prends pas pour un cave. C'est bien pour ça que t'es venu, pour que je te le dise? T'as beau être l'ami de Tonton, tu peux courir pour qu'il te dise qu'on veut mettre un meurtre sur le dos de quelqu'un, et quel meurtre encore! Considère que tu as maintenant une dette envers moi...

– Mais tu ne m'as encore rien dit, fit Svetlov avec un sourire rusé.

– Tant mieux, si je ne t'ai rien dit. Mais toi, t'as déjà tout compris. Si on fait venir des grosses têtes comme moi de tous les coins de la Boutyrka, rien que pour deux hommes...

– Deux hommes? demanda Svetlov, très étonné. Pourquoi deux? Il y a encore quelqu'un, à part Bouriatski!

– Il y a son copain qui est enfermé dans la cellule 503, Sandro Kataouri. Lui aussi fréquentait Tsvigoun. Une autre équipe s'occupe de lui, pour plus de sûreté. Si l'un fait défaut, l'autre est là pour nous tirer d'affaire. C'est comme pour les cosmonautes, il y a des doublures. A moins qu'ils ne soient utilisés en couple, ça je n'en sais rien, c'est aux autorités de décider...

– Il y avait encore une certaine Svièta qui jouait

avec eux aux cartes chez Tsvigoun. Une rousse, dans les quarante ans. Qui est-ce?

– Pas la moindre idée. Que je ne revoie jamais la liberté si je suis en train de mentir! Je n'en sais rien. Peut-être qu'il ne le dira pas à Tchernykh, maintenant qu'il est en contact direct avec les autorités... Mais où est donc passée cette garce de Liousska? Le thé est complètement froid, maintenant...

Svetlov se leva. Il savait maintenant tout ce que nous désirions savoir. En se dirigeant vers la sortie, il traversa à nouveau la salle de réception des colis et fut derechef assailli par le fumet des poulets-tabaka, des tourtes maison et autres spécialités culinaires et pensa que, par une ironie du sort, la plus grande partie de tous ces mets irait non à leurs destinataires mais à leurs compagnons de cellules : confidents, indics et poules couveuses...

10 heures 17 minutes

Tarass Karpovitch Vendélovski était un petit vieillard tout sec de soixante-douze ans qui refusait obstinément de prendre sa retraite. Son cabinet était à son image et tout encombré de vieux dossiers jaunis, de recueils juridiques, d'instructions et de règlements, avec une cafetière en plein milieu, une bouilloire à côté, des craquelins un peu plus loin, des bottes en feutre à hautes semelles en caoutchouc qui traînaient dans un coin, une bouteille de kéfir, de la crème de gruyère et encore je ne sais quels paquets sur la fenêtre, entre les deux vitres, sans compter la spirale orangée de résistance électrique qui fumait entre ses pieds. Il la branchait illégalement dans son cabinet pour faire chauffer son eau, en se cachant de l'intendant et des services de prévention des incendies.

– Chamraïev, sur la ligne extérieure! entendit-on soudain sur notre commutateur téléphonique. Igor Iossifovitch, prenez la ville! On vous demande de l'Institut d'expertises judiciaires!

Je me sentis l'estomac noué. Etait-il possible que Sorokine se fût quand même décidé.

Je pris l'appareil et demandai avec une certaine appréhension :

– Allô?

– Salut! fit une voix joyeuse.

C'était Alla.

– Impossible de te trouver dans ton cabinet, ajouta-t-elle. Tout le temps en train de te balader! Tu dragues, ou quoi?

Je gardai le silence. Sa voix rendait un son étrangement gai, comme si je ne m'étais pas disputé peu de temps auparavant avec son mari.

– Ecoute! Tu es toujours intéressé par les résultats de l'expertise des biologistes concernant la balle? Ou ça ne t'intéresse plus? Tu n'arrêtais pas de gueuler que tu en avais besoin, et voilà que maintenant tu ne téléphones même pas pour savoir!

Impossible de parler, tellement j'avais le souffle coupé. Pour une surprise, c'en était une! Sorokine n'avait pas pris le risque de téléphoner lui-même, mais il avait parlé de ma demande à sa femme, et elle... Chapeau!

– Oui, oui, bien sûr que cela m'intéresse! fis-je d'une voix qui avait du mal à sortir. J'ignorais encore les résultats de l'expédition de Svetlov à la Boutyka.

Alla se mit à faire l'imbécile : pas pour moi bien sûr, mais pour la tierce personne qui pouvait écouter au même moment notre conversation :

– Seulement je te préviens : c'est super-secret! Je n'ai pas le droit de faire connaître les résultats de l'expertise avant que les conclusions n'aient été certifiées...

– D'accord, fis-je en entrant dans son jeu, ne me mets pas au supplice ! Déballe !

– Bref, j'ai aperçu du coin de l'œil que les groupes sanguins ne coïncidaient pas. Le défunt était du groupe II, et sur la balle il y a des traces du groupe I. C'est donc qu'il n'est pas mort de cette balle. Tu te rends compte !

– Je vois, fis-je. Quand leurs conclusions seront-elles prêtes ?

– Tu sais bien comment ils font traîner les choses. D'abord on les écrit à la main, ensuite on les tape, ensuite il faut que tout le monde signe ! N'attends rien avant le déjeuner. C'est pour cela que je t'ai appelé.

– Merci. Je t'embrasse sur les deux joues !

– J'espère bien ! fit-elle en riant.

– Alla, rappelle à Sorokine d'envoyer les experts en balistique au 16 *bis* rue Katchalov. J'ai fait une demande dès vendredi, en déposant les pièces à conviction.

– D'accord, je le lui rappellerai. A bientôt !

J'attendis qu'elle ait raccroché et reposai prudemment l'écouteur. Formidable, la petite Alla ! Le maximum qu'elle risquait, si on nous écoutait vraiment au KGB, c'était un savon par voie hiérarchique. Et encore, un savon pour quoi ? Bon, elle avait confondu le I romain avec le II : ça arrive à tout le monde ! Et si elle avait téléphoné à Chamraïev, c'était parce qu'il le lui avait demandé. Après tout, il travaillait sur cette affaire sur instructions spéciales de Brejnev ; il était spécifié dans son attestation que toutes les organisations avaient pour devoir de l'aider... Bon, restons calmes. Que faut-il faire avant toute chose ? Ils vont naturellement s'imaginer que cette nouvelle m'a bouleversé.

Donc...

– Tarass Karpovitch, cher ami, excusez-moi! Où est votre annuaire de service?

De quelque part tout en bas de son secrétaire, Vendélovski tira un vieil annuaire sans couverture, aux pages toutes cornées, édité à une époque antédiluvienne : pas avant la révolution, mais presque! A tout hasard, dans la rubrique « Comité de sûreté de l'Etat », tous les noms des anciens chefs avaient été soigneusement rayés et remplacés par ceux des nouveaux maîtres du KGB, rajoutés à la main : Andropov, Tsvigoun, Tsiniev, Pirojkov... Je pensai que Vendélovski n'avait pas encore eu le temps de rayer le nom de Tsvigoun et remarquai que les numéros de téléphone du KGB n'avaient pas changé. Béria, Sérov, Sémitchastny, Chélépine avaient disparu dans la nuit des temps et le téléphone du secrétariat du président du KGB était resté le même. Je fis le numéro du secrétariat d'Andropov :

– Secrétariat du président, fit instantanément une sèche voix masculine.

– Bonjour. J'appelle du parquet d'URSS. Chamraïev, juge d'instruction aux Affaires de Haute Importance. Je désire obtenir d'urgence une audience du camarade Andropov.

– C'est à quel sujet?

– Je m'occupe de la mort de Sémion Tsvigoun et j'ai une communication de la plus grande importance.

– Bien. Lorsque Youri Vladimirovitch fixera une heure de rendez-vous, nous vous trouverons.

Cela, je n'en doutais pas! S'ils ont besoin de quelqu'un, ils savent le trouver. Je fis le numéro du 3e bureau de la PJ et entendis la voix de Ninotchka :

– 3e bureau...

– Dépêche téléphonée, dis-je en m'efforçant de

changer ma voix : « Pour services opérationnels exceptionnels, décerner à Nina Makarytchéva le titre de Héros de l'Union... »

– Ah, c'est toi ! Et moi qui avais commencé pour de bon à noter cette dépêche téléphonée dans le livre ! A cause de toi, il va falloir maintenant que je l'efface !

– Inutile d'effacer. Continue à écrire : « Pour le capitaine Laskine. Premièrement : prière de téléphoner à 11 heures à l'Institut d'expertises judiciaires; les prier de se hâter pour les conclusions, au sujet des groupes sanguins. Deuxièmement : l'affaire des cambrioleurs Savitskaïa, Makarov, Kostia le Trombone et de la revendeuse Chevtchenko doit être transmise immédiatement pour examen ultérieur au Parquet de la Ville, pour ne pas nous retarder inutilement. Troisièmement : pour services opérationnels exceptionnels, décerner à Nina...

– Tu recommences ! fit-elle, presque fâchée. On pourrait déjeuner ensemble ?

– Je ne sais pas. Je te rappellerai. A bientôt.

Je raccrochai et m'installai confortablement dans le fauteuil, face à Tarass Karpovitch Vendélovski. Je pouvais maintenant l'écouter une heure entière me raconter l'histoire de l'incendie du Rossiya.

RÉCIT DU JUGE D'INSTRUCTION EN CHEF
POUR LES AFFAIRES DE HAUTE IMPORTANCE
AUPRÈS DU PROCUREUR GÉNÉRAL D'URSS
TARASS KARPOVITCH VENDÉLOVSKI

... Cet incendie n'est pas survenu par hasard. Aujourd'hui qu'il n'y a plus ni Tsvigoun ni Papoutine, je puis te dire que ce ne fut pas un incendie, mais une guerre entre eux deux, Tsvigoun et Papoutine. Je ne sais ni comment ni où Papoutine a alors obtenu l'autorisation de créer auprès du ministère de l'Intérieur une nouvelle direction, celle des Renseignements intérieurs. Je ne connais que les faits : Dès la fin 1975, tout le dixième étage de l'aile ouest de l'hôtel Rossiya fut occupé par les RI qui y installèrent leur état-major de campagne et y placèrent un appareillage ultra-moderne d'écoutes et de filature, qu'ils avaient massivement importé du Japon et d'Amérique; ils avaient même acheté certaines choses en Israël. Des bruits indiquaient que Souslov les avait aidés pour l'appareillage, mais je n'ai pas eu l'occasion de vérifier les bruits en question. L'appareillage, par contre, je l'ai vu de mes propres yeux et m'en suis même servi lorsque je m'occupais de l'affaire des dealers ouzbeks : les gars des RI nous ont aidés à dépister le chef des trafiquants. Mais pendant que j'étais installé chez eux, au dixième, j'ai compris de quoi ils s'occupaient : c'était une sorte de Gestapo au sein du ministère de l'Intérieur. Ils avaient mis en place des moyens d'observation pour tous les dirigeants du Parti et de l'Etat et avaient un dossier sur tous ceux qui étaient un tant soit peu proches du gouvernement. J'y ai même vu une chemise à mon nom. Ils me l'ont eux-même montrée, dans la mesure où elle était annotée E.S. sur la couverture, c'est-à-dire « élément sûr ». Bref, un second KGB, ni plus ni moins! Et où cela? Au Rossiya qui, comme tu sais, a toujours été le fief du Guébé. Les indics s'y marchent sur les pieds : Nikiforov, le directeur de l'hôtel, est lui-même un ancien général du Comité. Pas étonnant! Il y a au Rossiya une foule d'étrangers qui ont besoin qu'on les tienne à l'œil, et en plus des étrangers il y a des tas de gens de chez nous qui y descendent, des huiles de toutes les républiques, des artistes, des savants et aussi des affairistes en tous genres, des millionnaires clandestins, c'est-à-dire toute la racaille que « Cascade » est actuellement en train de balayer. On commence maintenant à entendre dire qu'ils bénéficiaient tous de la protection de Tsvigoun, mais à l'époque c'est moi qui devais tirer tout cela au clair. Bref, deux mois environ après l'incendie, j'ai compris que la Rossiya n'était pas seulement le fief du KGB, mais aussi le nid de guêpes du *business* parallèle. Un certain Rachimov, soi-disant « responsable des approvisionnements en bois », arrive par exemple de son Asie centrale et loue d'un coup au Rossiya huit suites, dans lesquelles il donne chaque jour des réceptions, disons plus simplement des beuveries, où viennent faire la noce tout le commissariat au Plan, le ministère de l'Industrie du bois et celui des Voies de communication et même Galina Léonidovna Brejnéva, avec son oncle Yakov Ilitch, le frère de Léonide Ilitch. Après ces « réceptions », le bois scié dont toutes nos entreprises manquent s'envole par convois entiers en direction de l'Asie centrale, où il est revendu illégalement au prix du marché noir, ce qui permet à chacun des participants d'empocher un million. Autre exemple fameux, celui du caviar qui partait vers l'Occident, ni vu ni connu, dans des boîtes de conserve marquées « Harengs », ou « Sprats ». Et où tout cela a-t-il commencé? Au Rossiya où, il y a huit ans, nos trafiquants ont fait la connaissance de leurs partenaires occidentaux et ont mis au point toute l'opération. Bref, le Rossiya ne servait pas seulement aux festivals internationaux du cinéma : c'était aussi le quartier général de l'économie parallèle et le lieu de rencontre de nos businessmen clandestins avec les mercantis occidentaux. Il s'y est fait de ces affaires! Tout y est passé : l'or, les fourrures, les brillants, les icônes et même les pilules anticonceptionnelles d'importation! Une partie de ces opérations était démasquée par le KGB, quand ils ne touchaient pas leur quote-part. Pour les autres, tu comprends toi-même... Et voilà notre Papoutine qui s'installe au beau milieu de ce nid de guêpes avec le nouveau département du MVD, les Renseignements Intérieurs. Tu piges? Deux forces rivales, conflit. En mai 76, Papoutine remonte jusqu'à une grosse trafiquante de brillants, la femme de l'ancien premier secrétaire de Géorgie, Mjavanadzé. Celui-ci avait déjà été remplacé et si Brejnev n'avait pas pris sa défense, à l'époque, les tchékistes de Géorgie n'auraient pas hésité à le mettre derrière les barreaux, et pas pour des prunes : lorsque Chévarnadzé, président du KGB géorgien, avait ordonné une perquisition au domicile de Mjavanadzé, à Tbilissi, on avait trouvé chez lui des lingots d'or pur transformés en cochons, vaches et autres animaux, d'un poids de cinq ou six kilos chacun! Comme tu vois, cela rapporte d'être premier secrétaire du Comité central! Je dis ça pour plaisanter, bien sûr. Mais l'essentiel des biens précieux de Mjavanadzé réussit quand même à échapper à Chévarnadzé : la femme de Mjavanadzé eut le temps de filer à Moscou avec une valise pleine de brillants et s'installa ni plus ni moins dans l'appartement de son amie Galina Brejnéva. Pendant ce temps son mari, Vassili Mjavanadzé, s'était réfugié dans la ville de Yakov Brejnev, près de Moscou. Essaie un peu de leur faire des misères après ça! Que fait mon Chévarnadzé? Il coffre leur fils, à Tbilissi, et le garde comme otage, en lui collant une affaire de chasse interdite dans une réserve naturelle. En outre, il envoie à Moscou toute une équipe de limiers géorgiens, chargés de cueillir la Mjavanadzé au moment où elle entrerait en contact avec les trafiquants de brillants. Et voilà mes Géorgiens qui s'installent au Rossiya, d'où ils ne mettent plus le pied dehors, et espionnent la Mjavanadzé depuis l'état-major des RI. Mais impossible de la pincer! Elle ne sort pas dans la rue sans Galia et, où qu'elle aille, c'est bras dessus bras dessous avec elle. Je me souviens des chapelets de jurons qu'ils lançaient, les Géorgiens, et dans le russe le plus pur! Ils réussirent quand même à surprendre quelques contacts et, à ce que j'ai compris, les RI les ont beaucoup aidés pour cela, à charge de revanche naturellement. Les jours des Mjavanadzé étaient certainement comptés, on était sur le point de les arrêter, après quoi il n'y aurait plus eu qu'à tirer la ficelle pour faire tomber des mafias entières, qui auraient conduit à Tsvigoun, à Galia Brejnéva et plus haut encore, absolument comme ce qu'il se passe actuellement avec « Cascade ». Mais l'incendie a dérangé tous les plans.

A l'aube du 25 mai, au neuvième étage de l'aile ouest de l'hôtel, juste en dessous des chambres du 10ᵉ abritant l'état-major de campagne des RI, éclata un incendie d'une violence inouïe. Par malheur, justement ces jours-là, on avait débranché pour vérifications techniques le système de protection, contre les incendies, tandis qu'à la caserne centrale des pompiers, toutes les voitures possédant des échelles capables de monter au-dessus du septième avaient été envoyées, deux jours plus tôt, dans la ville de Serpoukhov, à une heure de route de Moscou, pour des exercices d'entraînement. Jolie coïncidence, n'est-ce pas? Bref, pendant que les pompiers repliaient leurs tuyaux pour nous les apporter, à l'hôtel Rossiya, en quarante minutes, trois étages brûlèrent d'un coup : le neuvième, le dixième et le onzième. Tout l'appareillage des RI périt, avec leurs fichiers, leurs moyens d'observation, et aussi quatorze collaborateurs du MVD géorgien et des RI moscovites, de garde cette nuit-là. En outre, l'incendie entraîna la mort de vingt-sept étrangers, tandis que soixante et onze autres personnes étaient grièvement brûlées ou blessées. En raison de la mort des étrangers, il y eut une réunion extraordinaire du Politburo. Le directeur de l'hôtel fut limogé sur l'heure et on confia au Parquet l'instruction de l'affaire : Roudenko me mit aussitôt au travail. Nous travaillons comme des fourmis, tu le sais aussi bien que moi. Je me mis donc à creuser, à gratter, à bâtir ma fourmilière. Première question : pourquoi le système de protection contre les incendies n'avait-il pas fonctionné? Réponse : il était effectivement en réparation. Deuxième question : pourquoi les voitures à grandes échelles se trouvaient-elles à Serpoukhov? Réponse : elles suivaient effectivement un entraînement aux environs de Moscou. Etc. Mais tu sais que je ne lâche pas facilement prise. Deux mois plus tard, je connaissais par son prénom et son patronyme la moindre femme d'étage de l'hôtel; je savais même des choses aussi précises que le jour où elle avait reçu un bakchich de tel ou tel locataire, dont je connaissais aussi le nom, pour permettre à une nana de rester dans sa chambre après 11 heures du soir. Bref, je finis par apprendre que, la veille de l'incendie, au neuvième étage de l'aile ouest, justement dans les chambres où l'incendie avait éclaté, on était venu nettoyer les tapis. Bon, on avait nettoyé les tapis des chambres, rien de plus normal. Malheureusement, ces deux nettoyeurs de tapis, l'un Géorgien âgé d'une trentaine d'années et l'autre Russe, mais également brun de poil, ne figuraient pas dans les listes du personnel de l'hôtel Rossiya. Je continue à aménager ma fourmilière. Je demande à une femme d'étage, puis à une autre, comment ils étaient habillés, ce qu'ils portaient. Et voilà que l'une d'entre elles se souvient qu'en plus de l'aspirateur et des diverses brosses, le Géorgien avait sur son chariot une espèce de grande boîte métallique, comme un petit tonneau mais avec une poignée. Même que, lorsqu'ils étaient repartis, il portait cette boîte à la main et la balançait et que la mère Doussia, la vendeuse du buffet d'étage, lui avait dit : « Fais-moi cadeau de cette boîte, mon joli, j'ai un ficus qui étouffe chez moi dans son pot. » Et lui, il lui avait répondu : « Non, mémé, cette boîte appartient à l'Etat, on en a besoin pour le travail », et il l'avait lui-même jetée cinq minutes plus tard aux ordures. La mère Doussia, qui n'était pas sotte, était allée la récupérer et l'avait rapportée chez elle pour sa plante. « Seulement, ajoutait la femme, ça n'a rien arrangé pour son ficus, il continue à crever. Elle s'en est même plainte hier... » Comme tu t'en doutes, j'étais chez cette mère Doussia vingt minutes plus tard et je portai immédiatement la boîte métallique, avec le ficus, à l'Institut d'expertises judiciaires. Quelques jours plus tard, les chimistes me livrèrent leurs conclusions : le récipient avait contenu « un liquide auto-inflammable à action retardée, le SJZR-12 », un liquide qui s'enflamme spontanément douze heures après avoir été mis en contact avec du tissu, du bois ou de la matière plastique. Bon, je me suis mis à chercher où l'on produisait chez nous ce liquide, ce qui m'a conduit à Bakou, à l'usine secrète « Boîte postale n° 41 » du ministère de la Défense. Et là, au bureau des livraisons, j'ai trouvé l'inscription suivante dans le livre de comptes : « Le 17 janvier, sur instructions personnelles du camarade Gueidar Aliyev, ont été livrés quatorze litres de SJZR-12. » Je demande à qui ils ont été livrés. On ne s'en souvient pas exactement, on se souvient seulement que c'était à un Géorgien. Evidemment, je ne suis pas allé interroger Gueidar Aliyev, je ne suis pas idiot au point d'interroger le premier secrétaire de l'Azerbaïdjan, encore récemment chef du KGB de sa république! Il ne m'aurait pas laissé quitté Bakou vivant... Non, j'ai quitté la ville sans faire de bruit et me suis mis à chercher ce Géorgien et ce Russe brun. Mais je venais à peine d'entreprendre mes recherches que Roman Andreïévitch Roudenko me convoqua et me donna l'ordre de transmettre tous les matériaux de l'instruction au KGB : Tsvigoun avait obtenu par Brejnev qu'on leur confiât la fin de l'enquête. Après quoi, avec le défunt Roudenko, nous brûlâmes dans son cabinet tout ce que contenait le dossier de ce liquide à action retardée. Sinon, il y a belle lurette que je serais au cimetière. Sache que Gueidar Aliyev était un proche de Tsvigoun et point n'était besoin de chercher longtemps à qui avait été livré ce SJZR-12 et pour quelle raison l'état-major des RI avait brûlé. Aussitôt après l'incendie, la femme de Mjavanadzé obtint d'Oustinov[1] un avion militaire et, en compagnie de dix colonels de l'Etat-major général, s'envola pour Tbilissi. Ils y libérèrent son fils et, par la même occasion, les cochons et vaches en or qui avaient été placés sous séquestre. Puis tout redevint calme et on n'en entendit plus parler.

1. Ministre de la défense. *(N.d.T.)*

10 heures 55 minutes

– Un coursier pour Chamraïev! Igor Iossifovitch, descendez chercher du courrier! entendis-je à nouveau au commutateur intérieur.

– On peut dire que tu as du succès, aujourd'hui! remarqua Vendélovski pendant que je quittais son cabinet et descendais au secrétariat du Procureur général. Le substitut du jour de Rékounkov me remit l'enveloppe suivante :

SECRET – URGENT – PAR COURSIER

Au camarade I. I. Chamraïev
Juge d'instruction pour les Affaires de Haute Importance
auprès du Procureur général de l'URSS.

Moscou, 25 janvier 1982

Etant donné que vous avez, le 24-1-82, dirigé l'opération de capture du criminel particulièrement dangereux A. I. Vorotnikov, dit « Kortchaguine », je vous prie d'inviter les membres de votre brigade, M. Svetlov, E. Aroutiounov et P. Kolganov à fournir d'urgence à l'Inspection spéciale du personnel du ministère de l'Intérieur de l'URSS des rapports motivant les raisons de l'emploi par eux d'armes à feu et de leurs abus du droit de légitime défense ayant entraîné la mort du criminel.

Général-major de la milice P. M. Loubatchov,
chef de l'Inspection Spéciale du personnel
du ministère de l'Intérieur de l'URSS.

Je fis une boulette de la note et m'apprêtai à la jeter à la corbeille mais me ravisai, m'assis à ma machine à écrire, y introduisis une feuille à en-tête du Parquet de l'URSS et tapai la réponse suivante :

URGENT – SECRET – PAR COURSIER

Au camarade P. M. Loubatchov,
général-major de la Milice,
chef de l'Inspection spéciale du personnel
du ministère de l'Intérieur de l'URSS.

Moscou, 25 janvier 1982

Honoré Pavel Mikhaïlovitch!

Pendant la tentative de capture de A. Vorotnikov, dit « Kortchaguine », la brigade par moi dirigée n'a été obligée d'ouvrir le feu que parce que le vice-président du département des Renseignements intérieurs du ministère de l'Intérieur de l'URSS, le colonel Olieïnik, n'avait pas été capable de monter correctement un piège contre ce criminel.

Je vous prie de fixer l'examen de ladite opération au milieu ou à la fin de février.

Avec mes respects,

I. Chamraïev.

– Bien dit, fit au-dessus de moi la voix de Svetlov. Je vais drôlement leur moucher le nez pendant l'enquête!

Je levai la tête. Svetlov se tenait derrière moi, la capote sur les épaules et le bras toujours en écharpe, avec de gros flocons de neige en train de fondre sur ses épaulettes.

– Alors? Comment ça s'est passé, à la Boutyrka? lui demandai-je discrètement.

Svetlov n'eut pas le temps de répondre; le substitut du jour me tendait à nouveau le téléphone.

– Encore pour vous, Igor Iossifovitch.

– Ici le capitaine Laskine. J'appelle de l'Institut d'expertises judiciaires. Malheureusement, Igor Iossifovitch,il n'est actuellement pas possible d'obtenir les conclusions relatives aux groupes sanguins.

– Pourquoi?

– Parce que le colonel Maliénina, du GOUBHSS, a fait sceller il y a une demi-heure les portes du laboratoire de biologie et procède actuellement à une inspection de tous les produits. Il est impossible d'obtenir le moindre bout de papier...

Je me sentis content de moi. Le piège avait fonctionné! Je savais maintenant qui avait tué Tsvigoun. Je ne devinais plus, je ne supposais pas, j'avais cessé d'échafauder des hypothèses : je savais que ceux qui l'avaient tué étaient les mêmes que ceux qui avaient écouté ma conversation téléphonique avec Alla Sorokina. Ils avaient sans doute décidé que les experts du laboratoire de biologie avaient perdu l'esprit. Les assassins savent bien, en effet, quel est leur propre groupe sanguin!

– Bien, dis-je à Laskine. Retournez à la PJ...

Je me tournai vers Svetlov :

– Marat, lui dis-je, si nous trouvons les photos de tous les Géorgiens qui fréquentaient Tsvigoun, je te dirai qui a mis le feu au Rossiya en 1976.

– Malheureusement, sourit-il, tous les Géorgiens qui étaient un tant soit peu proches de lui disparaissent les uns après les autres. Bagrat Ananiachvili, ministre des Finances de Géorgie, a été écroué il y a une semaine. C'est moi qui ai arrêté à Sotchi Noukzar Baratachvili, le roi de la viande. Le peintre Sandro Kataouri, avec qui Tsvigoun jouait aux cartes, est lui aussi à la Boutyrka. Quant au dénommé Guivi Mingadzé, il a encore fait mieux : il a disparu de la mémoire de l'ordinateur du MVD et du fichier du bureau central des adresses.

– Comment? fis-je, très étonné.

– Figure-toi, dit-il, qu'hier, lorsque j'ai mis mon nez au centre informatique de l'Intérieur, où je voulais obtenir les coordonnées de ce Mingadzé, on m'a dit que l'ordinateur était en panne. Aujourd'hui, lorsque j'y suis repassé après la Boutyrka, j'ai vu que l'ordinateur, aussitôt après Mingadian, donnait Mingalov. Même chose au Bureau central des adresses. Mingadzé est tombé aux oubliettes! J'ai l'impression que quelqu'un nous court devant et supprime à notre barbe tout l'entourage de Tsvigoun! Il ne reste que cette mystérieuse « Svièta », mais je n'ose même plus prononcer son nom à voix haute...

11 heures 25 minutes

Où peut-on à votre avis trouver à Moscou, à 11 heures du matin, une pute à devises? Et pas une pute isolée : il m'en fallait trente d'un coup! Je vous donne trois lignes de réflexion.

Après avoir longé le boulevard de l'Etang des Patriarches, enseveli sous la neige, la Volga de la milice conduite par l'adjudant de Svetlov tourna dans une petite rue et nous nous trouvâmes devant une haute clôture en pierre et des portes portant l'inscription : « Dispensaire dermato-vénérologique n° 7. » A côté de la porte cochère il y avait une petite porte pour les visiteurs, que Svetlov et moi empruntâmes. Des cris féminins joyeux résonnaient dans la cour : plusieurs jeunes femmes en blouses grises faisaient une bataille de boules de neige tandis que trois autres fabriquaient consciencieusement un énorme bonhomme de neige. A notre vue, elles redoublèrent de glapissements. L'une d'elles cria : « Les filles, voilà des mecs! », une autre nous jeta une boule de neige, une troisième salua Svetlov par son nom et son patronyme. La plus jeune, une gamine de quinze ans, courut à lui et le tira par un pan de sa capote :

– Colonel, allons derrière les buissons! Je suis guérie, je le jure sur la tête de ma mère!

– Plus tard, plus tard... lui dit Svetlov.

Nous entrâmes dans le dispensaire. L'infirmière de garde nous donna des blouses blanches, qu'elle nous força à enfiler par-dessus nos costumes, et nous conduisit par les couloirs puant le phénol jusqu'au cabinet du médecin en chef, Liev Aronovitch Goldberg, un petit vieux bedonnant d'environ soixante-dix ans, au pince-nez relié par une chaînette dorée à sa blouse médicale. Après que nous eûmes expliqué à Liev Aronovitch l'objet de notre visite, il nous demanda :

– Et comment avez-vous appris que le contingent que vous recherchez a choisi de se faire précisément soigner ici?

– En consultant le fichier de notre « section des putes », à la PJ, répondit Svetlov en étalant devant lui un certain nombre de fiches choisies par lui dès la matinée. Regardez, c'est noté ici : « 79. Envoyée pour soins au dispensaire dermato-vénérologique nº 7. » Même chose ici, et encore là... Ces filles sont ensuite passées au KGB, mais elles ne pouvaient pas changer de dispensaire : les gens n'aiment pas à changer de médecins, surtout s'ils les ont guéris au moins une fois. A plus forte raison s'il s'agit d'un vénérologue.

– Bien raisonné, sourit Liev Aronovitch. Effectivement, j'ai ici une sorte de succursale de votre « section des putes », comme vous avez daigné vous exprimer. En plus, ces filles m'amènent des amies du KGB que je ne suis absolument pas obligé de soigner, puisqu'elles ont l'hôpital du KGB à leur disposition. Mais je les soigne, que voulez-vous que je fasse? Si je ne le fais pas, elles vont passer la blenno à tout Moscou. En ce moment, cela peut encore aller : c'est l'hiver. Mais en été, c'est une vraie épidémie. Tantôt ce sont les Arabes, tantôt les Cubains qui amènent le virus. Vous voulez les interroger toutes ensemble, ou bien séparément?

Svetlov et moi nous partageâmes le travail, Liev Aronovitch nous ayant cédé son cabinet et la salle de soins. Sur sa demande l'infirmière de garde se mit à appeler le « contingent de putes » du dispensaire. La première patiente qui entra me plongea dans un état de choc. C'était une grande fille d'une vingtaine d'années. A peine entrée dans la salle de soins, elle ôta d'un geste d'habituée sa blouse de malade et son slip et s'allongea en costume d'Eve dans le fauteuil gynécologique, ses deux longues jambes largement écartées. Ahuri, je la regardai dans les yeux. Elle me jeta :

– Qu'est-ce que t'as à me reluquer? C'est pas aux yeux que j'ai la chaude-pisse. Regarde plus bas...

C'est alors seulement que je réalisai que j'étais en blouse blanche. Je l'enlevai et lui dis d'un ton sec :

– Rhabillez-vous. Je suis juge d'instruction au Parquet, j'ai un certain nombre de choses à vous demander...

Sans même rougir, elle se leva tranquillement de son fauteuil, remit son slip et sa blouse et prit place à table en face de moi. Le menton appuyé sur son joli petit poing, elle dit du ton le plus innocent :

– Bon. Je vous écoute, camarade juge d'instruction.

Je voyais des étincelles de rire qui dansaient dans ses yeux, tandis que derrière la porte on entendait des explosions de franche rigolade...

Cependant, à peine une demi-heure plus tard, ayant interrogé la moitié du « contingent de putes », nous possédions déjà, Svetlov et moi, les coordonnées de quatre Sviètas rousses, minces et quadragénaires, susceptibles de posséder une Lada personnelle et de fournir Tsvigoun en putes à devises : Svetlana

Arkadievna, gérante de l'hôtel « Budapest »; Svetlana Antonovna, patronne d'une maison clandestine située au 217, avenue de la Paix, appartement 67; Svetlana Nikolaïevna, gynécologue rattachée à l'infirmerie de l'hôtel « Ukraine »; Svetlana Frantsevna enfin, qui dirigeait le rayon des produits de beauté du GOUM. Une de nos patientes était en train d'essayer d'évoquer une des quatre Svetlana, en jouant espièglement avec le bout de sa pantoufle d'hôpital, lorsque l'adjudant de Svetlov entra en coup de vent dans la salle de soins :

– Camarade juge d'instruction, me dit-il, le juge d'instruction Baklanov vient d'appeler au radiotéléphone. Il demande que vous lui parliez.

En allant vers la voiture, je passai prévenir Svetlov, au cabinet du médecin en chef :

– Tu as entendu? C'est Baklanov qui nous téléphone! On dirait que Bouriatski a passé des aveux complets pour le meurtre de Tsvigoun!

– Ou Sandro Kataouri, dit-il.

Midi 57 minutes

DOCUMENT D'IMPORTANCE POLITIQUE
EXCEPTIONNELLE

Absolument secret
Dactylographié en 5 (cinq) exemplaires
Au praesidium du plénum du Comité central du PCUS

Mémorandum global
sur les résultats de l'« opération Cascade »

Au cours des années 1981-1982, à la requête du camarade M. A. Souslov, secrétaire du Comité Central du PCUS, le département des Renseignements et le GOUBHSS du MVD de l'URSS ont mené l'opération désignée sous le nom d'« enquête Cascade », destinée à révéler la corruption de personnes de haute responsabilité et leurs liens avec des affairistes clandestins, représentants de l'économie illégale parallèle.

L'opération a démontré les faits suivants :

Au cours des dix dernières années, divers secteurs de l'industrie, de l'agriculture et des services, ainsi que de la direction des sports, de la culture et de l'éducation ont vu se constituer des formations économiques parallèles incluant des milliers de personnes.

Sous une forme chiffrée, l'activité des formations économiques parallèles est la suivante :

Le bilan des revenus des mafias clandestines, économiques et administratives, a été évalué, pour la seule année 1981, à la somme de 25 milliards de roubles. En outre, les pots-de-vin reçus par diverses personnes occupant des postes de haute responsabilité pour couvrir l'activité illégale de ces formations se sont montés, au total, à 42 millions de roubles, sur lesquels ont été versées à de très hauts dirigeants de l'administration les sommes suivantes :

– S. Tsvigoun, premier vice-président du KGB de l'URSS : 3 millions 420 000 roubles.

– A. Chibaïev, président du Conseil central des syndicats soviétiques : 1 million 760 000 roubles.

– A. Ichkov, ministre des Pêcheries : 6 millions 312 000 roubles.

– N. Mokhov, premier vice-ministre de la Culture : 2 millions 980 000 roubles.

Les 28 millions restants ont été versés à des membres d'organisations du Parti, du gouvernement ou de l'administration de niveau supérieur ou moyen sous la forme de pots-de-vin directs, de présents et de cadeaux de prix.

Il a été arrêté en tout dans le cadre de l'« opération Cascade » 1 507 dirigeants de l'« économie parallèle » qui sont tous détenus dans des isolateurs de la ville de Moscou et seront prochainement déférés au tribunal.

Au cours de l'opération ont été révélés de nombreux faits démontrant l'existence de liens entre certains affairistes de l'« économie parallèle » et des membres de la famille du Secrétaire général du Comité central du PCUS. Léonide Ilitch Brejnev. D'après des calculs largement demeurés partiels, les membres de la famille de L. Brejnev ont reçu des pots-de-vin directs, des présents et cadeaux sous forme de bijoux, fourrures, antiquités et objets de musée pour des sommes se montant à :

– Galina Brejnéva-Tchourbanova : 2 millions 700 000 roubles.

– Youri Léonidovitch Brejnev : 3 millions 200 000 roubles.

– Yakov Ilitch Brejnev : 1 million 800 000 roubles.

– Sémion Kouzmitch Tsvigoun : 3 millions 400 000 roubles.

En échange, les personnes citées ci-dessus accordaient aux dirigeants de l'« économie parallèle » leur protection pour entrer dans divers ministères et organes administratifs et les aidaient à obtenir de hautes fonctions, ainsi que des fournitures hors plan de matières premières, machines-outils, outillages et divers autres produits dont le pays manque.

217 dirigeants de l'« économie parallèle », arrêtés dans le cadre de l'« opération Cascade », ont déclaré que, pour parvenir à leurs fins criminelles, ils étaient entrés en contact direct avec Galina Léonidovna Brejnéva, Youri Léonidovitch

Brejnev et Yakov Ilitch Brejnev. 302 autres ont déclaré qu'ils avaient agi par l'intermédiaire de Boris Bouriatski, Sandro Kataouri, A. Kolévatov et d'autres.

Le fait que tous les parents proches du camarade L. I. Brejnev accordent leur aide à des éléments criminels et, ce faisant, contribuent à la désorganisation de l'économie planifiée soviétique, certains d'entre eux, comme Galina Brejnéva, ayant de surcroît un mode de vie ouvertement dissolu, ne peut qu'avoir une influence négative sur l'autorité du camarade L. I. Brejnev, comme chef de l'Etat soviétique, ainsi que sur le prestige du Parti communiste et du gouvernement soviétique.

Documents joints : Matériaux de l'« opération Cascade », soit les procès-verbaux des interrogatoires, confrontations et aveux sincères des 1 507 inculpés, ainsi que les dépositions des 3 788 témoins, le tout constituant 32 volumes de 6 383 pages.

Signé : Les responsables de l'« opération Cascade ».

Mais il n'y avait pas de signatures sous le document et Baklanov me dit, en tendant le bras pour reprendre le papier :

– Il n'y a pas encore de signatures, mais elles viendront.

M'ayant repris le document, il le rangea soigneusement dans une épaisse chemise en cuir synthétique, qu'il fit entrer dans sa serviette. Puis il poursuivit, tout en versant du vin dans nos verres :

– Le moins que l'on puisse dire est que ce document est plutôt rare. Même les membres du Politburo ne l'ont pas encore lu. Et tu es naturellement là à te demander pourquoi je te le montre et dans quel but je t'ai invité au restaurant. Pas vrai?

Effectivement, de la part de ce radin de Baklanov, qui essayait même de ne pas payer ses chopes de bière, il semblait totalement extravagant qu'il m'eût recherché par l'intermédiaire de la PJ, radiotéléphone à l'appui, pour m'inviter à déjeuner dans le meilleur restaurant caucasien de Moscou. Nous étions donc installés dans un cabinet particulier de l'Aragvi, un cognac arménien de douze ans d'âge sur la table, avec du vin fin de Géorgie, des *soulgouni* fumants, des *satsivi* odorants, une salade de *lobio*, de la verdure caucasienne, des tomates fraîches (en janvier!)[1]. Derrière la cloison, dans la grande salle, une bande de trafiquants géorgiens encore épargnés par « Cascade » faisaient grand bruit : « A Souliko! Buvons à la santé du grand homme qui a gagné cent mille roubles en une semaine! Il a fait passer deux cents caisses de fleurs à l'aéroport de Vnoukovo[2] »

Baklanov reposa la bouteille sur la table :

– Tu n'as pas l'air de me croire, quand je te dis que je t'ai invité ici vraiment par amitié, et tu as tort! Tâche de comprendre que l'enjeu est très, très gros! Et dans un jeu comme celui-là, les pions comme nous sont sacrifiés dès le début...

On entendit derrière la cloison un nouveau toast fleuri, cette fois en l'honneur du papa de Souliko, qui avait réussi à faire de son fils un homme aussi remarquablement doué... Baklanov fronça le sourcil :

– Tu vois un peu ce qui se passe? Le peuple a pris

1. *Soulgouni* : plat à base de fromage cuit et fondu; *satsivi* : salade de poulet aux noix et à la sauce aigre-douce; *lobio* : haricots rouges; la *verdure* caucasienne, très parfumée, servie humide et sans assaisonnement : thym, menthe, coriandre, etc. (*N.d.T.*)

2. Rappelons que le commerce privé est interdit par la législation soviétique. (*N.d.T.*)

l'habitude de voler! Dans un film géorgien, un homme dit à son voisin : « De quoi vis-tu donc? A part l'air comprimé, il n'y a rien à voler à ton usine! » Tu peux en mettre trois millions en prison, cela ne changera rien. Parce que, comme dit le proverbe : « C'est par la tête que le poisson commence à pourrir. » Tu te rends un peu compte maintenant de l'équipe que tu es en train de défendre? Brejnev fait répandre tous les deux mois le bruit qu'il est mourant, qu'il n'en a plus pour longtemps et personne ne le touche. Cela dure ainsi depuis des années! Pendant ce temps, cette tribu au pouvoir a constitué dans le pays une énorme économie parallèle, quelque chose comme une deuxième NEP. N'importe quelle crapule peut se faire cent mille roubles par semaine et nous deux, à cause de ces salopards, nous sommes presque devenus ennemis. Nous devons unir nos forces, mon vieux, nous unir et redonner au pays une nouvelle santé. Pour que le pouvoir soit entre les mains d'hommes propres...

– Entre les mains ou entre les poings? demandai-je.

Baklanov s'immobilisa, la main levée, un *chachlyk*[1] au bout de sa fourchette.

– Que veux-tu dire? demanda-t-il.

– Kolia, lui dis-je, si tout est aussi propre chez vous, pourquoi as-tu peur de moi?

– Où as-tu pris cela?

– C'est très simple. C'est la deuxième fois que tu veux me convaincre de laisser tomber cette affaire. Samedi, vous m'avez filé ouvertement et avez mis mon téléphone sur écoute. Et maintenant, tu m'as même retrouvé par radiotéléphone...

Il reposa son *chachlyk* sur la table, s'essuya les mains à sa serviette et prononça :

– D'accord. Quand on te parle gentiment, tu

1. *Chachlyk* : brochette de mouton.

refuses de comprendre. Je vais être plus clair : tu ne nous gênes pas encore, mais cela ne va pas tarder parce que tu es comme un tank, tu fonces sans te préoccuper des obstacles. Il faudrait une roquette pour t'arrêter, par coup au but.

Nous nous regardions dans les yeux. Une lourde minute passa.

– Kolia, lui demandai-je, ton coup au but, qu'est-ce que c'est? Un avertissement?

– Tu es fou! C'est au sens figuré! s'exclama-t-il avec une vivacité excessive, avant de dissimuler son regard en s'intéressant à son *chachlyk*. Je t'adresse simplement, pour la dernière fois et en tant qu'ami, une prière : le jeu qui se joue est gros et, si tu disposes de quelques cartes, nous pourrions faire une partie formidable ensemble. J'ai un de ces as de pique à te passer, tu n'en reviendras pas! Essaie donc de le jouer, je te garantis que dans une semaine tout sera changé. Bon, tu ne seras peut-être pas Procureur général, ton passeport ne te le permettra pas, mais tu peux compter sur la place de Karakoz. Et tu me parles de « coup au but »! Si demain une brique te tombe sur la tête, c'est moi qui serais le coupable?

Il parla encore quelque temps de notre future collaboration. Brandissant une brochette, il me dépeignit avec exaltation les merveilleuses perspectives qui nous attendaient, mais je ne l'écoutais déjà presque plus. J'avais compris ce qu'il me proposait. Si je lui disais oui maintenant, si je passais une entente avec lui, ils me transmettraient, peut-être aujourd'hui même, le prétendu assassin de Tsvigoun : Boris Bouriatski, l'amant de la fille de Brejnev. Et moi, qui avais été nommé par Brejnev, moi le juge instructeur « impartial », je légaliserais les « aveux sincères » du chanteur. Et alors, juste pour le 4 février, jour où le Politburo devait se réunir, la famille du chef de l'Etat, en plus des révélations de

« Cascade », aurait sur le dos une affaire de sang. Joli, non? Si je disais non, je pouvais recevoir demain une brique sur la tête par coup au but. L'enjeu était gros, Tsvigoun y avait déjà laissé la vie et on ne se gênait pas pour interroger Galina Brejnéva : que leur coûtait-il de me supprimer, si je commençais véritablement à les gêner? Je me levai.

– Merci, Kolia. Si tu m'as prévenu de ta propre initiative, je te remercie personnellement. Si on t'a chargé de me parler, dis-leur que je réfléchirai. Le plus probable, c'est que je vous enverrai tous vous faire voir : toi, Tsvigoun, Brejnev et compagnie. Je vais faire venir des fleurs du Caucase, cela rapporte plus gros.

Je sortis de ma poche un billet de cinquante roubles, prévins le geste de protestation doucereuse de Baklanov et ajoutai :

– De la part du futur trafiquant de fleurs au futur Procureur général, tu paieras pour le déjeuner.

Il prit l'argent, tandis que je souriais intérieurement : lorsqu'ils viendront au pouvoir, pensai-je, ils accepteront les pots-de-vin tout comme ceux d'aujourd'hui, ou pire encore...

14 heures 50 minutes

Je sortis du restaurant et me retrouvai sur la place des Soviets. Sous la statue du prince Youri Dolgorouki, fondateur de Moscou[1], des pigeons affamés allaient et venaient avec force gargouillements bruyants. Une petite vieille, visiblement misérable elle aussi, leur jetait des poignées de miettes mais des nuées de moineaux, plus rapides que les pigeons,

1. Aux environs de 1150, la capitale étant alors Kiev. (*N.d.T.*)

fondaient sur les miettes de pain et les ressortaient avec leurs becs de la neige profonde.

Je restais là à regarder, ne sachant quelle direction prendre. A droite de la place, il y avait la rue Pouchkine avec le Palais de justice, mais que serais-je bien allé y faire?

Pétrissant la neige de mes chaussures, je me dirigeai vers la gauche, en direction de la rue Gorki parcourue par un puissant flot humain. J'avais envie de me retrouver parmi des gens normaux, loin des intrigues et des passions du Kremlin. J'avais bien sûr au fond de l'âme un arrière-goût amer : la conscience passablement désagréable d'une réalité pourtant évidente. *Je m'étais dégonflé.* Et dégonflé précisément au moment où il était devenu évident que Tsvigoun n'avait pas été tué par hasard et où Baklanov avait lui-même reconnu que « je n'allais pas tarder à les gêner », c'est-à-dire à dévoiler les ressorts cachés de ce meurtre. Si je découvrais qui avait tué Tsvigoun et qui faisait partie du complot dirigé contre Brejnev, tout ce que je pouvais escompter avoir, c'était une promotion hiérarchique au grade de juge d'instruction en chef, avec une augmentation de salaire de soixante roubles par mois. Valait-il la peine de risquer ma vie pour ces soixante roubles? D'ailleurs, au nom de quoi risquer d'être privé de la vie, de cette belle neige bien propre, des grognements mécontents des pigeons, de la rue Gorki, de l'odeur des oranges, qui venait de provoquer la formation d'une file d'attente à la porte du magasin Elisseïev? Qu'est-ce que cela pouvait me faire, que Brejnev conserve son poste le 4 février ou bien qu'on l'accuse d'avoir ruiné l'économie, favorisé la corruption, accepté des pots-de-vin et qu'au lieu de lui, ce soient Souslov, Kirilenko, Gorbatchov, Andropov, Grichine ou Romanov qui reçoivent les hommages sur la place Rouge? M'ôteraient-ils mon fils, les petites Ninotchkas, le craquement de la neige sous mes pieds, le frisson que venait de me donner le regard d'une jolie blonde qui passait place Pouchkine, et ce marchand de glaces cocasse en tablier blanc et bottes de feutre qui battait la semelle et s'évertuait à crier, en pleine chute de neige : « Des-gla-ces! Les glaces les plus glacées du monde! » Je traversai la place Pouchkine et ouvris la porte du « Télégraphe international ». C'est une minuscule succursale du Télégraphe central de la rue Gorki. On l'a inaugurée ici il y a environ cinq ans, au moment où l'émigration juive battait son plein, pour séparer ceux qui téléphonaient à l'étranger du reste du public. Il y a trop de gens qui téléphonent en ce moment à l'étranger, en particulier aux Etats-Unis, en Autriche, en Italie et en Israël et cela démoralise la population. Or, dans ce petit bureau du « Télégraphe international », en bordure de la Place Pouchkine, les futurs émigrés n'entendent personne d'autre qu'eux-mêmes.

J'entrai dans la petite salle, tout étriquée, avec seulement cinq cabines téléphoniques et entendis aussitôt, sortant de l'une d'entre elles, une puissante voix de femme dotée d'un incurable accent juif :

– Monia! criait-elle, je l'ai! J'ai l'autorisation! Je pars dans dix jours! Quoi? Non, on ne donne plus un mois pour les préparatifs, oublie cela! Maintenant on te donne dix jours, et disparais! Et c'est encore bien beau! J'ai attendu seize mois en tout, alors que les Gourévitch, eux, attendent depuis plus de deux ans! Bon, j'arrête! Dans dix jours je serai avec vous!...

Je crois bien que cette femme pleurait de bonheur; je me mis presque à l'envier. On entendait une voix d'homme dans une autre cabine, qui dictait d'une voix bien nette :

– Zaferman Evsseï Ivanovitch, envoie une invitation à l'adresse suivante : Moscou, rue Pirogov, n° 6.

Kapoustine Oleg Yakovliévitch, invitation à l'adresse : Moscou, quai Chevtchenko...

Tout en m'approchant de l'employée du télégraphe, je pensai soudain : et si je demandais à cet olibrius de me « commander », à moi aussi, une « invitation » en Israël? Cela résoudrait d'un seul coup tous les problèmes : on me renverrait du Parquet et on me retirerait l'affaire Tsvigoun. Il ne me resterait réellement plus qu'à vendre des fleurs au marché kolkhozien. Mais l'employée prononçait déjà des paroles sévères, dans le micro attaché à ses écouteurs qui pendait devant sa bouche :

– Citoyen, votre temps de parole est épuisé! Je vous coupe!

Une barbe rousse émergea de la cabine et le jeune homme qui s'y trouvait protesta vigoureusement :

– Vous n'avez pas le droit, j'ai encore quatre minutes! J'ai payé!

Je pris un formulaire de télégramme et, appuyé à la barrière, composai le texte suivant :

MOSCOU, RUE POUCHKINE N° 15 BIS, PARQUET URSS, GUERMAN KARAKOZ, CHEF DÉPARTEMENT INSTRUCTIONS ABSOLUMENT SECRET PARS IMMÉDIATEMENT MIDI ME REMETTRE PETITES FILLES PRIE ME LIBÉRER FONCTIONS OCCUPÉES ALLEZ TOUS VOUS FAIRE VOIR CHEZ GRECS CHAMRAÏEV

Je réfléchis encore à ce que je pourrais ajouter d'offensant au texte, mais décidai qu'il suffisait pour que l'on me renvoyât de mon travail : plus même besoin de demande de visa israélien! Mais lorsqu'elle eut lu mon télégramme, l'employée me le jeta nerveusement de l'autre côté de la rampe :

– Je refuse d'envoyer un tel télégramme!

– Pourquoi?

– Parce que ce n'est pas un télégramme, ce sont

des grossièretés! Ils ne manquent pas de culot, ceux-là! L'un envoie des mufleries au Parquet, l'autre dicte tranquillement des adresses pour Israël! Hé toi, le rouquin, libère la cabine!

– Je ne sortirai pas tant que vous ne me redonnerez pas la ligne! entendit-on à l'intérieur de la cabine. J'ai encore droit à quatre minutes!

– Je vais appeler la Milice! On voit qu'il n'y a plus Staline, vous vous permettez tout, il n'y a plus personne pour vous mettre en tôle! Ah, Seigneur, quand donc aurez-vous tous débarrassé le plancher? Partez au plus vite pour Israël, qu'on ne vous revoie plus!

Puis elle me regarda et répéta :

– J'ai dit que je n'enverrais pas ce télégramme! Quitte la salle!

– Tu vas me l'envoyer, dis-je avec une rage froide.

Je posai devant elle mon laissez-passer rouge du Parquet de l'URSS ainsi que mon second document : le formulaire à en-tête personnel du Secrétaire général du Comité central du PCUS, où Brejnev précisait que toutes les institutions du pays devaient accéder à mes demandes, car j'accomplissais une mission d'importance gouvernementale. A la vue de ce pouvoir, revêtu de la signature personnelle de Brejnev, l'employée resta bouche bée, puis calcula rapidement le nombre de mots et me demanda, en s'étranglant à moitié :

– Simple ou urgent?

– Redonnez d'abord sa communication à cet homme, dis-je en montrant le rouquin : qu'il parle encore pendant les quatre minutes qu'il lui reste!

Elle appuya docilement sur le levier qui la mettait en communication avec le Télégraphe central :

– Allô, tu m'entends? Sois gentille, donne-moi à nouveau Israël, oui, Tel Aviv, je te remercie...

Je pensai que, si l'on devait vivre dans ce pays,

cela ne pouvait être qu'à condition d'avoir dans sa poche de tels pouvoirs extraordinaires. Cependant, la question de mes rapports de travail avec la Justice soviétique venait d'être définitivement résolue. Mon télégramme avait été envoyé et je sortis dans la rue. Des voitures ronflaient, des passants se hâtaient, un agent de la circulation s'époumonait avec son sifflet. Je n'avais nullement besoin de me hâter : où serais-je allé, d'ailleurs? Je me mis à remonter en flânant le boulevard de Tver encore à moitié vide, en suivant un sentier étroit tracé sur le terre-plein central dans la neige profonde. Des deux côtés de moi, le long de l'allée enneigée, se dressaient des panneaux avec, dans des sous-verres, les journaux de la presse du Parti des quinze républiques soviétiques socialistes : *Pravda de l'Ukraine, Pravda de Moldavie, Pravda lettone*, etc. La neige s'était collée contre le verre mais on pouvait distinguer les titres, identiques dans tous les journaux : « Fidèles aux enseignements de Lénine! », « Réalisons les idéaux communistes! », « En avant, vers le communisme! ». Sur le côté, des adolescents jouaient avec des boules de neige sur une aire de jeu pour enfants et s'injuriaient comme des charretiers.

16 heures 45 minutes

Sans savoir comment, je me retrouvai peu avant 5 heures du soir rue Katchalov. Tout comme le criminel est attiré sur le lieu de son crime, mon inconscient m'avait conduit sur le lieu de mon enquête inachevée. Le crépuscule, qui tombait tôt, avait depuis longtemps obscurci le ciel moscovite, on avait allumé les réverbères et l'on voyait les volutes neigeuses comme suspendues dans l'air noir, autour de leurs taches lumineuses. Chargés de lourds filets à provisions, les passants avançaient prudemment le long des trottoirs glissants et enneigés et s'entassaient aux arrêts des trolleybus. Mais dans la calme rue Katchalov, il y avait peu de monde, les trottoirs avaient été sablés, les hautes fenêtres des « maisons gouvernementales » laissaient filtrer une puissante lumière jaune. Derrière la vitrine d'une boulangerie, j'aperçus quelques personnes faisant la queue pour acheter du pain et, au fond du magasin, les silhouettes de l'infatigable Pchénitchny, de Marat Svetlov, de Ninotchka, d'Ojéréliev, de Laskine. Ils se tenaient debout autour d'une fille grassouillette d'environ neuf ans, qui avait de petites nattes et une pelisse en peau d'écureuil. Un violon d'enfant sur les genoux, elle était assise devant un comptoir et, ses jambes ballant dans le vide, dévorait une pâtisserie tout en racontant quelque chose aux membres de feu mon équipe d'instruction. Ils ignoraient encore que leur chef d'équipe, le juge d'instruction Chamraïev, avait déjà rendu les armes et interrompu l'enquête. Il fallait que je m'arme de courage et que je leur explique tout, et ce en présence de Ninotchka.

Je soupirai et entrai dans la boulangerie.

– Igor! s'écria Ninotchka tout excitée. Viens ici! Ecoute un peu!

Elle se tourna vers la fillette :

– Katia, c'est notre chef le plus important. Répète-lui donc qui tu as vu ici, le 19 au soir?

– J'ai fini mon gâteau, fit Katia en secouant les miettes de millefeuille qui étaient tombées sur l'étui noir de son violon et en s'apprêtant à se lever.

– Je vais t'en acheter un autre, Katioucha, lui dit Svetlov. Mais tu vas éclater, cela fera le cinquième!

– Cela ne fait rien, déclara Katia, je l'emporterai à la maison.

– D'accord, si tu répètes d'abord ce que tu nous as raconté...

– Oh là là! soupira pesamment Katia, comme si elle avait affaire à des demeurés. Combien de fois peut-on répéter la même chose! Eh bien, j'ai vu deux monsieurs qui tiraient un troisième monsieur qui boitait d'une jambe et qui avait du sang sur son pantalon. Ils sortaient de la maison qui est là-bas. C'est tout ce que j'ai vu.

– Et où allaient-ils avec lui? demanda Svetlov.

– Je vous l'ai déjà dit : ils l'ont mis dans une voiture et ils sont partis.

– Qu'est-ce que c'était, comme voiture? Une Volga?

– Tu m'as promis un gâteau, répondit Katia.

Svetlov sourit et partit acheter un gâteau à la vendeuse, tandis que Pchénitchny, dont les yeux bleus étincelaient, me tendait triomphalement le « Procès-verbal de l'interrogatoire du témoin mineur. Ekatérina Oujovitch, neuf ans ». On comprenait son enthousiasme. Après trois journées continues d'interrogatoires de tous les habitants des maisons voisines, voilà qu'il était enfin parvenu à un résultat!

« ... Mardi 19 janvier, à peu près vers 5 heures du soir, je sortais de l'école de musique et me rendais à la boulangerie pour acheter un mille-feuille lorsque j'ai vu deux hommes de taille moyenne, en veste, sans manteau, qui aidaient à sortir un troisième homme de la maison nº 16 bis. Lui aussi était simplement en veste, et de grande taille. Il boitait de la jambe gauche et il y avait du sang sur son pantalon. Je m'arrêtai pour les regarder, car cet homme faisait des grimaces de douleur qui m'amusaient. Il n'était pas très vieux, dans les trente ans. Je ne me souviens pas des autres hommes parce que je regardais celui qui saignait. Ils l'ont installé dans une voiture, une Volga noire, et sont partis, et moi je suis allée à la boulangerie... »

– Ce n'est pas tout, Igor Iossifovitch, ajouta Pchénitchny avec un doux sourire, en me tendant une seconde feuille de papier.

DÉPÊCHE TÉLÉPHONÉE

« A la suite de votre demande concernant l'accident automobile survenu le 16 juillet 1978 dans le secteur de la rue Katchalov de la ville de Moscou et impliquant une automobile de marque Volga, numéro minéralogique GRU-56-12, je vous informe que la Volga en question appartenait à un certain Guivi Révazovitch Mingadzé, domicilié à Tbilissi, 7, rue Pirosmani, et qu'elle lui a été confisquée avec d'autres biens lui appartenant en raison de la condamnation du citoyen Mingadzé pour trafic de devises, délit réprimé par l'article nº 88 du Code pénal de la RSFSR, en vertu d'une décision du tribunal de Moscou en date du 20 juillet 1978. *Signé :* général de milice D. I. Abachidzé, chef de la Direction du trafic automobile de la RSS de Géorgie.

Tbilissi, 25 janvier 1982 ».

– Qu'est-ce que tu en dis? me demanda Svetlov, revenu avec son gâteau. Il a été coffré au titre de l'article 88 et il ne figure ni au Bureau central des adresses ni au fichier du MDV! Ils nous prennent pour quoi? Pour des cons? Excuse-moi, petite, voilà ton millefeuille. Il n'y a qu'une chose que je ne comprends pas : s'il a été coffré depuis déjà plus de trois ans, pourquoi nous le cachent-ils?

Pendant ce temps, le capitaine Laskine s'était approché de moi et m'avait remis les conclusions officielles concernant les traces de sang relevées sur la balle nº 2 :

« ... Les résultats de l'analyse microscopique de la partie extérieure de la balle n° 2 ont montré qu'il y avait à la surface de cette balle des particules sanguines microscopiques se rapportant au groupe sanguin humain n° II.

L'étude de l'échantillon sanguin prélevé lors de l'autopsie du citoyen Tsvigoun, décédé de mort violente, effectuée par le Bureau d'expertises médico-légales, a montré que le citoyen Tsvigoun était lui aussi du groupe sanguin II.

A. Sorokine, responsable du laboratoire, etc.

E. Abdirkina, expert en chef, candidat en biologie ».

Pendant que je parcourais des yeux les lignes en question, le commandant Ojéréliev ajouta :

– Parmi toutes les Svetlana que nous avons découvertes ce matin avec le colonel Svetlov, seule la gynécologue rattachée à l'infirmerie de l'hôtel Ukraine possède une Lada bleue. Mais nous ne l'avons pas trouvée à son travail et elle n'est pas encore rentrée chez elle. Par contre, sa Lada se trouve garée près de chez elle, sous la neige, et notre Sviéta ne pourra pas nous échapper. Le capitaine Aroutiounov est sur place...

Je regardai en silence Svetlov, Pchénitchny, Ojéréliev, Ninotchka, Laskine. Tous étaient surexcités, enthousiastes, leurs visages frémissaient, leurs yeux brillaient gaiement. Même Ninotchka comprenait que, dans les différents domaines de l'enquête, la ligne d'arrivée était en vue.

– Laissez partir la fillette, leur dis-je.

– Pourquoi? s'étonna Svetlov. Nous allons maintenant la conduire à la PJ, chez Goussiev. Le département technique l'aidera à établir un portrait-robot. J'ai déjà téléphoné à Goussiev; il nous attend.

– Marat, dis-je en me tournant vers lui, *on ne discute pas*. Puis, m'adressant à Pchénitchny : Valentin, répétai-je, laissez partir la fillette. Katia, le monsieur qui est là, c'est le capitaine Laskine. Il va te ramener à la maison. Oublie, s'il te plaît, tout ce que tu leur as dit ici, d'accord?

Katia haussa les épaules et s'éloigna, accompagnée par le capitaine Laskine, son violon dans une main et, dans l'autre, le gâteau enveloppé dans du papier. L'équipe m'entoura. Tous avaient soudain l'air anxieux.

– Qu'est-ce qu'il s'est passé?

– Voilà, mes amis, prononçai-je en faisant un grand effort. Nous arrêtons l'enquête.

– Qu-o-i? fit douloureusement Ninotchka.

– Que t'a dit Baklanov? demanda Svetlov.

– Cela n'a plus d'importance, répondis-je. Ce qui compte, c'est que l'équipe est dissoute et que l'enquête s'arrête là.

– Mais pourquoi? cria presque Ninotchka en sautant vers moi.

– Baklanov t'a peut-être graissé la patte? plaisanta Svetlov.

– C'est ça, tu as deviné.

– Et combien t'a-t-il offert? continua-t-il.

– La vie, répondis-je en le regardant dans les yeux. La mienne et la vôtre.

– Curieux, fit lentement Svetlov en soulevant son bras blessé. Hier tu risquais ma vie, avec celles de Kolganov, de Laskine et d'Aroutiounov. Aujourd'hui...

– Ce qui s'est passé hier suffit. J'ai envoyé il y a une heure un télégramme à Karakoz, pour le prévenir que je démissionnais du Parquet. Alors, excusez-moi, mais je ne suis plus juge d'instruction.

Pendant quinze secondes, ils me regardèrent tous

au fond des yeux : Svetlov, Pchénitchny, Ojéréliev, Ninotchka. Puis Ninotchka se détourna, prit son sac à main posé sur une table et, sans dire un mot, sortit de la boulangerie. La porte vitrée claqua derrière son dos.

Svetlov et Ojéréliev se traînèrent à sa suite vers la sortie.

Valentin Pchénitchny rassembla silencieusement les tas de papiers qu'il avait posés sur la table, les plia pour les introduire dans son porte-documents de cuir tout râpé, se leva et, traînant légèrement la patte, gagna à son tour la porte.

Je pris une cigarette dans ma poche et grattai une allumette, mais j'entendis aussitôt l'exclamation grossière de la vendeuse :

– Hé, toi! On ne fume pas, ici!

– Oui, excusez-moi... prononçai-je en comprenant que, désormais, tout le monde allait me crier après : les vendeuses, les receveurs de tramway, les miliciens, les caissières et même les balayeurs publics. Je soupirai et me mis dans la queue pour acheter du pain. Il était temps que je m'habitue à la dureté de la vie de tout le monde, puisque l'approvisionnement spécial du buffet du Parquet était terminé pour moi.

Lorsque j'approchai de la porte de sortie, une baguette de pain blanc et deux petits pains ronds à la main, je vis une longue limousine noire, une Tchaïka à plaques gouvernementales, qui freinait pour s'arrêter juste devant la boulangerie. Le général de brigade Jarov, chef de la garde personnelle de Brejnev, s'en extrayait déjà et avançait en hâte dans ma direction :

– Enfin! me dit-il. Cela fait une heure entière que je vous cherche. Souslov est mort à 16 h 5.

– Excusez-moi, fis-je en tirant de la poche intérieur de ma veste la grosse liasse de roubles à peine entamée, ainsi que le pouvoir que m'avait signé Brejnev et en les lui tendant tous deux. J'ai déjà démissionné du Parquet.

– Mais oui, je sais! fit-il avec un geste de dérision agacé. Nous avons déjà lu votre télégramme! Léonide Ilitch vous attend à 18 heures.

Entre 17 heures et 17 heures 30 minutes

Dans la voiture, Jarov ouvrit la porte du bar et nous versa à tous les deux un plein verre de cognac.

– Dieu soit loué, je vous ai retrouvé! fit-il en se calmant peu à peu. Sinon, il aurait fallu vous ramener du Midi. Je vais vous avouer honnêtement que j'avais déjà donné des ordres, par la voie militaire, si bien que les postes de garde de tous les aérodromes méridionaux sont actuellement en train de vous attendre.

– Que s'est-il donc passé?

– Je vais vous montrer...

Jarov avala d'un trait son verre de cognac, renifla le dos de sa main et fouilla à l'intérieur de sa capote, d'où il retira quelques feuillets pliés en quatre :

A peine Souslov mort, j'ai donné l'ordre que l'on perquisitionne à son bureau et dans son appartement. Regardez ce que j'ai trouvé!

Il alluma la lumière dans le salon de la longue voiture noire qui glissait à toute allure dans l'obscurité le long du boulevard de Tver en direction du centre.

Les feuilles allongées de papier ligné portaient, écrit d'une main nerveuse et visiblement sénile, avec des lettres de très grande taille, le texte suivant :

1. *Rapport « Les Erreurs de direction de L. I. Brejnev »*

a) *Défaites en politique extérieure*

– échec de l'occupation pacifique de l'Afghanistan en 1978, entraves aux mesures actives de soviétisation de ce pays;

– retard dans les réactions aux débuts du mouvement syndical antisoviétique en Pologne, libéralisme envers les leaders de « Solidarité »;

– manque de décision dans l'élargissement des zones d'influence soviétique du Proche-Orient, d'où perte de nos positions pour le débouché sur le golfe Persique et diminution sensible de notre contrôle du pétrole arabe.

b) *En politique intérieure*

– libéralisme (avec appel du pied à l'Occident) dans l'attitude adoptée envers le mouvement dissident antisoviétique. Soljenitsyne. Sakharov;

– autorisation accordée aux émigrations juive, arménienne et allemande, ce qui a provoqué la renaissance chez les peuples des républiques de l'Union d'aspirations nationalistes visant à la séparation d'avec l'URSS;

– échec de l'économie planifiée et apparition de l'économie « parallèle » (chiffres des documents de « Cascade »);

– les membres de la famille Brejnev, coupables de corruption et de concussion (documents de « Cascade »);

– comme conséquence de ce qui précède : affaiblissement de l'éducation idéologique des travailleurs, perte de la foi du peuple soviétique dans les idéaux communistes, attitude critique de ce dernier envers le pouvoir existant.

2. *Décisions prises par la réunion du Politburo*

a) inviter L. Brejnev à prendre sa retraite. En cas d'accord, ne pas rendre public le rapport « Les Erreurs de direction », raccompagner L. Brejnev avec tous les honneurs, récompenses honorifiques, etc. En cas de refus, l'exclure du Politburo et rendre public le rapport « Les Erreurs de direction » lors du plénum de mai du Comité central;

b) former le « Gouvernement du Nouveau Cours », qui prendra soin d'assurer à bref délai la réalisation des mesures suivantes :

Politique extérieure :

– pleine et immédiate soviétisation de l'Afghanistan;

– écrasement définitif des forces du mouvement « Solidarité »;

– utilisation vigoureuse de l'incapacité de l'Occident, comme l'ont montré les événements d'Afghanistan et de Pologne, à s'opposer à des actions déterminées menées par l'Union soviétique. D'où un appui militaire maximum aux mouvements populaires procommunistes dans les pays du Proche-Orient, incluant une intervention militaire directe, dans le but de nous assurer d'ici un an ou deux le contrôle du golfe Persique et du pétrole arabe;

– étendre l'appui apporté par les armes et par d'autres moyens d'action aux forces communistes et anti-impérialistes dans les pays d'Amérique latine et en Afrique.

– utiliser les scissions en formation au sein de l'OTAN, les accentuer et provoquer l'isolement des Etats-Unis au sein du monde capitaliste.

La réalisation de ces mesures dans un délai raisonnable (un ou deux ans) constituera la dernière étape préparant à la soviétisation de l'Europe, du Proche-Orient et du continent américain.

En politique intérieure :

– extirpation radicale des mouvements dissidents, des sectes religieuses et spiritualistes, arrêt de tous les types d'émigration;

– recensement de la population apte au travail et fixation obligatoire des travailleurs dans les entreprises, dans les kolkhozes et les sovkhozes, ce qui entraînera une progression en flèche de l'économie et permettra de n'approvisionner que la population travailleuse, grâce à un réseau de distributeurs implanté au niveau de la production;

– Eradication de toutes les formes d'économie « parallèle » et de toutes les autres manifestations d'aspirations antisoviétiques ou capitalistes. Organiser à cet effet une série de procès exemplaires, avec exécutions publiques;

– en raison des tâches nouvelles qui devront être réalisées en politique extérieure et intérieure, augmenter les effectifs de l'Armée soviétique grâce à l'allongement de la durée du service militaire, qui passera de 2 à 5 ans pour l'armée de terre et de 3 à 7 ans pour la marine de guerre.

3. *Former le « Gouvernement du Nouveau Cours », composé de :*

1er Secrétaire général du CC du PCUS :

2e Secrétaire général du CC du PCUS : M. Souslov.

Politburo :

La dernière feuille lignée des notes que l'on m'avait données à lire s'arrêtait là, déchirée qu'elle avait été juste après le mot « Politburo ». En rendant les papiers à Jarov, je pensai : « Oui, pour que les accusations portées contre Brejnev soient vraiment complètes, il ne manque plus qu'un assassinat impliquant l'amant de sa fille. Quant au reste du texte, il convient parfaitement à n'importe quel discours antribrejniévien, même si l'initiateur et auteur de ce texte, Mikhaïl Souslov, vient de rendre à Dieu sa vilaine âme de chien du Parti il y a à peine plus d'une heure... »

– Où avez-vous trouvé cela? dis-je à Jarov.

– Tout simplement dans son secrétaire... Quel salaud que ce Souslov! Il a déchiré la dernière feuille à l'endroit le plus utile! Sans cela nous saurions déjà qui faisait partie du complot et a mis au point avec lui ces saloperies de thèses!...

Je souris :

– Ivan Vassiliévitch, dis-je à Jarov, ce n'est pas Souslov qui a déchiré le papier. Ce sont ceux qui ont glissé ces feuilles dans son secrétaire...

– Mais c'est l'écriture de Souslov, qu'est-ce que vous me racontez?

– Je veux bien. C'est peut-être Souslov qui l'a écrit, c'est même le plus vraisemblable. Mais que vous ayez trouvé immédiatement dans le tiroir de son secrétaire ces papiers à la fin tronquée me semble indiquer qu'on les y a mis exprès. Cela veut dire que celui qui en a besoin en a gardé une copie, et même plusieurs, et peut se servir des idées de Souslov pour effectuer un coup d'Etat. Mais pour Brejnev, c'est une invitation à rester bien tranquille et à prendre sa retraite sans faire de vagues...

Jarov battit des paupières. En dépit de tout son zèle d'aide de camp, il semblait ne pas être très intelligent, comme le sont aussi fréquemment les aides de camp, et ce malgré ses épaulettes de général.

– Et qui donc les y aurait mis?

Je poussai un soupir.

La Tchaïka gouvernementale approchait de la place Rouge.

17 heures 37 minutes

DÉPÊCHE TÉLÉPHONÉE

Au colonel de la milice O. A. Abolnik,
officier de garde pour Moscou

A 17 h 35, à la station de métro Maïakovski, deux femmes sont tombées du quai, ou ont été poussées, sous les roues d'un train qui arrivait. La circulation a été interrompue sur mon ordre. Envoyez d'urgence une brigade pour enquêter.

Signé : F. Abramov, sous-lieutenant de la Milice, officier de garde à la station de métro Maïakovski.

17 heures 38 minutes

Ayant passé la tour du Sauveur, nous nous retrouvâmes sur le territoire intérieur du Kremlin. Je compris immédiatement pourquoi, avant-hier, l'envoyé de Brejnev qui m'accompagnait avait paru gêné lorsque Ninotchka et Anton avaient demandé à être promenés en limousine gouvernementale à travers le Kremlin : tout le territoire intérieur de ce dernier était envahi par l'armée. Des tanks, des voitures blindées, des groupes de soldats grillant silencieusement des cigarettes sous les somptueux sapins du Kremlin, et à nouveau des tanks, des voitures blindées, des soldats. Là-bas, de l'autre côté du mur crénelé du Kremlin, nous venions de quitter la solennité coutumière de la place Rouge, avec ses étrangers élégants affluant vers le Mausolée pour admirer le cérémonial immuable de la relève de la garde devant la dépouille mortelle de « notre grand Lénine », les vitrines du GOUM décorées de guirlandes et la pleine conscience de l'immuabilité des choses que donnait le pavé de la place. Et, juste après la tour du Sauveur, c'étaient la neige aplatie par les chenilles des tanks, les lueurs anxieuses des cigarettes des soldats, et, surtout, le silence, le silence total, sans un rire ni le moindre bruit de voix. Rien que le craquement de la neige sous les bottes des soldats.

Dans les couloirs du Comité central, c'étaient par contre l'agitation, les pas précipités des employés, le crépitement nerveux des machines à écrire et des télex, derrière les portes fermées. Quoique je fusse avec le chef en titre de la garde personnelle de Brejnev, on vérifia trois fois nos papiers à chaque étage, on nous fouilla corporellement, on nous fit accrocher nos manteaux, on nous fouilla à nouveau et nous arrivâmes enfin au quatrième, où se trouvait l'antichambre du Secrétaire général du Comité central du PCUS. Un silence étonnant régnait à nouveau ici, avec une épaisse moquette grise qui étouffait les bruits de pas.

– Par ici, je vous prie, me dit Jarov en ouvrant une nouvelle porte.

Au lieu de l'immense bureau auquel je m'attendais, nous nous trouvions dans une agréable salle de dimensions relativement réduites, à plafond à moulures et fenêtres donnant sur le Kremlin et la place Rouge. Au centre de la salle, derrière une table à conférences dont le drap vert était couvert de collections de vieux journaux, de tasses de café et de bouteilles de narzan, étaient assis Evguéni Ivanovitch Tchazov, médecin personnel de Brejnev, son journaliste préféré Vadim Bielkine (une vieille connaissance) et encore trois hommes d'âge moyen inconnus de moi. Bielkine tapait quelque chose à la machine, Tchazov écrivait, mais à notre vue tous se levèrent. Bielkine vint à ma rencontre :

– Igor Iossifovitch, bonjour! Faites connaissance. Voici des conseillers de Léonide Ilitch : Pavel Romanovitch Sintsov, Souren Alexeïévitch Ptchémian, Edouard Efimovitch Zolotov. Vous connaissez Tchazov...

Les conseillers me serrèrent la main. Tous étaient à peu près du même âge, dans les quarante ans, avec de bons costumes et des cravates à la mode. Sintsov était bien en chair et ressemblait à un acteur de cinéma; Ptchémian grand et le cheveu foncé, avec un visage arménien plein d'intelligence; Zolotov un blond un peu grassouillet au visage couvert de taches de rousseur...

– Prenez place, me dit Sintsov. Thé? Café? Vous voulez manger?

– Rien merci, dis-je en m'asseyant dans un fauteuil et en regardant l'horloge de la tour du Sauveur, derrière la fenêtre. Il restait encore environ vingt minutes avant 18 heures.

– Alors, excusez-nous, me dit Sintsov. Nous allons achever ce paragraphe avant de parler.

Il se tourna vers Bielkine :

– Bon. Où nous étions-nous arrêtés?

Bielkine se rassit devant sa machine à écrire et lut ce qui avait été tapé :

« Le 25 janvier 1982 est décédé dans sa quatre-vingtième année le membre du Politburo, secrétaire du CC du PCUS, député au Soviet suprême de l'URSS et deux fois Héros du Travail socialiste Mikhaïl Andreïévitch Souslov. Homme d'une grande âme, d'une pureté morale cristalline, d'une exceptionnelle modestie, il s'était acquis un profond respect au sein du Parti et du peuple. »

– Cela va?

– Bourré de talent! plaisanta Ptchémian en prenant un vieux journal ouvert à la notice nécrologique concernant Kirov. On peut maintenant se servir de ça : « A tous les postes que lui avaient confiés le Parti communiste et le peuple, il a su montrer qu'il était un organisateur de premier plan, un combattant inflexible pour la grande cause de Lénine et le succès des objectifs de l'édification du communisme... »

Bielkine tapa tout cela à la vitesse d'une mitrailleuse, un sourire moqueur au coin des lèvres. Puis il demanda :

– Peut-on ajouter qu'il a « défendu avec fermeté et intransigeance la pureté des rangs du Parti »?

– Ajoute, consentit Ptchémian.

– Peut-être pourrait-on éviter la « pureté des rangs du Parti »? suggéra Sintsov. Sinon, cela ressemblerait à une allusion aux purges du parti en 1937 et en 1946, lorsque ce paranoïaque a fait périr les meilleurs communistes par milliers...

– Ecrivez, proposa Zolotov : « A défendu la pureté du marxisme-léninisme. » C'est à peu près la même chose, mais sans allusion directe.

– Vous voyez, Igor Iossifovitch? se plaignit à moi Bielkine, avec son air rusé. Aucune liberté de création, même pour les notices nécrologiques!

17 heures 42 minutes

RAPPORT TÉLÉPHONÉ

Au camarade V. I. Abyzov, répartiteur des trains du métropolitain Lénine de Moscou

Deux voyageuses sont tombées sous un train à la station Maïakovski. En raison de l'arrivée d'une ambulance et de la Milice, ainsi que de l'évanouissement de la conductrice Alexandra

Avdéïenko, le train ne peut quitter la station. Je prie d'interrompre le trafic via la station Maïakovski. L'accès de la station Maïakovski a été fermé par la Milice.

Signé : M. Averbach, chef de gare à la station Maïakovski.

17 heures 43 minutes

Bielkine, Ptchémian et Zolotov étaient toujours en train de compiler la notice nécrologique officielle de Souslov, en se servant des vieilles notices consacrées en leur temps à Kirov, Ordjonikidzé, Jdanov et autres chefs du Parti. Tchazov, de son côté, rédigeait les « Conclusions médicales sur la maladie et la mort de M. A. Souslov. » Sintsov s'écarta d'eux et vint vers moi :

– Igor Iossifovitch, il nous semble que vous ayez quelque difficulté dans votre travail. C'est exact?

– Je ne comprends pas très bien, dis-je. Jarov m'a dit que Léonide Ilitch m'avait invité.

– Il s'entretiendra avec vous, mais un petit peu plus tard...

– Je ne pense pas, lui dit Ptchémian, que tu aies commencé par le bon bout. Igor Iossifovitch ignore encore qui tu es, et à qui, d'une façon générale, il a affaire. Je suis sûr qu'il pense que la seule question à l'ordre du jour est de savoir si Brejnev continuera ou non à diriger le pays. N'est-ce pas?

– Pas tout à fait, répondis-je. J'ai déjà vu les thèses de Souslov.

– Ah, dans ce cas c'est plus facile. Vous comprenez donc, qu'il s'agit moins d'un combat pour le pouvoir que de la question de savoir si votre fils ira combattre dans une quelconque Arabie Saoudite ou s'il entrera à l'université, si on rétablira le servage, les exécutions publiques et autres joyeusetés médiévales ou si nous continuerons à rester en équilibre à la frontière d'une vie plus ou moins humaine...

Je ne pus m'empêcher de sourire intérieurement, mais Bielkine m'ôta de la bouche les mots que je n'avais pas osé formuler à voix haute. Il leva les yeux vers Ptchémian et demanda d'un ton moqueur :

– Tu trouves peut-être que nous avons une vie humaine? Il n'y a pas de viande, il faut faire la queue pour acheter du pain, tout le monde vole...

– J'ai dit « plus ou moins humaine », répondit Ptchémian. Nous sommes actuellement placés devant l'alternative suivante : ou bien cultiver notre jardin, planter du blé et élever des vaches, ou bien nous approprier par la guerre les vaches et les jardins d'autrui. Qui plus est, toute la machine du pouvoir est réglée pour la seconde solution. Pour envoyer des troupes en Afghanistan, en Colombie ou en Arabie Saoudite, il n'est nécessaire ni de changer le moindre secrétaire local du Parti, ni même de réunir le Soviet suprême. Rétablir le servage dans toute son intégralité ne coûterait rien : il n'y aurait ni révoltes ni manifestations. Des Lituaniens malintentionnés peuvent bien se mettre en grève : il y a pour cela des troupes kirghizes sur leur territoire, tout comme il y a des troupes lituaniennes en Kirghizie. Staline avait génialement imaginé la chose. La guerre pour la victoire du communisme dans le monde entier justifiera le rationnement, le servage, les exécutions de dissidents, tout ce que vous voudrez. Et surtout, elle renforcera le rôle dirigeant du Parti, ce qui signifie que tous les fonctionnaires du Parti resteront dans leurs fauteuils et recevront de surcroît des grades militaires. C'est pour cela qu'il était aussi facile pour Souslov de réaliser des coups d'Etat au Kremlin, tout comme il a aisément obtenu l'intervention en Afghanistan : les généraux veulent faire la guerre pour être nommés maréchaux et les lieutenants du Parti veulent diriger les généraux de l'armée...

– Sois gentil, Souren, de repéter tout ce que tu viens de dire : je voudrais l'enregistrer pour la postérité, fit ironiquement Bielkine en plaçant ostensiblement les mains au-dessus de sa machine.

– Attend un peu, laisse-moi finir. Notre ami a réellement besoin de comprendre à qui il a affaire. Sinon, il risque de faire un raisonnement très simple et de se demander pourquoi il se foulerait pour sauver Brejnev, si ce dernier a effectivement laissé se développer l'économie parallèle et si toute sa famille a amassé des millions de roubles de bakchichs. Je ne me trompe pas? demanda-t-il en se tournant vers moi.

Je souris. Honnêtement, j'avais souvent entendu des conversations franches aux niveaux les plus divers, mais que l'on tînt de tels propos en plein Kremlin! Dans une salle contiguë au bureau de Brejnev! Je remarquai que Tchazov riait sous cape : je comprenais maintenant à qui il pensait lorsqu'il me disait que Brejnev n'était pas simplement Brejnev et qu'il avait derrière lui une armée d'hommes invisibles...

17 heures 48 minutes

EXTRAITS DE LA DÉPOSITION DU CITOYEN
Y. S. AVÉTIKOV,
TÉMOIN DU MEURTRE
COMMIS À LA STATION MAÏAKOVSKI

« ... C'était l'heure de pointe, toute une foule se pressait sur le quai et ces deux femmes se tenaient à côté de moi, sur ma droite. L'une, blonde, était toute jeune. L'autre, rousse, avait une quarantaine d'année. Le train venait de sortir du tunnel lorsque j'ai entendu dire à la plus vieille : " Ils ont fêté le Nouvel An chez Mikhaïl Andreïevitch et c'est là que Sémion a fait ces enregistrements en cachette. Prend-les et donne-les à ton Igor. " Et elle lui a tendu un sac. Soudain, un homme qui se tenait derrière elles leur a arraché le sac et les a poussées toutes les deux sous le métro. Cela n'a pris qu'une seconde! Tout le monde s'est mis à crier, les freins du train à grincer, on s'est précipité pour essayer de retenir les deux femmes; les gens pensaient qu'elles étaient tombées d'elles-mêmes, ou qu'elles s'étaient jetées sous la rame. Moi, je voulais rattraper le meurtrier, mais deux bonnes femmes se sont interposées entre nous, en criant : " Appelez une ambulance! Elles se sont suicidées! " Le meurtrier, pendant ce temps, s'est faufilé et a disparu au milieu de la foule avec le sac, puis les deux bonnes femmes ont elles-mêmes disparu... Je ne me souviens pas précisément de la physionomie du meurtrier, mais il pouvait avoir dans les trente ans, avec des yeux gris, un visage rond, un bonnet gris en fourrure de lapin... »

17 heures 49 minutes

– D'accord..., fit Ptchémian en se versant un verre de narzan. Deux mots sur l'économie dite « parallèle ». Qu'entend-on par là? Est-elle le fruit du hasard, une tumeur maligne sur le corps du socialisme, ou bien cela vient-il de ce que les kolkhozes sont un échec et la planification des biens de consommation un complet ratage? Un simple exemple. Nous sommes ici six et aucun de nous ne porte un costume ou une chemise soviétiques! Et pourquoi cela? Parce que nous sommes snobs? Non, c'est tout simplement que l'on ne peut rien porter de ce qui est fabriqué chez nous. Il suffit de se dire que chaque nouveau modèle de chemise traîne cinq ans de bureau en bureau avant de recevoir l'autorisation de fabrication. Et c'est comme cela pour tout. Mais donner un grand coup de volant, supprimer les kolkhozes et instaurer une nouvelle NEP, les bureaucrates du Parti ne nous le permettent pas. Ils ont trop peur de perdre leurs fauteuils de direction. C'est alors qu'apparaît l'économie « parallèle », qui compense les manques de l'économie officielle. On doit avouer qu'elle les compense fort bien puisqu'elle couvre aujourd'hui dix-sept pour cent des besoins de la population dans les secteurs de l'alimentation et des produits industriels. On dira ce que l'on voudra, mais les Odessites ont appris à fabriquer des jeans aussi bien que les Américains! Le résultat? Rien de bien grave : le pouvoir soviétique ne s'est pas effondré parce que les jeunes portaient des jeans ou dansaient dans des boîtes disco. Et pourtant, on craignait qu'il ne s'effondre, on combattait ces tendances! Dans ma jeunesse, la milice embarquait ceux qui portaient des jeans! Même chose pour l'économie parallèle. Si nous nous maintenons au pouvoir, il ne restera plus que le dernier pas à faire, légaliser la petite entreprise individuelle...

– Des clous! lança Bielkine, persifleur. Rêveur du Kremlin! Cela n'arrivera jamais, n'essaie pas de nous faire croire à tes chimères!

– Et pourquoi donc? demanda Sintsov. Il suffit que l'Etat contrôle le secteur bancaire et l'économie lourde. Non seulement le pouvoir soviétique ne s'effondrera pas, mais il en sortira renforcé. Sans compter que la vénalité diminuera brutalement.

– Il y a toujours eu des bakchichs en Russie et il y en aura toujours! fit Bielkine.

– Et même s'il y en a? demanda Ptchémian. Qu'est-ce que cela peut faire à l'Etat? Supposons que le chef de l'Etat, ou un quelconque ministre, aient reçu un pot-de-vin de cent millions. Ou bien moi. Où cet argent va-t-il? Nulle part, il reste dans le pays. Votre ami Svetlov a arrêté à Sotchi une dizaine de responsables divers. Qu'avaient-ils fait? Ils avaient créé dans leur coin des entreprises parallèles – soit dit en passant, ils payaient admirablement leurs ouvriers, à qui ils versaient des salaires de cinq cents roubles par mois – et gardaient tous leurs revenus à la banque sur un « compte parallèle ». Mais la banque est nationalisée! Donc tous leurs revenus étaient réinjectés par l'Etat dans l'économie! Bon, j'admets qu'ils aient gaspillé un peu d'argent à faire la fête ou à acheter de l'or à leurs femmes. Mais même cet or restait à l'intérieur du pays. On pouvait à tout moment perquisitionner chez eux et le leur prendre... Alors quoi, Igor Iossifovitch? Je vous ai convaincu de sauver l'armée brejniévienne?

Ces dernières paroles avaient été prononcées à brûle-pourpoint et je compris que tout ce long discours n'avait eu pour objectif que de me recruter. Honnêtement, ils ne s'y prenaient pas mal. Mais je me contentai de sourire pour toute réponse, avant d'indiquer de la tête le territoire intérieur du Kremlin, derrière la fenêtre, bourré de soldats et de tanks :

– A mon avis, vous n'avez pas besoin que l'on vous sauve : vous avez déjà des protecteurs!

Ptchémian fit un geste pitoyable.

– Cela, c'est Jarov qui perd la boule. Jarov, Oustinov et un petit peu Léonide Ilitch. Ils craignent qu'Andropov ne mène une division du KGB à l'assaut du Kremlin. Un affolement sénile, mais cela n'a pas grande importance. Andropov n'est pas idiot, il comprend que l'heure n'est plus aux prises de pouvoir par la violence. Comment gouvernerait-il ensuite le pays? On vient d'avoir un coup d'Etat militaire en Pologne. Ce serait maintenant le tour ici? Non, les partis communistes étrangers feraient aussitôt sécession, sans compter qu'il deviendrait le secrétaire général le plus impopulaire qui soit. Comme Jaruzelski. Non, la lutte pour le pouvoir va se mener en silence. Elle aura lieu le 4 février, lors de la réunion du Politburo. On forcera Brejnev à prendre sa retraite ou on n'y arrivera pas. Si cela réussit, grâce à « Cascade » et à d'autres accusations, tout est fini. Alors, le « gouvernement du Nouveau Cours » prendra le pouvoir légalement, avec à sa suite le servage et les joyeusetés médiévales. Pas immédiatement peut-être, pas le jour suivant, mais... Par contre, si nous avons des preuves qu'ils ont tué Tsvigoun, personne n'ouvrira la bouche. On mettra tout sur le dos de Souslov et les conspirateurs attendront bien gentiment six mois ou un an...

– Et après?

– Nous n'avons besoin que d'un an, deux au maximum, intervint soudain Sintsov. Nous essaierons pendant cette période de légaliser l'entreprise privée, d'introduire une nouvelle NEP. C'est difficile, presque impossible avec la machine que représente aujourd'hui le pouvoir du Parti, mais... il ne faut jamais désespérer, on essaiera. Bien sûr, nous ne sommes que conseillers et, pour chaque question que nous abordons, nous soumettons à Léonide Ilitch deux ou trois solutions possibles et c'est lui qui choisit celle qui a sa préférence. Mais pensez un peu : de qui ces décisions émanent-elles, en fin de compte? De lui, ou de nous?

Il eut un sourire rusé :

– Alors? Vous jouez dans notre équipe? Décidez-vous car il est presque 6 heures. Il va être temps d'aller chez Léonide Ilitch...

17 heures 58 minutes

EXTRAIT DU RAPPORT
DE LA BRIGADE D'ENQUÊTE
DE L'UNITÉ DE GARDE DE LA PJ DE MOSCOU
(CAPITAINE DE LA MILICE G. V. AVILOV)

« ... A part le témoin Y. Avétikov, aucun des voyageurs retenus à la station de métro Maïakovski n'a vu le criminel qui a poussé les deux femmes sous les roues du train et dérobé le sac de l'aînée des deux. On n'a pas trouvé dans le sac de la seconde victime de papiers d'identité, en sorte qu'il n'a pas été possible d'identifier les deux femmes. A 17 h 43, leurs corps ont été emmenés en ambulance à la morgue du 1er Institut de médecine. A 17 h 56, le bureau des admissions de la morgue du 1er Institut de médecine nous a communiqué au téléphone que l'anatomopathologiste de garde S. S. Bogoyavlenski avait reconnu dans l'une des deux victimes une jeune fille qui, le samedi 23 janvier, avait visité l'amphithéâtre d'anatomie du Premier Institut de médecine en compagnie du juge d'instruction pour les Affaires de Haute Importance auprès du Parquet de l'URSS, I. I. Chamraïev.

Lorsque le téléphone sonna, Zolotov décrocha :

– Igor Iossifovitch, c'est pour vous. De la part de la PJ.

Je pris ainsi l'appareil sans avoir eu le temps de répondre à la question de Sintsov.

– Igor Iossifovitch, c'est le colonel Glazounov. Excusez-moi de vous déranger. Je suis aujourd'hui de garde pour Moscou. Lorsque vous vous libérerez, rendez-vous, je vous prie, à l'amphithéâtre d'anatomie du Premier Institut de médecine pour l'identification d'un cadavre.

– De quoi s'agit-il?

– Je crains qu'il ne s'agisse de la jeune fille qui était avec vous ces jours derniers. Svetlov y est déjà parti.

Comme assommé, je restai un certain temps immobile, l'appareil entre les mains. A la tour du Sauveur, derrière la fenêtre, l'horloge du Kremlin entama son carillon : les deux aiguilles marquaient 6 heures précises. Martelant du pas le pavé enneigé de la place Rouge, la garde montante se dirigeait vers le mausolée de Lénine. Le premier coup de 6 heures déversé par l'horloge tomba à leurs pieds comme une sonore goutte de métal.

– Igor Iossifovitch, prononça Sintsov, il est temps que nous nous rendions chez le camarade Brejnev.

Je reposai le récepteur sur le ressort du combiné et leur répondis en me dirigeant vers la sortie :

– Dites-lui que je ferai tout ce qui est en mon pouvoir, et même plus.

Après 19 heures

Ce qui, deux heures plus tôt, avait été Ninotchka, cette petite merveille de vie qui m'enveloppait du regard malicieux et dévoué de ses petits yeux bleus, rejetait d'un geste plein d'indépendance ses cheveux derrière son dos ou soufflait sur la frange qui recouvrait son front, massait consciencieusement mes épaules fatiguées dans la salle de bain, se frayait un passage au sein des jeunes de son âge, devant le café Métélitsa, bronzait sur une plage de la mer Noire ou effectuait des sauts périlleux au tremplin sous le chapiteau du cirque de Vologda, ce qui restait de tout cela après sa rencontre cruelle avec les roues du métropolitain gisait maintenant devant moi, dissimulé par un drap, sur une table de dissection de l'amphithéâtre d'anatomie du Premier Institut de médecine de Moscou.

A côté de moi se tenaient Svetlov, Pchénitchny, Ojéréliev, Laskine, Aroutiounov, Kolganov. A la table de dissection voisine, Bogoyavlenski et Gradous travaillaient sur le corps défiguré de Svetlana Nikolaïevna Agapova, cette belle femme rousse et maigre âgée de quarante ans qui était encore récemment gynécologue à l'hôtel Ukraine et la compagne de Tsvigoun. Gradous et San Sanytch Bogoyavlenski avaient déployé des prodiges d'habileté professionnelle, mais malgré l'épaisse couche de fard, de rouge et de blanc de céruse, les visages de Ninotchka et de Svièta avaient été totalement défigurés par l'accident.

Je les regardais, je m'efforçais de regarder ces deux cadavres mutilés.

Ils gisaient côte à côte : ma Ninotchka à moi et la compagne de Tsvigoun.

Une sorte d'alliance secrète venue de l'au-delà m'avait soudain apparenté à l'ancien vice-président du KGB.

L'employée chargée des enregistrements vint vers Svetlov et moi :

– Nous avons besoin de son adresse à Vologda, pour avertir ses parents...

Svetlov hocha négativement la tête :

– Attendez. Donnez-nous deux jours. Quand sera ici à son tour celui qui l'a tuée...

Il n'acheva pas sa pensée, tandis que je me retournais pour me rendre dans la salle de garde. J'y fis le numéro de téléphone de mon ex-femme. Neuf ans plus tôt, elle m'avait quitté parce qu'elle me considérait, moi qui n'étais encore que juge d'instruction d'arrondissement, comme un raté à qui ses origines, juives pour moitié, interdisaient toute promotion dans le service. Elle ne voulait pas « perdre son temps avec moi » et, après avoir tournicoté six mois, avait épousé un médecin militaire, le major Sokolov. Ce fut lui dont j'entendis la voix au bout du fil :

– Colonel Sokolov à l'appareil.

– Ici Chamraïev, dis-je. J'ai une demande à vous adresser, colonel. Conduisez demain Anton à l'école.

– Hmm..., fit-il. N'est-il pas déjà assez grand pour y aller tout seul?

– Je vous en prie, c'est important. Accompagnez-le demain matin; dans la journée, c'est moi qui viendrai le chercher et vous le ramènerai. C'est important.

Svetlov vint vers moi, me retira le récepteur et le reposa.

– Ne t'humilie pas devant lui, dit-il. Nous résoudrons ce problème autrement.

Après 20 heures

Ce soir-là, Svetlov rendit visite à trois anciens assassins et à trois trafiquants en exercice, dans les quartiers de Sokolniki, de la place des Tuyaux et de la rue des Courses, près de l'hippodrome.

Après 21 heures

Une Volga de la milice ramena Nikolaï Afanassiévitch Baklanov à l'entrée de sa maison, 78 avenue Vernadski. Baklanov s'extirpa pesamment de la voiture et, sa lourde serviette à la main, pénétra dans l'entrée et monta au huitième, où était situé l'appartement 43, le sien. Il ouvrit la porte avec sa clef, entra dans l'appartement et resta figé par l'étonnement : on entendait, venant de l'intérieur, la voix gaie et tout excitée de Vaska, son fils de quatre ans, le rire de sa femme Natalia, mais aussi le son d'une voix masculine inconnue. Vaska faisait semblant de tirer à la mitraillette : « Tac-tac-tac », l'homme faisait la locomotive : « Tch-tch-tch », et sa femme riait aux éclats en poussant des cris : « Aïe, je suis blessée! Je suis blessée! » Ils ne l'avaient même pas entendu entrer.

Baklanov avait cinquante-trois ans et sa femme Natalia trente-quatre. Comme toujours, en cas de mariage aussi tardif, et surtout lorsqu'il y a une telle différence d'âge, Baklanov était jaloux, adorait son fils et s'efforçait de faire dans la maison presque tout le travail domestique. En entendant son fils et sa femme qui riaient gaiement en compagnie d'un inconnu, Baklanov fronça le sourcil et s'en fut directement à la cuisine pour décharger le contenu de sa serviette : il y avait là divers produits qu'il s'était procurés au buffet des cadres supérieurs du ministère de l'Intérieur, tels que des pommes et des tomates bulgares, des conserves de poisson de qualité supérieure, une poule néerlandaise dans un éblouissant emballage plastique et aussi une cartouche de Camel, ses cigarettes préférées. Il rangea la nourriture dans le frigo, les cigarettes sur l'étagère supérieure du placard de la cuisine et y mit également un certain nombre de dossiers de service estampillés « Secret ». Il nota encore avec étonnement qu'il ne restait plus une seule chaise dans la cuisine et ce fut seulement après cela qu'il alluma une cigarette et passa enfin dans le salon. Son étonnement redoubla lorsqu'il aperçut toutes les chaises de l'appartement rangées au centre de la pièce pour former un train. Juché sur la dernière chaise, dernier wagon d'un train blindé, son fils tirait avec une mitraillette en plastique pour échapper à une poursuite symbolisée par Natalia. Quant au mécanicien du train, c'était tout simplement Marat Svetlov, qui haletait et sifflait comme une vraie locomotive. A la vue de son père, l'enthousiasme de Vaska s'accrut encore et il le prit pour cible en poussant des « pan-pan-pan » sauvages.

... Une dizaine de minutes plus tard, lorsque Natalia eut emmené se coucher Vaska qui protestait énergiquement, Svetlov et Baklanov se mirent à bavarder à mi-voix tout en tirant sur leurs cigarettes devant le vasistas ouvert.

– Tu comprends, Nikolaï, disait Svetlov d'un ton pacifique, je travaille à la Milice depuis dix-sept ans déjà. Au cours de cette période, j'ai personnellement cueilli cinq cent trois criminels, dont quatre-vingt-quatre assassins. Une partie d'entre eux a purgé sa peine et a été remise en liberté. Pourquoi à ton avis ne m'ont-ils pas liquidé? J'ai quand même abattu personnellement seize malfaiteurs et ceux-ci avaient des amis, le milieu pour les défendre. Il y a la loi du milieu, pour qui la vengeance est chose sacrée...

Svetlov regarda dans les yeux Baklanov qui haussa les épaules sans comprendre où son interlocuteur voulait en venir.

– Je vais te le dire. Parce que tous les professionnels de la pègre savent que celui qui aura le malheur de me descendre ne me survivra pas plus de vingt-quatre heures, peut-être encore moins. Pourquoi? Parce que j'ai planqué à l'abri des curieux un certain nombre de vieilles affaires considérées comme non élucidées. Les malfaiteurs en question sont depuis longtemps « rangés des voitures », ils travaillent, ils ont des Vaska comme toi et craignent comme la peste d'être à nouveau coffrés. Mais ce sont tous d'anciens caïds, leur parole continue à faire la loi dans le milieu. Et ils savent très bien que si une brique me tombe sur la tête, ou sur celle d'un de mes proches, leurs vieux dossiers se retrouveront dès le lendemain sur le bureau du Procureur. Et chacun d'entre eux aura droit à la peine capitale car il n'y a pas encore prescription. Peut-être comprends-tu mieux maintenant ce que je veux dire?

– Mais c'est une faute grave de service, fit Baklanov en évitant de comprendre ce qui n'était que trop clair. Tu dissimules des criminels à la justice...

– Nikolaï, fit Svetlov en souriant d'un air narquois, est-ce à toi de parler de « fautes graves de service »?

Il remua son bras blessé.

– Ces fautes graves de service, je les paie de mon sang. En outre, ces hommes ont purgé des peines parfois longues pour d'autres affaires et s'efforcent maintenant de mener une honnête vie de travail : à quoi cela servirait-il de les envoyer à nouveau en tôle? Voici maintenant ce que je voulais te dire : aujourd'hui, j'ai étendu ce contrat. Si quelque chose m'arrive, ou à Chamraïev, à Pchénitchny ou à l'un quelconque des membres de notre brigade, nous ne chercherons pas à savoir qui nous a fait tomber la brique sur la tête. Krasnov, Maliénina et toi, vous nous survivrez vingt-quatre heures, pas davantage.

Et Svetlov se tourna vers la chambre, d'où parvenaient les voix de Natalia et de leur fils :

– Il est pourtant mignon, ton gosse, il est si gai...

Derrière la fenêtre, au-dessus de la station de métro Avenue Vernadski, brillait un gros « M » de néon rouge, le même qu'au-dessus de la station Maïakovski.

Une neige épaisse continuait à tomber.

VI

Le fiancé du camp à régime sévère

Mardi 26 février, 9 heures du matin

URGENT – ULTRA-SECRET – PAR COURSIER

Le ministre de l'Intérieur de l'URSS.
général d'armée N. A. Chtcholokov
au Procureur général de l'URSS.
le camarade A. M. Rékounkov

Honoré Alexandre Mikhaïlovitch!

Dans le cadre de l'« opération Cascade », actuellement menée par nos services, nous avons arrêté dimanche 24 janvier, alors qu'il tentait d'extorquer des brillants à la célèbre artiste de cirque Bougrimova, le soliste du théâtre Bolchoï Boris Bouriatski, lequel a joué au cours des six dernières années un rôle d'intermédiaire entre les chefs des mafias économiques clandestines et l'ancien premier vice-président du KGB de l'URSS, le général Tsvigoun. Il a été établi, et confirmé par ses propres dépositions, qu'entre 1976 et 1982 les chefs de l'économie « parallèle » ont transmis par son intermédiaire à Tsvigoun des objets de prix pour une valeur approchant les quatre millions de roubles. Voyant son activité criminelle découverte, B. Bouriatski a témoigné que, le 19 janvier courant, une querelle avait éclaté entre lui et le général Tsvigoun dans l'appartement n° 9 du 16 bis, rue Katchalov. Ignorant que les arrestations massives des chefs d'entreprises privées étaient effectuées, à l'insu de Tsvigoun, par le département des Renseignements et le GOUBHSS du MVD de l'URSS, Bouriatski a accusé Tsvigoun d'être responsable des ennuis que les chefs de l'économie « parallèle » ne manqueraient pas de leur créer à tous deux. Au cours de cette querelle, le général Tsvigoun, s'est emparé d'un revolver et a tiré en direction de Bouriatski, probablement pour effrayer ce dernier. Sans toucher Bouriatski, la balle a abouti dans la fenêtre, qu'elle a traversée. B. Bouriatski affirme dans sa déposition qu'il a été obligé, dans un but de légitime défense, de lutter avec le général et que c'est au cours de cette lutte que Tsvigoun s'est tiré lui-même par accident le coup de feu à la tête qui a mis fin à ses jours. Bouriatski affirme que la décharge mortelle eut lieu au moment où il lui tordait les bras en arrière afin de lui prendre le revolver. Après quoi, craignant l'enquête qui mettrait à jour le rôle d'intermédiaire joué par lui entre Tsvigoun et l'économie « parallèle », Bouriatski a mis en scène le suicide de Tsvigoun : il l'a installé dans un siège du salon dans la posture d'un homme qui vient de se suicider, a fabriqué un prétendu message d'adieu et, profitant du fait que, grâce au bruit et à la musique qui régnaient à l'occasion d'un mariage dans un appartement voisin, personne, y compris le garde du corps de Tsvigoun, n'avait entendu les coups de feu, il a quitté l'appartement sans avoir été remarqué en emportant le tapis maculé de sang qui recouvrait le sol dans l'entrée de l'appartement où avait eu lieu le meurtre. Il est monté avec ce tapis jusqu'au onzième étage, où est situé l'appartement de son amie, l'actrice Sniejko, laquelle se trouvait alors et se trouve toujours en tournage pour un film. Bouriatski affirme dans sa déposition être resté dans cet appartement jusqu'à 23 h 30, après quoi il aurait jeté cette nuit-là le tapis compromettant dans un trou de la Moskova, du côté du quai Karamychevskaïa...

Tout en lisant cette lettre sous les regards de Karakoz et de Rékounkov, je ne pus dissimuler un sourire sarcastique : on pouvait dire que j'avais rattrapé Baklanov pour l'expérience professionnelle puisque nous avions échafaudé tous deux des légendes étonnamment ressemblantes ! Même le cambriolage de Bougrimova n'était plus présenté que comme une « extorsion »...

– Qu'est-ce que tu as à sourire? demanda Karakoz, étonné. Il regarda le Procureur général. Sombre et immobile, celui-ci se dressait comme une branche grise au-dessus de son secrétaire.

Sans quitter la lettre des yeux, je glissai la main dans la poche de ma vareuse et en tira mon calepin d'instructions, que j'ouvris à la dernière page. Je le tendis à Karakoz.

– Qu'est-ce que c'est? demanda-t-il.

– Regarde, fis-je en souriant. J'ai une écriture lisible.

Voici ce que j'avais écrit la veille dans le calepin où je jetais à mes moments de liberté les idées tactiques qui me venaient à l'esprit :

« Dans un jour ou deux, Bouriatski ou Sandro Kataouri se chargent du meurtre de Tsvigoun. Leur version : dispute avec Tsvigoun, premier coup de feu de Tsvigoun dans la fenêtre, deuxième coup de feu accidentel pendant la bagarre, mortel. Puis mise en scène du suicide, avec le tapis dans l'appartement de Sniejko. Dans l'appartement voisin, mariage, bruit, bouchons de champagne qui sautent, aussi personne n'a remarqué les coups de feu dans l'appartement de Tsvigoun. Pendant la nuit, on brûle le tapis en banlieue, ou on le jette dans la Moskova. Notre plan d'action : ne pas se laisser entraîner, ne pas chercher d'alibis à Bouriatski ou à Kataouri, mais rechercher les véritables assassins. »

Karakoz lut ces notes et les posa en silence sur le bureau du chef. Pendant ce temps, je lisais la suite de la lettre du ministre de l'Intérieur. Je restai admiratif. Je m'étais trompé : j'étais encore loin de mes petits camarades du département des Renseignements intérieurs, loin de valoir un Baklanov!

> « ... Cependant, la version de la mort accidentelle de Tsvigoun, telle qu'elle a été exposée par Boris Bouriatski, suscite de sérieuses réserves. Il se trouve en effet qu'une surveillance discrète exercée à l'endroit de Boris Bouriatski au cours des mois de décembre et de janvier dans le cadre de l' " opération Cascade " a permis de mettre à jour ses nombreux contacts avec des correspondants étrangers à Moscou, avec des membres des ambassades d'Italie, des Etats-Unis d'Amérique et de la République fédérale allemande en Union soviétique, et aussi avec des touristes étrangers. C'est ainsi qu'au mois de janvier ont été enregistrées les rencontres de B. Bouriatski et de John Kanter, correspondant de la télévision américaine, au bar en devises du restaurant National; d'Uno Scaltini, membre de l'ambassade d'Italie, au restaurant Arkhanguelskoïé, aux environs de Moscou; d'un groupe de touristes ouest-allemands, au buffet du Bolchoï. Dans ses dépositions, Bouriatski justifie ces rencontres par la vie d'artiste qui est la sienne et par son désir d'effectuer un stage vocal à la Scala de Milan. Cependant, la

Huitième direction du KGB de l'URSS nous a fait savoir que le correspondant de la télévision américaine John Kanter était membre de la CIA, que le diplomate italien Uno Scaltini était marié à la fille du général Ted Fowln, de la marine de guerre américaine, tandis que le groupe de touristes ouest-allemands que Bouriatski a rencontrés au buffet du Bolchoï comprenait deux membres des services secrets de l'Allemagne fédérale. Cet ensemble de faits montre qu'il y a tout lieu de craindre que Boris Bouriatski ne soit un agent stipendié de l'un des services occidentaux, qui auraient manifesté le plus vif intérêt pour les liens qui unissaient Boris Bouriatski à la fille du camarade L. I. Brejnev et pour son amitié avec S. Tsvigoun et d'autres dirigeants de l'Etat soviétique. On en vient ainsi à craindre que la véritable raison du meurtre de S. Tsvigoun n'ait été le fait que ce dernier avait commencé à percer à jour les liens qu'il entretenait avec les services de renseignements occidentaux. Cette hypothèse se trouve confirmée par le fait que, dès le lendemain de l'arrestation de Bouriatski, on a vu circuler parmi les correspondants étrangers accrédités à Moscou des bruits concernant le suicide du général Tsvigoun, ses liens avec les inculpés de l' “ opération Cascade ”, ses relations avec Galina Léonidovna, fille du camarade L. I. Brejnev, et les convocations de cette dernière au Palais de justice. Il n'est pas exclu que ces bruits aient été répandus dans le but de dissimuler les liens de Bouriatski avec un des services de renseignements occidentaux.

Comme la lutte contre les agissements des services de renseignements étrangers ne relève pas de la compétence du ministère de l'Intérieur de l'URSS, pas plus que du Parquet de l'URSS dont vous avez la charge, j'estime nécessaire de confier les matériaux de l'enquête préliminaire sur l'affaire B. Bouriatski non pas à votre juge d'instruction pour les Affaires de Haute Importance, le camarade Chamraïev, actuellement chargé de l'enquête sur les circonstances de la mort du général Tsvigoun, mais au KGB de l'URSS. J'estime que les matériaux de l'enquête préliminaire relatifs à l'affaire Tsvigoun, actuellement en possession du juge d'instruction Chamraïev, doivent eux aussi être transmis sans délai au KGB de façon à exécuter le plus rapidement possible les consignes du camarade L. I. Brejnev sur la découverte des causes véritables de la disparition du général Tsvigoun. Avec mes respects.

N. Chtcholokov,
ministre de l'Intérieur de l'URSS
Moscou, 26 janvier 1982. »

« Ouais, pensai-je, on peut dire qu'ils ont bien roulé ce pauvre bougre de Bouriatski. D'abord ils l'ont persuadé de ne reconnaître rien d'autre que la bagarre avec Tsvigoun, puis ils ont enveloppé tout cela dans une affaire de services étrangers et le piège s'est refermé sur lui. Le KGB lui fera avouer s'il le désire qu'il était agent du sionisme international : ils ont la technique pour cela... »

– Qu'est-ce que c'est que ces notes que vous faites? me demanda le chef en montrant de la tête mon calepin, au moment où je reposais sur son bureau la lettre de Chtcholokov.

Je regardai sans mot dire, mais avec une expression qui devait être assez éloquente, les quatre postes téléphoniques qui se trouvaient sur son bureau. Il tourna lentement la tête dans leur direction, poussa un soupir et, après s'être penché un court instant sous son bureau, détacha les quatre appareils de leurs prises et les reposa avec les fils les uns à côté des autres. Le cabinet du Procureur général était maintenant coupé de tout et même de la ligne spéciale du Kremlin.

– Vous pouvez nous dire les choses comme elles sont, fit-il. Léonide Ilitch nous a convoqués hier soir et nous a ordonné de vous aider au maximum. C'est pourquoi tout ce qui est en mon pouvoir... Je veux dire que le Parquet est tout entier à votre service. Il a demandé en outre que l'on vous transmette ses condoléances personnelles au sujet de la mort de votre jeune compagne...

– Il a dit, intervint Karakoz : que Chamraïev trouve l'assassin et l'assassin, quel qu'il puisse être, sera condamné par le tribunal à la peine capitale...

J'eus un sourire amer au-dedans de moi : le jour où je découvrirais l'assassin, je me passerais bien du verdict du tribunal...

– L'assassin, dis-je, n'a fait qu'exécuter une volonté étrangère. La situation est la suivante : je ne leur donnerai aucun des matériaux de mon enquête. Hier je les leur aurais donnés. Aujourd'hui, après l'assassinat de Nina, je ne le ferai pas, même si Brejnev lui-même me l'ordonnait. Il n'y a au fond rien d'autre à ajouter.

– Nous sommes invités à midi chez Andropov pour parler de cette affaire, dit Karakoz. Il y aura Chtcholokov, Krasnov, Kourbanov, d'autres encore. Mais si ce Bouriatski a été lié à des services étrangers, ils sont en droit d'exiger que nous leur remettions tous les matériaux de l'enquête... Que leur diras-tu à ce propos?

Je montrai de la tête mon calepin.

– Comme tu vois, je savais déjà avant-hier qu'ils nous refileraient ce Bouriatski dans le rôle de l'assassin. Les conclusions qui en découlent sont inscrites au même endroit : ne pas se laisser entraîner, ne pas perdre de temps à des réfutations.

– Bien, dit le Procureur général. Comment pouvons-nous concrètement vous aider?

– D'abord, dis-je, j'ai besoin pour ma brigade du juge d'instruction Vendélovski. Ensuite, quand vous irez chez Andropov, tâchez de faire durer la réunion autant que vous le pourrez.

– Parce que toi, tu n'iras pas? s'étonna Karakoz.

Au même moment

Katia Oujovitch, neuf ans, qui appréciait tant les millefeuilles était confortablement installée dans un vaste fauteuil de la salle de cinéma à demi obscure du Département technique de la PJ, au 38 rue Petrovka. A côté de Katia, emplie de la fierté que lui causait l'importance conférée à sa progéniture, siégeait la mère de Katia. Mais personne n'accordait la moindre importance à cette dernière. Pchénitchny, le capitaine Nora Aguichéva, technicienne qualifiée de la Milice, le capitaine Laskine, toutes les personnes présentes dans la salle n'avaient d'yeux que pour Katia et suivaient la moindre expression de son visage.

Devant Katia défilaient sur l'écran des lèvres de toutes les formes possibles : minces, pleines, grandes, petites... Tout en manœuvrant comme une magicienne les leviers de la commande à distance, Nora Aguichéva déplaçait ces lèvres sur l'écran et les rapprochait successivement du nez dont notre petit témoin de neuf ans avait déjà précisé la forme.

– Eh bien, Katia, demandait Aguichéva, essaie de te souvenir. Les lèvres de cet homme qui boitait, comment étaient-elles? Comme ceci? Ou bien comme cela?

– Non, déclarait sans ambages le témoin. Quand j'ai vu le monsieur, il se mordait les lèvres...

– Il se mordait les lèvres? fit Aguichéva, pleine du plus vif intérêt. Tu as peut-être vu ses dents? Elles étaient comment, ses dents? Grandes?

– Il en avait une en fer, dit Katia.

– Ah oui? s'exclama Aguichéva d'un ton joyeux, en s'efforçant de donner à ce travail méticuleux et épuisant le caractère d'un jeu. Eh bien, voyons donc quelles dents nous avons. Où sont-elles, nos dents?...

Dans la salle voisine, le lieutenant Génia Agranovitch, technicien qualifié de la milice, était occupé avec Youri Avétikov, l'unique témoin du meurtre commis à la station de métro Maïakovski. Le visage rond et les sourcils fins et blanchâtres du criminel se dessinaient déjà sur l'écran.

Au même moment

Natalia Baklanova conduisait son fils Vaska à l'école maternelle. Elle le tenait par la main mais le gamin essayait de lui échapper pour faire des glissades sur la piste glacée tracée sur le trottoir par les adolescents. Auprès du magasin Leipzig encore fermé, un grand nombre de gens couverts de neige faisaient la queue. C'est un magasin où l'on vient tôt le matin de tout Moscou, dans l'espoir de se procurer des marchandises d'importation telles que sous-vêtements d'enfants, lingerie féminine, produits de beauté, articles de mercerie, jouets. Veillant à l'ordre, trois miliciens allaient et venaient le long de la queue. Natacha et son fils allèrent jusqu'au bout, apprirent que l'on « donnait » ce jour-là des bottes de femme[1] et retinrent une place dans la queue : un petit vieux à moustaches vêtu d'une pelisse en cuir tanné mouilla de la langue son crayon à encre et inscrivit sur la paume de Natalia le chiffre 427. « Mais on fait l'appel toutes les demi-heures ! » la prévint-il. « J'aurai le temps, répondit Natalia. Je dois seulement le conduire à la maternelle, et au trot... » Et elle s'éloigna avec son fils.

Parallèlement à ses mouvements se déplaçait sur le trottoir d'en face, de l'autre côté de l'avenue Vernadski, une voiture de tourisme au volant de laquelle était assis l'un des « caïds » auxquels Svetlov avait rendu visite la veille.

Pendant ce temps, au nº 78, le spécialiste à gages de la PJ Volodia Azarine, ancien roi des cambrioleurs de Rostov sur le Don, surnommé « Dents de fer », venait d'ouvrir en orfèvre avec un passe-partout la porte de l'appartement de Baklanov et entamait une fouille parfaitement illégale...

« Après l'assassinat de Ninotchka, m'avait dit la veille Svetlov, il n'y a plus de règles du jeu. Nous devons savoir ce qu'il transporte dans sa serviette et ce que contiennent les tiroirs de son bureau. S'il le faut, je n'hésiterai pas à fracturer le coffre-fort de son cabinet, chez vous au Palais ! »

Au même moment

Marat Svetlov avait déniché aux archives de l'Ecole du cirque de Moscou le dossier personnel de Tamara Bakchi, qui y avait obtenu un diplôme d'écuyère-acrobate. C'était cette même Tamara dont

1. Vocabulaire lié à l'économie de pénurie, les verbes « se procurer » et « donner » (parfois « jeter ») ont depuis longtemps remplacé « acheter » et « vendre ». *(N. d. T.)*

ma Ninotchka lui avait fait faire la connaissance cinq jours plus tôt et avec laquelle il avait passé chez moi la nuit de vendredi à samedi. C'était de la part de Tamara que Svetlana Agapova, la rousse amie de Tsvigoun, avait téléphoné à Ninotchka, à 7 h 45 du matin. De sa part qu'elle lui avait fixé le rendez-vous fatal du métro. Peut-être d'ailleurs était-ce Tamara elle-même qui avait téléphoné? Svetlov téléphona au Bureau central des adresses et obtint aussitôt le renseignement : Tamara Victorovna Bakchi, née en 1962, célibataire, enregistrée à Moscou à l'adresse : 6 rue Gagarine, appartement 3.

Au même moment

EXTRAITS DU RAPPORT
DU CAPITAINE E. AROUTIOUNOV
À I. CHAMRAÏEV,
CHEF DE LA BRIGADE D'ENQUÊTE

« ... L'enquête menée par moi sur le lieu de résidence de la citoyenne Agapova Svetlana Nikolaïevna, décédée à la station de métro Maïakovski, a permis d'établir que la citoyenne S. N. Agapova, née en 1941, médecin gynécologue de l'infirmerie de l'hôtel Ukraine, célibataire, habitait un appartement de trois pièces situé à l'adresse : Etangs limpides 62, appartement 17. L'appartement est richement meublé, avec un grand nombre de tableaux originaux dont les dédicaces attestent qu'ils lui ont été donnés par des peintres connus tels qu'Ilya Glazounov, Rassim Gassan-Zadé, Yakov Maïski-Katsnelson, etc. Il y a aussi parmi les tableaux des œuvres de Sandro Kataouri. On a trouvé dans les tiroirs des coiffeuses et dans les armoires un grand nombre de bijoux et autres pièces de joaillerie de grand prix que j'ai transmis au Fonds Diamantaire de l'URSS pour expertise de leur valeur totale. J'ai également trouvé : *6 (six) costumes d'homme de taille 56, deux douzaines de chemises d'homme et deux uniformes militaires de la même taille, l'un ordinaire et l'autre de cérémonie, avec des insignes de général d'armée, l'insigne " Tchékiste émérite de l'URSS " et douze barrettes de décorations. Ces uniformes, les vêtements d'homme et aussi le nécessaire à raser en argent avec l'inscription " à mon cher Sémion pour son anniversaire de la part de Svetlana ", la deuxième brosse à dents dans la salle de bain et les photographies des albums ne laissent aucun doute relativement aux faits suivants :*

1) *Les objets masculins ci-dessus énumérés appartenaient au général Tsvigoun.*

2) *L'appartement de la citoyenne Agapova était aussi le lieu de résidence temporaire ou permanente du général Tsvigoun.*

Il est à noter que, quoique l'appartement de la citoyenne Agapova regorge de fourrures précieuses telles que vison, renards blanc et bleu et contienne un coûteux matériel haute fidélité d'importation, on n'a trouvé dans l'appartement *aucune trace de la moindre cassette ou bande magnétique, tout comme il n'y a ni carnet, ni agenda, ni la moindre inscription manuscrite.* Ces faits laissent supposer que les objets ci-dessus mentionnés ont été retirés ou volés *avant* mon enquête, peut-être par les mêmes personnes que celles qui, à la station de métro Maïakovski, ont dérobé à la citoyenne Agapova le sac où, selon les dires du témoin du meurtre Y. Avétikov, se trouvaient des cassettes de magnétophone avec des enregistrements secrets faits à la datcha de Mikhaïl Andreïévitch (Souslov)... »

Au même moment

Véra Petrovna Tsvigoun sortit du métro à la station « Gare de Kiev », monta par l'escalier mécanique jusqu'à la place de la Gare et prit la queue de l'autobus 119. Elle n'aurait eu que quelques pas à faire pour se retrouver à l'arrêt d'un taxi collectif, mais Véra Tsvigoun attendait patiemment son autobus par un froid de moins vingt degrés. C'était une femme d'un certain âge, toute droite, d'aspect sévère, en vieux manteau d'astrakan tout râpé. Le vent glacial qui courait au ras du sol accusait encore la sécheresse des traits de son visage et la minceur de ses lèvres pincées. L'autobus arriva finalement et fut rempli à ras bords par un public bruyant qui se mit à commenter pendant le trajet les chutes de neige exceptionnelles qui s'étaient abattues sur Moscou, ainsi que l'annexion par Israël des hauteurs du Golan. Quelqu'un lut à haute voix, dans le journal : « Au cours des cinq dernières journées, il est tombé à Moscou plus de vingt millions de mètres cubes de neige et la hauteur de la couche neigeuse atteint dans les rues trente-six centimètres, tandis qu'en certains endroits se sont formées des congères hautes de trois mètres... »

Cinq arrêts plus loin, l'autobus gravit péniblement la pente raide et enneigée menant aux Monts des moineaux, d'où l'on découvre par temps clair la plus belle vue que l'on ait de Moscou, dépassa la « Résidence des invités du ministère des Affaires étrangères de l'URSS » et s'arrêta de l'autre côté de la rue, devant l'allée menant aux studios de cinéma Mosfilm. Tous les voyageurs descendirent, et Véra Tsvigoun avec eux. Mais à la différence de ces membres réguliers du personnel des studios, Véra Tsvigoun ne possédait pas de laissez-passer de service et ne pouvait entrer dans les studios. Aussi entreprit-elle de faire la queue pour les « scènes de foule ». C'était en effet là, à côté de l'allée, qu'une assistante braillarde et délurée inscrivait les noms des figurants pour une scène de foule d'un film en cours de tournage, *Dix jours qui ébranlèrent le monde*. L'assistante considérait sans façon la foule de retraités battant la semelle en plein froid, qui venaient tous les matins aux studios dans l'espoir de rajouter un billet de trois roubles à leurs maigres pensions de vieillesse, et leur criait en plein visage :

« Il me faut des Koltchakiens! Des gardes blancs! Des aristocrates russes! Vous, vous ressemblez à quoi! On dirait une queue pour la soupe populaire! C'est tous les jours les mêmes qui viennent! »

Apercevant dans la foule deux ou trois nouveaux visages, elle pointa le doigt dans leur direction :

– Vous, vous et vous! Venez par ici! Voici un laissez-passer! Pavillon 6, chez Bondartchouk! Pour le film *Dix jours qui ébranlèrent le monde!...*

C'est ainsi que Véra Petrovna Tsvigoun, ancienne compagne officielle d'un ex-membre du Comité central du PCUS et premier vice-président du KGB de l'URSS, se trouva choisie pour incarner une fidèle de l'amiral Koltchak et put pénétrer dans les studios Mosfilm. Mais au lieu du pavillon 6, elle se dirigea vers le bâtiment administratif central et monta au troisième étage, où était située l'antichambre du directeur des studios, Nikolaï Trofimovitch Sizov. Elle apprit cependant de la secrétaire de ce dernier que Sizov ne venait jamais d'aussi bonne heure et qu'il ne serait pas là avant 10 heures, ce qui ne voulait pas dire qu'il pourrait la recevoir car il avait à ce moment-là une réunion de travail au sujet du film *Lénine à Paris*.

Véra Tsvigoun ressortit dans le couloir et se mit en faction auprès de l'ascenseur. Elle en vit d'abord sortir un magasinier, qui passa auprès d'elle avec un chariot et véhicula jusqu'à la salle de projection directoriale la masse de boîtes métalliques contenant les bobines d'un nouveau film à grand spectacle consacré aux années passées par Lénine à Paris, après quoi un assistant ébouriffé et maigre entra en courant dans la cabine de projection en criant : « Vous avez apporté le son? » Puis elle vit affluer et entrer dans la salle les différents membres de la direction et de l'équipe de réalisation du film : Sergueï Youtkiévitch, soixante-quinze ans, le maigre metteur en scène, qui tantôt réalisait un *Lénine en Pologne* et tantôt un *Lénine à Zurich*, le scénariste Evguéni Gabrilovitch, même âge que lui, petit, replet, le regard intelligent, et le jeune opérateur Naoum Ardachnikov, à la démarche sautillante...

A 10 heures juste, une Volga noire roula jusqu'à l'entrée du bâtiment administratif central et Nikolaï Trofimovitch Sizov, ex-président du conseil municipal de Moscou, ex-général, ex-chef de la Milice de Moscou, aujourd'hui directeur des studios Mosfilm et membre de l'Union des écrivains soviétiques, prit l'ascenseur jusqu'au troisième. Lorsqu'il sortit de celui-ci, la veuve de Tsvigoun lui barra le passage :

– Bonjour, Nikolaï...

Le gros et maussade Sizov, qui ne regardait jamais en face ses subordonnés, essaya de passer sans s'arrêter mais Véra Tsvigoun l'attrapa par la manche :

– Attends un peu! Tu ne me reconnais pas, ou quoi?

– Ah! fit Sizov, contraint de marquer un arrêt. Bien sûr que je te reconnais! Excuse-moi, j'ai à 10 heures une réunion pour *Lénine à Paris*.

– Pas grave, Lénine attendra, fit sèchement Véra Tsvigoun. Puis elle ajouta : Qu'est-ce qu'il te prend?

Tu ne mets plus en scène le livre de Sénia[1]? J'ai téléphoné au réalisateur, il m'a dit que le film était arrêté...

– Oui, on l'a provisoirement mis de côté...

– Provisoirement? fit Véra Tsvigoun avec une moue méprisante; Ah! Nikolaï, Nikolaï! Tu n'étais qu'un péquenot et c'est nous qui avons fait de toi quelqu'un! C'est comme cela que tu nous remercies?

– Excuse-moi, il faut que j'y aille, dit sèchement Sizov en faisant un geste pour la contourner.

Mais Véra Tsvigoun, qui avait jusqu'à ce moment-là conservé un strict maintien de tchékiste professionnelle, éclata soudain en sanglots. Elle n'était plus qu'une pitoyable petite vieille qui implorait :

– Kolia! Je t'en prie, n'annule pas son film! Qu'est-ce que cela peut bien te coûter? Ce sera un si beau film! Sur les tchékistes, sur notre jeunesse! Kolia, je t'en conjure!... D'ailleurs la nouvelle de Sénia a été imprimée dans la revue *Znamia,* elle a eu un bon compte rendu dans *La Gazette littéraire.* Kolia!...

– Cela ne dépend absolument pas de moi, fit Sizov dépité, ce sont des instructions que j'ai reçues. Excuse-moi, je suis pressé...

Et il arracha littéralement la main qui tenait encore la manche de son costume pour se diriger vers la salle de projection. La lumière s'y éteignit aussitôt et l'on entendit l'« Internationale », sur quoi débutait le film.

Ayant essuyé avec une manche de son manteau d'astrakan les larmes qui avaient coulé sur son visage, Véra Tsvigoun se traîna amèrement le long du couloir en direction d'un autre bâtiment, celui de

1. Sénia : diminutif de Sémion (Kouzmitch Tsvigoun). *(N. d. T.)*

la fabrication. On sentait qu'elle n'était pas là pour la première fois et qu'elle n'avait pas de mal à s'orienter dans le dédale des passages menant d'un bâtiment à l'autre. Habillé en civil, le major Ojéréliev la suivait à une certaine distance. Nous avions décidé la nuit précédente de filer discrètement ceux qui avaient eu à faire avec Tsvigoun et que les R.I. n'avaient pas encore arrêtés, ou pu arrêter. Mais à part Véra Tsvigoun et Galia Brejnéva, il n'en restait pas beaucoup.

Dans le bâtiment de la fabrication, Véra Tsvigoun se dirigea avec assurance le long d'un couloir interminable où les portes étaient ornées de plaques telles que : « Dix jours qui ébranlèrent le monde », « Renaissance », « Les lieutenants », « Erreurs de jeunesse », « Nous les communistes », « Coup de foudre », etc. Derrière les portes de ces pièces on entendait carillonner les téléphones, on faisait grand bruit, on riait, on discutait. On ne cessait de voir entrer ou sortir des acteurs, des assistants, des maquilleurs, des chefs révolutionnaires, des généraux allemands ou soviétiques, des espions américains, des vamps aux physiques et aux âges les plus divers. Véra Tsvigoun eut même la chance de voir venir en même temps vers elle deux Karl Marx qui se dirigeaient vers l'équipe de *Nous les communistes* en flirtant à mort avec une jeune et avenante assistante de réalisation...

Dans une pièce seulement c'était le silence, un silence morne et de mauvais augure. Celle-ci était désignée par la plaque. « La Guerre invisible ». Les portes de la pièce étaient ouvertes à deux battants et une femme de ménage poussait dans le couloir avec son balai un tas de formulaires au nom du film, ainsi que des photos d'acteurs et d'actrices, des cadrages au crayon et d'autres documents en papier devenus inutiles. Au fond de la pièce, un ouvrier en combinaison sale, debout sur une échelle double, arrachait du mur les projets de décors du film avorté et les affiches en couleurs des films tirés des précédents livres de Tsvigoun : *Un front sans limites* et *La Guerre derrière les lignes*. Deux des acteurs les plus populaires parmi le public soviétique regardaient Véra Tsvigoun du haut de ces affiches, Viatcheslav! Tikhonov et Svetlana Soukhovieï. Jeune et rond, le visage de Soukhovieï en uniforme de tchékiste rappelait de loin celui qu'avait eu autrefois Véra Petrovna Tsvigoun...

10 heures

Les photocopieuses d'importation de l'atelier typographique opérationnel de la PJ de Moscou imprimaient les portraits-robots effectués d'après les descriptions de la petite Katia Oujovitch, du témoin Youri Avétikov et d'Alexandra Avdéïénko, la conductrice de la rame de métro. Si l'on en croyait Katia, l'homme qui était sorti le 19 janvier du 16 bis était grand, blond, âgé d'environ trente cinq ans, avait des sourcils blanchâtres, une dent en métal à la mâchoire supérieure droite et des yeux rapprochés. Lorsqu'ils eurent obtenu le portrait, seize collaborateurs du 3e bureau de la PJ, dirigés par Valentin Pchénitchny, repartirent en direction des différents hôpitaux et morgues de Moscou.

Au même moment

A la Direction principale du trafic automobile de l'URSS, 82, avenue de la Paix, le juge d'instruction Vendélovski, mon collègue au Parquet, venait d'extraire des fichiers la copie du permis de conduire délivré en octobre 1975 au citoyen Guivi Révazovitch Mingadzé, ainsi qu'un relevé de toutes les contraventions qui lui avaient été infligées entre 1975 et 1978 pour infractions au code de la route. On avait sur la copie du permis de conduire une photographie du citoyen Mingadzé, né en 1945, originaire de Tbilissi. Sans perdre un instant, Vendélovski remplit un formulaire du Parquet de l'URSS relatif au retrait de ces précieux documents et les rangea dans sa serviette.

Au même moment

L'ancien roi des cambrioleurs de Rostov sur le Don, surnommé « Dents de fer » (de son vrai nom Volodia Azarine), referma soigneusement derrière lui les portes de l'appartement baklanovien, redescendit jusqu'à l'entrée et sortit sur le trottoir de l'avenue Vernadski, balayée par une tempête de neige. La voiture de son « caïd » l'y attendait. Il y prit place et ajouta dans un soupir :

– Rien. Ni papiers ni bandes.

– Tu as bien regardé partout? demanda l'ancien chef de bande, contremaître à l'atelier d'assemblage des automobiles ZIL.

Azarine lui jeta un long regard de reproche :

– Tu me prends pour un cave?

– Il va falloir lui piquer sa serviette, fit le caïd.

Puis il sortit de la voiture et entra dans une cabine téléphonique :

– Ignate? demanda-t-il après avoir composé un numéro. Rien chez moi. Où sont les gamins?

– Rue du Bonnet, près de l'OVIR...

Cette brève conversation passa inaperçue dans le million de conversations échangées au même moment à Moscou, mais elle avait suffi à signaler au

« caïd » que les « gamins », c'est-à-dire le second groupe de petits malfaiteurs utilisés par Svetlov pour notre enquête, se trouvait alors aux environs du bureau des visas, avec Baklanov qu'ils étaient chargés de filer.

Au même moment

La foule des parents et amis des grands manitous de l'économie parallèle arrêtés au cours de l' « opération Cascade » assiégeait comme elle l'avait fait la veille les quatre petites fenêtres basses du bureau de réception des colis, à la prison de la Boutyrka. Le capitaine Kolganov repéra immédiatement dans cette foule une femme entre deux âges à l'aspect fatigué et subitement vieilli : c'était Galia Brejnéva. Son visage trop poudré dissimulait les larmes versées. Elle avait un regard absent et, à la main, des paquets avec de la nourriture. Non loin d'elle, l'adjudant de service pour le bureau des colis criait d'une voix forte :

– Seuls les parents proches peuvent transmettre des colis! Je préviens tout le monde : ni amis ni connaissances! Ça suffit, de les gaver de caviar! Ils peuvent plus c..., tellement vous les faites bouffer!

Une partie des visiteurs quitta la foule en soupirant. Plusieurs d'entre eux entourèrent l'adjudant dans l'espoir de lui faire comprendre qu'il ne s'agissait que de médicaments, mais l'adjudant restait inflexible :

– Nous avons un docteur ici! Il leur prescrira ce dont ils ont besoin!

Galia Brejnéva, elle, ne quittait pas la queue, comme si elle n'avait pas entendu les consignes. Lorsque deux personnes seulement restèrent entre elle et le guichet, Kolganov se faufila jusqu'à elle et lui dit à voix basse :

– Donnez-moi vos paquets, je les ferai passer. De toute façon, on ne vous les prendra pas...
– Et à vous? demanda-t-elle.
– Essayons, sourit Kolganov.
Puis il se pencha jusqu'au guichet de réception des colis et s'adressa à l'employée :
– Zoïa, c'est pour Boris Bouriatski, cellule 317.
La réceptionnaire jeta sur le capitaine des yeux étonnés.
– Mais, Vitia, quels liens de parenté...
– C'est mon demi-frère! dit Kolganov en la regardant droit dans les yeux.
– Comment cela, ton demi-frère? ajouta-t-elle de plus en plus ahurie.
– Ça s'est trouvé comme ça, on a des mères différentes. Voilà les paquets, Zoïa.
Après une hésitation, la réceptionnaire prit quand même les paquets, les ouvrit et se mit à couper avec un couteau le saucisson finlandais et les tomates bulgares.
– Pourquoi les tomates? s'étonna Kolganov. Comment pourrais-je cacher quelque chose dedans?
– On voit que tu ne sais pas! répondit Zoïa. Il y en a qui ont trouvé le moyen d'injecter dedans de l'alcool, avec des seringues...
Kolganov ressortit de la Boutyrka avec Galia Brejnéva. En arrivant rue Liesnaïa, il lui montra la voiture de la Milice dans laquelle il était venu :
– Il y a quelqu'un qui voudrait vous parler, lui annonça-t-il. Si vous le permettez, nous pourrions aller le voir...
Et il l'invita à prendre place dans la Volga.

Au même moment

Au 6, rue Gagarine, dans une banlieue ouvrière de Moscou, personne ne répondait aux coups de sonnette donnés par Svetlov à la porte de l'appartement nº 3, où Tamara Bakchi était enregistrée. Soupçonnant que le cadavre de cette Tamara pouvait fort bien l'attendre derrière cette porte, Svetlov fit venir les voisins de Tamara et ordonna à son chauffeur d'enfoncer la porte. Ils ne trouvèrent à l'intérieur aucun cadavre, mais tout l'appartement de Tamara, qui comprenait trois pièces, avait l'air abandonné; les meubles étaient empoussiérés, les fleurs, sur la fenêtre, avaient fané dans leur vase, le frigo ouvert puait le chou pourri.

– Faut dire qu'elle vient presque jamais là, dit à Svetlov la vieille qui habitait à côté. Son père est en poste à la frontière, un colonel que c'est, sa femme est avec lui et cette garce ne se montre pas ici plus d'une fois par mois...

– Et où travaille-t-elle?

La vieille se mit à rire :

– Où que vous croyez qu'elles travaillent, les catins? Là où elles couchent, c'est là qu'est leur travail.

11 heures

Le trolleybus mena Véra Petrovna Tsvigoun place Pouchkine. Après en être sortie, elle se mit à descendre la rue Gorki à tous petits pas, de crainte de glisser sur le trottoir couvert de neige. Elle passa devant la grande pâtisserie et la poissonnerie « L'Océan ». On voyait dans les vitrines de la pâtisserie de somptueux gâteaux rouges en stuc. Dans celles de la poissonnerie, des flots bouillonnants baignaient un énorme esturgeon, lui aussi en plâtre. Il n'y avait naturellement ni de gâteaux somptueux, ni à plus forte raison d'esturgeon dans les deux magasins et seulement des biscuits dans le premier et, dans le second, des boîtes de conserve, aussi ne remarquait-on aucune file d'attente à la porte de ceux-ci. Mais de magasin en magasin, des ménagères affairées allaient et venaient, cabas et filets à la main, selon un itinéraire circulaire à peu près semblable chez toutes. Elles avaient des yeux fureteurs et expérimentés et une ouïe des plus fines. Au moindre signe un peu étrange dans la conduite des livreurs ou des vendeuses, elles déduisaient ce que l'on venait d'apporter : on allait « jeter » du poisson frais à la poissonnerie, « donner » des saucisses ou des poulets à l'épicerie Elisseïev. La rue Gorki est la vitrine de Moscou et son approvisionnement n'a rien à voir avec celui des banlieues. Une expérience assidue de la chasse à la nourriture permet de s'y procurer même des mandarines.

Mais Véra Tsvigoun était indifférente à tout, même à l'agitation suspecte qui venait de naître aux environs du magasin « Le Cristal », à l'angle de la rue Gorki et de la Grande Gniezdikovski. On aurait dit un incendie : de toutes parts, les passants accouraient au galop. En un clin d'œil s'était formée devant les portes une queue longue comme le tiers d'un pâté de maisons. La raison en était qu'un long camion des Sovtransexport était entré une minute plus tôt dans l'arrière-cour du magasin : du cristal tchèque venait donc d'arriver! Un détachement renforcé de la Milice avançait en hâte vers la queue, pour contenir le bruit et l'émotion populaire... Véra Tsvigoun passa dédaigneusement à côté du magasin, résistant à la tentation d'être l'une des premières dans la queue à acheter le cristal tchèque. Elle se dégagea de la foule soudain amassée et tourna au coin de la Grande Gniezdikovski.

Dans cette petite rue transversale, à deux cents mètres du bruit et de l'agitation de la grande artère, un petit hôtel particulier à deux étages se dressait bien tranquillement derrière une grille de fer forgé. C'était le Comité pour les affaires de la cinématographie, auquel sont subordonnés les vingt-trois studios de cinéma de l'Union soviétique.

Véra Tsvigoun entra dans le hall et se heurta à un grand gardien manchot, qui lui demanda sèchement, quoique poliment :

– Qui voulez-vous voir?

– Le ministre, je désire m'inscrire pour une audience.

– Prenez le téléphone, dit le gardien en montrant l'appareil suspendu au mur.

Véra Tsvigoun décrocha :

– L'antichambre de Yarmache, demanda-t-elle à la standardiste. Allô! Je suis chez le ministre? Je voudrais être reçue par Philippe Timofieïévitch. Mon nom? Tsvigoun, Véra Petrovna. Oui, son épouse. Pour quelle raison? C'est personnel.

La secrétaire du ministre pria Véra Tsvigoun d'attendre. Après quelques instants, cette dernière entendit :

– Philippe Timofieïévitch est en déplacement, il rentrera dans une semaine.

– Bien, dit Véra Tsvigoun. Prenez un rendez-vous pour son retour.

– Malheureusement, il ne reviendra que pour vingt-quatre heures et prendra aussitôt l'avion pour la Bulgarie, pour assister à un festival...

– Je vois..., dit Véra Tsvigoun et elle raccrocha.

Au même moment

Au 38 de la rue Petrovka, toute la PJ résonnait de bruits de bottes et de sonneries téléphoniques. Les couloirs avaient droit en plus aux chapelets de jurons obscènes des voyous, voleurs et prostituées de gare arrêtés pendant la nuit que des soldats conduisaient de la prison intérieure aux cabinets des inspecteurs. Un chien policier aboyait dans un escalier. Au deuxième étage, chez Svetlov, j'interrogeais Galia Brejnéva. Il était difficile d'ailleurs d'appeler cela un interrogatoire car Galia se contentait pour l'essentiel de pleurer et de nous implorer :

– Sauvez-le! Sauvez-le!

– Galia, demandai-je, qui est Guivi Mingadzé?

Elle tourna son visage vers la fenêtre :

– Je ne sais pas, dit-elle sèchement.

– C'est faux. A cause de ce Guivi, votre ami Bouriatski a tenté de cambrioler l'artiste Irina Bougrimova et s'est retrouvé en prison.

– Il ne l'a pas cambriolée. Il est venu rechercher ses propres brillants...

– Que vous lui aviez transmis pour qu'elle fasse « libérer Guivi par l'intermédiaire de son petit ami »... C'est vous-même qui l'avez dit, je m'en souviens, quand vous étiez avec Bouriatski samedi matin. Mais les RI vous espionnaient. Ils ont su à l'avance que Bouriatski viendrait chez Bougrimova et lui ont tendu un piège.

– Ah, c'est cela? J'avais pensé que c'était Irka qui avait appelé la Milice, pour ne pas rendre les brillants.

– Galia, revenons maintenant à la question initiale. Qui est Guivi et comment l'artiste de cirque Bougrimova pouvait-elle l'aider?

– Guivi est un ancien ami de Bouriatski et d'oncle Sémion. Il y a trois ans, on l'a mis en prison pour une affaire de devises. Boris avait chez lui des brillants appartenant à Guivi. Il m'a demandé de les donner à Bougrimova pour qu'elle tire Guivi de prison. Cela ne lui aurait rien coûté : le directeur de toutes les prisons et camps du pays est amoureux d'elle. Comment ça s'appelle déjà, son truc?

– Le GUITU[1], dis-je. L'« Administration centrale des institutions de rééducation par le travail ». Mais n'aurait-il pas été plus simple de le demander à votre oncle? Un seul mot de Tsvigoun et Guivi aurait été libre. Je ne comprends d'ailleurs pas comment on a pu le coffrer s'il était l'ami de Tsvigoun.

– Ils s'étaient disputés et mon oncle ne voulait plus entendre parler de lui.

– Pourquoi s'étaient-ils disputés?

– Je n'en sais rien! s'exclama-t-elle soudain, presque hystériquement. Ne me torturez pas! De toute manière je ne vous dirai rien! Je ne sais rien!

– Vous savez, Galia, Baklanov vous a fait hier une telle peur que vous n'osez plus nous parler. Mais n'oubliez pas que, s'ils mènent actuellement l'« opération Cascade » et gonflent autant qu'ils le peuvent l'affaire de votre ami Boris, c'est uniquement pour renverser votre père. Je dois savoir ce que Baklanov vous a dit hier...

Elle ne répondit pas et se tourna à nouveau vers la fenêtre. Derrière les vitres du cabinet de Svetlov, la neige continuait à tomber, couvrant de ses doux flocons la Petrovka déjà tout enneigée et le jardin voisin de l'Ermitage.

– Et vous seriez prête à trahir votre propre père pour... pour quoi, au juste? Galia!

– Papa sera de toute façon obligé de se retirer, aujourd'hui ou demain ou dans deux mois, peu importe. Par contre Boria... Ils m'ont promis de le libérer bientôt.

– Qui cela, « ils »?

Elle baissa les yeux :

1. Récemment encore appelé GOULAG, ou « Administration centrale des *camps* de rééducation par le travail ». *(N.d.T.)*

– Je ne peux pas vous le dire, prononça-t-elle.

– Galia, dis-je, ils vont vous rouler : Baklanov, Krasnov, Chtcholokov et compagnie. Ils essaient déjà aujourd'hui de coller à Bouriatski une affaire d'espionnage...

Elle resta silencieuse. Evidemment, pensai-je, si elle aime tant ce Bouriatski, ils ont pu la persuader de se taire en lui faisant croire que, plus cette affaire Bouriatski serait mauvaise pour son père, mieux cela vaudrait pour elle : après la démission de Brejnev, Tchourbanov divorcerait immédiatement d'avec elle, Bouriatski serait remis en liberté et elle pourrait vivre en toute quiétude avec son bien-aimé. Quant à papa Brejnev, il était de toute façon temps qu'il prenne sa retraite et il n'y avait pas lieu de parler de trahison. Au contraire, même : Léonide Ilitch avait besoin de se soigner, de se reposer...

Mais s'il en était ainsi, cela ne servait à rien de parler en ce moment avec elle : l'amour des femmes de cinquante ans est encore plus aveugle que celui des jeunes filles de dix-sept. Je lui posai la question suivante, moins pour l'enquête que pour satisfaire ma propre curiosité :

– Galia, répondez-moi si vous le pouvez. Votre père est chef de l'Etat, votre mari vice-ministre de l'Intérieur, vous-même êtes officiellement collaboratrice qualifiée de l'Institut des Etats-Unis et du Canada et touchez environ trois cents roubles par mois. Vous pouvez donc vivre de votre salaire et avez en outre à votre disposition tout ce dont vous avez besoin : datchas, appartements, voitures, yachts de l'Etat. Pourquoi avez-vous en plus spéculé, accepté des pots-de-vin, des brillants, de l'or?

Elle me regarda dans les yeux, se leva et prononça d'un ton méprisant :

– Ecoutez, qu'est-ce que vous avez à jouer les vertueux? Vous refuseriez, si l'on vous faisait des cadeaux? Je suis une bonne femme comme les autres, j'aime les hommes, la vie, les bijoux. Et je ne joue pas les pucelles! Prenez Rada Khrouchtchova, qui a joué les vertueuses. Résultat : elle vit maintenant de son salaire et fait la queue le matin pour acheter du beurre! Je m'en fiche, de mon père, il a déjà fait son temps, mais sauvez-moi Boria et je vous couvrirai d'or!

Et, pour la deuxième fois en deux jours, je pensai : et si je les envoyais tous se faire voir, Brejnev et toute la sainte famille? Si Ninotchka n'était pas morte dans des circonstances aussi affreuses, quelques heures plus tôt...

Je regardai bien en face cette gourde d'amoureuse quinquagénaire et lui demandai :

– Et Baklanov, vous lui avez proposé de l'argent?

Au même moment

Au bureau du personnel du théâtre Bolchoï, mon collègue Vendélovski avait obtenu toute une pile de photos de Boris Bouriatski, de face, de profil ou en pied. L'indicatrice Eléonora Savitskaïa, celle qui renseignait les cambrioleurs de maisons riches, n'avait pas eu tort : Bouriatski avait un physique des plus imposants. Même sur les photos, on était frappé par son maintien hautain, et sans aucun doute théâtral, ses mains et son visage soignés, ses grands yeux sombres un peu à fleur de tête, ses longs cheveux noirs et son léger double menton majestueux, qu'il appuyait contre un jabot de dentelles. N'importe quel gardien de prison, en voyant ces photos, aurait confirmé le diagnostic qu'avait immédiatement formulé à son sujet le « Doyen » Grouzilov, l'un des « confidents » majeurs de la Boutyrka :

« Artiste, a les nerfs fragiles, se mettra à table au bout de vingt-quatre heures. »

Du Bolchoï, Vendélovski se rendit directement à l'Union des artistes-peintres soviétiques, où il demanda une photo d'un autre détenu, lui aussi ancien ami de Tsvigoun : le peintre géorgien Sandro Kataouri.

Au même moment

Svetlov arriva à la PJ, mauvais comme une teigne.

– Où est Chamraïev? demanda-t-il au capitaine Laskine, qui était de garde.

– Dans votre cabinet, il interroge Galina Brejnéva.

Svetlov posa devant Laskine un paquet de photos confisquées dans l'album de famille de Tamara Bakchi, trouvé à son domicile personnel.

– Regarde, s'il te plaît, si tu ne trouves pas cette chienne dans le fichier de ta « section des putes », lui ordonna-t-il. Si tu ne l'y trouves pas, va à l'hôtel Ukraine et montre les photos au gérant. Et fourre ton nez dans tous les lieux de plaisir. Il me faut cette salope pour ce soir!

Laskine sortit. Resté seul dans la salle de garde du 3e bureau, Svetlov ne perdit pas un instant pour décrocher le téléphone urbain et, après avoir cherché un instant dans l'annuaire, fit le numéro du médecin en chef du dispensaire vénérologique nº 7, Goldberg :

– Liev Aronovitch? Excusez-moi de vous déranger. C'est Svetlov, de la PJ. Bonjour. J'ai un renseignement à vous demander. Combien de jours après avoir eu des rapports avec une femme souffrant d'une maladie vénérienne peut-on voir apparaître des signes de blennorragie ou de syphilis? Des brûlures? Non, pas de brûlures pour le moment. La couleur de l'urine? Aucune idée!

Après avoir écouté Goldberg et reposé l'écouteur, Svetlov prit un verre sur la table et s'en fut aux toilettes.

Au même moment

En sortant de l'OVIR, Nikolaï Baklanov alla vers sa voiture de service couverte d'une pellicule blanche et s'aperçut que son chauffeur, l'adjudant de la Milice Andreïev, s'était paisiblement endormi en l'attendant au volant de la Volga, amolli qu'il était par l'excellent chauffage de la voiture. Mais celle-ci, malheureusement, s'était légèrement affaissée du côté de la roue arrière gauche, qui était à plat.

Baklanov réveilla le chauffeur et lui montra sans commentaire le malheur qui leur était arrivé.

– Oh, nom de Dieu! s'exclama le chauffeur en se mettant à s'agiter. Où est-ce que j'ai pu pêcher un clou? Je n'en ai que pour une minute, Nikolaï Afanassiévitch, je vais tout de suite mettre la roue de secours...

Il se rua sur le coffre et voulut introduire la clef dans la serrure : peine perdue, celle-ci refusait d'entrer.

– Cochonnerie de bagnole! jura le chauffeur en donnant des coups de poing sur la serrure du coffre. Sûr que de l'eau est entrée dedans, elle a gelé, la garce!...

Andreïev mit alors en pratique quelques petites astuces typiques des chauffeurs moscovites : il chauffa la clef à la flamme d'une allumette et tenta de l'introduire brûlante, mais cela ne changea rien.

Baklanov se tenait sur le trottoir, son immuable

serviette de cuir noir à la main, et regardait avec une profonde tristesse toute cette agitation. Il avait faim, il était près de midi et il n'avait rien mangé depuis longtemps.

Au même moment, une Jigouli verte toute propre et étincelante qui descendait la rue du Bonnet s'arrêta brusquement près de lui et il vit venir à lui, tout heureux de la rencontre, un homme bien vêtu coiffé d'une toque en fourrure de bébé renne :

– Nikolaï Afanassiévitch, mon très cher! Que cela fait longtemps! Vous ne me reconnaissez pas? Pas étonnant, j'ai tellement changé! Vous, je vous ai immédiatement reconnu! Alors? Devinez donc? Je vous en prie! Vous n'y arrivez pas, hein? Ha-ha! Je suis Mikhaïl Béliakov!

Ni le nom ni la physionomie de ce gai personnage ne rappelaient quoi que ce fût à Baklanov, mais de telles rencontres se produisent, dans la vie d'un juge d'instruction, au moins une fois par mois. Vos anciens prévenus vous reconnaissent dans la rue, au restaurant, au cinéma et, selon la durée de la peine que vous leur avez autrefois fait avoir, ils crachent derrière votre dos ou bien se jettent vers vous les bras ouverts. A ce qu'il semblait, c'était là le deuxième cas de figure...

– Voyons, voyons? insistait Béliakiov. Vous ne vous rappelez pas? Et l'affaire du trust vinicole de Rostov, en 69, vous l'avez oubliée? Nous étions cent quarante à être jugés. Mais vous ne m'avez pas jugé pour dilapidation, vous ne m'avez inculpé que de négligence et je m'en suis tiré avec trois ans. Mais c'est fini! Je suis maintenant un homme honnête, j'ai fait des études supérieures dans un institut, je travaille au Moschveïtorg. Nikolaï Afanassiévitch, en l'honneur d'une telle rencontre, allons dans n'importe quel restaurant, c'est moi qui vous invite!

Baklanov se souvint qu'il s'était effectivement

occupé en 1969 de l'affaire du trust vinicole de Rostov, mais comment se souvenir des différents inculpés et de l'article du code imputé à chacun d'entre eux?

– Excusez-moi, je ne peux pas aller au restaurant, je suis occupé..., dit Baklanov.

– Laissez donc! Nous sommes tous occupés! La vie passe, pendant ce temps! Elle s'en va, la gueuse! Allons au moins boire un verre de bière, Nikolaï Afanassiévitch! insistait Béliakov. Je vous jure que vous m'offenserez mortellement! Vous êtes comme un père pour moi, vous m'avez donné une leçon qui m'a servi pour la vie entière! Il y a un bar à bière pas loin d'ici, à la Taganka, j'y vais justement. J'adore la bière...

Baklanov regarda ses yeux implorants, puis se tourna vers son chauffeur qui continuait à se démener en jurant, mais toujours en vain, pour ouvrir la porte du coffre à bagages, puis regarda à nouveau son tentateur :

– Vous êtes sûr qu'on vous servira de la bière, à cette heure-ci?

– A moi? s'exclama Béliakov. Pour moi, il y en a à toute heure! Asseyez-vous! Je vous raccompagnerai ensuite où vous me direz!...

Sept minutes plus tard, Baklanov et Béliakov étaient déjà dans un débit de bière bruyant et populeux situé non loin du célèbre théâtre de la Taganka. L'atmosphère humide née de la bière, les consommateurs serrés autour des petites tables, la lumière pâle diffusée par les ampoules disparaissant dans la fumée des cigarettes, la queue pour les chopes à la pression et une sorte de complicité unissant les amateurs de bière, tout cela rappela à Baklanov des impressions familières et l'affaiblit complètement. Béliakov jeta un ferme coup d'œil circulaire, aperçut un coin de table libre et prit les dispositions adéquates :

– Occupez la place, Nikolaï Afanassiévitch! Je vais vous avoir de la bière en un clin d'œil, sans faire la queue!

Et il se précipita vers le comptoir :

– J'étais là, les copains, je le jure sur ma mère!

Et sans prêter attention aux réactions, il ajouta aussitôt, à l'intention de la serveuse :

– Olietchka, n'oublie pas que tu me dois six bières!

Baklanov nettoya le morceau de table déniché par un pur miracle, posa entre ses pieds sa serviette en cuir noir et aperçut Béliakov au visage rayonnant qui revenait déjà avec six chopes écumantes, trois dans chaque main...

Les premières gorgées du liquide froid apaisèrent l'âme assoiffée et fatiguée de Nikolaï Baklanov, qui ne remarqua pas que le roi des cambrioleurs de Rostov sur le Don, dit « Dents d'acier », debout derrière son dos, avait substitué d'un geste élégant à sa serviette en cuir noir une autre serviette strictement semblable. Assis à côté de Baklanov, ce joyeux drille de Béliakov babillait sans discontinuer :

– Dès que je suis sorti de tôle, qu'est-ce que je me suis dit? « Ça suffit, maintenant va étudier... »

Dans les toilettes de l'établissement, enfermés dans une cabine, Dents d'acier et le Caïd photographiaient sans les lire tous les documents extraits de la serviette baklanovienne.

12 heures

La grande horloge à socle d'acajou ancien sonna mélodieusement les douze coups de midi. La porte de chêne clair donnant sur le bureau d'Andropov s'ouvrit, laissant le passage à son assistant, un commandant de belle taille aux joues roses :

– Camarades, veuillez entrer chez Youri Vladimirovitch.

Les invités assis dans l'antichambre se levèrent et se dirigèrent vers la porte du cabinet, en observant un ordre de préséance implicite : d'abord le Procureur général de l'URSS Rékounkov et, avec lui, le ministre de l'Intérieur Chtcholokov; ensuite le chef du département des Renseignements intérieurs, le général Krasnov et, avec lui, le chef du département des Instructions du Parquet de l'URSS, mon collègue Guerman Karakoz; enfin venaient les hôtes : les adjoints d'Andropov et vice-présidents du KGB Tsiniev, Pirojkov et Matrossov et le chef de la direction des enquêtes du KGB, Boris Kourbanov.

Du fond du cabinet, se levant de son immense bureau, venait vers eux Youri Vladimirovitch Andropov, président du KGB de l'URSS. C'était un homme âgé, solide, à grosse tête un peu allongée et cheveux blancs clairsemés qui portait des lunettes d'écaille sur des yeux inquisiteurs. Il serra la main à chacun de ses invités et les invita d'un geste bref à prendre place à la table de réunions, séparée de son bureau personnel.

On avait, des fenêtres de la pièce, une vue aussi belle de Moscou et du Kremlin que s'il se fût agi d'une carte postale. La silhouette de Dzerjinski en capote à longs pans se dressait sur la place du même nom, sur son socle de pierre, tournée vers Moscou et le Kremlin et le dos au bureau d'Andropov. Le portrait de ce même Dzerjinski pendait au mur du bureau, en compagnie de ceux de Lénine, Brejnev et Souslov, lequel était déjà revêtu d'un crêpe noir dans l'angle, ainsi que le veut l'usage. Sous les portraits, dans une longue bibliothèque vitrée, reposaient les nombreux volumes de la Grande Encyclopédie soviétique, les œuvres complètes de Lénine, des ouvrages de Brejnev et de Dzerjinski et un grand nombre de livres en anglais, tels que le *KGB* de John Baron, *La Grande Terreur* de Conquest ou le best-seller *Gorky park*. Un peu plus loin, sur un guéridon réservé à la presse, on voyait des numéros récents du *New York Times,* du *Washington Post* et du *Times* londonien. Tout montrait que le maître des lieux était un anglophone distingué.

Après avoir traversé le bureau sur un tapis de Perse qui en recouvrait tout le sol, les invités se répartirent autour de la table de réunions. Le maître de maison, en homme poli, s'assit le dernier et, pour éviter de sembler dominer, se plaça à côté du Procureur général et du ministre de l'Intérieur. Son assistant lui remit un dossier en cuir rouge estampillé « Secret ». Mais avant d'ouvrir ce dernier, Andropov prononça une courte allocution :

– Sur le fond, l'affaire pour laquelle je vous ai invités à venir vous est bien connue. Il faut dire que ce mois de janvier ne nous a apporté que des désagréments. Sans parler même des grandes difficultés que nous rencontrons en Pologne et en Afghanistan, nous avons essuyé en une semaine deux lourdes pertes : Sémion Kouzmitch Tsvigoun et Mikhaïl Andreïévitch Souslov. Certains correspondants occidentaux essaient même de relier ces deux faits et fournissent ce faisant matière à insinuations pour leurs journaux ou stations de radio. Si je parle de tout cela pour commencer, c'est que tous les racontars malsains qui peuvent naître autour des noms des dirigeants de notre Etat portent atteinte au prestige de notre Parti et de notre pays. Il est donc nécessaire, à la lumière de cette réalité, d'unifier nos forces pour établir les circonstances exactes de la mort de Sémion Kouzmitch Tsvigoun. Dès le début, j'ai trouvé ce suicide étrange, mais maintenant, après l'information du camarade Chtcholokov sur les aveux du dénommé Bouriatski...

Aux murs du bureau d'Andropov, les portraits de Lénine, de Brejnev et de Souslov regardaient par la fenêtre, vers la silhouette de pierre de Dzerjinski. Ce dernier, amplifiant le mouvement, regardait vers Moscou et l'avenue Marx. Un vent de tempête soufflait la neige répandue sur sa longue capote.

Au même moment

A toutes les fenêtres du rez-de-chaussée de la rédaction des *Izvestia,* place Pouchkine, les immenses panneaux photographiques de Tass étaient entièrement consacrés au « Nouvel acte d'agression d'Israël : l'annexion des hauteurs du Golan ». Après être restée un instant à côté, Véra Petrovna Tsvigoun entra dans une cabine téléphonique et fit un numéro qu'elle connaissait par cœur depuis dix-sept ans. A l'autre bout du fil, dans l'appartement personnel de Léonide Brejnev, avenue Koutouzov, une voix masculine répondit immédiatement, quoique prudemment :

– Allô...

– Je voudrais parler à Victoria Petrovna.

– De la part de qui?

– De sa sœur.

– Victoria Petrovna n'est pas en ce moment à Moscou.

– Et où est-elle?

– Je ne peux pas vous le dire...

– Elle est peut-être à la datcha? C'est la troisième fois que j'appelle!

– Je ne sais pas. Je vous répète pour la troisième fois, Véra Petrovna, qu'elle n'est vraiment pas à Moscou. Elle est... dans le Midi.

Véra Petrovna reposa lentement l'écouteur et resta quelque temps immobile dans la cabine glaciale, aux vitres brisées, parcourue par le vent. Elle n'avait plus d'espoir de voir tourner *La Guerre invisible,* le film consacré à sa propre jeunesse, mais le plus vexant était que Vika, sa propre sœur, ne désirait pas la voir. Soit, pensa Véra Petrovna, tant pis pour elle et pour Brejnev. Cette pensée en tête, elle tira de la poche de sa vieille pelisse d'astrakan une enveloppe sans timbre qu'elle avait trouvée le matin même dans sa boîte aux lettres. Sans se hâter, elle déchira l'enveloppe et la lettre en menus fragments. Puis elle ressortit de la cabine et, selon une habitude propre aux vieux Moscovites, amateurs d'ordre, jeta les morceaux dans un panier à ordures. Et sans se retourner, elle traversa la place en direction du cinéma Rossiya, où l'on donnait *Pirates du XXᵉ siècle.*

Au même moment

Au chef de la brigade d'enquête
Chamraïev I. I.

RAPPORT

Conformément à la mission que vous m'aviez confiée, je me suis rendu ce 26 janvier 1982 à l'hôtel Rossiya, où j'ai présenté aux employés vingt-six plaquettes comportant les photos de dix hommes de nationalité géorgienne âgés de trente à quarante-cinq ans et celles de seize Russes et Juifs du même âge et aux cheveux foncés. Parmi les photographies qui ont été présentées, il y avait celles de Guivi Mingadzé, de Boris Bouriatski et de Sandro Kataouri. Sur ces plaquettes, l'employée Elizavièta Koniaïéva, chargée du neuvième étage, l'employée du buffet d'étage Xénia Massiévitch et la femme de ménage Daria Chirokova ont formellement reconnu en Guivi Mingadzé et Boris Bouriatski les « nettoyeurs de tapis » qui avaient opéré au neuvième étage de l'hôtel la veille de l'incendie du 26 mai 1976.

Juge d'instruction en chef pour les affaires de Haute Importance auprès du Procureur général d'URSS.

T. Vendélovski, conseiller de justice.

– Avec ce rapport, dis-je à Svetlov, nous allons coincer Véra Petrovna Tsvigoun. Il est impossible que cette vieille ignore que l'incendie du Rossiya a été l'œuvre de son mari. En ce qui me concerne je voudrais beaucoup mettre la main sur cette veste de Tsvigoun qui a craqué lorsqu'il se battait. Mets-toi donc en rapport avec Ojéréliev et qu'il invite Véra Petrovna à venir bavarder avec nous.

Mais Svetlov n'eut pas le temps de l'appeler : au moment où il tendait la main vers l'appareil, celui-ci sonna. Svetlov décrocha et écouta en fronçant le sourcil ce qu'on lui apprenait, puis se tourna vers moi :

– Ils ont perdu ta Véra Petrovna au cinéma Rossiya. Les idiots! Mais ils ont trouvé une lettre qu'elle a jetée en chemin et vont nous l'apporter.

12 heures 32 minutes

EXTRAIT DU RAPPORT DU MAJOR OJÉRÉLIEV

... A 12 h 17, sortant d'une cabine téléphonique, l'objet de la filature a jeté dans un panier à ordures de menus fragments de papier et s'est dirigé vers les caisses du cinéma Rossiya. Habillée en simple ménagère, la sous-lieutenante Sinitsyna P. O., qui était chargée de sa surveillance, a dû s'attarder auprès de ce panier à ordures pour ramasser les morceaux de papier que le vent dispersait. Pendant ce temps, ayant acheté un billet à un revendeur, l'objet est entré dans la salle bondée et s'est perdu au sein du public. J'ai pris toutes mesures utiles pour retrouver l'objet. Les entrées et sorties du cinéma ont toutes été bloquées. Au cas où vous m'en donneriez l'ordre, la séance sera immédiatement interrompue et les spectateurs invités à sortir par une seule porte.

Je vous envoie par coursier les morceaux de papier.

Dans l'attente de vos instructions,

Major V. Ojéréliev.

Les morceaux de papier étaient au nombre de vingt-sept. Nous entreprîmes, Svetlov et moi, de les coller sur une feuille de papier blanc. C'était un travail fastidieux et complexe. Svetlov ne tenait pas en place : cette « foutaise » le mettait hors de lui. Le téléphone sonna à nouveau. Svetlov écouta le nouveau rapport qui lui était fait et se tourna vers moi :

– Je file retrouver mes têtes brûlées. Ils ont déjà rendu sa serviette à Baklanov, il faut développer les photos. Tu finiras le collage sans moi!

– Attends, dis-je en essayant de le retenir. On dirait qu'il y a ici quelque chose d'intéressant.

En effet, le texte de la lettre déchirée par Véra Tsvigoun nous proposait un nouveau casse-tête. On lisait sur une seule feuille de papier, écrit d'une main féminine en lettres arrondies :

« Honorée Véra Petrovna!

J'espère que vous vous souvenez de moi. Je suis Ania Finstein; j'étais monteuse lors du tournage du film *Un front sans limites,* tiré d'un scénario de votre mari. Mon père était opérateur du son. Je suis persuadée que vous vous souvenez aussi de mon fiancé Guivi Mingadzé. Le 18 juillet 1978, juste à la veille de notre mariage, votre mari l'a fait arrêter et mettre en prison et notre famille a dû quitter en hâte l'URSS.

Pendant plus de trois ans, j'ai ignoré comment papa avait réussi à obtenir en un jour nos visas d'émigration et pourquoi nous avions émigré avec une telle hâte. Mon père est mort il y a un mois et m'a tout raconté sur son lit de mort. J'aurais bien sûr pu raconter immédiatement aux services israéliens, à la CIA ou aux correspondants occidentaux où se trouvaient, à Moscou, les vingt-quatre bobines de magnétophone que mon père n'avait pas eu le temps de détruire tant nous nous dépêchions. Vous comprenez qu'ils auraient bien trouvé le moyen de les faire sortir d'URSS. Mais je ne l'ai pas fait, j'ai écrit directement à votre mari, à l'adresse du KGB. J'estimais que, si la censure ouvrait la lettre, elle serait de toute manière transmise à Tsvigoun puisque la censure est subordonnée au KGB. Dans cette lettre, je proposais à votre mari un échange : il me rendait Guivi Mingadzé et j'indiquais l'adresse où les bobines étaient cachées. Naturellement, connaissant votre mari et, en général, les habitudes du KGB, je n'ai pas donné mon adresse personnelle mais celle d'une boîte postale, dans un bureau de poste dont une de mes amies est receveuse. Le 12 janvier, j'ai reçu une réponse à cette adresse, une carte postale avec le texte suivant : « Ania, il faut discuter de cet échange : 14 janvier, 14 heures, café Pinaty, à l'angle des rues Diesengoff et Fischman, à Tel-Aviv. » Mais, le même jour, mon amie remarqua des hommes et des femmes inconnus qui faisaient le pied de grue en se relayant auprès du mur où se trouvent les boîtes postales. Ils y restèrent en faction le 12, le 13 et le 14 et je ne me rendis naturellement pas au rendez-vous. En outre, votre mari ne m'avait jamais appelée Ania. Le 15 et le 16, il y avait dans ma boîte postale des télégrammes me priant instamment d'aller au rendez-vous. Le 17, je remarquai près de chez moi deux femmes suspectes (vous savez qu'il y a chez nous, en Israël, toute une population arabe qui a ramené de Russie des épouses en grand nombre. Les deux femmes en question ressemblaient à des ouvrières textiles de Voronej, mais avec des robes arabes). Le jour même, j'ai quitté Israël.

J'étais déjà en Europe lorsque j'ai appris que votre mari était mort.

Je ne sais pas qui a envoyé ces hommes et ces femmes, Tsvigoun ou bien quelqu'un d'autre. Mais s'ils avaient réellement voulu faire un échange honnête, ils ne se seraient pas mis à me suivre, n'est-ce pas? Et Sémion Kouzmitch m'aurait appelée comme il m'appelait lorsqu'il venait aux studios dans la salle de montage...

J'ai filé pour échapper aux guébéchniks. Votre mari n'est plus de ce monde, mais je veux quand même tirer mon Guivi de prison et d'URSS.

C'est pourquoi je fais par votre intermédiaire une dernière tentative.

Transmettez à votre beau-frère, Léonide Ilitch que si, dans une semaine, je n'obtiens pas Guivi, j'indiquerai aux correspondants et services de renseignements occidentaux l'endroit où se trouvent les bobines.

« La Voix de l'Amérique » se mettra à diffuser leur contenu; celui-ci sera publié dans la presse occidentale. Le monde entier saura ce que racontent en petit comité Brejnev, son fils, sa fille, son frère et ses amis Oustinov et Tsvigoun et l'opinion qu'ils ont du régime soviétique, des membres de votre Politburo, de la politique intérieure et extérieure du gouvernement soviétique, des plans de l'Etat-major général et de ce que l'on appelle le mouvement communiste international.

Voici le numéro auquel vous pouvez me joindre en Europe : (49) 0611-34-18-19. Il s'agit d'un enregistreur automatique.

Vous recevrez donc cette lettre le 26, j'attends pendant exactement une semaine la libération de Guivi et si, le 4 février, je n'obtiens pas mon fiancé, je vais chez des journalistes américains.

Ania Finstein.

Europe, 23 janvier 1982.

P.S. Ne craignez rien : ce n'est pas la CIA qui vous remettra cette lettre. J'ai trouvé quelqu'un qui allait cette semaine en URSS avec un charter de touristes.

– Ah, la petite sotte! fit Svetlov. Elle n'a pas pensé qu'il nous suffisait de demander la liste des touristes étrangers arrivés à Moscou depuis quarante-huit heures pour connaître le nom de ce type.

– Attends un peu, dis-je. Tu comprends quelque chose à cette lettre?

– C'est clair comme le jour, à ce qu'il me semble. Son papa a enregistré je ne sais comment les conversations intimes de Brejnev, puis il a émigré pour une raison quelconque sans avoir ni le temps de détruire ces bobines ni la possibilité de les faire sortir. Et maintenant, elle va nous faire chanter avec ces bobines, pour que nous lui remettions le criminel qui a mis le feu à l'hôtel Rossiya! Des clous! Tsvigoun ne le lui a pas donné, pourquoi irions-nous... Attends!

Et, clignant de l'œil, soudain très attentif, il se mit à relire la lettre.

– Et si Tsvigoun, poursuivit-il, n'avait pas reçu sa première lettre? Alors... Alors, il s'agirait des bobines que Baklanov, Krasnov et Maliénina sont en train de rechercher!

Je pris le téléphone et, après avoir feuilleté l'annuaire, fis le numéro de Mechtchériakov, directeur de l'administration des postes de Moscou.

– Victor Borissovitch! Excusez-moi de vous déranger. Chamraïev, juge d'instruction au Parquet de l'URSS. Je vous ai envoyé samedi dernier l'arrêté sur la mise à notre disposition des lettres et télégrammes du défunt Tsvigoun...

– Je sais, je sais, répondit une voix de basse. Je suis justement en train de vous préparer la réponse. Le problème, c'est que, depuis le 19 janvier, toute la correspondance du camarade Tsvigoun est relevée par la Direction des enquêtes du KGB de l'URSS.

– Et avant le 19?

– Avant le 19, toute la correspondance lui était remise personnellement.

– Sans exception?

– Naturellement, voyons!

– Merci.

Je reposai le récepteur et me tournai vers Svetlov.

– Allons place du Komsomol, à la censure.

– Mais j'ai mes têtes brûlées qui m'attendent! protesta-t-il. En outre, que doit faire Ojéréliev, avec la femme de Tsvigoun? Il attend des instructions. Je vais lui en donner en passant.

– D'abord, nous allons tous les deux à la censure, dis-je. La femme de Tsvigoun n'a qu'à regarder son film. De toute manière, ce n'est pas elle qui nous intéresse pour l'instant. Qu'Ojéréliev ne la touche pas pour l'instant. Partons.

Et je fourrai dans ma poche la lettre d'Ania Finstein.

Svetlov me regarda et poussa un soupir :

– Comme si on n'avait que cela à faire! Cela ne te suffisait pas, de rechercher deux assassins, il te faut encore ces foutues bobines! Je me demande bien pourquoi tu t'es mis cette idée en tête.

– Nous n'allons pas rechercher ces bobines, dis-je. Et, voyant son regard étonné, je poursuivis : Si ce sont là les bobines que Krasnov, Baklanov et Maliénina recherchent, nous les laisserons continuer à chercher tout seuls. Nous, nous donnerons le Géorgien à la fille, voilà tout. S'il est encore vivant, bien sûr.

Le capitaine Laskine entra à ce moment dans le cabinet :

– Marat Alexeïévitch, annonça-t-il, votre Tamara Bakchi a été reconnue au National. Elle vient tous les soirs au bar en devises. Nous lui mettrons la main dessus tout à l'heure.

– Certainement pas! s'exclama Svetlov. C'est moi qui lui mettrai la main dessus. Personnellement.

13 heures

La conférence chez Andropov n'était toujours pas terminée. Dans ce vaste cabinet étaient pratiquement réunis tous ceux qui détenaient l'ensemble du pouvoir de surveillance et de répression du pays. Ils en étaient conscients et c'est pourquoi leur discours était plein de dignité. Personne n'élevait la voix ni ne lançait de pique à son voisin. Tous étaient d'une courtoisie et d'une attention envers les autres absolument exemplaires.

– ... Nous devons admettre, disait le général Boris Kourbanov, chef de la Direction des enquêtes du

KGB que lors de l'enquête que nous avons menée le 19 sur les lieux de l'événement, je me suis moi-même rendu coupable d'un certain nombre d'erreurs. Je n'ai remarqué ni traces de lutte ni marques d'une seconde balle sur le vasistas. Et comme je ne soupçonnais pas qu'il pût s'agir d'un meurtre, je n'ai pas envoyé pour le faire expertiser le message d'adieu de Sémion Kouzmitch. Tout cela, je l'ai appris, a été fait par le juge d'instruction Chamraïev. Et s'il n'y avait pas eu ces contacts hautement suspects entre Bouriatski et les agents étrangers, je serais le premier à dire au camarade Krasnov : transmettez ce Bouriatski au Parquet, qu'ils tirent l'affaire au clair. Mais si ce Bouriatski a été recruté par un service étranger, les choses sont plus complexes. Non seulement nous pouvons en profiter pour démasquer l'action hostile à notre pays de services d'espionnage étrangers, mais nous pouvons faire encore mieux et essayer de retourner les agents avec lesquels ce Bouriatski a eu à faire. Or ce travail relève entièrement de notre Huitième Direction. Bien sûr, ajouta-t-il en souriant, le Parquet ou l'Intérieur peuvent avoir l'impression qu'ils ont fait l'essentiel du travail et que nous allons nous contenter d'en retirer le bénéfice...

Tous se mirent à rire. Krasnov dit :

– En ce qui nous concerne, nous sommes prêts à sacrifier les récompenses à venir pour le bien de la cause...

Et tous regardèrent le Procureur général de l'URSS et son adjoint Guerman Karakoz. Rékounkov prit à Chtcholokov, assis à côté de lui, le dossier rouge consacré à Bouriatski, le feuilleta négligemment et, après s'être discrètement éclairci la voix, prononça sans forcer la voix :

– Hmm... Pour être honnête, dès le début j'ai rêvé

d'être débarrassé de cette affaire. Comme on dit, si la femme tombe du traîneau...

Le sourire refleurit sur tous les visages. Krasnov s'enfonça même au fond de son fauteuil avec une sorte de soulagement. Mais le Procureur général n'avait pas terminé :

– Mais je vois que, lors de l'enquête qu'il a menée, mon juge d'instruction Chamraïev, tout comme les camarades du département des Renseignements, ont laissé de côté un certain nombre de choses importantes. Par exemple, il n'y a pas de procès-verbal d'audition du garde du corps de Tsvigoun, non plus que de son chauffeur...

– Ils sont tous deux en congé dans le Midi, fit Pirojkov avec une certaine nervosité.

– Ce n'est pas grave, fit remarquer Andropov, on peut les faire venir.

– C'est bien ce que je pense, dit Rékounkov. Il faut les faire venir et les interroger. Comment se fait-il qu'ils n'aient pas entendu les coups de feu? Il y en a quand même eu deux, si l'on en croit ce Bouriatski. En outre, nous devons effectuer un minutage précis des événements selon la version Bouriatski, en lui demandant de nous montrer, dans l'appartement même, comment les choses se sont passées. En bas, dans le hall où était assis le garde du corps, il faut placer un homme pour nous dire si l'on entend ou non les coups de feu.

– Nous pouvons faire tout cela nous-mêmes, dit Kourbanov. Avec nous, ce ne sont pas les minutes, ce sont les secondes qu'il nous précisera!

Tous se mirent à rire. Rékounkov poursuivit cependant, de son ton un peu traînant :

– Je comprends... Mais vous devez aussi me comprendre : je vais devoir me rendre chez Léonide Ilitch et lui dire que je laisse tomber cette affaire. Or, il me faut pour cela des raisons majeures.

Il regarda dans les yeux Chtcholokov :

– Mettez dans le dossier les comptes rendus d'audition du garde du corps et du chauffeur de Tsvigoun, avec les résultats du contrôle sur place de la déposition de Bouriatski et je m'en tiendrai là. J'irai chez Léonide Ilitch le cœur léger. Je lui ferai savoir que l'assassin, ou qui vous voudrez, a été trouvé et que nous le remettons entre les mains du KGB.

– Mais cela va prendre encore Dieu sait combien de temps, dit Krasnov.

– Quelle importance? demanda Rékounkov. Bouriatski ne va pas s'enfuir, j'espère?

Au même moment

Place du Komsomol, à gauche de la gare de Léningrad, dans la cour du vieux bâtiment en brique de la douane des marchandises, se dresse un haut cube en béton gris de construction récente, à nombreux étages et fenêtres étroites : le « Département de contrôle des envois postaux du ministère de la Communication de l'URSS ». Mais quoique les employés dudit « département » soient effectivement rémunérés par le ministère en question, ce n'est un secret pour aucun de ceux qui sont au courant de leur travail qu'ils dépendent non du ministère, mais du KGB.

A une certaine époque, avant la détente inaugurée par Khrouchtchov et avant l'émigration juive, le courant postal en provenance de l'étranger était relativement peu important. Les gens avaient peur de correspondre, même avec leurs parents proches vivant en Occident, et le « Département de contrôle » pouvait alors se contenter d'un personnel réduit. Aussi n'occupait-il que la moitié d'un étage du bâtiment des douanes. Mais au cours des dix à quinze dernières années, une avalanche de lettres s'est abattue sur l'Union soviétique, en provenance d'Amérique, du Canada, d'Israël ou d'Europe. Les effectifs du « Département de contrôle » n'arrivent pas à suivre le mouvement et, même dans le nouveau bâtiment, spécialement construit à cet effet, les gens s'entassent, à raison de huit censeurs par bureau. Pas étonnant ! Dix-sept millions de personnes originaires de Russie vivent à l'étranger et, même si la moitié seulement d'entre elles n'envoie qu'une lettre par an en cette Russie chère à leurs cœurs, cela fait quand même huit ou neuf millions de lettres qui vont s'abattre sur le pauvre « département ». Or, il faut lire chacune d'entre elles, donc les ouvrir (sans laisser de traces), décider ce que l'on en fera, si on les enverra à leurs destinataires ou si on les retiendra et, dans tous les cas, en faire des copies et envoyer ces dernières au département spécial du KGB où ces « matériaux » seront triés en fonction de l'identité des destinataires et classés aux archives. Ils y seront conservés pendant des jours, des mois, des années, jusqu'au moment où apparaîtra la possibilité de transformer tous ces matériaux d'archives en matériaux d'accusation.

Après avoir présenté aux gardes en uniforme nos attestations de service, nous montâmes tous deux au second étage et nous dirigeâmes par un long couloir jusqu'au bureau de Soukhoroukov, le chef du « Département ». De part et d'autre du couloir, nous apercevions des plaques : « Secteur anglais », « Japonais », « Allemand », « Juif », etc. Derrière ces portes, on n'entendait pas sonner de téléphones. Les normes de la discipline du travail auraient d'ailleurs voulu que régnât ici un silence idéal, propice au travail, mais on entendait en fait, presque derrière chaque porte, des éclats de voix joyeux. Les employés des « secteurs » échangeaient les derniers potins de la capitale, ou bien se lisaient mutuellement des passages particulièrement captivants des lettres reçues de l'étranger. Juste au moment où nous passions, une jeune lieutenante du service des postes sortit du secteur Etats-Unis et entra en coup de vent au secteur allemand. Elle avait à la main une lettre déjà ouverte et se tenait les côtes. Nous l'entendîmes du couloir qui disait : « Ecoutez un peu, les filles! D'Amérique : " Hier j'ai rêvé de *koulibiac*[1] "! »

J'ouvris la porte portant l'inscription « Chef du département des envois postaux Soukhoroukov R. V. » et ne pus cacher mon étonnement : là où je m'attendais à trouver l'ancien pilote de chasse et invalide de la Deuxième Guerre mondiale, le Héros de l'Union soviétique Roman Soukhoroukov, je trouvai derrière l'une des quatre tables débordantes de lettres de son modeste bureau son adjointe Inna Borissovna Figotina, une petite femme sèche d'une soixantaine d'années, en uniforme de major du service des postes.

– Bonjour, dis-je. Où est donc Soukhoroukov?

– Bonjour, Igor. Roman Victorovitch ne travaille plus ici.

– Comment cela? Je l'ai vu ici juste avant le Nouvel An.

– C'était *avant* le Nouvel An, dit-elle tristement. Nous avons maintenant un nouveau chef : Xana Axentchouk. Si c'est elle que vous voulez voir, elle s'est choisi un autre bureau, plus grand que celui-ci, la pièce 302. Mais je ne pense pas qu'elle y soit actuellement...

Je m'assis à son bureau :

– Inna Borissovna, dis-je, je n'ai pas réellement besoin de la voir. Je mène l'enquête sur la mort de

1. Chausson russe à la viande, au poisson, aux choux, etc. (*N.d.T.*)

Tsvigoun et j'ai besoin de regarder vos registres de décembre et de janvier.

– Et qu'est-ce qui vous y intéresse?

– Toute la correspondance adressée à Tsvigoun, avec la date, l'expéditeur et le destinataire.

Figotina me regarda dans les yeux, puis reporta son regard sur Svetlov. Je me ressaisis et le présentai :

– C'est Marat Alexeïévitch Svetlov, mon très cher ami, le chef du 3ᵉ bureau de la PJ de Moscou. Nous sommes associés pour l'enquête Tsvigoun, sur instruction de Brejnev.

Elle nous regarda à nouveau tous deux, marqua un moment d'hésitation, puis dit :

– Dans ce cas, veuillez fermer soigneusement la porte.

Svetlov fit ce qu'elle demandait, après quoi elle ajouta :

– Et qu'est-ce qui vous intéresse en particulier chez Tsvigoun?

– Une lettre envoyée d'Israël par une certaine Ania Finstein. Elle a dû arriver juste avant ou juste après le Nouvel An.

Figotina fouilla silencieusement dans son tiroir, en sortit un paquet de Biélomor, alluma une cigarette qui l'enveloppa d'un nuage de fumée, cligna de l'œil et me demanda enfin :

– Igor, comment avez-vous appris l'existence de cette lettre?

– Comme ça..., fis-je évasivement. Nous l'avons appris...

– Bon..., dit-elle. Je vois que Dieu existe quand même. C'est une grande surprise!

– Inna Borissovna, lui dis-je en souriant, ce n'est pas Dieu qui nous a envoyés, mais Brejnev. Aussi quelques détails sur cette lettre ne seront-ils pas superflus.

– Bien, dit-elle. Je ne serais jamais allée vous trouver moi-même, mais puisque vous êtes venus... Vous ne trouverez rien dans les registres au sujet de cette lettre. Mais elle a bien existé. D'une façon générale, il y a longtemps que nous n'accordons plus d'importance aux lettres de l'étranger contenant des menaces envers Brejnev, Andropov ou Zotov, le chef de l'OVIR. De telles lettres arrivent par paquets entiers chaque jour, surtout de Juifs. Ils exigent qu'on laisse sortir leurs frères, leurs maris, leurs parents. Même des enfants écrivent : « Brejnev, si tu ne laisses pas sortir mon papa, je vais te jeter un sort. » Et autres fariboles du même genre. Mais la lettre envoyée par cette Finstein ne ressemblait pas aux autres. Elle est arrivée juste après le Nouvel An, le 2 ou le 3 janvier. C'était une sorte de cri de l'âme, nous l'avons tous lue ici, elle est passée de bureau en bureau. Elle demandait à Tsvigoun de laisser sortir de prison son fiancé, un Géorgien, et promettait en échange des bandes magnétiques contenant l'enregistrement de conversations de la famille Brejnev. Naturellement, cela nous a bien fait rire : que n'inventent pas, décidément, ces idiotes de Juives amoureuses! Soukhoroukov s'apprêtait à envoyer cette lettre, selon la procédure habituelle, au secrétariat de Tsvigoun, lorsque soudain elle a disparu. Nous l'avons cherchée absolument partout : plus rien! Vous connaissez Soukhoroukov : le vieux s'est énervé, a crié, nous a réunis dans son bureau pour essayer de retrouver qui avait eu le dernier cette lettre en mains. Il a fini par apprendre que c'était Xana Axentchouk, alors jeune censeur de la section arabe, nièce de Pirojkov, le vice-président du KGB. Mais elle a nié farouchement, disant qu'elle n'avait même pas vu cette lettre. On a fini par oublier l'affaire. Mais le 19, Tsvigoun est mort et Soukhoroukov a reçu, le même jour, l'ordre d'envoyer immédiatement toute la correspondance adressée personnellement à Tsvigoun, sans l'ouvrir, à la Direction des enquêtes du KGB. Puis on a entendu dire que Tsvigoun n'était pas simplement mort mais qu'il s'était suicidé, après un entretien avec Souslov. Et il y a trois jours, vendredi, on a demandé à Soukhoroukov de prendre sa retraite. Et qui croyez-vous qu'on a nommé à sa place chef du Département? Xana Axentchouk! Je suppose que tout est clair pour vous? C'est elle maintenant qui dirige ici, tandis que Soukhoroukov a eu une attaque et garde la chambre à l'hôpital Botkine.

13 heures 45 minutes

Dans la grande salle de cinéma du Rossiya, la lumière se ralluma. Les « pirates du XXe siècle » avaient terminé leurs exploits. Les spectateurs, en majorité des adolescents de douze à quatorze ans, se ruèrent vers les issues, mais sur les douze larges portes de sortie, trois seulement étaient ouvertes, et encore à un seul battant, afin que les spectateurs sortent un par un et que le major Ojéréliev ait le temps de retrouver Véra Tsvigoun. Mais il n'avait pas réalisé ce dont étaient capables douze cents adolescents qui venaient de s'identifier, pendant la durée d'un film, à des pirates. La salle s'emplit d'un sifflement épouvantable, d'un bruit de pieds qui tapaient, les adolescents se mirent à tambouriner sur les portes fermées puis, semblables aux pirates qu'ils venaient de voir, passèrent à l'abordage. La radio eut beau leur lancer des appels, l'administration les prier de se calmer, les lourdes portes de chêne commençaient déjà à céder sous leur pression furieuse tandis que l'on entendait dans la foule, auprès des portes, les cris d'angoisse de mioches à moitié étouffés. Encore quelques secondes et la foule des adolescents, écrasant les plus petits, allait jaillir hors de la salle, balayant sur son passage les faibles cordons de la Milice.

Ojéréliev, heureusement, sauva la situation. Il se précipita dans la cabine de projection en criant :

– Recommencez le film! Recommencez, nom de Dieu!

L'opérateur effrayé ralluma le projecteur et les pirates refirent leur apparition sur l'écran.

Et immédiatement, avec la même énergie qu'ils avaient mise à vouloir quitter la salle, les adolescents se ruèrent vers les places qu'ils venaient de quitter, avec des cris d'enthousiasme et des sifflements d'allégresse, trop heureux de pouvoir revoir gratuitement le film sur la piraterie.

– Mais dans ces conditions, fit la sous-lieutenante Polina Sinitsyna, ils ne sortiront jamais de la salle!

– Quelle importance? dit Ojéréliev. Par contre la vieille ressortira. Pourquoi verrait-elle une deuxième fois cette foutaise?

Le calcul s'avéra juste. La salle avait à peine retrouvé son calme que Véra Tsvigoun se dirigea vers la sortie. Mais elle était maintenant la seule spectatrice à quitter la salle et les physionomies des miliciens déguisés en civil qui battaient la semelle devant le bâtiment la mirent en garde. D'autres auraient pu n'y voir que du feu mais Véra Tsvigoun, ancienne tchékiste, veuve du premier vice-président du KGB de l'URSS, ne pouvait pas ne pas sentir, surtout à une aussi courte distance, quelque chose de familièrement flicard dans ces braves jeunes gens qui déambulaient, l'air désœuvré. Et elle comprit à cause de qui les portes du cinéma avaient été transformées quelques instants plus tôt en point de contrôle et de sélection. Le cœur glacé, s'attendant à être arrêtée d'un moment à l'autre, Véra Petrovna sortit lentement dans la rue.

Mais personne ne semblait vouloir l'arrêter, lui immobiliser les bras, la jeter dans une voiture après l'avoir bâillonnée. Toute droite et raide, son cœur âgé battant à grands coups dans sa poitrine, Véra Tsvigoun s'éloigna sur des jambes molles du cinéma Rossiya. Son hypothèse se trouva aussitôt confirmée. Errant comme dans un songe le long du boulevard de la Passion, elle aperçut du coin de l'œil, de l'autre côté du boulevard, une Moskvitch toute déglinguée qui avançait sans se presser, mais sans perdre un mètre sur elle. Véra Tsvigoun eut l'impression que son cœur glacé venait de dégringoler quelque part très bas, du côté de l'estomac. Elle connut en ces minutes l'avant-goût de l'arrestation, la sensation de totale impuissance que partagent les citoyens soviétiques ordinaires au moment d'être arrêtés par le tout-puissant KGB, cette sensation dont le spectacle avait fait, pendant tant d'années, les délices de son mari, le général Tsvigoun. Véra Tsvigoun ne doutait pas que ce fût le KGB qui la filait. Ils avaient visiblement déjà arrêté celui qui avait jeté dans sa boîte aux lettres, ce matin-là, la maudite lettre d'Ania Finstein et maintenant ils allaient s'emparer d'elle et la torturer, torturer, torturer, pour lui faire avouer où se trouvaient ces fichues bandes magnétiques...

« Mais pourquoi? Pourquoi ne me cueillent-ils pas maintenant, ici? » pensait-elle dans sa tête chenue, toute bourdonnante d'interrogations et d'angoisse.

Ce qu'elle ne savait pas, c'était que le commandant Ojéréliev, assis dans la vieille Moskvitch (et qui, soit dit en passant, relevait non du KGB mais de la PJ, cherchait vainement à entrer en liaison radio avec son patron Marat Svetlov et avec le juge

Chamraïev, pour élucider auprès d'eux cette même question : cueillir ou ne pas cueillir Véra Petrovna Tsvigoun?

Au même moment

Où croyez-vous que nous étions allés développer et tirer les pellicules obtenues par Dents de fer et son Caïd? Au laboratoire photographique de la PJ? A l'Institut d'expertises judiciaires? A l'Institut de criminologie? Non, bien plus près et bien plus simplement, chez ce joyeux drille de Béliakov, dont le fils aîné Aliocha occupait à proximité une chambrette, avec un labo photo d'amateur. Le papier à tirages était encore humide, mais des documents des plus intéressants commençaient à apparaître :

Premier document : protocole de saisie d'objets de valeur dans l'appartement du général K. Zotov, chef de l'OVIR. Entre autres choses, une pièce à conviction : un diadème en platine portant à l'arrière l'inscription : « A ma chère petite Ania, de la part de Guivi. »

Deuxième document : procès-verbal de l'interrogatoire du chef de l'OVIR K. Zotov. Les sept pages de cet interrogatoire montraient que Baklanov avait réussi à prouver la vénalité de Zotov. Le 18 juillet 1978, il avait fait obtenir en une seule journée leurs visas d'émigration pour Israël à Arkadi Borissovitch (Boruchovitch) Finstein, à sa femme Raïssa Marcovna et à leur fille Anna Arkadiévna, ce pour quoi il avait reçu le diadème en platine susmentionné, trois bracelets en or garnis de brillants et huit bagues, d'homme ou de femme, avec des pierres précieuses.

Troisième document : photographies d'Anna

Finstein, de sa mère et de son père, extraites du « Dossier de sortie n° 56197 d'A. B. Finstein », ainsi qu'un grand nombre d'autres photos d'Anna Finstein, obtenues par Baklanov à l'occasion d'interrogatoires et d'auditions de tous les anciens collaborateurs de l'équipe de réalisation du film *Un front sans limites*, du réalisateur Igor Frostiev à l'acteur Viatcheslav Tikhonov.

Quatrième document : procès-verbaux des interrogatoires des anciens voisins ou collègues de travail d'Anna et Arkadi Finstein. De ces procès-verbaux il découlait que Baklanov avait vainement essayé d'apprendre de ces témoins :

a) le lieu où Ania avait pu cacher les bobines;

b) son adresse en Israël.

Mais Baklanov avait appris des techniciens de Mosfilm un détail précieux : en 1978, Arkadi Finstein, qui était un bricoleur et ingénieur radio de génie, avait fabriqué pour son futur gendre une sorte de mini-magnétophone à micro ultrasensible. Il ajoutait d'ailleurs un important supplément à son salaire d'opérateur du son en réparant à domicile les chaînes haute fidélité d'importation de ses amis et connaissances et en équipant de magnétophones ou postes de radio stéréophoniques les voitures des particuliers.

Cinquième document (le plus intéressant) : carnet de travail de Baklanov, avec de courtes annotations donnant une idée des méthodes auxquelles avaient recouru les agents du KGB en Israël pour retrouver Ania Finstein. Baklanov raisonnait de la sorte :

« On peut retrouver A. Finstein :

– D'après l'annuaire téléphonique d'Israël (difficultés : nom très répandu, homonymes, probable changement de nom),

– par des cinéastes soviétiques qui ont émigré en Israël : prendre la liste chez Boris Mariamov, à l'Union des cinéastes,

– si elle a récemment enterré son père, l'administration du cimetière de Tel-Aviv a peut-être enregistré l'adresse des différents membres de la famille du défunt. En outre, elle doit venir parfois sur sa tombe.

– Finstein a emporté son permis de conduire. Il avait donc peut-être une voiture en Israël. Graisser la patte à un des fonctionnaires de leur police automobile... »

– Ouais! prononça Svetlov, en examinant les photos d'Ania Finstein. La belle enfant est tombée dans de drôles de griffes! Ils la retrouveront même en enfer! S'ils ne l'ont pas déjà retrouvée...

Nous avions sous les yeux un visage de vingt ans étonnamment beau et pur, d'une forme délicatement ovale, avec de grands yeux foncés, et de grandes lèvres légèrement entrouvertes. De somptueux cheveux clairs, tombant sur ses épaules, encadraient son visage.

– On dirait qu'ils ne l'ont pas encore retrouvée, dis-je en réfléchissant à une idée qui fermentait dans mon cerveau depuis une bonne heure. En tout cas, une chose est sûre : ces bobines sont une réalité. Baklanov, Krasnov et le KGB ont fait le maximum pour mettre la main dessus. Il ne nous reste donc qu'une chose à faire...

Je sortis du petit laboratoire photo dans la pièce principale, décrochai le téléphone et fis le numéro de Souren Ptchémian, au Comité central du PCUS.

– Souren Alexeïevitch? Excusez-moi de vous déranger. C'est Chamraïev. J'ai besoin de rencontrer d'urgence Léonide Ilitch.

– Quel est le degré d'urgence?

– Maximum.
– Bien. Venez à 17 h 30 à la porte du Sauveur, on vous y attendra.
– Et plus tôt? On ne peut pas plus tôt?
– Non, malheureusement. Gromyko est actuellement en conférence avec Haig, à Vienne, et Léonide Ilitch reste en ligne avec lui. En outre, à Varsovie, Jaruzelski prononce un nouveau discours devant les députés et l'atmosphère est très tendue. C'est pourquoi rien ne sera possible avant 17 h 30.
– Bien. J'y serai.
Je regardai ma montre. Il était 13 h 50. A 14 heures, mon fils Anton quittait l'école. Je dis à Svetlov :
– Il faut que j'aille d'urgence à la Presnia pour raccompagner mon fils à la maison. Tu me déposes?
– Une minute, me dit-il et, attrapant une fiole vide posée dans le laboratoire photo, il s'éloigna, l'air soucieux, vers les toilettes.
– Qu'est-ce qu'il te prend de courir aux gogues toutes les dix minutes? lui criai-je de loin.
– Goldberg m'a dit que si on a la chaude-pisse, des flocons doivent apparaître dans l'urine. Mais pour l'instant il n'y a rien.

Au même moment

Après avoir reconduit leurs invités et leurs subordonnés, Youri Vladimirovitch Andropov et Nikolaï Anissimovitch Chtcholokov restèrent seul à seul. Andropov ôta ses lunettes et se frotta d'un air fatigué la racine du nez et les arcades sourcilières.
– Bizarre que ce Rékounkov regimbe, fit Chtcholokov.
– On dirait qu'il veut gagner du temps... Bien sûr,

c'est révoltant que ta section de la PJ travaille contre nous.

– Rien de grave, dit Chtcholokov avec un mouvement de tête méprisant. Au moins on sait ce qu'ils font. Ils ont fabriqué des tas de portraits-robots et se sont précipités sur les hôpitaux. Ils ne trouveront rien, c'est un coup dans l'eau de leur part. Qu'ils courent donc à travers Moscou, ce n'en est que mieux pour nous. Une chose plus embêtante, c'est cette youpine qui a disparu on ne sait trop où en Israël...

Cela sonnait comme une réponse du berger à la bergère, une allusion au fait que l'antenne d'Andropov en Israël se révélait incapable, pour la deuxième semaine consécutive, de retrouver une petite émigrée toute simple. Mais Andropov répondit tranquillement :

– Elle n'est plus en Israël, elle est en Europe. Mes hommes ont réussi à savoir à l'aéroport Ben Gourion qu'elle avait pris un vol d'Alitalia pour Rome le 17 et que son billet n'allait pas plus loin. Tant mieux pour nous : il sera bien plus facile de la ramener ici d'Europe que d'Israël...

Il regarda sa montre et, pivotant dans son fauteuil en cuir, ouvrit la porte en chêne de sa bibliothèque. A l'intérieur, sur une étagère, était posé un gros poste Grunding d'un modèle tout récent. Le poste était déjà réglé sur la bonne fréquence. A peine Andropov eut-il appuyé sur la touche métallique que l'on entendit résonner dans la pièce, brouillé par un sifflement pesant et monotone, l'indicatif de Radio-Liberté, la station ouest-allemande. Une voix masculine dominait de temps à autre cette cacophonie :

– Ici Radio-Liberté! Ici Radio-Liberté! Nous émettons sur la fréquence de dix-neuf mètres virgule sept. Au micro Olexo Boyarko et Mila Karéva. Voici les dernières nouvelles. Moscou...

La voix du speaker disparut alors totalement sous les sifflements du brouillage, mais Andropov fit sur la ligne intérieure un bref numéro et ordonna à mi-voix :

– Katchalov, interromps le brouillage...

Instantanément, le sifflement disparut et la voix puissante, nette et bien posée du speaker de la station de radio la plus hostile à l'Union soviétique emplit le bureau du président du KGB :

– ... L'agence télégraphique Tass a annoncé qu'hier, à l'âge de soixante-dix-neuf ans, était mort l'idéologue en chef du Kremlin et secrétaire du Comité central du PCUS Mikhaïl Souslov. Les soviétologues occidentaux soulignent qu'il s'agit de la deuxième mort survenant en quelques jours au Kremlin. On sait que, le 19 janvier, le général Sémion Tsvigoun, premier vice-président du KGB et beau-frère de Léonide Brejnev, a déjà disparu. Les correspondants étrangers accrédités à Moscou relient la mort de Tsvigoun aux arrestations massives des chefs de l'économie parallèle, qui ont eu lieu ces temps derniers en URSS. Ils signalent également que l'on a arrêté un ami proche de la fille de Brejnev, Galina : un certain Boris Bouriatski, dit « Le Tsigane ». On dit aussi que Galina Brejnéva est elle-même soumise à des interrogatoires et que son frère Youri Brejnev, premier vice-ministre du Commerce extérieur, ne vient plus à son bureau depuis plusieurs jours. On les suppose en liaison étroite avec l'activité des mafias économiques clandestines. On pense aussi que le général du KGB Tsvigoun a été à l'origine de ces mises en accusation, ce qui a provoqué la colère de Mikhaïl Souslov et de Léonide Brejnev. Selon des bruits qui circulent à Moscou, c'est après une conversation orageuse qu'il aurait eue à ce sujet avec Mikhaïl Souslov que Tsvigoun aurait mis fin à ses jours, ce qui expliquerait le fait que la notice nécrologique consacrée à Tsvigoun, membre du Comité central et proche parent de Brejnev, n'ait été signée ni par ce dernier ni par Souslov et que le corps de l'ancien membre du gouvernement soviétique et numéro deux du KGB ait été enterré dans un cimetière non gouvernemental. On apprend maintenant que l'idéologue en chef du Kremlin, le gardien de la pureté du dogme qu'était Mikhaïl Souslov n'a pas survécu longtemps au général qui avait osé mettre à nu la corruption qui règne dans les hautes sphères de la direction soviétique.

– Varsovie..., poursuivit une voix féminine.

Andropov se tourna à nouveau vers le téléphone intérieur :

– Katchalov, dit-il sans élever la voix, tu peux brouiller à nouveau. C'est le premier point. Le deuxième, c'est que « La Voix de l'Amérique » et la BBC vont probablement dire la même chose au cours de la journée. Ne les brouille pas à ce moment-là.

Et, renversé dans son fauteuil, il regarda Chtcholokov avec une fierté qu'il ne cherchait pas à dissimuler. L'air s'était pendant ce temps rempli du bruit produit par les dispositifs de brouillage, à travers lequel la speakerine de la radio la plus hostile à l'Union soviétique essayait d'informer les auditeurs de la nouvelle vague d'arrestations qui venait d'avoir lieu en Pologne.

– Joli..., prononça non sans envie le ministre de l'Intérieur.

– Ce n'est que le début, dit Andropov. Nous allons encore leur refiler autre chose de joli, en particulier sur Galia et son Tsigane. Ils aiment cela. Avec cet assaisonnement, son père n'apparaît pas sous son meilleur jour, tu ne trouves pas?

« Ouais, pensa Chtcholokov. Cela se voit, que ta mère est arménienne! Pour arriver à retourner cette histoire pourrie de la mort de Tsvigoun à ton propre avantage et forcer la presse occidentale à faire l'éloge d'un général du KGB, pourfendeur de la corruption au sein du gouvernement soviétique, il faut vraiment avoir un cerveau arménien, ou peut-être encore juif. Nous en sommes loin, nous autres pauvres Russes! »

Le secrétaire d'Andropov annonça discrètement :

– Le déjeuner est servi, Youri Vladimirovitch.

– Allons déjeuner, dit Andropov en se levant et en conduisant son invité dans les arrière-pièces de son bureau, où se trouvaient la salle à manger et les pièces de repos.

Des deux fenêtres de la salle à manger, on découvrait aussi le Kremlin et la populeuse place Dzerjinski. La table à déjeuner, recouverte d'une nappe de lin blanc, était servie pour deux personnes. Dans une belle soupière en faïence tchèque fumait le borchtch; un saladier également en faïence contenait des légumes frais; divers hors-d'œuvre et du caviar noir reposaient sur des assiettes, soucoupes et raviers. Au centre de la table étaient posées plusieurs bouteilles : une carafe de vodka glacée aux flancs couverts de buée, du Johnny Walker, du narzan soviétique et une autre eau minérale, celle-là américaine. Les serviettes de lin immaculées étaient roulées dans des anneaux d'argent. Tous les couverts étaient d'ailleurs en argent.

Andropov s'approcha de la table, se versa un peu de whisky dans son petit verre en cristal – un tout petit peu, juste un fond. Depuis que les médecins avaient diagnostiqué chez lui le diabète, il ne pouvait plus boire comme dans sa jeunesse. Mais son amour du Johnny Walker était ancien, plus fort que toutes les prescriptions médicales. Son verre à la main, il s'éloigna vers la fenêtre et dit à son invité :

– Fais comme chez toi.

Chtcholokov se versa de la vodka, mit sur son assiette un concombre malossol et, sur un morceau de pain, une cuillerée de caviar : première bouchée pour accompagner le premier verre de vodka. Il savait qu'Andropov attendrait à la fenêtre qu'il ait fini de boire et de manger ce qui lui était interdit par les médecins. Ce diabète, pensa Chtcholokov, avait fini par créer une ressemblance même extérieure entre Andropov et Souslov : l'enfant prodige du parti, l'Andropov aux joues creuses et à l'apparence sévère. Soudain Chtcholokov s'entendit dire à voix haute :

– Je pense quand même qu'après la mort de Souslov il vaudrait mieux que nous reculions.

– Reculer? demanda Andropov en riant. Nous n'avons pas encore avancé, ni toi ni moi. Nous sommes purs devant Brejnev et devant le Parti. L'« opération Cascade », c'est bien toi qui l'as menée, mais sur ordre de Souslov. Il a ordonné et tu t'es contenté d'exécuter. Et que cette opération se soit terminée par la mort de Tsvigoun, ce n'est pas ta faute, c'est Souslov qui a épuré le Parti d'un concussionnaire. D'ailleurs, lors du changement de pouvoir, il y a bien des choses qu'il faudra nettoyer. Au cours des dix-huit dernières années, l'appareil du Parti s'est transformé en une caste d'hommes à vendre. Pour ces gens-là, l'ère Brejnev a été un véritable âge d'or. On peut dire ce qu'on veut de Staline, mais à son époque les charges du Parti n'étaient pas à vendre. Il suffit aujourd'hui en Azerbaïdjan de cent vingt mille roubles pour acheter un poste de secrétaire de district. Nous en finirons avec tout cela dès que nous serons là-bas.

Et il montra le Kremlin, par la fenêtre.

– ... Pas tout de suite, bien sûr, mais... D'abord, il faudra laisser au peuple le temps de souffler un peu, mettre un peu de nourriture dans les magasins, même si on doit la prendre sur les stocks militaires. Et faire quelques menues réformes économiques... Mais l'essentiel, c'est que le peuple comprenne que vient enfin d'arriver au pouvoir un gouvernement honnête, qui va mettre un terme au vol et à la vénalité dans l'appareil du Parti. Sur ce point, les radios occidentales nous seront d'un grand secours. Elles nous aident déjà, nous leur fournissons de l'information, chaque jour nous leur refilons quelque chose d'un peu épicé, et elles sautent dessus. Or les gens, chez nous, croient davantage ces radios que celle de leur propre pays.

Il se tut. Derrière la fenêtre, au-delà des hachures blanches de la chute de neige, le Kremlin était devant lui, tout près, à quelque trois pâtés de maisons. Il lui aurait presque suffi de tendre la main. Et en regardant ce Kremlin de ses yeux bleu-gris, Andropov trempa ses lèvres dans le Johnny Walker.

Au même moment

La sonnerie de l'école s'entendit même de la rue et, une minute plus tard, la troupe braillarde des adolescents se déversa comme une horde de barbares du bâtiment à quatre étages. Hululements, cris, saute-mouton, boules de neige qu'on se jette, filles qu'on pousse dans la neige, bonnets à oreillettes qu'on fait tomber de la tête des autres. Au milieu de cette foule qui hululait, hurlait, riait aux éclats, on voyait quatre gamins avancer comme ils le pouvaient, le dos courbé et la tête baissée pour échapper à l'avalanche, tandis qu'une bande d'adolescents de quatorze ans faisaient pleuvoir sur eux de lourdes boules de neige et des morceaux de glace, leur donnaient des coups de cartable sur le dos et les épaules. Quelqu'un s'élança pour faire tomber l'un des quatre dans une congère.

Je reconnus soudain parmi les assaillants mon fils Anton. Au cri de « Sus aux youpins! », il venait de faire un croche-pied à un des enfants juifs, lequel s'était lourdement écroulé la face dans la neige, au milieu des éclats de rire de l'assistance.

Je me précipitai vers mon fils et l'empoignai solidement par le col.

– Qu'est-ce qu'il te prend?

– Pourquoi est-ce qu'ils ont pris les hauteurs du Golan, ces salopards? me répondit-il en se dégageant d'un coup sec de mon emprise.

– Qui, « ils »?

– Comment, qui? Les youpins!

Je regardai mon fils avec stupeur. Pour la première fois, sans doute, je vis que j'avais devant moi un grand gaillard déjà presque adulte, à qui l'on ne pouvait plus tirer les oreilles, ni adresser une correction bien sentie. Il me regardait de côté, d'un air maussade. La bande de gamins était passée pendant ce temps à côté de nous, poussant les enfants juifs de la cour dans la rue aux cris de « Fichez le camp dans votre Isaraël! ».

– Attends, dis-je à mon fils. Toi-même, qui es-tu? Tu es en partie juif!

– Je ne suis pas juif! me cria-t-il en plein visage avec haine et fureur. Et il se retourna pour voir si personne ne nous entendait.

– Un moment, calme-toi, lui dis-je en essayant de me dominer moi-même. Ta grand-mère, ma mère, était juive. Cela veut dire que je suis à moitié juif et toi, disons, pour un quart. En outre...

– Je ne suis pas juif, et toi non plus, tu n'es pas juif! me coupa-t-il. Ta femme était russe et toutes tes maîtresses sont russes! Tu couches avec des Russes, tu vis en Russie, tu parles et tu penses en russe. Est-ce que tu sais un seul mot d'hébreu? Ou peut-être que tu l'apprends la nuit?

– En principe, je ne détesterais pas savoir l'hébreu...

– Eh bien, moi, je ne veux pas! m'interrompit-il à nouveau. Je ne veux ni de l'hébreu ni de ma grand-mère juive! Je suis russe! Et ma mère est russe! Moi aussi, je veux être russe!

– Je t'en prie. Personne ne te l'interdit. Tu peux te considérer comme Russe et aimer la Russie. Mais pourquoi être antisémite? Cela n'a jamais été un trait national russe. J'ai des tas d'amis russes et personne ne me frappe parce que je suis à moitié juif.

– Un jour, ils te frapperont, dit-il. Tu verras! Pourquoi es-tu venu? Pour me faire connaître la dernière en date de tes Ninotchka? Ou pour me proposer de me faire circoncire?

Je le regardai silencieusement, bien en face. Il y avait dans ses yeux l'expression d'animal traqué qu'ont les jeunes quand ils sont à bout de nerfs. Des larmes aussi.

– Bien, dis-je en me penchant pour ramasser une pierre enveloppée de neige, que je tendis à Anton. Vas-y, jette-la-moi, puisque je suis un youpin. Vas-y! N'aie pas peur! Traite-moi de sale gueule de youpin! Qu'est-ce qui te retient?

Il se détourna et s'éloigna de moi. Je restai là, une pierre dans la main, le regardant prendre de la distance. Mon fils, *mon fils* s'éloignait de moi dans la neige moscovite qui craquait sous ses pieds.

– Anton! criai-je.

Il ne se retourna pas et pressa même le pas.

Il me devint soudain évident que tous ces Souslov, Andropov, Chtcholokov, Maliénina, Krasnov n'avaient pas seulement tué Ninotchka : ils m'avaient enlevé mon fils. Et pendant qu'ils empoisonnaient son âme, je les avais servis fidèlement, et continuais à le faire.

Je jetai aussi fort que je le pus la pierre dans une

congère. La première pensée qui me vint à l'esprit fut d'aller m'étourdir avec de la vodka.

Dans la rue, derrière le portail de l'école, était garée la voiture de Svetlov. Lorsque j'en approchai, Marat me dit :

– Tu fais une tête épouvantable. Que s'est-il passé?

– Allons dans un bistrot! répondis-je. Dans le premier venu!

Au même moment

EXTRAIT DU RAPPORT
DU JUGE D'INSTRUCTION V. PCHÉNITCHNY
AU CHEF DE LA BRIGADE D'ENQUÊTE
I. CHAMRAÏEV

... L'infirmière du dispensaire d'arrondissement n° 49 Dina Tiemnogroudova a témoigné que le 19 de ce mois, peu après 17 heures, un colonel de la milice a amené au poste de secours du métro « Arbat », où elle travaille également, un jeune homme dont la hanche droite avait été traversée par une balle. La victime avait perdu beaucoup de sang et était faible. Le médecin de service S. Lévine a prodigué les premiers soins au blessé, tandis que D. Tiemnogroudova lui appliquait un pansement provisoire, après quoi la victime, accompagnée par le même colonel de la milice, est partie, selon leurs dires, vers l'Institut de soins d'urgence du nom de Sklifossovski, pour lequel le médecin Lévine avait rédigé une demande d'admission.

Sur les photographies qui lui ont été présentées, le témoin D. Tiemnogroudova a reconnu la victime dans le portrait-robot établi d'après la description du témoin mineur Ekatérina Oujovitch...

14 heures 17 minutes

Voyant que personne ne l'empoignait ni ne l'arrêtait, Véra Tsvigoun se calma un peu. Le souvenir de différentes affaires de sa jeunesse de tchékiste lui revint et, sans modifier le rythme de ses pas ni montrer d'aucune manière qu'elle avait remarqué la filature, Véra Tsvigoun entreprit de raisonner. Fuir, échapper aux agents du KGB était chose totalement exclue. Ceux-là la retrouveraient partout et elle n'avait plus, à soixante ans, la force nécessaire pour se dissimuler à leur armée omniprésente. Bien sûr, si sa sœur Vika n'avait pas été dans le Midi, il aurait été possible, ravalant l'humiliation subie, de tromper ces agents d'une manière ou d'une autre, de se cacher, de filer à l'appartement de Brejnev et de s'y dissimuler. Léonide Ilitch n'avait pas livré autrefois la femme de Vassia Mjavanadzé aux guébistes géorgiens. Au contraire, il les avait dissimulés, elle et Vassili lui-même, dans sa datcha de la route de Roubliovo. Mais Vika était quelque part dans le Midi, probablement à leur villa de Sotchi, et comment y parvenir? Autre possibilité, Gueïdar Aliyev, secrétaire du Comité central du Parti en Azerbaïdjan, le seul véritable ami, qui voulait même arriver de Bakou pour assister aux funérailles de son mari. Elle aurait bien sûr pu échapper matériellement à ses suiveurs, ce qui n'était guère difficile : Berzine en personne (le maître d'Abel et Richard Sorge!) le lui avait appris autrefois, mais les guébéchniks bloqueraient aussitôt tous les aéroports et toutes les gares et elle ne pourrait prendre ni train ni avion...

Véra Tsvigoun cherchait mentalement une faille

dans un système à l'édification duquel son mari et elle avaient consacré toute leur vie. Et elle en vint à la conclusion amère qu'au bout de ces décennies, le système avait été parfaitement mis au point et fonctionnait sans défaillances...

Il ne restait plus qu'à se retourner et à aller à leur rencontre. Qu'ils la cueillent, qu'ils l'arrêtent! Au moins, cela mettrait un terme à cette incertitude qui lui torturait l'âme.

Et en ce moment précis, Véra Tsvigoun se souvint du Palais de justice. C'était du Palais qu'un juge d'instruction était récemment venu la trouver. Comment s'appelait-il? Flûte, elle ne se souvenait même plus du nom du juge à qui Brejnev avait confié l'enquête sur la mort de son mari! D'ailleurs, elle l'avait pratiquement mis à la porte de chez elle. Mais le Palais lui-même se trouvait quelque part par là, tout près, rue Pouchkine. Surtout ne pas trahir son émotion, ne pas modifier le rythme de ses pas, ne pas se hâter, ne pas courir, ne pas regarder en arrière : c'était ce que lui avait enseigné Berzine. Du calme! Tant qu'on ne t'a pas arrêtée, qu'on ne t'a pas coincé les poignets dans des menottes, c'est encore toi qui es maîtresse de la situation...

Véra Tsvigoun tourna à droite. Deux pâtés de maisons la séparaient en tout et pour tout du Palais de justice de l'URSS, mais ces deux pâtés de maisons, toujours accompagnée par la même Moskvtich, semblèrent lui coûter dix ans d'existence.

A 14 h 28, au moment où elle passait devant le n° 15 bis de la rue Pouchkine, Véra Petrovna Tsvigoun fit soudain un bond vers les hautes portes en bois peintes en jaune du Palais de justice de l'URSS. Elle se jeta sur la poignée en bronze, poussa violemment la porte et, tombant littéralement, dit au garde, dans l'entrée :

– Je suis la femme de Tsvigoun. Il faut que je voie le juge d'instruction qui...

Au même moment

Le juge d'instruction que Véra Tsvigoun cherchait, c'est-à-dire moi, était assis avec Marat Svetlov dans la salle à demi vide et plutôt malodorante du restaurant La Flèche. Nous aurions bien sûr pu aller à l'Arbat, beaucoup plus chic, ou dans les restaurants privés, réservés à l'élite, de la Maison des journalistes ou de la Maison des écrivains, mais je n'avais pas envie pour l'instant de voir les gueules repues des éducateurs parfumés de la population. Le restaurant-gargote La Flèche, avec son unique plat de viande au menu – un rumsteak dur comme de la semelle – avec son épouvantable et chaude vodka Striélietskaïa, avec ses nappes sales et ses serveuses effrontées et malpropres, était dans sa simplicité ce dont j'avais besoin en ce moment. Nous en étions à notre deuxième grand verre de vodka, mais je n'avais pas encore repris mes esprits après la rencontre avec mon fils et je sentais encore en moi la fièvre qui battait dans mes artères. Cependant, petit à petit, la vodka fit son effet et je me penchai, à demi ivre, à travers la table en direction de Svetlov :

– Ecoute! Cela te gêne, que je sois juif?

– Qu'est-ce que c'est que ces stupidités? Calme-toi, mange un morceau...

Mais je me tournai vers la salle à moitié vide et demandai d'une voix puissante :

– Il y a quelqu'un ici que cela gêne, que je sois juif?

– Du calme! me demanda Svetlov, mais le gérant traversait déjà la salle à vive allure. Il avait un visage bouffi, plein de boutons, de grosses lèvres et de petits yeux délavés, mais une expression relativement énergique. Cependant, en voyant des épaulettes de colonel de la milice sur l'uniforme de Svetlov, il perdit contenance et se contenta de demander, en venant vers nous :

– Quel est ce bruit, camarade?

Svetlov tira de la poche de sa vareuse sa carte rouge de la PJ, la montra au gérant et ajouta, simplement et à mi-voix :

– Tire-toi.

– Compris..., répondit le gérant en parfait larbin, le dos déjà courbé. Vous voulez peut-être qu'on vous ajoute quelques hors-d'œuvre, camarade colonel?

– Ajoute.

Le gérant disparut et, une minute plus tard, nous apportait déjà quantité de mets sur un plateau, tous absents au menu : du saumon, du rôti de porc froid, une salade de concombres frais et une assiette de *pelméni* fumants.

– Bon appétit, camarades, roucoula-t-il en posant tout cela sur notre table. Tout va parfaitement bien! L'« Armée » a battu le « Dynamo » par 3 buts à 2. Reposez-vous et mangez bien! Vous voulez peut-être qu'on vous fasse des *chachlyks?* On vient justement de nous livrer de la viande fraîche.

– Comment t'appelles-tu? lui demanda Svetlov.

– N... N... Niéznatchny, camarade co-colonel, répondit le gérant aux joues bouffies en se mettant soudain à bégayer.

– Prénom et patronyme?

– F-F-Frol Issayitch...

– Juif?

– Heu..., fit le gérant effrayé, comme si quelque chose s'était coincé dans sa gorge. Juif, camarade colonel, mais je... je suis membre du Parti!

– Et alors? Cela t'empêche de vivre, d'être juif?

– Absolument pas, camarade colonel! Quelle idée!

D'ailleurs, ma femme est russe et elle a un parfait respect pour moi! Et je ne suis diminué en rien, je ne sens absolument pas le poids de mes origines...

Son dos de larbin s'était redressé, sa poitrine s'était arquée et son visage plat comme une crêpe essayait même de donner à ses petits yeux délavés une expression indignée. Comment pouvait-on imaginer que le Juif Niéznatchny, membre du PCUS ait en quoi que ce soit à se plaindre de la vie en Union soviétique? Cette idée l'avait à ce point révolté que les boutons de son visage en pâlirent.

– Tu vois, fit Svetlov en se tournant vers moi. Cela ne gêne personne, ici, que tu sois juif.

Et il ajouta pour le gérant :

– D'accord, va à la cuisine et prépare-nous des *chachlyks.*

– Dans un instant...

Et Niéznatchny partit vers ses fourneaux, redressant les épaules et bombant la poitrine.

– Putain de pays! dis-je en le regardant s'éloigner.

– Pourquoi? s'étonna Svetlov. C'est un pays fantastique! Y en a-t-il un autre où l'on te serve ainsi, dès que tu as montré ta carte rouge?

– Marat, dis-je à Svetlov en versant de la vodka dans les verres à vin que l'on nous avait donnés. Je m'en fiche, maintenant, que les Juifs soient bien ou mal dans ce pays. Comme je me fiche de savoir si Brejnev restera au pouvoir ou s'il sera remplacé par Tchernenko ou par Andropov. De toute façon, ici, rien ne changera jamais. Mais il y a une chose que je dois faire : régler mes comptes pour Ninotchka et pour Anton, que l'on m'a enlevés. Peux-tu m'aider à le faire? Tu comprends bien que ce n'est pas celui qui a poussé Ninotchka du quai qui l'a tuée, mais ceux qui l'ont chargé de la pousser...

– Nous vengerons Ninotchka, me dit Svetlov. J'en

ai fait moi-même le serment hier, quand nous étions à la morgue.

15 heures 40 minutes

EXTRAITS DU RAPPORT
DU JUGE D'INSTRUCTION V. PCHÉNITCHNY

... Le médecin Sergueï Lévine, attaché au poste de secours du métro « Arbat », a reconnu sur le portrait-robot qui lui a été présenté l'homme qui, le 19 janvier, peu après 17 heures, a nécessité une aide d'urgence en raison d'une blessure par arme à feu qui lui avait traversé la hanche. Lévine a donné le signalement du colonel de la milice qui accompagnait le blessé : brun, de haute taille, environ cinquante ans, se voûte en marchant, yeux marron, une bosse sur le nez. Selon la déposition de S. Lévine, ce colonel lui aurait interdit de consigner le nom du blessé sur le livre des enregistrements, n'aurait pas montré son attestation de la Milice et aurait eu une attitude dédaigneuse envers la proposition de Lévine d'envoyer le blessé à l'institut Sklifassovski.

Le contrôle du registre des admissions et l'audition minutieuse de tout le personnel médical de l'Institut de soins d'urgence du nom de Sklifassovski a permis d'établir que ni le 19, ni le 20, ni le 21 janvier, il n'avait été admis à l'hôpital d'homme avec une blessure par arme à feu dans la région de la hanche droite.

En dépit du fait que la trace du criminel blessé est à l'heure actuelle pratiquement perdue, j'en suis venu à la conclusion que :

– dans la mesure où le poste de secours du métro « Arbat » est situé à proximité de la rue

Katchalov, où a eu lieu le meurtre du général Tsvigoun, et en raison du fait que le blessé avait perdu, selon le témoignage du médecin Lévine, beaucoup de sang, les malfaiteurs ont été contraints, avant de se rendre dans un hôpital que nous ignorons encore, de s'adresser à ce poste de secours pour une aide d'urgence.

Le groupe d'enquête opérationnelle de la PJ confié à mes soins continue à rechercher le criminel dans les hôpitaux de Moscou et des environs de Moscou.

Le médecin Sergueï Lévine et l'infirmière Dina Tiemnogroudova ont été conduits au Département technique de la PJ pour l'établissement du portrait-robot du colonel de la Milice qui accompagnait le blessé.

15 heures 45 minutes

Au poste de dessoûlage n° 9 du quartier de la Presnia, on était très occupé à me prodiguer des soins énergiques à la suite de l'intoxication alimentaire dont j'avais été victime au restaurant. Un rumsteack dur comme la semelle, associé à de la vodka trafiquée et à du saumon de fraîcheur douteuse... La vie de tous les jours apportait ses correctifs à la tâche du juge d'instruction personnel de Brejnev. Comme le dit le proverbe : « Du sublime au risible, il n'y a qu'un pas. » Par contre, Svetlov! Pas la moindre trace d'intoxication. En plus, pendant qu'on me faisait des lavages d'estomac et que je courais comme un dératé de ma couchette aux waters, il trouvait encore le moyen de se moquer de moi :

– Tu as un estomac juif, il ne supporte pas notre vodka russe! Petite nature!

16 heures passées

A la salle de cinéma du Département technique de la PJ, Génia Agranovitch, le docteur Sergueï Lévine et l'infirmière Dina Tiemnogroudova composaient sur l'écran le portrait-robot du colonel de la Milice qui accompagnait le blessé, le 19 janvier.

Dans l'obscurité de la salle, Valentin Pchénitchny s'était assoupi. C'était à peu de chose près le premier repos qu'il s'octroyait depuis que notre enquête avait commencé. Svetlov et moi restions debout près de la porte, le regard plongé dans ce qui se dessinait peu à peu sur l'écran; des cheveux foncés, une bosse sur le nez, des narines minces, des arcades sourcilières basses et un pli dur en travers du menton en galoche.

– C'est Olieïnik, me chuchota à l'oreille Svetlov. Olieïnik, c'est lui tout craché!

J'acquiesçai de la tête et m'approchai du fauteuil où dormait Pchénitchny. Cela me faisait mal au cœur, mais il me fallait bien le réveiller. Je lui touchai l'épaule et, aussitôt, il se secoua et jeta vers moi le regard bleu de ses yeux profondément enfoncés dans leurs orbites par la fatigue. Je m'assis à côté de lui et lui dis à mi-voix, pour que lui seul m'entendit :

– Valia, lorsque le portrait sera prêt, ne le montrez à personne et ne le faites pas tirer. Tu me le donneras et rentreras chez toi dormir.

– Mais je n'ai pas encore trouvé le criminel.

– Tu l'as déjà trouvé. Seulement, pour l'instant, il ne faut pas le toucher. Finis ce que tu as à faire ici, donne-moi le portrait et va dormir. C'est un ordre. J'ai besoin que tu récupères. C'est entendu?

Il fit un signe de tête et nous sortîmes avec Svetlov de la salle de cinéma. Le couloir alors vide du Département technique que nous suivions maintenant avec Marat, en direction de son 3e bureau, était en même temps le musée de criminologie de la PJ. Des vitrines et des armoires contenaient ici tout ce que la PJ avait dû affronter dans sa lutte contre le banditisme. Il y avait, au nombre des trophées, des pistolets de toutes les formes, des crans d'arrêt, des casse-tête, des mines désarmorcées, des liquides auto-enflammants, des rossignols, des pièges, des gaz asphyxiants, des bombes aérosol dont le liquide toxique s'était évaporé, des charges de dynamite sans détonateur, des détonateurs sans dynamite, etc.

– Fais ton choix, parmi cette camelote, me dit en riant Svetlov, me montrant les pièces exposées. J'en ai encore autant que je veux dans la salle des pièces à conviction.

– Je choisirai, dis-je. Lorsque le moment sera venu.

Après avoir tourné au coin du couloir et franchi un certain nombre de portes et de passages, nous nous retrouvâmes dans un monde tout à fait différent, bien plus familier à nos sens : celui des jurons, des sonneries téléphoniques, du fracas des bottes, de l'épaisse fumée des cigarettes. La PJ de tous les jours. Dans la salle de garde précédant le cabinet de Svetlov, nous tombâmes sur un spectacle plus original : pas loin de la moitié du personnel opérationnel du 3e bureau, une vingtaine d'officiers environ, regroupés autour d'un « Spidola » diffusant d'un son puissant et sans aucun brouillage :

– ... Les correspondants occidentaux accrédités à Moscou annoncent que le général Tsvigoun, premier vice-président du KGB, avait été à l'origine des arrestations des chefs de l'économie parallèle, ainsi que de la campagne visant à mettre en lumière leurs liens avec la fille et le fils de Léonide Brejnev, ce qui a provoqué la colère de Mikhaïl Souslov et de

Brejnev lui-même. D'après les bruits qui circulent à Moscou, Tsvigoun se serait suicidé après...

– Qu'est-ce que c'est? demanda Svetlov, fronçant le sourcil.

– « La Voix de l'Amérique », Marat Alexeïevitch, répondit le capitaine Aroutiounov.

– Merci, je reconnais moi-même la voix. Je veux dire : qu'est-ce que cela signifie?

– Cela veut dire, fit avec un sourire malin le capitaine Laskine, qu'au début nous avons bossé pour les RI et « Cascade », maintenant c'est pour le Parquet et, en fin de compte, c'est le KGB qui héritera des lauriers pour sa dénonciation de l'économie parallèle. Il ne faut pas oublier que le pays entier est en train d'écouter cela! Le plus intéressant, c'est qu'on ne brouille justement pas cette information...

Comme pour illustrer ce qui venait d'être dit, le transistor poursuivit :

– ... On pense que la mort de Souslov renforcera la lutte pour le pouvoir au sein de la gérontocratie en place au Kremlin. Genève. Les conversations d'hier ont repris à Genève, entre Alexander Haig et...

Le bruit puissant des appareils de brouillage couvrit aussitôt la voix du speaker d'outre-Atlantique.

Laskine et tous les autres nous jetèrent des regards significatifs.

– Eteins le poste, ordonna Marat.

Puis, dans le silence soudain revenu, il entama un petit discours tout en arpentant la salle de garde :

– Mes amis! Nous n'avons jamais mis notre nez dans les affaires politiques et ce n'est pas aujourd'hui que nous commencerons à le faire. Nous sommes des limiers, notre domaine est la recherche *criminelle*. Si quelqu'un a été tué quelque part, nous devons retrouver le meurtrier, un point c'est tout. Personnellement, c'est pour cette raison que je travaille à la PJ et pas à un autre endroit que je nommerai pas. C'est pour cela que je vous propose de faire notre boulot sans écouter des « voix » qui ne peuvent nous donner que la migraine. On nous a confié le soin de trouver qui a tué Tsvigoun et il faut que nous le trouvions. On nous paie pour cela...

– Mais le résultat, c'est que nous travaillons contre le KGB, dit Kolganov.

– Ou contre les RI, ajouta Aroutiounov. Et c'est notre propre ministère!

– Tout le monde voit bien que ce meurtre a été commis par eux! cria encore quelqu'un.

– Silence! cria Svetlov en donnant un grand coup de poing sur la table de sa main blessée et en grimaçant aussitôt de douleur. Les salauds!...

Il se ressaisit aussitôt, redressant le dos :

– Je m'en fiche, que ce soit le KGB ou pas le KGB! On nous a donné une mission et, au cours de l'accomplissement de cette mission, quelqu'un parmi nous a été abattu par un salaud. Je veux parler de Nina Makarytchéva, qui hier encore travaillait avec nous et nous faisait ici même du thé. Pour moi, cela signifie que l'on a tué l'un d'entre nous, toi, ou toi. *Et c'est tout!* Or, si nous savons maintenant que son assassin et celui de Tsvigoun sont une seule et même personne, que devons-nous faire? Nous écraser? Nous n'avons plus qu'à nous laisser descendre au coin de la rue par ceux qui en auront envie : d'abord par le KGB, puis par les RI, ensuite la Direction du trafic automobile elle-même s'y mettra. C'est cela que vous voulez?

Personne ne répondit.

– Bref, fit Svetlov en se refroidissant, vous êtes sur la trace de ce blessé, retournez-y au trot. Et que dans vingt-quatre heures...

– La trace a été perdue, l'interrompit Laskine.

– C'est stupide de le rechercher dans les hôpitaux, dit d'un air sombre Aroutiounov.

– Si c'est le KGB ou les RI, qui nous le cachent, prononça Kolganov, on peut toujours courir pour le retrouver.

– Il *faut* le retrouver? dit Svetlov.

– Comment? s'exclama Aroutiounov.

– Avec la tête, répondit Svetlov. Si je voulais te dissimuler au Guébé, où te mettrais-je?

– Il y a mille endroits possibles. En tôle, par exemple.

– Il y a encore une possibilité, fit depuis le seuil Tarass Vendélovski, qui venait d'arriver. Pas loin de Moscou, à Podolsk, il y a deux hôpitaux pour les blessés en provenance d'Afghanistan. Un pour les officiers et un pour les soldats. Un millier d'hommes sont hospitalisés dans chacun d'entre eux, tous avec des blessures par balles.

Véra Tsvigoun et Ojéréliev se tenaient derrière son dos.

16 heures 25 minutes

A peine Véra Tsvigoun se fut-elle persuadée qu'elle ne courait aucun risque d'être interrogée et torturée par le KGB et que toutes ses craintes étaient vaines que son comportement se modifia complètement. Dans le brouhaha familier des couloirs de la PJ, au milieu des pas des gardes qui résonnaient pesamment, mais pour d'autres qu'elle, des jurons orduriers des malfaiteurs arrêtés, des uniformes des officiers, des sonneries de téléphone, des cris, des odeurs de tabac, elle se sentit revivre, se redressa, retrouva une seconde jeunesse. C'était comme si elle avait soudain été replongée dans l'atmosphère de ses années de lutte à la Tchéka.

Elle entra à ma suite dans le cabinet de Svetlov,

d'une démarche légère, libérée. Elle prit place dans un fauteuil, alluma une cigarette et dit :

– Je peux vous donner une information précieuse. Très précieuse. Pas seulement sur le meurtre de Tsvigoun, mais plus importante encore. Telle que Brejnev restera peut-être même en place. Mais à une condition. Que l'on reprenne aux studios Mosfilm les prises de vue de *La Guerre invisible*, d'après *Nous reviendrons*, le livre de Tsvigoun, et naturellement avec la garantie que le film passera sur les écrans.

Et sur ces paroles elle sortit de son sac et posa devant elle le numéro de mai 1981 de la revue *Znamia*.

– Je répète, dit-elle encore, que je dispose en échange d'une information très précieuse.

Je la regardai dans les yeux et lui dis :

– Si c'est de la lettre d'Ania Finstein que vous voulez parler, vous nous avez déjà donné l'information.

– Comment cela? dit-elle très étonnée.

Je tirai de ma poche une feuille de papier soigneusement pliée en quatre et enfermée dans une enveloppe, celle où nous avions collé les fragments de la lettre par elle déchirée, et la lui montrai :

– Véra Petrovna, dis-je. Dans un autre endroit, que nous ne préciserons pas, on vous collerait pour cette lettre une accusation de liens illégaux avec l'étranger. Et même le fait que vous soyez parente de Brejnev ne vous serait alors d'aucun secours. Je n'ai pas l'intention d'agir ainsi. Je n'essaierai même pas de savoir de vous comment votre mari appelait cette Ania Finstein : Antocha, Aniouta, Anna, ou d'un surnom quelconque. C'est un détail intéressant, mais qui n'a que peu d'importance et je peux l'apprendre du réalisateur du film ou de l'opérateur, ou même ne pas m'y intéresser. La seule chose que je désire connaître, et encore d'un strict point de vue psychologique, c'est le genre de personnage auquel ressemble son fiancé Guivi Mingadzé. Bien sûr, celui-ci me parlera bientôt de lui-même, mais j'aimerais bien savoir un peu d'avance à quoi m'en tenir.

Véra Tsvigoun gardait le silence, comme écrasée.

– Qu'en dites-vous? lui demandai-je. On pourrait peut-être demander du thé? Je suis sûr que vous avez faim.

– Un peu, dit-elle à mi-voix.

Puis elle demanda, d'un ton presque désespéré :

– Et qu'est-ce qu'on va faire, pour le film?

Je haussai les épaules :

– Je ne suis pas ministre de la Culture...

Puis, sortant un instant du cabinet :

– Allez nous chercher à la cantine deux verres de thé bien fort et une paire de sandwiches, dis-je à l'adjudant de garde. Voici de l'argent.

– Pourquoi le ministre de la Culture? demanda Véra Tsvigoun en colère. Ce n'est pas lui qui décide, c'est le Comité central. Mais qu'est-ce que cela peut leur faire, que le film soit d'après Tsvigoun ou un autre écrivain? Pour moi, c'est toute ma vie! Il ne me reste plus rien d'autre! Si on fait le film, je vous jure que je me décarcasserai sérieusement pour vous. Quant à Brejnev, qu'il reste au pouvoir, je m'en balance! Bien sûr, j'aurais pu porter cette lettre à Andropov et m'entendre avec lui, mais... Je suis sûre que « Cascade » et la mort de Tsvigoun, c'est lui. Je ne peux quand même pas aller chez l'assassin de mon mari!

– Tout ce que je puis vous promettre, c'est d'en parler ce soir au Comité central. Mais sans ultimatum.

L'adjudant de garde apparut à la porte, après avoir frappé. Il portait sur un plateau une assiette avec deux sandwiches et deux verres de thé. Et ce fut pour moi comme un coup au cœur : hier encore, avec un plateau semblable, c'était ma Ninotchka qui était entrée dans la pièce...

RÉCIT DE VÉRA PETROVNA, FEMME DE TSVIGOUN

– Guivi Mingadzé... C'est en 75 que Galia Brejnéva est arrivée chez nous, en compagnie de deux oiseaux de nuit plus ou moins misérables, Boris Bouriatski et ce Guivi Mingadzé. Je ne sais pas où elle les avait ramassés. Sans doute dans un restaurant où ce Bouriatski chantait des romances tsiganes. Les deux oiseaux de nuit avaient dans les trente ans et Galia, à l'époque, quarante-cinq, mais elle est tombée follement amoureuse de ce chanteur tsigane! Quant à Guivi... Je dois avouer que c'était un jeune homme fort spirituel et d'une compagnie agréable. Un garnement sans occupations particulières, mais qui jouait remarquablement bien aux cartes. Or Sémion Kouzmitch, vous le savez, était un joueur de *préférence* acharné. Bref, ce Guivi est devenu son partenaire permanent à ce jeu. Ils y jouaient, le plus souvent, chez Yacha Brejnev, le frère de Léonide. Yacha avait été métallurgiste autrefois, ingénieur métallurgiste, mais il avait pris sa retraite et s'était mis à écrire ses Mémoires, et aussi à jouer aux cartes. Tous deux aiment à raconter leur vie, aussi bien Yakov que Léonide. La seule différence, c'est que Léonide a des journalistes qui lui servent de nègres, tandis que Yakov était seul à suer sur son œuvre, mais l'essentiel n'est pas là. Guivi est devenu un grand ami de Yakov, un vrai membre de la famille. Et il en a profité pour mettre au point une combine des plus rentables. Il acceptait les pots-de-vin de gredins de son acabit et les casait, grâce à Yakov Brejnev, dans de hautes fonctions. Vous pensez bien qu'il ne coûtait pas grand-chose à Yakov Brejnev de décrocher son téléphone et d'appeler un ministre de ses amis pour lui dire : « Ici Yakov Brejnev. Ecoute. J'ai ici un brave garçon, très capable, un ami de notre famille. Or je sais que tu as un poste de directeur de brasserie libre à Léningrad... » Et c'est tout. Il suffisait de ce coup de fil. Personne n'aurait refusé au propre frère du Secrétaire général du Comité central! Sémion Kouzmitch, lui, ne savait rien de tout cela, tout se passait derrière son dos. On jouait le soir aux cartes, et c'était tout. Galia avait casé son Tsigane au théâtre Bolchoï et Guivi était comme appointé auprès de Yakov Brejnev, il l'aidait à écrire ses Mémoires. Un jour il vit chez nous, sur une étagère, le livre de Sémion Kouzmitch *Un front sans limites*. Sémion Kouzmitch l'avait écrit dans les années cinquante, quand nous avions passé un congé aux monts Valdaï. C'est-à-dire, pour être francs, que nous l'avions écrit à deux. C'était un livre sur nos années de front. On avait un peu modifié quelques faits, rajouté un peu de littérature et choisi un pseudonyme commun : « Sémion Dnieprov ». Pour éviter les ragots, et que personne ne vienne dire qu'un dirigeant du KGB profitait de sa position pour faire publier ses livres. Bref, Guivi nous emprunta le livre pour le lire et, trois jours plus tard, nous amena un de ses amis, un metteur en scène des studios Mosfilm nommé Igor Frostiev. Et celui-ci se mit à nous exposer quel film remarquable sur la vie des tchékistes on pouvait faire d'après ce livre. C'est ainsi que le cinéma est entré dans notre vie. Il y eut bien sûr des tas de problèmes. Par exemple avec Viatcheslav Tikhonov, vous savez bien, l'acteur qui faisait le prince Andreï Bolkonski dans *Guerre et Paix*. D'abord, il refusa de jouer dans le rôle principal. Or le héros est un tchékiste, le commandant d'un détachement du SMERCH. C'était bien sûr Sémion Kouzmitch lui-même. Frostiev vient trouver Tsvigoun : Tikhonov, lui dit-il, refuse de jouer dans le rôle principal, il n'est même pas venu pour les essais! Sémion Kouzmitch n'était pas fier, il téléphona lui-même à cet acteur, l'invita à venir le voir au KGB et lui expliqua que les organes mettaient en lui les plus grands espoirs et qu'il fallait créer au cinéma un nouveau type de héros positif, celui du tchékiste soviétique. Il était difficile de refuser à Sémion Kouzmitch, vous comprenez bien! En outre, on attribua à Tikhonov un superbe appartement... Bref, on réunit la meilleure équipe possible. Je m'étais passionnée pour ce travail. On fit d'abord *Un front sans limites*, puis ce fut la deuxième série. *La guerre derrière les lignes*. Ensuite, on commença la troisième série : *La guerre invisible*. J'étais tellement absorbée par ce travail que j'en étais venue à faire une croix sur... sur le fait que nos relations conjugales, avec Sémion Kouzmitch, s'étaient depuis longtemps désagrégées. Il ne voulait pas divorcer officiellement et se contentait de vivre avec cette... comment s'appelle-t-elle, déjà? Bon, peu importe, il avait une autre femme et je le savais. Mais on n'aime pas chez nous, au Politburo, que les membres du gouvernement divorcent et épousent des jeunes femmes, vous le savez bien. Bref, il vivait dans deux foyers. Avec moi, il avait des relations de pure camaraderie. Où il passait le reste du temps, cela ne me regardait pas; nous n'en parlions d'ailleurs jamais. Je m'étais passionnée pour le cinéma. Je signale en passant que Sémion Kouzmitch et moi n'avons pas touché un sou pour ces films : nous avons fait don de tous nos honoraires au Fonds d'entraide aux enfants du Vietnam. Pour que personne ne puisse dire, au Comité central, que nous nous engraissions en faisant des films. Et c'est au cours du tournage du deuxième film, début 78, que Guivi Mingadzé a fait la connaissance d'Ania Finstein, notre monteuse. C'était une très jolie jeune fille, une Juive avec des yeux immenses et des cheveux qui lui descendaient jusqu'au milieu du dos, une vraie princesse, une Esther. C'était d'ailleurs ainsi que Tsvigoun l'appelait. Mais... Ce Guivi a agi comme un misérable. En échange de tout le bien que nous lui avions fait, Yakov en particulier, il s'est conduit en vraie fripouille. Il a caché dans l'appartement de Yakov Brejnev un magnétophone et, pendant deux mois, a enregistré tout ce que l'on y disait. Or, parmi ceux qui venaient chez Yakov, il y avait entre autres Léonide, le maréchal Oustinov, Galia et Youra Brejnev... Sémion Kouzmitch finit naturellement par découvrir le pot aux roses. Il retira les bandes et les donna à Brejnev. Quant à Guivi, nous l'avons épargné. Boria Bouriatski se traîna aux pieds de Tsvigoun en implorant sa pitié et c'est ainsi que nous avons laissé son ami en vie. Au lieu de le faire fusiller pour sabotage politique, nous lui avons collé dix ans pour trafic de devises. Or maintenant, on apprend qu'on ne lui aurait pas repris toutes les bandes et que certaines, des ébauches, seraient restées chez le père de cette Ania Finstein... Mais Sémion Kouzmitch n'a jamais reçu d'elle de lettre. C'est sûr, car il me l'aurait dit...

– Cette lettre, dis-je à Véra Tsvigoun, a été captée par la censure et transmise au KGB, mais à Pirojkov...

– Vous voyez! Ce sont donc ces bandes que l'on cherchait chez moi. Mais il y a longtemps qu'elles étaient chez Brejnev. A cause d'elles, cela fait trois ans qu'il maintient son frère aux arrêts dans sa datcha. Et ces idiots les cherchaient chez nous!

Je souris à Véra Tsvigoun :

– Véra Pétrovna, lui dis-je, vous ne nous avez raconté qu'une partie de la vérité. Si vous aviez des relations de camaraderie avec votre mari, vous ne pouvez pas ignorer qu'en 76, sur ordre de Tsvigoun, Guivi Mingadzé et Boris Bouriatski ont incendié à l'hôtel Rossiya tout l'état-major du département des Renseignements du MDV. En outre, vous savez certainement d'où vient la coïncidence suivante : Guivi Mingadzé a été arrêté le 17 juillet 1978 et c'est ce jour-là que Fiodor Koulakov est mort d'une attaque, tandis que Souslov entrait le lendemain à l'hôpital. Est-ce à leur demande que Guivi avait enregistré Brejnev dans l'intimité?

– Je ne sais rien à ce sujet, dit-elle séchement.

Au même moment

Dans le cabinet voisin, Marat Svetlov passait un savon à son subordonné, le capitaine Aroutiounov :

– Espèce de monstre! Une idée aussi géniale, et la lâcher devant tout le monde! Est-ce que tu comprends que nous sommes tous à leur merci? On surveille chaque pas que nous faisons et on en fait un rapport à Krasnov, ou à Chtcholokov en personne! Nous devons réussir à les rouler, et cela en restant constamment sous leurs yeux! Et toi... C'est si simple, de cacher ce blessé dans un hôpital de prison, où aucun inspecteur, pas même moi, ne peut entrer sans un laissez-passer spécial! Andouille que tu es, tête d'Arménien!

Les yeux de Svetlov, déjà pétillants de vie à l'état normal, étaient emplis du feu que donne la perspective d'un coup heureux.

– Bon, poursuivit-il, qu'il en soit ainsi. Je te confie cette mission, à toi personnellement. Mais il faut que personne au monde ne soit mis au courant, pas même Pchénitchny! Tu vas trouver dès demain matin le bureau municipal de dépistage des épidémies et tu leur mets le couteau sur la gorge. Tu prends bien gentiment dans un coin trois toubibs et tu leur expliques le topo. Il faut qu'ils organisent un contrôle sanitaire dans tous les hôpitaux de prison. La peste, le choléra, les poux, la chiasse ou la chaude-pisse, ils choisiront le prétexte qu'ils voudront, je m'en fiche. L'essentiel, c'est qu'ils visitent toutes les salles où l'on est susceptible de soigner des prisonniers. Et s'il n'y a pas parmi eux ce blessé, qu'ils vérifient si on ne l'a pas mis dans un hôpital régional. Mais toi, ne montre ton nez dans aucun hôpital, pour ne pas effrayer l'animal, tu as compris? Pendant ce temps, Pchénitchny et sa brigade n'ont qu'à fouiller dans les hôpitaux civils, Vendélovski et les siens dans les hôpitaux militaires. Au moins ils nous croiront occupés de ce côté-là...

Svetlov regarda sa montre et demanda à Aroutiounov, sans la moindre transition :

– Tu ne saurais pas par hasard à quelle heure les putes à devises se réunissent, au National?

17 heures 40 minutes

– Peut-être un petit verre de cognac, pour avoir du cœur? me proposa Tchazov, avant que je n'entre chez Brejnev.

J'étouffai une grimace. Après mon intoxication au

restaurant, la seule pensée de l'alcool me donnait la nausée.

– Non. Je boirais bien un peu de narzan...

– Il y en a chez Léonide Ilicht. Allons-y.

Le général Jarov tâta à nouveau les poches de mon pantalon et de ma veste, tout en ajoutant :

– Ne te vexe pas, c'est le règlement. Si on ne te fouille pas et qu'on n'en fouille pas un autre... Tu sais ce qui peut arriver! Voilà, c'est fini!

Et il ouvrit lui-même la porte du bureau de Brejnev.

La vaste pièce, très bien chauffée, baignait dans une pénombre couleur de rubis. Derrière les fenêtres, tout près, peut-être à cinquante mètres, brillait sur la tour du Sauveur l'étoile de rubis artificiel qui surmonte le Kremlin et c'était cette vive lueur qui envoyait dans le bureau de Brejnev ses reflets rouge clair. Tout était rouge ici, chaque pièce de mobilier et même la petite lampe de chevet, accordée à la couleur de l'étoile. Dans cette tache de lumière uniforme, un homme aux cheveux blanc-rose et au visage rond, rose comme ses lèvres humides : Constantin Tchernenko. Il écrivait quelque chose en silence, avec application, en essayant d'aller vite. Dans un rocking-chair, près de la fenêtre, dormait Léonide Ilitch Brejnev, enveloppé dans un plaid à carreaux, son visage charnu involontairement amolli par le sommeil. Il respirait la bouche ouverte, son menton de vieillard suspendu au-dessus d'un coin du plaid en laine. Un chaton roux, qui tenait entre ses pattes sa petite main potelée, sommeillait sur ses genoux.

L'épais tapis absorbant le bruit de ses pas, Tchazov avança vers Tchernenko, qu'il salua de la tête, et se tint quelque temps au-dessus de Brejnev dont il écouta le souffle, puis il prit une chaise auprès du mur et la plaça en face de Brejnev, à deux pas de lui.

Il m'indiqua une chaise de la tête. Je m'assis. Toujours très à l'aise, comme s'il s'agissait de son propre appartement, Tchazov ouvrit dans la pénombre de rubis une sorte de placard mural, en fait un réfrigérateur, en sortit une bouteille de narzan et me versa de l'eau minérale dans un verre à pied. Le glouglou de la bouteille, le pétillement de l'eau dans le verre réveillèrent Brejnev.

– Hein? fit-il en agitant ses épais sourcils noirs, célèbres dans le monde entier.

Puis il me regarda avec curiosité, mâchonnant encore dans son demi-sommeil :

– Qui es-tu, toi? demanda-t-il.

– C'est le juge d'instruction Chamraïev, Igor Iossifovitch, précisa Tchazov.

– Bonjour, lâchai-je, ne sachant par quoi commencer, et ma voix résonna trop fort dans cette ambiance feutrée. Le chaton effrayé voulut sauter à terre, mais Brejnev le retint sur ses genoux et prononça d'une voix traînante :

– Alors... c'est toi... de toi... que dépend... que je reste... ou que... je n'aie plus... qu'à me... coucher...

Sa mâchoire inférieure se mouvait avec une difficulté évidente, comme si quelque chose l'empêchait de rejoindre celle du haut. Aussi les mots trop longs avaient-ils du mal à passer à travers la bouche, surtout les consonnes qu'il articulait à peine, mais les yeux de Brejnev étaient fixés sur moi sans défaillance, scrutant mes réactions :

– Alors? Qu'as-tu appris sur Tsvigoun? On l'a tué?

Je prononçai :

– Léonide Ilitch, je dois vous parler en tête à tête.

Tchernenko, assis au fond du bureau, me jeta une

expression étonnée, tandis que Brejnev me rassurait :

– Ne crains rien... Ici... ce sont tous... des amis...

– Je peux sortir, dit Tchazov.

– Léonide Ilitch, il y a des faits que je ne peux exposer qu'à vous, et sans témoins. C'est mon devoir de juge d'instruction. Excusez-moi, Constantin Oustinovitch, ajoutai-je en me tournant vers Tchernenko.

– Si c'est une question de devoir...

Brejnev fit un geste bref de sa main molle, pour que Tchazov et Tchernenko sortent, et me demanda avec un sourire ironique :

– Le chat aussi doit s'en aller?

Je bus une gorgée d'eau minérale. Tchazov et Tchernenko sortirent.

– Bon..., dit Brejnev, sans bouger dans son fauteuil. Tu as... trouvé... qui l'a...vait tué?

– Oui.

– And... And... Andropov?

Il avait dû s'y reprendre à plusieurs fois pour obliger sa mâchoire inférieure à prononcer les trois consonnes successives.

– Je ne peux agir qu'en m'appuyant sur des faits, Léonide Ilitch, dis-je en ouvrant ma serviette et en sortant le portrait-robot du blessé. Voici l'homme que Tsvigoun a blessé en défendant sa vie. Et celui-là, ajoutai-je en montrant la deuxième photo-robot, celle du colonel Olieïnik, c'est l'homme qui a accompagné le blessé, de la maison de Tsvigoun à l'hôpital.

Soudain, à la vue de ces documents concrets, Brejnev sembla revivre. L'invalide, le vieillard qu'il était se pencha vivement et énergiquement vers moi depuis le dossier de son fauteuil et me demanda d'une traite, sans problèmes de mâchoires :

– De qui dépendent ces gens?

– Le blessé, je ne sais pas encore, mais le second est le colonel Olieïnik, du département des Renseignements du MDV.

– Arrêté? demanda-t-il en une émission de voix presque unique.

– Pas encore, Léonide Ilitch. Il est trop tôt.

– Comment cela, trop tôt? Je t'avais donné jusqu'au trois...

– Léonide Ilitch, tout n'est pas de savoir qui concrètement a commis le meurtre. Il faut savoir aussi POURQUOI on l'a tué...

– Non! m'interrompit-il brutalement. Ce qui compte, c'est le nom du meurtrier et celui de son commanditaire : Chtcholokov? Souslov? Andropov? Grichine? Kirilenko? Qui était-ce? Bravo, Léonide Ilitch, bravo! J'ai bien fait de rester à traîner au lit depuis un mois! Vas-y, mets en état d'arrestation tous les Renseignements intérieurs et qu'ils crachent le morceau : fais-leur avouer qui les a envoyés!

Il se mit à se balancer vivement dans son fauteuil à bascule et moi, je le regardais avec ébahissement : un instant plus tôt, c'était un mort vivant, une relique dont le visage pendait involontairement et la mâchoire inférieure se refusait à fonctionner. Et soudain...

– Qu'est-ce que tu as à écarquiller les yeux, comme un mouton qui ne reconnaît plus sa bergerie? fit-il joyeusement. C'est un truc à la Begin. Dès qu'ils veulent lui poser la question de confiance, dans leur Knesset, il a une attaque. Tchazov, lui, a encore approfondi l'idée. Dès qu'il se passe quelque chose, que Koulakov ou Souslov, ou un autre salaud quelconque se met à avoir des visées sur mes fonctions, je fais savoir que je suis à peine vivant, que je n'en ai plus pour longtemps. Alors, ils attendent ma mort : pourquoi me pousser, alors que je vais tomber moi-même d'un jour à l'autre? Mais pendant qu'ils attendent et que chacun se tient coi, nous, nous regroupons nos pions... Dès que j'ai appris que Tsvigoun s'était suicidé, j'ai compris que c'était fini pour eux. Fini! Je les tiens dans mon poing!

Et sa main serra si fort la nuque du chaton que celui-ci piaula et battit des pattes en l'air, tandis que Brejnev le regardait en riant :

– On t'a coupé les griffes, hein? Tu ne peux plus griffer? Eux aussi, nous allons leur raccourcir les griffes. Ils se sont mis dans un beau pétrin avec ce suicide et moi, je les ai joliment roulés! J'ai fait semblant de les croire. J'ai même été grossier avec le défunt en n'allant pas à ses obsèques. Mais cela t'a aidé, pas vrai? Sinon, ils auraient drôlement mieux camouflé les traces du meurtre... Vas-y, Chamraïev, continue, il faut que je sache tout pour le trois, tout! Et en détail! Tu peux partir.

– Excusez-moi, Léonide Ilitch, dis-je. Je dois vous poser quelques questions.

Il me regarda avec étonnement :

– M'interroger, ou quoi?

Je ne répondis rien.

Il se rejeta vers le dossier de son fauteuil, son lourd visage reflua vers le bas; ses lèvres s'entrouvrirent.

– Bon... pose tes questions, puisqu'il le faut..., dit-il en faisant visiblement un gros effort.

Je continuai néanmoins :

– En juin1978, Tsvigoun vous a remis des bandes magnétiques contenant des enregistrements faits par un certain Guivi Mingadzé au domicile de votre frère Yakov Ilitch. Ces enregistrements sont-ils en votre possession?

Il ne me répondit pas. La lueur de rubis qui tombait de l'étoile de la tour du Sauveur l'inondait, comme elle m'inondait probablement aussi, et je ne pouvais comprendre si c'était à cause de cette lueur ou à cause d'un afflux de sang que son visage était devenu rouge. Mais sa respiration s'était faite plus forte, plus difficile. Puis il jeta le chaton à terre et me demanda, les yeux fermés :

– Bien... Qu'est-ce que tu... veux encore... me demander?

– Voulez-vous que j'appelle Tchazov?

Il hocha négativement la tête :

– Non... Pose tes questions...

J'avais sur le bout de la langue la question du lien entre ces bandes magnétiques et la mort de Koulakov, mais j'eus pitié du vieillard.

– Il y a un mois, dis-je, une lettre est arrivée d'Israël, adressée à Tsvigoun par la fiancée de ce Mingadzé. Il faisait savoir que, quelque part à Moscou, était caché le double, ou l'original, je ne sais de ces bandes. Elle demandait à Tsvigoun de lui rendre son fiancé et proposait en échange d'indiquer l'adresse où ces bandes étaient cachées. Mais ce n'est pas Tsvigoun qui a eu la lettre, elle est allée à Pirojkov. Maintenant, le KGB fait la chasse en Israël à cette fiancée de Mingadzé, tandis que le départemetn des Renseignements recherche ici les bandes. Je pense que Souslov a pu exiger ces bandes de Tsvigoun, lors de leur dernière entrevue.

– Vous... avez trouvé ces bandes? prononça-t-il sans ouvrir les yeux, en passant soudain au « vous ».

– Non. Il n'y a que deux heures que j'ai appris leur existence.

Il rouvrit les yeux et prononça d'une voix dure et rapide :

– Il faut les trouver! Elles ne doivent pas tomber entre les mains d'Andropov! En aucun cas!

– Léonide Ilitch, cela fait trois semaines que tout l'appareil des Renseignements intérieurs recherche ces bandes. Je ne suis pas de leur taille, je ne peux pas vous garantir que j'y arriverai.

– Il faut trouver ces bandes! fit-il en se tournant à nouveau vers moi de tout son corps. Tu as compris? A tout prix!

Le général Jarov, inquiet, passa sa tête par la porte, mais Brejnev lui fit signe de la main pour lui indiquer de la refermer.

– Léonide Ilitch, il y a un seul moyen de retrouver ces bandes avant le KGB et les Renseignements intérieurs. Il est très simple. C'est de lui rendre son fiancé.

Brejnev me regardait sans ciller.

– Ecoute, prononça-t-il enfin d'une voix légèrement enrouée. Verse-moi du Borjomi.

Je me levai, ouvris le réfrigérateur mural qu'entouraient des étagères vitrées avec les œuvres de Brejnev, éditées dans toutes les langues de l'URSS : *La Petite-Terre, Renaissance, Terres vierges, La Sonnerie de l'usine*, et des recueils de ses discours. Je versai du Borjomi au vieil homme, qui but quelques gorgées d'eau minérale et me rendit le verre. Dans la pénombre rouge du bureau, le chaton jouait auprès de la chaise en essayant d'en griffer le pied, mais ses pattes glissaient sur le bois verni. Brejnev, qui le regardait, reporta sur moi son regard et me demanda :

– Le lui rendre? Et autrement, on ne pourrait pas?

– Autrement, dis-je, c'est ce que le KGB et les Renseignements intérieurs essaient de faire. Et il n'est pas exclu qu'à tout moment ils mettent la main sur Ania Finstein en Occident et...

– Je vois. Mais s'ils ne peuvent pas retrouver cette Finstein, comment, toi, la retrouveras-tu?

Je lui racontai brièvement le contenu de la seconde lettre d'Ania et lui exposai mon plan :

– Je dois rencontrer d'urgence Ania à Berlin-

Ouest. En échange de l'adresse où se trouvent les bandes, on lui laissera sortir son fiancé depuis Berlin-Est.

– Et si elle nous roule, si elle donne une fausse adresse?

– Dès qu'elle aura indiqué l'adresse, je téléphonerai à Berlin à mes assistants et, quand ils auront ces bandes en leur possession, Mingadzé passera le mur de Berlin en direction de l'Ouest. Seulement il faut faire cela rapidement de toute urgence, avant que le Guébé n'ait retrouvé Finstein.

Brejnev se renversa dans son fauteuil et se balança à nouveau lentement, en réfléchissant. Puis il me demanda :

– Tu penses... qu'elle te... croira?... Et si nous... prenions... les bandes et... ne relâchions pas... son fiancé?

– Mais je serai son otage, Léonide Ilitch!

Pendant une minute, il me dévisagea. Puis il ajouta :

– Tu es marié?

– Divorcé.

– Tu as encore tes parents?

– Morts depuis longtemps, Léonide Ilitch.

– Bon... Donc... divorcé... pas de parents... et on a tué ta jeune compagne... Quelles... garanties... avons-nous... que tu ne resteras pas en Occident?

– J'ai un fils ici, Léonide Ilitch.

A proprement parler, c'était là le point culminant de notre conversation. C'est alors que se décida tout ce qui pouvait et devait se passer ensuite.

– Un fils? Oui... Les enfants sont un frein... Mais pas pour tous...

Il se balança à nouveau et regarda par la fenêtre. Les aiguilles de l'horloge, à la tour du Sauveur, approchaient du chiffre six. Il le vit, rejeta aussitôt lestement les bords de son plaid en laine et se leva presque sans effort. Je n'eus même pas à lui tenir le bras. Il portait une chemise en laine à col rabattu dont les pans flottaient au-dessus d'un pantalon de survêtement, lui aussi en laine, et de grosses chaussettes de laine. A pas légers, quoique un peu courts, il alla vers son bureau, où Tchernenko avait été assis quelques minutes plus tôt, ouvrit un tiroir et en tira une petite boîte multicolore qui, même de loin, n'avait rien de soviétique. Il en sortit de petites boules blanchâtres qui ressemblaient à du coton et, à ma grande surprise, se les enfonça dans les oreilles. A cette seconde précise, le carillon du Kremlin frappa son premier coup métallique, sonore. Brejnev se tenait debout devant son bureau, les mains appuyées contre les boules de coton qui lui bouchaient les oreilles, mais à chaque coup de l'horloge son visage se crispait de douleur. Après le sixième coup, il retira les boules et dit avec un soupir de soulagement :

– Quel emmerdeur, ce Vladimir Ilitch! Il avait bien besoin d'imaginer ce carillon du Kremlin, à croire qu'il l'a fait exprès pour moi! A chaque heure, j'ai la tête qui éclate à cause de lui! Bon, tu seras son otage et ton fils reste ici... Cela a l'air d'aller... Et où est-il enfermé, son fiancé, dans quelle prison?

– On me le cache, dis-je. Mais si vous signez un décret de grâce au nom du Soviet suprême, n'ayez crainte, je trouverai ce Mingadzé. Il suffit de faire pression sur Bogatyriov, le directeur du GUITU...

Il s'installa dans le fauteuil, devant son bureau, et resta à nouveau pensif, sans parler. Puis il me redemanda :

– Il n'y a donc pas d'autre solution?

– Non, dis-je aussi fermement que je le pus.

– Et tu es sûr qu'on te donnera ce Mingdazé vivant, ou qu'on ne te descendra pas toi-même?

– Pas pour l'instant. Actuellement, ni le Guébé ni

les Renseignements intérieurs ne vont me mettre des bâtons dans les roues. Ils ont trop envie de jouer au plus fin avec moi et de me prendre les bandes. Mais j'ai déjà prévu la chose...

– Enfin, je pense qu'au dernier tour, c'est moi qui les aurai... Ecoute, tu ne connais pas une anecdote récente sur moi?

– Sur vous? demandai-je en feignant un grand étonnement.

– D'accord. Mais ne joue pas les ballots avec moi. Il y a quantité d'anecdotes qui circulent à mon sujet. Dans la plupart d'entre elles, je suis un bon petit vieux innocent, qui ne comprend plus grand-chose à rien... Tiens, par exemple , tu as entendu celle-ci? Brejnev arrive au travail et son secrétaire lui dit : « Léonide Ilitch, vous avez une chaussure marron et l'autre rouge. – Mais oui, répond Brejnev. A la maison aussi, il en reste une marron et une rouge. » Tu as compris? Brejnev est si vieux qu'il ne pige plus rien, le bienheureux. C'est formidable! Cela veut dire qu'aux yeux du peuple, je ne suis coupable de rien, ni des difficultés alimentaires ni de ce qui se passe en Afghanistan ou en Pologne... Tu en veux une autre? C'est Brejnev qui prononce un discours devant le Comité Central : « Camarades... Nous voulons... décerner au... camarade Tchernenko... l'ordre de Lénine... et l'ordre de Premier... cavalier de l'Union... soviétique – Pourquoi? demanderez-vous – Parce que, lorsque l'on a enterré... le camarade... Souslov... et que la musique... a retenti..., le camarade Tcher... nenko a été... le premier... à inviter une... dame à danser! »

Je me mis à rire. Il me regarda d'un air content de lui et poursuivit :

– Elle te plaît? Celle-là, je l'ai inventée aujourd'hui. Mais ne la raconte à personne avant que Souslov ne soit enterré, d'accord? Je dois te dire que, d'une façon générale, j'ai très peur de ce qui va se passer dans le pays lorsque je ne serai plus là. Si Andropov s'empare du pouvoir, misère!

Et il soupira pesamment.

– Rends-toi compte, dit-il, qu'il a travaillé quinze ans de suite, la main dans la main, avec Souslov. Toutes les actions internationales, ce sont eux deux qui les ont mises au point en commun. Souslov dirigeait le Mouvement communiste international et, à ce titre, faisait venir ici des tas de jeunes communistes des pays arabes et latino-américains, après quoi Andropov en faisait ici des terroristes. Il faudra maintenant lui jeter un os, lui donner le poste de Souslov. Mais tant que je suis au pouvoir, ce n'est pas grave. Par contre, si je meurs demain, qu'arrivera-t-il au Parti, au pays?

Brejnev était visiblement fatigué. Il appuya sur un bouton posé sur la table. Jarov ouvrit aussitôt la porte. Brejnev lui ordonna d'une voix lasse :

– Fais venir d'urgence Oustinov et Bielkine. Et aussi ce... Comment s'appelle-t-il? Le directeur des camps et des prisons...

– Le général Bogatyriov, lui soufflai-je.

– Oui, c'est ça...

– Et Bielkine, c'est pour quoi faire?

– Il a un passeport de journaliste, avec des visas pour tous les pays d'Europe, il peut, aujourd'hui même, prendre l'avion pour Paris ou pour Londres et téléphoner de là à cette Juive. Impossible de téléphoner de Moscou, le KGB serait immédiatement au courant. De qui as-tu encore besoin maintenant?

– De Marat Svetlov, dis-je et je pensai : « Oui, ce petit vieux du Kremlin est plus compliqué que ne le pensent ses propres conseillers... »

18 heures 45 minutes

Dans le couloir du second, à l'hôtel National, Marat Svetlov, l'air soucieux, racontait toute une histoire au major du KGB Chakhovski :

– Major, j'ai le plus urgent besoin de votre aide! Comme on dit, vous nous rendez service et nous vous rendons service. Nous saurons vous renvoyer l'ascenseur.

– De quoi s'agit-il? demanda-t-il.

Le major Chakhovski dirigeait, au KGB, un département très particulier : il « fournissait » les touristes étrangers en prostituées et le National était son quartier général.

– Ce matin, une garniture de pierres précieuses et quatre icônes du XVIe siècle ont disparu du monastère de l'Ascension. D'après les renseignements que j'ai recueillis, les cambrioleurs s'apprêtent à les faire passer à l'étranger avec l'aide de cette mignonne...

Et Svetlov montra au major une photo de Tamara Bakchi.

– Elle est à toi?

Le major regarda la photo et se contenta d'un grognement :

– Je vais la tuer...

– C'est justement ce qu'il ne faut pas faire, dit Svetlov. Donne-moi-la simplement, j'ai envie de lui parler. Et quand tu auras besoin de quelque chose, tu comprends que la PJ est tout entière à ta disposition.

– Allons-y dit le major.

Il conduisit Svetlov au bout du couloir, tout en ajoutant :

– Je crois qu'elle n'est pas encore là. Elle s'occupe actuellement d'un Suédois...

Au bout du couloir, devant la porte d'une chambre comme toutes les autres, surmontée du numéro 321, un jeune homme bien nourri vêtu d'un costume gris était assis sur un canapé et lisait *Moscou-soir*. Il regarda le major et Svetlov d'un air interrogateur, mais Chakhovski lui dit :

– Tu peux continuer à lire, il est des nôtres.

Il ouvrit avec une clef la porte du 321 et laissa passer Svetlov, qui se retrouva dans une vaste suite de trois pièces comme il y en avait d'autres dans l'hôtel, mais meublée d'une manière très particulière. On trouvait là des pupitres de commande à distance de caméras de télévision; des écrans vidéo, petits et grands, surmontaient les pupitres avec, à côté, un équipement pour enregistrer et tout un appareillage d'espionnage discret. Des collaborateurs du KGB, habillés en civils, étaient assis devant ces pupitres, mais l'atmosphère de la pièce n'était qu'à moitié une atmosphère de travail : deux d'entre eux, assis sur un canapé, jouaient aux dames et buvaient du thé, un autre, un peu plus loin, feuilletait un numéro récent de *Playboy*. Quelques-uns seulement « travaillaient », si l'on peut dire : on voyait devant eux, sur les écrans vidéo, presque tous les coins de l'hôtel présentant un intérêt pour eux : la grande entrée, où les touristes étrangers allaient et venaient et où les voitures de l'Intourist venaient les chercher, le hall avec son kiosque à souvenirs et sa parfumerie, le comptoir des administrateurs, les couloirs de l'hôtel, la grande salle de restaurant, le bar en devises. Il régnait dans ce dernier une pénombre intime, on entendait de la musique douce, plusieurs groupes d'étrangers étaient assis à des tables avec des filles russes. Du bar, la musique se déversait dans les « appartements » de Chakhovski, mais ne gênait nullement ceux qui étaient au travail devant les pupitres car ils avaient des casques sur les oreilles. Voyant Chakhovski entrer, l'un d'eux se tourna vers lui :

– Ce Brésilien ne mord pas à Liouska, le salopard! C'est la troisième fille que je mets devant lui et ça fait trois bides. Je commence à me demander s'il n'est pas pédé.

– Tu n'as qu'à téléphoner au département et commander des pédés, fit Chakhovski en allant vers une autre table où, devant un pupitre, était assis un gros barbu de trente-sept ans aux cheveux noirs bouclés et ébouriffés, enserrés dans l'anneau de métal retenant ses écouteurs. Mais on avait l'impression qu'il ne travaillait que d'une oreille car ses yeux, au lieu de fixer l'écran, reposaient sur un livre en anglais qu'il feuilletait d'une main tandis que, de l'autre, il écrivait à toute vitesse sur une longue feuille de papier qui laissait apparaître un bout de papier carbone et une autre feuille blanche.

– Alors, crapule, tu es encore en train de travailler au noir? lui demanda sans méchanceté Chakhovski. Allume-moi donc la chambre de ce Suédois avec lequel Tamara travaille. Ils y sont peut-être?

– Non, ils se sont tirés dans l'après-midi. Elle l'a emmené visiter les musées. Mais ils ont une table commandée pour sept heures au bar, ajouta le barbu sans quitter son livre des yeux.

– Il va falloir attendre, dit Chakhovski à Svetlov. Mets-toi à ton aise, assieds-toi.

Et, s'adressant à nouveau au barbu :

– Qu'est-ce que tu lis?

– Un bouquin terrible! Un nouveau polar américain qui se passe chez nous, répondit-il en continuant à griffonner d'une main qui tremblait un peu tant il se dépêchait. Tu sais que je ne fais pas de façons : je ne vois pas de honte à te dire que j'ai passé toute la nuit à le lire, jusqu'à huit heures du matin. C'est passionnant! Il y a un tel parfum d'expérience vécue, à chaque page!

– Alors tu as décidé de le recopier à la main? demanda Chakhovski d'une voix moqueuse.

– Non, je fais un compte rendu. Pour l'APN[1], qui le publiera dans *L'Africain nouveau*, pour le *Komsomol moscovite* et pour la rédaction anglaise de la Radio. Il faut proclamer que ce livre sert à semer la haine dans notre pays. Je tire aussi quelques phrases hors de leur contexte, ce qui me permet de dénoncer les excès sexuels et les provincialismes.

– Vovtchik, demanda un petit homme de type coréen dans un autre coin de la pièce, pourquoi as-tu autant besoin d'argent? Les journaux, la radio, le KGB! Je parie que tu traduis encore des films, à la Maison du cinéma?

– Et qu'est-ce qu'on nous paie, au KGB? Des clopinettes! répliqua le barbu en reboutonnant sa chemise, qui se rouvrit aussitôt sous la pression de son gros ventre pendant au-dessus de la ceinture. Soudain, son visage se fit sérieux et attentif. Il serra l'écouteur contre son oreille et dit au major :

– Comte, les mignonnes se mettent au boulot. Tu veux écouter?

Et, manœuvrant par l'intermédiaire du pupitre une caméra invisible dans le bar en devises, il braqua l'objectif sur une table où deux jeunes étrangers étaient assis en compagnie de deux filles, une blonde et une brune.

– Branche le son, lui dit Chakhovski.

– Euh..., fit le barbu en montrant des yeux Svetlov, qu'il ne connaissait pas.

– Il est des nôtres. Branche le son.

1. L'agence de presse Novosti (APN) est un des principaux auxiliaires de propagande du gouvernement soviétique dans les pays du tiers-monde. Budget 1979, selon la CIA : un demi-milliard de dollars, soit autant que l'officielle agence Tass et deux fois plus que la *Pravda*. La Radio de l'URSS, qui émet dans toutes les langues sur ondes courtes, avait à la même époque un budget encore supérieur : 0,7 milliard (source : Henkine, *Russkiyé prichli.*) (*N.d.T.*)

Le barbu manœuvra la manette du son et l'on entendit au même moment dans le haut-parleur du pupitre les voix du quatuor occupé à deviser, au rez-de-chaussée de l'hôtel :

– ... Sa mère était une tsigane sédentaire, mais son père était russe, disait la première, une fausse blonde à poitrine opulente qui suçotait un cocktail avec une paille.

– Comment dis-tu? Dentaire? Qu'est-ce que c'est? lui demanda son compagnon, un étranger encore tout jeune, grand et avec un pâle visage aristocratique, tout en inscrivant quelque chose dans son carnet.

– Comment t'expliquer? réfléchit la blonde. Bon. Les tsiganes, généralement, vont d'un endroit à un autre, ce sont des nomades. Mais sa mère, à lui, elle ne voyageait pas, elle vivait tout le temps au même endroit. Elle était sédentarisée, tu comprends? Non? Ça n'a pas d'importance. Ce qui compte, c'est qu'avant qu'il ne fasse la connaissance de Galia, personne ne le connaissait, il chantait des romances tsiganes dans une espèce de restaurant. Galia, elle, l'a casé au Bolchoï. Tu peux te douter que cela ne lui était pas difficile!

– Attends, l'interrompit à nouveau le jeune étranger. Qu'est-ce que ça veut dire, « caser? »

– Elle l'a fait entrer par piston, dit d'une voix impatiente la brune, tout en essayant maladroitement de pêcher avec sa paille la cerise aigre de son verre maintenant vide. D'ailleurs, j'ai entendu dire que cette Galia fait de ces trucs... Si on laissait le KGB mettre son nez dans tout cela, ça ferait du bruit!

– Quels trucs? demanda le deuxième étranger en allumant un cigare. Il n'écrivait rien, mais avait un magnétophone portatif posé sur la table, à côté de son cocktail.

– Camarade major, fit savoir depuis son pupitre le guébiste de type coréen, les Japonais sont arrivés.

On voyait sur son écran quatre Japonais qui prenaient place en silence à une table. Chacun tenait à la main un attaché-case.

– De quoi parlent-ils? demanda Chakhovski en allant immédiatement vers l'autre pupitre.

– De rien. Ils n'ouvrent pas la bouche.

– Les salauds! fit Chakhovski, dépité. Ils traînent partout avec eux ces serviettes, mais va les leur faire poser, même pour une seconde! Foutus physiciens!

Il se retourna vers les joueurs de dames :

– Ça suffit de tirer au flanc, les petits amis! L'étranger se pointe d'un peu partout!

L'écran relié à l'entrée du bar en devises montrait en effet des groupes de touristes étrangers qui se rendaient du hall dans le bar : des Américains et des Canadiens de grande taille, des Français subtils, des Allemands corpulents. Tous vêtus de coûteuses pelisses, ou d'élégants costumes du soir. Certains hommes étaient accompagnés par des filles visiblement russes.

– Regarde, dit Chakhovski à Svetlov en lui montrant l'écran de la tête. Qu'est-ce qu'ils peuvent bien bouffer, ces étrangers, pour être aussi costauds? On les reconnaît au premier coup d'œil! Tiens, voilà la tienne...

Bras dessus bras dessous avec un grand Suédois, une brune au long corps élancé, qui ondulait légèrement des hanches, approchait du bar. C'était Tamara Bakchi, cette même Tamara avec laquelle Svetlov avait passé chez moi la nuit de vendredi à samedi. Svetlov se leva d'un bond et se dirigea vers la sortie, mais Chakhovski l'arrêta :

– Attends! Tu ne veux quand même pas y aller en uniforme? Tu as perdu la boule? Entre dans cette pièce, c'est notre magasin d'accessoires. Rien que des vêtements d'importation. Choisis-toi un costume et une cravate. Tu sais nouer une cravate?

Quelques minutes plus tard, cravaté et en costume civil, Svetlov était en bas, au bar en devises. La pénombre propice à l'intimité était déjà pleine de monde et de bruit. Sur une petite estrade, un orchestre de variétés jouait et quelques couples dansaient à proximité. Svetlov examina le plafond du bar en tâchant de déterminer où se trouvaient dissimulés les objectifs des caméras mobiles, mais ne put rien découvrir : le plafond était noyé dans l'ombre. Svetlov but au bar un petit verre de vodka et fit alors semblant de découvrir Tamara, assise à une table avec un grand Suédois d'environ quarante-cinq ans, au visage couvert de taches de rousseur. Faisant tous ses efforts pour être d'une politesse exquise, Svetlov vint vers leur table et dit au Suédois :

– Excusez-moi, puis-je inviter votre dame à danser?

Le Suédois le regarda sans comprendre, tandis que Svetlov se tournait vers Tamara, devenue très pâle :

– Traduis-lui, s'il te plaît, que je suis une vieille connaissance à toi et que tu acceptes de danser avec moi.

Tamara fit ce qu'il avait demandé, dans un anglais écorché.

– *Oh sure, sure!* lui dit le Suédois. *Karacho!*

Svetlov conduisit Tamara vers la piste de danse, le plus près possible du balcon et de l'orchestre qui jouait, afin d'échapper à l'espionnage des micros montés dans chaque table. Le fracas du jazz couvrait toutes les voix et Svetlov, tout en serrant la taille de Tamara de son bras valide, lui dit à l'oreille :

– Petite fille, voici ma première question : as-tu la chaude-pisse, ou la vérole?

Tamara eut un sursaut indigné, mais Svetlov la

tenait avec une fermeté presque brutale, sans cesser du reste de lui sourire tendrement.

– Mais ne me mens pas! lui dit-il. Je t'enverrai de toute façon demain chez le médecin te faire examiner. Alors?

– Non, parole de scout! fit-elle au bord des larmes.

– Interdit de pleurer! Comment sais-tu que tu n'as rien? Quand es-tu allée chez le médecin?

– La semaine dernière. Mais je prends toujours des antibiotiques avant de faire ça.

– Où te fais-tu examiner et qui te donne les antibiotiques?

– J'ai mon médecin.

– Agapova, Svetlana Nikolaïevna, c'est bien ça?

Tamara ne dit rien.

– Question numéro deux, dit Svetlov. Qui t'a envoyée à moi, cette nuit-là?

– Personne! Parole d'honneur! C'est Nina qui m'a téléphoné, elle l'a fait devant vous. Vous étiez chez elle et elle a téléphoné en votre présence!

– Et où t'a-t-elle téléphoné? Tu n'es jamais chez toi...

Autour d'eux, les étrangers dansaient avec entrain, avec des Russes ou avec leurs propres compagnes, bavardaient, riaient, buvaient des cocktails ou de la vodka de qualité supérieure et Svetlov souriait d'un air absent à ceux qui l'entouraient, sans cesser de tenir la taille de Tamara d'un bras de fer.

– Elle m'a trouvée chez Irina par hasard. Souvenez-vous! Ce n'est pas à moi qu'elle a téléphoné mais à Irina, notre camarade commune.

Svetlov se rappela qu'effectivement, ce soir-là, lorsqu'il était arrivé chez moi avec du cognac et des poulets tabaka ramenés d'Adler, Ninotchka avait téléphoné à plusieurs de ses anciennes amies de l'école du cirque et fini par trouver cette Tamara, qu'elle avait enlevée à des amis pour lui rendre service. Elle n'avait pas l'air de mentir, ni même de savoir que Nina et son médecin Agapova avaient péri...

– Question numéro trois, reprit Svetlov. Agapova t'a fait faire la connaissance de Tsvigoun? Réponds-moi honnêtement.

– Oui, dit Tamara d'une voix à peine audible.

– Rue Katchalov, au 16 bis?

– Mais c'était il y a longtemps, il y a six mois! Parole d'honneur! Je n'y ai été que deux fois...

– Tu as couché avec Tsvigoun?

Tamara garda le silence. Svetlov était furieux à la pensée que Tsvigoun et lui avaient probablement partagé cette gamine. Il serra si fort la taille de Tamara que celle-ci crut étouffer.

– Je te demande si tu as couché avec Tsvigoun.

– Non. Lâchez-moi, Marat Alexeïévitch, vous me faites mal. Qu'est-ce que vous me reprochez?

– Pour qui alors t'amenait-elle là-bas?

– Il y avait beaucoup de monde, Marat Alexeïévitch. Je ne sais pas comment vous expliquer... Bon, vous savez qu'il y a des hommes qui ne peuvent pas, quand ils sont seuls avec une femme. Il faut qu'il y ait quelqu'un d'autre à proximité, pour les exciter... Et ce Tsvigoun, il était comme ça...

– Je vois. Quand as-tu vu Agapova pour la dernière fois?

– Samedi. Mais quelle importance est-ce que cela peut avoir? Je lui ai seulement dit que j'avais été avec vous à l'appartement de son Tsvigoun.

– Et tu lui as donné le téléphone de Chamraïev?

– Pourquoi? Il ne fallait pas?

– Et pourquoi as-tu téléphoné hier matin à Nina?

– Moi? demanda Tamara, stupéfaite. Je ne lui ai pas téléphoné. Je le jure!

– Bien. Tu peux maintenant te débarrasser de ce Suédois?

– Non. Mais il s'en va demain et j'aurai trois jours de congé à récupérer.

Et elle ajouta avec coquetterie, en le regardant dans les yeux :

– Vous voulez que je vous appelle?

– Oui. Mais auparavant fais un saut au dispensaire n° 7, fais-toi examiner par le docteur Goldberg. Dis-lui que tu viens de ma part.

– Pourquoi? Je peux me faire examiner par Svetlana Nikolaïevna.

– Je doute que tu puisses te faire examiner par elle, dit Svetlov en la reconduisant à la table où son Suédois, renfrogné, en était déjà à sa troisième dose de vodka. Svetlov lui sourit :

– *Merci,* lui dit-il en français, sans savoir pourquoi.

Puis il installa Tamara à sa place, à côté de lui, et ajouta en russe, à son intention :

– Après Goldberg, va chez toi et mets un peu d'ordre. Arrose les fleurs.

En sortant du bar, Svetlov prit l'ascenseur jusqu'au second, afin de reprendre l'uniforme de colonel laissé dans la suite n° 321.

– Alors? lui demanda Chakhovski. Tu vas l'arrêter?

– Pas aujourd'hui, répondit Svetlov en se rhabillant. Je ne veux pas te déranger dans ton travail. D'ailleurs, elle est innocente, tout au moins en ce qui concerne les icônes. Nous avions fait une petite erreur. Mais quoi qu'il en soit, je suis ton débiteur. Si tu as besoin de quelque chose, n'hésite pas.

– Merci, dit Chakhovski.

Dans la rue, où Svetlov avait laissé sa Volga de la Milice, un peu à l'écart de l'entrée vivement éclairée du National, le radiotéléphone s'égosillait. Mais avant de décrocher l'appareil, Svetlov mit en marche le moteur et le chauffage. Il faisait très froid dans la rue, et dans la voiture aussi. Tout en frissonnant après la chaleur du bar, Svetlov arracha l'écouteur et demanda assez grossièrement :

– Alors, qu'est-ce qu'il y a?

– Marat Alexeïévitch, entendit-il au bout du fil, c'est le colonel Kremniov, de garde pour la ville. On vous demande d'urgence au Kremlin. Rendez-vous immédiatement à la tour du Sauveur.

19 heures passées

EXTRAIT DU REGISTRE DES DOCUMENTS
DU SECRÉTARIAT PERSONNEL DE L. I. BREJNEV
DÉPÊCHE TÉLÉPHONÉE

Destinataire : Paris, ambassade d'URSS.
Gontchar A. P., secrétaire d'ambassade

Sur instructions personnelles Léonide Ilitch Brejnev. But information destinée presse sujet réaction positive peuple français après signature contrat du siècle construction gazoduc Tioumen-Paris. Aujourd'hui 20 h 10 quitte Moscou vol Aéroflot 81 destination Paris correspondant journal Komsomolskaïa Pravda Vadim Bielkine. Prière accueillir Orly réserver chambre hôtel.

Directeur Secrétariat personnel camarade L. I. Brejnev, président Praesidium Soviet suprême URSS, M. V. Dorochine.

Envoyé du Kremlin
le 26 janvier 1982 à 19 heures 22 minutes.
Reçu à Paris par la camarade M. E. Spéranskaïa, garde à l'ambassade d'URSS en France.

EXTRAIT DU COMPTE RENDU
DE L'INTERROGATOIRE
DU GÉNÉRAL-LIEUTENANT I. D. BOGATYRIOV,
DIRECTEUR DU GUITU DU MVD DE L'URSS

Question du juge d'instruction Chamraïev : Vous êtes suspecté de dissimulation de renseignements concernant le lieu d'internement du citoyen Mingadzé Guivi Révazovitch, ainsi que de retrait de ces renseignements du Fichier central et de la section de Renseignements sur ordinateurs du ministère de l'Intérieur de l'URSS. Que pouvez-vous dire concernant la disparition de ces renseignements?

Réponse : Personnellement, je n'ai pris part ni à la dissimulation de ces renseignements ni à leur retrait du Fichier. Vers le début du mois, j'ai reçu une demande du département des Renseignements de notre ministère concernant ce Mingadzé et je leur ai fait savoir qu'il se trouvait dans un camp de régime sévère de Tioumen. Puis, le directeur de ce camp m'a informé qu'un juge d'instruction en chef du Parquet de l'URSS, le camarade Baklanov, était venu au camp pour interroger ce Mingadzé. A la demande de ce même Baklanov, le prisonnier Mingadzé a ensuite été transféré près de Moscou au camp de régime sévère de Balachikha. Mais les renseignements concernant la modification de son lieu d'internement ont pu être bloqués au secrétariat du GUITU et ne pas être transmis à temps à l'ordinateur...

Réplique du général Jarov, chef de la garde du Kremlin, qui assistait à l'interrogatoire : Arrête de déc... (six mots supprimés) Bloqués! Qui t'a donné l'ordre de bloquer la transmission de ces renseignements? Parle, sinon je te... (huit mots supprimés)

Réponse : Je n'ai fait qu'émettre une hypothèse, camarade général. Les renseignements concernant le transfert des prisonniers sont envoyés par le Département de la comptabilité des prisonniers du GUITU au Fichier central du MVD. Peut-être l'un des employés...

Question du juge d'instruction Chamraïev : Donc, au moment présent, le prisonnier Mingadzé se trouve à la colonie de régime sévère de Balachikha ? C'est bien dans la zone de déploiement de la division Dzerjinski, du KGB ?

Réponse : Non. Il y a trois jours, samedi, j'ai reçu un télégramme téléphoné du directeur de cette colonie, Skvortchouk, m'informant que, pour assurer la sécurité du prisonnier, ce dernier avait été envoyé sur demande personnelle du directeur du département des Renseignements du MVD, le général Krasnov, au camp de régime particulièrement sévère nº 274 près de Fergana, en république d'Ouzbékistan. Vous savez peut-être qu'il y a là-bas des mines d'uranium. Mais je ne pense pas qu'il ait pu y arriver en trois jours. Le transport se fait par train, dans des wagons spéciaux... Je pense qu'en trois jours il n'a pas pu arriver plus loin que l'Oural...

EXTRAIT DU REGISTRE DES DOCUMENTS
DU SECRÉTARIAT PERSONNEL DE L. I. BREJNEV
DÉPÊCHE TÉLÉPHONÉE (INSTRUCTIONS)

Au général-lieutenant V. O. Solomine,
Chef de la direction de la Milice ferroviaire

Sur instructions personnelles du camarade Léonide Ilitch Brejnev, arrêtez immédiatement tous les convois ferroviaires comportant des wagons pour le transport des prisonniers et déterminez le lieu où se trouve le détenu Mingadzé Guivi Révazovitch, né en 1945, condamné d'après l'article 88 du Code pénal de la RSFSR. Me faire connaître personnellement toutes les vingt minutes les résultats des recherches.

Le directeur du Secrétariat personnel du camarade L. I. Brejnev, président du Praesidium du Soviet suprême de l'URSS, M. V. Dorochine

Envoyé du Kremlin
le 26 janvier 1982 à 19 h 47
Reçu par le colonel I. P. Masslennikov, officier de garde de la direction de la Milice ferroviaire.

A 8 heures du soir, muni de mes instructions, Vadim Bielkine s'envolait déjà de Chérémétiévo pour la France. Assis avec Svetlov et Zolotov au buffet du Kremlin, j'avalais du bouillon avec des biscottes et potassais mon allemand :

– *Guten Tag. Guten Abend. Guten morgen. Wieviel kostet das?*

– *Wo kann mann telefonieren?* me soufflait Zolotov.

Remis de ses émotions après l'interrogatoire, le général Bogatyriov buvait du cognac avec Svetlov, essuyait son front qui avait tendance à transpirer et disait à son compagnon de beuverie :

– Je n'ai rien à voir avec toute cette histoire, je le jure!

– Et Irina Bougrimova? demandait malicieusement Svetlov.

– Bon, nous avons des relations de camaraderie...

– D'accord, camarade général, mais pour qui me prenez-vous? Des relations de camaraderie avec une artiste de cirque!

– Mais elle est dompteuse de tigres! J'aurais trop peur de l'approcher!...

Le téléphone sonna. La serveuse décrocha et me tendit l'appareil :

– C'est pour vous, camarade Chamraïev.

– Ici Dorochine, entendis-je au bout du fil. Nous avons reçu une dépêche téléphonée du directeur de la Milice ferroviaire de Sverdlovsk. Le train nº 32, avec le wagon de transport de prisonniers numéro 94621, dans lequel se trouve Mingadzé, est arrivé à la gare de « Sverdlovsk-22 ». C'est une ville fermée, conçue pour la défense, tout entière gardée par des troupes du KGB. Veuillez monter chez Léonide Ilitch.

EXTRAIT DU REGISTRE DES DOCUMENTS
DU SECRÉTARIAT PERSONNEL DE L. I. BREJNEV
DÉPÊCHE TÉLÉPHONÉE (INSTRUCTIONS)

Au camarade R. I. Kozyriov,
chef de la gare de « Sverdlovsk-22 ».

Copie : major D. O. Sytine,
chef de la Milice ferroviaire de la gare de
« Sverdlovsk-22 »

Copie : lieutenant-colonel D. M. Radovski,
commandant militaire de la gare de
« Sverdlovsk-22 »

Sur instructions personnelles du camarade Léonide Ilitch Brejnev, détacher immédiatement du train nº 32 le wagon nº 94621 avec les prisonniers s'y trouvant. Entourer le wagon avec toutes les forces de garde militaires et ferroviaires de milice disponibles et ne laisser aucun étranger approcher du wagon avant l'arrivée du général-lieutenant B. B. Makhov, commandant de la région militaire de Sverdlovsk. Me faire immédiatement un rapport sur l'exécution de ces directives.

Le directeur du Secrétariat personnel du camarade L. I. Brejnev, président du Praesidium du Soviet suprême de l'URSS, M. V. Dorochine.

Envoyé du Kremlin par le service des transmissions ferroviaires, le 26 janvier 1982 à 20 h 39.

DÉPÊCHE TÉLÉPHONÉE (ORDRE DE MANŒUVRE)

Au général-lieutenant B. B. Makhov, commandant de la région militaire de Sverdlovsk.

Je vous *ordonne personnellement* de vous rendre avec une unité militaire à la gare de « Sverdlovsk-22 » et de libérer le citoyen G. R. Mingadzé, se trouvant dans le wagon 94621 sous la garde de la Milice ferroviaire et du commandement militaire de la gare. En cas de résistance même minime des forces de garde, neutraliser la résistance et arrêter ses auteurs. Envoyer d'urgence le susnommé G. R. Mingadzé à Moscou par avion militaire, atterrissage aérodrome militaire de Joukovski, région de Moscou.

Délai d'exécution de la mission militaire de libération du citoyen Mingadzé des forces de garde : 1 heure. Délai de transport du citoyen Mingadzé par avion militaire à Joukovski : 3 heures.

Maréchal L. Brejnev,

Président du Conseil de défense de l'URSS

Moscou, Kremlin, 26 janvier 1982.

21 heures

EXTRAIT DU REGISTRE DES DOCUMENTS
DU SECRÉTARIAT PERSONNEL DE L. I. BREJNEV
INSTRUCTIONS

Au camarade I. A. Medviedkine, directeur du Bureau des passeports de la ville de Moscou.

Etablir dans un délai de deux heures des passeports pour l'étranger :

– au citoyen Chamraïev Igor Iossifovitch, né en 1935, juge d'instruction chargé des Affaires de Haute Importance auprès du Parquet de l'URSS,

– et au citoyen Mingadzé Guivi Révazovitch, né en 1945, sans occupations particulières.

Apporter ce jour les passeports au Kremlin, au secrétariat du camarade Brejnev L. I.

Le directeur du Secrétariat personnel du camarade L. I. Brejnev, président du Praesidium du Soviet suprême de l'URSS, M. V. Dorochine.

Envoyé du Kremlin par coursier le 26 janvier 1982 à 21 heures.

Remis à l'appartement du camarade Medviédkine à 21 h 17.

Après minuit

Bogatyriov, Jarov et moi dormions dans des fauteuils, dans l'antichambre du bureau de Brejnev. Léonide Ilitch lui-même, ainsi que Zolotov, Tchazov et les autres membres de sa suite, avaient depuis longtemps regagné leurs domiciles respectifs. Lancées par eux à l'insu du KGB, les machines civile et militaire fonctionnaient maintenant sans eux. Mais nous restions là avec l'homme de garde pour le Comité central et seuls les coups frappés par le carillon du Kremlin nous faisaient tressaillir dans notre sommeil. Effectivement, ce carillon aurait pu rendre fou n'importe qui. Et seul le responsable de leur construction dormait d'un sommeil sans nuage dans son mausolée de la place Rouge. Chaque heure, au son de ce carillon, on relevait pour lui la garde devant le Mausolée. Le bruit des pas martelés de cette garde cliquetait bruyamment dans le froid glacial de la nuit et arrivait jusqu'à nous en un doux écho par le vasistas ouvert de l'antichambre.

A 21 h 35, le télégraphe militaire avait transmis l'annonce faite par le général Makhov, commandant de la région militaire de Sverdlovsk, que la libération de Mingadzé n'avait entraîné aucune résistance de la part des forces de garde. A 22 h 40, Makhov avait fait savoir qu'un avion militaire piloté par le colonel Ptchéliakov, pilote de chasse et Héros de l'Union soviétique, avec à son bord Guivi Mingadzé et huit hommes armés de mitraillettes, avait décollé de l'aérodrome militaire de Sverdlovsk et mis le cap sur Joukovski. A 22 h 50, le directeur du Bureau des passeports de Moscou Medviédkine, mort de peur, était arrivé en trombe au volant d'une voiture qu'il conduisait lui-même au point de passage de la tour du Sauveur, au Kremlin, avec deux passeports rouges pour moi et pour Mingadzé et dans sa serviette, à tout hasard, plusieurs passeports vierges et le cachet.

Tout marchait bien, sans anicroches, comme cela doit être le cas lorsque le Kremlin prend la direction des opérations.

Le KGB gardait le silence.

Je savais que ce silence ne signifiait pas encore une capitulation.

A 6 heures du matin, Vadim Bielkine téléphona à Moscou de la rédaction parisienne de la *Komsomolskaïa Pravda*. Il dicta à la sténodactylo de nuit du journal son premier reportage, presque entièrement rédigé à partir d'extraits de la presse française de la veille :

SUR LES BASES DE LA RÉCIPROCITÉ

La presse française continue à commenter largement l'accord, signé ces jours derniers à Paris,

> sur la fourniture par l'URSS de gaz naturel. Cet accord a constitué la grande nouvelle du jour, tant au plan économique que politique. Les journaux de Paris insistent sur le volume du contrat, qu'ils appellent « le contrat du siècle », et sur son caractère d'engagement à long terme. Dans un discours à la télévision, le ministre de l'Economie et des Finances Jacques Delors a relevé que la signature de cet accord reflétait le principe de la réciprocité dans les relations des deux pays et laissait bien augurer, en contrepartie, de « la présence de notre industrie sur le marché de l'Est ».

Et ainsi de suite. En tout cent vingt lignes, suivies de la signature « Vadim Bielkine, correspondant à Paris, tél. (33) 1-364-42-16 ».

La dactylo de nuit tapa le reportage en deux exemplaires et en donna un à Marat Svetlov qui, à cause de ce reportage, avait dû passer la nuit dans les locaux de la *Komsomolskaïa Pravda.*

A 6 h 20, Svetlov traversa en trombe les rues de Moscou enneigées et encore désertes. On ne voyait guère que quelques silhouettes sombres auprès des bouches de métro, se hâtant vers leur travail. Svetlov descendit la rue Gorki, traversa la place Rouge : il était au Kremlin.

A 6 h 40, nous avions fini de déchiffrer le codage élémentaire de Bielkine. Le reportage par lui-même constituait la confirmation de la réussite de la mission de Bielkine à Paris : il avait téléphoné à l'enregistreur automatique d'Ania Finstein, donné le numéro de téléphone de son hôtel parisien et Ania l'avait rappelé à ce numéro. Deux phrases convenues indiquaient qu'elle était d'accord pour me rencontrer à Berlin-Ouest le même jour, 27 janvier, après 13 heures.

Je sentais que le jeu que j'avais engagé contre les assassins de ma Ninotchka approchait de sa fin. Il ne restait plus que quelques coups à jouer et à ne pas rater : ce serait moi ou eux.

A l'aérodrome militaire de Joukovski, sous la protection des huit pistolets-mitrailleurs du groupe armé qui l'avait accompagné depuis Sverdlovsk, Guivi Mingadzé m'attendait depuis trois heures avec le commandant de l'aéroport, sans comprendre un traître mot à ce qui se passait. Mais j'avais dû attendre le feu vert de Bielkine pour me rendre à Joukovski, d'où nous devions nous envoler par avion militaire pour Berlin-Est.

Je fis le numéro de téléphone personnel de Kolia Baklanov. Il n'avait pas l'air de dormir car il prit aussitôt l'appareil et me répondit d'une voix fraîche :

– Allô...

– Ici Chamraïev. Kolia, je n'arrive pas à dormir et je me suis souvenu de notre toute première conversation au sujet de toutes ces choses, samedi matin au Palais. Tu te rappelles? Ecoute : pourquoi n'emmènerais-tu pas aujourd'hui ton fils et ta femme à la campagne, quelque part dans une maison de repos? Cela leur serait profitable, et à toi aussi : tu es crevé. Qu'est-ce que tu en penses?

Il ne répondit rien. Je gardais moi aussi le silence : je lui avais dit tout ce que je pouvais, et même davantage.

– Eh bien, me demanda-t-il enfin. C'est tout ce que tu as à me dire?

– Oui, c'est tout, vieux. Tu as un adorable petit garçon et cela lui fera du bien d'aller se promener à l'air pur avec son papa.

– Va te faire f...! fit-il pour unique réponse en raccrochant le récepteur.

DÉPÊCHE TÉLÉPHONÉE
URGENT – SECRET –
PAR DÉPÊCHE MILITAIRE SPÉCIALE

Joukovski
Général-major d'aviation : G. S. Yanchine, commandant de la division aérienne n° 69

En raison du départ imminent, pour le secteur des forces soviétiques à Berlin-Est, d'un groupe de personnes proches du gouvernement, qui arriveront chez vous dans les plus brefs délais en compagnie du général-major Jarov, chef de la garde du Kremlin, préparez un avion de transport militaire et un équipage de vol expérimenté.

Artséoulov B. T., de garde pour le Comité central du PCUS.
Moscou, Kremlin, 27 janvier 1982.
Transmis par dépêche militaire spéciale à 6 h 45.
Reçu par le colonel d'aviation C. J. Otambékov, officier de garde de la division aérienne n° 69.

– Ouf! me dit le général Jarov. Même en Tchaïka, nous ne mettrons pas plus d'une demi-heure pour aller à Joukovski.

– Et moi, je peux rentrer chez moi? me demanda le général-lieutenant Bogatyriov, le directeur du GUITU.

– Toi, tu restes ici en attendant les ordres du colonel Svetlov! lui dit Jarov. Lorsqu'il aura besoin de toi, il te fera sortir d'ici. Et personne à part lui. J'ai donné des ordres aux gardes. Tu as compris?

– A vos ordres..., répondit Bogatyriov, terrorisé.

Trois opérations restaient encore à exécuter à Moscou et reposaient sur les épaules de Marat Svetlov. Il ne pouvait exécuter l'une d'entre elles sans l'assistance personnelle de ce même Bogatyriov.

J'allai vers le bureau de Boris Artséoulov, qui assurait la garde de nuit pour le Comité central et pris l'annuaire téléphonique du Grand Moscou.

– Je vous le rends, d'accord? dis-je à Artséoulov.

– Ça va, vous pouvez le garder, répondit-il.

Svetlov et Jarov descendirent vers la Tchaïka qui les attendait. Il faisait encore nuit à Moscou et la tempête de neige ne s'était pas encore calmée. L'étoile de rubis brillait d'une lueur inquiète sur la tour du Sauveur. A la vue de cette étoile, je serrai le bras de Svetlov, qui grimaça de douleur et me dit :

– Saloperie, ça me fait encore mal!... D'accord, file à Berlin, j'attends ton appel. Et ne panique pas : ici tout ira bien, tu peux être tranquille. Je vais leur fabriquer un joli petit feu d'artifice à la mémoire de Ninotchka.

Par la fenêtre de la Tchaïka en train de s'éloigner, je le vis qui se dirigeait vers sa Volga de la milice, garée tout contre le point de passage de la tour du Sauveur. « Pourvu seulement, pensai-je, que mon artificier ne se brûle pas lui-même les doigts! »

VII

Check-point Charlie

Mercredi 27 janvier, 9 heures passées

Des nuages bas couvraient le ciel de la Russie, de la Biélorussie et de la Pologne, uniformément recouvertes de neige. Nous n'étions que deux dans la cabine de l'avion de transport militaire : Guivi Mingadzé et moi. Un homme maigre de trente-sept ans, de taille moyenne et à la tête rasée, complètement épuisé par ses déplacements de prison en prison. Les poils raides qui couvraient ses tempes et son menton, son blouson molletonné aux coutures apparentes, typique des prisonniers soviétiques, son pantalon en coton doublé, ses méchantes bottes de camp rapiécées, tout cela lui donnait l'air d'un criminel en fuite. Seuls ses yeux sombres de Géorgien, lumineux comme ceux d'Omar Sharif, ainsi que les mains fines aux doigts décharnés, qui serraient nerveusement entre les genoux le bonnet fourré gris à oreillettes, modifiaient un peu la première impression qu'avait laissée en moi cet homme soudain gracié.

RÉCIT DE GUIVI RÉVAZOVITCH MINGADZÉ

– Quand on dit que tous les Géorgiens sont des trafiquants, ce n'est pas la vérité. C'est maintenant que les Géorgiens ont envahi les marchés de

Moscou et qu'ils vendent au prix fort des fleurs et des mandarines rapportées de Soukhoumi. Mais avant, cela aurait été impensable. Le Géorgien, le vrai, est avant tout un guerrier, un cavalier qui porte un poignard à son côté, un homme qui aide les pauvres et sait faire la cour aux femmes. Un homme, vous comprenez! Pendant des millénaires, nous avons vécu dans les montagnes. Nos rois étaient des chevaliers et des poètes. Aujourd'hui, on a vraiment fait de nous des trafiquants. Et de moi aussi. Je dois dire que j'ai longtemps résisté, jusqu'à trente ans. Je vivais comme un étudiant pauvre, je faisais des études de musique, jouais de la clarinette et voulais devenir chef d'orchestre d'une formation de variétés. Je suppose que, quand j'étais jeune, j'avais tout simplement la tête pleine de vent. Mais je n'ai jamais pris part à un trafic d'aucune sorte. Ecoutez, qu'est-ce qu'il faut à un Géorgien? Un peu d'argent, un peu de chance et beaucoup d'amis. Sur ce point, cela allait. J'avais beaucoup d'amis et, quand je venais à Moscou, je logeais sans permis de séjour tantôt chez l'un, tantôt chez l'autre. Mais en 75, mon ami Bouriatski s'est mis avec Galia Brejnéva et m'a mené chez son oncle Tsvigoun. Qu'étions-nous, je vous le demande? Deux vauriens, mais des hommes libres! Lui, chantait des romances tsiganes dans les restaurants. Moi, j'ai joué d'abord de la clarinette, et ensuite de la batterie. Et où tombons-nous soudain? Chez Tsvigoun en personne, chez Galia Brejnéva! Au début, nous jouions simplement aux cartes, à la *préférence,* et ensuite Tsvigoun s'est mis à me confier de petites missions : téléphoner à Untel, toucher dix mille roubles d'un autre, vingt mille d'un troisième. Et ça s'est mis à tourner! Six mois plus tard, j'avais une voiture, une Volga. Vous savez ce que cela veut dire, un jeune Géorgien à Moscou, avec une Volga à lui? C'est un empereur! Et si, en plus, il a derrière lui un appui comme j'en avais un : le patron du KGB comme ami! Je ne pouvais plus rester chez moi : toute la Géorgie me téléphonait du matin au soir. Ah, on vivait bien, c'est pas pour dire! Ma Volga roulait sur du gazon. Ce qu'il a pu passer comme argent entre mes mains, de Géorgie à Moscou, où je le remettais à Tsvigoun! Mais en 76, Tsvigoun s'est servi de moi d'une façon que je ne lui pardonnerai jamais... Ni à lui ni à sa femme! Oh... Bref, vous dites que j'ai mis le feu à l'hôtel Rossiya. Alors écoutez-moi. C'est vrai que nous faisions de grosses opérations au Rossiya. Puis soudain, au dixième étage, les Renseignements intérieurs ont installé leur état-major. Et ils se sont mis à nous espionner. Ils ont pincé des tas de gens, ils ont même failli avoir la femme de Mjavanadzé. Sur moi aussi, bien sûr, ils avaient des tas de matériaux, avec les conversations qu'ils avaient enregistrées, mes opérations avec les trafiquants, des tas de photos et de pellicules 8 mm. Bref, un soir, Véra Petrovna et Sémion Kouzmitch me disent : « Guivi, c'est la catastrophe! Les RI s'intéressent à toi et, par toi, ils vont remonter jusqu'à nous. Mais sache que s'ils t'arrêtent, nous ne pourrons rien pour toi. Nous, Brejnev nous tirera d'affaire, mais toi, nous devrons te laisser en plan, parce qu'il faut bien que quelqu'un passe en jugement pour détourner l'attention. Tu seras donc la " locomotive " dans cette affaire, tu prendras tous les coups. Mais il y a un moyen de s'en sortir tous. On a mis au point à Bakou, dans une usine secrète, un réactif qui décompose, à une distance de dix mètres, le verre optique et les pellicules. Cela veut dire que, si l'on fourre ce réactif quelque part sous l'état-major des

RI, tout leur matériel deviendra inutilisable en quelques heures, les pellicules noirciront et les vitres elles-mêmes seront brisées. Alors ce sera fini, ils n'auront plus rien ni contre toi ni contre personne d'autre. » Moi, comme un idiot, je l'ai cru. Nous avons même ri un bon bout de temps ensemble, en imaginant comme ce serait amusant, lorsqu'ils auraient leurs vitres brisées et leurs matériaux d'espionnage fichus. La suite, vous la connaissez : j'ai pris l'avion pour Bakou et rapporté ce liquide. Ensuite, Boris et moi, on s'est déguisés en ouvriers et on a dit qu'on venait pour nettoyer les tapis. Pas à l'état-major des RI, on ne nous aurait pas laissés entrer, mais un étage plus bas. Et juste en dessous de l'état-major des espions du MVD, nous avons arrosé tous les tapis avec le liquide. Le matin, lorsque j'ai appris qu'il y avait eu un incendie à l'hôtel et que des dizaines de gens avaient péri, j'ai eu une crise de nerfs, et Boris aussi. Tsvigoun nous a dit que c'était un hasard, qu'un étranger ivre avait jeté un cigare allumé sur l'un des tapis de ces chambres et que le liquide avait pris feu spontanément. Mais, d'une manière ou d'une autre, j'étais devenu un criminel et Tsvigoun me tenait maintenant dans son poing fermé. Que fait un Géorgien, dans un cas semblable? Il se tue? Il se met à boire? Non! Il se venge! Et j'ai décidé de me venger d'eux tous, de Tsvigoun, de sa femme et de toute la famille. J'ai vu comment ils vivaient! Cette Véra Pétrovna, elle porte le même manteau depuis dix ans, mais vous n'avez qu'à regarder ce qu'elle cache dans les pieds de son lit, un vieux lit avec des pieds en fer. C'est plein d'or et de brillants de l'époque de la guerre, quand elle travaillait au SMERCH avec son mari. C'est elle maintenant qui écrit à la place de Tsvigoun des livres sur les héros de la Tchéka. Et c'est moi qui les ai mis en rapport avec les studios de cinéma, le jour où je leur ai amené un réalisateur de Mosfilm. Tsvigoun et sa femme, pendant la guerre, se sont fait des millions en contrôlant tous les bagages que nos soldats rapportaient d'Allemagne, en 45. Vous savez tout ce que notre armée à ramené à ce moment-là, y compris de l'or et des bijoux. Tsvigoun, lui, écrémait les bagages en se réservant ce qu'il y avait de mieux : pas des montres ou des vêtements, mais pour l'essentiel des pierres, des brillants. Et pendant que je jouais aux cartes avec le frère de Brejnev et que je lui rapportais de l'argent d'un peu partout pour des postes qu'il avait fait accorder à des tas de chenapans, j'ai imaginé le moyen de me venger d'eux. J'étais un idiot, bien sûr, un gamin! Mais si vous aviez entendu ce qu'ils racontaient chez eux sur le système et le peuple soviétiques et leur espèce de parti communiste! Juste à ce moment-là, l'étoile de Fiodor Koulakov était en train de monter. Il jouait les purs, genre Souslov. Mais je n'avais plus confiance ni dans les uns ni dans les autres, c'était fini. Je n'avais qu'un rêve : flanquer par terre à la fois Tsvigoun et Brejnev. Et j'ai dit à Koulakov que je lui donnerais les enregistrements en famille de toute la compagnie. Koulakov était un bonhomme à qui il ne fallait pas répéter cent fois les choses, il a tout de suite pigé. Un jour où il était ivre, il m'a décrit sous toutes les coutures quel grand chef il ferait s'il renversait Brejnev et prenait le pouvoir... Bref, je me suis précipité à Mosfilm, chez le père de ma petite Ania. Il était opérateur du son et ingénieur radio. J'avais besoin d'un magnétophone qui se branche et se débranche lui-même au son de la voix humaine. Bien sûr, je ne lui ai pas dit que j'allais placer ce magnétophone dans l'appartement de Yakov Brejnev. Je lui ai raconté je ne sais plus quelle histoire et lui ai apporté une vingtaine de magnétophones étrangers, parmi les meilleurs, et une centaine de micros. Lui, de son côté, m'a fabriqué un magnétophone de poche avec un micro ultra-sensible, mais avec cependant un défaut : le micro enregistrait tous les bruits, même celui des voitures qui passaient dans la rue. En sorte qu'il était extrêmement difficile de distinguer les conversations. J'ai enregistré comme cela une centaine de cassettes, mais on ne pouvait pratiquement rien y comprendre, et j'ai rapporté tout cela au père d'Ania. Celui-ci s'est mis à les passer d'un magnétophone à l'autre, à les recopier, à les filtrer. Lorsqu'il a reconnu la voix de Brejnev, il a failli avoir une attaque. Mais je lui ai juré que personne n'en saurait rien, pas même Ania. Je lui demandai seulement de filtrer correctement toutes ces cassettes. Je lui ai apporté tout ce que je possédais de précieux : un plein sac de bijoux, de brillants et d'or. Le 17 juillet, il m'a remis dix cassettes proprement filtrées et je les ai emportées aux bains Sandounov. C'est là que je devais rencontrer Koulakov. C'était un type costaud, qui adorait les vrais bains russes et pouvait rester plus longtemps que n'importe qui dans la salle de la vapeur. Il avait le cœur solide comme un taureau. Bien sûr, lorsqu'il venait aux bains Sandounov, on le savait d'avance et on ne laissait passer personne d'étranger. Mais moi, je n'étais pas un étranger! Il était là à m'attendre, dans la salle de la vapeur. Je ne savais naturellement pas que des guébéchniks étaient là, à l'espionner. Bref, au moment où je lui remettais les cassettes, au milieu de la vapeur, on nous a immobilisés. Lui, on lui a tout de suite aspergé le visage avec une espèce de gaz et il est tombé sur le banc sans connaissance. Moi, on m'a tordu les bras et on m'a mené me faire interroger chez Tsvigoun. Seulement je ne leur ai rien dit sur le père d'Ania, j'ai tenu la parole que j'avais donnée au vieux. Sinon ils l'auraient fait disparaître, lui et Ania, comme vous pouvez vous en douter. J'ai raconté que j'avais acheté ce magnétophone à un étranger et cela paraissait vraisemblable car toutes les pièces qui le composaient étaient étrangères... Deux jours plus tard, les journaux ont annoncé que Koulakov était mort d'une brusque attaque cardiaque. Moi, j'étais déjà en route vers le camp : Tsvigoun m'a fait condamner par un tribunal moscovite alors que je n'étais déjà plus là... C'est encore un miracle qu'on ne m'ait pas fusillé : Boria Bouriatski s'est jeté aux pieds de Tsvigoun et a sauvé ma tête... Il y a trois semaines, le juge d'instruction Baklanov est venu au camp et m'a torturé au sujet de ces bandes et d'Ania, puis il m'a ramené en avion à Moscou, à la prison de Balachikha, où j'ai à nouveau été interrogé par des généraux et des colonels. Mais que pouvais-je leur dire? Je n'avais pas la moindre idée de l'endroit où le vieux Finstein pouvait avoir caché ces bandes...

A 10 h 23, nous atterrîmes dans la banlieue de Berlin-Est, sur un aérodrome militaire tout mouillé : il faisait trois degrés à Berlin. Nous fûmes accueillis à notre descente d'avion par un colonel aux joues vermeilles, un homme d'une cinquantaine d'années à la constitution solide et qui prononçait le russe comme dans la région de Viatka, avec tous les « o ».

– Colonel Troutkov, Boris Ignatiévitch, dit-il en se présentant. Entièrement à votre disposition et tout à vos soins. Comment est-ce à Moscou? Il fait un froid de loup, je suppose?

– Faites connaissance, lui dis-je. Voici le camarade Mingadzé, Guivi Révazovitch. Il faut lui donner de quoi se changer, un costume décent...

– On va le changer, ne vous en faites pas! Et on va le conduire aux bains! Nous avons des bains pour les soldats absolument remarquables, avec des balais de bouleau, tout ce qu'il faut. Jamais je n'aurais cru que des bouleaux poussaient en Allemagne. Or regardez un peu partout : on se croirait chez nous, à Viatka!

Effectivement, l'aérodrome était entouré par une forêt de bouleaux, où l'on avait construit toute une cité militaire, avec des casernes pour les soldats : des maisons à un étage, exactement comme à Joukovski d'où nous avions décollé deux heures et demie auparavant. Le colonel, qui n'arrêtait pas de parler, nous fit asseoir dans sa Volga verte de l'armée et nous emmena déjeuner au mess des officiers.

– Commençons par bouffer! Bouffer, c'est la première chose qui compte pour l'homme! Les filles nous ont fait des crêpes aujourd'hui. On se croirait déjà à Mardi gras! Vous vous en lécherez les doigts...

Sans cesser une seconde de babiller, il tressait autour de nous une vraie couronne de « o » venus du fin fond de la campagne russe. Mais durant tout le cours de la conversation, il s'arrangea pour ne pas croiser une seule fois mon regard.

Au même moment, à Moscou

EXTRAIT DU RAPPORT
DU CAPITAINE E. AROUTIOUNOV
AU COLONEL M. SVETLOV
CHEF DU 3e BUREAU DE LA PJ

A votre demande, un groupe de médecins ayant reçu mes instructions a effectué ce jour, 27 janvier 1982, une inspection sanitaire des installations hospitalières des prisons de Moscou. Il s'agit d'Aïda Rozova, médecin-chef, d'Alexeï Spechniev, médecin-chef, du médecin Guénadi Cholokhov et du laborantin Constantin Tyrtov, tous rattachés au bureau municipal de dépistage des épidémies. Les prisons inspectées ont été la prison de la Boutyrka, la prison de transit de la Presnia Rouge et l'isolateur d'enquête de Matrosskaya Tichina. A la suite de cette inspection et de l'examen des malades qui se trouvaient dans les installations sanitaires de ces trois prisons, le médecin-chef Aïda Rozova a découvert, à l'hôpital de l'isolateur d'enquête n° 1 Matrosskaya Tichina, un malade avec une blessure par balle à la hanche dont les signes caractéristiques coïncidaient avec ceux du portrait-robot établi d'après la description faite par le témoin Ekatérina Oujovitch. Il semble donc bien qu'il s'agisse du criminel que nous recherchons.

Conformément aux instructions que je lui avais données, le docteur Aïda Rozova n'a manifesté aucun signe d'intérêt particulier pour ce malade, a continué à effectuer avec ses collègues une inspection rapide des installations sanitaires et des malades qui s'y trouvaient (en tout, 7 personnes) et a achevé son inspection à 10 h 11, après quoi elle est revenue en voiture des services sanitaires au bureau de dépistage des épidémies, où elle m'a fait savoir que le criminel reconnu par elle se trouvait dans un état critique en raison de la gangrène qui avait gagné sa jambe droite et progressait rapidement.

– Les salauds! fit Svetlov, après avoir lu ce rapport. Ils laissent tomber l'un des leurs comme un chien et n'osent même pas faire venir des médecins normaux dans un hôpital de prison!

– Oui, mais comment allons-nous le faire sortir? demanda Aroutiounov. Les gardes ne nous le donneront pas.

– Ils nous le donneront! s'exclama Svetlov. C'est bien pour cela que j'ai fait mettre Bogatyriov aux arrêts au Kremlin. Allons-y!

Une quarantaine de minutes plus tard, le général-lieutenant Bogatyriov, directeur de tous les prisons et camps d'Union soviétique, accompagné, ou plutôt surveillé par le général Jarov, chef de la garde du Kremlin, se présenta en personne à Sokolniki, quartier périphérique de Moscou où se trouvait l'isolateur d'enquête nº 1, cette prison qui porte un nom si poétique[1].

Le général Bogatyriov était le seul homme en URSS devant lequel s'ouvraient aussitôt toutes grandes les portes de n'importe quelle prison et devant lequel n'importe quel directeur de camp ou de prison se mettait au garde-à-vous. Sans avoir donné au directeur de Matrosskaya Tichina le moindre mot d'explication, Bogatyriov et Jarov, l'air maussade, traversèrent à grands pas la cour couverte de neige de l'isolateur d'enquête et se dirigèrent vers la vieille baraque sans étage qui servait d'hôpital. La Tchaïka

1. Matrosskaya Tchina : mot à mot « La paix des matelots ». *(N.d.T.)*

de Jarov les suivait doucement. Les gardes s'étaient précipités pour chasser des fenêtres grillagées les prisonniers trop curieux.

Deux minutes plus tard, Bogatyriov et Jarov emportaient eux-mêmes le malade inconscient hors de l'hôpital et le déposaient sur le siège arrière de la limousine du Kremlin.

Toutes sirènes hurlantes, la Tchaïka sortit en trombe de la cour de l'hôpital et fila de Sokolniki dans le centre de Moscou, en direction de la rue Granovski, où se trouve le département chirurgical de la clinique du Kremlin. C'était le premier cas, dans la pratique des médecins du Kremlin, où on leur apportait un malade directement de la paillasse de la prison sur le billard. Après avoir ordonné à ses assistants de préparer le malade à l'amputation de la jambe, le chirurgien de garde fit savoir à Svetlov qu'il était exclu de soumettre le malade à un interrogatoire avant une heure ou une heure et demie. Tout en jurant, Svetlov sortit de la salle de soins et dit au général Jarov :

– Il ne serait peut-être pas inutile de mettre ici des gardes, camarade général.

– Je vais en faire mettre. Mais il faut maintenant faire arrêter Krasnov et Olieïnik...

– Non, dit Svetlov. Encore trop tôt.

Et il regarda sa montre. Il était 11 h 50. Depuis l'assassinat de Nina Makarytchéva, il s'était écoulé un peu moins de quarante-deux heures. Il restait très peu de temps pour faire payer les coupables et leur fabriquer le « joli petit feu d'artifice » dont nous avions parlé plus tôt, le matin, devant le mur du Kremlin.

Laissant à l'hôpital le capitaine Aroutiounov, Svetlov partit à la PJ attendre le coup de fil de Berlin-Ouest.

Midi 50 minutes, Berlin-Est

La Volga verte du colonel Troutkov franchit la porte de la forteresse où est logée l'ambassade d'URSS, longea l'Unter den Linden et tourna dans la Friedrichstrasse. Je commençais à ne plus pouvoir supporter le volubile et rubicond colonel Troutkov, dont le zèle était vraiment par trop excessif. On aurait pu penser qu'il était né et avait grandi dans cette ville qui ressemblait d'une manière si étonnante à une ville de province de chez nous, comme Stalingrad ou Kouïbychev, moins par les caractéristiques de l'architecture des bâtiments que par l'impression générale qui s'en dégageait. C'était la même pierre grise et humide, les mêmes vitrines emplies de numéros des journaux locaux, de slogans, de portraits de « travailleurs de choc du travail socialiste », comme dans la *Pravda* de Krasnodar, ou d'une quelconque Voronej. Et dans les rues, les passants avaient les mêmes visages fermés et soucieux. Même les cabines des policiers dressées à tous les carrefours, partie en verre et partie en béton, avec des supports qui les élevaient et faisaient ressembler l'ensemble à un verre à boire avaient été copiées sur celles de nos miliciens. A moins que cela ne fût le contraire, mais quelle importance! Le colonel Troutkov ne cessait de nous empêcher de faire ce genre de comparaisons. Il déversait sur nous en un flot incessant des noms de lieux historiques, de rues, de places. Il avait commencé exactement deux heures plus tôt, au moment où nous entrions en ville pour demander des visas ouest-allemands et pointer à l'ambassade d'URSS. La porte de Brandebourg, l'université Humbold, l'Opéra comique, la Leipzigerstrasse, les ruines d'un grand magasin, les ruines d'une synagogue, la « flamme éternelle » devant l'Opéra d'Etat auprès de laquelle, exactement comme dans le jardin Alexandre, auprès du Kremlin, ou devant le Mausolée de la place Rouge, avait lieu la relève de la garde, avec le même pas de l'oie martelé. Et, à nouveau, de lourds immeubles de style prussien et des rues avec de vieilles voitures, peu nombreuses et en mauvais état, comme chez nous à Voronej. J'avais l'impression persistante qu'après avoir survolé la Pologne, ce n'était pas à l'ouest que je m'étais retrouvé, mais quelque part au sud-est de Moscou, le long de la Volga, là où se trouvent les colonies de peuplement allemandes et où un instructeur du comité régional du Parti, aux joues rubicondes comme notre colonel Troutkov et avec, comme lui, des galons de colonel, aurait fait visiter avec emphase à son hôte venu pour lui du Parquet de l'URSS, l'étendues de ses possessions. Même le bosquet de tilleuls, dans la Friedrichstrasse, malgré les zones cimentées bien nettes qui y avaient été tracées, avait quelque chose de plus russe qu'allemand. Après tout, pensai-je, je suis à moitié russe et c'est pourquoi je trouve un air de famille à ces tilleuls. Dieu savait quels arbres pouvaient avoir un air de famille pour ma deuxième moitié génétique! Quels étaient les arbres poussant dans ma « patrie historique » : des cactus, des avocats? Je n'en avais jamais vus et ne pensais pas pouvoir dire qu'ils me fussent familiers, même pour moitié...

– On dit qu'avant guerre il y avait ici des hôtels de grand luxe, continuait à babiller le colonel aux joues vermeilles. J'ai vu des photos. Vraiment la grande classe, le luxe. Et les restaurants, à en perdre la boule! Mais ne vous en faites pas, Igor Iossifovitch! Quand vous reviendrez de Berlin-Ouest, nous irons au « Ratskeller » arroser le succès de l'opération. C'est le meilleur restaurant de Berlin, sur l'Alexanderplatz...

D'une manière assez remarquable, il s'arrangeait pour ne s'adresser qu'à moi, comme si Guivi Mingadzé n'avait pas existé. Comme s'il était un accessoire, une sorte de deuxième serviette que je traînais avec moi, un objet inanimé que l'on allait échanger dans vingt ou trente minutes, derrière les barrières rouge et blanche qui venaient d'apparaître devant nous au fond de la Friedrichstrasse au moment où nous débouchions sur le Potsdamerplatz. Même lorsque nous avions choisi pour Guivi un costume et un manteau au magasin des officiers, un peu plus tôt ce matin-là, il avait trouvé le moyen de dire :

– Quelle taille faut-il, camarade Chamraïev? Et quelle couleur prendrons-nous?

Un homme qui partait pour l'Occident, à ses yeux, n'était plus un homme.

A 13 heures pile, nous arrivâmes, au fond du Potsdamerplatz, au point de contrôle Charlie, le fameux « Check-point Charlie ». Un haut mur de béton, le non moins fameux mur de Berlin, se dressait devant nous. A côté, des miradors surmontés de projecteurs, un ensemble de petites maisons carrées avec un passage étroit menant au point de contrôle proprement dit et des barrières rouge et blanche, pièges pour les automobilistes. Des gardes-frontières est-allemands presque tous les deux pas et des officiers de garde en uniforme gris. Je pensai pour la première fois à cette Ania Finstein que je devais rencontrer derrière ce mur, dans ce monde étranger et inconnu de moi. Je pensai pour la première fois à elle comme à un être vivant, comme à une femme en chair et en os. L'amour qu'avait porté à ce Géorgien voyageant avec moi une petite Juive russo-israélienne à laquelle tout l'appareil du KGB faisait la chasse depuis trois semaines n'avait pas seulement bouleversé toute la machine de l'Etat soviétique, du KGB, du MVD, du Comité central du

Parti et des états-majors militaires d'Adler, de Sverdlovsk et de Berlin : il allait d'un instant à l'autre percer cet énorme mur de béton, avec ses gardes armés jusqu'aux dents. Comme elle grinçait et protestait, cette machine de l'Etat soviétique, dans son désir de ne pas céder à Ania Finstein ! Quel prix avait déjà été payé, pour ne pas céder, Tsvigoun, sa maîtresse, Souslov qui avait eu un infarctus et deux personnes totalement étrangères à tout cela : le criminel Vorotnikov, dit « Kortchaguine », et ma petite Ninotchka, tous avaient disparu. Mais la coupe de sang n'était pas encore pleine. Les assassins de Nina Makarytchéva, ce jour-là à 13 heures, étaient encore en train de travailler dans leurs bureaux, de se déplacer dans leurs voitures personnelles, de rêver à des fauteuils de ministres dans le « gouvernement du Nouveau cours ». On était déjà à la fin de la quarante-quatrième heure de leur existence dans ce monde d'où ils avaient exclu Ninotchka, d'une simple poussée dans le dos...

Tenant à la main nos passeports rouges, le colonel Troutkov nous fit passer hardiment à côté des officiers de garde et des soldats est-allemands et nous conduisit vers la porte d'une maisonnette métallique, la copie d'une petite isba-tirelire comme en ont les enfants et où un certain nombre de touristes étrangers faisaient la queue pour reprendre leurs passeports. Cela sentait le tabac et les liquides de désinfection. Des mégots traînaient par terre. Le colonel nous laissa et disparut dans la pièce du chef de la douane. Je regardai Guivi. Il était grisâtre, avec des pommettes qui ressortaient avec acuité sur ses joues caves, des doigts blanchâtres à force d'être serrés et qui maintenaient une moufle en toile imperméabilisée toute brûlée, un vestige du camp resté en sa possession par on ne savait quel hasard après que nous l'eûmes vêtu d'un costume et d'un manteau au magasin de garnison. J'étais moi-même sur les nerfs.

Un touriste étranger demanda à un officier de garde présent dans la salle :

– *Ich warte bereits vierzig Minuten. Wo sind meine Dokumente?*

– *Noch nicht fertig,* répondit celui-ci.

– Vous savez ce que vous devriez faire? demandai-je à Guivi. Pendant que nous attendons ici, écrivez donc un mot pour Ania.

J'ouvris ma serviette. Il y avait là l'annuaire téléphonique de Moscou, un guide de conversation russo-allemand, la carte de Berlin-Ouest et un paquet de feuilles dactylographiées : mes notes relatives à l'affaire Tsvigoun. J'étais en train de chercher parmi ces dernières une feuille de papier blanc lorsque Guivi me dit :

– Ce n'est pas la peine. Si vous avez un feutre...

Je lui donnai celui que j'avais sur moi. Il étendit sur la paume de sa main la moufle en toile du camp et écrivit simplement ces quatre mots :

« Je suis ici, Guivi. »

Je mis la moufle dans la poche de mon vieux manteau tout râpé et nous eûmes tout juste le temps d'échanger un regard que le colonel Troutkov ressortait déjà du bureau du chef de la douane, un seul passeport à la main, le mien.

– Tout va bien, me dit-il. Je ne vous accompagne pas plus loin. Il y a ensuite la salle de contrôle douanier et la porte vers l'Ouest. Mais on ne vous fouillera pas, j'ai donné des instructions. Voyons à nouveau si nous n'avons rien oublié. Je vous ai montré comment utiliser les appareils de téléphone allemands. On va maintenant vous donner des marks Ouest : demandez le plus de monnaie possible, pour le téléphone. Vous avez un guide de conversation. Les Américains vous arrêteront de l'autre côté, mais aucune importance, c'est juste pour vérifier vos papiers et ils sont en règle. Vous avez noté mon numéro de téléphone. Je crois que c'est tout. Ah, oui. Quand vous serez de l'autre côté, vous pouvez prendre un taxi, ou bien l'autobus nº 29 qui vous conduira au Kurfürstendamm. C'est l'artère principale de Berlin-Ouest. Il y a là quantité de magasins absolument luxueux, mais je vous recommande la prudence. Il y a déjà des tas de pickpockets, des émigrés venus de chez nous, des Odessites! Un de mes amis a eu sa poche revolver découpée au rasoir, avec son portefeuille. Il ne l'a même pas senti. Je ne sais si l'autre avait fait exprès de dépouiller un Russe venu de son pays, ou si...

J'avais l'impression qu'il ne la bouclerait jamais et ne me laisserait pas partir. N'y tenant plus, je l'interrompis assez grossièrement :

– Très bien, j'y vais.

– Excusez-moi, et qu'est-ce qui va se passer pour moi? me demanda soudain Guivi Mingadzé.

A l'exemple du colonel Troutkov, il ne s'adressait qu'à moi. Je regardai Troutkov, espérant le forcer à s'adresser à Guivi qui ne tenait plus en place, et à lui expliquer l'ordre de succession des événements. Mais Troutkov réussit une fois de plus à faire comme il l'avait décidé et me répondit :

– Il restera ici. Lorsque je recevrai le feu vert de Moscou, je téléphonerai ici, on lui rendra son passeport et rien ne le retiendra plus!...

Et sur ces mots le colonel me tendit la main. Pour la première fois, me sembla-t-il, en ces quelques heures où j'avais fait sa connaissance, il me regarda en face :

– Bonne chance!

Malgré son sourire bonasse et bienveillant, presque paternel, le chef de la première section spéciale de la Direction des renseignements de l'état-major général du Groupe d'armée soviétique en Allemagne de l'Est, le colonel Boris Ignatiévitch Troutkov, avait des yeux bleu-gris absolument froids. Je n'avais vu de tels yeux que de rares fois dans ma vie : dans des camps de régime particulièrement sévère du Grand Nord sibérien. C'étaient ceux des chiens-loups qui gardaient les prisonniers.

Une minute plus tard, sur l'étroite rampe en bois du « Check-point Charlie », je montrais mon passeport à un dernier garde-frontière est-allemand. Devant moi s'étendait un monde étrange que l'on nomme en russe d'un simple mot : l'« Occident ».

Au même moment, à Paris

Dans une des chambres de l'hôtel Edouard-VII, portant le numéro 202, retentit une sonnerie de téléphone. A cause d'elle, Bielkine n'avait pas quitté sa chambre depuis le matin. Dehors, il faisait une douceur étonnante après les durs gels moscovites : plus dix! Dehors, c'étaient les Parisiennes, les cafés parisiens, les boulevards, les parfums du printemps, les fleurs que vendaient deux jeunes Arabes délurés en se précipitant vers les portières des voitures traversant les carrefours, au risque de se faire écraser. Mais, rivé au téléphone, Bielkine ne pouvait que jeter un coup d'œil par la fenêtre, vers les magasins en face de l'hôtel. Le plus souvent, il restait vautré sur le lit avec le numéro 5 de *Znamia,* celui où avait été publié *Nous reviendrons,* la nouvelle de Tsvigoun. Sintsov avait demandé à Bielkine de la lire afin de décider définitivement du sort à réserver au film tiré de ce livre. Celui-ci dépeignait les hauts faits d'un certain Mlynski, commandant du KGB, qui dirigeait un régiment à « affectation spéciale » et avait réussi, en octobre 1941, à faire échouer l'offensive vers

Moscou d'unités allemandes d'élite conduites par le général-colonel Von Horn. Voici ce que lisait Bielkine :

« ... Kempe, nous devons coûte que coûte reprendre la tête de pont que nous avons perdue. Quel qu'en soit le prix ! Ce n'est pas seulement l'ordre que je donne. C'est la volonté du Führer. Nous devons tendre toutes nos forces vers la réalisation de cet objectif. Le moment décisif approche ! »

Bielkine rejeta avec dégoût cette prose ignoble. Lire à Paris de telles absurdités ampoulées, dont Tsvigoun n'était probablement même pas l'auteur et qu'il avait confiées à quelque nègre qui avait lui-même eu la nausée en les écrivant, cette nausée que Bielkine ressentait particulièrement ces derniers mois en composant la biographie hagiographique de Brejnev ! Malgré tout le cynisme intéressé dont il masquait son travail et la fameuse devise « Pire c'est, mieux c'est », Bielkine remarquait de plus en plus fréquemment la difficulté qu'il avait maintenant à employer des mots de tous les jours, sans affectation, lui dont la simplicité et la vérité distinguaient les reportages de ceux des journalistes ordinaires, il y avait seulement deux ans de cela. Oui, Bielkine était bien alors un des essayistes les plus doués du pays. Il volait du nord au sud et de l'est à l'ouest, partout où il se passait quelque chose d'intéressant : les incendies de la taïga, les drogués du Caucase, les gardes-frontières placés face aux Chinois, les pêcheurs et éleveurs de rennes de Yakoutie, les chercheurs de pétrole de Tioumen, etc. Il avait une belle langue russe, simple et précise, riche en images, un style plein d'énergie. Ses sujets étaient toujours passionnants. C'était cela justement qui avait fait de lui le journaliste préféré de Brejnev, lequel l'avait enlevé à la rédaction de la *Komsomlskaïa Pravda* pour l'inclure dans l'équipe spéciale chargée d'écrire ses

Mémoires. Mais depuis que Bielkine avait commencé à décrire les prouesses du grand Brejnev, il sentait de plus en plus fréquemment venir sous sa plume, même lorsqu'il ne le désirait pas, des expressions toutes faites du genre « exécuter les décisions », « mobiliser les réserves » ou « tendre toutes les forces pour ».

Bielkine se regarda dans la glace. Son menton s'était bien empâté depuis qu'il se nourrissait à la cuisine du Kremlin...

La sonnerie du téléphone le sauva de cette autoflagellation qui ne débouchait de toute manière sur rien. Il se jeta littéralement sur l'écouteur.

– C'est moi, dit une voix féminine.

– Ania?

– Oui.

– D'où appelez-vous?

– Cela n'a pas d'importance.

– Je veux dire : vous êtes déjà à Berlin?

– Cela n'a pas d'importance, répéta la jeune femme, avec de la crainte dans la voix. Mais votre ami, lui, il est arrivé à Berlin?

– Il doit y être! Oui, il doit maintenant être même à Berlin-Ouest! J'attends son coup de téléphone d'un moment à l'autre!

– Bien. Je vous rappellerai d'ici dix minutes.

– Attendez! Que dois-je lui dire, quand il appellera?

– Décrivez-moi son apparence extérieure.

– Son apparence extérieure?

Bielkine hésita. Il fallait des mots simples, précis, humains, ceux avec lesquels il écrivait ses reportages deux ans plus tôt.

– ... Eh bien, dit-il en cherchant ses mots, il n'a rien de particulier. Taille moyenne, dans les quarante-cinq ans, châtain...

Bielkine ne trouvait plus rien à ajouter.

– Le manteau? Mouton retourné? demanda la voix féminine.

– Ah oui, oui! Il a un manteau en mouton retourné. Oui, hier il le portait, vous avez raison! Comment le savez-vous?

– De quelle couleur, le manteau?

– Heu... Roux foncé, demi-long, jusqu'aux genoux... Et une serviette comme le manteau...

– Demi-longue, jusqu'aux genoux? fit la voix, moqueuse.

Bielkine en resta baba : cette petite émigrée de rien du tout se permettait de relever ses fautes de langage!

– Non, non! fit-il hâtivement. Je voulais dire que la serviette était de la même couleur que le manteau...

– Je vois. Merci.

Et elle raccrocha.

– Allô! Allô! cria Bielkine dans l'appareil.

Ses genoux tremblaient, tellement il se sentait humilié et furieux. Il jeta le récepteur plutôt qu'il ne le reposa et but plusieurs rasades de cognac arménien, à même le goulot d'une bouteille déjà entamée. Puis il s'essuya les lèvres de la paume :

– Quel crétin! fit-il à voix haute.

Au même moment, à Moscou

EXTRAITS DU RAPPORT
DU CAPITAINE E. AROUTIOUNOV
AU COLONEL SVETLOV,
CHEF DU 3e BUREAU DE LA PJ DE MOSCOU

... lorsqu'il est revenu à lui après l'opération, l'homme suspecté d'avoir pris part à l'assassinat du général Tsvigoun a déclaré qu'il s'appelait Khoutorskoï, Piotr Stépanovitch, né en 1947, originaire de la gare de Podlipka, dans la région de Moscou, et qu'il était capitaine des forces intérieures, membre opérationnel à plein temps du département des Renseignements du MVD.

Le médecin de garde m'ayant accordé seulement cinq minutes pour interroger le capitaine Khoutorskoï, j'ai réussi à éclaircir au cours de cet interrogatoire préliminaire les points suivants :

Le 19 janvier de l'année en cours, le capitaine M. Khoutorskoï a participé à une perquisition illégale de l'appartement et lieu de rendez-vous du premier adjoint du président du KGB, le général Tsvigoun S. K. La perquisition a été effectuée sous la direction du Chef du département des Renseignements du MVD, le général-major A. Krasnov et avec la participation de son adjoint, le colonel G. Olieïnik, et du capitaine Zaporojko I. M. Simultanément, des perquisitions du même type étaient effectuées par d'autres responsables du département des renseignements intérieurs à la datcha de Tsvigoun, près de Moscou, à sa datcha de Yalta, à son cabinet de travail, dans l'appartement de sa femme V. P. Tsvigoun et dans l'appartement de sa concubine S. N. Agapova. L'objectif de ces perquisitions était de s'emparer de bandes magnétiques contenant des enregistrements de conversations familiales du camarade L. I. Brejnev, Secrétaire général du PCUS, ainsi que de tous les matériaux concernant la surveillance exercée par Tsvigoun sur M. A. Souslov et d'autres membres du Politburo. D'après les déclarations de P. Khoutorskoï, Tsvigoun est arrivé à l'appartement du 16 bis, rue Katchalov au tout début de la perquisition, alors que l'on supposait que M. A. Souslov le retiendrait au moins deux ou trois heures dans son bureau. Entrant dans son appartement et surprenant la perquisition en cours, le général Tsvigoun a eu le temps de tirer deux coups de revolver, l'un des deux blessant P. Khoutorskoï à la hanche, en conséquence de quoi ce dernier n'a pas pu voir qui a porté le coup mortel au général Tsvigoun. Le cadavre a ensuite été transporté dans le salon et son suicide hâtivement mis en scène. Après cela, le colonel G. Olieïnik et le général-major A. Krasnov sont descendus dans le hall et ont désarmé le major Gavrilenko, garde du corps de Tsvigoun et son chauffeur, le capitaine Borovski. De la sorte, la lettre d'adieu du général Tsvigoun et les rapports de Gavrilenko et de Borovski, qui se trouvent dans le dossier, constituent des faux. Comme P. Khoutorskoï perdait beaucoup de sang, le colonel Olieïnik et le capitaine Zaporojko l'ont emporté hors de la maison. Le colonel Olieïnik l'a tout d'abord mené au poste de secours le plus proche, celui de la station de métro Arbat, afin de le faire panser, puis à l'unité sanitaire privée du KGB, à la Loubianka, où, sous couleur d'aide médicale, P. Khoutorskoï a été soumis à une anesthésie générale. Quarante ou cinquante minutes plus tard, il s'est réveillé dans une cellule de l'unité sanitaire de l'isolateur d'enquête n° 1, désigné sous le nom de Matrosskaya Tichina [...]

Le portrait-robot de l'assassin présumé de N. Makarytchéva et de S. Agapova, composé d'après la description de Y. Avétikov, témoin du crime, a été présenté au capitaine Khoutorskoï qui y a reconnu le capitaine Zaporojko précédemment nommé.

Remarque n° 1 : J'ajoute que le capitaine P. Khoutorskoï, complice de l'assassinat du général Tsvigoun, se trouve dans un état extrêmement grave. Il s'exprime, pour l'essentiel, sous forme de jurons (surtout à l'adresse du général Krasnov et du colonel Olieïnik qui l'ont abandonné et dissimulé à Matrosskaya Tichina), aussi n'a-t-il pas été possible d'effectuer un interrogatoire plus détaillé.

Remarque nº 2 : D'après les déclarations des médecins, P. Khoutorskoï appartient, comme S. Tsvigoun, au groupe sanguin nº 2. Je suppose que cette coïncidence a été intentionnellement utilisée lors de la mise en scène du suicide du général Tsvigoun.

Berlin-Ouest, 13 heures 15 minutes

J'avais souvent entendu dire que les Soviétiques étaient ahuris, traumatisés, par leur première rencontre avec l'Occident. Une de mes amies m'avait un jour raconté qu'après être allée en voyage organisé à Londres et à Paris, elle était restée en état de choc pendant une semaine, sans pouvoir sortir de chez elle... Je ne suis ni un snob ni un propagandiste du Parti, mais je dois dire que Berlin-Ouest ne me traumatisa nullement. Au contraire, à partir du moment où je dépassai le point de contrôle Charlie, où je traversai à pied bien tranquillement le quartier désert gardé par les soldats américains et parvins à la Kochstrasse, où il n'y avait déjà plus de soldats et où commençait Berlin-Ouest, je ne cessai d'avoir la sensation que j'étais parvenu dans un monde normal, naturel, juste, humain. Ce n'était pas parce que les vitrines brillantes des magasins croulaient sous une abondance de saucisson, de viande, de poisson, de fruits, de légumes, comme on n'en avait pas vu à Moscou depuis longtemps, parce que tout cela était surmonté de réclames étincelantes, ni même parce que les rues étaient parcourues par des Mercedes, des Volkswagen, des Peugeot ou des Toyota toutes propres, à la peinture éclatante. Mais parce qu'à l'endroit où je me trouvais, juste à côté d'une station de métro, il y avait un énorme et superbe magasin de fleurs, d'une beauté et d'un éclat extraordinaires. Des œillets, des reines-marguerites, des roses, des tulipes... C'était le vernissage des fleurs, la fête du printemps, et on était au mois de janvier! Je n'arrivais absolument plus à comprendre où étaient passées la tension nerveuse des derniers jours, toute l'excitation dans laquelle nous avait plongés, Marat Svetlov et moi, notre lutte subtile avec le KGB, le MVD, Rékounkov, Jarov, Bogatyriov, Sinstov et Brejnev lui-même pour le simple petit plaisir de nous venger, ce plaisir que nous avions, lui et moi, réglé presque à la minute près. Des dizaines de personnes à Moscou, Bielkine à Paris, Troutkov à Berlin-Est, Guivi Mingadzé au point Charlie et Ania Finstein quelque part à Berlin-Ouest attendaient mon coup de fil, étaient prêtes à agir, à filer en voiture, à envoyer des télégrammes codés par le service des transmissions de l'armée. Même Léonide Ilitch Brejnev, le vieux roublard du Kremlin, était dans l'attente des résultats de ma mission, et moi je me tenais là, devant ce magasin de fleurs merveilleux et je pensais que la raison pour laquelle le Seigneur nous avait envoyés sur terre, c'était justement pour que nous vivions au milieu de ces fleurs éclatantes, dans des habits de fête... Une autre idée m'habitait : j'allais à un rendez-vous. J'allais rencontrer une femme dont l'amour avait été si fort qu'il avait percé deux murs : celui du Kremlin et celui de Berlin! Bien sûr, ce n'était pas moi qu'elle aimait. Personne ne m'avait aimé ni, probablement, ne m'aimerait plus aussi fort. Ma Ninotchka n'avait été qu'un signe, une allusion à la possibilité d'un tel amour, d'une telle dévotion : n'était-ce pas pour cela d'ailleurs que je devais venger sa disparition?... Bien sûr, cette femme était une émigrée, elle était amoureuse d'un vaurien, d'un trafiquant, de l'ancien confident et complice de Tsvigoun, mais quelle importance?...

Je marchai vers le magasin de fleurs, mis le doigt sur un bouquet de superbes tulipes rouges et demandai, d'une phrase apprise la veille :

– *Frau, wieviel kostet das?*

Elle me répondit mais, honnêtement, je ne pus arriver à calculer combien cela aurait fait en argent russe et me contentai de lui tendre la petite liasse de deutschmarks que l'on m'avait échangés hier, au point Charlie, contre quelques roubles brejnéviens. Elle tira trois billets de la liasse et entreprit d'envelopper le bouquet dans un papier bleu pâle qu'elle agrafa, tandis que je riais au-dedans de moi en pensant que j'achetais des fleurs à Ania Finstein, citoyenne israélienne, avec l'argent de Brejnev, en sorte qu'il allait lui tendre le bouquet en même temps que moi! Belle scène pour un roman de gare... Je pris les fleurs, entendis un « *Danke schön* » auquel je n'étais guère habitué en pareil cas et demandai à la fleuriste :

– *Wo kann mann telefonieren?*

La fleuriste me montra de la main une cabine, non loin de là. Les fleurs et ma serviette à la main, j'allai vers elle et mis dans la fente les petites pièces ouest-allemandes, étonnamment légères pour moi.

– Si c'est à Paris que vous téléphonez, fit une voix derrière mon dos, dans un russe absolument parfait, vous pouvez économiser votre argent.

Je sursautai et me retournai. C'était une blonde au teint hâlé, en manteau de daim cerise, avec de grands yeux noirs et des cheveux somptueux. Anna Finstein. Elle était exactement la même que sur les photos extraites hier de la serviette de Baklanov par ce joyeux drille de Béliakov, avec l'aide technique de l'ex-Caïd, reconverti en contremaître d'usine automobile, et de Dents d'acier, ancien roi des cambrioleurs de Rostov sur le Don. Je la regardai d'un air interloqué, sans comprendre comment cette rencontre avait pu se réaliser.

– Vous avez un air complètement ahuri! me dit-elle en riant.

Je vis que ses yeux étaient différents de ceux qu'elle avait sur les photos. Avant, lorsqu'elle était en Russie, elle avait simplement de superbes yeux juifs, grands et foncés. Maintenant... On y lisait comme un étrange reflet de sables brûlés, d'un soleil éclatant, d'une mer toujours chaude.

– C'est très simple, poursuivit-elle. Je vous ai vu sortir de Charlie et ai téléphoné à Paris à votre ami. J'aurais d'ailleurs pu ne pas téléphoner, tellement il est facile de reconnaître un Russe en Occident. Bien sûr, votre ami s'attendait, à Paris, à ce que je lui nomme un café où nous nous rencontrerions, vous et moi, mais... Si l'on vous avait envoyé pour m'enlever et me faire avouer sous la torture où se trouvaient les enregistrements, vous ne vous seriez pas donné le mal d'acheter des fleurs, n'est-ce pas? Faisons connaissance. Je suis Ania Finstein.

Et elle me tendit une petite main hâlée.

– Chamraïev, Igor Chamraïev..., balbutiai-je en lui tendant maladroitement les fleurs et en manquant faire tomber ma serviette.

– Alors c'était pour moi? fit-elle, étonnée. Dans ce cas, je peux renvoyer mon escorte.

Et sur ces paroles, elle se retourna vers une vieille petite Volkswagen garée tout près de là où étaient assis un jeune homme et une jeune femme. Ania leur fit un signe de la main et leur dit quelques mots dans une langue gutturale complètement inconnue de moi. Ils lui répondirent brièvement et elle me traduisit :

– Ils ne veulent pas partir, à tout hasard. Mais ils ne nous gêneront pas, n'ayez crainte. Ce sont des amis d'Israël. Allons dans un café... Et merci pour les fleurs. Elles viennent de chez nous, d'Israël. Nous en exportons dans l'Europe entière...

Elle avait prononcé ce « nous » avec une intonation particulièrement fière.

– Attendez, Ania, lui dis-je. Nous irons dans un café, mais il faut d'abord que je téléphone à Moscou...

– Je ne vous donnerai l'adresse des bandes, dit-elle d'un ton dur, que lorsque vous me donnerez Guivi.

– Je sais. Nous parlerons de cela aussitôt après. Pour l'instant, prenez ceci.

Je sortis de ma poche la moufle en toile du camp.

– Qu'est-ce que c'est? fit-elle en se renfrognant.

– Lisez.

Elle lut les quatre mots que Guivi avait inscrits sur la moufle, un quart d'heure plus tôt. Il n'y eut ni pleurs ni paroles. Simplement, elle serra la moufle très fort dans son poing, tandis que ses yeux me regardaient à bout portant, avec une expression sèche et dure. Il y avait dans ses pupilles sombres le reflet des sables du Sud. Je revins vers la cabine téléphonique, fis le 7 et le 095 pour Moscou, puis le numéro de téléphone de Marat Svetlov. Il me répondit aussitôt, comme s'il avait attendu la main sur le téléphone :

– Allô!

– C'est moi.

– Alors? demanda-t-il rapidement et on aurait dit que sa voix était juste à côté de moi, comme si j'avais téléphoné à la maison voisine et non à travers la moitié de l'Europe.

– Tout va bien, elle est à côté de moi. Inscris l'adresse : « Page 227, huitième ligne en partant du haut. Au garage, dans le grenier, il y a un grand fût en fer, dans le coin gauche. C'est un tonneau pour garder les bobines, les gens du cinéma appellent cela " yaouf "... »

Je parlais posément et d'une voix claire pour que ceux qui écoutaient notre conversation n'eussent pas de doutes sur son objet réel.

– D'accord, j'y vais! *Salut*[1]! fit Svetlov d'une voix brisée par l'émotion.

Je raccrochai lentement tandis que les pièces inutilisées redescendaient sans que j'y fisse attention. Là-bas, à Moscou, il restait à Svetlov à jouer le coup final, mais un grain de sable pouvait encore venir empêcher le feu d'artifice tel que nous l'avions conçu.

– Je n'y comprends rien, dit Ania. Qu'est-ce que c'est que cette adresse que vous leur avez dictée? Je ne vous ai encore rien dit.

– Nous allons maintenant téléphoner à Paris, dis-je en guise de réponse, pour qu'il ne s'inquiète pas trop. Ensuite, nous irons dans un café et vous me raconterez tout.

Au même moment, à Moscou

La Volga de la Milice de Marat Svetlov roulait sur la bande centrale de l'avenue de la Paix, en direction de la route de Yaroslavl. Il traversa la place des Kolkhozes, dépassa la gare de Riga aussi vite que le lui permettait le moteur dopé de sa voiture. Les essuie-glaces allaient et venaient sur le pare-brise, en balayant la neige qui tombait. Au pont Krestovski, il y avait un bouchon : l'agent de la circulation avait disparu et le feu restait obstinément rouge. Les

1. Jeu de mots, ce mot signifiant le plus souvent « feu d'artifice ». *(N. d. T.)*

conducteurs impatients klaxonnaient, mais Svetlov restait calme en attendant la fin de l'incident. Il voyait derrière lui, dans le rétroviseur extérieur, deux Volga grises à quelques voitures de distance. Elles avaient démarré de petites rues adjacentes à la Petrovka dès qu'il était sorti de la PJ, après mon coup de téléphone. Mais elles avaient visiblement pris du retard au cours de l'itinéraire car, pour ne pas se faire remarquer, elles avaient suivi Svetlov non pas sur la bande centrale, mais avec les voitures ordinaires[1]. Et c'était la raison pour laquelle l'agent régulateur du trafic avait reçu par téléphone l'ordre de freiner Svetlov. Les deux Volga grises banalisées avaient maintenant rattrapé Svetlov : l'agent réapparut au carrefour comme par enchantement et libéra le flot des voitures. Svetlov sourit intérieurement : le poisson avait gobé l'appât. Il convenait maintenant de ne pas le laisser se ressaisir et de continuer à tirer sans fin. Grimaçant légèrement à cause de la douleur qu'il ressentait encore dans le bras droit, Svetlov enclencha la première, puis la seconde et la troisième. Et, tout en s'amusant bien, il se remit à foncer sur la bande centrale. En arrivant au Parc des expositions du VDNH, juste à côté de l'hôtel Cosmos, construit par les Français à l'occasion des Jeux olympiques, la même histoire se reproduisit : nouvel embouteillage, nouveaux coups de klaxon des chauffeurs de taxi, toujours pressés. Mais tant que les deux Volga grises n'eurent pas regagné leurs places, légèrement derrière Svetlov, le feu demeura obstinément rouge. Il ne fallait plus maintenant les laisser prendre trop de retard : elles devaient le voir tourner dans le passage Rostokine, où les Finstein vivaient avant leur départ pour Israël. Un tournant en épingle à cheveux, un

1. Rappelons que la bande centrale, sur les grands axes, est réservée aux voitures officielles. *(N.d.T.)*

coup d'œil rapide dans le rétroviseur : les deux Volga étaient toujours là. Svetlov dépassa le bâtiment à nombreux étages où habitaient les Finstein et continua en direction de la banlieue. Il y avait là une longue succession de garages, privés ou loués, dont les petits cubes blancs couverts de poussière de neige s'étiraient le long de la Yaouza gelée. Les Finstein n'avaient jamais eu de voiture à eux, mais le père se faisait souvent de l'argent en réparant ou installant des postes de radio de voitures particulières. Tout paraissait simple et logique. Les deux Volga grises suivaient Svetlov sans montrer le moindre signe d'hésitation. Peu avant l'arrivée dans la zone des garages, elles prirent volontairement un peu de retard pour ne pas se faire voir et Svetlov entra au fond d'une cour déserte en suivant les traces faites dans la neige par les roues des voitures particulières. On était au milieu d'une journée de travail et il n'y avait personne dans la zone. A la porte de chaque garage pendaient de lourds cadenas, comme dans les granges campagnardes. Svetlov arrêta sa voiture devant le garage n° 117, un riche garage en pierre avec un grenier surajouté et même un pigeonnier sur le toit. Le garage était fermé par un lourd cadenas semblable à tous les autres. Svetlov tira quatre coups de feu pour briser le moraillon métallique : la serrure vola en éclats tandis que les pigeons dérangés dans leur sommeil s'enfuyaient bien haut au-dessus du garage. Svetlov ouvrit la porte et, dans la semi-obscurité, grimpa au grenier par une échelle. Dans un coin de ce dernier, recouvert par de vieille chiffes, se dressait une grande boîte métallique de forme cylindrique, avec des traces de rouille déjà anciennes. Lui-même l'avait installée la veille, mais c'était notre secret. Svetlov jeta un coup d'œil par une lucarne du toit couvert de poudre de neige : les deux Volga approchaient lentement, dans un silence presque total, du garage n° 117. Il rit en lui-même, prit le lourd fût métallique et redescendit l'échelle sans se presser. En sortant du garage, il vit des revolvers braqués sur lui : Krasnov, Olieïnik, le capitaine Zaporojko et Nikolaï Baklanov.

– Du calme, colonel, lui dit le général-major Krasnov. Il y a deux solutions. Ou bien tu nous donnes les bandes et, dans une semaine, tu auras des épaulettes de général, ou bien tu reçois une balle en plein front. A toi de choisir.

Svetlov les regarda dans les yeux. Les pigeons rassurés, coupant l'air de leurs ailes, regagnaient leur pigeonnier. Svetlov regarda en face Kolia Baklanov. Il y avait dans son regard la même dureté que dans les yeux clairs et froids du jeune capitaine Zaporojko, à qui Svetlov tendit le lourd yaouf. Celui-ci s'empara du fût et, accompagné par les autres, le porta à sa Volga grise. Svetlov regarda les pigeons, prit une poignée de neige et jeta violemment la boule vers le pigeonnier. Krasnov et Baklanov se regardèrent d'un air interloqué, tandis que les pigeons s'égaillaient à nouveau dans le ciel bas de Moscou, qui continuait imperturbablement à semer sa neige sur les toits et sur les êtres. Non loin d'eux, un train de banlieue passa en grondant. Svetlov se dirigea en hâte vers sa voiture, presque au pas de course. Le moteur, qu'il n'avait pas arrêté, grondait encore. Sans même s'être assis convenablement au volant, il passa la première. Il vit dans le rétroviseur les quatre hommes, qui avaient posé le fût sur le capot d'une des deux voitures et essayaient d'en soulever le couvercle gelé. Svetlov eut le temps de passer la seconde et d'accélérer. Une seconde plus tard, le capitaine Zaporojko réussit quand même à ouvrir le fût. Aussitôt retentit une fantastique explosion qui projeta en l'air les quatre corps en uniformes de miliciens et leur Volga grise. Le feu d'artifice à la mémoire de la défunte Ninotchka avait bien eu lieu.

Berlin-Ouest, au même moment

Ania Finstein achevait son récit :

– ... Mon père porta la moitié des brillants que Guivi nous avait donnés dans le bureau de Zotov, à l'OVIR. Le jour même, nous obtînmes tous nos visas de sortie. La seconde moitié, papa la laissa à Boris Bouriatski qui devait tirer Guivi de prison, d'une manière ou d'une autre. Nous sommes partis pratiquement nus, sans même de valises : nous avions trop peur qu'on ne nous fît des ennuis à cause d'elles, à la douane...

Nous étions tous les deux assis dans un petit café confortable, presque vide à cette heure du jour. Sur la table, devant nous, à côté des tasses de café et de deux petits verres contenant une espèce de liqueur, était posé un joli petit vase avec les tulipes que j'avais offertes à Ania. C'était la serveuse qui, prévenante, les y avait mises d'elle-même : c'était là aussi un indice minuscule d'un monde humain et nouveau pour nous.

– Ania, dis-je, il n'y a qu'un moyen de faire venir votre Guivi ici. Vous allez m'indiquer l'adresse où se trouvent les bandes et je téléphonerai à Berlin-Est, à l'état-major. Une minute plus tard, votre adresse codée parviendra à Moscou, où l'un de mes assistants la recueillera. Si les bandes sont à l'endroit indiqué, on laissera votre Guivi passer le point Charlie.

– Et s'ils ne le laissent pas sortir? S'ils prennent les bandes et le retiennent, lui?

– Dans ce cas, je suis entre vos mains. Je suis

votre otage. Vos amis et vous pouvez faire de moi ce que vous voulez.

Elle réfléchit une petite minute :

– Oui, fit-elle, on dirait que l'on ne peut pas faire autrement. Bien, inscrivez. Les bandes sont aux studios Mosfilm, au sous-sol de la filmothèque : rayon 693, boîte 8209. Il est écrit sur la boîte : « Son du film *Tchaïkovski* ». Mais ce n'est pas Tchaïkovski qui parle, c'est Brejnev.

J'ouvris ma serviette et en tirai l'annuaire téléphonique de Moscou. Il y avait à la page 306 la longue liste des numéros de téléphone de Mosfilm. La ligne 38 portait la mention « Filmothèque », avec le numéro correspondant. Mais ce n'était pas lui dont j'avais alors besoin. J'inscrivis sur mon carnet le numéro de la page et celui de la ligne et allai vers le téléphone. Je fis le numéro que m'avait donné, quelques heures auparavant, le colonel Troutkov. J'entendis aussitôt sa voix forte aux intonations provinciales :

– Alors, comment va? Comment se porte l'Europe occidentale? Toujours en train de s'engraisser, ces cochons?

– Ecrivez, dis-je sèchement. Page 306, ligne 38. C'est fait? Ensuite : rayon 693, boîte 8209.

– Ecoute, Chamraïev, me dit Troutkov. Tu ne pourrais pas envoyer cette youpine se faire voir ailleurs et revenir ici? Histoire de ne pas lui rendre ce Géorgien. Hein?

– Impossible, dis-je. Ils sont huit autour de moi et j'ai un revolver dans les reins.

Il garda un instant le silence. Il était visiblement en train de soupeser ce qu'ils perdraient si on me descendait réellement ici.

– N'oublie pas, colonel, ajoutai-je, que si tu ne libères pas Guivi, le seul moyen que j'aurai de rester en vie sera de raconter aux journalistes d'ici tout ce que je sais. Ni Brejnev ni Oustinov ne te le pardonneront.

– J'ai compris, dit-il d'une voix sourde. Entendu, il va falloir lui donner le Géorgien. Qu'il aille au diable! Dicte-moi le numéro de l'endroit où tu te trouves.

Je lus sur le disque téléphonique un numéro à nombreux chiffres et le lui dictai.

– Parfait, dit-il. Attends mon appel.

Une minute plus tard, à Moscou

Tout près de la place de l'Arbat, dans le lourd immeuble en pierre de l'Etat-major général de l'Armée soviétique, le bureau du chiffre reçut le message de Berlin, envoyé par liaison militaire, et le remit à Valentin Pchénitchny qui attendait dans le hall. Valentin ouvrit l'annuaire téléphonique de Moscou, trouva la page 306 et sortit de l'Etat-major. En bas des marches, la Tchaïka de Jarov attendait elle aussi patiemment. Fatigué, le général dormait sur le siège arrière. Pchénitchny ouvrit la portière et le réveilla. Huit minutes plus tard, la voiture gouvernementale pénétrait sur le territoire des studios. Le chef du bureau de garde, à moitié mort de peur, nous montra où se trouvait la filmothèque. C'était tout au fond de la grande cour, derrière la zone des « prises de vue en décors naturels ». Un des plus grands noms du cinéma soviétique était justement en train d'y filmer une scène : Sergueï Bondartchouk, lauréat du prix Lénine et membre suppléant du Comité central du Parti. Il tournait une scène de masse pour sa nouvelle production à grand spectacle, *Dix jours qui ébranlèrent le monde*. Assis sur la grue, à côté du fauteuil de l'opérateur, Bondartchouk planait au-dessus des acteurs. La Tchaïka du Kremlin entra dans le champ, son nez pointé vers un petit véhicule blindé d'où l'acteur Kaïourov, maquillé pour ressembler à Lénine, prononçait en grasseyant le discours entré dans l'Histoire. La célèbre casquette léninienne était serrée dans sa main, tendu vers la foule.

– Stop! cria Bondartchouck dans son porte-voix. D'où vient cette voiture? Faites-la sortir du champ!

– Va te faire foutre, grommela négligemment le général-major Jarov, depuis sa Tchaïka. Vas-y, continue! ajouta-t-il pour le chauffeur.

Interrompant le discours enflammé du leader de la révolution mondiale, la Tchaïka gouvernementale coupa la zone des prises de vue en décors naturels et roula vers le long bâtiment gris à un étage de la filmothèque. Il y avait là d'immenses salles à hygrométrie particulière, avec des milliers et des milliers de bobines de cinéma et de bandes son. Pchénitchny et Jarov ne tardèrent pas à trouver le rayon 693, avec une grande boîte standard, le « yaouf » 8209 : « Son du film *Tchaïkovski* ». La boîte contenait des bobines magnétiques marron.

– Vous voulez écouter la musique de *Tchaïkovski?* demanda au général Jarov, très étonné, Matveï Aronovitch Kats, le responsable de la filmothèque.

– Oui.

Kats prit les bobines dans le yaouf et posa la première d'entre elles sur un lourd magnétophone d'écoute. Il appuya sur le bouton de reproduction du son. Au lieu de la musique du film, on entendit au milieu des bruits parasitaires une voix assourdie et à l'élocution difficile : celle de Léonide Brejnev.

– Arrête! ordonna Jarov. J'emporte ces bobines.

– Attendez! fit Kats, très étonné. Il devait y avoir dans cette boîte le son du film sur Tchaïkovski...

Berlin-Ouest, 15 heures

Nous nous tenions, Ania Finstein et moi, juste en face du point de contrôle Charlie. Entre nous et les portes de fer du mur de Berlin, il n'y avait que les soldats américains, les lignes blanches du no man's land et l'allée de bouleaux qui s'étend du côté occidental, le long du mur. Ania était pâle et silencieuse, son regard rivé sur les portes métalliques. La Volkswagen de ses amis arrêtée juste derrière nous.

Les portes s'ouvrirent enfin et Guivi Mingadzé sortit, d'une démarche prudente et tendue.

– Guivi! hurla Ania.

Guivi tourna brusquement la tête dans notre direction. Les rayons du soleil descendant lui frappaient les yeux. Un officier américain vint vers lui, tendit la main pour prendre son passeport, y jeta un bref coup d'œil et, comme pour moi deux heures plus tôt, se contenta de dire :

– *Welcome to the West.*

Je les regardai courir l'un vers l'autre. Ania laissa tomber ses tulipes d'un rouge ardent en plein milieu, dans cette zone qui n'appartient ni à un pays ni à l'autre et je me rappelai un tube de chez nous : « *Les fleurs les plus belles poussent sur le no man's land...* »

Et c'était dans cette zone qu'ils se tenaient, étroitement embrassés. Puis ils revinrent lentement vers moi. Ania me dit :

– Merci. Nous prendrons l'avion ce soir pour Israël. Pourquoi ne viendriez-vous pas avec nous? Hein? Décidez-vous! Il fait déjà chaud chez nous, les tulipes sont en fleur...

On voyait dans ses pupilles le reflet des sables brûlants, du soleil tropical, de la chaleur des mers du Sud. Dieu, que c'était tentant!

Je hochai la tête :

– Je ne peux malheureusement pas.

Et, montrant le mur de Berlin :

– J'ai mon fils de l'autre côté...

Epilogue

URGENT – SECRET –
PAR DÉPÊCHE MILITAIRE SPÉCIALE

Au président du Conseil de défense de l'URSS
Le maréchal de l'Union soviétique,
Camarade Léonide Ilitch Brejnev.

Au ministre de la Défense de l'URSS
Le maréchal de l'Union soviétique,
Camarade Dmitri Fiodorovitch Oustinov.

RAPPORT D'EXÉCUTION
DE LA MISSION DE COMBAT N° OS371
EN DATE DU 27 JANVIER 1982

Conformément à vos ordres, aujourd'hui 27 janvier 1982 à 15 heures 19 minutes, à Berlin, Friedrichstrasse, à proximité du point de contrôle et de passage « Charlie », a péri dans un accident automobile le juge d'instruction aux Affaires de Haute Importance envoyé à Berlin sur vos instructions, le conseiller supérieur de justice Chamraïev Igor Iossifovitch.

L'enquête sur les circonstances de l'accident a été confiée à la Direction principale de la police du ministère de l'Intérieur de la République démocratique allemande.

Chef de la Première section spéciale
de la Direction des renseignements de l'Etat-major
général
du Groupe d'armée soviétique
en République démocratique allemande,
Colonel Boris Ignatiévitch Troutkov.

Berlin, 28 janvier 1982.

SECRET – PAR COURSIER

Au Chef de la Première direction spéciale
du ministère de l'Intérieur de la RDA,
Colonel Heinrich Scharpp.

Après avoir examiné les matériaux de votre rapport sur l'accident au cours duquel une automobile de type militaire sans numéros minéralogiques a écrasé un citoyen de l'Union soviétique, le camarade Chamraïev I.I., je vous prie de prendre des mesures pour mettre fin à l'enquête sur les circonstances de cet accident en raison de son inutilité. Je vous prie de me faire parvenir sans délai tous les matériaux de l'enquête préliminaire effectuée par la police.

Chef de la Première section spéciale
de la Direction des renseignements de l'Etat-major
général
du Groupe d'armée soviétique
en République démocratique allemande,
Colonel Boris Ignatiévitch Troutkov.

Berlin, 28 janvier 1982.

« LA NOUVELLE PAROLE RUSSE »,
New York, 10 avril 1982
BORIS LE TSIGANE S'EST SUICIDÉ

« Moscou, 9 avril 1982.

« Les correspondants étrangers accrédités à Moscou ont appris que l'acteur du théâtre Bolchoï Boris Bouriatski, dit " Le Tsigane ", âgé de 35 ans, avait mis fin à ses jours à la Loubianka peu après son arrestation à la fin janvier. Boris Bouriatski était connu pour avoir été pendant plusieurs années l'ami intime de Galia, la fille aînée de Léonide Brejnev. »

EXTRAIT DE LA LETTRE DE V. ILYITCHOV,
DIRECTEUR DU DÉPARTEMENT DE LA PRESSE
AU COMITÉ CENTRAL DU PCUS,
AU RÉDACTEUR EN CHEF
DE LA « KOMSOMOLSKAÏA PRAVDA »,
L. KORNÉCHOV

« ... Selon une information en provenance de l'ambassade d'Union soviétique en France, l'envoyé spécial de votre journal Vadim Bielkine a demandé, aujourd'hui 31 janvier 1982, l'asile politique au gouvernement français. Au cours d'une rencontre avec des représentants de notre ambassade, Vadim Bielkine a déclaré qu'il accomplissait cet acte délibéré pour protester contre l'absence de liberté de création en URSS et par désir de devenir un écrivain honnête. Je propose de condamner cet acte au cours d'une réunion commune des membres du Parti et du Komsomol de la rédaction et de renforcer le travail d'éducation idéologique au sein des collaborateurs de votre journal. »

EXTRAIT DES INSTRUCTIONS
DE N. CHTCHOLOKOV,
MINISTRE DE L'INTÉRIEUR DE L'URSS,
AU GÉNÉRAL I. BOGATYRIOV,
DIRECTEUR DU GUITU
DU MINISTÈRE DE L'INTÉRIEUR DE L'URSS.

« ... L'ex-colonel de la milice M. Svetlov, inculpé du meurtre des dirigeants du département des Renseignements du MVD de l'URSS, A. Krasnov, G. Olieïnik et I. Zaporojko, ainsi que du juge d'instruction N. Baklanov, et condamné à une peine de quinze années de détention, à effectuer dans un camp de régime sévère, – et l'ex-juge d'instruction du Parquet de l'URSS V. Pchénitchny, inculpé pour violation des règles administratives de la pratique des instructions, et condamné à une peine de dix ans de détention, à effectuer dans un camp de régime général, – seront tous deux envoyés dans le camp de régime particulièrement sévère n° 274 proche de Fergana, en RSS d'Ouzbékistan, pour effectuer des travaux particulièrement pénibles. Tous deux seront privés du droit de correspondance... »

EXTRAIT DU RAPPORT DE Y. V. ANDROPOV
À LA RÉUNION SOLENNELLE
TENUE AU PALAIS DES CONGRÈS DU KREMLIN
POUR CÉLÉBRER LE 112e ANNIVERSAIRE
DE LA NAISSANCE DE LÉNINE
(« PRAVDA », 23/4/1982)

« ... – Camarades! Il n'est pas aisé d'emprunter des voies encore inexplorées. Il y a bien des choses qu'il est impossible de deviner, de calculer d'avance. Pour progresser avec assurance, le Parti nous enseigne qu'il importe d'allier l'audace à la souplesse... »

EXTRAIT DE LA DÉCLARATION
DE CHAMRAÏEV ANTON IGORIÉVITCH, 14 ANS,
POUR SON ENTRÉE AU KOMSOMOL DE L'URSS (28/5/1982)

« ... Je prie que l'on m'accepte dans les rangs du Komsomol de l'URSS, fidèle compagnon du Parti communiste de l'URSS. En entrant dans les rangs du VLKSM, je jure solennellement d'accomplir les règlements et le programme du VLKSM, d'obéir en tout à la pensée du grand Lénine, d'observer le code moral d'un bâtisseur du communisme, de vivre de manière léniniste, d'étudier, de travailler, de lutter et de vaincre sous la direction du Parti, d'observer la devise sacrée du Komsomol : « Le Parti a dit : " Il le faut "? Le Komsomol répond : " Présent! "... »

Postface

Au moment où je remets à la presse ce livre sur le juge d'instruction soviétique Igor Chamraïev, écrit d'après les notes personnelles transmises par lui le 27 janvier 1982 à Berlin-Ouest à Mme Anna Finstein, je dois faire au lecteur un certain nombre d'aveux.

J'ai bien connu, et de près, cet homme qui, en compagnie de Svetlov et de Pchénitchny, m'a effectivement tiré en 1979 des mains de la mafia des trafiquants de stupéfiants. Mais Chamraïev ne m'a nullement aidé pour moi-même, mais pour les bénéfices qu'il comptait obtenir après l'exécution de la tâche que le Comité central lui avait confiée : avancement hiérarchique, nouvel appartement, augmentation de salaire, etc.

Une certaine dette morale m'a cependant poussé à un travail de galérien : donner à ses notes, nulles au plan de la création, l'apparence d'une forme plus ou moins littéraire. Je ne pense pas y être entièrement parvenu. Ce n'est pas seulement en raison de la modestie de mon talent littéraire, mais aussi parce que le prototype réel, c'est-à-dire Igor Iossifovitch, contrastait trop dans mon esprit avec l'image du limier soviétique dont Chamraïev a essayé dans ses notes de donner le portrait et où se réunissent toutes les qualités : talent, noblesse, audace, honnêteté, etc.

En réalité, Igor Chamraïev était un exemple typiquement incolore de représentant du barreau soviétique, le produit irrévocable de ses vingt années de labeur dans les organes juridiques du pays : un membre du Parti communiste plein d'aplomb et à l'apparence florissante, toujours prêt à utiliser le talent et les compétences de ses amis et collaborateurs : Svetlov, Pchénitchny, Sorokine, etc. Des hommes comme lui font carrière dans la société soviétique réelle, non en raison de leurs dons ou de leurs connaissances professionnelles, mais justement parce qu'ils connaissent bien les mécanismes de l'Etat soviétique et savent les utiliser dans le sens qui leur est utile. Tel est Chamraïev. Lorsqu'il élucide les circonstances de la mort de Tsvigoun, il n'entreprend aucune action au niveau de l'enquête qui présente un intérêt véritable pour un criminaliste professionnel. Il n'en était d'ailleurs pas capable. Un jour où nous buvions tous deux une chope de bière au bar de la Maison des journalistes, à Moscou, je lui ai demandé d'essayer d'imaginer ou de se rappeler un épisode un peu original de sa pratique de juge d'instruction : j'en avais besoin pour un roman policier que j'étais en train d'écrire. « Il ne peut être question d'originalité au cours d'une instruction, me répondit-il avec l'aplomb d'un père de l'histoire criminelle russe, toutes les éventualités liées aux enquêtes sont inscrites dans le Code de procédure pénale. »

Tout Chamraïev se trouve dans cette réplique. Homme de peu de consistance, platement vénal, qui n'a même pas refusé l'aumône tendue de Brejnev, toujours prêt à se soumettre, aussi bien dans son travail que dans le cercle familial, il a tenté de compenser son complexe d'infériorité professionnelle en faisant son propre panégyrique comme on en trouvera ici l'exemple.

Vadim BIELKINE,
New York, septembre 1982.

Table

Le Livre de Poche

Thrillers

(Extrait du catalogue)

Karl Alexander
C'était demain...

Michel Bar-Zohar
Enigma

Peter Benchley
Les Dents de la mer

William Blankenship
Mon ennemi, mon frère

Arnaud de Borchgrave -
Robert Moss
L'Iceberg

Thierry Breton
Vatican III

Thierry Breton -
Denis Beneich
Softwar

Gerald A. Browne
19 Purchase Street

Jean-François Coatmeur
La Nuit rouge
Yesterday

Bernard F. Conners
La Dernière Danse

Robin Cook
Vertiges
Fièvre
Manipulations

James Crumley
La Danse de l'ours

Martin Cruz Smith
Gorky Park

Clive Cussler
L'Incroyable Secret
Panique à la Maison Blanche
Cyclope

Robert Daley
L'Année du Dragon

William Dickinson
Des diamants pour Mrs. Clark
Mrs. Clark et les enfants du diable

Ken Follett
L'Arme à l'œil
Triangle
Le Code Rebecca
Les Lions du Panshir

Colin Forbes
Le Léopard

Frederick Forsyth
L'Alternative du Diable
Le Quatrième Protocole

Christian Gernigon
La Queue du scorpion

José Giovanni -
Jean Schmitt
Les Loups entre eux

William Goldman
Marathon Man

Michel Grisolia
Haute mer

Joseph Hayes
La Nuit de la vengeance

Jack Higgins
L'Aigle s'est envolé
Solo
Le Jour du jugement
Luciano
Exocet
Confessionnal

Mary Higgins Clark
La Nuit du renard
La Clinique du docteur H.
Un cri dans la nuit
La Maison du guet

Patricia Highsmith
La Cellule de verre
L'Homme qui racontait des histoires

Stephen Hunter
Target

William Irish
Du crépuscule à l'aube
La Toile de l'araignée

William Katz
Fête fatale

Stephen King
Dead Zone

Laird Kœnig
La Petite Fille au bout du chemin

Laird Kœnig - Peter L. Dixon
Attention, les enfants regardent

D. R. Koontz
La Nuit des cafards

Bernard Lenteric
La Gagne
La Guerre des cerveaux

Robert Ludlum
La Mémoire dans la peau
Le Cercle bleu des Matarèse, t. 1 et 2
Osterman week-end
La Mosaïque Parsifal
L'Héritage Scarlatti
Le Pacte Holcroft
La Progression Aquitaine

Nancy Markham
L'Argent des autres

Laurence Oriol
Le Tueur est parmi nous

Bill Pronzini
Tout ça n'est qu'un jeu

Bob Randall
Le Fan

Francis Ryck
Le Piège
Le Nuage et la Foudre

Pierre Salinger - Leonard Gross
Le Scoop

Brooks Stanwood
Jogging

Edward Topol
La Substitution

Edward Topol - Fridrich Neznansky
Une disparition de haute importance

Irving Wallace
Une femme de trop

David Wiltse
Le Baiser du serpent

IMPRIMÉ EN FRANCE PAR BRODARD ET TAUPIN
Usine de La Flèche (Sarthe).
LIBRAIRIE GÉNÉRALE FRANÇAISE - 6, rue Pierre-Sarrazin - 75006 Paris.

ISBN : 2 - 253 - 05222 - 1 30/7550/4